MARS PORT mit einem Querschnitt durch die in hundert Meter Tiefe gelegenen bombensicheren Produktionsanlagen und Lagerhallen.

Technische Daten:

1. Antigravschächte
2. Transferstraßen
3. Verwaltungsgebäude und Wohnquartiere
4. Industrieanlagen zur Herstellung und Lagerung von Raumschiffteilen
5. Werften zur Produktion von Kugelraumschiffen
6. Hangars und Schleusen
7. Klimaanlagen

Zeichnung: Ingolf Thaler

Perry Rhodan
Der Anti

Perry Rhodan

Der Anti

Verlagsunion Erich Pabel-
Arthur Moewig KG, Rastatt

2. Auflage

Redaktion: William Voltz
Lektorat: G. M. Schelwokat
Satz: Utesch, Hamburg
Druck und Bindung: Mohndruck
Graphische Betriebe GmbH, Gütersloh
Printed in Germany
ISBN 3-8118-2022-2

Einleitung

Es gibt wohl kaum ein klassisches Thema der Science Fiction, das in den vergangenen zwanzig Jahren nicht in der PERRY-RHODAN-Handlung berücksichtigt worden wäre. Eines dieser klassischen Themen, das des Generationenraumschiffs, wird in einem Teil der Originalromane behandelt, die in diesem PERRY-RHODAN-Buch Aufnahme fanden. Stellt man sich die Frage, was Science-Fiction-Autoren an Geschichten über Raumschiffe, deren Besatzungen diese Schiffe für ihre Welt halten, so fasziniert, kommt man nicht an einer Analogie zum „Raumschiff Erde" vorbei. Drohen nicht apokalyptische Zustände, wie sie im „Raumschiff der Ahnen" herrschen, auch auf unserem Planeten, wenn wir weiterhin fortfahren, Raubbau mit seiner Natur zu treiben? Ist es Einsicht oder unterschwellige Furcht, die die Gedanken eines Chronisten einer zukünftigen Geschichte der Menschheit bestimmen, wenn er sich mit diesen Problemen auseinandersetzt? Wie dem auch sei, man kann diese Passagen um der reinen Unterhaltung willen lesen oder sich darüber hinaus Gedanken machen. Die Originalromane, die in dieses zwölfte PERRY-RHODAN-Buch aufgenommen wurden, entstanden Anfang der sechziger Jahre, also zu einer Zeit, da man technischen Fortschritt nicht mit der heutigen Distanz, sondern eher euphorisch betrachtete. Unberücksichtigt der darin vorgenommenen Kürzungen und Änderungen sind dies (in der Reihenfolge ihres ehemaligen Erscheinens): *Raumschiff der Ahnen von Clark Darlton; Die flammende Sonne von Clark Darlton; Himmel ohne Sterne von Clark Darlton; Der Anti von K. H. Scheer; Preis der Macht von Kurt Brand; Entfesselte Gewalten von Kurt Brand; Ein Freund der Menschen von William Voltz.*

Ich hoffe, daß es bei aller Vielfalt des Handlungsangebots auch diesmal gelungen ist, einen in sich geschlossenen Roman zu schaffen, dem trotz notwendiger Änderungen und Streichungen im Originaltext nichts von jener Spannung und Originalität abhanden gekommen ist, die die Arbeiten der Autoren vor fast zwanzig Jahren auszeichneten.

Auch diesmal war ich auf die Hilfe von *Christa Schurm, Franz Dolenc* und *G. M. Schelwokat* angewiesen, denen ich an dieser Stelle danke.

Heusenstamm, August 1981 William Voltz

Zeittafel

Die Geschichte des Solaren Imperiums in Stichworten:

1971: Die STARDUST erreicht den Mond, und Perry Rhodan entdeckt den gestrandeten Forschungskreuzer der Arkoniden.

1972: Aufbau der Dritten Macht und Einigung der Menschheit.

1976: Perry Rhodan löst das galaktische Rätsel und entdeckt den Planeten Wanderer, wo seine Freunde und er von dem Geisteswesen ES die relative Unsterblichkeit erhalten.

1984: Rhodans erster Kontakt mit dem Robotregenten von Arkon im Kugelsternhaufen M-13. Der Robotregent versucht, die galaktische Position der Erde herauszufinden und die Menschheit zu unterwerfen.

2040: Das Solare Imperium ist entstanden. Nach 10000 Jahren taucht der Arkonide Atlan aus seiner Unterwasserkuppel im Atlantik auf und wird Perry Rhodans Freund.
Die Druuf dringen durch Überlappungsfronten aus ihrer Zeitebene in unser Universum vor. Menschen gelangen in das Druufuniversum, um dort der unheimlichen Gefahr zu begegnen.

2043: Rhodans Frau Thora stirbt auf dramatische Weise, und ihr gemeinsamer Sohn Thomas Cardif wird zum Gegenspieler seines Vaters.

2044: Die Terraner stoßen nach Arkon vor und verhelfen Atlan zu seinem Erbe. Die Erde wird von ihren Gegnern endgültig entdeckt.

1.

Die DRUSUS war eine gigantische stählerne Kugel mit einem Durchmesser von eintausendfünfhundert Metern. Sie gehörte zur Imperiumsklasse und war ein Superschlachtschiff des Solaren Imperiums. Für gewöhnlich fungierte Oberst Baldur Sikermann als Kommandant dieses Schiffes, aber wenn Perry Rhodan sich an Bord aufhielt, übernahm dieser das Kommando.

Seit ein paar Tagen stand die DRUSUS antriebslos vor dem Entladungstrichter, der das rote Universum der Druuf mit dem Einsteinraum verband. In letzter Zeit hatte die Stabilität der Überlappungszone zwischen zwei verschiedenen Raum-Zeit-Ebenen beträchtlich nachgelassen, und es war vermutlich nur noch eine Frage von einigen Wochen, bis der Entladungstrichter völlig in sich zusammenbrechen würde. Ein Überwechseln in die Zeitebene der Druuf – und umgekehrt – war kaum noch möglich; zu groß war die Gefahr, aufgrund unberechenbarer Energieentladungen innerhalb des Trichters vernichtet zu werden.

Trotzdem befand sich noch immer ein großer Teil der arkonidischen Robotblockadeflotte vor dem Trichter. Seit Wochen war kein Übergriff der Druuf mehr erfolgt, aber die Schiffe sollten erst zurückgezogen werden, wenn der Übergang zu einem anderen Universum verschwunden war.

Perry Rhodan und Baldur Sikermann standen vor dem großen Panoramabildschirm in der Zentrale der DRUSUS und beobachteten die nachlassenden energetischen Turbulenzen innerhalb des Entladungstrichters, als ein Hyperkomruf von Arkon eintraf.

„Gonozal VIII. wünscht Sie zu sprechen!“ rief der Cheffunker.

Rhodan mußte unwillkürlich lächeln. Die terranischen Raumfahrer hatten sich schnell angewöhnt, Atlan bei seinem neuen Titel zu nennen.

Er entfernte sich von Sikermann und trat vor den ovalen Bildschirm des Hyperkoms, von dem aus ihn das scharfgeschnittene Gesicht Atlans anlächelte. In Atlans Gesicht waren aber auch Spuren von Müdigkeit zu erkennen; zu schwer war die Last der Verantwortung, die er tragen mußte, seit er das Robotgehirn von Arkon als Herrscher über das Große Imperium abgelöst hatte.

„Hallo, Barbar! Ich hoffe, ich komme nicht ungelegen."

Rhodan lächelte zurück und setzte sich. Er wußte, daß Atlan ihn jetzt sehen konnte, mehr als dreißigtausend Lichtjahre entfernt. Was noch vor hundert Jahren wie das Gefasel eines Utopisten erschienen wäre, galt heute als alltäglich: Funksendungen über Zehntausende von Lichtjahren – ohne eine Sekunde Zeitverlust.

„Du kommst nie ungelegen, Imperator", gab Rhodan ein wenig spöttisch zurück. „Aber ich nehme doch an, du hast einen Grund, wenn du mich sprechen willst. Wo brennt es denn?"

„Ich brauche Offiziere für meine Schiffe, Kommandanten für meine Ausbildungsschulen, Leiter für die Hypno-Universitäten, Direktoren für die automatischen Fabriken und Werke, Ausbilder für die Heere der Roboter und ..."

„Einen Augenblick", unterbrach ihn Rhodan und hob abwehrend die Hände. „Wenn man dich so hört, dann könnte man meinen, du wolltest eine ganze Generation aktionsfähiger Arkoniden einfach aus der Taufe heben. Wo nichts ist, Atlan, ist auch nichts zu holen."

„Es ist aber!" erwiderte Atlan bedeutungsvoll. „Oder hast du ein so schlechtes Gedächtnis?"

Rhodan war verblüfft. Er wußte wirklich nicht, worauf Atlan anspielte. „Wie meinst du das?" fragte er daher.

„Weißt du es wirklich nicht? Gut, dann will ich dich an einen kleinen Vorgang erinnern, der vor acht oder neun Monaten Erdzeit stattfand. Ende 2043 war es. Da kehrte ein Schneller Kreuzer mit seinem Kommandanten Wilmar Lund zur Erde zurück. Gucky war mit von der Partie, und der Mausbiber war es auch, der uns einen etwas merkwürdigen Bericht gab. Nun, erinnerst du dich jetzt?"

„Das Schiff der Ahnen!" stieß Rhodan hervor. Darauf also spielte Atlan an.

„Ja." „Ich höre", sagte Rhodan gelassen.

„Perry Rhodan, ich benötige diese hunderttausend Arkoniden zum Wiederaufbau des arkonidischen Imperiums.“

Nun war es heraus.

Rhodan nickte langsam vor sich hin, sah Atlan abwägend an und sagte schließlich: „Du willst also, daß ich das Schiff für dich suche und nach Arkon bringe?“

„Ja. Ist das zuviel verlangt?“

„Nein, Atlan, das nicht. Aber du änderst einen Plan deiner eigenen Vorfahren. Weißt du, welchen Sinn das Schiff der Ahnen hat?“

„Ich weiß nicht, welchen Sinn es ursprünglich hatte, aber ich weiß nur zu genau, welchen Sinn es heute haben kann, Perry. Das Schiff der Ahnen mit seiner wertvollen Fracht ist ein Geschenk der Götter. Guckys Entdeckung ist ein Hinweis, dem wir folgen müssen. Gerade jetzt werden die schlafenden Arkoniden benötigt, um das Reich zu retten. Vielleicht war es nicht nur Zufall, als Gucky das Schiff entdeckte.“

„Eine Art Fügung?“ meinte Rhodan fragend. Er nickte. „Also gut, vielleicht hast du recht. Die Daten des Ahnenschiffs sind im Positronengehirn des Schnellen Kreuzers ARCTIC gespeichert. Kommandant Lund weilt auf der Venus; er macht mit seiner gesamten Mannschaft dort einen Kursus mit. Ich kann ihn dort aufsuchen.“

Er sah Atlan die Erleichterung an.

„Ich danke dir, mein Freund. Die Gefahr der Druuf ist bald vorbei, aber dann wird es neue Gefahren geben. Bisher waren es gerade die Druuf, die alle Völker des Imperiums zusammenschweißten. Verschwindet diese allgemeine Bedrohung...“

Rhodan wußte, was Atlan meinte. Sie sahen sich einige Sekunden lang in die Augen, dann erlosch der Schirm. Jeder der beiden außergewöhnlichen Männer wußte, daß er sich auf den anderen verlassen konnte – was immer auch geschah.

Rhodan kehrte zu den Hauptkontrollen zurück und nickte Sikermann zu. „Legen Sie die Sprungkoordinaten fest, wir kehren zur Erde zurück.“

Zwei Stunden später begann die DRUSUS ihre weite Reise zur Erde. Rhodan nutzte die Zeit, um sich daran zu erinnern, was Gucky über das Schiff der Ahnen berichtet hatte...

2.

Die gigantische Metallkugel trieb durch die Unendlichkeit des Universums. Wenn man ihren Kurs zurückverfolgte, führte er hinein in das Gewimmel des galaktischen Zentrums, wo die Sterne dichter zusammenstanden und eine genaue Ortsbestimmung nahezu unmöglich machten. Verfolgte man ihn aber nach vorn, so endete er in der trostlosen Öde am Rand der Milchstraße. Doch die Kugel würde diesen Rand erst in einigen Jahrzehntausenden erreichen, wenn sie die bisherige Geschwindigkeit beibehielt.

Sie war nicht nur gigantisch, sondern auch künstlichen Ursprungs.

Im ersten Augenblick hätte man meinen können, einen kleinen Planeten vor sich zu haben, aber bei näherer Betrachtung erwies sich dieser Eindruck als falsch. Die Kugel war ein künstliches Gebilde, von denkenden Wesen konstruiert und in Fahrt gebracht.

Und, wie es schien, auch von intelligenten Lebewesen bemannt.

Hinter erleuchteten Bullaugen konnte ein Betrachter hin und wieder sich bewegende Schatten beobachten. Diese Schatten besaßen durchaus humanoide Formen, was darauf schließen ließ, daß Menschen das Innere der Kugel bevölkerten.

Die Kugel war ein Raumschiff.

Ein Schiff allerdings, das einen Durchmesser von anderthalb Kilometern besaß und sicherlich ein paar tausend Menschen Platz bot.

Unbeirrt zog es seine Bahn, unberührt von allen Ereignissen, die sich auf den Tausenden von bewohnten Planeten abspielten, die in der jeweiligen Nachbarschaft lagen. Die ständig eingeschalteten Strahlbrech-Felder verhinderten eine elektronische Entdeckung aus der Ferne, und kein umherstreifendes Schiff irgendeiner Rasse entdeckte den Wanderer, der seinem unbekannten Ziel entgegenflog.

Es gab niemand, der jemals in das Innere des geheimnisvollen Geisterschiffs geschaut hatte – außer jenen, die in ihm waren. Sie aber wiederum kannten nur das Innere und wußten nicht, was außerhalb der metallenen Wände vor sich ging. Sicher, sie sahen die langsam vorüberziehenden Sterne, aber sie gehörten zu ihrem Dasein. Die ewige Schwärze des Alls war ihr Tag, und die funkelnden Sonnen waren ihre ständigen Begleiter.

So riesig groß die Kugel aber auch sein mochte, gemessen an der Unendlichkeit des Universums war sie nichts als ein winziges Staubkorn, das einsam und unentdeckt seine vorgeschriebene Bahn zog, bis es eines Tages von der Ewigkeit verschluckt würde.

Niemand würde es jemals vermissen . . .

Maschinist Sieben beendete seine Arbeitsschicht und machte sich auf den Weg in sein Wohnquartier. Er wurde von Maschinist Vier abgelöst, einem kräftig gebauten Burschen, der kaum ein Wort sprach und mit dem daher nichts anzufangen war. Maschinist Sieben liebte eine kurze Plauderstunde zwischen den Arbeitsschichten, aber Vier war kein dankbares Objekt für derartige Unternehmungen.

Mißmutig schlenderte M-7 durch den schmalen Gang, bis er den Antigravlift erreichte. Ohne zu zögern, trat er hinein in den schwarzen Schacht und wurde sofort von der sanften Aufwärtsströmung erfaßt, die ihn mit nach oben nahm. Sekunden später gesellte sich ein anderer Mann zu ihm.

M-7 kannte den Mann. Es war einer der Ärzte, die das Personal zu betreuen hatten. Wenn er sich nicht irrte, war es Arzt Drei, ein an sich freundlicher und umgänglicher Mann, zumindest wenn man als Kranker seiner Obhut unterstellt war.

Maschinist Sieben bedauerte es fast, jetzt nicht krank zu sein.

„Finden Sie die Luft heute nicht stickiger als sonst?" erkundigte er sich vorsichtig, um ein Gespräch in Gang zu bringen. „Ich meine, es wäre wärmer als sonst."

„Einbildung", antwortete der Arzt kurz angebunden. Er schien nicht dazu aufgelegt, sich mit dem Maschinisten zu unterhalten. Aber M-7 gab nicht so schnell auf.

„Wie man sich täuschen kann . . .", entgegnete er und benutzte nun die übliche Abkürzung des Namens, der aus Berufsbezeichnung und Numerierung bestand. „Vielleicht bin ich auch krank."

A-3 betrachtete M-7 mit einem abschätzenden Blick, dann schüttelte er den Kopf. „Warum sollten Sie krank sein? Wenn Sie das Gefühl haben, melden Sie sich bei Ihrer Sektion krank und kommen anschließend zu mir. Wir werden dann schon sehen..."

„Krank melden?" M-7 schien erschrocken. „Nur um..."

Er stockte. Fast hätte er zuviel gesagt. Er konnte doch dem Arzt nicht verraten, daß er nur Sehnsucht danach hatte, sich mit jemandem auszusprechen. Seine Welt bestand nur aus Fragen, die niemals beantwortet wurden. Sicher, auch der Arzt würde die gesuchten Antworten nicht geben können, aber es wäre doch immerhin interessant zu erfahren, ob er sich die gleichen Fragen stellte.

„Nur um – was?"

M-7 zuckte mit den Schultern.

„Nichts", sagte er knapp und sprang aus dem Lift. Es machte ihm nichts aus, daß er den falschen Korridor erwischt hatte, wenn er nur den forschenden und mißtrauischen Blicken des Arztes entgehen konnte. Er sah die Beine von A-3 nach oben verschwinden und wartete zwei Minuten. Dann trat er erneut in den Lift und erreichte zehn Minuten später seine Wohnkabine, die er mit M-4 teilte, den er nur selten zu Gesicht bekam. Meist hatten sie unterschiedliche Arbeitsschichten, aber wenn sie wirklich einmal beide gleichzeitig frei hatten, lag M-4 untätig auf seinem Bett und ließ sich auf keine Diskussionen ein.

M-7 seufzte, wusch sich und legte sich dann hin.

Warum lebte er eigentlich?

Der Kommandant saß einsam in seiner Kabine.

Der kräftig gebaute Körper war ein wenig nach vorn gebeugt und verriet so sein Alter. Dieser Eindruck wurde durch die schneeweißen Haare erhöht, die das schmale und ovalgeformte Gesicht umrahmten, in dem zwei rötlich schimmernde Augen und eine fast frauliche Nase über dem engen Mund standen. Das Kinn war energisch und verriet ungewohnte Tatkraft, aber die weichen Linien um den Mund sprachen wiederum vom Gegenteil.

Die Hände des Kommandanten ruhten auf einem dünnen Stapel hauchfeiner Plastikakten, als wollten sie dafür sorgen, daß sie ihm niemand wegnahm. Ausgestreckt reichten die Füße fast bis zur anderen Seite des Metalltischs, der mit dem Boden verschraubt war. Lediglich der leichte Sessel konnte verrückt werden.

Die eine Wand bestand aus durchsichtigem Material und gab den Blick in den Weltraum frei. Zwei andere Wände waren mit technischen Kommandoinstrumenten bedeckt – den ganzen Reihen kleiner Bildschirme, Schalttafeln, Hebeln und Skalen. Dazu Stellknöpfe, Regulatoren und Nachrichtengeräte. In der vierten Wand waren lediglich zwei Türen. Eine davon führte in den Raum, den niemand außer dem Kommandanten betreten durfte.

Er sah auf, als ein leises Summen ertönte und der oberste linke Bildschirm aufleuchtete. Müde nickte er, erhob sich und drehte an dem Knopf, der unter dem Schirm zu sehen war. Sofort materialisierte darauf das Gesicht eines Mannes, der trotz der ebenfalls weißen Haare noch jung und frisch wirkte. Energische Gesichtszüge verrieten die Freude an schnellen Entschlüssen, und die farblosen Augen besaßen eine Schärfe, die jeden Gegner zur Vorsicht gemahnt hätte.

„Warum stören Sie mich, Offizier Eins?“

Der Mann auf dem Bildschirm verzog keine Miene.

„Ich muß mit Ihnen sprechen, K-Eins“, sagte er kurz. „Es ist wichtig“, fügte er hinzu.

Der Kommandant seufzte.

„Ich weiß, was Sie wollen.“ Er nickte resigniert. „Warum hat die Jugend nie Zeit, bis sie dran ist? Ich weiß, daß meine Zeit fast abgelaufen ist, aber warum diese Eile, O-Eins? Sie sind mein Nachfolger...“

„Ich merke kaum etwas davon“, gab der andere zornig zurück. „Wie soll das Junge sich entfalten können, wenn das Alte ihm keine Gelegenheit dazu gibt?“

Der Kommandant lächelte. „Entfalten, O-Eins? Sie wollen sich entfalten? Wenn Sie wüßten...“

„Ich will es ja wissen! Also – haben Sie Zeit für mich?“

Der Kommandant schüttelte den Kopf. „Noch nicht, O-Eins. Ich werde Sie benachrichtigen, wenn es soweit ist. Sie ahnen nicht, nach welcher Verantwortung Sie drängen. Wenn Sie erst einmal an meinem Platz sitzen werden, werden Sie Ihre Voreiligkeit bereuen. Wer an meinem Platz sitzt, wird zum einsamsten Geschöpf der Welt.“

„Niemand kann einsamer sein als der, der sich freiwillig von den anderen abschließt. Und das tun Sie, Kommandant."

„Sie werden es nicht anders machen, weil Ihnen keine Wahl bleibt. Eines Tages werden Sie mich schon verstehen, bis dahin gedulden Sie sich, bitte. Ich warne Sie, O-Eins! Jedes Drängen kann verhängnisvoll für Sie werden. Die Zeit ist noch nicht gekommen..."

Der junge Mann auf dem Bildschirm nickte grimmig. „Bestimmen Sie es, wann die Zeit gekommen ist?"

Jetzt lächelte der Kommandant matt. „Nehmen Sie ruhig an, daß ich es bestimme – Ihr Gewissen wird dann nicht unnötig belastet. Die Wahrheit werden Sie erst dann erfahren, wenn Sie an meiner Stelle sitzen." Er sah auf die Uhr über der Kontrolltafel. „Und jetzt entschuldigen Sie mich. Ich habe zu tun."

Der Bildschirm erlosch jäh, ehe der Offizier antworten konnte.

Der Kommandant ließ sich wieder hinter dem Tisch nieder und stützte den Kopf in die Hände, als sei dieser plötzlich zu schwer geworden. Ganz in seinem Innern konnte er den jungen Offizier verstehen, der zu seinem Nachfolger bestimmt worden war. Aber das Reglement verbot jede Ausnahme bei der Strafe des Todes durch den Konverter. Der Nachfolger hatte zu warten, bis das Zeichen gegeben wurde. Dann erst durfte er sein Amt antreten, damit es nur immer einen Träger des Geheimnisses gab.

Ich muß so und so sterben, dachte der Kommandant mit aufsteigender Bitterkeit. Das ist nun einmal der Preis, den ich zu zahlen habe – alle vor mir zahlten ihn genauso wie alle jene, die nach mir kommen werden.

Nichts konnte die Kette unterbrechen.

Erneut wurde er durch das Summen der Nachrichtenanlage aufgeschreckt. Es war seine Pflicht, jeden Anruf zu beachten. Also erhob er sich und sah nach, ob es nicht wieder Offizier Eins war.

Diesmal war es Offizier Zwei, der Sprecher der Mannschaft.

„Kommandant, Ps-Fünf, A-Drei und R-Fünfundsiebzig haben um eine Unterredung gebeten. Wann wünschen Sie die Genannten zu sehen?"

Der Kommandant überlegte einige Augenblicke.

Daß der Arzt und der Psychologe eine Besprechung wünschten, war nicht außergewöhnlich. Das kam fast wöchentlich vor. Aber daß ihn auch der Reparateur 75 zu sprechen wünschte, gehörte nicht zu den Alltäglichkeiten. Mit einer Mischung von Neugier und Befremden sagte der Kommandant daher: „Erteilen Sie die Genehmigung. Ich erwarte die Genannten zum üblichen Zeitpunkt." Aus einem inneren Gefühl heraus fügte er hinzu: „Ich möchte nur die drei Gemeldeten sehen, O-Zwei. Sorgen Sie dafür, daß O-Eins unter keinem Vorwand zugelassen wird."

„Verstanden, Herr", entgegnete der Sprecher und schaltete ab.

Der Kommandant setzte sich wieder und versank in tiefes Nachdenken.

Er ahnte, daß sich Unheil über seinem Haupt zusammenbraute.

Er wußte nur noch nicht, welcher Art dieses Unheil war.

Einige Tage Schiffszeit vorher...

Der Psychologe sah erstaunt auf, als sich die Tür öffnete und Arzt Drei unangemeldet seinen Arbeitsraum betrat. Beide waren sie etwa im gleichen Alter, und wenn ihre Berufskleidung sie nicht unterschieden hätte, wäre es einem Fremden schwergefallen, sie auseinanderzuhalten.

„Nanu, A-Drei? Ein seltener Besuch..."

„Ich muß mit dir reden, Ps-Fünf. Nur du kannst mir auf die vielen Fragen antworten, die ich mir stelle – und die mir gestellt werden."

Der Psychologe zog die Stirn in Falten. „Fragen? Seit wann stellt man sich Fragen?"

„Das Leben hier stellt uns diese Fragen, und ich kann jeden verstehen, der sie an die führende Schicht weiterleitet. Das sind wir. Und wir dürfen nicht antworten."

Der Psychologe lächelte. „Dürfen, mein Freund? Selbst wenn wir wollten, was könnten wir antworten? Was wissen wir denn schon vom Leben? Wir werden hier geboren, wir leben und arbeiten hier – und wir sterben auch hier, wenn unsere Zeit gekommen ist."

„Aber – warum? Warum leben und sterben wir? Welchen Sinn hat unser Dasein? Das, Ps-Fünf, sind die Fragen, die mir in den letzten Tagen mehrfach vorgelegt wurden. Wie sollte ich darauf antworten? Ich weiß, daß solche Fragen verboten sind und dem Kommandanten gemeldet werden sollten, aber ich weiß auch, daß das Todeskommando zu jedem kommt, der solche Fragen stellt und gemeldet wird. Wenn wir nach den Befehlen gingen, gäbe es in dieser Welt bald kein Lebewesen mehr."

Der Arzt beugte sich vor und sah dem anderen in die Augen. „Was ist diese Welt – weißt du das?"

„Niemand weiß es." Der Psychologe schüttelte den Kopf. Dann lächelte er plötzlich wieder. „Warum willst du es wissen? Wir werden in ihr geboren und aufgezogen, wir erhalten unsere Aufgaben und erfüllen sie. Unsere Welt erhält uns, sie gibt uns zu essen, zu trinken und zu atmen, sie kleidet uns und gewährt uns einmal im Leben den Urlaub mit den Frauen. Und schließlich sorgt sie noch dafür, daß wir schnell und schmerzlos sterben. Wir müssen unserer Welt dankbar sein, daß sie so für uns sorgt. Bist du anderer Meinung?"

„Nein, ich bin nicht anderer Meinung, aber ich will wissen, *warum* das alles so ist und *wer* über uns steht."

„Wer?" Der Psychologe sann vor sich hin und hörte auf zu lächeln. „Der Kommandant, wer sonst? Er gibt die Befehle, und er ist – zum Glück – genau so dem Tod verfallen wie wir. Für viele Menschen ist dieser Gedanke tröstlich genug, selbst freudig zu sterben, wenn die Reihe an sie kommt."

„Der Kommandant", sagte der Arzt ruhig, „ist nicht jener, der über uns allen steht."

Der Psychologe fuhr mit einem Ruck zusammen. Seine Augen wurden schmal, und ein ängstlicher Blick ging zu den Rillen der unter der Decke befindlichen Entlüftungsanlage, als vermute er dort einen heimlichen Lauscher. In sein Gesicht trat ein lauernder Ausdruck, der sich mit Furcht mischte. „Was redest du für einen Unsinn? Du bringst uns noch beide in die Konverter!"

Der Tod im Atomreaktor – das war das Ziel ihres Lebens. Niemand konnte diesem Ziel aus dem Wege gehen, aber jeder Unvorsichtige konnte das unvermeidliche Ende beschleunigen. Der Kommandant war mit dem Todesurteil schnell zur Hand. Und sein Befehl war Gesetz.

Der Arzt wischte die Bedenken seines Freundes mit einer Handbewegung beiseite. „Unsinn, Ps-Fünf! Wir sind keine kleinen Kinder mehr, die man mit dem Konverter schrecken kann. Wir sind Manns genug, um uns im Notfall wehren zu können, wenn sie uns abholen wollen. Ich habe vorgesorgt. Glaubst du, ich hätte mir Gedanken gemacht, ohne mir Waffen zu verschaffen?"

„Waffen?" fragte Ps-5 erstaunt. „Du weißt, daß der Besitz von Waffen verboten ist. Außerdem – wie solltest du an sie gelangen? Niemand in unserer Welt hat Waffen, außer..."

„Stimmt! Außer den Wächtern hat niemand Waffen. Sie tragen sie in ihren metallenen Körpern verborgen. Man muß einen der Wächter zerstören, wenn man an seine Waffen gelangen will."

Ungläubig starrte der Psychologe seinen Freund an. „Du willst doch damit nicht sagen..."

„Doch, das will ich. Ich habe einen Wächter in den Hinterhalt gelockt und unschädlich gemacht. Dann nahm ich ihn auseinander und verschaffte mir seine Energiewaffen. Ein Maschinist half mir dabei. Er ist mein Vertrauter."

„Ein einfacher Mann? Wird er dich nicht verraten?"

Nun lächelte der Arzt. „Der kann nicht, mein Freund. Ich machte ihn süchtig. Das ist verboten. Käme es heraus, würde ich bestraft – aber M-Vier erhielte keine Drogen mehr, und er würde elend zugrunde gehen. Du siehst, ich habe vorgesorgt. Ich bin somit fest entschlossen, die Wahrheit zu finden. Willst du mir dabei helfen, Ps-Fünf? Du kannst es dir überlegen. Wenn du anderer Meinung bist als ich, vergiß unser Gespräch. Ich vertraue deinem Wort."

„Wer außer dir und diesem M-Vier weiß davon?"

„Niemand."

Der Psychologe lehnte sich in seinem Sessel zurück und betrachtete gedankenvoll die Decke des Raumes. Hier arbeitete er, gab seine Anordnungen an die psychologische Abteilung und genoß ein gewisses Maß an Ansehen. Sollte er das alles aufs Spiel setzen, um seine Neugier zu befriedigen?

Saß er nicht gewissermaßen an der Quelle aller Informationen? War er nicht außer dem Kommandanten derjenige in dieser Welt, dem alle Neuigkeiten schon berufshalber zugetragen wurden? Warum sollte er noch neugieriger sein als die anderen?

Sein Blick fiel auf das Gesicht seines Freundes, der ihn erwartungsvoll ansah. In ihm spiegelten sich Hoffnung und Glaube, aber auch Furcht und verzweifelte Entschlossenheit.

Ihm kam ein plötzlicher Gedanke.

„Hast du eine solche Waffe bei dir?“ fragte er langsam.

A-3 nickte. Er griff in die Tasche und zog einen kleinen handlichen Stab hervor, der am anderen Ende eine gläserne Linse besaß.

„Du hast sie noch nie in Aktion gesehen, Ps-Fünf, aber ich kann dir versichern, daß ihre Wirkung schrecklich ist. Wenn ich will, kann ich damit sogar die Außenwände unserer Welt durchbohren und den Eistod hereinlassen. Damit einen Menschen zu töten, ist kein Problem.“

Der Psychologe erschauerte plötzlich. Er ahnte, daß er noch nie in seinem Leben dem Tod so nahe war wie in dieser Sekunde. Aber der Arzt war doch sein Freund...

Oder?

Er starrte genau in die gläserne Linse und versuchte sich vorzustellen, wie der Tod aussah, der in dem silbernen Stab steckte. War es ein schneller und schmerzloser Tod? Oder...

Wieder Frage auf Frage, auf die ihm niemand eine Antwort erteilte.

„Gestern kam ein Mann zu mir“, berichtete er und schloß die Augen, um den Silberstab nicht mehr sehen zu müssen. „Er war von seiner Abteilung geschickt worden, weil er während der Arbeit nicht mit der gebotenen Vorsicht zu Werke ging. Ich bekam nichts aus ihm heraus, und er verschwieg hartnäckig die Gründe seiner Zerstreutheit. Mir blieb nichts anderes übrig, als ihn unter das Psychostrahlgerät zu legen. Da löste sich seine Zunge, und ich erfuhr, warum er seine Pflicht nicht mehr so erfüllen konnte, wie man es von ihm verlangte. Willst du seine Geschichte hören?“

Der Arzt nickte stumm. Er behielt den Silberstab auch weiterhin in der Hand. Es war, als habe er ihn vergessen.

„Gut. Dann höre, A-Drei: Der Mann gehört zum Ausbesserungskommando im zehnten Sektor und ist einfacher Arbeiter. Vor etwa einem halben Jahr Schiffszeit fiel einer der Entlüfter aus und mußte repariert werden. R-Fünfundsiebzig wurde damit beauftragt. Zusammen mit einem Kollegen machte er sich daran, die Ursache des Schadens zu finden und danach zu beheben. Die Entlüftungsanlage hatte noch nie zuvor versagt, daher war es nicht einfach, den Fehler zu finden. Schließlich wurde es notwendig, eine Wand zu durchbrechen, um an die eigentliche Anlage zu gelangen."

A-3 beugte sich interessiert vor. „Hoffentlich war es nicht die Außenwand?"

„Nein, sie war es nicht, denn dann wären R-Fünfundsiebzig und sein Kollege sofort tot gewesen. Sie schweißten eine Öffnung in die sperrende Wand, gerade groß genug, um einem Menschen Durchlaß zu gewähren. Natürlich handelten sie gegen die bestehenden Befehle, keine Veränderungen vorzunehmen. Ein Loch in der Wand ist aber eine Veränderung. Jedenfalls krochen sie durch die Öffnung und landeten in einem großen, halbdunklen Raum. In der Decke, so berichtete er mir, leuchteten kleine Lampen, die nur wenig Helligkeit von sich gaben. Die Rückseite des Entlüfters jedenfalls lag nun frei vor ihnen, der Fehler war schnell gefunden und konnte behoben werden. Anstatt aber nun sofort umzukehren und die Öffnung wieder zu beseitigen, untersuchten die beiden Männer den geheimnisvollen Raum – wenigstens hatten sie die Absicht, als sie gestört wurden. Ja, A-Drei, sie wurden dabei gestört. Selbst in diesen unerforschten Teilen unserer Welt gibt es die Wächter. Es gelang R-Fünfundsiebzig, sich schnell genug in Sicherheit zu bringen, aber sein Kollege wurde von einem Energiestrahl getroffen und starb sofort. Die Wächter verfolgten R-Fünfundsiebzig nicht, wie er es befürchtet hatte. Vielleicht erhielten die Wächter aber inzwischen einen gegenteiligen Befehl, denn sie zogen sich sofort zurück. R-Fünfundsiebzig verschweißte das Loch wieder und meldete sich bei seinem Vorgesetzten zurück. Er gab seinen Bericht ab und schilderte den Tod seines Arbeitskollegen, aber er verschwieg, was er in dem Raum gesehen hatte. Mir aber konnte er es nicht verschweigen, denn er lag unter der Psychobehandlung. Und so erfuhr ich, was ihn bedrückte. Es war ein großes und furchtbares Geheimnis, das niemand wissen kann, ohne daran zu sterben. Eben darum lebt R-Fünfundsiebzig noch."

„Das verstehe ich nicht", gab der Arzt zu.

Der Psychologe lächelte. „Du wirst es gleich verstehen. Der Reparateur hat mir ein Geheimnis verraten, von dem niemand Kenntnis haben darf. Würde ich dieses Geheimnis weitermelden, müßte R-Fünfundsiebzig sterben. Aber – ich würde mit ihm in den Konverter steigen müssen, denn ich kenne ja das Geheimnis auch. Und vielleicht sogar noch andere, denen ich es melden würde. Verstehst du jetzt, warum R-Fünfundsiebzig noch lebt?“

Der Arzt nickte. „Ja, jetzt verstehe ich. Aber nun berichte weiter – von welchem Geheimnis sprichst du?“

Der Psychologe sah wieder auf den gefährlichen Silberstab. „Kannst du das Ding wieder in die Tasche stecken, A-Drei? Es macht mich nervös, immer in die Linse eines Todesstrahlers zu blicken. Danke, mein Freund. Ja, das Geheimnis... So genau konnte R-Fünfundsiebzig natürlich die Einzelheiten auch nicht unterscheiden, weil es nicht hell genug war, immerhin genügte die Dämmerung, ihn zwei lange Reihen durchsichtiger Blöcke erkennen zu lassen, zwischen denen immer genügend Raum blieb, daß die Wächter sich frei bewegen konnten. Jeder der Blöcke war durch Leitungen und Plastikröhren mit in der Wand eingelassenen Maschinen verbunden. In den Blöcken selbst war eine trübe Flüssigkeit, die dicker als Wasser sein mußte, denn sie bewegte sich nicht. In dieser Flüssigkeit aber – schwammen Menschen.“

„Was?“ keuchte der Arzt und wurde blaß. „Menschen?“

Der Psychologe nickte. „In jedem Block war ein nackter Mensch – Männer und Frauen. Und weißt du auch, wer diese Menschen sind? Nein, du weißt es nicht. Dann will ich es dir sagen, A-Drei. Diese Menschen sind unsere Vorfahren, die der Geschichte nach seit zehntausend Jahren tot sind. Aber sie sind damals nicht gestorben, nachdem sie unsere Welt auf den richtigen Kurs brachten, sondern sie stiegen hinab in die Tiefen unserer Welt und legten sich zum Schlaf nieder, bewacht von ihren metallenen Wächtern, die nicht nur uns, sondern auch den Kommandanten beherrschen und uns ihren Willen aufzwingen. Den Willen angeblich längst Verstorbener, A-Drei. Beginnst du nun zu ahnen, welchem Betrug wir zum Opfer gefallen sind?“

Der Arzt schüttelte langsam den Kopf. „Es kann nicht möglich sein, Ps-Fünf. Ich weiß, was du glaubst, aber ich kann es mir nicht vorstellen. Wir können nicht die Sklaven längst Gestorbener sein...“

„Sie sind *nicht* gestorben!“

Der Psychologe schrie es fast heraus und schloß dann erschrocken den Mund. Wenn ihn jemand hörte, war er verloren.

„Du meinst, sie leben noch?“ Fast ungläubig sagte es der Arzt. Aber dann entsann er sich, daß er selbst Mediziner war und ein Thema anschnitt, auf dem er erfahrener sein mußte als der Freund. „Natürlich, welchen Sinn hätten ihre zwar gut erhaltenen, aber toten Leiber? Sie leben also! Aber – warum leben Sie? Und – wer weiß davon?“

Der Psychologe beugte sich vor. „Wir, A-Drei. Wir wissen davon. Und R-Fünfundsiebzig – der aber wiederum nicht ahnt, daß ich ihm sein Wissen entlockte. Und das ist gut so. Ich habe ihn aus der Behandlung entlassen, ohne seinen Vorgesetzten Mitteilung zu machen, was die Ursache seiner Verstörtheit ist. Vielleicht hält er den Mund – dann wird er noch einige Zeit leben können.“

„Wir also wissen – und was fangen wir mit dem Wissen an?“

„Richtig betrachtet – was wissen wir schon? Irgendwo in einem unerforschten Teil unserer Welt liegen unsere Vorfahren in tiefem Schlaf, konserviert durch die Jahrhunderte – wenigstens ist das ihre Absicht gewesen. Vielleicht sind sie aber wirklich schon tot, gestorben durch einen unvorhergesehenen Fehler, und nur ihre Körper sind erhalten geblieben. Immerhin können wir nun ihre Absichten ahnen. Sie wollten eines Tages, wenn unsere Welt ihr Ziel erreichte, wieder geweckt werden. Die Generationen dazwischen, so nehme ich an, dienten nur dem Zweck, die Maschinerie in Gang zu halten. Wir glaubten, für uns zu arbeiten und zu leben, aber in Wirklichkeit taten wir es nur für die Schläfer im Mittelpunkt unserer Metallwelt. Ich frage mich nur, ob der Kommandant die Wahrheit kennt, oder ob auch er an der Nase herumgeführt wird.“

A-3 sah den Psychologen sinnend an. „Mit der Waffe in der Hand fühle ich mich sicher. Wer außer mir hat schon eine Waffe? Nur die Wärter. Sie kann man überlisten, denn sie sind keine Menschen, sondern nur Maschinen. Ich habe aber nicht nur einen Strahler, sondern drei. Ich kann dir einen geben. Wir können es somit wagen, den Kommandanten offen zu fragen und um Aufklärung zu bitten.“

„Du hast Mut“, erkannte der Psychologe neiderfüllt an. Er dachte einige Sekungen nach, dann fuhr er fort: „Schon in der Schule war die

Frage nach dem Sinn unseres Daseins mein größtes Problem. Ich wußte, daß wir in den Heimen geboren wurden und niemals unsere Väter sehen würden. Auch die Mütter wurden uns schnell genommen, wenn man uns in die Anstalten brachte. Dann die Schule und schließlich die Lehrzeit oder das Studium. Und dann die Arbeit, bis wir alt genug sind, um im Konverter zu sterben. Selbst im Tod dienen wir unserem Volk, denn unser Körper liefert Energie. Der Kreislauf unseres Lebens ist klar und vorherbestimmt, aber ihm fehlt der Sinn. Wozu das alles? Warum? Welchem Ziel streben wir entgegen? Oder wandert unsere Welt vielleicht ziellos durch das Universum der Sonnen?“

„Wir wissen wenig über die Sonnen“, erinnerte ihn A-3 an die Unterrichtsstunden der Schule. „Wir kennen die Überlieferungen, mehr nicht. Und wer weiß, ob diese Überlieferungen nicht falsch sind, erfunden von jenen, die im Zentrum der Welt schlafen und auf ihre Stunde warten.“ Er zögerte einen Augenblick, dann sagte er langsam: „Es gibt eine bessere Lösung, als den Kommandanten zu fragen. Wir werden etwas unternehmen.“

Ps-5 beugte sich interessiert vor. „Was werden wir unternehmen?“

„Wir werden zusammen mit R-Fünfundsiebzig noch einmal in jenen Raum vordringen, in dem unsere Vorfahren schlafen. Vielleicht erfahren wir dann, was sie planten.“

Der Psychologe erschrak sichtlich, aber dann überwand er seine Furcht und nickte zögernd. „Vielleicht hast du recht, A-Drei. Lieber sterbe ich mit einer Gewißheit im Herzen, als daß ich im ungewissen weiterlebe. Und wann?“

„Noch heute“, entgegnete der Arzt und erhob sich. „Du kannst den Arbeiter R-Fünfundsiebzig rufen lassen. Ich verberge mich im Nebenzimmer und trete in Erscheinung, wenn es notwendig sein sollte.“

Während er durch die Tür ging, zog er die Strahlwaffe aus der Tasche und entsicherte sie. Er schien gewillt, nicht das geringste Risiko einzugehen.

Ps-5 konnte es nur recht sein. Er drückte die Taste des Interkoms nieder und gab seine Anweisungen.

Reparateur Fünfundsiebzig wurde die Erinnerung an jenes bereits Monate zurückliegende Ereignis nicht mehr los. Wenn er schlief, plagten ihn grauenhafte Träume. Immer wieder sah er, wie sein Kollege von den grellen Energiefingern getroffen und getötet wurde. Immer wieder hörte er die metallischen Schritte der Wächter, die aus dem Dunkeln auf ihn zukamen, um ihn mit ihren kalten Händen zu ergreifen, aber immer wieder erwachte er auch rechtzeitig, um den gefürchteten Augenblick nicht mehr erleben zu müssen.

Vielleicht träumte er es eines Tages nicht mehr, und sie kamen wirklich, um ihn zum Konverter zu führen. Zum Glück kannte niemand sein Geheimnis. Solange er schwieg, war er sicher.

Und dann die langen Blockreihen mit den bewegungslosen Körpern. Was hatte das zu bedeuten? Waren es Tote der Vergangenheit, die zu irgendeinem unbekannten Zweck hier aufgehoben wurden? Wozu aber? Welchen Sinn hatten diese Toten, die schon seit Jahrtausenden in der Grabkammer weilten?

Oder – waren sie gar nicht tot?

Diese Frage hatte R-75 sich schon oft gestellt, ohne eine Antwort zu erhalten. Sein Wissen beschränkte sich auf technische Dinge, und er verstand kaum etwas von der medizinischen Wissenschaft.

Er schrak zusammen, als der Kommunikator schrillte. Die Stimme seines Vorgesetzten sagte aus dem Lautsprecher: „Du hast dich in der Psychologischen Abteilung zu melden, R-Fünfundsiebzig. Sofort! Bestätigung, bitte!“

„Verstanden“, sagte R-75 mühsam. Mit zitternden Händen streifte er den Anzug glatt und ging zur Tür. Was wollte man denn nun schon wieder von ihm? Hatte er den Test nicht gut bestanden? Oder hatte man gar Verdacht geschöpft und holte ihn zur neuerlichen Überprüfung?

Der Lift brachte ihn in das richtige Stockwerk. Während er den Korridor entlangschritt, versuchte er vergeblich, sich an eine Tatsache zu erinnern, die den Verdacht der Psychologischen Abteilung erregt haben mochte. Er suchte vergeblich. Er wußte aber auch, daß ein Zitieren vor den Psychologen niemals grundlos erfolgte. Das war es, was ihn beunruhigte.

Als er die Tür hinter sich schloß, wußte er bereits, daß seine

Situation nicht ganz so ernst war, wie er befürchtet hatte. Der Psychologe lächelte ihm entgegen – ihm, einem einfachen Arbeiter.

„Setzen Sie sich, R-Fünfundsiebzig", sagte Ps-5 gönnerhaft und deutete auf einen Stuhl. „Ich habe Ihnen einige Fragen zu stellen, und ich möchte Sie bitten, wahrheitsgemäß darauf zu antworten. Sie haben nichts zu befürchten, aber Sie sollen auch wissen, daß Schweigen in Ihrer Lage nur Nachteile für Sie bringt. Habe ich mich klar ausgedrückt?"

R-75 spürte, wie seine anfängliche Erleichterung mit einem Schlag verschwand. Zwar lächelte der Psychologe immer noch, aber dieses Lächeln hatte nun auf einmal die Bedeutung einer Falle.

„Ich weiß nicht...", begann R-75, aber er wurde sofort unterbrochen.

„Sie werden gleich wissen, mein Freund. Nur eines möchte ich Ihnen vorher noch sagen: Nach unserer Unterredung kann es nur zwei Alternativen geben. Entweder werden Sie und ich weiterleben, oder wir werden alle beide den Gang zu dem Konverter antreten müssen. Die Entscheidung liegt bei Ihnen."

„Der Konverter?"

Der Psychologe nickte grimmig. „Ja, der Konverter. Um es kurz zu machen: Sie waren vor einigen Tagen bei mir, weil Sie zu mir geschickt wurden. Ich unterzog Sie einer Psychobehandlung und erfuhr die Wahrheit über den Tod Ihres Arbeitskollegen – und somit erfuhr ich auch Ihr Geheimnis. Sie brauchen nicht zu erschrecken, denn Ihr Geheimnis ist bei mir sicher. Würde ich es zur Meldung bringen, stürbe ich mit Ihnen. Hoffentlich beruhigt Sie diese Feststellung."

R-75 schien in der Tat erleichtert. Er war klug genug, die Bedeutung der Worte des Psychologen zu erkennen. Stumm nickte er.

„Also gut, wir sind uns einig", fuhr Ps-Fünf fort. „Da Sie die Situation richtig erkannt haben, sehe ich nicht ein, warum ich Ihnen nicht gleich reinen Wein einschenken soll." Er drehte sich um und sagte in Richtung der halb geöffneten Tür, die in das Nebenzimmer führte: „Doc, du kannst kommen. Ich denke, wir können R-Fünfundsiebzig unseren Plan entwickeln..."

A-3 trat in den Raum und begrüßte R-75 mit einem Kopfnicken. Dann nahm er in dem dritten freien Sessel Platz.

Sie begegneten keinem Menschen und keinem Wächter.

R-75 führte sie, und er fühlte sich dabei nicht sehr wohl in seiner Haut. Er wußte, daß die beiden Männer hinter ihm bewaffnet und entschlossen waren, jeden Gegner auf der Stelle zu töten, ganz gleich, welche Konsequenzen sich daraus ergeben mochten. Aber R-75 fehlte noch das Vertrauen zu den unbekannten Waffen. Er hatte sie noch nie in der Hand eines Menschen in Aktion gesehen.

Sie glitten mit dem Lift dem Zentrum der gigantischen Kugelwelt entgegen und näherten sich den unbekannten Regionen der Maschinenräume. Bis hierher waren weder der Arzt noch der Psychologe jemals gelangt. Ihre Welt waren die blitzenden Gänge der wissenschaftlichen Sektionen. R-75 hingegen war sozusagen überall zu Hause. Sein Beruf brachte es mit sich, daß er an jeder Stelle des Schiffes eingesetzt werden konnte.

Er blieb stehen.

„Es ist nicht mehr weit. Eigentlich dürfte sich hier nun kein Mensch mehr aufhalten, aber ich wundere mich, daß wir keinem Wächter begegneten."

„Die Wächter sind Maschinen, ihnen fehlt das impulsive Denken. Sie denken höchstens logisch. Sie vermuten niemand hier, weil niemand hier etwas zu suchen hat. Vergessen wir nicht, daß sie wahrscheinlich seit zehn Jahrtausenden ihr Amt ausüben. Und soweit wir die Geschichte unseres Volkes kennen, gab es noch niemals ein Ereignis wie dieses. Wir sind die ersten, die das Geheimnis zu ergründen suchen."

„Vielleicht taten es andere vor uns", warf der Arzt ein. „Sie starben mit ihrem Geheimnis, so daß niemand davon erfuhr."

„Unwahrscheinlich, mein Freund. Ich wette, nicht einmal die Wächter kennen es. Höchstens jene, die hinter der Wand leben und die Schläfer betreuen."

„Vielleicht", räumte A-3 ein und schwieg.

„Gehen wir weiter", sagte Ps-5 ungeduldig und wog die Strahlwaffe abschätzend in der Hand. Er wußte von dem Arzt, wie sie funktionierte, aber nur ein Versuch würde ihm die Wirksamkeit der Waffe verraten können.

Das Licht wurde immer spärlicher, und man konnte kaum die Hand vor den Augen sehen. Diese Regionen des Schiffes wurden selten betreten, also wurde mit Energie gespart. Die Vorräte schienen nicht unerschöpflich zu sein.

R-75 schritt weiter und machte vor einer Tür halt. Sie war in der Wand eingelassen, aber ein Versuch machte klar, daß man sie nicht verschlossen hatte.

„Dahinter liegt der Raum, der den Abschluß der Lufterneuerungsanlage bildet. Von hier aus alarmierte ich meinen Einsatzleiter. Sollen wir hineingehen?“

„Darum sind wir hier.“ Ps-5 nickte ungeduldig und ging voran. Seine Waffe hielt er schußbereit, aber seine Vorsicht war unnötig. Bis auf mächtige Generatorenblöcke und Schalttafeln war der Raum leer.

Das Dämmerlicht war immerhin noch hell genug, um die rechtekkige Schweißstelle in der gegenüberliegenden Wand zu zeigen. Man sah deutlich, daß an dieser Stelle ein Loch geschaffen und später wieder geschlossen worden war.

„Dort war es“, sagte R-75 und schauderte zusammen, als die Erinnerung ihn überkam. Was er bisher immer nur in Alpträumen erlebt hatte, schien plötzlich Wirklichkeit werden zu wollen. „Aber ich habe keine Arbeitsgeräte bei mir. Wie wollen Sie den Durchbruch schaffen?“

Ps-5 gab keine Antwort. Der Arzt hingegen hob die Hand mit der Strahlwaffe.

„Damit“, sagte er entschlossen. „In ihr steckt genügend Energie, die ganze Wand abzuschmelzen. Aber wir haben es ja einfacher. Es genügt, wenn wir die eingesetzte Platte wieder entfernen.“

R-75 nickte unsicher. Er schien plötzlich Bedenken zu haben, aber dann überzeugte ihn ein Blick auf das Gesicht seiner beiden Begleiter davon, daß es kein Zurück mehr gab. Die Entscheidung war gefallen.

A-3 winkte Ps-5 und R-75 zu. „Tretet ein wenig zurück, am besten in die Ecke dort drüben. Es kann sein, daß die Energiestrahlen reflektiert werden. Wir müssen vorsichtig sein. So genau bin ich mit der Waffe nicht vertraut.“

Er wartete, bis die beiden Männer sich in Sicherheit gebracht hatten, duckte sich hinter einen Metallblock und richtete die Linse gegen die Stelle mit der Schweißnaht in der Mauer.

Der blasse Strahl zerfloß an der Wand, wurde aber nicht reflektiert. Schwer begann flüssiges Metall auf den Boden zu tropfen und erstarrte dort zu bizarren Pfützen. Zuerst konnte A-3 nichts sehen, da er zu sehr geblendet wurde, aber dann gewöhnten sich seine Augen an die Helligkeit.

Das ausgeschmolzene Loch kühlte an den Rändern nur langsam ab. In dieser Zeit hatten die Männer Gelegenheit, sich an das nun wieder herrschende Dämmerlicht zu gewöhnen. R-75 starrte mit verbissener Miene auf die entstandene Öffnung.

Schließlich murmelte er: „Wenn ich damals gewußt hätte, was ich dahinter finden würde, wäre ich niemals hindurchgeklettert. Seltsam eigentlich, daß ich damals keine Furcht verspürte. Heute ist das ganz anders.“

„Eine Gefahr, die man kennt, ist keine Gefahr mehr“, sagte Ps-Fünf kaltblütiger, als ihm zumute war. Mit der Hand tastete er über den gezackten Rand des Einstieglochs. „Es wird allmählich kühl. Ich denke, wir warten nun nicht mehr länger. Wenn es eine Alarmanlage gibt, werden die Wächter bald erscheinen. Wie lange dauerte es damals, R-Fünfundsiebzig?“

„So genau kann ich das nicht mehr sagen. Ich reparierte die Anlage und sah mich dann erst um. Nun, eine Stunde vielleicht.“

A-3 sah auf seine Uhr. „Eine halbe Stunde ist vorbei. Wir haben also nicht mehr viel Zeit.“ Er lächelte plötzlich dünn. „Wer geht voran?“

Der Psychologe wußte, daß einer von ihnen die Führerrolle übernehmen mußte, wenn das Unternehmen nicht scheitern sollte. Seine letzten Bedenken schwanden, als er das klar erkannte. Nicht eigentlich Mut beseelte ihn plötzlich, sondern mehr der Gedanke, seinem Schicksal nicht mehr entgehen zu können. Es war ihm völlig gleich, was mit ihm geschah, wenn er nur erfuhr, welches Geheimnis im Mittelpunkt des gigantischen Schiffes verborgen war.

„Ich gehe voraus“, sagte er und bückte sich, um durch das enge Loch zu kriechen. „Ihr könnt mir folgen, wenn ihr wollt.“

Ohne eine Antwort abzuwarten, zwängte er sich durch die Öffnung und richtete sich jenseits der Wand wieder auf, nachdem er einen Schritt zur Seite getan hatte, um den Nachfolgenden Platz zu machen.

Es war nicht nur dämmrig, sondern auch völlig still. Hier war nichts mehr von den üblichen Geräuschen des Schiffes zu hören, aber die Luft war gut, wenn auch eisig kalt. In der Decke eingelassen, glühten in regelmäßigen Abständen kleine Lampen, die ein trübes Licht verbreiteten. An den Wänden verrieten ausgedehnte Schalttafeln verborgene Anlagen, die einem unbekannten Zweck dienen mochten.

Der Blick des Psychologen fiel auf die beiden langen Reihen der Glasblöcke. Die Flüssigkeit mußte ein hohes spezifisches Gewicht haben, denn die reglosen Körper der Menschen lagen auf der Oberfläche und waren kaum eingesunken. So etwa lag ein Stück Holz auf Quecksilber.

„Phantastisch", hauchte eine Stimme neben ihm. Es war der Arzt. „Sähe ich es nicht mit eigenen Augen, ich würde es nicht glauben."

Ps-5 schien wie aus einem Traum zu erwachen. „Wir haben keine Zeit zu verlieren. Gehen wir."

Er behielt seine Waffe schußbereit in der Hand, während er langsam auf den ersten Block zuschritt. Der Arzt folgte ihm, während R-75 neben dem Eingang stehenblieb und die Rückendeckung übernahm. Auch er hatte eine Strahlwaffe erhalten und wußte, wie man sie bediente.

Vor dem ersten Block blieben sie stehen.

Die beiden Männer sahen hinab auf den schlanken und gut gebauten Körper des weißhaarigen Jünglings, der auf der Oberfläche der trüben Flüssigkeit ruhte. Seine Augen waren geschlossen, aber es sah so aus, als könne er sie in jedem Moment wieder öffnen, um die Eindringlinge erstaunt zu betrachten. Geschlossen war auch der schmallippige Mund, der gut zu dem kleinen, aber doch energischen Kinn paßte. Keine noch so geringe Bewegung der Nasenflügel verriet, daß in dem ruhenden Körper noch eine Spur von Leben war.

Der Mann war nackt. Seine fahle Hautfarbe unterschied sich nur wenig von der Flüssigkeit. Kraftlos lagen die Arme dicht neben dem Körper, als gehörten sie nicht zu ihm. Die Beine waren leicht angezogen, als hätte der Unbekannte noch eine letzte Bewegung machen wollen, bevor er einschlief.

Leitungen und Röhren endeten oben im Glaskasten. Erst jetzt bemerkten Ps-5 und A-3, daß ständig ein schwach sichtbares Gas in den Behälter strömte und durch eine andere Röhre wieder abgesaugt wurde. Die Beleuchtung genügte nicht, um auch feststellen zu können, ob der Schläfer dieses Gas einatmete oder nicht.

Ps-5 legte vorsichtig seine Hand gegen den Block. Fast ruckartig zog er sie wieder zurück.

„Kalt“, flüsterte er. „Die Flüssigkeit muß kälter als Eis sein.“

„Kälter als Eis, aber immer noch flüssig“, sagte der Arzt nickend und hatte steile Falten auf der Stirn. „Der Lebensprozeß wurde durch Einfrieren jäh gestoppt. Er kann jederzeit wieder einsetzen. Irgendwann – heute oder in fernster Zukunft – wird das der Fall sein.“

Der Psychologe schwieg. Er warf einen letzten Blick auf den Schläfer, ehe er weiterging. Im nächsten Block lag eine Frau.

Ps-5 und A-3 starrten auf sie hinab und erkannten, daß sie außergewöhnlich schön war. Nur einmal im Leben durften die Männer ihrer Welt eine Frau sehen. Wenn Studium und Lehrzeit beendet war, gab es ein Jahr Urlaub. Es war die schönste Zeit ihres Lebens. In diesem Jahr lernten sie eine Art Familienleben kennen und hatten nur die eine Pflicht, für Nachkommen zu sorgen. War das geschehen, wurden die „Ehepare auf Zeit“ wieder getrennt, um sich niemals wiederzusehen. Der Mann wurde der Arbeitsabteilung zugeteilt, für die er sich ausgebildet hatte, und blieb dort, bis der Kommandant seine Eliminierung befahl. Die Frau blieb im Kindersektor, bis sie nach etlichen Jahren ihren zweiten Urlaub erhielt.

Nach der Geburt des zweiten Kindes hatte sie ihre Lebensaufgabe erfüllt. Wenn sie sich nicht besonders hervorgetan und sich für ein Spezialgebiet der Kinderpflege und Erziehung beworben hatte, kam auch für sie der Tod durch den Konverter.

Das Mädchen in dem Glaskasten war nicht nur schön, sie verkörperte auch gleichzeitig die geheimsten Wünsche und Sehnsüchte der beiden Männer, die nichts als ihr nutzloses und schon jetzt verlorenes Leben kannten.

Die Stimme des Psychologen zitterte. „Ein Wunder – sie ist wie ein Wunder. Sie ist noch sehr jung ...“

„Sie ist Tausende von Jahren alt“, unterbrach ihn der Arzt nüchtern. „Sie sieht nur so jung aus, weil ihre Körperzellen nicht verfielen.“

Der Psychologe starrte bewegungslos auf die nackte Gestalt, während sich seine Finger wie Eisenklammern um den Griff des Strahlers krallten.

In seine Augen trat ein gefährliches Funkeln, und dann sagte er flüsternd: „Diese Ungeheuer! Zu welchem Leben haben sie uns verurteilt, wer immer sie auch sein mögen!“ Er sah auf und suchte die Augen des Arztes. „Jetzt wissen wir auch, warum wir niemals die Wahrheit erfahren durften. Man wußte, daß wir es nicht länger ertragen hätten. Wir leben in einer einzigen Lüge. Wir sollen nur das kennen, was wir sehen dürfen, und man sagt uns immer wieder, das sei das einzig Schöne, das im Universum existiere. Wir wissen ja nicht, was es sonst noch gibt – außer uns. Aber, A-Drei, jetzt wissen wir es.“

„Was wissen wir schon?“ entgegnete der Arzt und gab sich Mühe, ruhig und gelassen zu erscheinen. „Hier liegen sie, die ewigen Schläfer. Gut, und was nun? Tragen sie die Schuld an unserem Dasein? Oder gibt es einen anderen Schuldigen?“

„Wer sollte das sein?“

„Der Kommandant vielleicht – ich weiß es nicht. Er muß mehr wissen als wir.“

Ps-5 schüttelte den Kopf und betrachtete nun wieder das Mädchen. „Der Kommandant ist sterblich wie wir. Wenn seine Zeit gekommen ist, wartet der Konverter auch auf ihn.“ Der Psychologe machte eine kleine Pause, kniff die Augen zusammen und fügte hinzu: „Wir werden trotzdem den Kommandanten fragen, ob er etwas weiß. Jetzt haben wir endlich den Mut dazu.“

„Natürlich werden wir ihn fragen“, stimmte A-3 zu. „Aber es wird das Ende des Lebens sein, wie wir es kennen. Oder glaubst du, daß wir eine Stunde nach der Unterredung noch leben werden?“

„Ich nehme das Risiko auf mich, mein Freund. Wir besitzen Waffen. Wenn wir am rechten Ort sitzen, können wir selbst eine ganze Armee der Wächter in Schach halten.“

„Meuterei?“ flüsterte A-3 scheu. „Du willst dich gegen die bestehende Ordnung auflehnen?“

„Es war nicht meine Absicht, aber es wird mir immer klarer, daß wir ohne Gegenwehr unsere Fragen an den Kommandanten niemals überleben werden. Ich weiß nicht, wie der Kommandant denkt. Ich kenne ihn nur von verschiedenen Gesprächen her, in denen nicht ein einziges privates Wort fiel. Vielleicht wird er selbst von Zweifeln geplagt, vielleicht ist er aber auch ein gefühlloser Automat, der mechanisch seine Pflicht tut – oder das, was er für seine Pflicht hält."

Mit einem letzten und fast bedauernden Blick auf das nackte Mädchen wandte sich der Psychologe ab. Er sah hinüber zu dem kleinen Einstiegloch, neben dem R-75 Wache stand. Immer noch herrschte völlige Stille.

„Es sind mehr als zweihundert Glasblöcke", sagte A-3. „Ob es noch andere Räume dieser Art gibt? Die Zahl erscheint mir zu gering."

„Du wirst bemerkt haben, daß der Raum leicht gekrümmt angelegt wurde", erwiderte Ps-5 überlegend. „Meine mathematischen Kenntnisse sind kaum hervorragend zu nennen, aber ich schätze, daß es mindestens noch neun oder zehn dieser Säle in diesem Sektor des Schiffes gibt. Wie es in den anderen Teilen aussieht, vermag ich nicht zu sagen, aber nichts spricht dafür, daß – daß die Gefrieranlage nur auf einen Sektor begrenzt wurde."

Der Arzt schauderte zusammen. „Die Bezeichnung erinnert mich wieder daran, wie kalt es ist. Ich halte es nicht mehr lange aus. Sehen wir uns die anderen Schläfer auch noch an?"

„Einige", entgegnete der Psychologe, plötzlich einsilbig geworden. „Wir werden kaum mehr erfahren, als wir schon wissen – und jeden Augenblick können die Wächter auftauchen. Ich wundere mich, daß es bisher noch nicht geschehen ist."

Sie lauschten erneut in die Dämmerung hinein, aber nichts war zu hören. R-75 warf ihnen fragende und ängstliche Blicke zu. Er hob die Hand und gab ein Zeichen.

Die Stunde war bald um.

Ps-5 nickte zurück.

„Es wird besser sein, wir beeilen uns", sagte er zu dem Arzt. „Ich möchte eine Begegnung mit den Wächtern vermeiden – wenigstens heute. Einmal wird die Auseinandersetzung ja doch kommen müssen."

„Mit den Monstern aus Metall?" A-3 schüttelte sich. „Mir ist nicht sehr wohl, wenn ich daran denke."

„Wieso? Hast du selbst nicht schon einen erledigt?"

„Das schon – aber ich finde, wir werden einen Unterschied zwischen den Wächtern diesseits und jenseits der Wand machen müssen. Zwar habe ich noch keinen von diesen hier gesehen, aber die Erzählung unseres neuen Freundes R-Fünfundsiebzig genügt mir…“

Er verstummte jäh.

War da nicht ein Geräusch gewesen?

Blitzschnell sah er hinüber zu der Stelle, wo R-75 Wache hielt. Der Reparateur stand reglos und lauschte in die Dämmerung hinter den Glasblöcken hinein. Irgendwo dort schabte Metall auf Metall; es war, als riebe sich etwas gegen den Boden. Und dann wurde es heller.

Sie sahen es.

Im Hintergrund öffnete sich ein Spalt, wurde schnell größer und gab dann ein Tor frei. Der dahinterliegende Raum war hell beleuchtet. Gegen das Licht hoben sich fünf oder sechs gewaltige Schatten ab, die sich nun langsam in Bewegung setzten.

„Die Wächter!“ brüllte R-75 erschrocken und bückte sich, um sein Heil in der Flucht zu suchen. So schnell er konnte, zwängte er sich durch das enge Loch und hörte dabei nicht auf, um Hilfe zu rufen.

„Weg von hier!“ schrie A-3 und ergriff den Arm des Psychologen. „Worauf wartest du noch? Wenn sie uns erwischen…“

„Sie wissen, daß wir hier sind“, gab Ps-5 mit unheimlicher Ruhe zurück. Er mochte Angst vor der Gefahr gehabt haben, aber jetzt, da er ihr gegenüberstand, kehrte seine Gelassenheit zurück. Sein Daumen schob den Sicherungshebel der Waffe zurück. „Sie sollen auch wissen, daß ihre Wartezeit beendet ist. Wenigstens einen von ihnen werden wir fertigmachen.“

Der Arzt zögerte. Allein wollte er nicht fliehen und den Freund seinem Schicksal überlassen, aber auf der anderen Seite liebte er sein Leben, so trost- und sinnlos es auch sein mochte. Entschlossen machte er sich ebenfalls bereit, dem Feind gegenüberzutreten.

„Wir sollten aber wenigstens versuchen, uns den Rückzug zu sichern“, schlug er hastig vor. „Schießen wir vom Loch aus, damit wir sofort verschwinden können.“

„Gut – aber schnell!“

Mit einem letzten Blick auf das schlafende Mädchen huschte der Psychologe hinter dem Arzt her und erreichte eine Sekunde später den

Ausstieg in die bewohnten Räume des Schiffes. Gespannt harrten sie hier der Dinge, die da kommen sollten.

Und sie kamen...

Sechs Roboter waren es, die mitten zwischen der langen Reihe der gläsernen Behälter auf sie zuschritten. Ihre Arme waren rechtwinklig angebogen und besaßen keine Hände, sondern die tückisch funkelnden Linsen tödlicher Energiestrahler. Sie waren fast zweieinhalb Meter große Riesen. Die Wächter im bewohnten Teil des Schiffes maßen nicht mehr als zwei Meter. Der Unterschied war offensichtlich. Aber er machte sich auch in anderer Hinsicht bemerkbar.

Immerhin vermochten auch sie zu sprechen.

Es war eine harte, metallische Stimme, die plötzlich rief: „Bleibt, wo ihr seid! Versucht nicht, uns zu entkommen!“

Ps-5 schien wie aus einem Traum zu erwachen. Seine Hand zitterte leicht, als er die Waffe hob und gegen die Roboter richtete. Mit einem Bein in der Fluchtöffnung stehend, folgte der Arzt seinem Beispiel.

„Wenn ihr stehenbleibt, reden wir mit euch!“ rief Ps-5. Seine Worte hallten durch das Gewölbe und wurden von den Wänden reflektiert. Und sie drangen bis an die mechanischen Ohren der Roboter, denn die sechs Gestalten blieben ruckartig stehen. Nur einer machte zwei weitere Schritte, hielt aber dann ebenfalls an.

„Du hast keine Bedingungen zu stellen“, dröhnte sein metallischer Baß. „Ihr seid bereits seit jener Sekunde zum Tode verurteilt, in der ihr in diesen Raum eindrangt. Niemand vermag euer Leben zu retten. Warum kamt ihr?“

„Du kannst es nicht erraten?“ fragte Ps-5 spöttisch, obwohl sich sein Körper mit einer Gänsehaut überzog. Er war dem Tod noch nie so nahe gewesen wie in diesem Augenblick. „Was ist mit jenen Schläfern in ihren Glasbehältern? Wer sind sie? Welches ist euer Auftrag?“

Eine Weile war Schweigen, dann kam die Antwort: „Vielleicht werden wir dir und deinem Freund die Antwort sagen, aber erst dann, wenn euch nur noch Sekunden vom Tod trennen. Kommt her und flieht nicht. Wir wissen, daß ein dritter entkommen ist.“

„Rührt euch nicht!“ befahl Ps-5, als die Roboter Anstalten machten, sich wieder in Marsch zu setzen. „Warum folgt ihr unserem geflohenen Freund nicht?“

„Wir dürfen den verbotenen Sektor niemals verlassen", gab der Robot zu. Er durfte niemals lügen, dafür hatten seine Erschaffer gesorgt. Eine Vorsichtsmaßnahme, die sich nun gegen sie selbst richtete. „Wollt ihr nun zu uns kommen, oder sollen wir euch holen?"

„Ihr habt unsere Fragen noch nicht beantwortet."

„Ich betonte schon, daß sie später beantwortet werden."

A-3 flüsterte Ps-5 heiser zu: „Du kannst nicht mit ihnen verhandeln. Sie richten sich nach ihren Befehlen und werden ihre Meinung erst dann ändern, wenn sie umprogrammiert werden. Ich verstehe etwas davon, denn einer meiner Bekannten, ein Physiker..."

„Dann sollen sie wenigstens einen Denkzettel erhalten", gab der Psychologe grimmig zurück. „Los, versuchen wir, zumindest zwei von ihnen unschädlich zu machen. Und dann nichts wie raus hier. Sie dürfen uns ja nicht verfolgen."

Ohne ein Einverständnis abzuwarten, drückte er auf den Feuerknopf seiner Waffe.

Die sechs Roboter standen mit dem Rücken zum Licht und waren gut zu erkennen. Der grelle Energiefinger aus der Waffe des Psychologen traf den Sprecher genau in der Brust und fraß sich zischend in das eiskalte Metall. Noch ehe der Arzt seinerseits das Feuer eröffnen konnte, erfolgte eine kleine Detonation, die den Anführer regelrecht auseinanderriß. Polternd stürzte der Riese zu Boden und verursachte einen derartigen Lärm, daß die beiden Männer befürchteten, man könnte es im ganzen Schiff vernehmen.

Der Psychologe nahm den zweiten Roboter aufs Korn.

Drei von ihnen waren zerstört, ehe sie das Feuer erwiderten.

A-3 verspürte plötzlich einen sengenden Schmerz an der linken Hüfte und sah entsetzt, wie seine Kleidung zu brennen begann. Mit einem Aufschrei bückte er sich und schlüpfte durch das Loch in den Generatorenraum. Mochte Ps-5 tun und lassen, was er wollte...

Aber der Psychologe war klug genug einzusehen, daß er allein nicht gegen die drei verbliebenen Gegner antreten konnte. Er folgte dem Arzt und half diesem dann, das Metallstück wieder in das gezackte Loch einzusetzen.

Erst jetzt bemerkten sie R-75, der zitternd und schlotternd hinter einem Generatorenblock hervorkam und sich seiner Feigheit sichtlich schämte. Aber sie konnten ihn verstehen und nahmen ihm die schleunige Flucht nicht weiter übel.

„Hilf uns, R-Fünfundsiebzig! Schweiße die Naht!“

Zehn Minuten später waren sie auf dem Rückweg zu ihren Wohnkabinen. Mehr als einmal traf sie ein neugieriger Blick, wenn sie Arbeitern oder Wissenschaftlern begegneten, aber niemand stellte eine Frage.

Bevor sie sich verabschiedeten, sagte Ps-5 zu R-75: „Du wirst dich in zwei Tagen bei mir zwecks einer neuerlichen Untersuchung melden. Komm sofort nach Beginn der Schicht. Und noch etwas: Zu keinem Menschen ein Wort über das, was wir erlebten! Dir ist der Tod gewiß, wenn du nicht schweigen kannst.“

„Ich werde schweigen und übermorgen kommen“, versprach der Reparateur und verabschiedete sich. Mit ruhigen Schritten ging er davon.

A-3 sah ihm nach. „Nur ein einfacher Mann, aber wir können uns auf ihn verlassen.“

Der Psychologe nickte. „Wir müssen auch. Besonders übermorgen. Du ahnst den Grund, warum wir nicht schon heute zum Kommandanten gehen?“

„Ja, ich ahne ihn“, sagte A-3. „Du willst wissen, ob die Roboter wirklich mit ihm in Verbindung stehen und den Vorfall melden.“

„Genau das will ich.“ Ps-5 nickte. „Ich bin nämlich noch nicht so sicher, daß sie es tun werden.“

Mit einem Händedruck schieden sie voneinander.

Die linke der beiden Türen öffnete sich, und die drei Männer betraten das Allerheiligste des Schiffes – die Zentrale.

Der Kommandant saß hinter seinem Tisch und sah ihnen entgegen. Als er an den Schriftzeichen auf der Brust erkennen konnte, daß es sich um die angemeldeten Personen handelte, nickte er den beiden Wächtern zu, die seine Besucher bis zur Tür geleitet hatten.

Wortlos machten die Kolosse kehrt und verschwanden.

Die Tür schloß sich.

Lange Sekunden vergingen in gespanntem Schweigen, dann schien sich der Bann zu lösen. Der Kommandant deutete auf drei Sessel.

„Nehmen Sie Platz, meine Herren. Sie sind heute die einzigen Personen, die um eine Unterredung gebeten haben. Da es sich dem Termin nach um keine Routinebesprechung handeln kann, bin ich sehr gespannt zu erfahren, was Sie zu mir führt – besonders den Reparateur Fünfundsiebzig."

Es war in der Tat ungewöhnlich, daß ein einfacher Arbeiter den Kommandanten zu sprechen wünschte.

Die drei Männer hatten sich darauf geeinigt, daß Ps-5 ihr Sprecher sein sollte. Er kannte die Seele des Menschen und wußte selbst auf die rätselhaftesten Regungen eines fremden Herzens richtig zu reagieren.

„Bevor wir Ihnen den wirklichen Grund für diese Unterredung mitteilen, haben wir Ihnen einige Fragen vorzulegen", begann der Psychologe und durchbrach bewußt die bestehende Ordnung. Es war nicht üblich, dem Kommandanten Fragen zu stellen. „Wenn Sie uns wahrheitsgemäß antworten, ist es möglich, daß wir offen miteinander reden können."

Der Kommandant bewegte sich nicht. Zwar trat in seine rötlichen Albinoaugen ein erstaunter Ausdruck, aber sonst verriet er mit keiner Miene, wie verblüfft er über den außergewöhnlichen Vorschlag des Psychologen war. Sein Blick glitt über die Gesichter der drei Männer, als suche er darin nach einer Erklärung, dann sagte er ruhig: „Fragen Sie, Ps-5."

Jetzt staunte der Psychologe. Er hatte fest damit gerechnet, auf größeren Widerstand zu stoßen. Die ungewöhnliche Bereitschaft des Kommandanten, alle bestehenden Gesetze zu umgehen, schien darauf hinzuweisen, daß er über den Vorfall im Schiffszentrum unterrichtet war. Vielleicht aber war er auch nur neugierig.

„Meine Fragen betreffen die alltäglichsten Dinge unseres Lebens, Kommandant. Sie werden nicht nur von mir gestellt, sondern sie beschäftigen Tausende von Menschen, die in diesem Schiff geboren, aufgezogen und schließlich eliminiert werden. Alle diese Fragen lassen sich zu einer einzigen Frage zusammenfassen: Warum leben wir, Kommandant?"

Der weißhaarige Herrscher über Leben und Tod sah dem Psychologen starr in die Augen. Seine beiden Hände lagen vor ihm auf der Tischplatte, und Ps-5 konnte bemerken, daß die Finger zuckten.

„Warum wir leben? Eine sehr merkwürdige Frage, Ps-5, wenn Sie mir die Bemerkung gestatten. Aber Ihr Spezialberuf entschuldigt die Neugier, die Sie diese Frage stellen läßt. Was mich wundert, ist, daß auch R-Fünfundsiebzig mit einer solchen Frage zu mir kommt – daß er es wagt, damit zu mir zu kommen. Sie als Psychologe sollten sich Gedanken darüber machen ...“

„Sie haben mir noch nicht geantwortet“, unterbrach ihn der Psychologe brüsk. Sein Arm hing lose am Körper herab, und er fühlte die Energiewaffe in der Tasche. „Weichen Sie mir nicht aus, Kommandant.“

Diesmal zeigte der Kommandant seine Verblüffung ganz offen. Den bestehenden Gesetzen nach war er absoluter Herr aller Lebewesen im Raumschiff; sein Wort genügte, die härteste Strafe sofort vollstrecken zu lassen. Und Ungehorsam wurde stets mit dem Tode geahndet. Dies hier war mehr. Es war glatte Meuterei.

„Also gut, Ps-Fünf, Sie sollen eine Antwort haben. Jeder von uns lebt, damit er eines Tages durch seinen Tod der Gemeinschaft dient. Der Zerfall seines Körpers im Konverter gibt den Maschinen des Schiffes neue Energie. Die Lebenden müssen atmen, trinken und essen, die Generatoren müssen gespeist und der Kurs des Schiffes muß gehalten werden.“

„Und warum? Für wen, wenn wir alle doch sterben?“

Aber diesmal ging der Kommandant nicht darauf ein. „Jeder von uns, der nur an sein eigenes unbedeutendes Schicksal denkt, begeht ein Verbrechen gegen unsere Gemeinschaft. Der einzelne zählt nicht. Wer sich nicht fügt, muß seine stoffliche Energie früher abgeben, als ihm zugestanden ist. Niemand von uns lebt nutzlos. Wir alle dienen dem höchsten Ziel.“

„Was ist dieses Ziel?“

„Das Ziel des einzelnen ist es, im Konverter zu enden. Das Ziel unseres ganzen Volkes ist unbekannt.“

„Ich will es ergründen, darum kam ich zu Ihnen.“

Der Kommandant betrachtete Ps-5 mit einem langen und nachdenklichen Blick, dann schüttelte er den Kopf.

„Selbst wenn ich wollte, so könnte ich Ihnen dabei doch nicht helfen. Das Ziel kenne ich selbst nicht. Ich erfülle die Aufgabe, die das

Schicksal mir übertrug – mehr kann ich nicht tun. Nicht mehr lange, und mein Nachfolger wird an dieser Stelle sitzen. Ich weiß nicht, ob er so geduldig wäre, Sie noch eine Sekunde länger anzuhören."

Der Psychologe spürte, daß die Unterredung in ein kritisches Stadium trat. Es würde nun gut sein, die Karten auf den Tisch zu legen, um eine Entscheidung herbeizuführen.

„Wenn Ihr Nachfolger Ihr Amt übernimmt, sterben Sie. Erwarten Sie diesen Augenblick mit besonderer Freude, Kommandant?"

Die Antwort kam erst nach einer Minute. „Ich stehe dem unvermeidlichen Ereignis kalt und teilnahmslos gegenüber. Als ich mein Amt vor einer Generation antrat, kannte ich meine Bestimmung bereits. Ich brachte meinen Vorgänger selbst zum Konverter. Mir wird es genauso ergehen. Ich suchte mir im Sektor der Nachkommenschaft den intelligentesten Jungen heraus, machte ihn zum O-Eins und damit zu meinem Nachfolger. Zum Dank wird er mich töten, sobald er das Zeichen von mir erhält."

„Und mit keinem Gedanken denken Sie daran, dieses Ereignis hinauszuzögern, weil Sie gern leben möchten?" fragte Ps-5 zweifelnd. „Sie wollen uns erzählen, daß Sie dem sicheren Tod ohne Gemütsbewegung entgegensehen? Das glaube ich Ihnen nicht."

„Es geht mir nicht anders als Ihnen", gab der Kommandant zurück. „Als Sie sich entschlossen, mir diese Fragen zu stellen, haben Sie sich wohl auch damit abgefunden, noch am selben Tag zu sterben. Oder glauben Sie etwa, daß Sie das Ende des heutigen Tages noch erleben werden?"

„Ja, daran glauben wir alle drei, Kommandant. Wir werden sogar noch länger leben als bis heute oder morgen oder bis zu jenem Tag, da Sie es für richtig halten, uns zum Konverter bringen zu lassen. Wir werden so lange leben, bis die Natur entscheidet, daß wir sterben müssen. Wir werden unser ganzes Leben ausleben, bis zum natürlichen Ende."

Der Kommandant schüttelte ernst den Kopf. „Nein, das werden Sie nicht. Was Sie verlangen, ist völliger Wahnsinn. Sie würden alt werden und der Gemeinschaft zur Last fallen. Ihr Leben wäre in seiner Endphase für unser Volk nur nutzlos und würde allen Vorteil zunichte machen, den es in den tatkräftigen Jahren schuf. Niemand von uns darf eines natürlichen Todes sterben, weil damit das ganze Volk stürbe. Das sagt uns bereits der klare Verstand. Es gäbe zu viele Kinder, zu viele Menschen, zu wenig Platz."

„Es ist die Natur selbst, die hier entscheidet. Wäre es richtig, würde sie uns im besten Alter sterben lassen. Aber sie tut es nicht. Wie lange kann ein Mensch überhaupt leben, Kommandant? Wissen Sie es? Wie wollen Sie sonst die Frist bestimmen, die uns gesetzt wurde? Sprechen Sie das Todesurteil nicht vielleicht zu früh?"

„Die Lebensfrist richtet sich nicht nach der natürlichen Lebensspanne, sondern nach den physikalischen Gegebenheiten unserer Welt. Es dürfen niemals zu viele Kinder geboren werden und niemals zu wenige Erwachsene sterben. Das Gleichgewicht bestimmt unser Schicksal."

„Ein grausames und ungerechtes Schicksal, Kommandant. Wir sind hier, um eine radikale Änderung herbeizuführen. Wir wollen nicht länger zusehen, wie das Leben an sich vergeudet und mißhandelt wird. Es geht hier nicht um unser eigenes Leben, sondern um das unseres Volkes. Jedem von uns hat die Natur das Recht zugestanden, bis zu seinem Tod zu leben – wenn ich es einmal so ausdrücken darf. Ich weiß nicht, wer die Gesetze schuf, nach denen wir existieren sollen, aber wer immer es auch war, der Schöpfer des Universums möge ihn oder sie verfluchen."

Der Kommandant wurde bleich. Seine Hände zitterten.

„Ich verbiete Ihnen, so zu sprechen!" rief er wütend.

Aber der Psychologe dachte nicht daran, sich jetzt noch einschüchtern zu lassen. „Sie haben mir nichts mehr zu verbieten, Kommandant. Wir drei wissen, daß unser Leben verwirkt ist, wenn wir uns Ihrem Willen beugen. Wir haben somit nichts mehr zu verlieren, wenn wir es wagen, die alten Gesetze durch neue und bessere zu ersetzen. Und Sie werden uns dabei helfen. Zum Dank dafür erhalten Sie den Rest Ihres natürlichen Lebens geschenkt. Das ist unser Vorschlag. Sie können ihn ablehnen, wenn Sie den Mut dazu haben und verrückt genug sind."

Die Hand des Kommandanten erhob sich von der Tischplatte und näherte sich einem Schalter.

Der Psychologe lächelte, als er das sah. „Ich werde Sie nicht daran hindern, die Wächter zu alarmieren. Je eher sie kommen, desto früher erfahren alle Männer des Schiffes, was geschehen ist. Sie können mir ruhig glauben, daß sie nicht untätig zusehen werden, wie man uns abschlachtet. Geben Sie aber keinen Alarm, haben wir immerhin die Gelegenheit, die Angelegenheit zuerst zu besprechen und friedlich zu regeln. Im übrigen...", er zog den Strahler aus der Tasche und entsicherte ihn, „... sind wir nicht wehrlos."

Der Kommandant starrte wortlos auf die Waffe. Seine Hand zögerte, dann kehrte sie an ihren ursprünglichen Platz zurück.

Der Psychologe lächelte.

„Gut", erkannte er freundlich an. „Ich sehe, Sie sind ein vernünftiger Mann. Dann können wir also weiterhin offen miteinander reden."

„Geben Sie sich keinen Illusionen hin, Ps-Fünf", warnte der Kommandant. „Ich zögere nur, weil ich kein allgemeines Blutbad wünsche. Das würde die bestehende Ordnung nur störend beeinflussen. Würde unsere Zahl zu radikal reduziert, wäre die Gefahr genauso groß wie wenn unsere Zahl wachsen würde. Das Geheimnis unseres geregelten Lebens ist der gerechte Ausgleich, das müssen Sie inzwischen begriffen haben..."

„Gerecht!" höhnte Ps-5. „Ein nicht geborenes Kind ist gerechter, als einen Lebenden frühzeitig zu töten."

„Sie verweigern dem schlummernden Leben seine Daseinsberechtigung?" empörte sich der Kommandant, und wie es schien, war er von seinem Standpunkt sehr überzeugt. „Sie werden diesen Raum nur in Begleitung der Konverter-Wächter verlassen."

„Abwarten. Übrigens – Sie erinnern mich an etwas anderes. Sie sagten eben etwas von schlummern. Das wirft ein neues Problem auf. Würden Sie uns verraten, wer die bestehenden Gesetze entworfen hat? War es einer Ihrer Vorgänger?"

„Sie haben kein Recht, danach zu fragen!"

„Das ist erst in zweiter Linie entscheidend – ich habe die Macht!" Der Psychologe hob die Waffe. „Ich kann Sie töten."

Der Kommandant lächelte kalt. „Meine Zeit ist in wenigen Tagen um, dann würde ich ohnehin sterben. Ich habe keine Furcht mehr vor dem Tod, auf den ich mich ein ganzes Leben vorbereiten konnte. Nein, damit können Sie mich nicht zwingen, Ihnen die Geheimnisse zu verraten, die unser Volk erhalten."

„Sagen Sie mir eins, Kommandant: Ist nur der jeweilige Kommandant berechtigt, die Geheimnisse zu kennen?“

„So ist es.“ Der K-1 nickte unüberlegt.

„Ausgezeichnet“, gab Ps-5 zurück. „Bevor Sie also sterben, müssen Sie Ihren Nachfolger einweihen. Geschähe das nicht, würde die bestehende Ordnung zusammenbrechen. Das Geheimnis stürbe mit Ihnen – wenn ich Sie tötete. Ist es nicht so?“

Der Kommandant erkannte den furchtbaren Fehler, den er begangen hatte. Er wurde noch blasser, als er schon war. „Sie werden es nicht wagen...“

„O doch, wir werden. Wir werden Sie töten, und Ihr Nachfolger hat niemals Gelegenheit, die Wahrheit durch Ihren Mund zu erfahren. Selbst wenn wir dann stürben, stünde er hilflos an Ihrem Platz. Malen Sie sich die Folgen selbst aus.“

Er schwieg, um dem Kommandanten Gelegenheit zu geben, über die Konsequenzen seines störrischen Verhaltens nachzudenken. Er fing den Blick des Arztes auf, der wieder zuversichtlicher geworden war. R-75 stand reglos und mit schußbereiter Waffe daneben. Seine Züge verrieten Entschlossenheit.

Endlich sagte der Kommandant: „Sie haben gewonnen, Ps-Fünf. Ich sehe keinen Ausweg. Wenn ich also die Gesetze breche und Ihnen das sage, was ich nur dem nachfolgenden Kommandanten sagen darf, diene ich dem Volk und den Geistern der Vorfahren.“ Er erhob sich und stand nun aufrecht und stolz vor den Verschwörern, die einen natürlichen Tod forderten. „Aber Sie werden nicht lange mit Ihrem Wissen leben.“

„Lassen Sie das unsere Sorge sein“, erwiderte Ps-5 gelassen. „Reden Sie!“

„Nein, viel reden werde ich nicht, aber ich will Ihnen etwas zeigen.“ Er wies auf die zweite Tür in der Wand, die massig und schwer in das Metall eingelassen war. „Kommen Sie mit mir.“

Der Psychologe witterte eine Falle, aber dann mochte er erkennen, daß ihnen keine andere Wahl blieb, als dem Kommandanten zu vertrauen. Er sah zu, wie der andere zu der Tür ging und an dem Rad drehte.

„Keine Sorge, meine Herren, dahinter liegt nur meine Wohnkabine. Sie hat keinen Ausgang, nur eine weitere Tür. Was dahinter liegt, ist das, was Sie wissen wollen.“ Die schwere Tür öffnete sich und gab den Blick in den dahinterliegenden Raum frei. Sie folgten dem Kommandanten.

Die Kabine unterschied sich kaum von den Kabinen, die sie kannten oder selbst besaßen. Aber doch war sie anders. Sie hatte einen zweiten Ausgang. Genau dem Eingang gegenüber war eine Tür.

Es war ein wahres Monstrum aus Metall mit elektronischen Schlössern und anderen Sperrvorrichtungen, die es nur dem Eingeweihten ermöglichten, sie zu öffnen.

Der Kommandant zeigte auf die Tür.

„Dahinter liegt das Geheimnis unseres Daseins. Nur der Kommandant darf den Raum betreten, jeder andere muß sterben. Ich kann das Gesetz nicht ändern, und selbst dann, wenn ich euch verschonen würde, bliebe die Strafe nicht aus. Die Wächter würden das Urteil vollstrecken.“

„Und woher“, fragte der Psychologe, „würden die Wächter erfahren, was hier geschehen ist? Sie sind keine Wesen aus Fleisch und Blut, sondern nichts als Maschinen, von unseren Vorfahren erbaut. Warum sollten wir uns ihrem Willen beugen? Sind Maschinen nicht dazu erschaffen, dem Menschen zu dienen? Warum ist es umgekehrt?“

Der Kommandant gab keine Antwort. Er schritt weiter und blieb vor der Tür stehen. Wortlos machte er sich an den Kontrollen zu schaffen.

Zum erstenmal ergriff nun A-3 das Wort. „Mein Freund Ps-Fünf hat vergessen zu erwähnen, daß wir Sie sofort erschießen werden, wenn uns hinter der Tür Verrat erwartet. Diese Waffen hier sind tödlich. Ich habe sie einem Wächter abgenommen.“

Der Kommandant hielt einen Moment in seinen Bewegungen inne. Sein Gesicht zeigte Erschrecken. „Einem Wächter? Und er hat sich das gefallen lassen?“

„Was blieb ihm übrig? Ich habe ihn vorher unschädlich gemacht.“

„Einen Wächter...“

„Sie sind leicht zu überlisten“, tröstete der Arzt spöttisch. „Es wird auf diesem Schiff bald keine Wächter mehr geben.“

Der Kommandant zögerte nun nicht mehr. Mit einem entschlossenen Ruck drehte er das Rad, schaltete die elektronischen Sperren aus und öffnete die Tür.

Die drei Männer folgten ihm mit bereitgehaltenen Waffen. Sie traten in den Raum.

Er war völlig leer. Alle Wände – bis auf eine – waren kahl.

An dieser einen Wand aber befand sich ein großer Bildschirm.

Überlebensgroß sah sie von dort aus das Gesicht eines alten, weißhaarigen Mannes an.

Und dann begann dieser zu sprechen...

Seit zwei Tagen hatte Maschinist Vier den Arzt nicht mehr gesehen. Das wunderbare Heilmittel, nach dessen Genuß sich so herrlich träumen ließ, war inzwischen ausgegangen. Wenn er es nicht bald erhielt, würde er verrückt werden. Denn das Leben, so wußte M-4 jetzt, war nur mit Träumen zu ertragen.

Er meldete sich krank, aber A-3 wurde durch einen ihm fremden Mediziner vertreten.

Immerhin erreichte er, einen freien Tag zu erhalten. Aber viel Freude konnte ihm das auch nicht bereiten, denn die neugierigen Blicke seines Kollegen M-7, der ebenfalls Freischicht hatte, waren alles andere als angenehm.

„Du siehst wirklich nicht gut aus, M-Vier. Was fehlt dir?"

„Einiges", knurrte der süchtige Maschinist kurz angebunden. „In erster Linie meine Ruhe."

Aber so schnell ließ sich M-7 nicht einschüchtern. „Mir kannst du nichts vormachen, alter Junge. Dich bedrückt irgend etwas, das sieht doch ein Blinder. Mit mir kannst du offen reden, auch wenn wir uns kaum kennen. Aber immerhin wohnen wir schon seit Jahren zusammen in dieser Kabine und werden es auch wohl bis zum Ende unseres Lebens tun."

„Leben?" machte M-4 verächtlich und schwieg erschrocken. Er hatte schon zuviel gesagt. Aber M-7 lächelte plötzlich.

„Ich finde das Leben genauso nutzlos und hoffnungslos wie du. Ich gehe kein Risiko ein, dir das zu sagen, weil du ähnlich denkst. Worauf warten wir beide? Auf das Todeskommando, habe ich recht?"

„Verdammt recht“, gab M-4 zu und ahnte, daß eine Entscheidung bevorstand. Entweder war M-7 ein Spion, oder aber er war ein Freund. Wenn er – M-4 – am folgenden Tag noch lebte, würde er die Wahrheit wissen.

„Gut. Dann erzähle, was dich bedrückt. Ist es das Leben an sich, oder hast du einen besonderen Grund?“

„Warum soll ich dich mit meinen Problemen belasten? Hat nicht jeder mit sich selbst genug zu tun?“

„Gemeinsam läßt sich eine Last besser tragen.“

Das sah M-4 ein. Er überlegte noch einige Sekunden, dann sagte er: „Ich habe zusammen mit Arzt Drei einen der Wächter in einen Hinterhalt gelockt und unschädlich gemacht. Wir haben ihm die Waffe ausmontiert und abgenommen. A-Drei gab mir danach ein Beruhigungsmittel, an das ich mich gewöhnte. Ich kann nicht mehr ohne die Träume auskommen. Seit zwei Tagen aber ist A-Drei verschwunden.“

M-7 begann zu ahnen, was sich hinter der knappen Schilderung verbarg. Nicht nur er, sondern auch andere Männer waren mit der bestehenden Ordnung nicht zufrieden und hatten beschlossen, die Herrschaft der Roboter und des Kommandanten zu brechen. Es war reiner Zufall, daß er mit einem der Männer nun Kontakt erhalten hatte, aber wie es schien, spielte M-4 nur eine untergeordnete Rolle. Aber er war das wichtige Verbindungsglied.

„Ist ein Wächter so leicht zu vernichten?“

„Es ist nicht schwer. An sich wurden die Roboter so konstruiert, daß man ihnen nichts anhaben kann, aber die Erschaffer vergaßen nicht, einen Sicherheitsfaktor einzubauen. Man scheint damals schlechte Erfahrungen in dieser Hinsicht gemacht zu haben. Im Nacken befindet sich eine kleine, unauffällige Schraube. Eine Drehung genügt, den Wächter zu desaktivieren. Im Notfall tut ein harter Schlag den gleichen Dienst. Sie sind dann trotz ihrer gefährlichen Energiewaffen völlig hilflos.“

„Man könnte also, wenn man wollte, alle Wächter ausschalten?“

M-4 schien von dem bloßen Gedanken an diese Möglichkeit so erschrocken, daß er totenblaß wurde. „Das wäre doch Wahnsinn ...“

„Wäre es das wirklich, M-Vier? Was würde geschehen, wenn eine

Gruppe entschlossener Männer sich daran machte, jeden einzelnen Wächter zu überlisten und unschädlich zu machen? Sie könnten sich in den Besitz der Waffen setzen und bis zum Kommandanten vordringen. Das Schreckensregiment hätte ein Ende."

„Sind wir es anders gewohnt? Haben nicht schon unsere Vorfahren so gelebt wie wir heute? Wann überhaupt begann es?"

„Das sind Fragen, über die ich mir auch schon den Kopf zerbrochen habe. Aber nicht mehr länger. Jetzt wird gehandelt. Der Zufall wollte es, daß A-Drei gerade dich zu seinem Vertrauten wählte. Er benötigte für sein Vorhaben einen Maschinisten, und er nahm dich. Nun gehöre ich ebenfalls dazu. Wir müssen sofort mit A-Drei sprechen..."

„Er ist seit zwei Tagen verschwunden, M-Sieben. Ich weiß nicht, was geschehen ist. Vielleicht wurde sein Verbrechen entdeckt..."

„Dann lebtest auch du nicht mehr." M-7 schüttelte den Kopf. „Oder glaubst du, der Arzt hätte den Mund gehalten?"

„Vielleicht hätte er geschwiegen", meinte M-4 etwas unsicher. „Doch wenn er noch lebt – wo ist er?"

„Das läßt sich feststellen. Er ist der Arzt unserer Sektion. Wenn ich mich krank melde..."

„Es ist eine Vertretung vorhanden."

M-7 schwieg verbissen. Das hatte er vergessen. Aber dann sagte er: „Wir handeln einfach. Bei der kommenden Arbeitsschicht werden wir damit beginnen, die Wächter auszuschalten. Solange niemand hinter unser Geheimnis kommt, ist es gut. Und wenn die Vorfälle bekannt werden, werden sich uns andere Männer anschließen. Niemand ist in Wirklichkeit mit unserem Dasein zufrieden, solange niemand uns verrät, welches das Ziel unserer Reise ist."

Aber noch ehe sie ihre Absicht in die Tat umzusetzen vermochten, schrillte der Interkom in der Kabine.

Eine hörbar verstellte Stimme sagte: „Hallo, M-Vier! Melden Sie sich!"

M-7 warf seinem Kameraden einen schnellen Blick zu, dann nickte er.

„Hier M-Vier", meldete sich der Maschinist, nachdem er das Sprechgerät eingeschaltet hatte.

„Sind Sie allein in Ihrer Kabine?"

M-7 nickte heftig, so daß M-4 sagte: „Ja, ich bin allein. Wer spricht?“

Der Tonfall der Stimme veränderte sich, und sie kam den beiden Männern plötzlich sehr bekannt vor.

„Hören Sie gut zu, M-Vier! Nehmen Sie Ihr Werkzeug und kommen Sie sofort in den Zentral-Sektor, Kommandoraum. Sie werden erwartet.“

„Arzt Drei?“

„Ja, ich bin es. Und nun beeilen Sie sich!“

„Nicht abschalten!“ rief M-4 verzweifelt. „Hören Sie noch?“

„Was gibt's?“

„Kann ich einen Freund mitbringen, M-Sieben?“

Kurze Pause. Dann sagte A-3: „Woher weiß er?“

„Er ist bei mir. Ich kann jetzt nichts sagen, aber er ist auf unserer Seite. Ich brauche auch wieder mein Beruhigungsmittel...“

„Bringen Sie Ihren Freund mit“, entschied A-3. „Aber zögern Sie keinen Augenblick mehr. Es geht um Leben und Tod – nicht nur für mich oder Sie, sondern für uns alle, die wir auf diesem Schiff leben. Haben Sie verstanden?“

„Wir kommen sofort.“

„Noch etwas, M-Vier. Gehen Sie beim Medizinischen Institut vorbei und nehmen Sie ein Paket mit, das dort für mich bereitliegt. Sie brauchen nur Ihren Namen zu nennen.“

„Und wenn uns jemand fragt...“

„Der Kommandant hat Ihnen einen Auftrag erteilt – das sagen Sie jedem, der Sie aufhält. Verstanden?“

„Der Kommandant?“ japste M-4, aber der Arzt hatte schon abgeschaltet. Er sah M-7 an. „Was ist nur geschehen? Verstehst du das?“

Langsam nickte M-7. „Ja, ich glaube es zu verstehen. Endlich hat ein Mann den Mut gehabt, unserem fragwürdigen Dasein wieder einen Sinn zu geben. Beeilen wir uns, M-Vier, damit er es nicht umsonst getan hat. Wir müssen ihm helfen.“

Im Laufschritt eilten sie auf den Gang hinaus.

Das Gesicht sah auf sie herab.

Es gehörte einem alten Mann. Tiefe Falten durchfurchten es, und die Züge wiesen so etwas wie Resignation auf. Die rötlich schimmernden Augen strahlten sowohl Güte als auch Unnachgiebigkeit aus. Unter der schmalen Nase war ein zusammengekniffener Mund, der Erbarmungslosigkeit verriet – oder war es nur Energie?

Der Kommandant verneigte sich in Richtung des Bildschirms. Er, der unumschränkte Herrscher über Leben und Tod des Volkes, beugte sich vor einem bloßen Bildnis.

Oder war es kein Bildnis?

Nein, es war keins, denn jetzt bewegte sich das Gesicht. Der Mund begann zu sprechen. Aus einem verborgenen Lautsprecher kam eine wohltönende und nicht unsympathische Stimme, die allerdings frei von jeder Emotion zu sein schien.

„Du hast die Tür geöffnet, Kommandant, und drei Männer mitgebracht. Was hat das zu bedeuten? Ich habe erwartet, daß du mit deinem Nachfolger kommen würdest. Was also sollen diese drei Männer?“

Der Kommandant verneigte sich abermals. Er war blaß und machte einen gebrochenen Eindruck. Seine Angst vor dem Unbekannten auf dem Schirm mußte unvorstellbar sein. „Sie haben mich gezwungen, Herr. Wenn ich sie nicht mit mir genommen hätte, hätten sie mich getötet, ohne daß ich meinen Nachfolger in das Geheimnis hätte einweihen können. Unser Volk wäre führerlos geworden.“

Das Gesicht zeigte Zorn. „Du hast versagt, Kommandant! Der Tod ist eine zu milde Strafe, denn du wärest ihm ohnehin verfallen.“ Es entstand eine kurze Pause, in der das Gesicht so gut wie ausdruckslos wurde, dann fuhr die Stimme fort: „Was wollt ihr von mir, und wer seid ihr?“

Ps-5 versuchte, sich aus dem Bann des Gesichts zu lösen. Irgendwie wirkte es tot, aber auf der anderen Seite konnte das Bild nicht lügen. Der Mann dort auf dem Bildschirm lebte irgendwo in einer unbekannten Region des riesigen Schiffes ...

... und *er* war der eigentliche Beherrscher ihres Volkes.

Der Kommandant war nichts als eine Marionette.

Nur mit Mühe formten die Lippen des Psychologen die Worte: „Wir sind gekommen, um die Wahrheit zu erfahren. Bis heute hielten wir den Kommandanten für den Bewahrer alter und überholter Gesetze, aber nun glauben wir zu erkennen, daß noch ein anderer über ihm steht – Sie! Wer, so frage ich, sind Sie? Wo halten Sie sich verborgen?"

Das Gesicht registrierte Erstaunen, das sich jedoch jäh in Zorn verwandelte. In der Stimme selbst aber waren diese Gefühlsregungen nicht zu bemerken. Ruhig und sachlich wie zuvor sagte sie: „Die Fragen sind ungeheuerlich und widersprechen den bestehenden Gesetzen. Ich verurteile Sie hiermit zum Tod durch den Konverter. Kommandant, sorgen Sie für Ausführung des Befehls und alarmieren Sie das Todeskommando. Das Urteil ist sofort zu vollstrecken."

Ps-5 lächelte grimmig und richtete die Waffe gegen den Kommandanten.

„Gut, großer Meister", sagte er eiskalt. „Dann werde ich jetzt vor Ihren Augen den Kommandanten töten. Mal sehen, was dann geschieht."

Er legte den Zeigefinger gegen den Feuerknopf.

Der Arzt und R-75 standen immer noch neben der Tür, die in das private Gemach des Kommandanten führte. Sie hielten ihre Waffen bereit, während sie auf das große Gesicht starrten. Jeden Augenblick erwarteten sie, das Poltern metallischer Schritte zu hören, aber alles blieb still.

„Keine Sorge, Freunde", sagte Ps-5 über die Schulter hinweg zu ihnen. „Es wird niemand kommen. Wer sollte die Roboter alarmieren, wenn nicht der Kommandant? Der große Meister auf dem Schirm wird es nicht tun, denn niemand weiß von seiner Existenz. Vielleicht nicht einmal die Wächter." Er wandte sich wieder dem Bildschirm zu. „Nun, soll ich den Kommandanten immer noch töten, oder sind Sie zu Verhandlungen bereit?"

„Was willst du?" fragte der Lautsprecher, während sich die Lippen des Unbekannten entsprechend der Worte bewegten. Er schien sich mit erstaunlicher Geschicklichkeit der jeweiligen Situation anpassen zu können.

„Wie lautet das Geheimnis, das immer nur *ein* Lebender wissen darf? Es muß von ungeheuerlicher Bedeutung sein, denn wenn zwei es wissen, muß einer von ihnen sterben. Aber es ist genau so furchtbar, wenn das Geheimnis mit dem Kommandanten stirbt. Ich frage dich also..." Unwillkürlich gebrauchte Ps-5 die vertrauliche Anrede, die auch der Unbekannte anwandte. Aber diesmal sollte sie Nichtachtung ausdrücken, keine Vertraulichkeit. „Ich frage dich also: Wie lautet dieses Geheimnis?"

Für eine Sekunde geschah nichts, dann erst erfolgte die Antwort: „Du sagst selbst, daß niemals mehr als *ein* Sterblicher das Geheimnis kennen darf. Wissen es mehrere, so müssen sie sterben. Willst du sterben?"

„Das laß meine Sorge sein, Meister", erwiederte Ps-5 spöttisch. „Antworte mir lieber."

„Wie du willst. Ich bin die Verkörperung des Willens deiner Vorfahren und gebe diesen Willen an die Kommandanten weiter. Er ist nichts anderes als ein Mittler zwischen den Toten und den Lebenden. Seine Aufgabe ist es, die bestehende Ordnung aufrechtzuerhalten und den Nachfolger zu wählen. Dann stirbt er – und mit ihm das Geheimnis. Das ist alles."

Ps-5 nickte. Wenn er enttäuscht war, verriet er es nicht. „So, das ist alles? Und was ist mit den Wächtern? Es sind mechanische Konstruktionen, dazu ausersehen, die Menschen zu beherrschen. In wessen Auftrag handeln sie?"

„In meinem!"

„Also in dem der Vorfahren – nicht wahr? Ich will dir etwas sagen: Vorfahren, die Maschinen zur Durchsetzung ihres Willens benötigen, sind nicht wert, daß man sich an sie erinnert. Wir werden sie vergessen und uns neue Gesetze schaffen. Wir werden den gewaltsamen Tod aus den Gesetzen verbannen und unser natürliches Leben nicht mehr frühzeitig beenden. Wir werden dafür sorgen, daß die Maschine wieder das wird, was sie ursprünglich sein sollte: der Diener der Menschen."

Es dauerte eine Sekunde, ehe sich das Gesicht erschreckend wandelte. Zorn, Wut, Enttäuschung und schrecklicher Haß huschten abwechselnd über die Züge des Unbekannten.

Und dann, als die Stimme wieder sprach, war sie genauso ausdruckslos und eiskalt wie zuvor. Aber sie war auch wohlklingend und melodisch. Der Gegensatz war so verblüffend, daß sich keinerlei

Rückschlüsse auf die wirklichen Gedanken des Sprechers ziehen ließen.

„Ihr unterschätzt den Wert der Maschine und ihrer positronischen Hilfsmittel. Maschine und Positronik ersetzen nicht nur den Menschen, sondern sind ihm vielmehr noch überlegen. Die Vorfahren haben das gewußt, als sie die Wächter schufen und einsetzten. Ihren Willen zu ignorieren, bedeutet das Ende dieser Zivilisation."

„Dann soll sie enden!" rief Ps-5 wütend und zu allem entschlossen. „Sie wäre nicht mehr wert, als jetzt zu enden, würde sie sich nicht wehren."

„Das haben andere vor dir versucht. Sie endeten alle im Konverter."

„Ja, der Konverter. Auch eine Maschine. Es wird ein Freudentag sein, wenn wir alle an Bord befindlichen Roboter in den Konverter werfen. Das gibt Energie für unzählige Generationen."

Erneut verunzierte der Haß das Gesicht des Unbekannten. Die roten Augen funkelten wie feurige Kohlen. „Dein Leben ist verwirkt, Meuterer! Kommandant! Rufe die Wächter!"

Der Kommandant wurde totenbleich. „Er wird mich töten, Herr. Wer wird meinen Nachfolger einweihen?"

„Ich werde es, Feigling! Stirb wenigsten wie ein Mann, wenn es schon sein muß. Aber vorher tu deine Pflicht und gib Alarm!"

Ps-5 hielt die Waffe. Seine Hand zitterte nicht. „Ehe Sie einen Schritt machen, Kommandant, sind Sie tot! Wie wollen Sie das Todeskommando alarmieren?"

Trotz seiner verzweifelten Situation lächelte der Kommandant ein wenig. „Das wenigstens werden Sie nicht verhindern können, Psychologe. Sehen Sie dieses Kästchen in meiner Hand." Er hob zwei Finger und ließ damit einen kleinen Gegenstand erkennen, den er bisher verborgen in der Hand gehalten hatte. „Ich nahm ihn schon vor längerer Zeit an mich. Selbst wenn ich jetzt in dieser Sekunde sterbe, werden die Wächter in wenigen Minuten erscheinen. Wenn meine Hände das Kästchen loslassen, wird der Stopper frei, und ein Stromkreis schließt sich. Das Funksignal ruft das Todeskommando. So, nun dürfen Sie feuern, Psychologe."

Der Kommandant war sich seiner Sache jetzt wieder sicherer

geworden. Er wußte, daß die drei Verschwörer nicht unüberlegt handelten und ihn jetzt in dieser Situation nicht töten würden. Dazu waren sie zu vorsichtig. Wenn sein Leben ihnen auch nur den geringsten Vorteil bringen konnte, würden sie es schonen.

Seine Kombinationen waren richtig.

„Werden Sie auch dann Alarm geben, wenn ich nicht schieße?“ fragte Ps-5 lauernd. Seine Waffe zeigte unverändert auf den Kommandanten. „Wenn Sie dem Kerl dort auf dem Bildschirm gehorchen, sind Sie erledigt. Er wird für Ihren Tod Sorge tragen, das hat er selbst gesagt. Warum aber wollen Sie sterben, wenn es dem Volk nichts nützt? Haben Sie immer noch nicht bemerkt, wie sehr wir betrogen werden? Ist es nicht an der Zeit, daß wir unser Schicksal selbst in die Hand nehmen, statt auf die Gesetze einer vergangenen Generation zu hören, die heute keine Gültigkeit mehr besitzen – einfach deshalb, weil sie von der Gegenwart überholt wurden?“

Der Kommandant schien unschlüssig. Die Stimme aus dem Lautsprecher sagte ohne besondere Betonung: „Befolge meinen Befehl, Kommandant! Rufe die Wächter!“

Aber die Saat des Psychologen war bereits aufgegangen. Sein Leben lang hatte sich der Kommandant mit seinem gewaltsamen Ende abgefunden, weil es die Voraussetzung für sein Leben gewesen war. Nun auf einmal wurde ihm die Aussicht geboten, weiterzuleben. So lange, bis er alt genug geworden war, eines natürlichen Todes zu sterben.

Er sah das Gesicht auf dem Bildschirm nicht an, als er sagte: „Ihr garantiert für mein Leben, wenn ich die Wächter nicht rufe?“

Der Psychologe atmete heimlich auf. Der Kampf war entschieden.

„Wir geben unser Wort.“ Er nickte und senkte den Lauf der Waffe. Er zeigte zur Tür. „Gehen wir in die Zentrale. Es ist nicht notwendig, daß wir weitere Schritte, die es jetzt zu unternehmen gilt, in Gegenwart dieses Phantoms besprechen.“ Er wandte sich erneut dem Bild zu. „Wir werden dich von dem Ergebnis unserer Verhandlung unterrichten. Bis dahin muß ich dich bitten, Geduld zu üben.“

„Zum letztenmal, Kommandant – gib Alarm!“ rief der Mann auf dem Bildschirm.

Ps-5 nahm den Kommandanten beim Arm und führte ihn aus dem

Raum. Ohne ein Wort folgten A-3 und R-75 und schlossen die Tür hinter sich.

Wirkungslos verhallte der Befehl des Unbekannten: „...gib das Kommando, Kommandant! Gib Alarm..."

Dann verstummte die Stimme.

Ps-5 atmete auf. „Es ist gut, Kommandant, daß Sie sich rechtzeitig besannen. Sie sind ein ehrenhafter und pflichtbewußter Charakter, das steht außer jedem Zweifel. Was hat Sie dazu bewogen, Ihre Meinung zu ändern? War es allein die Aussicht, länger leben zu dürfen? Sprechen Sie offen – aber vielleicht wäre es besser, Sie würden sich inzwischen Ihres Alarmgeräts entledigen."

Der Kommandant nickte, drückte mit dem Zeigefinger gegen einen kaum sichtbaren Knopf des kleinen Kästchens und legte es vorsichtig auf den Tisch. Dann atmete er auf und setzte sich auf seinen Stuhl. Er winkte den drei Männern zu.

„Nehmen Sie Platz. Ich will offen zu Ihnen sein. Aber gestatten Sie, daß ich am Anfang beginne. Ich war noch sehr jung, als ich damals zum Kommandanten gerufen wurde, der mich in meine Pflichten einweihte. Ich brachte ihn zum Konverter, wie es meine Pflicht war, und trat mein Amt an. Seitdem bin ich einsam. Glauben Sie mir, mein Leben ist eintöniger als das Ihre, die Sie Arbeit und Gesellschaft kennen. Mir ist nicht einmal der einjährige Urlaub vergönnt, und ich habe keinen Nachkommen. Meine einzige Abwechslung sind die täglichen Konferenzen, die Festlegung der Todeskandidaten und die Befehlsausgaben des Meisters. So will er angesprochen werden."

„Wer ist der Meister, K-Eins?" fragte der Psychologe. „Haben Sie eine Ahnung, wo er lebt und in welchem Teil des Schiffes er verborgen ist?"

Der Kommandant schüttelte den Kopf. „Leider nicht. Er zeigte sich mir nur in der Ihnen bekannten Form. Der Bildschirm ist der einzige Kontakt zu ihm."

„Wie konnte er einen so gewaltigen Einfluß auf Sie gewinnen?"

„Das ist leicht zu erklären, Ps-Fünf. Von Jugend an kenne ich nur das Gesicht auf dem Bildschirm. Täglich erhielt ich meine Instruktionen, und mir wurden die grausamsten Strafen angedroht, wenn ich nicht gehorchte. Am eindrucksvollsten jedoch war der stete Hinweis auf das Erbe unserer Vorfahren. Ihr Wille sei es, so betonte der Meister immer wieder, daß wir unser Leben in den Dienst des Volkes stellen, bis das Schiff sein Ziel errreicht. Was dieses Ziel ist, erfuhr ich nie. Ich bin dem Meister nie persönlich begegnet, aber sein überlebensgroßes Bildnis birgt so viel suggestive Kraft, daß es unmöglich ist, sich seinem Einfluß zu entziehen. Außerdem – wer hat schon den Mut, eine uralte Tradition zu brechen?“

„Wir!“ antwortete Ps-5 und nickte grimmig. „Ich kann Sie verstehen, aber es ist doch seltsam, daß der Meister auf mich keinen so nachhaltigen Eindruck zu machen verstand. Irgend etwas an ihm hat mich gestört. Ich weiß nicht, was es ist, aber das Bild schien mir nicht echt und lebendig genug zu sein. Auch besteht ein gewisser Unterschied zwischen Bild und Stimme, so etwa, als funktioniere die Übertragung nicht vollständig. Ich weiß nicht, ob ich mich technisch verständlich ausdrücke...“

„Ich weiß, was du meinst“, sagte der Arzt dazwischen. „Ich hatte einen ähnlichen Eindruck, aber auch ich vermag nicht zu erklären, was mir aufgefallen ist. Jedenfalls bin ich davon überzeugt, daß irgend etwas nicht stimmt. Was meinst du, R-Fünfundsiebzig?“

„Ich kann euch nur recht geben. Leider bin ich kein Spezialist für elektronische Geräte, aber die Männer der Mechanik-Abteilung sollten uns eine Antwort geben können.“

„Die Mechanik-Abteilung, die Maschinisten...“, sann A-3 vor sich hin. „Ja, das wäre vielleicht eine gute Idee...“

„Du denkst an deinen Vertrauten, M-Vier?“ erriet der Psychologe die Gedanken seines Freundes. „Wahrhaftig, man sollte ihn fragen.“

Der Kommandant hatte der Diskussion verständnislos gelauscht. Für ihn mußte es eine gewaltige Umstellung sein, das Bild des Meisters, der bisher sein unumschränkter Beherrscher gewesen war, als ein fehlerhaftes technisches Fernsehbildnis zu betrachten, dessen Synchronisation nicht mehr einwandfrei funktionierte.

„Ich bin nicht sicher, ob wir diesem Umstand so viel Beachtung schenken sollten...“, begann er zögernd.

„Doch!“ belehrte ihn Ps-5 bestimmt. „Ich halte es sogar für äußerst wichtig. Es besteht nämlich durchaus die Möglichkeit, daß die Übertragungsapparatur in Ordnung ist.“

Die Männer sahen sich verständnislos an. Sie begriffen nicht, worauf er hinauswollte. Aber der Psychologe kam nicht mehr dazu, näher darauf einzugehen, denn in diesem Augenblick summte der Interkom.

Jemand wünschte den Kommandanten zu sprechen.

„Soll ich mich melden?“

Ps-5 nickte. „Natürlich. Wir dürfen keinen Verdacht erregen, bis wir uns über unsere Maßnahmen im klaren sind. Vielleicht ist es nur eine Routinesache.“

Der Kommandant drückte auf einen Knopf in der Bildschirmscheibe, nachdem er aufgestanden war. Der äußere linke Schirm leuchtete auf.

Es war der Verbindungsoffizier.

„Was gibt es, O-Zwei?“

Der junge Mann mit den weißen Haaren machte eine zerfahrene Geste, mit der er offensichtlich der Störung wegen um Entschuldigung bitten wollte. „O-Eins verlangt Sie dringend zu sprechen, Kommandant. Ich habe ihm erklärt, daß Sie gerade die tägliche Konferenz abhalten, aber er läßt sich nicht abweisen. Was soll ich tun?“

„Er hat zu warten“, entgegnete der Kommandant mit einem fragenden Blick auf den Psychologen. „Ich gebe Bescheid, dann können Sie ihn zu mir schicken.“

„In Ordnung, K-Eins“, versicherte O-2 und schien erleichtert.

Der Schirm erlosch.

„Wer ist dieser O-Zwei?“ warf der Arzt die Frage auf. „Er macht einen guten Eindruck, findest du nicht auch, Ps-Fünf?“

„Du meinst, er wäre als Verbündeter zu gebrauchen?“

„Sieht er nicht so aus? Ich glaube sogar, daß nicht nur er, sondern fast alle Männer unsere Verbündeten sein werden, wenn sie die Wahrheit erfahren – ich meine, wenn sie wissen, was wir bezwecken.“

„Davon bin ich überzeugt“, nickte Ps-5 und wandte sich an den Kommandanten. „Was ist mit O-Eins? Wird er mitmachen?“

„Das kann ich nicht mit Bestimmtheit sagen. Er wartet darauf, mich ablösen zu können. Sie sehen ja, er will mich sprechen. Ich bin davon überzeugt, er will mich nicht nur sprechen, sondern auch gleich umbringen. Er kann es kaum noch erwarten.“

„Hm“, machte Ps-5 und versank in Nachdenken. Dann hob er den Kopf. „Wann ist O-Zwei zur Vernichtung durch den Konverter fällig?“

Der Kommandant schien erstaunt, stellte aber keine Fragen. Er erhob sich und ging zur Wand. Dort stand ein Block mit schräger Platte, auf der elektronische Kontrollen angebracht waren. Die Finger des Kommandanten begannen mit ihnen zu spielen, bis endlich eine Plastikkarte aus einem Schlitz fiel. Er nahm sie auf und las die Daten ab. Dann sagte er: „O-Zwei hat noch den fünften Teil einer Generation zu leben.“

„Er wird also dankbar sein, wenn wir seine ihm noch verbleibende Spanne verlängern. Anders O-Eins. Er will Kommandant werden, auch wenn er eines Tages durch die Hand seines Nachfolgers sterben muß. Die zeitweilige Macht ist ihm lieber. Er wird also unser Gegner sein.“

„So ist es.“ Der Kommandant nickte. „Was tun wir jetzt?“

„Warum geben wir nicht offiziell unseren Entschluß bekannt?“ fragte A-3 eifrig. „Es müßte doch einfach sein...“

„Es ist nicht einfach.“ Ps-5 schüttelte den Kopf. „Du vergißt, daß es die Wächter gibt. Sie sind bewaffnet. Unser Volk ist wehrlos. Auch wissen wir nicht, welche Maßnahmen unser Freund nebenan eingeleitet hat. Wir hier in der Zentrale können uns verteidigen, denn sie wurde dafür eingerichtet. Niemand von uns wird also diesen Raum verlassen können, ohne in Gefahr zu geraten, draußen getötet zu werden. Die Wächter halten sich strikt an die alten Gesetze, denn sie kennen es nicht anders. Sie gehorchen ihrem ‚Meister‘, wer immer das auch sein mag. Nein, wir müssen andere Wege finden, die Herrschaft des Unbekannten zu beenden. Nicht die Gewalt, sondern die List wird uns helfen. Wir müssen die Wächter unauffällig außer Gefecht setzen, einen nach dem anderen. Dabei wird uns dein Freund M-Vier helfen.“

Das Gesicht des Arztes leuchtete auf. „Du hast recht, Ps-Fünf, wie immer. Ich werde M-Vier rufen lassen. Können wir das von hier, Kommandant? Vielleicht durch O-Zwei...“

„Lieber nicht“, lehnte Ps-5 ab. „Wir müssen es direkt tun. Stellen Sie die Verbindung her, Kommandant.“

„Ich werde selbst mit ihm sprechen“, erbot sich der Arzt. „Er soll

Werkzeug und Lebensmittelkonserven mitbringen. Ich werde meine medizinische Abteilung entsprechend unterrichten." Er grinste. „Befehl vom Kommandanten."

So kam es, daß die vier Verschwörer eine halbe Stunde später Verstärkung erhielten.

Erst dann wurde der Zweite Offizier gerufen und eingeweiht. Er stellte sich bedingungslos auf die Seite der Freunde und versprach, alles zu tun, was den gefaßten Plan verwirklichen konnte. Man beschloß, ihn wieder nach draußen zu schicken, damit er weitere Bundesgenossen anwerben konnte. Die beiden Maschinisten erhielten den Auftrag, einzeln postierte Wächter unschädlich zu machen und die ausgebauten Waffen in die Zentrale zu bringen. Erst wenn genügend Strahler vorhanden waren, wollte man zum offenen Angriff gegen die eigentlichen Herren des Schiffes übergehen.

Bis zu diesem Augenblick geschah noch nichts, was den Verdacht rechtfertigte, daß der „Meister" Gegenmaßnahmen eingeleitet hatte. Wie es schien, wollte er abwarten. Oder besaß er überhaupt keine Verbindung zum Volk außer dem Bildschirm hinter der Zentrale?

Das war eine wichtige Frage, die noch der Klärung bedurfte.

Immerhin: die Aktion „Natürlicher Tod für jeden!" war angelaufen. Und sie war nicht mehr zu bremsen.

Noch aber lief die unerbittliche Maschinerie, von den Vorfahren einst in Bewegung gesetzt und niemals unterbrochen.

Die vom Kommandanten schon lange vorher ausgegebenen Todesbefehle wurden von dem Spezialkommando der Wächter pünktlich auf die Minute ausgeführt. Die Zurückziehung eines solchen Befehls hatte es noch nie zuvor gegeben, und sie war auch so gut wie undenkbar.

Die sechs Roboter marschierten im dröhnenden Gleichschritt durch die Korridore der metallenen Kugelwelt und näherten sich dem technischen Sektor. Ein gewisser T-39 hatte lange genug gelebt. Heute mußte er sterben, damit er mit der Energie seines Lebens der Gemeinschaft das zurückzahlte, was er ihr schuldete. Sie hatte ihn gekleidet und genährt, nun gab er alles zurück. Nichts in dieser erbarmungslosen Welt wurde verschenkt, nicht einmal der Tod.

T-39 wußte nicht, daß es schon so weit war. Niemand wußte es. Jeder konnte den Termin der Elimination ahnen, denn er kannte die ungefähre Lebenserwartung, aber das Datum der eigentlichen Exekution blieb bis zur letzten Sekunde geheim.

T-39 war nicht allein in seiner Wohnkabine.

Er war erstaunt gewesen, als er den Besucher erkannte, der ihn zu sprechen wünschte. Es kam nicht alle Tage vor, daß O-2 das technische Personal aufsuchte, auch nicht die verantwortlichen Leiter der Abteilung.

T-39 zeigte auf den freien Stuhl. „Nehmen Sie Platz, O-Zwei. Ich hoffe, Ihr Besuch hat keine böse Bedeutung."

„Keine Sorge", entgegnete der junge Offizier, der inzwischen bereits die Leiter anderer Abteilungen von der bevorstehenden Änderung in Kenntnis gesetzt hatte. „Wenn ich heute zu Ihnen komme, so mit einer freudigen Botschaft und der Bitte, uns zu helfen. Nun, es ist eine lange und doch kurze Geschichte."

Ohne ihn zu unterbrechen, hörte T-39 zu. Er dachte an das Todeskommando, das nun täglich erscheinen konnte, um ihn abzuholen. Das bevorstehende Ende war für ihn so selbstverständlich gewesen, daß es keine Schrecken für ihn barg. Aber nun bot sich ihm auf einmal die Aussicht, weiterzuleben und nicht im Konverter zu sterben. Von einer Sekunde zur anderen verschob sich das Bild, das er sich von seiner Zukunft gemacht hatte. Statt zu sterben, konnte er leben. Der Tod, vorher etwas allzu Selbstverständliches, wurde plötzlich zu einem Schreckgespenst.

Mit einem Ruck erhob er sich. „Ich gehöre zu Ihnen, O-Zwei. Was habe ich zu tun, um Ihnen und Ihren Freunden zu helfen? Die Wächter..."

„Sie dürfen bis zuletzt nichts von der Veränderung erfahren. Alles muß so weitergehen wie bisher. Nur keinen Verdacht erregen, T-Neununddreißig. Weihen Sie die Leute ein, denen Sie vertrauen. Zögern Sie nicht, einen eventuellen Verräter sofort unschädlich zu machen. Wir können erst dann den Wächtern den Krieg erklären, wenn wir genügend Waffen besitzen."

T-39 entsann sich seiner eigenen Lage. Er wollte O-2 nicht verraten, daß er sich selbst meinte, als er fragte: „Was unternehmen wir, wenn das Todeskommando jemand holt? Sollen wir versuchen, den Unglücklichen zu retten?“

„Auf keinen Fall! Das wäre falsch. Die sechs Wächter des Kommandos würden sofort reagieren und sich mit ihrer Kommandozentrale in Verbindung setzen. Und die, mein Freund, hat nichts mit unserem Kommandanten zu tun. Nein, wir müssen die für den Konverter Fälligen opfern, damit der Rest von uns leben kann. Daran ist nichts zu ändern.“

„Ich habe verstanden.“ T-39 nickte. Er verspürte plötzlich einen würgenden Kloß im Hals, aber er bemühte sich, den Zweiten Offizier nichts merken zu lassen. „Nichts darf geschehen, was die Aufmerksamkeit der Wächter erregen könnte. Die bestehende Routine darf nicht unterbrochen werden...“

„Noch nicht“, sagte O-2 mit eigenartiger Betonung und erhob sich. „Ich darf mich nun verabschieden. Tun Sie Ihre Pflicht – und Sie werden zugeben müssen, es ist eine schönere und bessere Pflicht als jene, die wir bisher kannten. Das Leben und die Zukunft liegen frei und gefahrlos vor uns.“

T-39 sah, wie sich die Tür schloß. Ihm war, als sei er plötzlich allein auf der Welt oder in diesem Schiff. Er hatte sich nie zuvor derart einsam und hilfsbedürftig gefühlt.

Wo sollte er beginnen? Natürlich bei seinen Leuten. Er würde sie aufklären und auf den großen Augenblick vorbereiten, in dem der Widerstand gegen die Wächter begann. Dann würde es sich entscheiden, ob ihr Volk es wert war, ein neues Leben zu beginnen.

Schritte...

T-39 horchte auf und erblaßte jäh.

Draußen auf dem Gang waren Schritte. Regelmäßige und metallisch klingende Schritte. Wächter. Mindestens sechs Wächter...

Das Blut des Technikers stockte in den Adern, als er die Bedeutung seiner Wahrnehmung erkannte. Zwar bestand immer noch die Möglichkeit, daß sie jemanden aus seiner Abteilung holen kamen, nicht gerade ihn. Aber wer wohnte schon noch auf diesem Korridor? Nur noch T-18, der erst vor wenigen Wochen sein Amt angetreten hatte, um eines Tages...

Es kam T-39 in dieser Sekunde zu Bewußtsein, daß T-18 sein

Nachfolger war. Der Gedanke war ihm noch nie gekommen, als er den jungen Mann ausbildete und zu seinem Assistenten machte.

Sein Nachfolger...

Die Schritte stoppten abrupt.

Hart klopften metallene Knöchel gegen die Tür.

Es war soweit.

T-39, mit der Hoffnung auf ein weiteres, friedliches Leben im Herzen, sah sich plötzlich einer grausamen Enttäuschung ausgesetzt. Das Todeskommando ahnte noch nichts von der kurz bevorstehenden Revolution und tat nur das, was es schon seit Jahrtausenden getan hatte. Nichts konnte es davon abhalten.

T-39 war unfähig, einen Laut über die erstarrten Lippen zu bringen. Er stand inmitten seines Raumes, der ein Leben lang seine Heimat gewesen war. Eine kärgliche und armselige Heimat, aber er hatte es nicht anders gekannt. Das Leben war trotzdem begehrenswert gewesen, wenn es auch ohne einen Sinn geblieben war.

Welchen großartigen Sinn hatte es doch, eines natürlichen Todes zu sterben, dachte er gehetzt. Er kam nicht als grausamer Beender des Lebens, sondern als Erlöser. Wenn der Mensch alt genug geworden war, ging er schlafen. Für immer. Das war es, nicht mehr und nicht weniger.

Hier und jetzt aber...

Die Tür öffnete sich. Einer der Wächter trat ein. Die anderen standen auf dem Korridor und riegelten jeden Fluchtweg ab. Das war nicht nur reine Routine, denn es gab Kandidaten, die sich gegen das Unvermeidliche wehrten und mit Gewalt zum Konverter geführt werden mußten.

„Nein!" rief T-39 und wich zurück, bis er mit dem Rücken gegen das Bett stieß. „Nein! Jetzt noch nicht!"

Der Wächter blickte ihn mit seinen blitzenden Linsen ausdruckslos an. Er war ein Roboter und kannte keine Gefühle. Er war für diese Aufgabe konstruiert worden.

„Der Kommandant hat Ihre Eliminierung befohlen", sagte er mechanisch. „Sie werden aufgefordert, mit uns zu gehen."

T-39 versuchte fieberhaft, einen Ausweg zu finden. Würde O-2 ihn retten können, wenn er davon wüßte? Oder der Kommandant?

„Warum wurde ich vorher nicht unterrichtet?“ sagte er so ruhig, wie es ihm nur möglich war. Ein plötzlicher Hoffnungsschimmer gab ihm die verlorene Ruhe und Gelassenheit zurück, wenn in seinem Inneren der Sturm der Verzweiflung auch weitertobte. „Ich kann die laufenden Projekte nicht sich selbst überlassen, ohne die Gemeinschaft zu gefährden. Wichtige Anweisungen müßten gegeben werden – kann ich mit dem Kommandanten sprechen?“

„Der Kommandant ordnete Ihren Tod an“, erwiderte der Roboter kalt. „Er wird schon dafür gesorgt haben, daß er keine Lücke hinterläßt. Kommen Sie mit!“

„Er mag es übersehen haben...“

„Der Kommandant ist unfehlbar!“

Ja, dachte T-39 bitter, das ist er. Aber er hat vergessen, daß er mich zum Tod verurteilte. Und nun muß ich sterben, ohne daß ich seine Hilfe anrufen darf.

Warum eigentlich nicht?

Ohne zu überlegen, sprang er zur Seite und hieb den Knopf des Interkoms in den Sockel. In dieser Stellung stellte er die direkte Verbindung mit O-2 her.

O-2 war nicht in seiner Kabine. Er hatte aber den Interkom so geschaltet, daß T-39 Kontakt mit dem Kommandanten erhielt.

„Hier Kommandant!“ meldete sich eine Stimme. „Wer ruft O-Zwei?“

„T-Neununddreißig. Das Todeskommando ist hier und will mich abholen. Vor fünf Minuten aber sprach ich noch mit O-Zwei. Sie wissen...“

„Ich weiß“, unterbrach ihn der Kommandant. Es entstand eine kleine Pause. „Ich kann Ihnen nicht helfen, T-Neununddreißig. Sie wissen, warum. Gehen Sie mit den Wächtern.“

In T-39 brach eine Welt zusammen. Er sah, wie der Roboter sich in Bewegung setzte und auf ihn zukam. Ein Schrei des Entsetzens entrang sich seiner Kehle, und mit letzter Kraft klammerte es sich am Bett fest.

„Ich will nicht! Kommandant, tun Sie etwas! Sie vermögen doch etwas zu tun! Jetzt, da die Zukunft...“

Doch er kam nicht weiter. Irgend etwas schien plötzlich seinen

Mund zu verschließen. Er dachte an die vielen tausend Menschen in den Kabinen und Korridoren des Schiffes, die alle dem gleichen Schicksal wie er entgegengesehen hatten und die nun eine Chance erhalten sollten, einer besseren Zukunft entgegenleben zu dürfen.

Wenn er, T-39, sie nicht verriet.

Schlaff sanken seine Arme nach unten. Der Interkom war immer noch eingeschaltet. T-39 wußte, daß der Kommandant lauschte. Er würde alles hören können, was hier in der Kabine geschah.

Die Verzweiflung des Technikers verwandelte sich in unbegreiflichen Mut.

„Es ist schon gut, Wächter“, sagte er ruhig. „Ich werde mich nicht mehr wehren und mit euch kommen. Leben Sie wohl, Kommandant. Und – ich wünsche Ihnen alles Gute.“

„Seien Sie tapfer, T-Neununddreißig“, kam die Stimme aus dem Lautsprecher, und sie verriet sichtlich Bedauern. „Was Sie jetzt tun, ist nicht umsonst gewesen. Sie tun es für uns alle.“

„Danke“, erwiderte T-39 leise, dann wandte er sich den Wächtern zu. „Gehen wir endlich.“

Ohne jedes Erstaunen registrierte der Wächter den fast unglaublichen Wandel im Wesen seines Opfers. Er trat zur Seite und ließ dem Techniker den Vortritt. Ohne sich auch nur einmal umzusehen, verließ T-39 seine Kabine und wandte sich draußen auf dem Gang nach rechts. Von dort, so wußte er, waren die Roboter des Todeskommandos gekommen.

Sie nahmen ihn in ihre Mitte und führten ihn durch zahllose Korridore. Das bisher leise und kaum wahrnehmbare Summen der großen Aggregate im Innern des Schiffes wurde deutlicher. Mechaniker und andere Techniker begegneten ihnen. Sie blieben stehen und ließen die unheimliche Gruppe vorbei. Man begegnete fast täglich irgendwo im Schiff dem Todeskommando. Es würde jeden abholen. Es war nichts Besonderes.

T-39 sah geradeaus, nicht nach links oder nach rechts. Er wollte niemanden sehen, denn er fürchtete sich davor, etwas zu verraten. Zum zweitenmal in seinem Dasein hatte er sich mit dem unvermeidbaren Ende abgefunden.

Sie bogen in einen schmalen Gang ein, der in einer einzelnen Tür endete. Wie durch Zauberhand öffnete sie sich und gab den dahinterliegenden Raum frei.

T-39 schritt weiter und blieb in der Mitte des Raumes stehen. Verwundert sah er sich um. Die Wächter nahmen Aufstellung, nachdem sich hinter ihnen die Tür wieder geschlossen hatte.

T-39 wußte, daß niemand bei den Hinrichtungen zugegen sein durfte. Noch niemals hatte jemand berichten können, wie es im Todesraum aussah. Die ovale Klappe dort in der Wand – das mußte die Zuführung zum Konverter sein.

Der Führer der Wächter ging zu der Klappe und betätigte die elektronische Kontrolle. Langsam schwang der ovale Metalldeckel vor und gab ein dunkles Loch frei, das groß genug war, einen Menschen aufzunehmen. Dahinter wurde eine schräg nach unten führende Gleitbahn sichtbar. Was in der Tiefe war, ließ sich nur erraten.

T-39 erschauerte. In ihm regte sich das unwiderstehliche Verlangen, etwas zu unternehmen, sich nicht einfach töten zu lassen.

Aber dann glaubte er, wieder die eindringliche Stimme von O-2 zu hören, der ihm die Zukunft ihres Volkes schilderte. Oder den Befehl des Kommandanten, seine letzten, guten Worte.

Nein. Es gab keinen Ausweg. Er mußte sich fügen.

„Stecke den Kopf in die Öffnung!" befahl der Wächter gefühllos.

T-39 hörte die Schritte der Roboter hinter sich näher kommen, und dann spürte er ihren Griff an den Beinen.

Er erhielt einen kräftigen Stoß – und dann glitt er auf der Rutsche hinab in die finstere Ungewißheit des Reaktors.

Irgendwo vor ihm mußte der Tod warten.

Oben schloß sich die Klappe wieder, und es wurde stockdunkel. Unten aber schimmerte plötzlich ein Licht. Die Atomglut? Wo aber blieb die Hitze dieser atomaren Glut, die ihn verschlingen sollte? Er spürte nichts davon. Aber vielleicht reagierten auch seine Nerven nicht mehr richtig, und er hatte schon halb das Bewußtstein verloren.

Und dann, urplötzlich, hörte die Rutsche auf...

3.

Das Patrouillenschiff des Solaren Imperiums materialisierte und kehrte aus dem Hyperraum in das normale Universum zurück. Es hatte im Verlauf eines einzigen Hypersprungs mehr als zweitausend Lichtjahre hinter sich gebracht und benötigte nun eine gute halbe Stunde, um die Daten für den nächsten Sprung zu errechnen und in den positronischen Robotgehirnen der Navigationsanlage zu verankern.

Kommandant Wilmar Lund atmete auf, als sein Erster Offizier neben ihm sich erhob und die letzten Transitionsschmerzen von sich abschüttelte.

„Es ist immer wieder dasselbe", tröstete er ihn. „Mir ergeht es nicht anders. Fragen Sie in der Krankenstation an, ob es Unfälle gegeben hat."

Das war zwar selten, kam aber vereinzelt vor. Der Durchbruch vom Hyperraum in die vierte Dimension und die damit zusammenhängende Materialisation verursachte gewisse Strukturveränderungen, die meist so geringfügiger Natur waren, daß man sie unberücksichtigt lassen konnte.

Während der Erste Offizier den Interkom einschaltete, genoß Lund den ungestörten Blick in das sternenübersäte Universum. Der gewaltige Panoramabildschirm erweckte den Eindruck, als schaue man direkt hinein in das Gewimmel der Sonnen, in Wirklichkeit aber produzierte er nur das, was die elektronischen Impulse ihm zuleiteten. Mit anderen Worten: man sah nur ein Bild, aber nicht den echten Raum.

Sie befanden sich zwanzigtausend Lichtjahre von der Erde entfernt. Die ARCTIC, ein Leichter Kreuzer des Solaren Imperiums, konnte Hypersprünge bis zu zweitausend Lichtjahren ausführen. Noch sechs oder sieben Stunden, und man würde auf der Erde landen.

Die ARCTIC kehrte von einem ihrer Überwachungsflüge in das Sonnensystem zurück und brachte bei der Gelegenheit einige Agenten des Solaren Abwehrdienstes zur Berichterstattung in die Heimat. Unter ihnen war auch ein Leutnant des Mutantenkorps, ein gewisser Mausbiber Gucky.

Gucky war, wie gesagt, kein Mensch. Irgendwo auf dem Planeten einer sterbenden Sonne lebten die letzten Angehörigen seines Volkes und sahen einem ungewissen Schicksal entgegen. Einmal würde die Sonne ganz erlöschen – oder zu einer alles verbrennenden Nova werden. Vielleicht würde es noch Jahrtausende dauern, vielleicht auch nur noch wenige Jahre.

Gucky glich einer Mischung zwischen einer Riesenmaus und einem Biber, besaß rostbraunes Fell und beherrschte die menschliche Sprache mit bewundernswerter Fertigkeit. Meist hockte er auf den Hinterbeinen und stützte sich mit dem breitflächigen Biberschwanz ab, um nicht das Gleichgewicht zu verlieren. Wenn er grinste, wurde der einzige Nagezahn sichtbar, der ansonsten dazu diente, rohe Rüben zu zerkleinern.

Aber das alles wäre noch nicht so bemerkenswert gewesen, wenn nicht weitere Umstände dazu beigetragen hätten, aus Gucky eine Art Wunder zu machen. Nicht von ungefähr war dieses unscheinbare Wesen Mitglied des gefürchteten Mutantenkorps, einer Spezialtruppe des Solaren Imperiums.

Gucky war Telepath; über große Entfernungen hinweg vermochte er die Gedanken anderer Lebewesen aufzunehmen und zu verstehen. Weiter war er Telekinet; ohne einen Gegenstand anzurühren, konnte er ihn bewegen – und auch das über größere Strecken hinweg. Und schließlich genoß er den Ruf, einer der besten Teleporter überhaupt zu sein; kraft seines Geistes vermochte sich Gucky an einen anderen Ort zu versetzen, indem er einfach entmaterialisierte.

Diesen drei Eigenschaften verdankte es Gucky, daß er trotz seines drolligen Aussehens und seiner knapp ein Meter großen Gestalt mehr Ansehen bei den Terranern besaß, als irgendein anderes Mitglied des Mutantenkorps. Man begegnete ihm sogar mit Hochachtung, wenn es auch nur deswegen geschah, um es nicht mit ihm zu verderben. Es muß nämlich eindeutig hier festgestellt werden, daß Gucky sehr oft mit seinen Gaben spielte – meist zur eigenen Freude und Erbauung, was aber nicht immer hieß, daß sich die Betroffenen darüber freuten.

Als die ARCTIC materialisierte, war Gucky gerade auf dem Weg zu den Vorratsräumen. Er verspürte Hunger und gedachte, diesen so schnell wie möglich zu stillen. Seit dem Abflug von Blisher III, einem seiner Meinung nach völlig überflüssigen Planeten am Rand des Kohlensacks, hatte er nichts Vernünftiges mehr vor seinen Nagezahn bekommen.

Plötzlich blieb Gucky abrupt stehen. Seine Augen richteten sich in weite Ferne. Er schien etwas wahrzunehmen. Dann entmaterialisierte er.

Kommandant Wilmar Lund erschrak, als Gucky zwei Meter neben ihm in der Zentrale materialisierte. Er hob drohend den Zeigefinger.

„Ich liebe es nicht, wenn meine Mannschaft belästigt wird", sagte er mit mildem Vorwurf.

Aber zu seinem Erstaunen ging der Mausbiber gar nicht darauf ein. „Ich habe Hilferufe aufgefangen, Kommandant. Ein Mensch befindet sich in höchster Lebensgefahr."

Lund starrte Gucky einen Augenblick fassungslos an, dann begann er dröhnend zu lachen. „Aber – das ist unmöglich. Wer auf der ARCTIC sollte sich in Gefahr befinden? Der Erste Offizier hat die ‚Alles-in-Ordnung-Meldung' erhalten. Ich wüßte nicht..."

„Es handelt sich nicht um die ARCTIC, Kommandant", wurde er von Gucky unterbrochen. „Der Hilferuf stammt von einem anderen Schiff."

Lund schüttelte den Kopf und betrachtete den Panoramaschirm. „Im Umkreis von 0,2 Lichtjahren gibt es weder ein anderes Schiff noch einen Planeten. Du mußt also..."

„... einem Irrtum zum Opfer gefallen sein?" nahm Gucky den Rest des Satzes vorweg. „Ausgeschlossen. Der Hilferuf war stark, konzentriert und wurde in höchster Not gedacht. Der Mann stand dicht vor einem gewaltsamen Ende. Ganz davon abgesehen, daß ich ihn retten muß oder zumindest seine Mörder kennenlernen möchte, würde es mich interessieren, in welchem Schiff sich der Vorgang abspielte. Es muß ein Schiff gewesen sein, denn der Mann dachte an Atomkonverter und Roboter."

„Außerdem gibt es keinen bewohnten Planeten in diesem Sektor der Milchstraße", stimmte Kommandant Lund ihm zu. „Also ein Schiff. Hm, du hast recht, Gucky. Das wäre immerhin interessant. Vielleicht sind es Arkoniden."

Gucky drehte sich langsam, bis er genau in Flugrichtung sah. „Die Richtung kann ich bestimmen, nicht aber die exakte Entfernung. Hat es Sinn, wenn wir mit der ARCTIC kleine Sprünge vornehmen? Vielleicht finden wir das andere Schiff."

„Wozu haben wir Ortungsgeräte, die über Lichtjahre hinweg arbeiten?" Lund lächelte. „Ich werde dafür sorgen, daß der Bug-Sektor genauestens abgesucht wird. Zufrieden, Gucky?"

Der Mausbiber schüttelte den Kopf. „Ich werde erst dann zufrieden sein, wenn wir das andere Schiff finden."

Lund hatte inzwischen den Funkern seine Anweisungen gegeben. Er wandte sich erneut an Gucky. „Wenn du keinem Irrtum zum Opfer gefallen bist, wird das bald geschehen. Bist du auch ganz sicher, daß sich hier auf der ARCTIC niemand einen Scherz erlaubt hat?"

„Die Richtung konnte ich bestimmen, Kommandant." Gucky zeigte nach vorn auf die Mitte der Panoramascheibe.

Lund begriff, daß es an Guckys Aussage keinen Zweifel geben konnte. Ehe er antworten konnte, meldete ein Funker: „Unbekanntes Objekt 1,57 Lichtjahre voraus. Bewegt sich schräg von uns fort, Richtung Sektor BC-JS-78. Größe und Form: Durchmesser etwa eintausendfünfhundert Meter, Kugel. Material: bekannte und unbekannte Metallegierungen und Plastik. Wir vermuten, daß es sich um ..."

„Weiß schon", piepste Gucky. „Ein Schlachtschiff der Arkoniden. Ich dachte es mir." Er überlegte eine Sekunde. „Jemand benötigt Hilfe. Ich werde mich darum kümmern."

Kommandant Lund interessierte viel mehr die Tatsache, daß sich in diesem Sektor ein Schlachtschiff des arkonidischen Imperiums umhertrieb. Was hatte es hier zu suchen? Handelte es in offiziellem Auftrag?

„Wir werden so nahe wie möglich heranspringen", sagte er zu seinem Ersten Offizier. „Errechnen Sie die Sprungdaten."

Zehn Minuten später setzte die ARCTIC zur Kurztransition an und materialisierte Sekunden später gute anderthalb Lichtjahre von ihrem bisherigen Standort entfernt.

Das andere Schiff war jetzt klar und deutlich auf dem Bildschirm zu erkennen. Es flog ziemlich langsam und konnte somit leicht verfolgt werden.

Tatsächlich war es eins der gewaltigen Schlachtschiffe, die mit ihren Waffen in der Lage waren, ganze Sonnensysteme zu vernichten.

Kommandant Lund hatte den Schutzschirm um die ARCTIC legen lassen und hielt sich zum Hypersprung bereit, falls das fremde Schiff angreifen sollte. Bis jetzt aber waren dafür keine Anzeichen vorhanden.

Im Gegenteil.

Das Kugelschiff zog unbeirrt seine Bahn, als hätte es die ARCTIC überhaupt nicht bemerkt. Das aber war so gut wie ausgeschlossen. In einer Entfernung von nur knapp zweihundert Kilometern glitt das terranische Schiff hinter dem Koloß her und wartete auf die erste Reaktion.

Sie kam nicht.

Kommandant Lund sagte: „Welchen Trick probieren sie wohl aus? Kannst du nichts feststellen, Gucky?“

Der Mausbiber war schon längst dabei, die Gedanken der Mannschaft des anderen Schiffes zu kontrollieren. Das aber erwies sich als nicht so einfach. Tausend Impulse verschiedenster Art wurden von seinem Gehirn aufgenommen und mußten sortiert werden. Wie sollte Gucky wissen, was wichtig und was unwichtig war?

„Eine Art Alarmstimmung herrscht“, murmelte er. „Aber mit uns hat das nichts zu tun. Wenn ich nur wüßte ...“

Erneut versank er in nachdenkliche Konzentration. Dann richtete er sich auf.

„Ich werde hinüberspringen“, murmelte er entschlossen. „Behalte die jetzige Flugposition bei, Kommandant, damit ich jederzeit zurückkehren kann. Und wenn mir etwas passieren sollte ...“, er grinste plötzlich vergnüglich, „... dann macht aus dem Riesenfußball einen hübschen Schrotthaufen.“

„Dazu müßte ich erst Verstärkung anfordern“, gab Lund etwas

gedrückt zurück. „Wir warten auf dich, Gucky. Halte dich nicht zu lange auf.“

Gucky nickte und konzentrierte sich. Dann verschwand er, als habe er sich in Luft aufgelöst.

Bevor Gucky entmaterialisierte, konzentrierte er sich auf die Stelle, von der aus der telepathische Hilferuf gekommen war. Allein diese Ortsbestimmung ermöglichte den exakten Teleportersprung. Sein Körper entmaterialisierte und legte die zweihundert Kilometer bis zum anderen Schiff in Nullzeit zurück, um am Ziel zu materialisieren. Er war nicht allein in dem fremden Raum.

Die sechs Gestalten waren Roboter, das sah er sofort. Auf der einen Seite war das gut, denn wenn er schon Gewalt anzuwenden hatte, dann lieber gegen Maschinen als gegen Lebewesen. Andererseits aber konnte er die Gedanken von Robotern nicht aufnehmen. Was sie dachten und planten, blieb somit ihr Geheimnis.

Gucky war unbewaffnet. Er verließ sich auf seine Fähigkeiten.

Einer der Roboter wollte gerade eine ovale Klappe schließen, die in der Wand eingelassen war. Gedankenimpulse, die mit dieser Klappe oder mit den sechs Robotern zu tun hatten, konnte er nicht feststellen. Der Mann, der um Hilfe gerufen hatte, mußte also inzwischen bewußtlos oder tot sein.

„Was habt ihr mit ihm angestellt?“ fragte er in der Sprache der Arkoniden, die auch von fast allen ihren Kolonialvölkern verstanden wurde. Und diese Roboter waren zweifellos arkonidischer Bauart.

Ohne einen Laut postierten sich die Maschinen. Drei davon blockierten die einzige Tür, zwei andere nahmen an der Wand Aufstellung. Der sechste, der auch die Klappe verschlossen hatte, wandte sich Gucky zu. Mit metallischer Stimme sagte er: „Das Spezialkommando hat soeben T-Neununddreißig eliminiert. Wer bist du?“

„Der Kaiser vom Andromeda-Nebel“, gab Gucky zurück und beobachtete die Roboter scharf. Keine Bewegung entging seinen Augen, die nun das telepathische Wahrnehmungsvermögen ersetzen mußten. „Was hatte denn der Mann verbrochen, daß er sterben mußte?“

„Er hatte das notwendige Alter erreicht. Der Kommandant befahl seine Eliminierung.“

Gucky mußte erkennen, daß er die Verhältnisse auf diesem Schiff mit neuen Maßstäben zu messen hatte. Die soziologische Struktur schien einige Überraschungen zu bergen.

Aber ehe er weiterfragen konnte, sagte der Robot: „Es ist verboten, diesen Raum zu betreten.“ Er schritt zu der Klappe in der Wand, öffnete sie und fuhr fort: „Stecke den Kopf in die Öffnung.“

An sich hätte Gucky ja beleidigt sein können, weil die Roboter sich kaum über seine Person wunderten. Sie stellten einfach fest, daß er einen verbotenen Raum betreten hatte und verurteilten ihn zum Tode. Wer er war, schien sie nicht zu interessieren.

Aber Gucky wußte, daß Roboter nicht neugierig waren, sondern nur so handelten und dachten, wie es von ihren Konstrukteuren vorgesehen war. Das schloß nicht aus, daß sie selbständig denken konnten, soweit es im Rahmen der vorgeschriebenen Aufgaben stattfand.

„Der Kommandant schickt mich“, sagte er so energisch, wie seine helle und piepsige Stimme es zuließ. „Er hat das Todesurteil für diesen T-Neununddreißig rückgängig gemacht.“

Er sagte es aus einem Impuls heraus und ahnte nicht, was er damit anrichtete. Noch niemals war es vorgekommen, daß der Kommandant einen Befehl zur Eliminierung zurückgenommen hatte, einfach deshalb nicht, weil es unmöglich gewesen wäre. Es hätte eine Revolution bedeutet.

Revolution aber...

Der führende Roboter sagte: „T-Neununddreißig wurde bereits eliminiert. Der Kommandant handelt gegen die Gesetze. Wir werden den Fall untersuchen. Und nun stecke den Kopf in die Öffnung.“

Gucky verlor die Geduld. „Du Dummkopf! Wenn schon jemand in das komische Loch da gucken soll, dann wirst du es tun. Los, schau mal nach,was unten los ist!“

Er setzte seine telekinetischen Gaben ein. Unsichtbare Geistesströme ergriffen den Roboter und hoben ihn an. Er schwebte das letzte Stück in waagrechter Lage und glitt in die schwarze Öffnung hinein. Eine Sekunde später begann er abwärts zu rutschen.

„Wollt ihr auch eine Rutschpartie unternehmen?" erkundigte sich der Mausbiber freundlich bei den verbliebenen fünf Robotern. „Es kostet nichts."

Ruckartig hoben sich die Waffenarme.

Gucky erkannte, daß es nun höchste Zeit war, den Standort zu wechseln. Blind teleportierte er, ehe sich fünf blasse Energiefinger genau an der Stelle kreuzten, an der er den Bruchteil einer Sekunde zuvor noch gewesen war.

Er materialisierte in einem hell beleuchteten Raum irgendwo im Schiff. Mehrere Männer standen in Gruppen umher und diskutierten heftig. An den Wänden verrieten Schalttafeln und Bildschirme eine technische Zentrale. In der Mitte des Raumes lag unbeweglich und anscheinend leblos ein halb auseinandergenommener Roboter arkonidischer Bauart.

Gucky wurde nicht sofort bemerkt. Er verhielt sich still und versuchte, aus den Gedanken der Anwesenden die notwendigen Informationen zu erhalten. Was dabei herauskam, war höchst merkwürdig, genügte aber noch nicht zur Vermittlung eines klaren Gesamtbildes. Es schien jedenfalls so, als wolle ein gewisser Maschinist-Vier die Männer davon überzeugen, daß eine Revolution oder Meuterei notwendig sei. Seltsam war nur, daß er stets immer wieder betonte, der Kommandant des Schiffes sei auf ihrer Seite.

Was sollte das bedeuten? Wenn auf einem Schiff gemeutert wurde, dann konnte es sich doch nur um eine Erhebung der Mannschaft gegen den Kommandanten handeln. Und diesmal meuterte der Kommandant *mit* der Mannschaft.

Gegen wen?

Gucky konnte kombinieren. Er entsann sich der Begegnung mit den sechs Robotern und ihrer Worte. Hier lag der desaktivierte Roboter, allem Anschein nach von den Männern auseinandergenommen. Erst jetzt bemerkte Gucky, daß die Waffen fehlten. Das Bild rundete sich ab. Wenn es hier eine Meuterei gab, dann richtete sie sich gegen die Roboter.

Und dann hörte er, wie M-4 sagte: „... ist es vor allen Dingen wichtig, daß die Wächter nicht erfahren, was vor sich geht. Auch dürfen sie nicht wissen, daß der Kommandant auf unserer Seite steht."

Gucky begriff, daß er den Raumfahrern in den Rücken gefallen war, die sich gegen die Roboter auflehnten. Er hatte einen Fehler begangen, den er wieder gutmachen mußte.

Er trat vor und sagte: „Guten Tag, Freunde. Ich bin gekommen, um euch zu helfen."

Die Männer erschraken, als sie ihn hörten und sahen. Das Gespräch verstummte jäh. Alle Augen richteten sich auf den Mausbiber. Gucky erkannte, daß sie Angst vor ihm hatten, weil sie in ihm einen Beauftragten des „Meisters" vermuteten. Er grinste beruhigend und schüttelte den Kopf.

„Nein, ich komme von einem anderen Schiff. Ich werde euch helfen. Die Roboter wissen bereits, was ihr plant. Sie werden handeln. Und nun macht den Mund wieder zu – oder besser: laßt ihn ruhig auf und berichtet, was geschehen ist. Ihr seid ein Schiff des Imperiums, nehme ich an?"

Die antwortenden Impulse verrieten ihm sofort, daß keiner der Männer jemals den Begriff „Imperium" gehört hatte.

„Seid ihr keine Arkoniden?"

Sie wußten nicht, daß es Arkoniden gab.

Die Sache wurde immer verrückter. Sie waren Arkoniden, das sah man doch auf den ersten Blick. Die weißen Haare, die rötlichen Albinoaugen, die zarten Glieder, alles wies darauf hin, daß man es mit Abkömmlingen dieses Volkes zu tun hatte.

Gucky erkannte, daß er der Reihe nach vorgehen mußte, um die Situation erfassen zu können. Er wandte sich an den Mann, der ihm vorher schon aufgefallen war: „Also, M-Vier! Nimm dich zusammen und erzähle! Vor mit brauchst du keine Angst zu haben."

Der Maschinist faßte sich ein Herz. Er trat einen Schritt vor, schob verlegen einen kleinen silbernen Stab mit einer Linse am vorderen Ende in die Tasche und sagte auf arkonidisch: „Dein Anblick flößt Befremden, aber keine Furcht ein. Ich glaube, wir können Vertrauen zu dir haben, wo immer du auch herkommst. Lasse dir also berichten, was geschehen ist..."

Stumm und mit steigendem Erstaunen hörte Gucky zu, und wenn er auch nicht alles erfuhr, so begann er doch zu ahnen, daß er rein zufällig auf eins der großen Geheimnisse der Milchstraße gestoßen war.

4.

O-2 und M-7 weilten zur Berichterstattung beim Kommandanten und seinen neuen Freunden. Zwei Tage waren inzwischen vergangen, in denen sie mehrmals den Raum nebenan aufgesucht hatten. Aber der Meister hatte seine Anschauung nicht geändert. Er drohte weiter mit den fürchterlichsten Strafen, unternahm aber nichts.

Wenigstens bemerkten sie nichts davon.

O-2 schilderte, wie er die Leiter der verschiedenen Abteilungen von der neuen Situation unterrichtet und in ihre Aufgaben eingewiesen hatte. Bis jetzt war ihm niemand begegnet, der nicht begeistert bereit gewesen wäre, mit der alten und grausamen Tradition zu brechen. Wenn alle Sektionsleiter die Botschaft weitergegeben hatten, war jetzt schon das ganze Volk unterrichtet.

M-7 gab ebenfalls einen positiven Bericht ab. Dank der Vorarbeit des Zweiten Offiziers hatte er schnell Helfer gefunden, die mit ihm einzeln postierten Wächtern auflauerten und sie unschädlich machten. Das war nicht immer glatt verlaufen, und mehr als einmal mußten die bereits eroberten Waffen eingesetzt werden, um einen Roboter zu zerstören. Das mußte jeweils so schnell geschehen, daß keine Warnung mehr erfolgen konnte. Man wußte, daß die Roboter untereinander durch eingebaute Funkgeräte in ständiger Verbindung standen. Lange würde sich die Aktion ohnehin nicht mehr geheimhalten lassen, wenn die desaktivierten Roboter keine Positionsmeldungen mehr abgaben.

Kaum hatten die beiden Männer ihre Berichte beendet, da summte der Interkom. Das tat er seit zwei Tagen ununterbrochen. O-1 verlangte, den Kommandanten zu sprechen.

Ps-5 nickte. „Ich glaube, wir müssen ihn mit der Wahrheit vertraut machen. Wenn er vernünftig ist, kann er unser Verbündeter werden. Wenn nicht, dann muß er sterben."

„Ich werde das Todeskommando damit beauftragen“, meinte K-1.

Aber soweit war es noch nicht.

„Zuerst wollen wir sehen, wie er sich zu unseren Vorschlägen stellt, Kommandant“, schlug Ps-5 vor. „Lassen Sie ihn kommen.“

Zehn Minuten später betrat O-1 die Zentrale. Er blieb vor der sich schließenden Tür stehen und betrachtete die Anwesenden erstaunt. Dann sagte er mit spröder Stimme: „Was soll das? Ich wollte den Kommandanten allein sprechen.“

Ps-5 übernahm es, den Ersten Offizier aufzuklären.

„Setzen Sie sich, und hören Sie mir gut zu. An Ihnen allein wird es liegen, ob Sie künftig ein friedliches und lohnendes Leben in Sicherheit und Freiheit führen können oder ob das Todeskommando Sie abholt. Unterbrechen Sie mich nicht und hören Sie. Danach erst entscheiden Sie sich.“

„Ich verstehe nicht...“

„Sie werden gleich verstehen“, tröstete ihn Ps-5 und begann mit seinem Vortrag. Ruhig und leidenschaftslos berichtete er über die bisherigen Ereignisse und vergaß nicht, eindrucksvolle Vermutungen miteinzuflechten, die dazu angetan waren, den jungen Mann in ihrem Sinn zu beeinflussen.

„Der bisherige Kommandant wird natürlich im Amt bleiben, wenn alles vorüber ist“, schloß Ps-5 schließlich, „aber Sie bleiben sein Nachfolger, wenn Sie sich unseren Ansichten anschließen. Sie müssen länger warten, bis Sie das Amt antreten können, aber dafür haben Sie ja auch die Aussicht, entsprechend länger zu leben. Niemand von uns weiß, wie lange er wirklich lebt. Es können drei oder vier Generationen sein, vielleicht auch mehr. Erst der körperliche Zerfall unserer Zellen beendet unser Dasein. A-3 wird gern bereit sein, Ihnen seine diesbezüglichen Theorien darzulegen. Wir erwarten Ihre Entscheidung.“

O-1 hatte mit wachsender Erregung zugehört. Mehrmals nickte er zustimmend, dann huschten wieder Bedenken über sein Gesicht. Als Ps-5 endete, sagte er: „Es ist eine Revolution. Sie bedeutet das Ende aller Traditionen, und es wird schwer sein, schnell umzulernen. Ich gebe zu, daß viele meiner Ansichten sich mit den Ihren decken, aber ich befürchte, daß sich die unbekannten Herren unseres Schiffes nicht widerstandslos fügen werden. Sind wir stark genug, um uns durchzusetzen?"

„Wir hoffen es", entgegnete Ps-5 ernst. „Wir hoffen und wir glauben es."

Der Kommandant wollte noch etwas hinzufügen, als ein summendes Signal ertönte. Im ersten Augenblick nahmen sie an, der Interkom wäre in Betrieb genommen worden, aber der Kommandant sah zur Tür.

„Die Wächter melden sich nie an. Sie kommen einfach, wenn sie es für richtig halten. Es dauert zehn Sekunden, bis sie eintreten. So lange sperrt das elektronische Schloß. Schnell, in den Nebenraum. O-Eins, Sie bleiben."

Die Männer handelten blitzschnell.

Als die Tür aufschwang und den Roboter einließ, waren nur noch der Kommandant und sein Nachfolger in der Zentrale.

Aber der Roboter kam nicht allein. In seiner Begleitung befanden sich vier andere Wächter. Wären es insgesamt sechs gewesen, hätte der Kommandant vielleicht ahnen können, wer ihn besuchte, so aber hielt er die Roboter für ganz gewöhnliche Wächter. Mit keinem Gedanken erriet er, daß das von Gucky um einen Roboter reduzierte Todeskommando zu ihm gekommen war.

„Seit wann ist es dem Kommandanten erlaubt, eine einmal festgesetzte Eliminierung für ungültig zu erklären?" fragte der zuerst eingetretene Wächter. „Verstöße gegen die bestehenden Gesetze werden entsprechend bestraft. Wir werden..."

„Von mir wurde kein derartiger Befehl gegeben", unterbrach der Kommandant. „Um wen soll es sich handeln?"

„Um T-Neununddreißig, der heute zur Eliminierung gebracht wurde."

„Das ist völlig ausgeschlossen. T-Neununddreißig bat um Aufschub, den ich nicht gewähren konnte. Ich habe niemals den Befehl erteilt, seine Eliminierung aufzuheben."

„Wir glauben dir nicht", entgegnete der Roboter kalt. „Du wirst mit uns kommen und die gerechte Strafe erleiden. Dein Nachfolger wird sein Amt übernehmen."

„Er ist nicht eingeweiht", sagte der Kommandant.

Nun zögerte der Wächter. Er durfte den Kommandanten nicht töten, wenn es keinen eingeweihten Nachfolger gab. In die kurze Pause der Unschlüssigkeit hinein sagte Ps-5, der unbemerkt aus dem Nebenzimmer in die Zentrale gekommen war: „Der Kommandant spricht die Wahrheit, Wächter. Ich kann es bezeugen."

Ebenfalls unbemerkt kam M-7 herbei und drückte sich an der Wand entlang hinter die inzwischen vollständig eingetretenen Roboter. In seiner Hand war der Schlüssel, mit dem sich die alles entscheidende Stellschraube lösen ließ. Wenn es ihm rechtzeitig gelang...

Es gelang ihm lediglich bei zweien.

Der dritte schien die erste Berührung bemerkt zu haben, denn er drehte sich schwerfällig um, seinen Waffenarm auf M-7 richtend.

Ps-5 handelte blitzschnell.

Der Energiestrahl seiner Handwaffe traf Wächter Drei am Kopf und bohrte sich zischend in das positronische Gehirn, um Sekunden später auch den vierten Roboter unschädlich zu machen.

Lediglich der Anführer erhielt eine winzige Chance, die er jedoch nicht mehr nutzen konnte, weil inzwischen A-3 aus seinem Versteck hervorgekommen war und in die Geschehnisse eingriff. Er schaltete den Strahler erst wieder ab, als der fünfte Roboter ein glühender Haufen halbgeschmolzenen Metalls war und eine fast unerträgliche Hitze das Atmen in der Zentrale schwer machte.

„Sie haben großes Glück gehabt", sagte Ps-5 ruhig, als er die Waffe wieder in die Tasche schob. „Fast wären Sie das Opfer Ihrer eigenen Anordnung geworden – oder zumindest jener Anordnungen, die der große ‚Meister' erlassen hat. Nun, O-Eins, haben Sie sich entschieden?"

Der Offizier nickte. Er war sehr blaß. „Ich stehe auf Ihrer Seite – aber ich habe einen Wumsch. Ich möchte den sehen, den Ihr den ‚Meister' nennt. Ist das möglich?"

„Es ist sogar Ihr Recht", ergriff der Kommandant das Wort. Es war alles so schnell gegangen, daß er keine Zeit gehabt hatte, einen Schock davonzutragen. Ehe er richtig begriff, war die Gefahr schon wieder gebannt. Nur die fünf unschädlich gemachten Wächter erinnerten noch daran, wie nahe er dem Tod gewesen war. „Kommen Sie, O-Eins, ich werden Ihnen den ‚Meister' vorstellen."

Die beiden Männer verschwanden im Nebenraum.

Ps-5 sah ihnen nach.

„Ich glaube", sagte er, „jetzt dauert es nicht mehr lange. Irgendwie müssen die Roboter erfahren haben, was wir planen. Sie werden handeln. Vielleicht steht der ‚Meister' doch mit ihnen in Verbindung. Wenn wir es nur wüßten. Bisher liegen keine Anzeichen dafür vor, ganz zu schweigen von Beweisen."

A-3 trat zur Wand und öffnete die Schiebetür eines eingebauten Schrankes. „Wir haben genug Waffen, um jeden Angriff der Roboter abwehren zu können. Sämtliche Sektionsleiter sind ebenfalls bewaffnet. In der weiteren Geheimhaltung unserer Absichten sehe ich keinen Sinn mehr. Erklären wir dem ‚Meister' offiziell den Krieg."

Ehe die anderen Männer ihrer Zustimmung Ausdruck geben konnten, summte der Interkom. Ps-5 drückte den entsprechenden Knopf der Anlage nieder.

Der Schirm leuchtete auf, und M-4 sagte: „Meldung aus der Labor-Sektion: Wir haben einen unerwarteten Bundesgenossen erhalten. Er tauchte plötzlich mitten unter uns auf und stammt aus einem anderen Schiff. Auch sieht er nicht wie wir aus..."

„Aus einem anderen Schiff?" unterbrach der Psychologe verblüfft. „Was soll das heißen? Gibt es noch andere Schiffe?"

„Das Universum ist voll von ihnen", erklärte M-4 knapp. „Es gibt bewohnte Welten und ganze Sternenreiche – aber es wäre zu kompliziert, es in wenigen Worten erklären zu wollen. Der Fremde wird es tun, wenn alles vorüber ist."

„Ich verstehe immer noch nicht – wir haben nichts von einem anderen Schiff bemerkt. Wo ist es? Wie kam der Fremde zu uns?"

„Er wird es selbst berichten. Seid nicht erstaunt, wenn ihr ihn seht. Ich sagte schon, er sieht nicht wie wir aus. Er ist kleiner, mit Fell bekleidet und spricht unsere Sprache."

Ps-5 kam ein ganz bestimmter Verdacht. Vorsichtig sagte er: „Vielleicht stammt er überhaupt nicht von einem anderen Schiff. In unserer Welt gibt es vieles, das wir noch nicht wissen. In den unbekannten Regionen..."

M-4 wurde plötzlich zur Seite geschoben, und ein anderes Gesicht erschien auf dem Schirm. Der Psychologe verstummte jäh, als er es sah. Fassungslos und voller Staunen starrte er in die braunen Augen eines Wesens, wie er noch nie in seinem Leben eines gesehen hatte. Er konnte in den Augen keine Bosheit entdecken, höchstens eine vergnügliche Neugier. Was Ps-5 besonders auffiel, war der gelbliche Nagezahn.

„Du kannst M-Vier ruhig glauben“, sagte der Fremdling jetzt mit hoher und piepsiger Stimme. „Nein, mit deinem ‚Meister‘ habe ich auch nichts zu tun. Wer ist das überhaupt?“

Ps-5 kniff die Augen zusammen.

„Kannst du Gedanken lesen?“ fragte er erschrocken.

„Ja“, gab Gucky einfach zu. „Und ich kann noch einiges mehr. Ich komme jetzt zu euch und bringe M-Vier mit. Es dauert nicht lange – höchstens eine Sekunde.“

„Eine Sekunde“, ächzte Ps-5 verblüfft. Die Labor-Sektion war gut achthundert Meter von der Kommandozentrale entfernt.

Aber Guckys Gesicht war schon verschwunden. Fast gleichzeitig entstand inmitten der Zentrale ein Phänomen. Die Luft begann zu flimmern, und aus den wirbelnden Kreisen sich überschneidender Dimensionen heraus schälten sich zwei Gestalten: M-4 und Gucky.

„Da wären wir“, piepste der Mausbiber hinter dem Rücken des Psychologen, der immer noch auf den Bildschirm starrte, jetzt aber wie von einer Tarantel gestochen herumfuhr und die beiden Eindringlinge anstarrte, als sähe er Gespenster.

„Bei den Geistern der Ahnen“, stieß er hervor.

A-3 hatte Gelegenheit gehabt, die Materialisation zu beobachten. Zwar fand er keine Erklärung für das Wunder, aber er besaß genügend Phantasie, sich die wunderbaren Fähigkeiten fremdartiger Lebewesen vorzustellen. Dieses hier sah nicht einmal furchterregend aus, sondern machte vielmehr einen harmlosen und friedlichen Eindruck.

„Laß deine Ahnen in Ruhe“, empfahl Gucky dem Psychologen und lauschte in Richtung der Wohnkabine. „Dort sind noch zwei Männer nebenan. Wer sind sie?“

„Woher weißt du das?“ stammelte Ps-5 und versuchte, seine Fassung mühsam zurückzuerlangen.

„Ich sagte schon, daß ich Gedanken lesen kann“, erklärte Gucky knapp. „Ah, ich weiß schon. Der Kommandant und ein junger

Offizier. Sie unterhalten sich – aber ziemlich sinnlos. Es ist, als ob sie zu einem Dritten sprächen, der sie nicht hört und auch nicht antwortet."

Ps-5 hatte sich von seiner Überraschung erholt. Sein Gehirn begann wieder normal zu arbeiten. Er begriff, daß der kleine Fremdling Gedanken lesen konnte. Das war vielleicht die Chance, den „Meister" zu entlarven. In seiner Freude, einen Weg gefunden zu haben, das Geheimnis endlich zu lüften, hatte er Guckys letzte Bemerkung überhört.

„Die beiden Männer sprechen mit dem ‚Meister'", erklärte er und schilderte dem Mausbiber mit wenigen Worten, was im Nebenraum vor sich ging. Er schloß: „Sie beherrschen seit undenkbaren Zeiten unser Volk und regieren es durch den jeweiligen Kommandanten. Sie gaben uns die Gesetze, nach denen wir leben und sterben. Sie wohnen irgendwo in den unbekannten Regionen dieses Schiffes und zeigen sich uns nur in der Gestalt des alten Mannes, den man den ‚Meister' nennt."

„Über eine Bild-Anlage." Gucky nickte. „Das muß ich mir ansehen."

Zusammen mit Ps-5 und A-3 betrat er Sekunden später den Raum, in dem der Kommandant und O-1 vor dem großen Schirm standen, von dem herab das Gesicht des „Meisters" blickte.

Gucky lauschte einige Minuten der Unterhaltung, die sich im Kreise bewegte und zu keinem positiven Ergebnis führte. Der „Meister" lehnte jede Erklärung hartnäckig ab und verlangte nur immer wieder Gehorsam und die Wiederherstellung des alten Zustands.

Der Mausbiber kniff die Augen zusammen und lauschte. Sein Nagezahn war verschwunden. Still und unbewegt hockte er schräg unter dem Schirm und betrachtete das Bild. Aber so sehr er sich auch bemühte, unter den vielen Gedankenimpulsen, die auf ihn eindrangen, auch die des „Meisters" zu finden, seine Anstrengungen blieben erfolglos.

Es war nicht einfach, die Gedanken eines Mannes zu finden, der auf einem Bildschirm zu sehen war. Er weilte körperlich an einem anderen Ort, den man erst anpeilen mußte. Aber Gucky hatte noch niemals länger als zwei Minuten benötigt, um den Sprecher zu finden.

Bis auf heute.

Fast zehn Minuten lauschte er konzentriert, dann schüttelte er den Kopf und watschelte gemütlich bis dicht unter das Bild. Der Kommandant und O-1 wurden mit zwei, drei Sätzen von Ps-5 aufgeklärt und verhielten sich abwartend.

Der „Meister" unterbrach seinen Vortrag, den er herunterrasselte, als habe er ihn auswendig gelernt. Nach einer winzigen Pause fragte er: „Wer bist du?"

„Gerade wollte ich die gleiche Frage an dich stellen", piepste der Mausbiber. „Wo steckst du? Bist du hier im Schiff?"

Während der „Meister" antwortete, versuchte Gucky erneut vergeblich, die „Gedankenquelle" anzupeilen und zu orten. Dafür gab es nur eine einzige Erklärung.

„Ich bin der ‚Meister', der Beauftragte der Vorfahren, die dieses Schiff erbauten und starteten. Die Geheimnisse werden sich klären, wenn das Schiff sein Ziel erreicht. Bis dahin verlange ich Gehorsam. Aber du gehörst nicht zu uns! Wer bist du?"

Gucky war sich jetzt sicher, aber er wollte den letzten Beweis. „Deine Ziele mögen gut sein, aber hältst du es für richtig, wenn Menschen durch Maschinen beherrscht werden? Warum weiß niemand hier etwas über den Ursprung des Volkes? Warum weiß niemand, daß ihr Arkoniden seid?"

Das Gesicht des „Meisters" zeigte Erstaunen, aber die Stimme blieb gelassen und ausdruckslos wie immer: „Die Maschinen sind zuverlässiger und unfehlbarer als der Mensch. Gegenfrage: Was weißt du von den Arkoniden?"

Gucky nickte vor sich hin. Er hatte es erwartet. Ohne sich weiter um das Bild des „Meisters" zu kümmern, dessen Augen ihn starr anblickten, wandte er sich an die gespannt wartenden Männer, die Führer der Revolution gegen die Roboter.

„Ich glaube, wir können das Betreten dieses Raumes künftig unterlassen. Wir dürfen den ‚Meister' ignorieren, der sich als Beauftragter der Vorfahren ausgibt. Weiter nehme ich an, daß irgend etwas damals schiefgegangen ist, als das Schiff gestartet wurde. Dies hier war nicht vorgesehen. Nun, wir werden es bald wissen."

Ps-5 trat vor und blieb vor Gucky stehen. „Worte allein schaffen den ‚Meister‘ nicht aus der Welt. Er ist dort auf dem Bildschirm und kann alles sehen und hören, was hier geschieht.“

„Wie recht du hast“, gab Gucky spöttisch zu. „Darum werden wir ja diesen Raum auch nicht mehr betreten. Und dann, Freunde, ist der ‚Meister‘ blind und taub. Im übrigen – er ist sogar auch stumm.“

Das begriff niemand, aber Gucky wußte genau, was er behauptete.

Sie verschlossen den Raum und kehrten in die Zentrale zurück. Hier fragte der Kommandant: „Und – was nun?“

Der Psychologe deutete auf A-3. „Es wäre vielleicht jetzt der rechte Augenblick, an die unheimliche Entdeckung zurückzudenken, die wir im Mittelpunkt des Schiffes machten. Sie muß in irgendeinem Zusammenhang mit dem ‚Meister‘ stehen. Unsere Vorfahren schlafen dort...“

Gucky ließ den Psychologen erzählen und stellte fest, daß sich das Bild abrundete. Aber immer noch blieb die Frage offen, welchen Sinn das Unternehmen hatte – wenn es überhaupt einen hatte.

„Ich glaube“, sagte der Mausbiber, als Ps-5 endete, „das sehe ich mir an. Bei der Gelegenheit werden wir dem ‚Meister‘ gleich den Strom sperren.“

„Den Strom sperren?“ warf M-7 erstaunt ein.

Gucky nickte. „Natürlich. Oder kann sich einer von euch einen Roboter ohne Energie vorstellen – wobei es keine Rolle spielt, ob dieser Roboter ein Gesicht aus Metall oder aus Plastik besitzt.“

Mit entblößtem Nagezahn genoß Gucky die staunende Verwunderung, die seine Enthüllung hervorrief.

Mit einem Satz hatte er das große Rätsel gelöst.

Wenigstens sah es ganz so aus...

5.

Techniker Neununddreißig fiel nicht länger als eine Sekunde, aber er hatte trotzdem genug Gelegenheit, sein ihm bevorstehendes Schicksal genau zu erkennen. Es schien anderer Natur zu sein, als sie alle angenommen hatten.

Die Rutsche endete nicht im Atomfeuer des Reaktors. Seit T-39 dem Gravitationszentrum des Schiffes entgegengeglitten war, hatte die Temperatur nicht zu-, sondern ständig abgenommen. Es war in den wenigen Augenblicken regelrecht kalt geworden.

Der Techniker wußte noch nicht, daß seine Glieder bereits vom Hauch des ewigen Frostes gestreift wurden, der sich in sein Fleisch biß und schnell vordrang. Immerhin vermochte er noch zu sehen, wenn das vielleicht auch die letzte Sinneswahrnehmung war, die sein blitzschnell erlahmendes Gehirn registrieren konnte.

Als er haltlos in die Tiefe stürzte, erkannte er unter sich eine riesige Halle, in der reglose Wächter ihn erwarteten. Sie umstanden ein rechteckiges Becken aus weißem Material, das an Marmor erinnerte. Es schien mit Wasser gefüllt zu sein, über dessen Oberfläche ein nebelartiger Hauch lag.

T-39 tauchte in den Nebel und dann in die Flüssigkeit.

Die eisige Kälte, die seinen Körper sofort einfror und seine synthetische Kleidung zersetzte, bemerkte er nicht mehr.

Die Wächter hatten auf diesen Augenblick gewartet. Schwerfällig bewegten sie sich auf den Rand des Beckens zu. Mit stangenähnlichen Instrumenten holten sie den schwimmenden Körper des Technikers heran und hoben ihn vorsichtig aus der Flüssigkeit. Ihnen machte es nichts aus, daß in der Halle eine durchschnittliche Temperatur von etwa zweihundert Grad minus herrschte.

Eine Bahre wurde in die Halle gefahren, auf die T-39 gelegt wurde. Die Roboter gingen dabei sehr behutsam zu Werke. Sie wußten genau, daß die geringste Unachtsamkeit den steif gefrorenen Körper zerbrechen ließ.

Zwei Wächter fuhren die Bahre aus dem Raum. Die anderen blieben zurück und postierten sich neu.

Sie erwarteten das nächste Opfer, aber sie wußten nicht, daß sie soeben das letzte abgefangen hatten.

Ps-5, A-3 und R-75 begleiteten Gucky, während der Kommandant mit den anderen in der Zentrale blieb, um im Fall eines Aufstands der Roboter die Mannschaft alarmieren zu können.

R-75 zeigte auf die Wand. „Dort brachen wir ein Loch. Dahinter stehen die Behälter. Aber auch die Kampf-Wächter sind dort und warten."

Gucky nickte befriedigt. „Die werden sich aber wundern, meine ich. Ihr seid gut bewaffnet und werdet einen Feuerzauber veranstalten, daß ihnen die Linsenaugen übergehen. Ich selbst – nun, ich denke, ich werde mal wieder ausgiebig spielen."

„Spielen?" Der Psychologe betrachtete Gucky voller Zweifel. Bisher hatte er noch keine befriedigende Antwort auf die Frage erhalten, von wo der Mausbiber kam und wer er war. Ps-5 hatte lediglich die Tatsache akzeptiert, einen guten Bundesgenossen gefunden zu haben. „Glaubst du, damit die Wächter zu vertreiben?"

„Man nennt es Telekinese", erklärte Gucky und sah zu, wie R-75 den Wulstrand der eingesetzten Metallplatte aufschweißte. „Mit Hilfe der konzentrierten Gedanken kann man Materie bewegen, ohne sie anzupacken. Ich habe schon ganze Armeen von Robotern damit kampfunfähig gemacht."

Das war zwar reichlich übertrieben, aber es stimmte doch, daß der Mausbiber mittels seiner telekinetischen Gabe manchen Gegner bezwungen hatte, der ihn sonst mit den bloßen Fäusten zerdrückt hätte.

Polternd fiel die Klappe zu Boden, und die Öffnung wurde frei.

„Die Wächter kommen normalerweise erst in einer knappen Stunde", erklärte Ps-5 hastig. „Nur – vielleicht sind sie diesmal schneller."

„Wir werden es sehen", piepste Gucky und zwängte sich durch das Loch, als die Ränder ein wenig abgekühlt waren. „Nun kommt schon, Freunde!"

Diesmal brauchten sie nicht auf Rückendeckung zu achten und konzentrierten ihre ganze Aufmerksamkeit nach vorn, wo in der dämmerigen Halle die langen Reihen mit den durchsichtigen Glasblöcken standen, in denen die reglosen Körper der Schlummernden ruhten.

Gucky machte einige Schritte und blieb vor dem ersten Block stehen. Mit einem Satz schwang er sich auf den Rand des Behälters und schaute auf den nackten Körper des Arkoniden hinab. Was seinen Begleitern unbekannt war, bedeutete ihm kein unlösbares Rätsel. Er hatte schon vor Betreten der Halle gewußt, was hier gespielt wurde – er wußte nur nicht, welchen Sinn es haben sollte.

Ps-5 kam ebenfalls herbei und sah hinab auf den Schläfer. Und dann stutzte er plötzlich. Er kniff die Augen zusammen und warf dann A-3 einen schnellen Blick zu.

„Sieh ihn dir genau an", sagte er mit belegter Stimme. „Und dann sage mir, ob ich verrückt bin."

Der Arzt nickte langsam.

„Du bist nicht verrückt", bestätigte er tonlos und mit einem Zittern in der Stimme. „Ich weiß, was du sagen willst, aber bevor wir einem Irrtum erliegen, wollen wir den Beweis. In welchem Block lag das Mädchen?"

„Im nächsten", entgegnete Ps-5 und schritt bereits zum Nachbarblock. Er sah hinein und fuhr erschrocken zurück. „Ja, ich hatte recht. Sie sind ausgetauscht worden. Warum?"

Gucky, der nicht nur die Unterhaltung hörte, sondern auch in den Gedanken der beiden Männer las, erfuhr in Sekunden die ganze Geschichte.

Er vergewisserte sich: „Ihr irrt euch bestimmt nicht? Dies ist derselbe Raum?"

„Ein Irrtum ist ausgeschlossen", erklärte Ps-5. „In den Behältern lagen noch vor wenigen Tagen andere Personen."

Gucky mußte sich eingestehen, auf einmal nichts mehr zu begreifen. Im ersten Augenblick hatte es ganz so ausgesehen, als lägen hier im Zentrum des Schiffes Arkoniden im Kälteschlaf. Die trübe Flüssigkeit schien ganz dafür zu sprechen. Sie mußte eine Temperatur tief unter dem Gefrierpunkt besitzen und dennoch im flüssigen Aggregatzustand bleiben. Soweit war alles in Ordnung.

Warum aber lagen nun plötzlich andere Männer als zuvor in den merkwürdigen Behältern?

Guckys Gedankengang wurde unterbrochen, als der Arzt plötzlich rief: „Ich kenne diesen Mann – es ist T-Neununddreißig, den ich öfters behandelte. Er liegt statt des Mädchens hier. Aber ..."

Der Psychologe war zusammengezuckt und wich erschrocken zurück. Über sein Gesicht huschte Entsetzen, zugleich aber auch eine Frage.

„Der Techniker“, sagte er spröde, „wurde vor einer Stunde vom Todeskommando abgeholt und in den Konverter gestoßen. Er ist tot.“

Gucky begann sich allmählich auszukennen. „Vor einer Stunde? Er sollte sterben – und nun liegt er hier vor uns? Nun Ps-Fünf und A-Drei, beginnt ihr allmählich zu begreifen?“

Die beiden Männer sahen den Mausbiber ausdruckslos an.

„Es ist doch ganz einfach“, piepste Gucky aufgeregt. „Sie haben euch immer erzählt, ihr müßtet sterben, wenn eure Zeit um ist. Aber in Wirklichkeit ist niemand gestorben. Ich weiß jetzt, daß die zum Tode Verurteilten statt im Reaktor hier in der Gefrierhalle landeten. Genau wie dieser Techniker. Das dürfte geklärt sein. Aber nun taucht eine neue Frage auf: Was geschah mit jenen, die vor T-Neununddreißig in diesem Behälter lagen? Wohin ist das Mädchen gekommen? An sie müssen wir uns halten, wenn wir die Spur weiter verfolgen wollen.“

Langsam nickte Ps-5. Obwohl es empfindlich kalt war, begann er zu schwitzen. Von einer Sekunde zur anderen verloren alle Gesetze ihre Gültigkeit. Von einer Sekunde zur anderen mußten ihm die Wächter nicht mehr als erbarmungslose Maschinen, sondern als Wohltäter erscheinen.

Aber – welchen Sinn hatte das alles?

Gucky erkannte den Zwiespalt im Herzen des Psychologen. Er sagte: „Es besteht durchaus die Möglichkeit, daß wir den Robotern unrecht taten, aber immerhin ließen sie euch im ungewissen. Mir ist es gleich, was künftig geschieht. Ich bin nur gekommen, weil mich ein telepathischer Hilferuf erreichte, und zwar von einem Mann, der sich in Todesgefahr befand – wahrscheinlich war es sogar dieser hier, den ihr T-Neununddreißig nennt. Es hat den Anschein, daß er noch lebt – und sogar noch lange leben wird. Bis dieses Schiff sein Ziel erreicht, nehme ich an. Ich kann also zu meinem eigenen Schiff zurückkehren und euch den Rest überlassen...“

„Auf keinen Fall soll der überwundene Zustand wiederhergestellt werden“, protestierte der Arzt. „Wir nehmen künftig unser Schicksal selbst in die Hand und lassen uns nicht mehr von den Gesetzen des ‚Meisters‘ regieren. Wer überhaupt ist der ‚Meister‘?“

„Das“, sagte Gucky gelassen, „möchte ich noch herausfinden, ehe ich mich verabschiede. Wartet hier.“

Und ehe jemand antworten konnte, war der Mausbiber verschwunden.

Sie blieben allein in der dämmerigen Ungewißheit zurück.

In der Zentrale spitzte sich die Lage inzwischen unvorhergesehen zu.

Kaum waren Gucky und die drei Männer auf Expedition gegangen, als Alarm gegeben wurde. Die Wächter, so wurde gemeldet, rotteten sich zusammen und marschierten in Richtung Zentrale durch die Korridore. Sie schossen rücksichtslos auf alles, was sich ihnen in den Weg stellte.

Das war eine Kriegserklärung.

Der Kommandant erteilte den Befehl zur Gegenwehr. Die Leiter der einzelnen Sektionen verteilten die erbeuteten Waffen und organisierten Kampfgruppen. Der gefürchtete Augenblick der offen ausbrechenden Feindseligkeiten war gekommen.

Noch während der Kommandant seine Anweisungen erteilte, wurde die Interkomverbindung plötzlich unterbrochen. Der Strom war ausgefallen. Die eigentlichen Herrscher hatten zugeschlagen.

Aber um Minuten zu spät.

Die Männer wußten bereits, was sie zu tun hatten.

Einer der Stoßtrupps unter der Führung vom M-4 und M-7 eilte den Wächtern voraus und erreichte vor ihnen den Korridor zur Zentrale. Hier bauten sie eine Falle auf und warteten in fieberhafter Spannung auf die Roboter.

Sie brauchten nicht lange zu warten.

Die Wächter kamen anmarschiert. Ihre Arme waren rechtwinklig angebogen und schußbereit.

Die beiden Mechaniker wußten, daß die Zeit der List endgültig vorbei war. Jetzt kam es darauf an, wer schneller und stärker war.

Es war ein umheimlicher Anblick, als die zwanzig Wächter in gewohnter Ordnung marschierten. Es schien, als habe sich der Wille zum Töten auf ihren metallenen Stirnen eingegraben.

M-7 wartete, bis die erste Reihe an den verborgenen Schützen vorbei und keine zwei Meter von ihnen entfernt war, dann gab er das vereinbarte Kommando.

Sein Energiestrahl riß den ersten Koloß von den Füßen und warf ihn gegen die Wand. Die sofort erfolgenden Detonationen zerstörten gleich zwei weitere Wächter.

Von allen Seiten zischten die Strahlen heran und setzten die unbeholfenen Roboter außer Gefecht. Es ging alles viel leichter und schneller, als man zu hoffen gewagt hatte. Noch ehe eine geordnete Gegenwehr entstehen konnte, waren die einst so gefürchteten Wächter zerstört.

Allerdings hatten auch drei der Männer bei dem Kampf ihr Leben eingebüßt.

Die Tür zur Zentrale öffnete sich. Der Kommandant trat mit O-1 und O-2 in den Korridor heraus und starrte stumm auf die Szenerie des Schreckens. Zitternd wischte er sich über die Augen, ehe er sagte: „Der erste Angriff der Wächter – wie lange wird es dauern, bis sie wiederkommen?“

M-7 lächelte verkrampft, aber doch erleichtert.

„Diese hier“, antwortete er und zeigte auf die reglosen Metalleiber, „diese hier jedenfalls werden nicht mehr angreifen. Ich denke, wir schaffen es. Wie viele Wächter gibt es überhaupt?“

„An die hundert, denke ich“, meinte der Kommandant zögernd. Er mußte zugeben, es nicht genau zu wissen. „Noch ist die Schlacht nicht gewonnen.“

„Wir wissen es“, erwiderte M-7 und gab seinen Männern ein Zeichen. „Aber wir sind nicht allein. Überall im Schiff werden die Wächter von unseren Stoßtrupps erwartet. Bald werden wir die Herren des Schiffes sein und unser eigenes Leben leben dürfen – bis wir unser Ziel erreicht haben.“

Der Kommandant nickte ihm zu und kehrte dann in die Zentrale zurück. Die beiden Offiziere folgten ihm.

„Was nun?“ meinte O-1 unsicher. „Die Energie für den Interkom ist ausgefallen. Wir sind blind und stumm...“

„Ich will mal nachsehen, was der ‚Meister‘ dazu sagt“, entgegnete der Kommandant und öffnete die Tür zum Nebenraum. „Vielleicht bietet er uns die Kapitulation an. Man kann niemals wissen...“

Aber dann, als er den Befehlsraum betrat und auf den großen Bildschirm sah, stockte ihm der Atem.

Grinsend und mit aufgestellten Mausohren sah ihn von dort aus das

Gesicht des eigenartigen Wesens an, das ihnen so unverhofft zu Hilfe geeilt war.

Gucky hatte die Stelle des „Meisters“ eingenommen.

Der Mausbiber kannte den Typ der großen Kugelschiffe sehr genau, denn schließlich besaß das Solare Imperium mehrere Einheiten dieser Superklasse. Es gab keinen Winkel, in dem er sich nicht zurechtgefunden hätte.

Ps-5 hatte ihm erklärt, daß es noch neun oder zehn von diesen etwas gekrümmten Räumen geben müßte, in denen vielleicht andere Blöcke mit Schlafenden standen. Aber Gucky konnte immerhin rechnen. Schon seit Jahrtausenden irrte das Riesenschiff durch den Raum. Generation wurde von Generation abgelöst – und die Überzähligen verschwanden im Konverter.

Wenigstens hatte man das bisher geglaubt.

Doch nun ergab sich ein neues Bild.

Die zum Tode Verurteilten waren nicht tot, sondern sie lebten, konserviert für die Zukunft. Die Arkoniden in den Glasblöcken waren nicht nur die Vorfahren, sondern auch jene, die inzwischen „gestorben“ waren.

Wie gesagt, Gucky kannte die Kugelschiffe, und er konnte sich ausrechnen, daß die Block-Räume nicht das Zentrum des Schiffes waren, sondern es nur umgaben. Es blieb immerhin noch ein Raum in Form einer Hohlkugel, der einen Durchmesser von etwa zweihundert Metern besaß.

Wenn man es entsprechend anstellte, hatten in ihm mehr als hunderttausend Menschen Platz.

Gucky schauderte zusammen. An eine solche Möglichkeit hatte noch niemand gedacht. Wer diesen irrsinnigen Plan entworfen hatte, mußte entweder verrückt oder ein verzweifeltes Genie gewesen sein.

Und er, Gucky, hatte die Kette unterbrochen.

Er sprang blind, aber nicht unkonzentriert. Als er materialisierte, erkannte er mit dem ersten Blick, daß seine Kombinationen richtig gewesen waren.

Er spürte als erstes die unvorstellbare Kälte, die durch sein Fell drang und seine Haut angriff. Er wußte, daß er nicht länger als eine

Sekunde hierbleiben durfte, wenn er nicht das Opfer der Kälte werden wollte. Aber ein Blick genügte auch, um ihn die Wahrheit sehen zu lassen.

Wie Pakete gestapelt lagen eingefroren und scheinbar tot Tausende und aber Tausende von Arkoniden in dem riesigen Kugelraum. Die Männer und Frauen waren nackt, und wenn Gucky nicht gewußt hätte, daß sie nur schliefen, hätte ihn der Anblick mehr erschreckt. Hier also waren die Generationen geblieben, die seit Jahrtausenden spurlos in den Tiefen des Schiffes verschwanden.

Warum?

Darauf fand auch Gucky keine Antwort.

Schon längst war er wieder teleportiert und in einem mit summenden Maschinen angefüllten Raum gelandet, der außerhalb des Ringes mit den Blöcken lag. Schweigend gingen Roboter hin und her, ohne sich um ihn zu kümmern. Sie überprüften die Generatoren und Schalttafeln. Hier mußte sich die gigantische Zentrale des Schiffsinnern befinden.

Im Hintergrund war eine breite Tür. Sie war nicht geschlossen.

Gucky ging quer durch den Raum und betrat ohne zu zögern den dahinterliegenden. Seine Vermutung erfüllte sich.

Er stand vor der Lösung.

Weder Ps-5 noch A-3 dachten daran, daß Roboter lernen. Auch R-75 wäre niemals auf diese Vermutung gekommen. Und so geschah es, daß der Angriff der Wächter sie völlig überraschte.

Zuerst vernahmen sie wieder das schleifende Geräusch irgendwo im Hintergrund des Raumes. Die breite Tür öffnete sich langsam, dann betraten einige der Wächter den Saal und marschierten langsam auf sie zu.

Der Psychologe murmelte erschrocken: „Sie kommen! Wo mag unser kleiner Freund bleiben? Wenn er nicht erscheint, müssen wir ohne ihn flüchten.“

„Einige Minuten können wir sie zurückhalten“, versicherte der Arzt und zog seinen Strahler. „Wir nehmen hinter den Glasbehältern Deckung. Sie werden es nicht wagen, sie zu gefährden.“

R-75 gesellte sich zu ihnen, aber dann beschloß er doch, sich rechtzeitig in Sicherheit zu bringen. Er eilte zu dem Ausstieg – und wurde von einem blendenden Blitz empfangen, der sein Bewußtsein und sein Leben sofort auslöschte.

An der Öffnung standen zwei Roboter und schnitten den Rückzug ab.

Ps-5 sah, wie R-75 starb. Ihm war, als bliebe sein Herz plötzlich stehen, als er erkennen mußte, daß kein Ausweg mehr blieb.

Die anderen Wächter waren näher gekommen und hielten an.

Wieder war es die kalte, metallische Stimme von damals. „Gebt den Widerstand auf! Ihr seid in die verbotenen Regionen des Schiffes vorgedrungen und müßt sterben. Das Gesetz befiehlt es so."

Ps-5 raffte sich auf.

„Euer Gesetz besteht nicht mehr!" rief er laut, in der Hoffnung, den Mausbiber auf die entstandene Gefahr aufmerksam zu machen. Er wußte ja nicht, wo der Verbündete steckte. Vielleicht konnte der ihn hören. „Wir denken nicht daran, uns zu ergeben! Wir werden kämpfen!"

„Es ist sinnlos!"

Die Wächter eröffneten ohne weitere Warnung das Feuer, doch schossen sie zu hoch, um die Behälter nicht zu beschädigen. Aber dann erkannten sie die Situation. In einer regelrechten Zangenbewegung schlossen sie die beiden Männer ein, während die beiden Roboter am Ausgang ebenfalls anrückten und ihre Waffen hoben.

Die beiden Männer sahen sich kurz an, dann nickten sie.

Wenn sie schon sterben mußten, dann sollte es nicht umsonst gewesen sein. Sie hatten die Revolte ins Leben gerufen und den Stein ins Rollen gebracht. Ihr Leben hatte einen Sinn gehabt, und wenn es sein mußte, dann sollte auch der Tod einen Sinn haben.

Ihr konzentriertes Feuer schlug den Wächtern entgegen.

Aber die Roboter erwiderten es nicht mehr.

Reglos standen sie in ihrer neuen Ausgangsposition, die Waffen schußbereit erhoben.

Dabei blieb es.

Zwei oder drei versanken in der Glut zerstörender Energiestrahlen, dann stellten die beiden Männer das Feuer ein. Warum sollten sie einen Gegner vernichten, der sich nicht mehr wehrte?

„Warum kämpft ihr nicht?“ rief Ps-5 erregt. „Was ist los?“

Keine Antwort.

Dafür flimmerte zwischen ihm und den stummen Robotern plötzlich die Luft, und der kleine Mausbiber tauchte wieder auf. Ohne sich um die Gegner zu kümmern, watschelte er die wenigen Schritte bis zu dem Psychologen und piepste stolz: „Die sind erledigt. Ich habe den Strom in der Zentrale abgeschaltet. Die Roboter sind alle ferngesteuert. Ihr seid nun frei.“

„Ferngesteuert?“ stammelte Ps-5. „Was – was soll das nun alles bedeuten? Was hast du gefunden? Wo warst du?“

Gucky grinste vergnügt. „Wir treffen uns in der Zentrale beim Kommandanten. Erwartet mich dort. Ich muß inzwischen noch eine Kleinigkeit erledigen.“

Und erneut war er verschwunden.

6.

„Ich habe mir den ‚Meister‘ vorgenommen“, berichtete Gucky eine halbe Stunde später den in der Kommandozentrale Versammelten. Die Offiziere und Leiter aller Sektionen hatten sich hier eingefunden, um von der neuen Lage unterrichtet zu werden. „Er besteht aus einem Plastik-Film, der mit einem sprechenden Roboter synchron verbunden ist. Auf dem Bildschirm hier in der Zentrale entsteht dann der Eindruck, als spreche ein lebendiger Mensch vor der Kamera. In Wirklichkeit spricht nur ein Robot. Etwas umständlich, würde ich sagen, aber immerhin blieb das Theater viele Jahrtausende nicht ohne Wirkung. Über diesen Bild-Roboter also wurden die Befehle erteilt und das Schiff beherrscht. Es sah somit ganz so aus, als lebte zumindest noch einer der Vorfahren und leitete den Flug. Die Wirklichkeit ist, daß alle diese Vorfahren noch leben, wenn auch nicht bewußt. Sie wurden in den Kälteschlaf versetzt, aus dem sie erst dann erwachen, wenn die entsprechende Maschinerie einsetzt. Der Tod im Konverter war nur ein Vorwand. Alle, die vom Todeskommando abgeholt wurden, wurden eingefroren, lagen einige Wochen in Glaskästen zur Beobachtung und wurden dann im Lagerraum regelrecht aufgestapelt. So nehmen die Schläfer wenig Platz ein. Dort unten im Mittelpunkt des Schiffes ruhen etwa hunderttausend Menschen. Der Nukleus einer ganzen Planetenbevölkerung, genauso wie es geplant war. Aber etwas ging nicht nach Plan."

Gucky machte eine kleine Pause und genoß das Erstaunen und die Bewunderung seiner Zuhörer.

„Während der ersten Jahrhunderte des Fluges, der nichts als ein Experiment darstellen sollte, gehorchten die mitgenommenen Roboter den Befehlen des jeweiligen Kommandanten. Sie überlisteten eines Tages den gerade diensthabenden Befehlshaber und setzten seinen Nachfolger ein. Ihm übermittelten sie mit Hilfe des Bildsenders die neuen Instruktionen, die bis heute gültig waren."

Stumm hörten die Männer zu. Sie begriffen nichts.

Gucky fuhr fort: „Ich weiß nicht, warum das Schiff nur relativ langsam dahinfliegt. Vielleicht versagte die Hypersprunganlage, so daß nur der Normalflug übrigblieb. Aber es gibt auch keine Navigation oder Steuerung. Wenn der jetzige Kurs beibehalten wird, gerät das Schiff in zirka zwei Jahrhunderten in das Gravitationsfeld einer großen Sonne, die von zwanzig Planeten umkreist wird. Ich habe das von den Rechengehirnen auf meinem Schiff feststellen lassen. In zweihundert Jahren also erreicht ihr euer Ziel. Und dann geschieht das, was die Vorfahren wollten. Ihr werdet eine Kreisbahn um die Sonne einschlagen. Automatisch wird dann ein Vorgang eingeleitet, der die Schläfer weckt. Einen nach dem anderen. Und dann landet das Schiff. Die Menschen werden den Planeten bevölkern. Eine neue Zivilisation beginnt – *wenn* der Planet Leben tragen kann."

Der Kommandant warf Ps-5 einen Blick zu. Etwas hilflos sagte er: „Und wenn er keines tragen kann?"

Gucky winkte ab. „Keine Sorge. Vielleicht war es nur Zufall, der die Vorfahren den Kurs bestimmen ließ, aber er gibt Anlaß zur Hoffnung. Die Sonne, von der ich sprach, hat mindestens drei geeignete Planeten."

„Und wer war der ‚Meister'?" fragte der Arzt gespannt.

Jetzt grinste Gucky wieder. „Ein gewaltiges Robotgehirn im Zentrum des Schiffes. Es übernahm die Macht vor vielen tausend

Jahren. Seine Absicht war es, auf dem Planeten zu landen, die Schläfer zu wecken und als Sklaven einzusetzen. Es sollte eine regelrechte Robot-Zivilisation entstehen. Der von euch besiedelte Planet sollte Zentrum eines gewaltigen Imperiums werden, das von dem Robotgehirn regiert wurde. Eine hübsche Überraschung, die zum Glück mißlang. Und im Grunde haben wir das alles nur einem einzigen Mann zu verdanken. Ich spreche von T-Neununddreißig, der noch unten in seinem Glasbehälter schlummert. Wenn er nicht an seinen Tod gedacht hätte und ich nicht in der Nähe gewesen wäre – vielleicht wäre alles ganz anders gekommen. Die Roboter hatten nämlich die beginnende Revolte bemerkt und sich entsprechend auf den Gegenschlag vorbereitet. Ich konnte die Energiezentrale in letzter Sekunde ausschalten, was ohne Telekinese ganz unmöglich war. Damit ist meine Aufgabe hier erfüllt, die mir vom Zufall gestellt wurde. Vielleicht ist es möglich, daß wir uns noch einmal begegnen. Vielleicht werden wir dann eurem Schiff die notwendige Geschwindigkeit verleihen, damit ihr den Planeten bereits in wenigen Jahren erreicht. Wie gesagt – vielleicht."

Der Kommandant drängte sich vor. Er streckte Gucky beide Hände entgegen. „Wir danken euch. Grüße dein Volk von uns."

Gucky nickte gönnerhaft. Es machte ihm Spaß, für den Repräsentanten Terras gehalten zu werden. „Wir werden uns bemühen, euch zu helfen, damit zwischen uns ewiger Friede herrscht. Aber achtet in Zukunft darauf, daß die Roboter eure Diener bleiben und nicht noch einmal die Herren werden. Bevor ich gehe, werde ich noch mit den Technikern und Wissenschaftlern reden. Ohne die Hilfe der umprogrammierten Roboter seid ihr verloren. Aber der ‚Meister' ...", er grinste triumphierend, „... der ist erledigt. Der Zugang zur Einfrieranlage ist geöffnet, und einer von euch wird die Stelle des ‚Meisters' einnehmen.

Aber laßt die Schläfer ruhen, bis ihr gelandet seid. Würdet ihr sie wecken, gäbe es eine unvorstellbare Katastrophe. Mehr als hunderttausend Schläfer haben Platz auf diesem Schiff, aber nur einige tausend lebende Menschen. Ihr seht, auch die Roboter denken in menschlichen Bahnen. Sie sorgten dafür, daß immer nur ein paar tausend Menschen lebten. Und zwar sehr lange lebten, denn das, was ihr eine Generation nennt, sind bei uns hundert Jahre. Die Zeitbegriffe haben sich verschoben."

Er beantwortete noch einige Fragen, wies die Techniker in ihre Aufgaben ein und nahm dann endgültig Abschied. „Lebt wohl, Freunde – und erweist euch der wiedergewonnenen Freiheit als würdig. Gehorcht dem Kommandanten, aber widersetzt euch den Befehlen, die eine Maschine erteilt. Der Mensch soll stets der Beherrscher der Maschine sein, die in dem Augenblick, da sie zu denken beginnt, eine große Gefahr darstellt. Aber wenn sie auch logischer ist, sie kann niemals auf die Dauer klüger als der Mensch sein. Lebt wohl!"

Und vor den fassungslosen Augen der Zuschauer verflüchtigte sich Gucky wie ein guter Geist, der nach Erfüllung seiner Pflicht in das Reich der Unsichtbaren zurückkehrt.

Nichts blieb als die neue Gegenwart, die endlich eine sinnvolle Zukunft gewährleistete.

Die Tür öffnete sich, und ein Wächter erschien.

Der Kommandant wandte sich ihm zu und sagte: „Abteilung RC ist verschmutzt. Sorge dafür, daß ein Reinigungskommando sofort an die Arbeit geht."

In der Stimme des Roboters war die gewohnte Ausdruckslosigkeit, als er antwortete: „Der Befehl wird sofort ausgeführt. Sonst noch Anordnungen, Herr?"

Der Kommandant lächelte zurückhaltend, als er auf die Versammelten deutete. „Ja, genug. Sie werden dir von den entsprechenden Stellen zugeleitet. Du kannst gehen."

Wortlos ging der Roboter.

Stumm sahen ihm die Männer nach. Sie wußten, daß eine neue Ära begann.

Gucky materialisierte in der Zentrale der ARCTIC.

Kommandant Wilmar Lund erschrak diesmal nicht.

„Nun?" fragte er. „Was ist mit dem Schiff? Du hast ja ziemlich lange gebraucht."

„Was sind schon Stunden, wenn man die Geschichte von zehntausend Jahren korrigieren muß?" lautete Guckys Gegenfrage. Er hatte nicht die Absicht, Lund völlig in das einzuweihen, was er erlebt und erfahren hatte. Das war eine Sache, die nur allein Perry Rhodan entscheiden konnte. Eine neue Zivilisation konnte für das Solare Imperium eine große Unterstützung bedeuten, aber auch eine genauso große Gefahr. „Das Schiff dort treibt steuerlos durch den Raum. Wir werden uns eines Tages darum kümmern müssen, wie ich glaube."

„Wenn wir es wiederfinden."

„Die Daten sind bereits gespeichert", beruhigte ihn Gucky.

Lund war mit der spärlichen Information nicht zufrieden. „Das ist alles? Ein steuerloses Schiff? Niemand an Bord? Und um das herauszufinden, hast du Stunden benötigt?"

Gucky begann gemütlich zu knabbern. Zwischendurch sagte er: „Zurück zur Erde, Kommandant. Worauf warten wir eigentlich noch?"

Lund verbarg seinen Ärger hinter einem gezwungenen Lächeln. „Was soll ich ins Logbuch eintragen? Ich muß den Aufenthalt irgendwie begründen. Immerhin verloren wir Stunden."

Gucky grinste hinterhältig. „Folgende Begründung: Die ARCTIC wurde zu einem Umweg gezwungen, weil ihr ein Schiff mit hunderttausend Arkoniden begegnete, das untersucht wurde. Hört sich gut an, was?"

Lund schüttelte den Kopf. „So ein Blödsinn! Ich verlange die Wahrheit, aber keine Märchen."

Gucky seufzte. „Die Wahrheit willst du wissen? Hm, wenn ich dir die Wahrheit sagte, hieltest du mich für einen Lügner. Verstehst du das? Nein? Ehrlich gesagt, ich auch nicht."

Als Kommandant Lund die Geduld verlor und vortrat, war der Mausbiber nicht mehr da.

Im Hintergrund kicherte der Erste Offizier. „Die Koordinaten – soll ich sie weiterleiten?"

Lund fuhr herum. Sein Gesicht war immer noch rot vor Zorn, als er befahl: „Ja, geben Sie weiter! Sprung in zehn Minuten! Ich werde Rhodan ..."

„Lieber nicht", riet der Erste Offizier und machte sich an die Arbeit.

Kommandant Lund wollte auffahren, blieb aber dann doch ruhig. Mit sicherer Hand schrieb er in das Logbuch: *Datum... Standort CM-13-HB. Verzögerung des Fluges, weil ein steuerloses Schlachtschiff der Arkoniden unseren Kurs kreuzte. Untersuchung verlief ergebnislos. Es befand sich niemand an Bord. Kursdaten gespeichert. Der nächste Sprung findet in...*

7.

Perry Rhodans Gedanken kehrten in die Gegenwart zurück. Unwillkürlich fragte er sich, ob es nicht ein Fehler gewesen war, Atlan von Guckys Entdeckung zu unterrichten.

Andererseits waren die Raumfahrer an Bord des Schiffes Ahnen der Arkoniden. Atlan war für sie zuständig.

Rhodan kannte auch Atlans Probleme. Roboter führten nach wie vor alle wichtigen Arbeiten in den Stationen und Raumschiffen des Großen Imperiums durch. Die Arkoniden waren müde und gelangweilte Wesen geworden. Jene aber, die an Bord des Schiffes der Ahnen schliefen, besaßen noch die Entscheidungskraft, die die Arkoniden früher einmal alle ausgezeichnet hatte.

Atlans Wunsch, mit diesen Artgenossen Kontakt aufzunehmen und sie um Hilfe bei der Konsolidierung des Großen Imperiums zu bitten, war allzu verständlich.

Rhodan wußte, daß er Atlans Wunsch schließlich erfüllen würde.

Sobald sie auf der Erde angelangt waren, würde er alles Notwendige veranlassen, damit das Schiff der Ahnen gesucht und gefunden wurde.

Kommandant Wilmar Lund hatte keine Ahnung, warum er mit seiner Mannschaft den Kursus so schnell abbrechen mußte. Dabei hatten sie alle diesen Kursus als eine Art Urlaub in Venus-City betrachtet und sich entsprechend wenig angestrengt.

Noch am selben Tag, an dem der Befehl von Terrania eintraf, begaben sich Lund und seine Leute auf den Kreuzer ARCTIC und starteten zur Erde. Sie erreichten den Heimatplaneten ohne Zwischenfall und landeten auf dem Raumfeld von Terrania, wo sie dicht neben der gigantischen DRUSUS aufsetzten.

Lund begann zu ahnen, daß seine Ankunft hier nicht zufällig mit der Anwesenheit der DRUSUS zusammenfiel. So schnell er konnte, rekapitulierte er die Ereignisse der vergangenen Wochen und Monate, fand aber keinen Hinweis.

Von der Zentrale erhielt er Anweisung, die ARCTIC in den Hangar der DRUSUS bringen zu lassen und sich selbst auf schnellstem Weg in das Verwaltungsgebäude von Terrania zu begeben. Perry Rhodan erwartete ihn.

Lund gab seine Anweisungen und bestieg den vorgefahrenen Turbowagen. In rasender Fahrt brachte ihn das automatisch gesteuerte Gefährt in die Stadt. Ohne jede Kontrolle passierte er die Schleusen der Energieglocke und stieg bald darauf die breiten Stufen des quadratischen Gebäudes empor, das man allgemein als das Nervenzentrum des Sonnensystems bezeichnete.

Marschall Freyt persönlich empfing ihn und geleitete ihn in Rhodans Arbeitszimmer. Auf dem Gang begegneten sie einigen Angehörigen des Mutantenkorps, die in Aufbruchstimmung zu sein schienen. Lund kannte diese Stimmung. Es lag also etwas in der Luft.

Rhodan stand auf, als Lund das Zimmer betrat. Er streckte ihm die Hand entgegen, als seien sie alte Freunde. Lund nahm die Hand. Er wußte, daß Rhodan jeden seiner Mitarbeiter als Freund betrachtete und entsprechend behandelte.

„Sie haben sich beeilt, Lund. Ich danke Ihnen. Mister Bull kennen Sie ja – und Gucky war damals ja dabei."

In Lunds Erinnerung rührte sich etwas. Gucky war dabeigewesen...

Er begrüßte auch Bully und Gucky und nahm dann in dem angebotenen Sessel Platz. Stumm wartete er ab – und er hatte nicht lange zu warten.

„Als Sie damals Gucky von seinem Außenposten abholten und zur Erde zurückkehrten, begegneten Sie dem steuerlos treibenden Schiff der Arkoniden", begann Rhodan und lächelte wissend. „In Ihrem Logbuch steht, daß es von der Mannschaft verlassen war und ohne Antrieb flog. Sie erinnern sich jetzt?" Lund nickte. „Gut. Sie haben die Geschwindigkeit nach Vorschrift gemessen und eingetragen, ebenso den Kurs?" Wieder nickte Lund. Er hatte keine Ahnung, was das sollte. Hatte er vielleicht etwas vergessen? Aber zu seiner Beruhigung fuhr Rhodan fort: „Die Daten sind im Positronengehirn der ARCTIC gespeichert?"

„Ja. Gucky hat es damals selbst besorgt. Es konnte ja möglich sein, daß man das alte Schiff noch einmal untersuchen wollte. Es ist somit jederzeit möglich, den jetzigen Standort des Schiffes festzustellen, wenn Sie das meinen."

Rhodan nickte gelassen. „Genau das meine ich, Lund. Es ist gut, daß Sie sich erinnern können, und ich finde es an der Zeit, daß Gucky nun auch Ihnen die Wahrheit berichtet. Er hat Sie damals vor neun Monaten ein wenig hinters Licht geführt."

Gucky rutschte aus seinem Sessel, der ihm viel zu groß war. Er kam herbei und sprang Lund einfach auf den Schoß.

„Du bist mir doch nicht böse, Lundchen?" erkundigte er sich mit piepsender Stimme und brachte seinen vielgeübten Augenaufschlag an, dem wohl niemand widerstehen konnte. „Ich benötigte damals Stunden, um das geheimnisvolle Schiff zu untersuchen, und du hast dich darüber gebührend gewundert. Nun, die Wahrheit ist, daß das Schiff nicht leer war. Es beherbergt zehntausend lebendige Arkoniden."

Lund klappte den Mund schnell wieder zu. „Ach? Und davon hast du mir nichts gesagt? Warum denn nicht?"

„Weil außerdem noch mehr als hunderttausend Arkoniden in einem Gefrierraum lagern und darauf warten, aufgeweckt zu werden. Weil es so viele sind, darf das aber nur auf einem geeigneten Planeten geschehen, da es sonst zur Katastrophe käme. Einer der Gründe, warum ich das Geheimnis für mich behielt. Du hättest vielleicht darauf bestanden, das Schiff zu untersuchen ..."

Lund nickte langsam. Er begriff. „Du hattest recht, Gucky. Ich hätte auf einer genauen Untersuchung bestanden – bestehen *müssen.* Und – was ist nun?"

Rhodan antwortete für Gucky. „Arkon benötigt fähige Helfer. Wer könnte dafür geeigneter sein als die schlafenden Arkoniden auf dem Schiff der Ahnen? Es handelt sich um Männer und Frauen, wie sie auf

Arkon seit Jahrtausenden nicht mehr hervorgebracht wurden. Im Tiefschlaf haben sie ihre Fähigkeiten über die Jahrtausende hinweg gerettet. Atlan hat mich gebeten, das Schiff nach Arkon zu bringen. Darum, Kommandant Lund, habe ich Sie rufen lassen."

Lund stand auf. „Sie wünschen die Koordinaten sofort? Ich werde..."

„Wir gehen gleich mit Ihnen, Lund", unterbrach Rhodan ihn. „Die ARCTIC lagert bereits im Hangar der DRUSUS. Wir starten und errechnen die Koordinaten während des Fluges aus dem Sonnensystem. Wir haben keine Minute zu verlieren. Sind Sie bereit?"

„Natürlich. Aber Sie hatten doch nur wenig Zeit..."

„Zeit genug", beruhigte ihn Rhodan. „Bully und Gucky brennen darauf, das Schiff zu finden. Sie haben lange genug am Goshunsee gefaulenzt."

Bully wollte etwas sagen, aber dann schwieg er mit einem flehenden Seitenblick auf Gucky.

Der Mausbiber aber nickte fröhlich. „Ja, es gibt nichts Langweiligeres als einen Urlaub am Goshunsee."

Hinter der DRUSUS verschwand das Sonnensystem. Jeder wartete auf die bevorstehende Transition.

In der kleinen Zentrale der ARCTIC standen Lund, Rhodan, Bully und Gucky vor dem Navigationsgerät. Die Speicher gaben die gewünschten Informationen heraus. Die Plastikstreifen schlängelten sich auf den Tisch und wurden von Lund in die Auswertung geschoben.

„Etwa zwanzigtausend Lichtjahre Entfernung", murmelte Bully. „Eine nette Entfernung für einen genauen Sprung."

„Die Hauptsache ist, die Berechnungen der Speicherinformationen stimmen. Dann müssen wir das treibende Schiff auf Anhieb finden."

„Warum sollten wir nicht?" fragte Rhodan. „Die Geräte arbeiten einwandfrei, und es ist kaum anzunehmen, daß damals ein Fehler gemacht wurde."

„Ich kann für die Informationen garantieren", sagte Lund etwas betroffen.

Rhodan legte ihm die Hand auf die Schulter. „Das weiß ich."

„Das Schiff kann ja Geschwindigkeit und Kurs geändert haben", vermutete Bully.

Gucky trat ihm mit aller Kraft auf die Füße. „Fängst du schon wieder an zu unken, Dicker? Wir werden das Schiff genau an der berechneten Stelle finden, oder ich..."

Er schwieg plötzlich. Bully sah ihn herausfordernd an. „Oder du wirst was?"

Aber er erhielt keine Antwort, denn in diesem Augenblick begann die Auswertung zu klicken. Die fertigen Informationen kamen in Form einer hauchdünnen Stanzfolie auf den Tisch geflattert.

Rhodan nahm sie auf und las: „Sektor BV-37-C-99, 19 997, 983 LJ."

Das war alles.

Lund seufzte. „Das also wäre klar."

Rhodan schob die Karte in die Tasche. Er wandte sich an Lund. „Sie halten die ARCTIC startklar, Lund. Es ist möglich, daß wir den Kreuzer später als Fährschiff benötigen. Sein Bug besitzt die notwendigen Taststrahler, um die Frachtluke des arkonidischen Schiffes zu öffnen – wenn es welche hat."

Rhodan ging mit Bully durch den Korridor des Kreuzers und durchquerte den Hangar. Ein Lift brachte sie innerhalb von Minuten zur Kommandozentrale der DRUSUS, wo Oberst Sikermann sie bereits ungeduldig erwartete. Der Mausbiber, der hierher teleportiert war, hockte bereits auf der Couch. Er hatte jede Auskunft verweigert, und so kam es, daß Sikermann den Eintretenden fast entgegenfiel und fragte: „Was ist? Haben Sie die Daten?"

„Ja, wir haben sie", erwiderte Rhodan und gab ihm die Karte. „Alles weitere liegt bei Ihnen."

Der Oberst nahm die Karte, warf einen Blick darauf und reichte sie wortlos dem Ersten Offizier, der sie in den Computer schob. Der Berechnungsvorgang lief automatisch an.

Sikermann nahm im Pilotensessel Platz.

Die Sonne war längst zu einem kleinen Stern geworden. Rhodan und Lund unterhielten sich leise im Hintergrund der Zentrale. Bully saß neben Gucky auf der Couch. Die beiden Freunde waren auffällig ruhig und friedlich.

Sikermann sah auf die Kontrollen.

„Transitionspunkt steht fest", sagte er. „Sprung in zwei Minuten."

Unwillkürlich fuhr sich Rhodan mit der Hand über den Nacken. Er dachte an den bevorstehenden Transitionsschmerz, die einzige Unannehmlichkeit des Hypersprungs und der damit verbundenen Entmaterialisation. Sonst würde man nichts spüren, aber es war schlimm genug. Bald, so dachte er, würde auch das vorbei sein. Die durch Ernst Ellert von Druufon gestohlenen Pläne für den überlichtschnellen Linearantrieb lagen den irdischen Wissenschaftlern bereits vor. Es wurde an dem neuen Antrieb gearbeitet. Nicht mehr lange, und das erste Schiff mit Überlichtgeschwindigkeit – ohne jede Transition – würde in Terrania zum Erprobungsflug starten.

„Noch eine Minute!"

Perry Rhodan hatte jahrzehntelang die Methode des Hypersprungs als die einzige Methode angesehen, lichtjahrentfernte Sternsysteme zu erreichen. Aber dann tauchten die Druuf mit ihren Schiffen auf, die nicht entmaterialisierten, sondern einfach die Lichtgeschwindigkeit überschritten und weiterflogen. Sie unterlagen keiner Zeitdilatation, was allen Gesetzen Einsteins widersprach, denn sie benutzten einen Linearraumkonverter. Aber wenn Rhodan auch stets den Hypersprung als beste Methode ansah, so hatte er doch immer davon geträumt, sehenden Auges durch den Raum zu eilen. Er sehnte sich danach, die Sterne an den Luken vorbeigleiten zu sehen, statt in das unsichtbare Nichts der Entmaterialisation unterzutauchen, die man Hyperraum nannte.

„Zehn Sekunden! Neun – acht – sieben..."

Der Sprung verlief ohne Zwischenfall. Als die DRUSUS materialisierte, stand sie genau am vorausberechneten Punkt des Universums. Die Sterne waren zahlreicher, als von der Erde aus gesehen, und standen dichter zusammen. Es war ein Anblick, wie ihn sich ein erdgebundener Mensch niemals richtig vorzustellen vermochte, und besäße er noch so viel Phantasie. Es war ein Anblick, der die Theorie des Alleinseins im Universum lachhaft erscheinen und der Gott gegenwärtiger werden ließ. Die Erde allein – sie konnte ein Zufallsprodukt der Natur sein; das Universum dieser flammenden Sonnen aber war eine durchdachte Schöpfung.

Rhodan löste sich von dem Anblick, der ihn immer wieder von neuem faszinierte. Seine Stimme war ein wenig heiser, als er sagte: „Ortungsgeräte einschalten! Den Berechnungen nach kann das Schiff nicht mehr als ein paar Lichtmonate von unserem jetzigen Standort entfernt sein."

Die Instrumente begannen zu arbeiten.

Nach fünf Stunden stand fest: Im Umkreis von einem halben Lichtjahr gab es keinen festen Körper, der größer als eine Erbse gewesen wäre.

Oberst Sikermann sah ein wenig ratlos aus. „Ich verstehe das nicht. Die Instrumente arbeiten einwandfrei. Wenn dem Positronengehirn der ARCTIC kein Fehler unterlaufen ist..."

„Ausgeschlossen!" protestierte Lund sofort energisch. „Unsere Beobachtungen im Dezember 2043 waren einwandfrei. Das wird auch Gucky jederzeit bezeugen können."

„Und ob ich das kann!" Der Mausbiber reckte sich zur vollen Größe auf und blitzte Sikermann vorwurfsvoll an. „Sie wollen doch wohl die Schuld nicht auf Lund und mich schieben?"

Soweit sich Rhodan entsinnen konnte, hatte Gucky nur in Ausnahmefällen einen Menschen gesiezt. Auf keinen Fall war das ein gutes Zeichen. Es war also an der Zeit, vermittelnd einzugreifen.

„Niemand will das, Gucky", sagte er scharf. „Wir müssen sachlich bleiben und versuchen, das Rätsel zu lösen. Wenn alle unsere Beobachtungen stimmen, und das Auswandererschiff der Arkoniden ist in diesem Sektor nicht aufzufinden, kann es nur eine Erklärung geben. Ihr sollten wir ins Auge sehen."

Gucky sank auf die Couch zurück. Er wußte bereits, was Rhodan dachte. Schließlich war er Telepath.

Lund blieb schweigsam. Sein Verstand weigerte sich, die ungeheuerliche Schlußfolgerung anzuerkennen.

Sikermann sagte: „Sie glauben, das Ahnenschiff hat seine Geschwindigkeit oder den Kurs geändert? Das wäre..."

Rhodan nickte. „Ja, das wäre es. Sehr schlimm nämlich. Wie sollen wir es in der unendlichen Weite des Raumes wiederfinden? Hat es vielleicht Spuren hinterlassen? Niemand hinterläßt Spuren im Nichts."

Ein unbehagliches Schweigen entstand. Jeder hing seinen Gedanken und Vermutungen nach. Es war natürlich völlig sinnlos, die Suche im selben Sektor zu wiederholen; die Ortungsgeräte waren so gut wie unfehlbar. Sie hatten sich keinesfalls geirrt. Auch die Daten der ARCTIC stimmten, daran konnte es keinen Zweifel geben.

Also war das Schiff der Ahnen vom Kurs abgewichen oder hatte seine Geschwindigkeit geändert.

Vielleicht hatte es sogar einen Hypersprung unternommen?

Rhodan wandte sich an Gucky. „Du warst auf dem Schiff, Gucky. Hast du mit Bestimmtheit einen Hyperantrieb feststellen können?"

Der Mausbiber zuckte mit den Schultern. „Tut mir leid, Perry. So genau konnte ich das Innere des Schiffes nicht untersuchen. Ich hatte genug damit zu tun, die Passagiere von der Herrschaft ihrer Roboter zu befreien. Ich fand die im Tiefschlaf befindlichen Ahnen und klärte die Wachgebliebenen auf. Ich kann nicht mit Bestimmtheit sagen, daß es einen Hyperantrieb gibt. Die Offiziere jedenfalls haben niemals daran gedacht. Ich nehme an, sie wußten es auch nicht."

„Dann haben sie ihn erst entdeckt, als du ihr Schiff verlassen hattest. Vielleicht wollten sie das nächste Sonnensystem anfliegen, um endlich das Schiff verlassen zu können."

„Sie flogen unter Lichtgeschwindigkeit", sagte Gucky vor sich hin. „Wenn sie Kurs und Geschwindigkeit beibehalten hätten, wären sie zweihundert Jahre später zu einem Sonnensystem gelangt. Kann sein, daß ihnen das zu lang erschien. Aber schließlich waren sie auch schon zehntausend Jahre unterwegs."

Lund sah auf. Seine Augen hatten sich verengt. Er schien eine Idee zu haben. „Sagten Sie eben nicht, niemand hinterließe eine Spur im Nichts? Sind Sie so davon überzeugt?"

Rhodan erwiderte Lunds Blick, dann huschte ein flüchtiges Lächeln über sein Gesicht. „Fast hätte ich es übersehen. Die Strukturtaster. Sie messen jeden Hypersprung an und leiten seine Daten in die vollpositronische Zentralkartei an Terrania. Wenn das Schiff der Ahnen jemals im vergangenen Jahr eine Transition ausführte, müssen wir sie in der Kartei verzeichnet finden. Nicht nur das. Wir werden auch wissen, wie weit das Schiff sprang und in welche Richtung."

Damit war ihr Vorgehen klar.

In Terrania herrschte wieder das geschäftige Leben des Alltags, als die DRUSUS landete. In den Straßen eilten Fahrzeuge und Menschen hin und her. Gleitertaxis strichen in geringer Höhe über die flachen Dächer dahin und brachten ihre Passagiere zu den Vororten oder Werksanlagen.

Die positronische Kartei lag unter dem Energieschirm.

In Begleitung von Lund und Bully betrat Rhodan das Gebäude und fuhr mit dem Lift in das entsprechende Stockwerk. Ein Mann in langem, weißem Mantel empfing sie.

„Wir haben alles vorbereitet“, sagte er eifrig. „Darf ich Sie bitten, mir zu folgen.“

„Gehen Sie voran, Dirscherl, Sie kennen sich hier besser aus als ich. Es ist ja Ihre Aufgabe, die Fehler anderer mit Hilfe Ihrer Zahlenmanipulationen zu neutralisieren.“

„Nicht nur die Fehler.“ Der Kybernetiker bog in einen Gang ein. Sie erreichten den Raum mit der Zentralpositronik des Archivs. Dirscherl ließ sich an den Kontrollen nieder und rief ein paar Daten ab, die auf einem Monitor erschienen.

„Das sind alle Aufzeichnungen für die Entfernung von 19 997 bis 19 998 Lichtjahre. Richtung BV-57-C.“

„Dann sehen Sie ruhig nach“, ermunterte ihn Bull.

Rhodan wartete ab. Lund dagegen machte einen recht nervösen Eindruck. Er hoffte, daß die Kartei eine Kursveränderung des Ahnenschiffs bestätigte.

Dirscherl nickte Rhodan zu. Es dauerte nur wenige Sekunden. „Soweit ich sehe, fand in diesem Sektor bisher nur eine einzige Transition statt, und zwar am 10. September 2044, also vor achtzehn Tagen. Absprung und Eintauchsprung wurden festgehalten. Die Sprungdistanz beträgt exakt 20,3 Lichtjahre.“

„Sind Sie sicher, daß es sich um das Ahnenschiff handelt?“ fragte Lund, an Rhodan gewandt.

„Alles andere wäre purer Zufall. Wenig wahrscheinlich.“ Er sah auf den Bildschirm. „Leider konnte die Richtung nicht vermerkt werden. Wir müssen also weitersuchen. Aber jetzt haben wir Anhaltspunkte.“

Rhodan notierte die Daten und dankte dem Kybernetiker. Dann kehrten sie zur DRUSUS zurück.

Der Abstecher zur Venus nahm Zeit in Anspruch, aber wenigstens erhielten sie Gewißheit.

Während des Rückflugs zur Erde faßte Rhodan zusammen: „Das große Positronengehirn auf der Venus hat alle Informationen gespeichert, die ein raumfahrendes Volk benötigt, um sich in der Milchstraße zurechtzufinden. Wir wissen jetzt, daß es direkt vor dem Ahnenschiff im Halbkreis von 20,3 Lichtjahren nur fünf Sonnen gibt. Eine von ihnen muß das Ziel der Arkoniden sein. Welcher der fünf Sterne angemessen wurde, bleibt fraglich, denn wir können uns nicht danach richten, welcher von ihnen bewohnbare Planeten besitzt. Das nämlich wußten die Arkoniden auch nicht. Es bleibt also nichts anderes übrig, als alle fünf Sonnen zu untersuchen. Um Zeit zu sparen, warten wir hier in Terrania, während fünf Kreuzer die fünf Sonnen ansteuern und versuchen, eine Spur des Ahnenschiffs zu finden. Sobald wir Bescheid erhalten, starten wir. Noch Fragen?"

Gucky hatte eine. „Wie lange kann das dauern, Perry?"

„Das kommt darauf an, wie schnell das Ahnenschiff gefunden wird. Wenn wir eine Positionsmeldung bekommen, starten wir."

„Und du willst hier in der DRUSUS warten?"

„Natürlich nicht. Ich habe noch genug zu tun. Crest hat eine Nachricht hinterlassen. Der alte Arkonide ist müde geworden. Angeblich will er seine letzten Tage nicht auf der Erde verbringen. Ich will mit ihm sprechen. Das heißt, ich werde viel unterwegs sein."

Mit einem Seufzer der Erleichterung rutschte der Mausbiber von der Couch und hoppelte zu Bully. „Dicker, wir haben es geschafft. Wir können unseren unterbrochenen Urlaub fortsetzen."

Rhodan sah sich überrumpelt. „Also gut, Gucky und Bully. Unter einer Bedingung: Einer von euch bleibt ständig in Reichweite des Visiphons im Bungalow. Und wenn der Befehl kommt, müßt ihr zwanzig Minuten später an Bord der DRUSUS sein. Ist das klar?"

„Vollkommen klar", piepste Gucky fröhlich und zog Bully hinter sich her aus der Zentrale. Bully verkörperte die sprichwörtlichen zwei Seelen, die im Menschen hausen sollen. Er mimte Bedauern über Guckys Strategie und verbarg gleichzeitig nur ungeschickt seine Freude über deren Erfolg.

Rhodan saß den beiden lächelnd nach.

„Ich denke, Lund“, sagte er dann, „wir haben wirklich Aussicht auf ein paar Tage Ruhe. Es wird für die Kreuzer nicht leicht sein, das Schiff der Ahnen zu entdecken. Wir wissen nicht, was geschehen ist. Vielleicht kommen wir sogar zu spät.“

Lund machte ein erschrockenes Gesicht.

„Die Arkoniden können noch einmal gesprungen sein, aber diesmal wissen wir nicht, von wo. Wir suchen dann nicht nur eine Stecknadel im Heuhaufen, sondern eine Mikrobe im Atlantik. Rechnen Sie sich die Chancen selber aus...“

8.

Seit mehr als zehntausend Jahren trieb das gigantische Schiff durch den unendlichen Raum.

In seinem Innern ruhten die im Eistiefschlaf konservierten Arkoniden, Abkömmlinge berühmter Geschlechter und deren Nachkommen. Nur fünftausend von ihnen hatten den Start des Schiffes persönlich erlebt.

Nun waren es deren Kindeskinder, die das Schiff befehligten, nachdem die Roboter bezwungen waren.

Monate waren seit der Machtübernahme vergangen.

Kommandant K-1 war Herr der Situation. Im Innern des Schiffes ruhten die Ahnen und warteten darauf, eines Tages geweckt zu werden – um einen Planeten zu besiedeln. Es war K-1 nicht klar, was damals vor zehntausend Jahren geschehen war. Gucky hatte ihn nicht aufgeklärt, um die Unruhe nicht zu erhöhen. K-1 wußte nicht einmal, daß er Arkonide war. Tausende der ersten Schläfer aber wußten es – sie würden es wenigstens wissen, wenn sie erwachten.

In zwei Jahrhunderten, so hatte der seltsame Besucher behauptet, würde das Schiff der Ahnen von einer Sonne eingefangen werden, die geeignete Planeten besaß.

Dann war der Besucher – niemand anderer als Gucky – genauso geheimnisvoll wieder verschwunden, wie er vorher aufgetaucht war.

Seitdem hatte sich in dem großen Schiff manches verändert.

In den ersten Monaten hatten die zehntausend wachen Arkoniden eine neue Lebensweise eingeführt. Niemand wurde mehr von den Robotern abgeholt, um in den Tiefschlaf versetzt zu werden. Wer starb, und es starben nicht viele, wurde durch eine Schleuse ins All hinausgeschleudert. Die Anfangsgeschwindigkeit sorgte dafür, daß der Leichnam das Schiff nicht wie ein winziger Mond umkreiste, sondern in die Unendlichkeit hinaustrieb.

Die Roboter waren nicht mehr die Herren, sondern die Diener der Arkoniden. Ihre Umprogrammierung war ohne Schwierigkeiten erfolgt.

Zweihundert Jahre (Erdzeit) bis zur nächsten Sonne, hatte der geheimnisvolle Besucher gesagt. Der größte Teil der zehntausend wachen Arkoniden würde somit die Landung erleben. Aber trotzdem waren zweihundert Jahre eine lange Zeit.

Am 8. September 2044 (Erdzeit) brachte das der Erste Offizier des Schiffes anläßlich einer Besprechung in der Kommandozentrale zum Ausdruck.

„Ich begreife nicht, K-1, warum wir untätig warten sollen, bis diese zweihundert Jahre vergangen sind. Wir sind im Besitz eines intakten Schiffes mit gut funktionierendem Antrieb. Wir wissen nicht, was die Ahnen bezweckten, aber zehntausend Jahre sind eine lange Zeit. In der Galaxis kann sich manches geändert haben. Mit anderen Worten: Ich sehe nicht ein, warum wir uns tatenlos in unser Schicksal ergeben sollen."

Der Arzt A-3 nickte beifällig. Auch die beiden Maschinisten M-4 und M-7 schienen O-1 ihre Zustimmung nicht zu versagen. Der Kommandant sah ein, daß Widerstand jetzt wenig angebracht war. Aber er kannte auch seine Pflichten und seine Verantwortung.

„Niemand von uns kennt den Antrieb des Schiffes. Soweit wir in Erfahrung bringen konnten, fliegen wir weit unter Lichtgeschwindigkeit. Ich habe mir die Mühe gemacht, im Memosektor der Positronik wissenschaftliche Unterlagen zu studieren, O-Eins. Der Sprung durch den Hyperraum wurde schon vor zehntausend Jahren als beste Fortbewegungsart entwickelt. Jedes Schiff wurde mit einer solchen Anlage ausgestattet. Wahrscheinlich auch dieses. Die Roboter haben sie nie betätigt. Ob das an ihrer mangelnden Initiative lag oder vielleicht an überlieferten Befehlen, wissen wir nicht. Jedenfalls weiß ich nicht, ob wir es wagen sollten ..."

„Warum nicht?" unterbrach ihn O-1 brüsk. „Sind wir nicht selbständig geworden? Sind wir nicht jetzt Herren unseres Schicksals? Können wir nicht das tun, was uns richtig dünkt? Wer will uns daran hindern?"

K-1 sah einen Ausweg. „Wenn keine Hypersprunganlage an Bord ist, bleibt auch keine Entscheidung zu fällen. Wir müssen weiterfliegen, bis wir das angekündigte Planetensystem erreichen."

O-1 setzte ein triumphierendes Gesicht auf. „Gestatte, K-1, daß ich einen Fachmann zu Wort kommen lasse. M-7 hat sich inzwischen an Bord des Schiffes umgesehen und einiges entdeckt."

„Bitte." Der Kommandant nickte, obwohl er steigendes Unbehagen fühlte.

Der Mechaniker, wegen seiner führenden Rolle bei der Revolte gegen die Roboter praktisch zum Offizier emporgestiegen, trat vor.

„Das Innere des Schiffes birgt die Anlagen für den Tiefkühlschlaf", begann er. „Aber nicht nur das. Auch der Antrieb ist dort. Und zwar ein hervorragender Antrieb, mit dem sich dieses Schiff durch die ganze Galaxis steuern läßt – soweit wir von den Karten wissen, was die Galaxis ist und wie groß sie ist. Ich habe mehrere Wochen benötigt, die Anlage zu studieren. Ich glaube, daß ich sie nun kenne und sie bedienen kann. Mit anderen Worten: Wenn dieses Schiff einen Hypersprung machen soll, kann ich diesen Sprung genau berechnen und ausführen."

„Ich weiß nicht, ob die Ahnen etwas Derartiges billigen", begann der Kommandant, wurde aber sofort von dem Ersten Offizier unterbrochen.

„Die Schläfer werden nicht gefragt, K-Eins. Wir sind im Besitz des Schiffes. Wir bestimmen den Kurs. Lange genug waren wir durch die Machenschaften der Ahnen in ein Netz von Angst und Lüge verstrickt. Es wird Zeit, daß wir die Initiative ergreifen. Wir werden das nächste Sonnensystem ansteuern und auf einem geeigneten Planeten landen. Dann, meinetwegen, können die Schläfer geweckt werden. Wir sind dann genug Männer und Frauen, um eine neue Zivilisation zu gründen."

„Ist das der Sinn dieses Schiffes?" fragte der Kommandant.

Er erhielt keine Antwort.

Der Arzt A-3 hob beide Hände und beruhigte: „Wie sollen wir Sinn, Ziel oder Zweck unserer Reise kennen, wenn man uns Jahrtausende betrog? Ich glaube, wir haben ein Recht darauf, unser Schicksal von nun an selbst in die Hand zu nehmen. Wenn es M-7 gelungen ist, den Hyperantrieb zu entdecken, so sollten wir ihn auch dazu verwenden, möglichst bald ein Ziel zu erreichen. Und unser Ziel kann nur ein bewohnbarer Planet sein."

„Ich stimme zu", warf O-1 ein. Die beiden Techniker nickten.

K-1 sah sich überstimmt.

„Ich füge mich der Mehrheit", sagte er. „Aber ich gebe zu bedenken, daß ich aus verschiedenen Gründen meine Zusage nur unter Zwang erteile. Der Hauptgrund ist: Wir kennen den sogenannten Hyperantrieb zu wenig und haben keinerlei Erfahrung mit ihm. Wenn irgend etwas schiefgeht, sind wir verloren, oder kann M-Sieben den Antrieb vielleicht reparieren, wenn er mitten in der Arbeit versagt? Zweitens gebe ich zu bedenken, daß wir keine Ahnung vom eigentlichen Sinn der Expedition des Generationenschiffs haben. Vielleicht *sollen* wir mit der Geschwindigkeit, die wir jetzt innehaben, unser Ziel erreichen."

„Wozu hätten wir dann aber die Hypersprunganlage?" fragte der Arzt mit einem Seitenblick auf O-1. „Sie ist doch nicht durch Zufall vorhanden."

Der Kommandant sah starr auf seine Hände. „Alle Argumente, die heute hier vorgebracht werden, klingen logisch und überzeugend, ganz gleich, von welcher Seite sie auch kommen mögen. Mir bleibt keine andere Wahl, als mich der Mehrheit zu fügen."

„Die Erlaubnis, einen Hypersprung zu berechnen und durchzuführen, ist somit also gegeben?" erkundigte O-1 sich vorsichtshalber.

Der Kommandant nickte ihm zu. „So könnte man es ruhig auffassen, O-Eins. Wenn auch A-Drei zustimmt..."

„Ich bin für das Experiment", warf der Arzt schnell ein, als befürchte er einen Stimmungsumschwung des Kommandanten. „Je eher wir auf einem Planeten landen, desto besser. Kann sich jemand von uns überhaupt vorstellen, wie ein Planet aussieht?"

Sie waren auf dem Schiff geboren worden und hatten niemals eine andere Welt als ihr Schiff gekannt. Es gab Bücher an Bord, in denen von gigantischen Kugeln die Rede war, die um flammende Sonnen kreisten. Es waren natürliche Körper, keine künstlichen, und die Bewohner lebten *auf* statt *in* der Kugel. Die Sonne ermöglichte das. Sie gab Wärme und Energie.

„Das Leben auf einer solchen Welt muß schöner als das im Schiff sein", sagte O-1 überzeugt. „In einem der Bücher las ich sogar, daß Schiffe wie das unsrige nur dem Transport dienten, so unsinnig diese Vorstellung auch zu sein schien. Natürlich und erstrebenswert dagegen sei das Leben auf einem Planeten. Wenn wir also den Hyperantrieb einschalten, folgen wir dem Gesetz der Natur. Wir suchen uns eine Heimat, das ist alles."

„Eine Welt ohne Lufterzeugung", sann K-1 vor sich hin. „Es ist unvorstellbar und bedrückend. Wer weiß, welche Enttäuschungen uns noch bevorstehen. Also gut, O-Eins. Sorgen Sie dafür, daß alle entsprechenden Vorbereitungen getroffen werden. Es darf kein Risiko eingegangen werden. Der erste Sprung muß gelingen. Einen zweiten werde ich niemals zulassen."

Das war also am 8. September 2044 gewesen.

Zwei Tage später meldete der Erste Offizier, daß die technische Abteilung den Hyperantrieb genauestens untersucht und analysiert habe. Auch die dazugehörigen Positronengehirne seien aktiviert worden und einsatzbereit. Der Kommandant hatte jedoch seine Skepsis nicht verloren.

„Nun wollen Sie die Sternenkarten, um den Sprung zu errechnen?" fragte er.

„Ohne sie ist ein gezielter Sprung unmöglich, denn auf den Karten sind die notwendigen Daten verzeichnet. Auch unsere Position ist daraus ersichtlich."

„Wir haben Glück", erwiderte der Kommandant, „daß es an Bord überhaupt solche Karten gibt. Ich fand sie drüben im Wandschrank. Eigentlich sollten wir ihr Vorhandensein als Beweis dafür werten, daß dem Schiff eigenmächtige Flugbewegungen erlaubt sind."

„Dafür spricht schon allein der Antrieb." O-1 nickte triumphierend. Er trat neben den Kommandanten und beugte sich über die ausgebreiteten Karten. „Wir nehmen den nächsten Stern, um das Risiko so gering wie möglich zu halten. In gerader Richtung – ja, nur eine geringfügige Kursänderung wäre notwendig. Wenn die Daten stimmen ...“

„Warum sollten sie nicht?“ warf der Kommandant ein. Er schien auf einmal zuversichtlicher als der Erste Offizier zu sein. „Ich habe die Lehrbücher studiert und kenne den Vorgang des Sprungs theoretisch. Wie er in der Praxis aussieht, weiß ich natürlich nicht.“

„Wir werden es erfahren“, kommentierte O-1 grimmig und entschlossen. „Seitdem ich weiß, daß im Innern dieses Schiffes viele Generationen unseres Volkes im Tiefschlaf ruhen, verfolgt mich Tag und Nacht der gräßliche Alptraum, sie könnten plötzlich wieder erwachen.“

Der Kommandant sah auf. Sein Gesicht war blaß geworden. „Warum sollte das geschehen, O-Eins? Wir werden ihren Schlaf nicht stören, bis wir auf einem Planeten gelandet sind. Jene Vorfahren, die beim Start des Schiffes zugegen waren, kennen das Leben auf einem Planeten. Sie werden uns helfen müssen.“

Der Erste Offizier schien das unangenehme Thema abschließen zu wollen. „Geben Sie mir die Karten, K-Eins, damit ich die Daten errechnen lassen kann. Einer der Robots hat seine Unterstützung zugesagt. Wie er behauptet, war er früher Navigationsroboter. Die besten Techniker haben in den letzten Tagen die Grundlagen des Antriebs bis in alle Einzelheiten studiert. Die umprogrammierten Roboter stehen uns mit ihren Erfahrungen zur Seite. Es kann und darf nicht fehlschlagen, Kommandant.“

„Natürlich nicht, O-Eins. Was habe ich von hier aus zu tun?“

„Ich bleibe mit Ihnen in Verbindung. Wenn alles vorbereitet ist, haben Sie nur den verkleideten Fahrthebel drüben in der Schaltwand vorzuziehen. Alles weitere besorgen die Automaten. Ich gebe Ihnen Bescheid.“

Der Kommandant sah ihm nach und setzte sich wieder.

Es sah ganz so aus, als sei die lange Reise zu Ende.

Niemand wußte, von wo das Schiff kam. Das positronische Logbuch sagte nichts darüber aus, und sonstiges Informationsmaterial gab es nicht. Als die Roboter die Herrschaft übernommen hatten, war es –

soweit vorhanden – vernichtet worden. Ebenso lagen Ziel und Sinn des Fluges im Dunkel der Zeit verborgen.

Der Kommandant dachte an die Schläfer. Sie ruhten aufgestapelt in einer riesigen Hohlkugel im Zentrum des Schiffes. Dorthin hatten die Wachroboter sie gebracht, nachdem die Vorbehandlung in den Eiskammern beendet war. Die Eiskammern blieben nun leer, denn niemand ließ sich mehr in den Tiefschlaf versenken, seitdem man die Robots in ihre Schranken zurückgewiesen hatte.

Für zehntausend Menschen bot das Schiff leicht Platz, aber die zehnfache Menge der Schläfer würde erst nach der erfolgreichen Landung auf einem geeigneten Planeten geweckt werden dürfen. Um alle zu versorgen, war das Schiff zu klein.

Der Kommandant sah auf die Bildschirme.

Draußen standen die Sterne. Noch vor einem Jahr hatte er nicht gewußt, was Sterne überhaupt waren. Sonnen, sicher. Aber daß sie oft Planeten besaßen, auf denen man leben und atmen konnte...

Ein Summton riß ihn aus seinen Grübeleien.

„Hier O-Eins, Kommandant. Ich bin in der Hyperzentrale. Die Navigationsroboter haben die Daten verarbeitet und mir das Ergebnis mit den Koordinaten zugeleitet. Es ist alles eingestellt. Wir können springen."

Der Kommandant erhob sich und ging an die Wand. Er legte seine Hand auf den roten Hebel. „Hoffentlich haben wir keinen Fehler begangen, O-Eins."

„Wir haben alles getan, um einen Fehler zu vermeiden, Kommandant."

„Also gut." Der Kommandant hielt die Luft an. „Was ist mit der Mannschaft?"

„Jeder an seinem Platz."

„Gut." Der Kommandant nahm sich nicht mehr die Zeit, auszuatmen. „Jetzt!"

Er zog den Hebel nach unten.

Er ließ sich leicht bewegen.

Nichts schien sich zu verändern. Nur auf dem Bildschirm wurden die Sterne von einer unsichtbaren Hand weggewischt, dann formten sich neue Sternbilder zu fremdartigen Konstellationen – und blieben.

Der Kommandant spürte den ungewohnten Rematerialisierungsschmerz. Für Sekunden war dieser Schmerz mit einem furchtbaren Schrecken verbunden, aber dann, als er langsam nachließ, schwand auch die Furcht, etwas sei schiefgegangen.

Mit einem Satz war K-1 am Interkom. „Hallo, O-Eins! Hören Sie mich?"

Die Bildanlage schaltete sich ein. Das Gesicht des Ersten Offiziers war verstört, aber ein erstes triumphierendes Lächeln zeichnete sich bereits ab.

„Ich glaube – wir haben es geschafft. Maschinen normal. Was zeigt der Bildschirm in der Zentrale?"

„Neue Sterne. Die Verschiebung einiger Konstellationen läßt vermuten, daß wir eine Strecke zurücklegten, für die wir sonst Jahrzehnte benötigten. Ganz in der Nähe steht eine weiße Sonne. Wir fliegen genau darauf zu."

Der Erste Offizier wischte sich mit der Hand über die Stirn. „Sie haben recht, K-Eins. Wir haben es geschafft. Bald werden wir auf einem Planeten landen."

„Glauben Sie, daß wir das Schiff steuern können?"

„Die Roboter werden das für uns besorgen, Sie gehorchen uns."

„Dann lassen Sie den neuen Kurs berechnen. Ich weiß nicht, wie lange es dauern wird, bis wir den Stern erreichen."

„Wenn wir die Geschwindigkeit beibehalten, etwa drei Wochen."

„Zeit genug." K-1 atmete erleichtert auf.

Er ahnte nicht, was durch den Sprung bewirkt worden war.

Zusammen mit M-4 unternahm Techniker M-7 seinen täglichen Inspektionsgang zum Zentrum der Raumkugel.

Noch vor einem Jahr war dieser Teil des Schiffes für Menschen tabu gewesen. Nur die Roboter hatten Zutritt gehabt und jede Übertretung des Verbots mit dem Tode bestraft – einem Tod allerdings, der keiner war. Sie hatten den Verurteilten in die Eiskammern gebracht, wo er für den Tiefschlaf vorbereitet wurde, ohne es zu wissen. Denn um diese Zeit waren die Delinquenten bereits bewußtlos.

An jener Stelle, die einst der Reparatur-Techniker Nr. 75 durchbrach, war jetzt eine Tür.

Die beiden Männer betraten den dahinterliegenden Raum.

Die langen Reihen mit den Glasbehältern, in denen damals die Körper der Schläfer lagen, waren leer. Längst schon waren die vereisten Männer und Frauen in die Kugelschale gebracht worden, wo sie so lange bleiben würden, bis das Schiff an seinem Bestimmungsort angelangt war.

M-7 blieb stehen, als er Schritte vernahm.

Hier unten hatte niemand etwas zu suchen. Die ehemaligen Wachroboter waren zurückgezogen worden, weil sie zu Arbeiten anderswo benötigt wurden.

Er atmete erleichtert auf, als er den Arzt erkannte. „Hallo, A-Drei! Auf Inspektionsgang?“

Der Arzt ging auf die beiden Männer zu und blieb dicht vor ihnen stehen. „Wie täglich, M-Sieben. Und ihr?“

„Auch wie täglich. Dieser Teil des Schiffes gehört zu unserem Bezirk. Aber nicht mehr lange, und wir können das Schiff verlassen. Es ist unbegreiflich – das Schiff verlassen!“

Der Arzt nickte und sah sich um, als habe er etwas gehört. Dann schüttelte er verwundert den Kopf und meinte: „Ich höre Gespenster. Seit wir vor drei Tagen den Hypersprung getan haben, ist es hier unten nicht mehr geheuer.“ Er blickte die langen Reihen der leeren Glasbehälter entlang. „Eben glaubte ich, dort hinten vor der Trennwand zur Eiskugel einen Schatten gesehen zu haben. Ich beauftragte einen Robot, nachzusehen. Er kehrte nicht zurück.“

M-7 war totenblaß geworden. „Er kehrte nicht zurück? Wie soll ich das verstehen?“

„Wie ich es sage. Er ging durch die Kälteschleuse in den Raum, in dem die Schläfer ruhen – und kam nicht mehr zurück. Die Schleuse wurde wieder automatisch geschlossen.“

„Der Robot blieb – *in* der Kugel?“

Der Arzt nickte. Er lauschte noch immer, aber hinter den Sargreihen blieb alles still. Die trübe Flüssigkeit, in der früher die vermeintlich Toten geschwommen hatten, stand unbeweglich in ihren Behältern.

„Warum ist der Kommandant nicht unterrichtet worden?“ fragte M-4 ängstlich. „Vielleicht...“ Er stockte jäh.

Der Arzt sah ihn nicht an. „Was – vielleicht?"

Aber M-4 wurde der Antwort enthoben.

Drüben hinter der langen Reihe der Glasbehälter war ein Geräusch. Dann tauchte aus dem Halbdunkel ein Schatten auf und kam näher. Als er vor ihnen stand, erkannten sie ihn.

Es war ein nackter Mann.

Mit dem ersten Hauch des zurückkehrenden Lebens spürte er Kälte, eisige, unvorstellbare Kälte.

Er tauchte aus einer Nacht an die Oberfläche empor, die kein Licht gekannt hatte, einer Nacht, die ewig gewährt haben mußte und ohne jeden Morgen war.

Aber nun war doch ein Morgen angebrochen.

Er versuchte, seine Glieder zu bewegen, aber es gelang ihm nicht. Sie schienen wie von einem unsichtbaren Panzer umgeben, der eisige Kälte ausströmte. Die Füße aber waren frei. Als er mit ihnen zu tasten begann, stellte er fest, daß sie auf keinen Widerstand trafen.

Dann setzte die Erinnerung wieder ein.

Das Schiff der Auswanderer war gestartet und hatte den großen Flug angetreten. Doch noch vor dem Hypersprung war es geschehen. Die Roboter hatten sie überwältigt und das ursprünglich geplante Unternehmen fortgesetzt. „Unternehmen Regeneration", hatte es beim Start geheißen. Die Zeugen der Vergangenheit sollten eines Tages in fernster Zukunft wieder leben.

Die Roboter?

Der Erwachende erschrak. Alles war schiefgegangen. Er war zu früh erwacht.

Oder zu spät?

Sein Name fiel ihm plötzlich wieder ein. Er war Alos, der Kybernetiker, verantwortlich für das Funktionieren der Roboter an Bord des großen Schiffes. Und dann hatten die Roboter ihn genauso überwältigt wie alle anderen Passagiere des Schiffes auch.

Warum weckten sie ihn nun?

Er spürte plötzlich Nässe. Das Eis schmolz an einer Stelle und wurde zu Wasser. Da merkte er, daß er nackt war.

Mühsam nur konnte er sich jetzt bewegen, aber nur in einer

Richtung. Mit den Füßen voran wand er sich aus dem winzigen Eisbehälter heraus. Für endlose Sekunden hing er über einem Abgrund, dessen Tiefe er nicht abmessen konnte. Dann hielten ihn seine erstarrten Finger nicht mehr. Er ließ los und fiel.

Er fiel keinen Meter und stürzte zu Boden.

Gleichzeitig flammte Licht an der Decke auf.

Alos schloß geblendet die Augen – Augen, die seit Jahrtausenden kein Licht mehr gesehen hatten. Langsam öffnete er sie wieder. Allmählich begannen die Netzhäute zu arbeiten und gaben die empfangenen Eindrücke an das Gehirn weiter.

Alos begann zu sehen.

Tausende und aber Tausende von Männern und Frauen lagen gestapelt in dem Raum. Sie lagen in langen Reihen aufeinander, nur durch die Eiswände der Waben getrennt, in denen sie ruhten. So konserviert, konnten sie Jahrtausende überdauern, wenn die Temperatur konstant blieb.

Er hatte in der dritten Reihe von unten gelegen, gerade am Mittelgang. Unter seinem Platz waren noch zwei Eisblöcke, in denen reglos und wie tot zwei Männer ruhten.

Reglos?

Der untere bewegte sich. Die Füße streckten sich und lösten die halbgeschmolzene Eisplatte. Sie fiel zu Boden und zersprang in tausend Stücke.

Für einen Augenblick vergaß Alos den Vorgang. Ein ziehender Schmerz wanderte durch seine Glieder, in die allmählich das Leben zurückkehrte. In den Adern kribbelte das Blut. Aber er wußte, daß der Wiederbelebungsprozeß schon seit Stunden aktiv sein mußte. Die Schmerzen waren nicht stark und daher ohne Bedeutung.

Nun bewegte sich auch der andere Arkonide. Während er die Bodenplatte mit den Füßen herausstieß, gelangte der untere bereits ins Freie, wo er von Alos in Empfang genommen wurde.

„Kommodore Ceshal – Sie?"

Der Erwachte blickte Alos an, als sähe er ihn zum erstenmal. Dann schüttelte er den Kopf. „Die Robots müssen eingesehen haben, daß sie falsch handelten. Sie haben uns wieder aufgeweckt. Wahrscheinlich kommen sie ohne uns nicht zurecht."

Alos erkannte, daß der Kommandant die ganze Wahrheit noch nicht begriffen hatte. Sie würde ein Schock für ihn sein. „Kommodore Ceshal – wie lange haben wir geschlafen? Was sagt Ihnen Ihr Gefühl?“

„Ich würde sagen: eine Stunde, wenn es danach ginge. Aber die Robots benötigten ja auch Zeit, uns in die Anlage zu bringen und zu stapeln. Außerdem...“

Er stockte jäh. Während er sprach, hatte er sich umgesehen. Hell brannte nun das Licht und beleuchtete die langen Reihen der Eingefrorenen, die sich bis zur Gewölbedecke stapelten. Es war unnötig, sie zu zählen. Mit einem Blick erkannte Ceshal, daß hier die zehn- oder zwanzigfache Menge der Menschen ruhte, die zu Beginn der Reise auf dem Schiff gewesen waren.

„Eine lange Stunde, Ceshal“, murmelte Alos bitter.

„Beim Imperium!“ hauchte der Kommandant. „Was ist geschehen?“

Inzwischen war es dem dritten Mann gelungen, sich aus seinem Eisblock zu befreien. Es war der Wissenschaftler Ekral, der sich nun aufrichtete und mit weit aufgerissenen Augen das befremdende Bild in sich aufnahm. Sein glasklarer Verstand begann sofort exakt zu arbeiten. Allerdings war seine Stimme merkwürdig heiser, als er schließlich feststellte: „Es müssen Jahrtausende vergangen sein. Die Roboter haben genau das getan, was wir planten. Nur machten sie es so, wie es ihrer Mentalität entsprach. Ich kann mich entsinnen, daß sie sagten, sie würden mich in den Konverter stoßen – dann war ich tot. Und nun – viele Generationen ruhen im Eisgrab? Wozu? Warum?“

„Wir werden es erfahren“, beruhigte ihn Ceshal. „Jedenfalls haben sie nun die Weckanlage eingeschaltet. Wir müssen auf einem Planeten angekommen sein. Vielleicht ist es ihnen auch gelungen, den defekten Hyperantrieb zu reparieren. War nicht auch die Funkanlage nach der Explosion ausgefallen?“

Alos nickte langsam. „Meine Erinnerung ist getrübt, und ich weiß nicht mehr genau, was geschehen ist.“ Er trat zur Seite, als zwei weitere Arkoniden aus ihren Eissärgen glitten und einem dritten auf die Beine halfen.

„Die Anlage muß synchron arbeiten“, sagte Ceshal gepreßt. „Wir müssen zum Ausgang. Das Verlassen des Schiffes sollte in Ordnung vor sich gehen, sonst kommt es zu einer Katastrophe.“

An den Erwachenden vorbei durcheilten die drei Männer den Gang und gelangten schließlich an dessen Ende. Eine mit Eiskristallen besetzte Wand bildete den Abschluß. Lediglich ein eisernes Stellrad ließ den Ausgang erahnen. Aber das Rad ließ sich nicht bewegen.

„Die Sperre“, stieß Ceshal hervor. „Natürlich, was sonst. Die Tiefkühlkammer läßt sich nur von außen öffnen. Wir werden also warten müssen, bis man uns herausläßt.“

„Wer ist ‚man‘, Kommodore?“ fragte Alos mit einem lauernden Unterton in seiner Stimme. „Die Robots?“

„Lange können wir aber nicht mehr warten“, bemerkte Ekral und zeigte auf die überall sich bewegenden Schläfer. „Wenn sie alle jetzt erwachen...“

Die Vorstellung war grauenhaft.

Wild vor Verzweiflung rüttelte Ceshal am Stellrad, aber es rührte sich um keinen Millimeter. Inzwischen strömte das Schmelzwasser in kleinen Bächen zum Mittelpunkt des Kugelraumes und sammelte sich dort. Aber es stieg nicht. Gurgelnd versank es in der Tiefe, aufgesogen von einem unbekannten Mechanismus, der nicht zu früh – aber auch nicht zu spät – zu geheimnisvollem Leben erwacht war.

Wenigstens würden sie nicht ertrinken.

Dreißig oder vierzig Männer drängten sich durch den Gang und umringten Kommodore Ceshal, Ekral und Alos. Andere folgten ihnen. Die Luft wurde bereits schlechter. Hell brannte das Licht von der Decke herab und erwärmte den Raum immer mehr. Irgendwo gellte der Schrei einer Frau.

„Wir müssen hier heraus!“ rief jemand und ballte die Hände. „Wenn sie alle wach werden...“

Der Rest blieb unausgesprochen, aber schon der Gedanke allein war grauenhaft genug. Hunderttausend Menschen in diesem kleinen Raum. Liegend und von einem dünnen Eispanzer umgeben, hatten sie Platz genug gehabt. Aber der Panzer schmolz, und sie erwachten. Sie brauchten Luft zum Atmen, Platz zum Stehen...

„Sie haben uns geweckt, Männer“, sagte Ceshal und versuchte, seiner Stimme einen autoritären Klang zu verleihen, „sie werden uns also auch früh genug aus unserem Kerker befreien. Vielleicht ist der Landevorgang noch nicht abgeschlossen.“

Im Hintergrund schrie die Frauenstimme immer noch. Man versuchte, sie zu beruhigen, daß ihr Mann nicht tot sei, sondern auch noch erwachen würde. Und ihr Kind...

Ihr Kind würde auch ein Mann sein, vielleicht älter als sie.

Plötzlich erstarrte Kommodore Ceshal. Das Rad unter seiner Hand hatte leicht gezittert und sich dann um einige Zentimeter gedreht.

Er hob beide Arme und gebot Ruhe.

Das Rad drehte sich weiter. Ein Spalt öffnete sich in der Wand. Draußen war es dunkel. Eine Gestalt betrat den Lagerraum und blieb stehen.

Ceshal handelte völlig instinktiv.

Er warf die Hand empor und drehte in entgegengesetzter Richtung an dem Rad. Die Tür schloß sich wieder. Als der Eindringling herumfuhr, war es bereits zu spät.

Ceshal starrte in das ausdruckslose Gesicht eines Roboters.

„Was ist draußen – im Schiff – geschehen?" fragte er. „Antworte!"

Er erwartete eigentlich keine Antwort, denn als er zuletzt einen Roboter gesehen hatte, war dieser Herr des Schiffes gewesen. Aber zu seinem Erstaunen zeigte dieser hier Gehorsam.

„Der Hypersprung muß die Weckanlage ausgelöst haben, Herr. Das war nicht vorgesehen."

Herr, hatte der Robot gesagt. Ceshal registrierte es mit spürbarer Erleichterung. Sollten die Meuterer sich besonnen haben – jetzt, da es sicherlich bereits zu spät war?

„Hypersprung? Die Anlage funktioniert wieder?"

„Sie war nie defekt, Herr."

Ceshal starrte den Roboter an. „Was?"

„Ich weiß nur, daß sie nie defekt war, Herr. Mein Gedächtnis wurde zum Teil gelöscht, darum weiß ich nicht mehr. Ich erhielt den Auftrag, in diesem Raum nach einem Geräusch zu forschen, das draußen gehört wurde. Laßt mich zurückkehren, damit ich melden kann, was geschehen ist."

„*Wem* melden?"

Und dann begann der Roboter zu berichten...

Furchtlos öffnete Kommodore Ceshal die Kälteschleuse und ging hinaus zu den drei Männern, die bei seinem Anblick erstarrten.

„Nun?“ sagte er in das tödliche Schweigen hinein. „Ihr habt uns geweckt, nun sorgt auch dafür, daß wir Kleidung erhalten. Seitdem unser Blut wieder in den Adern kreist, frieren wir. Ihr habt die Herrschaft der Roboter gebrochen, also löst auch diese Schwierigkeit.“

A-3 erholte sich vom ersten Schreck. „Wer ist erwacht – wie viele sind erwacht?“

„Alle – hoffe ich. Wir wissen nicht, ob die Anlage fehlerlos ist. Ekral und Tunutér haben sie mitkonstruiert und waren verantwortlich.“

Der Arzt war blaß geworden. „Alle? Wir erreichen den Planeten erst in drei Wochen. Woher sollen wir Bekleidung nehmen? Gehen Sie in die Schlafkammer zurück und beruhigen Sie Ihre Leute!“

„Sie sind wahnsinnig“, sagte Ceshal kalt. „Wir sind mehr als hunderttausend Arkoniden, Männer und Frauen, zusammengepfercht auf engstem Raum. Wir benötigen Kleidung und Nahrung. Außerdem – ich bin der rechtmäßige Kommandant des Schiffes.“

A-3 ahnte die bevorstehenden Verwicklungen mit einer Deutlichkeit, die ihm selbst unheimlich war. Wenn er wenigstens K-1 von der Gefahr unterrichten konnte, ohne den Verdacht der Geweckten zu erregen.

„Selbstverständlich wird Ihr Rang respektiert“, sagte er vorsichtig. „Aber ich bin nicht befugt, irgend etwas zu entscheiden. Ich bin nur einer der Ärzte an Bord. Seit wir die Roboter umprogrammiert haben, trage ich Verantwortung. Vorher – es ist eine sehr lange Geschichte. Ich glaube, zusammen mit der Ihren wird sie einen Sinn ergeben. Doch kommen Sie mit uns. Wir stellen Sie dem Kommandanten vor. Er ist in der Zentrale.“

Ceshal sah A-3 prüfend an. „Sie können mich nicht belügen, Doktor. Ich wurde Tausende von Jahren vor Ihnen geboren und gehöre zum Herrschergeschlecht des Imperiums...“

„Welchen Imperiums?“ warf A-3 ein.

Ceshal begann zu ahnen, welches Vergessen sich über die Nachkommen gesenkt hatte. Die Roboter hatten dafür gesorgt. Sie mußten ihre eigenen Pläne mit dem Menschenmaterial gehabt haben. Welche?

„Wir sind Arkoniden, Herren über ein Sternenreich unvorstellbaren Ausmaßes. Es war ein Experiment, das wir durchführen sollten, aber es mißlang – vielleicht auch nicht. Meine Erinnerung läßt mich im Stich. In der Zentrale muß es Hinweise geben, wenn die Roboter sie nicht zerstörten. Gut, Doktor, führen Sie mich zum Kommandanten."

Der Sinnesumschwung kam so plötzlich, daß A-3 überrascht war. Er ging zu einem Wandschrank und suchte darin herum, bis er eine Decke fand, die er Ceshal überreichte.

„Gehen wir. Ich glaube, wir haben keine Minute zu verlieren, wenn wir eine Katastrophe verhindern wollen. Ihr bleibt hier, M-Vier und M-Sieben. Achtet darauf, daß niemand mehr den Kühlraum verläßt." Er zögerte einen Augenblick, dann griff er in die Tasche und zog einen Paralysator daraus hervor. „Verhindert es unter allen Umständen."

Ceshal wollte etwas sagen, aber dann schwieg er und hüllte sich in die Decke. Er sah nicht sehr imponierend aus und begann zu ahnen, welche psychologische Wirkung eine gutsitzende Uniform ausübte. Der Arzt winkte ihm zu und schritt voran. Schweigend folgte er ihm. Bevor er gebückt durch die Verbindungstür ging, sah er noch einmal zurück.

Die beiden Techniker waren zur Kälteschleuse gegangen und nahmen davor Aufstellung. Ihre Gesichter zeigten grimmige Entschlossenheit.

Ceshal ahnte, daß die Schwierigkeiten erst begannen.

Der Kommandant beherrschte sich ausgezeichnet.

Als A-3 mit dem erwachten Arkoniden die Zentrale betrat, hatte er gerade von O-1 die wenig beruhigende Nachricht erhalten, daß die Techniker erhebliche Mängel im Maschinenraum festgestellt hätten. Der Hypersprung mußte einige Kurzschlüsse verursacht haben. Energiespeicher hatten sich ohne Grund entladen, und niemand wußte, was die Energie verbraucht hatte. Die Transitionsanlage, daran konnte kein Zweifel bestehen, war nicht mehr funktionsbereit.

Der Sprung über zwanzig Lichtjahre hinweg war zwar gelungen, aber sie hatten ihn teuer bezahlen müssen. Wie teuer, kam K-1 in der Sekunde zu Bewußtsein, in der A-3 mit seinem unfreiwilligen Gast eintrat.

„Wer ist denn das?" fragte er ruhig.

Der Erste Offizier wurde bleich, sagte aber nichts.

„Die Schläfer sind erwacht, K-Eins", erwiderte der Arzt gepreßt.

„Wo habt ihr ihn gefunden?"

„Er kam aus der Kältekammer. Sie haben einen Roboter überwältigt, den ich hineinschickte. Er hat ihnen auch die Schleuse geöffnet. Ich habe M-Vier und M-Sieben als Posten zurückgelassen. Wir müssen sofort für Verstärkung sorgen, wenn wir eine Katastrophe verhindern wollen."

O-1 faßte sich. Er nickte K-1 zu und eilte aus der Zentrale.

Ceshal sah sich überrumpelt.

„Was fällt Ihnen ein?" begehrte er auf und zeigte zur Tür. „Sie wollen doch kein Militär gegen Unbewaffnete einsetzen? Wissen Sie, wer ich bin? Ich bin Kommodore Ceshal, der Leiter dieser Expedition. Sie sind meine Untergebenen. Ich werde dafür sorgen..."

„Ich fürchte, Sie verkennen die Situation", unterbrach ihn A-3. „Sie waren einst, vor zehntausend Jahren, Kommandant dieses Schiffes. Dann ließen Sie zu, daß die Roboter die Macht übernahmen, um praktisch Menschen zu züchten, mit denen sie später einen Planeten nach ihren Plänen besiedeln wollten. Die Roboter sollten die Herren, die Menschen die Diener sein. Wir lehnten uns gegen die Herrschaft der Maschinen auf und siegten. Und nun kommen Sie aus dem Grab gestiegen und behaupten, der Kommandant zu sein..."

K-1 nickte dem Arzt zu. Er war ihm für die Unterstützung dankbar.

„Sie sehen, lieber Freund, um Ihre moralischen Ansprüche ist es schlecht bestellt. Wenn Sie wirklich Kommandant dieses Schiffes waren, so ist das schon lange her. Im Augenblick bin ich es nämlich. Unter meiner Leitung wurde auch die Revolte gegen die Roboter durchgeführt."

„Ich bin Kommodore Ceshal..."

„Gut, sehr gut", entgegenete K-1. „Nennen Sie sich, wie Sie wollen. Aber sorgen Sie dafür, daß Ihre Leute in der Eiskuppel bleiben. Wir erreichen in knapp drei Wochen einen Planeten und werden landen. Dann wird sich alles weitere von selbst regeln."

„Drei Wochen!" schrie Ceshal unbeherrscht. „Sie sind wahnsinnig geworden, Mann! In drei Wochen sind wir alle erfroren, erstickt oder verhungert! Ihr seid es gewesen, die uns zu früh weckten! Nun sorgt auch dafür, daß wir nicht umkommen!"

K-1 konnte sich diesen Argumenten nicht verschließen. Natürlich trug er die Verantwortung für das Erwachen der schlafenden Generation, aber er sah auch keinen Weg, wie er ihnen helfen sollte, ohne sich und die Mannschaft zu gefährden.

„Wir haben weder Lebensmittel noch Bekleidung für so viele Menschen an Bord, Ceshal. Natürlich werden wir versuchen, die größte Not zu lindern. Wir werden Decken verteilen lassen. Notrationen werden ausgegeben werden. Aber ich verlange strengste Disziplin. Niemand der Schläfer darf das Mitteldeck verlassen. Wir werden Wachen postieren. Ich denke, so ist es möglich ...“

„Sie wollen auf die alten Arkoniden schießen lassen?“ empörte sich Ceshal.

„Nur mit Schockwaffen“, schränkte der Kommandant ein.

Ceshal rang um Fassung. „Wir wollen an die Zukunft denken. An unsere Zukunft. Wann hatten Sie zuletzt Funkverbindung mit Schiffen des Imperiums?“

K-1 sah Ceshal verständnislos an. „Verbindung mit anderen Schiffen? Gibt es denn andere Schiffe?“

Ceshal begann zu ahnen, daß es nicht so einfach sein würde, zu einer Verständigung zu gelangen. Zwischen ihm und den Nachkommen stand das große Vergessen. Schon wollte er zu einer Erklärung ansetzen, als ein schrilles Läuten ertönte.

Es kam aus der Ecke der Zentrale. Der Erste Offizier, der inzwischen in die Zentrale zurückgekehrt war, eilte zum Bildschirm. Als der matte Schirm aufleuchtete, erschien auf ihm ein Gesicht, das sogar Ceshal bekannt vorkam.

„M-Sieben, was ist geschehen? Von wo rufen Sie? Ich meine, Sie ...“

„Mitteldeck! Wir haben die Ahnen nicht aufhalten können, O-Eins! Sie haben M-Vier einfach überrannt, als er sich ihnen mit der Waffe in der Hand entgegenstellte. Ich konnte mich rechtzeitig in Sicherheit bringen und die Schleusentür zum Mitteldeck schließen. Da kommen sie nicht so schnell durch.“

„Alle Schleusen besetzen lassen, M-Sieben! Die Ahnen müssen daran gehindert werden, das ganze Schiff zu überfluten. Das wäre das Ende.“

„Zusammen mit den Robotern schaffen wir es.“ Der Techniker nickte und verschwand vom Bildschirm.

Kommodore Ceshal hatte stumm vor Schreck zugehört. Es war ihm klar, daß man die erwachenden Arkoniden nicht auf kleinstem Raum zusammengedrängt halten konnte, ohne daß es zu einer Katastrophe kam. Wenigstens war es seinen Leidensgefährten schon einmal gelungen, der eisigen Schlafkammer zu entfliehen. Das Mitteldeck war groß. Es umfaßte die zwölf Rundhallen mit den Vorbereitungsanlagen, den Glasbehältern und einigen Maschinenräumen. Bei sparsamer Einteilung und straffer Organisation sollte es möglich sein, die Erwachten so zu verteilen...

„Nun?“ machte K-1 wütend. „Was sagen Sie jetzt, Arkonide? Unten im Schiff bricht die Hölle los – alles durch Ihre Schuld.“

„Ja, wessen Schuld sonst?“ fragte Ceshal bitter. „Lassen Sie mich nun zu meinen Leuten zurück, damit ich sie beruhigen kann. Vielleicht kommen wir mit dem Mitteldeck aus.“

„Sie werden damit auskommen müssen“, eröffnete ihm K-1 streng. „Ich werde jeden Ausbruchsversuch unterdrücken. Sie erhalten Lebensmittelrationen durch die Schleusen, aber nur dann, wenn Sie alle unsere Anordnungen befolgen. Auch werde ich veranlassen, daß Decken und Bekleidungsstücke verteilt werden. Es wird nicht reichen, aber wenigstens die Frauen sollten nicht nackt gehen. Warmluft wird in genügender Menge zum Mitteldeck geleitet. Ich hoffe, damit ist alles getan, Ihnen das Leben so erträglich wie möglich zu machen.“

„Danke“, erwiderte Ceshal, und es fiel ihm nicht leicht, dieses Wort auszusprechen. In seinen Augen war K-1 ein unwissender Barbar, den ein unbegreiflicher Zufall Kommandant hatte werden lassen. Der Imperator auf Arkon und seine wissenschaftlichen Berater hatten richtig vermutet, als sie für die Zukunft eine Degenerierung der Arkoniden befürchtet hatten. Gäbe es doch nur eine Möglichkeit, die inzwischen wirklich vergangene Zeit festzustellen...

„Sie können zu Ihren Leuten zurückkehren, Kommodore Ceshal.“ K-1 nickte dem nur mit einer Decke Bekleideten gönnerhaft zu und machte sich erneut am Bildschirm zu schaffen, um neue Anweisungen auszugeben.

A-3 nahm Ceshal beim Arm. „Man braucht Sie dort unten.“

Überall auf den Korridoren begegneten ihnen Männer, die zu ihren Stationen eilten. Roboter mit Lebensmitteln, Decken und Bekleidungsstücken traten in Antigravlifte und fielen zum Mitteldeck hinab.

„Sie sehen, wir haben nicht die Absicht, Sie dem Verderben preiszugeben", bemerkte der Arzt, als sie an einer Stelle warten mußten, bis der Lift frei wurde. „Sie müssen nur verstehen, daß Anarchismus den Tod für uns alle bedeutet."

Insgeheim mußte Ceshal ihm recht geben, aber sein Stolz verbot es ihm, das zuzugeben. Widerstrebend nickte er. „Eines Tages werdet ihr froh sein, unsere Hilfe in Anspruch zu nehmen. Wir kennen das Leben besser als ihr, die ihr im Schiff geboren wurdet und noch nie einen Planeten gesehen habt. Ihr werdet uns brauchen, wenn es gilt, eine Zivilisation aufzubauen und Verbindung mit dem Imperium aufzunehmen."

„Imperium? Wer weiß, ob es noch existiert? Hätte es sich dann nicht schon um uns gekümmert?"

Ceshal gab keine Antwort. Das war nämlich der Punkt, der ihm bereits genug Sorgen bereitet hatte. Mit dem Imperium mußte etwas nicht stimmen, anders war es nicht zu erklären, daß die Verbindung abgerissen war. Damals, als die Roboter die Herrschaft übernahmen, mußte das geschehen sein. Und das Imperium hatte es hingenommen.

Der Lift wurde frei, und sie sanken in die Tiefe, dem Mittelpunkt des Schiffes entgegen. Die Postenkette ließ sie passieren. Vor der Schleuse war ein leichtes Schockgeschütz aufgefahren. Die Mündung war gegen die geschlossene Tür gerichtet.

A-3 blieb stehen. „Wir werden die Tür öffnen, Ceshal. Sie werden Ihren Leuten befehlen, zurückzutreten und Sie einzulassen. Wenn auch nur einer die Schwelle in unsere Richtung überschreitet, wird er sofort paralysiert. Wir sind dazu gezwungen, Ceshal, wenn wir nicht alle sterben wollen. Nun, sind Sie bereit?"

Ceshal sah dem Arzt in die Augen. „Sie halten uns für so primitiv, wie Sie selbst sind. Glauben Sie wirklich, es wäre ein so großes Unglück, wenn wir wieder die Herren des Schiffes würden?"

A-3 sah die Blicke der anderen auf sich gerichtet. Seine Antwort entsprach daher nicht ganz seiner Überzeugung, als er sagte: „Sie würden nur Unheil anrichten, Ceshal. Unsere heutige Generation ist bescheidener und vielleicht primitiver als die Ihre, aber wir werden sicher überlegter handeln als Sie. Außerdem haben wir keine andere Wahl. Also – gehen Sie."

Er gab den Posten neben der Tür einen Wink.

Die Schleuse konnte manuell bedient werden. Nur im Alarmfall schaltete sich die Zentralsteuerung ein, die automatischer Natur war und vom Kommandanten bedient wurde.

Ein Spalt wurde sichtbar.

Aber nur für eine Sekunde, dann wurde aus dem Spalt eine weite Öffnung, aufgerissen von zwei oder drei Dutzend nackten Schläfern, die gegen das plötzlich nachgebende Hindernis drängten.

„Halt!" rief Ceshal erschrocken und hob beide Arme. „Bleibt!"

Aber seine Worte verhallten in dem Aufschrei der Verzweifelten, die von einer noch unsichtbaren Masse geschoben wurden.

A-3 konnte sehen, daß die Männer ihre Beine kaum auf dem Boden stehen hatten; sie waren nicht Herr ihrer Bewegung. Aber sie waren die vordersten und damit das erste Ziel der Geschützbedienung.

Auch A-3 konnte den Kampf nicht verhindern.

Durch die Schocksalven hindurch sprangen nackte Gestalten und stürzten sich auf die bewaffneten Posten, um sie in schierer Überzahl einfach zu erdrücken.

Ceshal erkannte seine einzige Chance. Er drehte sich um und raste mit dem Strom gegen die Besatzung des Schiffes, die in panischer Furcht floh. Er selbst war es, der A-3 mit der bloßen Faust niederschlug und ihn unter den trampelnden Beinen der Nackten verschwinden sah. Seine Decke war ihm längst von der Schulter geglitten. Unbekleidet wie die anderen erkämpfte er sich den Weg in die Freiheit.

Aber der Alarm gellte bereits durch das Schiff.

Das nächste Schott schloß sich automatisch.

Doch die erste Generation hatte ihren Machtbereich entscheidend vergrößern können. Ein weiteres Stück Kugelschale gehörte ihr.

Kommodore Ceshal atmete auf, als er plötzlich Alos sah.

„Kybernetiker Alos – hierher!" Er wartete, bis der andere bei ihm war. „Kennen Sie sich hier aus? Können wir an lebenswichtige Teile des Schiffes gelangen, ohne weitere Schleusen passieren zu müssen?"

Der Kybernetiker ließ die Hand mit dem Eisenbarren sinken. „Die Lufterneuerung, Kommodore. Ist sie wichtig genug für Ihre Zwecke?"

Ceshal atmete auf.

„Ja", sagte er und unterdrückte seinen Triumph nicht mehr. „Die Lufterneuerungsanlage ist wichtig genug. Die erste Generation ist somit wieder im Besitz des Schiffes."

Und er entwarf Alos seinen Schlachtplan.

Der weiße Stern auf dem Bildschirm war größer geworden.

Die Navigationsoffiziere hatten mit Hilfe von O-1 und O-2 ihre Berechnungen angestellt und waren zu dem beruhigenden Ergebnis gelangt, daß das Schiff in wenigen Tagen von dem riesigen Gravitationsfeld der Sonne eingefangen werden würde.

Der Antrieb aber war defekt. Er reagierte nicht mehr. Das Schiff würde somit haltlos in die Sonne stürzen und verglühen.

Pausenlos arbeiteten die Techniker in den Antriebsräumen, um wenigstens eine Kursänderung zu erzielen. Ihre Bemühungen blieben erfolglos. Unbeirrt zog das Schiff seine Bahn und näherte sich unaufhaltsam seinem Verderben. Die lange Reise drohte ein abruptes und fürchterliches Ende zu nehmen.

Mitten hinein in diese Hoffnungslosigkeit platzte die zweite Hiobsbotschaft: Die Luft im Schiff wurde schlechter und konnte nicht mehr regeneriert werden.

K-1 rief die Techniker zu einer Besprechung in der Zentrale zusammen und mußte erfahren, daß die Anlage für die Lufterneuerung in jenem Teil des Schiffes lag, der von den erwachten Schläfern besetzt wurde. Damit klärten sich die Fronten.

Der Kommandant nahm Verbindung zu den Rebellen auf. Der Interkom funktionierte noch einwandfrei.

Als der Bildschirm aufleuchtete, erkannte er auf ihm Ceshal in der Begleitung einiger anderer Männer, die mit Decken und Arbeitskombinationen bekleidet waren. Sie waren ausnahmslos bewaffnet.

„Ah, der Kommandant! Die Art unserer Kriegsführung ist nicht lange geheimgeblieben, wie mir scheint. Haben Sie uns einen Vorschlag zu machen?"

K-1 überhörte den Spott. Er sagte ernst: „Wir werden nur noch zehn Tage Zeit für unseren Krieg haben, fürchte ich. Wir stürzen in eine weiße Sonne. Der Antrieb versagt. Er muß bei der Transition beschädigt worden sein – bei der gleichen Transition, die euch weckte. Mein Vorschlag ist, daß wir Frieden schließen."

Ceshal lächelte kalt. „Sie sprechen von Frieden, Kommandant, und schließen uns im innersten Teil des Schiffes ein. Schon jetzt haben wir kaum Platz, dabei ist erst die Hälfte erwacht. Wenn der Rest aus der Kältekammer kommt, geschieht eine Katastrophe. Öffnen Sie alle Schleusen zu den Außenregionen, oder wir lassen euch ersticken."

K-1 schüttelte den Kopf. Er hob ein Stück Papier, auf dem einige Zahlen standen. „Sie haben sicherlich einen Mathematiker zur Verfügung, der meine Berechnungen nachprüfen kann, Ceshal. Wenn ich das Schiff freigebe und wenn alle Schläfer erwachen, sind wir verloren. Die Lebensmittel reichen für eine Woche, wenn wir rationieren. Wir würden den nächsten Planeten aber kaum vor drei Wochen erreichen können, falls der Antrieb repariert werden könnte."

Ceshal starrte K-1 an. „Ich gebe zu, es wird eng im Schiff, aber immerhin nicht so eng, daß wir uns gegenseitig tottrampeln. In den Hallen, Lagerräumen, Hangars und Korridoren ist Platz für uns alle. Die Lebensmittel reichen bis zur Landung, wenn wir sie einteilen und alle noch vorhandenen Energien in die automatischen und synthetischen Produktionsstätten leiten. Wenn wir zusammenarbeiten, Kommandant, ist die Rettung möglich. Allerdings stelle ich eine Hauptbedingung: Ich werde von Ihnen persönlich in mein altes und mir zustehendes Amt wiedereingeführt. Ich bin Kommodore dieses Schiffes."

K-1 wollte tief Luft holen, aber er wäre fast bei dem Versuch erstickt. Er bemerkte plötzlich, wie schlecht die Luft bereits geworden war. Noch einige Stunden – vielleicht. „Wir geben euch Lebensmittel – gegen Atemluft."

Ceshal lächelte kalt und schüttelte den Kopf. „Keine Bedingungen stellen, Kommandant. Wennschon, dann stellen wir sie. Luft ist wichtiger als Essen. Wir halten es also länger aus als ihr. Wenn ihr erstickt seid, brechen wir die Durchgänge auf. Auch haben wir die notwendigen Kenntnisse, um den Antrieb zu reparieren. Nun?"

K-1 nahm den Blick vom Schirm und sah sich in der Zentrale um. Er begegnete ratlosen Gesichtern. Sogar der immer so kluge und selbstbewußte O-1 schien am Ende zu sein. Er zuckte nur mit den Schultern.

Der Kommandant wandte sich wieder dem Bildschirm zu. „Also gut, Ceshal. Ich werde die Trennungsschleusen öffnen lassen. Kommen Sie mit einigen Technikern zu mir in die Zentrale. Wir können hier alles in Ruhe besprechen. Sorgen Sie auch dafür, daß Ihre Leute sich anständig betragen und die Vorratsräume nicht plündern. Ich lasse sonst auf sie schießen."

„Wir besitzen ebenfalls Waffen, das sollten Sie nicht vergessen, Kommandant."

K-1 wunderte sich heimlich darüber, daß Ceshal ihn immer noch „Kommandant" nannte, aber da er keinen anderen Namen kannte, blieb ihm wohl nichts anderes übrig.

„Aber keine Angst. Ich verfüge über fähige Offiziere der ersten Generation. Sie werden für Ruhe und Ordnung sorgen. Aber auch für einen wirkungsvollen Gegenangriff, falls es notwendig sein sollte."

„Schicksal, nimm deinen Lauf!" deklamierte K-1 mit Betonung und gab seinem Ersten Offizier einen Wink. „Wir werden jetzt die Hauptschleuse öffnen. Sorgen Sie dafür, daß die Luftanlage sofort wieder in Betrieb gesetzt wird. Und beeilen Sie sich, in die Zentrale zu gelangen. Uns bleibt nicht mehr viel Zeit."

Die einzelnen Bordkameras, Bildschirme und laufende Interkommeldungen unterrichteten K-1 davon, was im Schiff geschah. Die zehntausendköpfige Besatzung sah der vorerst friedlichen Invasion der Nackten in hilfloser Bestürzung zu, aber als der Strom aus der Schleuse nicht enden wollte, bemächtigte sich ihrer allmählich Verzweiflung. Zwar verloren sich die Eindringlinge in den endlosen Korridoren des Schiffes, aber sie erhielten laufend Nachschub.

Offiziere beider Parteien sorgten für Ordnung. Die einen waren an ihren Uniformen, die anderen an umgehängten Decken zu erkennen.

Kommodore Ceshal, Wissenschaftler Ekral, Techniker Tunutér und Kybernetiker Alos wurden von einem Verbindungsoffizier zur Kommandozentrale gebracht. Sie begegneten unterwegs bewaffneten Ordnungstrupps, deren grimmige Gesichter nichts Gutes verhießen.

„Es geht schon los“, sagte der Offizier besorgt. „Hoffentlich gelangen wir noch rechtzeitig in die Zentrale. Ich kann nicht...“

Sie erfuhren nie, was er nicht konnte.

Ein neuer Trupp schnell aufgestellter Miliz bog vorn um den Gang. Als der Anführer die vier mit Decken behängten Männer erkannte, brachte er seine Waffe in Anschlag. Vielleicht hielt er den Offizier in der Mitte für den Gefangenen der Ahnen.

„Halt!“ Kommodore Ceshal streckte ihnen die Hand entgegen.

Die Soldaten, fünf an der Zahl, waren über die Geste so verblüfft, daß nur einer von dem Trupp dazu kam, seine Waffe abzufeuern. Es war ein ungenauer Schuß, und er traf den Offizier, der Ceshal und seine Leute zur Zentrale bringen sollte.

Über den Paralysierten hinweg eilten sie, so schnell sie konnten, zum nächsten Lift. Es würde nicht gut sein, wenn man sie hier fand.

Sie kannten das Schiff, denn es schienen erst Tage vergangen zu sein, seit sie von den Robotern abgelöst und in den Tiefschlaf versenkt worden waren. Und doch mußten es Jahrtausende gewesen sein, Jahrtausende, in denen sich ihre Nachkommen vermehrt hatten.

Als sie in die Nähe der Zentrale kamen, hörten sie oben unter der Decke des Ganges die Ventilatoren die schlechte Luft absaugen. Es wurde höchste Zeit, denn man konnte kaum noch atmen. Aus den Schächten kam kühle, frische Luft eingeströmt. Sie brachte Leben und Zuversicht.

Zwei Verwaltungsoffiziere nahmen Ceshal und seine drei Begleiter in Empfang, bevor sie den Zugang zur Zentrale erreichten. Sie verlangten die Waffen.

Ekral schaute finster drein; seine Hand mit der Schockwaffe hing schlaff am Körper herab. Niemand konnte ahnen, wie schnell sie oben sein würde.

Ceshal schüttelte den Kopf. „Wir sind nicht Ihre Gefangenen, Leutnant. Ihr Kommandant hat uns völlige Bewegungsfreiheit zugesichert. Im übrigen dürfte bald jeder Widerstand auf diesem Schiff gegen seinen Kommandanten streng bestraft werden – wie in alter Zeit. Geben Sie den Weg frei, Leutnant!“

Ceshals Stimme hatte den befehlsgewohnten Klang der alten Arkoniden, außerdem war sie herrisch und arrogant. Der Leutnant wich unwillkürlich ein oder zwei Schritte zurück und ließ die eigene Waffe sinken.

Alos nutzte die Gelegenheit. Er trat schnell hinzu und schob sich zwischen die beiden Leutnants. Ceshal schritt vorüber, gefolgt von Tunutér. Ekral hielt den Überraschten die Mündung seiner Schockwaffe unter die Nase.

„Meine Herren!“ eröffnete er ihnen mit strenger Stimme. „Sie machen sich des Widerstandes gegen Ihre Vorgesetzten schuldig, wenn Sie uns anhalten. Gewöhnen Sie sich gefälligst an die veränderte Situation auf diesem Schiff, das ohnehin bald in eine Sonne stürzt, wenn wir nichts dagegen unternehmen.“

Ceshal hatte inzwischen die Zentrale erreicht. Er öffnete die Tür und trat ein. Die anderen folgten ihm.

K-1 stand vor den Kontrollen und sah ihnen entgegen.

„Wir sind gekommen“, sagte Ceshal mit Würde, „um das Kommando des Schiffes zu übernehmen. Ich hoffe, Sie haben die Mannschaft von dem Wechsel unterrichtet, Kommandant.“

K-1 zuckte mit keiner Miene. „Ich fürchte, Ceshal, ein Kommandowechsel ändert nichts mehr an der Situation. Von mir aus können Sie sich wieder als Kommodore betrachten. Ich habe nichts dagegen.“

Verständnislos blickte Ceshal sich um. Er starrte in die ausdruckslosen Augen einiger Offiziere. Drüben in der Ecke wirkte die leere Mattscheibe des Interkoms wie ein Stück Nebel.

Er fror plötzlich.

„Was ist geschehen?“ fragte er. „Warum ist Ihnen jetzt auf einmal alles egal? Sie wollten doch nicht...“

„Wir haben die Kontrolle über die Mannschaft verloren, Ceshal. Die Offiziere meutern. Die Interkom-Verbindungen sind unterbrochen. Einige meiner sofort eingesetzten Melder wurden paralysiert. Zwischen den Erwachten und der jetzigen Mannschaft ist es offen zum Krieg gekommen. Niemand befolgt noch meine Anordnungen.“ K-1 lächelte bitter und machte eine resignierende Handbewegung. „Glauben Sie nicht auch, Kommodore Ceshal, daß es unter diesen besonderen Umständen völlig gleichgültig ist, wer das Schiff befehligt?“

Ceshal schüttelte langsam den Kopf. „Nein, das glaube ich nicht. Im

Gegenteil. Es scheint mir von äußerster Wichtigkeit zu sein, daß ich das Kommando übernehme. Wir werden den Krieg im Schiff beenden. Und zwar so schnell wie möglich. Ekral, Sie sind Wissenschaftler. Denken Sie sich eine Möglichkeit aus, die Mannschaft zwar gefügig, aber nicht arbeitsunfähig zu machen. Oder halten Sie sich an die Roboter. Das wäre vielleicht Alos' Aufgabe. Auf jeden Fall muß der Antrieb untersucht werden."

K-1 trat ein wenig in den Hintergrund, als Ceshal ohne viel Umschweife seine Tätigkeit begann. Der Unterschied der Jahrtausende wurde offensichtlich. Ceshal war ein junger, tatkräftiger Mann aus einem der ersten Herrschergeschlechter des alten Arkon. Von der später eingetretenen Degenerierung der Arkoniden war er nicht betroffen, wie auch alle anderen Angehörigen der ersten Generation davon nicht betroffen waren. Und das war ein Umstand, der sich bereits im Schiff bemerkbar machte.

Die fünftausend Männer und Frauen, die noch auf Arkon das Licht der Welt erblickt hatten, setzten sich durch. Sie übernahmen alle wichtigen Positionen des Schiffes und bemannten sie mit zuverlässigen Offizieren. Die Bekleidungsdepots wurden geräumt und ihr Inhalt verteilt. Die Lebensmittelvorräte genügten für eine erste warme Mahlzeit. Noch während sie verteilt wurde, lief die Produktion wieder an. Die Roboter gehorchten den neuen Herren.

In anderen Teilen des Schiffes trafen Angehörige der ersten und letzten Generation aufeinander und lieferten sich erbitterte Gefechte. Niemand wollte die Argumente der anderen auch nur anhören. Eine Verbindung zur führenden Kommandantenschicht gab es auf beiden Seiten nicht mehr, aber während die Leute von K-1 zu Anarchisten wurden, handelten Ceshals Untergebene so, wie die Disziplin es von ihnen verlangte und die Tradition es vorschrieb.

Aber der Hunger war mitunter stärker als jede Tradition.

Im Mitteldeck waren die Frauen zurückgeblieben. Sie erhielten Kleidung und Lebensmittel durch die Schleuse, aber der Nachschub erstickte förmlich im Andrang der neu Erwachten, die aus der Eiskugel kamen. Man konnte nicht jeden einzelnen von ihnen gesondert aufklären. Es kam zu Meinungsverschiedenheiten und Reibereien.

In den folgenden Tagen gelang es Alos, einen Trupp von sieben Robotern zusammenzubekommen und für seine Zwecke zu programmieren. Er hatte jeden einzeln überlisten müssen, da sie ihm nicht gehorchten. Jetzt aber, mit den elektronisch gesteuerten Befehlen und programmierten Handlungsreflexen, bildeten sie eine Gruppe unschätzbarer Verbündeter.

Von dieser Streitmacht schützend eingeschlossen, drangen Ekral, Tunutér und Alos gegen die Antriebszentrale vor, wo der mechanische Fehler zu finden sein mußte. Wenn sie ihn rechtzeitig entdeckten, konnte es noch eine Rettung geben. Und zwar für sie alle.

Mehr als einmal traten ihre Paralysatoren in Aktion.

Eine Gruppe hysterisch brüllender Arbeiter bog um eine Ecke und stürzte sich mit Messern, Beilen und Metallschabern auf die Roboter. Ekral versuchte sie zu warnen, aber sein Bemühen war vergeblich. Außerdem schalteten die Roboter automatisch.

Der zweite Angriff erfolgte durch Nackte. Es waren ausschließlich Männer, in deren Augen der beginnende Wahnsinn flackerte. Sie hörten auf keine Zurufe und ließen sich auch durch die Roboter nicht abschrecken.

Alos verwünschte das Schiff und seine Aufgabe und hatte nur den einen Wunsch, möglichst bald zu sterben, um nicht weiter dieses Chaos erleben zu müssen.

9.

Der Bordkalender zeigte den 29. 9. 2044 an. Erdzeit: 16.57 Uhr.

Kommandant Kyser kniff die Augen zusammen, als die automatischen Schreiber zu ticken begannen. Das Gravometer leuchtete auf und kündigte damit an, daß es eine Veränderung des Schwerefelds registrierte. Die Bildschirme flackerten unruhig.

Auf dem Frontschirm veränderte sich nichts. In eiskalter Pracht stand die weiße Zwergsonne im Zentrum der Mattscheibe und schien sich nicht zu rühren. Ihr Gravitationsfeld war mächtig und zerrte ungestüm an den Stabilisierungsfeldern des Leichten Kreuzers.

„Feste Materie geringer Masse rechts voraus", sagte Leutnant Lunddorf von der Navigation her. „Ein kleiner Mond – oder das Schiff."

„Hoffentlich das Schiff", meinte Kyser.

Zehn Minuten später gab es keine Zweifel mehr.

Sie hatten das Schiff der Arkoniden gefunden.

Es fiel antriebslos und mit steigender Geschwindigkeit direkt auf die weiße Sonne zu, deren Kraftfeld es bereits eingefangen hatten. Schnelle Berechnungen ergaben, daß es nach drei Tagen und vierzehn Stunden in der glühenden Atmosphäre des weißen Zwerges verdampfen würde.

Kommandant Kyser ließ die Positionsdaten im Positronengehirn der Navigation speichern und wandte sich der Funkanlage zu. Eine halbe Stunde dauerte es, bis sich Terrania meldete. Marschall Freyt selbst war in der Gegenstation.

„Wir haben das gesuchte Schiff gefunden. Ihre Befehle?"

„Geben Sie die genauen Daten durch und warten Sie dann."

Während Kyser die Position durchgab, setzte sich Freyt mit Rhodan in Verbindung. Keine Sekunde wurde vergeudet. Noch während die letzten Anordnungen über die gewaltige Strecke von annähernd zwanzigtausend Lichtjahren gingen, wurde die DRUSUS startklar gemacht, raste Rhodan mit dem Turboauto zum Raumhafen und beendeten Bully sowie Gucky etwas abrupt ihren Kurzurlaub. Ihnen blieb keine Zeit für eine Autofahrt. Der Mausbiber nahm Bully bei der Hand und teleportierte mit ihm direkt in die Kommandozentrale der DRUSUS, wo Oberst Baldur Sikermann bereits vor den Flugkontrollen saß und auf die Ergebnisse der Positionsberechnungen wartete.

Rhodan traf erst fünf Minuten später ein. Er ignorierte Guckys triumphierendes Grinsen und wandte sich direkt an Sikermann: „Alle befohlenen Mutanten an Bord eingetroffen?"

„Ja, wir sind startklar."

„Gut – starten Sie. Die letzten Daten erhalten Sie noch."

Das war alles.

Die Triebwerke donnerten und rissen das gigantische Schiff nach oben. Die Erde versank in der Tiefe und wurde schnell zu einem grünblauen Stern. Dann erfolgte die erste Transition.

In der Zwischenpause erstattete Rhodan Bericht. „Soweit wir in Erfahrung bringen konnten, ist das Ahnenschiff steuerlos. Ich nehme an, der Hypersprung ist dem Antrieb nicht gut bekommen. Es stürzt hilflos in eine weiße Zwergsonne mit einem starken Gravitationsfeld. Wir werden versuchen müssen, das Schiff mit den Traktorstrahlen einzufangen und in eine neue Bahn zu ziehen. Ob uns das gelingt, ist eine andere Frage. Wir haben nur wenige Stunden Zeit."

Im Positronengehirn tickten die Relais.

„Soll ich vorher versuchen, mit meinem Kreuzer Kontakt aufzunehmen?" fragte Kommandant Lund eifrig. „Sie sagten, ich könne es schaffen, weil die Form meines Schiffes..."

„Wir haben keine Zeit für Experimente", unterbrach ihn Rhodan schroffer, als er beabsichtigte. „Ich fürchte, wir müssen die Teleporter einsetzen. Keine Sekunde darf verschwendet werden."

Er ahnte nicht, wie recht er hatte.

Der zweite Sprung war exakt genug.

Als das All ihren Blicken wieder zugänglich wurde, stand seitlich eine kleine, leuchtende Kugel – der Leichte Kreuzer Kysers. Genau in Flugrichtung strahlte die weiße Sonne, die in den arkonidischen Sternenkatalogen nur mit einer Zahl bezeichnet wurde und keinen eigenen Namen besaß. Rechts davon war ein schemenhafter Schatten – riesig groß und rund.

„Ich habe versucht, Funkverbindung aufzunehmen", meldete Kommandant Kyser. „Keine Antwort. Entweder wollen sie nicht, oder ihre Anlage ist defekt."

„Letzteres ist wahrscheinlicher", gab Rhodan zurück. „Bleiben Sie auf Ihrer jetzigen Position. Wir senden zuerst Gucky und Ras Tschubai zu den Arkoniden. Später können Sie uns mit einem Antigravfeld unterstützen. Wir werden es nötig haben."

Ras Tschubai kam in die Zentrale. Der afrikanische Teleporter gehörte zu den ersten Mitgliedern des Mutantenkorps. Zusammen mit Gucky hatte er schon manches gefährliche Abenteuer bestanden. Aus den Schilderungen des Mausbibers kannte er das Generationenschiff und war begierig, es und seine Einrichtungen kennenzulernen. Hätte er geahnt, welche Überraschung ihnen bevorstand, wäre er sicherlich weniger begeistert von dem Auftrag gewesen.

„Ihr springt von hier aus“, empfahl Rhodan. „Findet heraus, ob der Antrieb in allen Teilen versagt, oder ob wenigstens einige der Wulstmotoren in Betrieb genommen werden können. Ich fürchte, das Kraftfeld der Sonne dort ist zu stark. Wir benötigen Unterstützung, sonst schaffen wir es nicht. Sollte es Komplikationen geben, kehrt sofort zurück und berichtet. Alles klar?“

Die beiden Mutanten nickten. Dann verschwanden sie in einem heftigen Luftwirbel.

Rhodan wandte sich wieder dem Bildschirm zu und wartete.

Das erste, was Gucky sehen konnte, war eine Gruppe von sechs oder sieben spärlich bekleideten Frauen. Sie schlugen auf einen Mann in Uniform ein. Als er keinen Widerstand mehr leistete, stürzten sie sich auf ihn und entkleideten ihn bis auf die Unterhosen. Ohne sich weiter um ihr Opfer zu kümmern, teilten sie die Beute und bedeckten damit ihre Blößen.

„Warum tun sie das?“ flüsterte Ras erschüttert. „Verstehst du das?“

„Noch nicht ganz, Ras. Aber es ging ihnen offensichtlich nur um die Kleidung, nicht um den Mann. Kein Wunder, denn er ist in seinen Unterhosen alles andere als hübsch.“ Gucky gluckste in sich hinein, als halte er seine Bemerkung für einen gelungenen Witz. Er ahnte noch nicht, wie schnell ihm das Lachen vergehen sollte.

Ehe Ras antworten konnte, wurde er von den Frauen entdeckt. „Da ist noch einer!“ schrie eine von ihnen mit Verwunderung in ihrer Stimme. „Er ist schwarz! Und was ist das für ein Tier, das er bei sich hat?“

„Das gibt einen guten Braten ab!“ rief eine andere und stürzte sich mit erhobener Stange auf den Mausbiber. „Ich habe ihn zuerst gesehen...“

Gucky hatte wenig Lust, sich verspeisen zu lassen.

Er setzte seine telekinetischen Fähigkeiten ein und ließ die jagdlustige Frau waagerecht emporsteigen. Dicht unter der Decke entlang schwebte die schreiende Arkonidin bis zu nächsten Gangbiegung und verschwand dahinter. Man hörte einen dumpfen Fall, als Gucky sie losließ.

Ras hatte inzwischen der anderen Angreiferin die Eisenstange abgenommen.

„Was ist das für ein seltsames Happening?“ brüllte Ras die Verdutzten wütend an.

Gucky hatte inzwischen den Gedankeninhalt der noch unschlüssigen Frauen durchforscht und einiges erfahren, das ihm fast den Atem verschlug. Er wirbelte um seine eigene Achse und ergriff den Arm des Afrikaners. „Die Ahnen sind erwacht, Ras! Im Schiff ist kaum Platz für sie. Keine Bekleidung für alle! Keine Lebensmittel! Einige haben sich in der Lebensmittelproduktion verschanzt und verteidigen sie erbittert. Andere ziehen raubend und plündernd durchs Schiff. Mann, Ras, in was für eine Hölle sind wir da geraten?“

„Dabei fällt das Schiff in die Sonne, wenn nicht bald etwas geschieht. Wie konnte das nur passieren?“

„Bei der Transition müssen die automatischen Weckimpulse ausgelöst worden sein. Wir müssen den Kommandanten finden. Springen wir zur Zentrale. Ich weiß, wo sie ist.“

Das Schiff war vom gleichen Typ wie die DRUSUS. Es fiel Gucky nicht schwer, sich zu orientieren. Der erste Sprung brachte ihn in den Kommandoteil der Raumkugel. Ras materialisierte neben ihm.

Der verdutzte Offizier war viel zu langsam. Ehe er seinen Paralysator in die Höhe brachte, hatte ihm Ras die Waffe abgenommen. Es war nur noch ein zweiter Mann in dem Korridor anwesend, der zur Zentrale führte. Auch er war bewaffnet und schien unschlüssig, was er von den beiden aus dem Nichts aufgetauchten Fremden halten sollte.

„Wir wollen den Kommandanten sprechen“, eröffnete ihm Ras und spielte mit der erbeuteten Waffe, ohne sie direkt auf den Mann zu richten. „Führe uns zu ihm.“

Inzwischen hatte der Arkonide sich gefaßt. „Wer seid ihr? Wo kommt ihr her?“

„Dazu ist später Zeit, Kleiner“, sagte Gucky. „Willst du uns nun zum Kommandanten bringen oder nicht?“

„Wir haben Befehl, niemand...“

„Spar dir den Rest“, knurrte Gucky aufgebracht. „Ich kenne den Weg auch so.“

Er überließ die Rückendeckung seinem Freund Ras und watschelte den Korridor entlang, genau auf die Tür zur Zentrale zu. Dabei sondierte er bereits die Gedankenimpulse der hinter der Trennwand befindlichen Arkoniden.

Der Kommandant war nicht allein. Bei ihm waren einige der Ahnen. Nicht überall standen sich die Erwachten und Gegenwärtigen also feindlich gegenüber.

Gucky öffnete die Tür, indem er die positronische Verriegelung löste.

Zusammen mit Ras betrat er die Zentrale, wo er sich plötzlich einer größeren Anzahl von Arkoniden gegenübersah, die ihr Gespräch bei seinem Anblick abbrachen und ihn anstarrten, als sei er ein Geist.

Gucky war das nicht anders gewöhnt. Schließlich passierte es einem nicht alle Tage, daß man einem Mausbiber begegnete. Er trug die für ihn angefertigte Spezialuniform mit dem schmalen Waffengürtel, aber auf den ersten Blick erkannte man, daß er kein Mensch war. Dazu war er viel zu klein. Sein breiter Biberschwanz, der ihm zumeist als Stütze diente, schleifte über den Boden.

„Hallo, Freunde“, sagte Gucky und verbeugte sich in Richtung des einzigen Mannes, den er wiedererkannte. „Da sind wir. Hatte ich dir nicht versprochen, K-Eins, bei Gelegenheit wiederzukommen? Natürlich konnte ich nicht ahnen, daß du inzwischen den Hyperantrieb ausprobierst...“

K-1 hatte sich von der Überraschung erholt. Er trat vor und beugte sich zu dem Mausbiber hinab. „Du hast dein Versprechen gehalten! Damals hast du uns von der Herrschaft der Roboter befreit, aber ich fürchte, diesmal wirst du uns auch nicht helfen können. Die Ahnen...“

„...sind erwacht, ich weiß. Sie treiben sich überall im Schiff herum und ziehen der Besatzung die Uniformen aus. Nette Zustände. Aber was viel schlimmer ist: Das Schiff stürzt in eine Sonne, K-Eins. Wenn ihr nichts unternehmt, dauert es noch drei Tage, und ihr seid verloren. Was ist mit dem Antrieb? Funktioniert er?“

„Unsere Techniker arbeiten ununterbrochen daran, aber bisher ohne Erfolg. Außerdem werden wir bei der Arbeit behindert. Im Schiff ist die Hölle los. Räuberbanden überfallen unsere Leute und plündern sie aus. Es gibt keine Ordnung mehr. Das Recht des Stärkeren regiert."

Gucky sah nicht mehr auf K-1. Er wandte seine Aufmerksamkeit einem anderen Mann zu, der vorgetreten war und dem Gespräch mit sichtlichem Interesse lauschte. „Wer bist du?"

Der Mann fuhr zurück, als habe ihn eine Natter gestochen. „Ich bin Kommodore Ceshal von der ersten Generation. Ich habe das Kommando über das Ahnenschiff übernommen, wie es mir zusteht. Und wer bist du? Woher kommst du? Wo hast du dich bisher verborgen gehalten? Wie kannst du meine Sprache sprechen?"

Gucky starrte Ceshal an, als wolle er ihn in Spiritus legen. „Bin ich vielleicht in eine Quizsendung geraten? Na, und wenn, dann stelle ich die Fragen. Erste Generation, he? Bist wohl auch zu früh aufgestanden?"

Ceshal schnappte nach Luft, aber Gucky schnitt ihm das Wort ab. „Ich weiß schon, was du sagen willst – man sieht es dir ja an der Nasenspitze an. Keine Sorge, ich will dir den Posten nicht streitig machen und ich vergehe auch vor Ehrfurcht, sobald ich Zeit dazu habe. Jetzt habe ich aber keine Zeit. Wir werden euer Schiff in Schlepp nehmen und aus dem Anziehungsbereich der Sonne bugsieren. Dazu solltet ihr den Antrieb in entgegengesetzter Flugrichtung kurz einschalten. Habe ich mich klar genug ausgedrückt?"

„Der Antrieb ist noch nicht funktionsfähig", warf K-1 ein.

Ceshal hingegen schien nicht bereit zu sein, sich so ohne weiteres helfen zu lassen.

„Stammt ihr von einem Planeten des arkonidischen Imperiums?" fragte er von oben herab. „Ihr laßt es an der notwendigen Zurückhaltung fehlen, oder haben sich die Verhältnisse in der Zeit, die wir verschliefen, so grundlegend geändert?"

„Und ob sie das haben." Gucky nickte schadenfroh. „Du würdest Augen machen. Aber ich kann dich beruhigen, Ceshal. Wir stammen von Terra, dem Hauptplaneten eines anderen Sternenreichs, das damals noch nicht existierte. Arkon und Terra sind befreundet, darum helfen wir euch."

„Terra?"

„Wirst dich daran noch gewöhnen", prophezeite Gucky. „Auch

daran, daß Ras und ich Teleporter sind. Also – was ist? Wollt ihr euch nun helfen lassen oder nicht?"

Ceshal schien einen Entschluß gefaßt zu haben. „Wie können wir das? Meine besten Techniker sind in der Antriebszentrale eingeschlossen. Sie haben zwar einige Roboter bei sich, aber sie werden ständig angegriffen und können sich kaum ihren Aufgaben widmen. Sie nahmen einen Vorrat an Lebnsmitteln mit, den man ihnen abnehmen möchte. Im Schiff herrscht Hunger."

„Ich weiß, aber daran ist jetzt nichts zu ändern. Wenn keine neuen Hindernisse auftauchen und wenn alles klappt, kann dieses Schiff bald auf einem Planeten landen. Vielleicht sogar auf einem Planeten Arkons. Aber ich brauche Unterstützung. Der Antrieb muß teilweise funktionieren, sonst schaffen wir es nicht, euch aus dem Bereich der Sonne zu ziehen."

K-1 sah Ceshal an. „Warum zögern Sie eigentlich, Ceshal? Gut, Sie sind nun Kommandant des Schiffes, aber dieses kleine Wesen, das vor Ihnen steht, hat uns damals geholfen, die Roboter zu besiegen. Es ist unser Freund. Ihr Zögern muß es beleidigen."

„Das ist es nicht", gab Ceshal langsam zurück. „Aber Sie wissen genausogut wie ich, wer der eigentliche Herr des Schiffes ist. Nicht Sie oder ich, sondern die Anarchie, der Hunger, der Krieg und die Gewalt regieren. Wir haben nicht einmal mehr eine regelmäßige Interkomverbindung zu Ekral, Alos und Tunutér. Ab und zu schlägt sich ein Läufer durch. Das ist alles."

„Das ist genug", warf Gucky ein. „Ich bin Teleporter und werde springen, wenn mir der Raum beschrieben wird, in dem sich die Techniker aufhalten. Ras wird solange hierbleiben."

„Meinst du nicht, daß es besser wäre, Rhodan zu unterrichten, was hier geschehen ist?" Ras Tschubai sah besorgt aus. „Er sollte es wissen."

Gucky entschloß sich blitzschnell. „Gut, Ras. Du springst zur DRUSUS und erstattest Bericht. Ich werde mich um die Techniker kümmern. Wir treffen uns wieder hier in der Zentrale. Unsere Verbindungsleute sind K-Eins und Ceshal. Grüße Bully von mir, wenn du ihm die Geschichte mit den Frauen erzählst."

Ras grinste.

„Er wird sich wundern", meinte er und entmaterialisierte nach sekundenlanger Konzentration.

Gucky blieb allein zurück. „Und nun die Antriebszentrale, Ceshal. Zeige mir die Position auf dem Schiffsplan. Auch ist es besser, wenn mich jemand begleitet, damit ich mir lange Erklärungen sparen kann. Wir haben keine Minute zu verlieren."

Er ahnte nicht, daß es in Wirklichkeit sogar um Sekunden ging.

Niemand hatte eine völlige Übersicht, und keiner wußte genau, was im Schiff geschah. Jeder kämpfte gegen jeden. Es war ein Krieg aller gegen alle. Ein Krieg auch um alles.

Zuerst waren es Bekleidungsstücke und Decken gewesen, um deren Besitz gekämpft wurde. Dann kam der Hunger hinzu.

Im Maschinenteil des gigantischen Kugelschiffes hatte Alos den Widerstand organisiert und dafür gesorgt, daß alle Zugänge hermetisch geschlossen wurden. Die eigentliche Antriebszentrale war ein runder Saal mit unzähligen Aggregaten und Schalttafeln. Schwere Konverterblöcke bildeten Gänge und Einzelabteilungen – und eine Unmenge Verstecke.

Es war zwei oder drei Dutzend Erwachten und auch Angehörigen der ursprünglichen Mannschaft gelungen, in der Maschinenzentrale Zuflucht zu finden. Mit ihren erbeuteten Lebensmitteln und Waffen hatten sie sich an drei oder vier Stellen verbarrikadiert und ließen niemand eine willkürlich gesetzte Sicherheitsgrenze überschreiten.

Solange sie ihn nicht bei der Arbeit störten, ließ Alos sie unbehelligt. Er fühlte sich für die Sicherheit der beiden Wissenschaftler Ekral und Tunutér verantwortlich und hatte dafür zu sorgen, daß sie den Antrieb reparierten, damit das Schiff nicht in die Sonne stürzte.

In einem Halbkreis umgaben die sieben Roboter die kleine Gruppe der assistierenden Techniker, die von Ekral ausgesucht worden waren. Jeder der Roboter war bewaffnet und würde nur Alos gehorchen.

„Ich kann garantieren, daß mindestens drei der Wulstaggregate wieder funktionieren werden", sagte Ekral gerade zu seinem Kollegen Tunutér. „Das genügt leider kaum, um den Kurs genügend zu ändern. Wir müssen wenigstens noch drei weitere Aggregate zum Arbeiten bringen. Dann könnte es uns vielleicht gelingen, so gerade an der

Sonne vorbei ins All zu schießen. Bis wir wieder zurückfallen, haben wir auch den Rest geschafft."

„Ich weiß nicht, ob unsere Anstrengungen sich lohnen", gab Tunutér mißmutig zurück. „Im Schiff zerbricht eine Zivilisation. Eine jahrtausendealte Kultur wird vom Primitivismus förmlich überrannt. Was retten wir, wenn wir dieses Schiff retten?"

„Zuerst einmal uns", erwiderte ihm Ekral nüchtern. Er war gerade dabei, die Verschalung eines Konverters abzunehmen. „Was weiter wird, sehen wir früh genug. Auf jeden Fall könnte ich nicht untätig herumsitzen und das Ende abwarten."

Tunutér wollte antworten, aber eine gewaltige Explosion unterbrach ihn. Splitter surrten quer durch die Halle und wurden zu häßlichen summenden Abprallern. Wie durch ein Wunder wurde niemand verletzt.

Im ersten Augenblick nahm Alos an, eins der Aggregate sei detoniert, aber das triumphierende Geheul einer Meute halbverwilderter Arkoniden belehrte ihn eines Besseren. Die Angreifer stürzten durch das entstandene Loch in die Antriebszentrale und schwangen ihre Waffen, meist Teile zerbrochener Möbel und Eisenstangen.

Mit einem Satz war Alos bei den Robotern und erteilte ihnen den Befehl zur Verteidigung. Ekral und sein Stab suchten Deckung hinter einigen Maschinenblöcken. Sie waren nicht bewaffnet und mußten sich auf Alos verlassen.

Die bereits in der Zentrale befindlichen Arkoniden ergriffen automatisch die Partei der Wissenschaftler und begannen, aus allen Richtungen auf die Eindringlinge zu schießen. Bei den unsicheren Verhältnissen trug jeder Mann seine Lebensmittel – soweit er welche besaß – mit sich herum. Wenn jemand paralysiert wurde, stürzten sich sofort die Überlebenden auf ihn und begannen, um den Besitz des Gelähmten zu raufen. Bei dieser Gelegenheit wurden auch Verbündete zu erbitterten Gegnern.

Nur die Roboter kannten die Sorge um Nahrung nicht und hielten sich strikt an ihre Befehle, indem sie auf die Eindringlinge schossen und auch die Beutemacher nicht verschonten.

Mitten hinein in den Kampf platzte Gucky.

Er materialisierte mit O-1 plötzlich ein wenig seitlich hinter den

Robotern und erkannte Alos an den Gedankenimpulsen. Bevor der Kybernetiker seine Waffe auf das merkwürdige Wesen richten konnte, das so rätselhaft aus dem Nichts aufgetaucht war, sagte Gucky: „Du bist Alos – Ceshal schickt mich! Nicht schießen!“

Alos war so verblüfft, das Tier – wie er es bei sich nannte – sprechen zu hören, daß er die Schockwaffe sinken ließ. Dann kam ihm zu Bewußtsein, was es gesagt hatte.

„Ceshal – der Kommodore?“

„Ja, genau der. Ich soll euch helfen.“

Alos sah, daß die restlichen Eindringlinge geflüchtet waren und die Roboter das Feuer einstellten. Er schickte zwei von ihnen zu der beschädigten Wand und befahl ihnen, niemanden hereinzulassen. Dann erst fand er Zeit, sich wieder dem Mausbiber zuzuwenden. „Wer bist du? Ich habe dich nie gesehen.“

„Ich komme von einem anderen Schiff, das Arkon schickt. Wir werden euch aus dem Kraftfeld der Sonne ziehen, aber allein schaffen es unsere Aggregate nicht. Wie viele funktionieren hier?“

Ekral war hereingekommen. Sein scharfer und reger Geist erfaßte die Chance der Rettung sofort. Er fragte nicht viel nach dem Woher und Wieso, sondern nur nach dem Wie. „Drei Aggregate. Genügt das? Gegenrichtung.“

Gucky nickte. „Das ist genug. Wann kannst du sie einschalten?“

„Wann du willst.“

Alos mischte sich ein. Seine Neugier war größer als die Sorge. „Wie kamst du hierher? Besteht eine Verbindung zu dem anderen Schiff? Draußen in den Gängen wird man dich aufhalten und vielleicht niederschlagen. Ich weiß nicht ...“

„Ich bin Teleporter“, schnitt Gucky jede Diskussion ab. „Könnt ihr die Aggregate in fünf Minuten einschalten?“

„Ja – natürlich“, erwiderte Ekral. „Leider müssen wir blind arbeiten, da wir keine direkte Verbindung zur Zentrale haben. Der Interkom wurde unterbrochen. Ceshal ist unterrichtet?“

Gucky gefiel die knappe Art des Wissenschaftlers. Das war ein Mann, der nicht viel fragte, sondern lieber handelte. „Alles klar. Also in fünf Minuten. Wir sehen uns später.“

Und ehe jemand antworten konnte, war er verschwunden.

Alos starrte noch auf die leere Stelle, während Ekral bereits zu den Schaltständen ging. Er überprüfte die Kontrollen und bereitete die drei Gegenstoßaggregate vor. Dann sah er auf die Uhr.

„Noch drei Minuten, Alos. Wenn das andere Schiff stark genug ist, werden wir es schaffen. Aber soweit ich von den Instrumenten ablesen kann, ist das Schwerefeld dieser kleinen, weißen Sonne enorm groß. Wenn die Entfernung noch viel geringer wird, sind wir verloren."

Schweigend warteten sie.

Unista war mit einer Gruppe von Männern und Frauen von der Führungsschicht um Ceshal in einen entlegenen Teil des Schiffes abgedrängt worden. Er gehörte ebenfalls zur ersten Generation und war fest entschlossen, das bei jeder Gelegenheit zu beweisen. Zuerst sorgte er dafür, daß er eine Waffe bekam. Dann schwang er sich zum Führer der kleinen Gruppe auf, stürmte ein Lebensmitteldepot und zog sich dann in die Feuerleitzentrale des Schiffes zurück.

Von hier aus ließen sich die Bordgeschütze steuern.

Talasi, der bei ihm war, verstand einiges von der Funktechnik. Es gelang ihm zwar nicht, den Interkom wieder soweit zu reparieren, daß Verbindung mit der Kommandozentrale hergestellt werden konnte, aber wenigstens funktionierten einige der Außenschirme.

Sie erstarrten, als sie darauf das gigantische Kugelschiff erkannten, das sich langsam an das ihre heranschob. Es war vom gleichen Typ wie das ihre, aber unverkennbar neuerer Bauart. Auch waren die Schriftzeichen nicht arkonidisch.

Unista zerbiß fast seine Zungenspitze. War dies die ersehnte Gelegenheit, seinen Mut und seine Weitsicht zu beweisen?

„Sie wollen uns kapern", murmelte er so leise, daß nur der neben ihm stehende Talasi ihn hören konnte. „Wir sind hilflos, und sie wollen uns kapern."

„Das können wir verhindern", sagte Talasi. „Wir haben die Waffen dazu."

Er sagte es so laut, daß alle ihn hören konnten. Beifallsrufe klangen auf. Unistas letzte Zweifel versanken im Begeisterungstaumel. Er war zwar kein Waffenspezialist, aber zum Lehrgang eines jeden arkonidischen Offiziers gehörte die Waffenkunde.

Ein zweiter Bildschirm zeigte eine große, weiße Sonne. Sie mußte schon ziemlich nahe stehen, und wie es schien, lag der augenblickliche Kurs des Schiffes genau darauf zu. Das fremde Schiff hatte sich weiter herangeschoben und wirkte wie eine drohende, gewölbte Mauer.

Und dann ging ein Ruck durch den Metallboden der Feuerleitzentrale.

Einige Frauen stürzten. Die Männer taumelten und hielten sich gegenseitig fest. Der Stoß wiederholte sich nicht, aber die Schwerkraft verlagerte sich. Wie es schien, wurden sie alle plötzlich von der linken Seitenwand angezogen, so als beschriebe ihr Schiff einen Bogen nach Steuerbord, ohne die Antigravausgleicher einzuschalten.

Unista raffte sich zusammen. „Ein Traktorstrahl. Die Fremden haben uns eingefangen. Es wird höchste Zeit, daß wir ihnen unsere Waffen zeigen. An die Geschütze, Leute! Wir eröffnen das Feuer gemeinsam, damit die Überraschung um so größer wird."

Es dauerte zwei oder drei Minuten, bis alle auf ihren Posten waren.

Dann befahl Unista: „Feuer – in zehn Sekunden!"

Der Überfall kam für Rhodan völlig überraschend.

Es war Oberst Sikermann unter größten Schwierigkeiten gelungen, das Ahnenschiff mit den Traktorstrahlen einzufangen. Zur selben Zeit fast materialisierte Gucky in der DRUSUS und teilte mit, daß drei Triebwerke der Arkoniden in einer Minute anlaufen würden. Sie würden die Aktion der DRUSUS unterstützen und zum Erfolg beitragen.

Langsam, unendlich langsam nur, veränderte sich der verhängnisvolle Kurs des Ahnenschiffs und der DRUSUS. Beide Schiffe fielen nun nicht mehr genau auf die weiß flammende Sonne zu, sondern würden rechts daran in geringem Abstand vorbeischießen. Die zusätzliche Gravitations-Fallgeschwindigkeit würde ihnen dabei zustatten kommen.

Die gesamten Energiereserven der DRUSUS flossen in den Traktorstrahl. Der Rest verteilte sich auf die rückwärtigen Wulsttriebwerke.

Rhodan starrte auf den breiten Frontbildschirm. Er sah die Wandung des Ahnenschiffs dicht vor sich und konnte jede Einzelheit genau erkennen. Einige Narbstellen deuteten einwandfrei darauf hin, daß dieses Schiff lange Zeit mit einer Geschwindigkeit, die unter der des Lichtes lag, durch den Raum geflogen war. Anders war es nicht möglich, daß so viele Meteore es getroffen hatten.

Und darunter waren die feinen Linien der Luken zu erkennen.

Luken...

Als Rhodan es erkannte, war es fast zu spät.

Dicht über dem Wulstrand entstanden plötzlich kleine, runde Öffnungen. Wie die Mündungen von Kanonen.

Kanonen...

„Schutzschirm!" brüllte Rhodan dem verdutzten Sikermann zu, der nach einer erstaunlich kurzen Schrecksekunde sofort schaltete. Seine rechte Hand flog auf die Kontrollen zu und hieb auf einen Hebel. Fast gleichzeitig hörten die Triebwerke auf zu heulen. Der Traktorstrahl aber blieb. Instinktiv hatte Sikermann das Richtige getan und nur den Antrieb abgeschaltet.

Der Schutzschirm baute sich auf – und keine Sekunde zu früh.

Die ersten Energieschüsse trafen bereits auf den Außenrand des Schirmes und flossen seitlich ab. Wie farbige Tränen rollten die Energieblasen dahin und wurden infolge der Massenträgheit abgeschleudert. Dann aber waren nur noch die drei Triebwerke des Ahnenschiffs zu bemerken, die beide Schiffe negativ beschleunigten und den Flug verlangsamten.

Die Schüsse der Arkoniden trafen voll auf den Schirm, konzentrierten sich auf einen Punkt und versuchten, ihn zu durchbrechen.

Aber dazu war es bereits zu spät.

„Verfluchte Bande!" stieß Sikermann wütend hervor und wischte sich mit dem Handrücken über die feuchte Stirn. „Fast hätten sie uns erwischt. Warum tun sie das nur? Wollen sie unbedingt in der Sonne braten?"

Rhodan zuckte mit den Schultern. In seinen Augen stand eine Frage. Dann wandte er sich an Gucky. „Nun, was meinst du dazu? Welcher von deinen Freunden könnte das gewesen sein?"

„Ich werde es bald wissen", gab der Mausbiber zurück. „Einfach auf uns zu schießen. Aber ich glaube, drüben in dem Schiff weiß der eine nicht, was der andere tut."

„Bring das in Ordnung", erwiderte Rhodan knapp und gepreßt.

Gucky nickte, konzentrierte sich – und sprang.

Alos und die Wissenschaftler, mit dem Erfolg ihrer Bemühungen sehr zufrieden, erschraken fast zu Tode, als Gucky ihnen von dem Feuerüberfall berichtete.

„Es muß einigen Verrückten gelungen sein, die Feuerleitzentrale zu besetzen", schloß Ekral nüchtern. „Alos, das wäre eine Aufgabe für Sie und Ihre Roboter."

„Und wer sorgt hier für Ordnung?"

„Wo ist die Feuerleitzentrale?" fragte Gucky, als ihm etwas anderes einfiel. „Hör zu, Ekral – ich habe eine Idee. Warum sollen wir unser Leben in Gefahr bringen, nur um ein paar Verrückte zur Vernunft zu bringen? Lassen wir sie in der Feuerleitzentrale, und sollen sie dort nur ruhig auf die Feuerknöpfe drücken. Ist es möglich, die Energiezufuhr von hier aus zu drosseln? Wenn ich richtig verstehe, haben wir doch von hier aus die Generatoren und Konverter unter Kontrolle ..."

„Richtig!" Ekral begriff sofort, was Gucky meinte. „Wir sperren ihnen die Munition."

„So kann man es auch nennen." Gucky grinste zufrieden und nickte Alos zu. „Du bleibst also bei Ekral und sorgst dafür, daß er ungestört arbeiten kann. Sobald der Beschuß aufhört, setzen die Triebwerke der DRUSUS wieder ein. Versucht inzwischen, die anderen Aggregate zu reparieren. Bis später."

Er sprang zur DRUSUS zurück.

Rhodan war erstaunt, den Mausbiber wiederzusehen. „Was ist? Sie schießen immer noch auf uns und ..."

„Nicht mehr lange, Perry. Ekral sperrt ihnen den Strom."

Rhodan sah auf den Bildschirm. Immer noch prallte die Energie auf den Schutzschirm. Der Kurs der beiden Schiffe näherte sich wieder in gefährlicher Weise der weißen Sonne.

„Ich habe ihn Magnus getauft", murmelte Rhodan plötzlich und zeigte auf den Stern. „Magnus – der Große."

Oberst Sikermann zuckte zusammen. „Da! Sie haben das Feuer eingestellt!"

„Sagte ich ja", knurrte Gucky. „Auf Ekral ist Verlaß. Du kannst den Antrieb wieder einschalten, Baldur."

Baldur Sikermann zuckte ob der ungebührlichen Anrede ein zweites Mal zusammen. Er warf Rhodan einen fragenden Blick zu. Dann, als dieser nickte, desaktivierte er den Schutzschirm und leitete die freiwerdende Energie in die Triebwerke. Mit einem Aufheulen stemmte sich die DRUSUS erneut gegen die zerrende Schwerkraft von Magnus.

Langsam, unendlich langsam, wanderte die weiße Sonne auf den linken Rand des Bildschirms zu.

„Wir sollten drüben im Schiff Ordnung schaffen", sagte Rhodan in das gespannte Schweigen hinein. „Ras hat mir berichtet. Wenn wir zu lange damit warten, bringen sie sich schließlich noch alle gegenseitig um."

Sikermann wandte sich nicht um, als er sagte: „Der Fiktivtransmitter."

Rhodan verzog keine Miene. „Daran habe ich auch schon gedacht. Gucky, wen schicken wir?"

Mit dem Fiktivtransmitter ließ sich Materie durch den fünfdimensionalen Raum an jede beliebige Stelle teleportieren. Auch Menschen.

„Jemand, der schläft", piepste Gucky träumerisch, „sündigt nicht."

Rhodan nickte. „Wir haben uns verstanden. Ich nehme an, die Lufterneuerungsanlage des Ahnenschiffs ist mit der in der DRUSUS identisch, besonders was ihre Lage anbetrifft. Gas ist Materie. Wir werden also Betäubungsgas mit dem Transmitter in die Luftverteileranlage des Ahnenschiffs schicken." Er stand auf und legte seine Hand auf Sikermanns Schulter. „Halten Sie den Kurs, Colonel. Weg von Magnus. Unter allen Umständen, und was immer auch geschehen mag. Und nehmen Sie Verbindung zu Atlan auf. Sagen Sie ihm, daß unser ursprünglicher Plan, das Ahnenschiff nach Arkon zu bringen, nicht realisierbar ist. Atlan muß jetzt helfen." Er sah auf den Mausbiber hinab. „Gehen wir, Gucky. Ins Waffenarsenal."

„Bringen wir die Kinderchen zu Bett", flötete Gucky treuherzig und watschelte hinter Rhodan her, der bereits an der Tür war. „Aber es wird gut sein, wenn ich Ekral vorher eine Gasmaske bringe. Mir ist nämlich wohler bei dem Gedanken, daß er die Schau nicht verschläft."

Fünf Minuten später tauchte Ras Tschubai in der Kommandozentrale des Ahnenschiffs und Gucky bei Ekral und seinen Helfern auf. Sie brachten einen genügenden Vorrat an Atemmasken mit und erklärten den Erstaunten, was geschehen würde.

„Die Ahnen erwachten zu früh, also müssen sie wieder schlafen", stellte Gucky kategorisch fest. „Wer schläft, ißt nicht. Auch kann er keine Dummheiten anstellen. Setzt die Masken auf und laßt euch nicht in eurer Arbeit stören. In genau zehn Minuten wird das einschläfernde Gas durch die Ventilationsschächte in alle Räume des Schiffes dringen."

Er wartete keine Antwort ab, sondern entmaterialisierte.

Inzwischen stand Rhodan in der Halle der DRUSUS, in der der Fiktivtransmitter untergebracht war. Die Gasbehälter wurden herbeigeschafft und so vorbereitet, daß sie fünf Sekunden nach der Rematerialisation ihren Inhalt verströmten. Dann wurden die errechneten Koordinaten eingestellt.

Als Rhodan den Hebel aktivierte, verschwanden die Flaschen.

Sie würden in derselben Sekunde im Ahnenschiff sein.

Mit einer Gasmaske versehen, geisterte Gucky durch die überfüllten Räume, Hallen und Korridore des Kugelraumers und überzeugte sich von dem Gelingen der Operation. Überall lagen die Arkoniden auf dem Boden, teilweise regelrecht aufeinandergestapelt, und schliefen. Sie froren nicht mehr, und sie hatten keinen Hunger.

Inzwischen war Magnus seitlich aus dem Frontschirm herausgewandert. Drei Hecktriebwerke des Ahnenschiffs waren in Tätigkeit getreten und unterstützten die DRUSUS. Die abbremsenden Frontaggregate waren verstummt. Sie hätten jetzt den Flug nur gehemmt.

Gucky kehrte gerade von einem Inspektionssprung zurück und berichtete, daß auf dem großen Auswandererschiff alles programmgemäß verlaufe, da meldete Leutnant Stern die Verbindung mit Arkon.

Vom Bildschirm sah Atlan auf Rhodan herab.

„Ich hoffe, es ist nur Gutes, was du mir zu berichten hast, Perry?"

„Wir haben das Schiff gefunden, Atlan", beruhigte ihn Rhodan. „Aber die Schläfer sind erwacht. An Bord herrschen unglaubliche Zustände. Mit Betäubungsgas konnten wir die Ruhe herstellen. Jetzt schlafen sie wieder. Einige Techniker erhielten Masken, damit ihre Arbeit nicht unterbrochen wurde. Leider ist der Hyperantrieb defekt.

Einige Triebaggregate arbeiten. Es gelang uns, das Schiff aus dem Kraftfeld einer kleinen, schweren Sonne zu ziehen. Das ist die Situation jetzt."

Man sah Atlans Erleichterung. „Das Schiff ist gerettet – ich danke dir. Und du kannst es nicht nach Arkon bringen?"

„Unmöglich."

„Was soll ich tun? Kannst du die Schläfer nicht an Bord der DRUSUS bringen lassen?"

„Mehr als hunderttausend Arkoniden? Genauso unmöglich, Atlan. Du mußt mir Transporter schicken. Ich gebe dir die Position des weißen Zwerges. Dann laden wir um. Bis die Schläfer erwachen, können sie auf Arkon sein. Das ist die einzige Möglichkeit."

Einen Augenblick nur überlegte Atlan, dann nickte er. „Also gut. Ich werde dir fünf Schiffe schicken. Das sollte genügen."

„Der Führungsstab der Ahnen hat Masken. Ich werde Kommodore Ceshal und seine Offiziere an Bord der DRUSUS nehmen."

Ein nachdenklicher Zug huschte über Atlans Gesicht. „Ceshal? Wenn ich nur wüßte, in welchem Zusammenhang ich den Namen schon einmal gehört habe. Es muß damals gewesen sein, als wir Atlantis gegen die Invasoren verteidigten. Eine Expedition? Ich weiß es nicht mehr."

„Du wirst eine sehr interessante Unterredung mit Ceshal haben", prophezeite Rhodan lächelnd. „Ihr seid beide etwa gleich alt. Damit wären also die alten Herren Arkons wieder an der Macht. Sollte das wirklich nur Zufall sein?"

„Jedenfalls – sollte es geplant worden sein, war der Urheber des Planes ein Genie. Sein Name dürfte allerdings längst vergessen sein."

„Maschinen vergessen nicht, Atlan. Vielleicht kann das Robotgehirn dir Auskunft geben. Aber was immer auch war, dir stehen nun Zehntausende von vitalen, tatendurstigen Arkoniden zur Verfügung."

Dann gab Rhodan ihm die Position von Magnus durch.

Später begab sich Rhodan mit Bully, Ras Tschubai und Gucky an Bord des Ahnenschiffs. Das Gas hatte sich verflüchtigt, sie benötigten also keine Atemmasken mehr. Überall lagen die Schläfer, so, wie die plötzliche Müdigkeit sie überrascht hatte.

Als die Tür zur Zentrale sich öffnete und Kommodore Ceshal Rhodan entgegentrat, glitt Verwunderung über die Züge des Arkoniden. Er unterdrückte seine Neugier und streckte dem Terraner die Hand entgegen. Rhodan nahm sie und gab den Druck zurück.

Die Ähnlichkeit mit Atlans Auftreten war unverkennbar. Wahrhaftig, die Arkoniden von damals mußten ein großartiges Volk gewesen sein – edel, tapfer, aber auch arrogant.

„Ich glaube", sagte Ceshal, nachdem er auch Bully begrüßt hatte, „wir schulden euch unser Leben. Ohne eure Hilfe wären wir verloren gewesen."

„Wir taten es für unseren Freund Gonozal VIII., den Imperator von Arkon", entgegnete Rhodan. „Er hat bereits einige Transporter entsandt, um euch abzuholen. Euer Schiff muß generalüberholt werden. Es eignet sich nicht mehr zum Flug nach Arkon. Darf ich euch bitten, mit mir zu kommen? Ihr fliegt auf Wunsch des Imperators mit mir. Ekral und seine Leute nehmen wir auch mit."

Ceshal verneigte sich leicht gegen Rhodan.

„Ihr Wunsch ist mir Befehl", erklärte er höflich. „Besonders, wenn es gleichzeitig auch der Wunsch des Imperators ist." Er hatte plötzlich eine steile Falte auf der Stirn. „Wie hieß er doch noch?"

„Gonozal VIII."

Kommodore Ceshal warf seinen Offizieren einen merkwürdigen Blick zu, dann meinte er: „Die Gonozals sind eine der berühmtesten Familien Arkons. Sie sind also im Verlauf der Jahrtausende nicht ausgestorben, sondern haben sich gehalten. Das ist erstaunlich, nach dem zu urteilen, was ich inzwischen erfuhr. Zehntausend Jahre waren wir unterwegs..."

Rhodan ging nicht weiter auf Atlan und seine Abstammung ein. Das sollte die Zukunft klären – wenn es überhaupt etwas zu klären gab. Es war nicht unwahrscheinlich, daß bei Ceshals Start vor zehntausend Jahren ein Gonozal maßgeblich beteiligt gewesen war. Einer der vielen Verwandten von Atlan vielleicht.

Sie holten Ekral, Tunutér und Alos.

„Ich glaube, wenn man uns Zeit ließe, bekämen wir das Schiff wieder flott", behauptete der Wissenschaftler nicht ohne Stolz. „Sogar den Hyperantrieb, aber ich fürchte, es fehlen Ersatzteile."

„Die Zukunft hat große Aufgaben für Sie bereit“, tröstete ihn Rhodan lächelnd. „Arkon benötigt Wissenschaftler und Techniker, wie Sie es sind. Es benötigt tatkräftige und aktive Menschen. Das Imperium machte eine gefährliche Krise durch, aber nun hat es wieder einen Imperator. Er wartet auf Arkoniden, die ihm helfen, das Reich gegen seine Feinde zu verteidigen.“

Ekral verbeugte sich vor Rhodan, der sich eines merkwürdigen Gefühls nicht erwehren konnte. Sie, die stolzen Arkoniden, die schon auf der Höhe ihrer Macht standen, als die Menschen noch in Höhlen hausten, erwiesen ihm, dem Terraner, ihre Reverenz.

Am Handgelenk Rhodans war ein schrilles Summen.

Sikermann.

Rhodan schaltete das Sprechfunkgerät ein. „Was gibt es?“

„Wir sind raus! Ich habe das Ahnenschiff mit nur halber Kraft im Schlepp. Sollen wir Direktverbindung zwischen den Hauptschleusen herstellen?“

„Ich wäre Ihnen dankbar dafür. Geben Sie mir Bescheid, wenn es soweit ist.“

Die Arkoniden hatten kein Wort verstanden, denn Rhodan und Sikermann sprachen Englisch.

Ceshal sagte leicht verlegen: „Die Roboter nahmen uns damals unsere Armbandtelekoms ab. Es war die Stunde unserer größten Erniedrigung. Sie änderten zum Glück nichts an unserem ursprünglichen Plan, aber sie gaben ihm einen anderen Sinn.“

„Ja, den kennen wir jetzt. Sie wollten auf einem bewohnten Planeten landen und eine Robot-Zivilisation aufbauen. Sie benötigten dazu Wissenschaftler und Arbeiter. Es wäre ihnen gelungen, nehme ich an. Die Menschen wären Sklaven geworden und hätten es später nicht mehr anders gewußt. Ein Glück, daß ihr Plan mißlang.“

Sie schritten durch verschiedene Korridore und erreichten endlich den Zugang zur Schleuse. Während sie warteten und in Gruppen umherstanden, durchstöberte Gucky die benachbarten Räume. Ihm war gewesen, als hätte er einen bekannten Gedankenimpuls aufgefangen. Etwas verschwommen, zugegeben. Wahrscheinlich stammte er von einem Schlafenden, der bald erwachen würde. Aber irgendwie ...

Auf jeden Fall, sagte sich Gucky, bin ich dem Mann früher schon einmal begegnet. Er peilte erneut und sprang. Dreißig oder vierzig Meter weiter materialisierte er in einer Druckkammer. Er wußte nicht, welchem Zweck sie diente, aber er ahnte sofort, warum der Schläfer in dem kleinen Raum nicht so tief schlief wie die anderen.

Der Arkonide war nackt. Die Decke, die er sich umgehängt hatte, war abgerutscht. In dem Raum stand eine Reihe von Druckflaschen, die mit flüssiger Atemluft gefüllt waren. Gucky sah nach oben. Natürlich, auch hier gab es den üblichen Ventilationsschacht, aber der Arkonide mußte früh genug Verdacht geschöpft haben. Er hatte immerhin noch die Kraft und Geistesgegenwart besessen, eine der Flaschen zu öffnen. Das Schlafgas war entsprechend verdünnt worden.

Jetzt wälzte sich der unruhige Schläfer auf die andere Seite.

Gucky starrte in ein fremdes Gesicht. Nein, den Mann hatte er noch nie in seinem Leben gesehen, aber die Gedankenimpulse waren bekannt. Es war nur einem geübten Telepathen möglich, Gedankenimpulse zu katalogisieren. Jeder Mensch dachte nach einem ganz bestimmten Muster, das man wiedererkennen konnte. Gucky verglich es mit Fingerabdrücken, wenn der Vergleich auch hinkte.

Der Arkonide erwachte und begann klarer zu denken.

Im selben Moment fiel es Gucky wie Schuppen von den Augen.

Jetzt wußte er, woher er das Gedankenmuster kannte. Er hatte es nur einmal in seinem Leben ertastet, in einem Augenblick scheinbarer Todesgefahr für den Arkoniden. Damals, als T-39 glaubte, von den Robotern in den Atomkonverter gestürzt zu werden.

Techniker T-39 richtete sich auf und erblickte Gucky. Sein erster Gedanke war, sich des Angreifers zu erwehren, aber dann erkannte er, daß niemand ihn anzugreifen gedachte. Doch das merkwürdige Wesen blieb, es war keine Halluzination.

„Wer bist du?“ fragte er stöhnend. Er hatte Kopfschmerzen.

Gucky beugte sich hinab und half T-39 auf die Beine. „Ich werde dir alles erklären, T-Neununddreißig. Aber jetzt komm mit. Dein Kommandant ist begierig, dich kennenzulernen. Schließlich hat die ganze Expedition dir ihr Leben zu verdanken. Hätte ich damals deinen Hilferuf nicht aufgefangen, hätte ich niemals das Schiff der Ahnen entdeckt.“

„Ich verstehe kein Wort", murmelte T-39 und wankte aus dem Raum. Verständnislos sah er überall auf den Gängen die Schläfer liegen. Er begann zu ahnen, daß er wieder einmal Glück gehabt hatte. Erneut war der Tod an ihm vorübergegangen. „Expedition?"

„Warte bis gleich", vertröstete ihn Gucky. „Dann wirst du alles erfahren."

T-39 wurde aufgeklärt, aber es war wohl mehr, als ein normaler Mensch verkraften konnte. Zwar nickte der Techniker ständig und tat so, als begreife er, aber Gucky konnte erkennen, daß der arme Kerl verwirrt war.

Rhodans Telekom schlug an.

„Kontakt hergestellt", meldete Sikermann. „Sie können öffnen."

Die Techniker der Arkoniden machten sich an die Arbeit. Normalerweise wurde eine solche Schleuse von der Zentrale aus geöffnet, aber im Notfall mußte die Manuellsteuerung herhalten.

Die Arkoniden betraten die DRUSUS, Rhodans Flaggschiff.

Mit einem einzigen Schritt hatten sie eine Entwicklung von zehntausend Jahren übersprungen.

Rhodan drückte es später, als er mit Bully, Gucky und einigen Freunden in seiner Kabine saß und die DRUSUS zur ersten Transition in Richtung Arkon ansetzte, so aus: „Dieser Ceshal ist vielleicht fünfzig Jahre alt, also relativ jung. Er hat den Höhepunkt und den Verfall seines Reiches verschlafen. Jetzt kommt er gerade zurecht, wieder aufzubauen – also hat er nichts versäumt. Wir können Atlan vertrauen, er ist unser Freund. Aber mit den Ahnen geben wir ihm eine Macht in die Hände, die wir niemals unterschätzen dürfen. Arkon kann wieder das werden, was es einst gewesen ist."

„Und das alles", sinnierte Gucky vor sich hin, „weil ich damals den mentalen Hilferuf dieses T-Neununddreißig auffing. Was wäre geschehen, wenn ich da gerade geschlafen hätte?"

Rhodan lächelte und streichelte Guckys Fell. „Mein lieber Kleiner, was wäre gewesen? Es läßt sich leicht ausrechnen. Zwei Möglichkeiten – die gibt es ja immer. Eine Revolte hatte sich damals schon angebahnt, vielleicht wäre sie gelungen, vielleicht auch nicht. Den Stern Magnus gab es immer. Er lag in ihrer Flugrichtung. Zumindest wäre das Schiff in dreißig oder vierzig Jahren von seinem Schwerkraftfeld eingefangen worden. Aber Magnus hat keine Planeten. Die Schläfer wären erwacht..."

Sie schwiegen. Es gab nichts mehr dazu zu sagen.

Gucky seufzte.

„Ihr könnt sagen, was ihr wollt", stellte er fest. „Es hat auch sein Gutes, wenn man manchmal spioniert. Und wenn mir damals auf Lunds Schiff dieser komische Kadett Bruggs nicht die verschrumpelten Mohrrüben gebracht hätte..."

Noch immer streichelte Rhodans Hand Guckys Fell.

„Ich glaube", murmelte er, „zwei Möglichkeiten ist reichlich untertrieben. Jede Situation ist Ausgangspunkt für Millionen Möglichkeiten. Aber nur eine von ihnen wird zur Realität. Wenn man das richtig bedenkt, erhält der Zufall eine neue Bedeutung – *wenn* es eine Bedeutung gibt."

„Wenn!" piepste Gucky und rollte sich auf Rhodans Schoß zusammen. „Ich beantrage, daß man das Wörtchen ‚wenn' aus dem Sprachschatz aller intelligenten Wesen verbannt. Es wird zuviel Mißbrauch damit getrieben. Wenn man zum Beispiel..."

„Ha!" machte Bully triumphierend. „Wenn..."

Aber Gucky war schon eingeschlafen. Wenigstens tat er so.

10.

Die fünf gigantischen Transport-Kugelraumer waren auf Arkon gelandet. Sie hatten eine Fünfeckformation auf dem weiten Raumhafen der dritten Hauptwelt gebildet und abgewartet.

Perry Rhodan und Atlan, der Imperator des arkonidischen Sternenreichs, trafen sich in der Messe der DRUSUS, die ebenfalls auf Arkon III gelandet war.

Atlan – jetzt Imperator Gonozal VIII. – trat Rhodan mit ausgestreckten Händen entgegen. Seine Stimme war außergewöhnlich herzlich, als er sagte: „Ich danke dir, mein Freund. Vielleicht habe ich es dir zu verdanken, wenn das Imperium nicht untergeht. Die hunderttausend Arkoniden werden mir helfen, das Reich zu halten."

Rhodan gab den Händedruck zurück. „Du meinst, ich hätte dir einen Gefallen getan, indem ich die Ahnen fand?“

Atlan schüttelte verwundert den Kopf. „Warum fragst du nur? Du weißt genausogut wie ich, daß deine Aktion Arkon vielleicht retten wird. Wen habe ich denn noch? Crest? Er ist auf der Erde, und du hast mir selbst gesagt, daß er sehr müde geworden ist. Ich bin überzeugt...“

„Vielleicht habe ich meine Frage unglücklich formuliert“, unterbrach ihn Rhodan. „Ich meinte mehr: Glaubst du, daß die hunderttausend Arkoniden reichen werden?“

„Es sind immerhin hundertzehntausend, Perry. Natürlich ist es schade, daß nicht alle erwachten, aber ein solches Experiment mußte Verluste bringen. Seien wir froh, daß es so viele Überlebende gab.“

„Du mußt in erster Linie froh sein, wenn das plötzliche Auftauchen längst Totgeglaubter keine Probleme mit sich bringen wird. Um ein Beispiel zu nennen: Werden die stolzen Arkoniden dich als ihren Imperator anerkennen?“

„Sie werden.“ Atlan nickte selbstbewußt. „Wenn sie aus den Transportern steigen, wird meine Robotarmee sie empfangen. Ein Geschwader, bestehend aus Kreuzern und Schlachtschiffen, wird gerade von einem Einsatz zurückkehren und auf dem Raumhafen landen. Keine Sorge, Perry. Ich werde schon dafür sorgen, daß die Ahnen von der jetzigen Macht Arkons überzeugt werden. Außerdem habe ich noch einen Trumpf im Hintergrund, den sie nicht stechen können.“

„Du meinst...“

„... das Robotgehirn. Es wurde zwar erst nach ihrer Zeit konstruiert, aber es wird sie überzeugen. Schließlich war es das Robotgehirn, das mich einsetzte. Es wird jederzeit bezeugen können, daß ich ein direkter Nachkomme der ersten Imperatoren bin. Allerdings wird es auch bezeugen, daß ich so alt bin wie die ältesten Ahnen. Sie sind meine Zeitgenossen, aber ich kann es ihnen nicht erklären, wenn ich meine Unsterblichkeit nicht verraten will.“

„Sie müssen es nicht erfahren“, meinte Rhodan lächelnd. „Wenigstens vorerst nicht.“

Atlan atmete auf. „Sicher genügt es, wenn das Robotgehirn meine direkte Abstammung erwähnt. Und dann werden die Ahnen ihren Treueeid leisten, Perry. Erst dann bin ich bereit, sie auf verantwortungsvolle Posten zu schicken. Aber ich brauche noch weitere Hilfe und wollte dich daher bitten, mir den Telepathen John Marshall hierzulassen, sozusagen als Verbindungsoffizier."

Rhodan lächelte verständnisvoll und stimmte zu.

„So", sagte Atlan zufrieden. „Nun stelle mich den Ahnen vor."

Rhodan erhob sich und drückte auf einen Knopf unter dem Interkom. Das markante Gesicht von Oberst Baldur Sikermann erschien auf der Mattscheibe.

„Ich werde jetzt mit Atlan zu den Ahnen gehen. Ist alles vorbereitet?"

„Ja. Ich glaube, Staatsmarschall Bull veranlaßte das Notwendige."

Rhodan und Atlan betraten kurz darauf durch ein Spalier der Ehrenwache die Halle, in der die führenden Männer der erwachten Ahnen warteten. Die Roboter salutierten.

Bully, der bei den Ahnen stand, trat vor und meldete, daß die erwachten Schläfer bereit seien, den Imperator zu begrüßen.

Dann schritt Atlan neben Rhodan die Front der Arkoniden ab, die vor zehntausend Jahren auf eine lange Reise gegangen waren.

Es war alles sehr feierlich und eindrucksvoll. Wenn die führenden Ahnen von Atlans Macht überzeugt waren, mußten es die übrigen in den fünf Transportern auch sein.

Die Telepathen Betty Toufry, Ishy Matsu und Mausbiber Gucky saßen mit einigen anderen Mutanten in der Messe der DRUSUS und vertrieben sich die Zeit bis zum bevorstehenden Start.

Wie üblich fand zwischen Ishy und Betty ein hartes Duell in dreidimensionalem Schach statt. Wie gebannt beobachteten die anderen das Spiel, das in seiner Art einmalig war. Durch Antigravfelder gehalten, schwebten die zweihundertsechsundfünzig Figuren in dem Kubus, der doppelt so viele Kubikfelder enthielt. Die Figuren konnten in andere Ebenen überwechseln und sogar springen.

„Du bist am Zug, Betty", piepste Gucky und rutschte unruhig auf seinem Sessel hin und her. „Ist doch kinderleicht jetzt. Mindestens einen der Könige kannst du schachmatt setzen."

Betty starrte weiter auf den flimmernden Kubus und streichelte dabei Guckys rotbraunes Fell. „So? Meinst du, es wäre besonders klug, in einer Ebene einen Sieg zu erringen – und dafür mindestens zwei eigene zu verlieren? Ich dachte, du spieltest besser Schach, Gucky.“

Man konnte in der Tat bei einem Spiel achtmal verlieren. Man mußte aber mehr als achtmal soviel denken als bei gewöhnlichem Schach. Es war daher kein Wunder, wenn dreidimensionales Schach meist nur von Mutanten gespielt wurde.

Betty zog. Sie drückte auf eine Schaltanlage auf ihrer Seite. Eine der Figuren glitt eine Ebene tiefer und auf ein anderes Feld.

Ishy Matsu versank in Nachdenken.

Gucky sah plötzlich auf. Er blickte zur Tür. Sekunden später öffnete sie sich, und Rhodan trat ein.

Der Administrator des Solaren Imperiums nickte den Mutanten zu und setzte sich in einen der freien Sessel, die zwanglos um die Schachspielanlage gruppiert worden waren. Es schien reiner Zufall, daß sein Platz neben Gucky war.

Der Mausbiber ließ sich wieder in die Polster zurücksinken und zeigte nur noch Interesse für das Spiel.

„Du hättest dir die große Parade ansehen sollen“, sagte Rhodan leise zu ihm. „Sehr eindrucksvoll, versichere ich dir. Ich gehe jede Wette darauf ein, daß alle hundertzehntausend Schläfer Atlan den Eid leisten werden.“

Gucky sah gegen die Decke.

„Und das hat er mir zu verdanken“, murmelte er und spielte damit auf die unbestreitbare Tatsache an, daß er das Schiff der Ahnen entdeckt hatte. „Hoffentlich denkt Atlan immer daran, daß wir Freunde sind.“

„Das wird er niemals vergessen, mein Kleiner. Atlan ist mehr Terraner als Arkonide. Es kann nichts geben, das ihn zu unserem Gegner machen würde.“

Rhodan ahnte noch nicht, wie sehr er sich irrte, aber jenes Ereignis, das ihn eines Besseren belehren würde, lag noch weit in der Zukunft.

Gucky schien beschlossen zu haben, seine Skepsis aufzugeben und das Thema zu wechseln. Mit einem kurzen Seitenblick überzeugte er sich davon, daß Ishy Matsu dabei war, die Partie gegen Betty Toufry zu verlieren, dann meinte er, zu Rhodan gewandt: „Wann starten wir?“

„Sikermann hat bereits seine Anweisungen. Wir werden einen kleinen Umweg machen, ehe wir zur Erde zurückkehren. Es gibt einige Planeten, denen ich einen Besuch abstatten möchte.“

Weiter kam er nicht.

Es geschah etwas völlig Unerwartetes und Unerklärliches.

Rhodan, der Guckys Worte deutlich hören konnte, spürte plötzlich einen fast körperlichen Schmerz im Kopf. Es war, als presse sich eine unsichtbare Hand um sein Gehirn und wolle es zerdrücken. Unwillkürlich griff er sich an den Kopf – wenigstens wollte er das tun. Aber seine Glieder waren wie gelähmt. Er konnte sich kaum noch rühren.

Gucky und den anderen Telepathen erging es nicht anders.

Perry Rhodan!

Der Gedanke stand klar und zwingend in aller Gehirn. Er kam aus dem Nichts und war so intensiv, daß er schmerzte. Keiner der Mutanten wäre in der Lage gewesen, so stark und suggestiv zu denken, daß er auf mentalem Wege hätte Schmerzen erzeugen können.

Perry Rhodan!

Diesmal war der Gedanke zwingender und drängender. Es war, als tappe der Urheber noch im dunkeln, wo er Rhodan erreichen könne. Vielleicht war das sogar auch der Fall.

Ishy Matsu stöhnte auf und sackte in sich zusammen. Sie hatte den körperlichen Schmerz nicht ausgehalten und war bewußtlos geworden. Betty hingegen schien widerstandsfähiger zu sein. Sie hockte blaß und regungslos in ihrem Sessel. In ihren Augen, die weit aufgerissen waren, stand der Ausdruck maßlosen Erstaunens – und Erschreckens.

Perry Rhodan – antworte!

Ein Verdacht durchzuckte Rhodan. Es gab im ganzen Universum nur ein einziges Lebewesen, das derartige telepathische Kräfte besaß. Aber es war viele Lichtjahrtausende von Arkon entfernt.

Er wagte einen Seitenblick, als der Schmerz im Gehirn für Sekunden ein wenig nachließ. Ishy Matsu lag in ihrem Sessel. Sie war offensichtlich ohne Besinnung. Betty Toufry starrte mit weit aufgerissenen Augen gegen die Decke der Messe, als warte sie auf etwas. Gucky hielt die Augen geschlossen.

Ehe eine neue Botschaft eintraf, entschloß sich Rhodan, dem Rufer zu antworten. Eine zweite telepathische Botschaft von gleicher Intensität wie die erste konnte schwere psychische Schäden – zumindest bei Ishy Matsu – hervorrufen.

„Ich habe deinen Ruf vernommen, alter Freund!“ sagte Rhodan laut und dachte dabei an einen künstlichen Planeten, der jetzt irgendwo in der Weite zwischen den Sternen trieb. „Mußtest du uns so erschrecken?“

Gucky, im Sessel neben Rhodan, öffnete blitzschnell die Augen. In ihnen leuchtete Verstehen auf – und so etwas wie Beruhigung. Dann nickte er befriedigt und versank erneut in erwartungsvolle Meditation.

Ishy Matsu begann sich zu regen. Sie stöhnte leise und richtete sich mühsam auf. Als sie die Augen öffnete, begegnete sie Rhodans warnendem Blick.

„Abschirmen, damit die Impulse abgeschwächt werden! Dein Gehirn ist zu empfindlich“, riet Gucky mit leiser Stimme.

Ehe Rhodan etwas sagen konnte, traf die Antwort aus dem Nichts ein.

Ich erwarte dich, Perry Rhodan! Sofort!

Diesmal war der Impuls zwar nicht weniger intensiv, aber es fehlte die schmerzhafte Dringlichkeit von vorhin. Rhodan hatte sogar das Gefühl, als enthalte der Gedankenimpuls so etwas wie Erleichterung. Natürlich mußte das Einbildung sein.

„Wo erwartest du mich?“ fragte Rhodan in die Ungewißheit hinein.

Die Antwort kam in derselben Sekunde: *Auf Wanderer! Es ist wichtig! Komm sofort!*

Rhodan nickte vor sich hin. Das war die Gewißheit.

Das unsterbliche Wesen auf Wanderer rief ihn. Und es rief ihn nicht zum Spaß. In der mentalen Stimme war Sorge gewesen, fast ein wenig Verzweiflung. Sollte ES wieder in Schwierigkeiten geraten sein, wie schon einmal, als das Geisteswesen in das Universum der Druuf verschlagen worden war?

„Nenne mir die augenblickliche Position von Wanderer.“

Rhodan hielt es für einen guten Einfall, danach zu fragen. Der Kunstplanet war nicht stationär im Raum verankert, sondern verfolgte einen Kurs quer durch das Universum.

Fliege Position PB-ZH-97H an, dort wirst du mich finden!

„Was ist geschehen?“ fragte Rhodan.

Die Antwort blieb aus.

Der Unsterbliche antwortete nicht mehr.

Betty Toufry sagte: „ES hat sich zurückgezogen. Warum sollen wir nach Wanderer fliegen? Was will ES von uns?“

ES – so nannten sie das unbegreifliche Wesen, das ihnen die relative Unsterblichkeit durch die Zelldusche auf Wanderer verliehen hatte. ES verkörperte eine ganze untergegangene Zivilisation, war die energetische Zusammenballung ihrer Intelligenz und unvergänglichen geistigen Substanz.

Und nun hatte ES sie gerufen.

Über eine Entfernung von mehr als dreißigtausend Lichtjahren hinweg.

Ishy Matsu hatte Bettys Frage verstanden. „Vielleicht hat ES uns etwas Wichtiges mitzuteilen oder zu zeigen. Jedenfalls bin ich froh, daß der Schmerz vorüber ist. Es war furchtbar. Mir war, als senkten sich glühende Nadeln in mein Hirn. Vielleicht ist meine Empfindlichkeit für diese Impulse zu groß, aber es war das erstemal, daß ich es als Nachteil empfand.“

„Hilfe?“ Rhodan sah Ishy Matsu zweifelnd an und schüttelte leicht den Kopf. „Ich weiß nicht, ob es ein Hilferuf war. Eigentlich klang es mehr wie ein Befehl.

Trotzdem weiß ich nicht recht, was ich von der Aufforderung, nach Wanderer zu kommen, halten soll.“

Gucky richtete sich auf. Seine klugen Augen ruhten auf Rhodan. „Wir haben keine andere Möglichkeit, als den Wunsch des Unsterblichen zu erfüllen. Starten wir?“

„Ja, ich will mich nur noch von John Marshall verabschieden, der bei Atlan bleibt“, erwiderte Rhodan.

Er stand auf und schritt zum Interkom. Mit einem Hebeldruck stellte er die Verbindung zur Zentrale her. Sikermann meldete sich. Er war dabei, den Kurs und die notwendigen Transitionen errechnen zu lassen.

Rhodan informierte ihn über die neuen Gegebenheiten und verabschiedete sich über Funk von Atlan und John Marshall. Dann sagte Rhodan: „Starten Sie sofort, Oberst. Nehmen Sie die restlichen Berechnungen unterwegs vor. Ich komme gleich noch zu Ihnen."

Sikermann bestätigte den Befehl. Der Schirm erlosch.

Gucky seufzte.

„Also wieder mal nichts mit dem Urlaub", murmelte er entsagend. „Es kommt aber auch immer etwas dazwischen."

Rhodan sah an Gucky vorbei. „Ich möchte wissen, was auf Wanderer geschehen ist."

Sie hätten es alle gern gewußt.

11.

Vor der vierten und letzten Transition erschien Rhodan in der Zentrale. Die letzten Vorbereitungen liefen. In wenigen Sekunden war es soweit. Nur ein Gedanke beherrschte die Männer: Wird es diesmal klappen? Werden wir Wanderer nicht wieder verfehlen, so wie damals?

Rhodans Gesicht war ausdruckslos, als das Universum draußen verschwand und sich scheinbar neu bildete. Mehr als fünftausend Lichtjahre legte die DRUSUS in dieser einen Sekunde zurück.

Die Sterne erschienen wieder. Sie leuchteten kalt und unpersönlich, und doch war jeder von ihnen die Mutter alles Lebens ihrer Planeten. Die Konstellationen waren Rhodan unbekannt, aber er sah Wanderer sofort.

Der Kunstplanet, eine flache Scheibe mit einem Halbkugel-Energieschirm darüber, existierte in einem anderen Raum und in einer anderen Zeit. Man konnte ihn nur mit dem neu entwickelten Zeit-Ortungsgerät auffinden und seinen Standort bestimmen. Die reflektierten Suchstrahlen zeichneten sich, ähnlich wie bei Radar, auf einem Spezialschirm ab.

„Die Koordinaten haben gestimmt", stellte Sikermann fest. „Es scheint alles in Ordnung zu sein."

„Wenigstens existiert Wanderer noch." Rhodan nickte. „Nehmen Sie Kurs darauf zu, Oberst. Entfernung?"

Sikermann blickte auf die Instrumente. „Zwölf Lichtminuten. Die DRUSUS verlangsamt bereits."

Rhodan wollte sich gerade abwenden, da sagte Sikermann: „Der Antrieb! Er hat sich ausgeschaltet. Ich habe nicht..."

Rhodan war stehengeblieben. „Nicht ungewöhnlich, wenn man bedenkt, daß wir erwartet werden. Der Unsterbliche hat uns die Arbeit der Landung abgenommen. Gut, schalten Sie die Triebwerke auch ab. Ich glaube, wir benötigen sie nun nicht mehr. Und machen Sie sich keine Sorgen."

Bully kam in die Zentrale. Er hatte die letzte Transition verschlafen, wie es schien. Mit einem Blick auf die Schirme orientierte er sich.

„Aha", sagte er mit einer Stimme, die jeden Zweifel ausschloß. „Wir sind da."

„Sogar schon näher, als du denkst", bestätigte Rhodan und klärte ihn darüber auf, daß die DRUSUS bereits ferngesteuert wurde.

„Was kann ES eigentlich nicht?" fragte jemand mit piepsiger Stimme hinter Bully.

Bully fuhr herum und starrte Gucky an. Dieser war einfach in der Zentrale materialisiert.

„Kannst du es dir nicht abgewöhnen, harmlose Leute zu erschrekken?" rief Bully wütend. „Jeder halbwegs anständige Teleporter sollte sich durch eine Schwefelwolke ankündigen."

„Was ES nicht kann, habe ich gefragt. Nun?"

Es war derart ungewöhnlich, daß Gucky nicht auf Bullys Protest reagierte, daß sogar Rhodan stutzig wurde. Er drehte sich um und betrachtete den Mausbiber aufmerksam, aber er konnte nichts Ungewöhnliches an ihm feststellen.

„Frechdachs!" knurrte Bully empört.

„Dickwanst!" kam es zurück, aber gleichzeitig passierte etwas, das völlig unmöglich war. Denn einen Meter neben Gucky materialisierte Gucky.

Ein kleiner, kaum sichtbarer Luftwirbel, und der Ilt entstand aus dem Nichts. Der Anblick der beiden sich aufs Haar gleichenden Mausbiber war so verblüffend, daß Bully erschrocken zurückwich.

„Was – was...", ächzte er kreidebleich und sah von einem Gucky zum anderen. Dann verschlug es ihm die Sprache.

Rhodan dachte schnell und logisch. Beim zweiten Gucky hatte er den Luftwirbel der Materialisation gesehen, beim ersten nicht. Außerdem erkannte er auf dem Gesicht des zuletzt erschienenen Mausbibers maßloses Erstaunen. Der echte Gucky war viel zu erschrocken über sein leibhaftiges Ebenbild, um auch nur einen einzigen Ton hervorzubringen. Mit weit aufgerissenen Augen und offenem Mund starrte er seinen Zwillingsbruder an.

„Willkommen auf der DRUSUS, alter Freund", sagte Rhodan und verneigte sich leicht in Richtung des ersten Gucky, der natürlich nichts anderes als eine Gedankenmaterialisation des Unsterblichen war. „Du hättest dir aber auch eine andere Gestalt aussuchen können."

„Perry Rhodan, es war nicht einfach, dich zu finden. Aber nun bist du hier, und ich bin sehr froh darüber. Du mußt mir helfen."

„Dir helfen?" Rhodan verbarg sein Erstaunen nicht. „Wie sollte ich dir, dem Unsterblichen, helfen?"

Es kam Rhodan merkwürdig vor, auf diese Weise mit dem Ebenbild von Gucky sprechen zu müssen, der immer noch restlos erschüttert am selben Fleck stand und nur allmählich begriff, welchen Spaß sich der Unsterbliche mit ihm und Bully erlaubt hatte.

„Du wirst es erfahren, mein Freund." Der Doppelgänger Guckys grinste und zeigte dabei ein Gegenstück des bereits berüchtigten Nagezahns. „Du wirst mit diesem kleinen Gesellen und einem deiner Mutanten, Wuriu Sengu, zu mir kommen, sobald dein Schiff auf Wanderer gelandet ist. Eine Aufgabe liegt vor dir, Rhodan. Sie zu lösen wird nicht einfach sein – aber du wirst es schaffen."

Gucky begann sich zu erholen.

Als erstes klappte er den Mund zu. Der Nagezahn verschwand. Dann holte er tief Luft. Nach einem innerlichen Anlauf sagte er: „Sogar die kahle Stelle am Schwanz ist vorhanden." In seiner Stimme war Bewunderung.

Sein Doppelgänger nickte in der gleichen charakteristischen Art, die man bei Gucky gewohnt war. „Ich habe dich genau kopiert, kleiner Freund. Genausogut hätte ich natürlich Bully nehmen können, aber das wäre wegen der größeren Materiemenge anstrengender gewesen – und ich muß mich schonen."

„Schonen?" warf Rhodan ein. „Neue Schwierigkeiten?"

„Nein, aber der Halbraum..."

Rhodan begriff. Für den Unsterblichen waren seit dem damaligen Abenteuer erst Sekunden oder vielleicht Minuten vergangen. Dabei lag es bereits mehr als zwei Jahre zurück.

„Was soll ich für dich tun?"

„Später", erwiderte der Unsterbliche in der Gestalt Guckys. „Du wirst alles früh genug erfahren. In zehn Minuten deiner Zeitrechnung wird die DRUSUS bei der Energieglocke anlangen. Das Schiff wird verankert werden. Dann hole ich dich und deine beiden Begleiter."

„Warum ausgerechnet Sengu, den Späher?"

„Nichts im Universum geschieht ohne einen Grund", gab der falsche Mausbiber zurück – und war von einer Sekunde zur anderen plötzlich verschwunden.

Gucky starrte auf die Stelle, an der sein Doppelgänger gestanden hatte. Seine helle Stimme zitterte leicht, als er sagte: „Das war ich, kein Zweifel. Jedes Haar war echt – unglaublich." Er schüttelte verwundert den Kopf und wandte sich Bully zu. „Aber du mußt zugeben, daß ich schön bin. Ich hätte mich stundenlang betrachten können."

Bully räusperte sich. „Es wäre schrecklich gewesen, wenn der Unsterbliche dein Ebenbild zurückgelassen hätte – dann gäbe es nämlich zwei von deiner Sorte an Bord der DRUSUS. Und das hätte ich nicht überlebt."

Oberst Sikermann, der mit bewunderungswürdiger Gelassenheit über den Vorfall hinwegging, enthob Gucky einer Antwort.

„Wir nähern uns Wanderer. Die Geschwindigkeit ist stark abgesunken. Zu sehen ist immer noch nichts, aber wenn die Instrumente nicht täuschen, müssen wir jeden Augenblick gegen die Energieglocke stoßen."

Er hatte das letzte Wort kaum gesprochen, da ging eine leichte Erschütterung durch das Schiff. In derselben Sekunde sanken alle Zeiger auf den Skalen dem Nullpunkt entgegen. Der Bildschirm des Spezialorters wurde schwarz. Die normalen Bildschirme hingegen zeigten nach allen Richtungen die Sterne des Universums.

„Hole Sengu", forderte Rhodan Gucky auf. Als der Mausbiber die Zentrale verlassen hatte, fuhr er fort: „Ich weiß nicht, was nun geschehen wird, aber wir wollen Vertrauen zu ES haben. Oberst Sikermann, Sie können sich darauf verlassen, daß die DRUSUS relativ zu Wanderer stationär im Raum verbleibt. Sie haben nur zu warten, bis ich zurückkehre – wann das sein wird, entzieht sich meiner Kenntnis. Und du, Bully, mußt leider zurückbleiben. Der Unsterbliche will es so."

„Der kann mich nicht leiden", murmelte Bully enttäuscht. Aber es klang nicht sehr echt, denn Rhodans Freund vermochte seine Erleichterung nicht ganz zu verbergen. Seine Erleichterung darüber nämlich, daß er in der DRUSUS bleiben konnte.

Rhodan lächelte wissend. „Ich glaube nicht, daß ES sich von Gefühlen leiten läßt. Gucky besitzt eine dreifache Parabegabung und ist deshalb bestens geeignet, ungewöhnliche Situationen zu meistern – und mich vor Gefahren zu schützen. Sengu ist Späher. Er kann durch feste Materie hindurchsehen. Dieser Umstand verleitet mich zu der Vermutung, daß ES eine Aufgabe für mich bereithält, die nicht auf Wanderer zu suchen ist. Denn auf Wanderer wäre ein Späher unnötig. Also – reine Zweckmäßigkeit. Zufrieden, Bully?"

Bully nickte stumm. Ihm war nicht wohl in seiner Haut. Aber ihm blieb keine Zeit, weiter über das Problem nachzudenken, denn Gucky betrat mit Sengu die Zentrale. Wuriu Sengu war Japaner. Die Zelldusche hatte ihn jung erhalten. Sein wuchtig gebauter Körper verriet Kraft, und die kurzen Stoppelhaare ähnelten ein wenig Bullys roten Borsten. Das war aber auch, außer dem Körperbau, die einzige Ähnlichkeit. Die Augen Sengus verrieten nicht viel von seinen Fähigkeiten, aber in ihnen schimmerte ein wenig von der Zeitlosigkeit, die allen relativ Unsterblichen zu eigen war. Und es waren Augen, denen kein materielles Hindernis gesetzt war. Sie sahen durch alles hindurch.

„Ich denke", sagte Rhodan, „wir begeben uns jetzt zur Hauptschleuse. ES wird uns dort abholen – oder abholen lassen. Ziehen wir uns die leichte Raumkombination an. Für alle Fälle. Du auch, Gucky." Er blieb am Schott noch einmal stehen. „Wir bleiben, wenn es geht, in Verbindung. Ich weiß nicht, ob der Telekom funktionieren wird, aber beunruhigt euch nicht, wenn ihr nichts von uns hört. Wir sind in guten Händen."

Stumm sahen Sikermann und Bully hinter ihnen her.

In der Schleuse wurden die Raumanzüge aufbewahrt. Sie wählten die leichteren Kombinationen, die für kurze Zeit auch einen Aufenthalt im Vakuum des Raumes erlaubten. Ein kompliziertes Aggregat in Mikrobauweise sorgte für Temperaturregelung und Erneuerung der Atemluft.

Gucky besaß eine Sonderausführung der Kombination. Er schlüpfte hinein und achtete nicht auf das leichte Grinsen des Japaners, als er sich abmühte, das im Hinterteil befindliche Loch zu finden. Es war dazu da, seinen Biberschwanz aufzunehmen. Nach gleichem Prinzip wie ein Taucheranzug gearbeitet, bestand die Kombination trotzdem aus einem Stück. Guckys Biberschwanz steckte nun in einer Art Tasche und war vor allen schädigenden Einflüssen geschützt. Er sah zweifellos komisch aus und wußte das auch.

Perry Rhodan!

Sie „hörten" alle drei die Stimme, die zu ihnen sprach. Die Bedeutung der beiden Worte entstand einfach in ihrem Gehirn, und es war so, als stände ES direkt neben ihnen.

„Wir warten in der Schleuse. Was sollen wir tun?"

Herauskommen!

Rhodan zuckte mit den Schultern und drückte auf einen Knopf, der die Interkomanlage betätigte. Sikermanns besorgtes Gesicht erschien auf dem kleinen Bildschirn an der Wand.

„Öffnen Sie die Hauptschleuse und schließen Sie sie wieder, sobald wir das Schiff verlassen haben", befahl Rhodan.

„In Ordnung."

Es klang durchaus nicht so sicher, wie man es von Sikermann gewohnt war. Der Oberst machte sich offensichtlich Sorgen. Aber er stellte keine unnötigen Fragen.

Die beiden Männer und der Mausbiber sahen, wie unsichtbare Hände die Innenschleuse verriegelten. Dann wurde die Luft abgesaugt. Als der Druck entsprechend gefallen war, traten die Anlagen ihrer Raumkombinationen in Tätigkeit. Der Sender schaltete sich ein, um eine Verständigung zu ermöglichen.

Als keine Luft mehr in der Schleuse war, schwang die Außenluke auf.

Rhodan trat bis zur Schwelle vor und blieb stehen. Er wartete, bis Sengu und Gucky neben ihm waren. Schweigend harrten sie der Anweisungen des Unsterblichen.

Vor ihnen lag das Universum. Über einen unendlichen Abgrund hinweg leuchteten zehntausend Sterne in ungestörter Pracht. Fast alle besaßen sie Planeten, aber nur wenige davon waren bewohnt. Immerhin noch genug, um jeden Gedanken an die Einsamkeit des Weltalls absurd erscheinen zu lassen.

Irgendwo mußte Wanderer sein. Rhodan suchte vergeblich nach einem Anzeichen für das Vorhandensein des künstlichen Planeten. Genau unter sich erblickte er zwischen den Sternen einen Spiralnebel. Er konnte zwei, aber genausogut auch fünf Millionen Lichtjahre entfernt sein. Eine ganze Milchstraße, wie die eigene, von der er nur einen winzigen Teil erst kannte. Wie groß war eigentlich das Universum?

Tretet aus der Schleuse!

Der Befehl kam ganz plötzlich und ohne Ankündigung. Sengu und Gucky sahen Rhodan zweifelnd an. Dann schauten sie hinein in die bodenlose Ewigkeit.

Rhodan nickte ihnen zu und stieß sich kräftig ab. Die geringe Anziehungskraft der DRUSUS ließ ihn sofort los, und er schwebte hinein in das Gewimmel der Sterne. Gucky folgte ihm sofort, aber er zog Sengu mit sich, um ihm den Entschluß zu erleichtern. Der Mausbiber hatte in blitzschneller Reaktion seinen Abstoß so berechnet, daß er Rhodan langsam einholte. Etwa dreihundert Meter vom Schiff entfernt trafen die drei zusammen und hielten sich fest. Es wurde Zeit, daß der Unsterbliche sich ihrer annahm.

Als hätte ES ihren Wunsch vernommen, meldete ES sich: „*Ich hole euch jetzt. In wenigen Sekunden durchstoßt ihr den Energieschirm, dann könnt ihr meinen Planeten sehen.*“

Diesmal war die Stimme so deutlich, daß sie von dem gesprochenen Wort nicht mehr zu unterscheiden war.

Die DRUSUS schien plötzlich zu beschleunigen. Sie wurde schnell kleiner. Aber das war nur eine Täuschung. In Wirklichkeit folgten die Körper Rhodans, Sengus und Guckys einem unvermittelt vorhandenem Gravitationsfeld. Es gab wieder oben und unten.

Und dann brachen sie durch das neutralisierte Energiedach.

Von einer Sekunde zur anderen veränderte sich das ganze Universum.

Die Sonne schien, aber es war keine natürliche Sonne, sondern ein künstlicher Stern, extra für Wanderer gemacht. Sie stand genau im Mittelpunkt des Energiehimmels und schien hinab auf die wellige Landschaft einer Welt, die wie der zu Materie gewordene Traum eines Idealisten aussah. Blaue Flüsse wanden sich zwischen den Hügeln und Wäldern und strebten einem fernen Meer zu.

Die drei fielen langsam der Oberfläche von Wanderer entgegen, aber dann wurde ihr Fallwinkel kleiner, und schließlich flogen sie parallel zur endlosen Ebene mit dem weiten Horizont, der von keiner Krümmung verkürzt wurde.

Dann kam die Stadt in Sicht.

Rhodan wußte, daß sie nicht von richtigen Lebewesen bevölkert war, sondern höchstens von den materialisierten Phantasiegebilden des Unsterblichen. Vielleicht war sie aber diesmal auch leer. Einige der Gebäude hatten sich verändert. Überhaupt schien es Rhodan so, als wäre nichts auf Wanderer gleichgeblieben. Die Traumwelt unterlag ständig dem Wechsel der jeweiligen Vorstellungen und Wünsche ihres Erschaffers.

Immer noch glitten sie in geringer Höhe über die bewaldeten Hügel dahin und näherten sich der Stadt. Dann begannen sie weiterzusinken. Auf einem weiten Feld dicht vor der Stadt landeten sie. Im selben Augenblick ließ die unsichtbare Hand des Unsterblichen sie los, und sie erhielten ihr natürliches Gewicht zurück. Rhodan schätzte, daß die Schwerkraft etwa der der Erde entsprach.

„Perry Rhodan!"

Sie fuhren herum. Zuerst sahen sie niemanden, aber dann erkannte Rhodan gegen den hellen Himmel eine kleine, fast durchsichtige Kugel von kaum zehn Zentimeter Durchmesser. Unwillkürlich erinnerte sie ihn an Harno, das Fernsehwesen. Aber Harno weilte auf der Erde bei Marschall Freyt.

„Ich habe diese Gestalt angenommen, weil sie einfach zu formen und zu halten ist. Meine Energien sind begrenzt. Folge mir, Perry Rhodan. Deine Freunde sollen hier warten."

Rhodan nickte Sengu und Gucky kurz zu und folgte der Kugel, die in geringer Höhe vor ihm her schwebte, genau auf ein Kuppelgebäude zu, das entfernt an die Physiotronhalle erinnerte.

„Ich muß gestehen, daß ich allmählich neugierig werde“, sagte er ein wenig spöttisch. „Warum so geheimnisvoll?“

„Nur das, was man nicht weiß, scheint geheimnisvoll, mein Freund“, lautete die Antwort, von der Rhodan beim besten Willen nicht zu sagen vermochte, ob sie gesprochen oder nur gedacht wurde. Jedenfalls „hörte“ er die Stimme des unbegreiflichen Wesens so deutlich, als stände ES leibhaftig neben ihm. „Ich werde dir alles sagen, was ich weiß. Aber wenn ich alles wüßte, brauchte ich dich nicht zu bemühen. Im Universum geschehen Dinge, die sich nicht logisch erklären lassen. Du mußt mir helfen, die Erklärung zu finden.“

„Im Universum?“ dehnte Rhodan seine Gegenfrage, während vor ihm ein weites Tor aufglitt. Die Kugel schwebte in den dahinterliegenden Raum. Rhodan folgte ihr und betrat die Halle.

„Oder meinst du nur die Galaxis?“

Über ihm schimmerte die Kuppel in silbernem Licht. Die Halle war leer, aber dann erkannte er, daß in ihrer Mitte ein einzelner Sessel stand, genau unter der diffusen Lichtquelle. Die energetische Kugel – Verkörperung des Unsterblichen – schwebte zu dem Sessel und blieb dicht vor ihm in der Luft hängen.

„Ich meine das Universum“, sagte ES mit seiner lautlosen und doch eindringlichen Stimme. „Setz dich, Perry Rhodan. Ich habe mit dir zu sprechen.“

Rhodan befolgte die Aufforderung. Der Sessel war breit und nahm sofort die bequemste Stellung für ihn ein. Es schien, als lebe er, so prompt reagierte er auf die geringste Körperbewegung.

„Du sorgst dafür, daß die Unterredung nicht zu anstrengend wird für mich. Was aber ist mir dir? Hat die Kugelgestalt Vorteile?“

„Sie hat alle Vorteile, die es überhaupt gibt, mein Freund. Darum wählte ich sie.“ Rhodan entsann sich, das Harno einmal etwas Ähnliches behauptet hatte. „Und ich muß meine Kräfte schonen“, fuhr ES fort. „Ich bin sehr geschwächt. Es ist reiner Zufall, daß ich von der schrecklichen Gefahr erfuhr, die uns alle bedroht. Frage mich nicht nach der Natur dieser Gefahr, denn ich könnte dir nicht antworten. Ich weiß eines: Die Barkoniden scheinen ihr bereits erlegen zu sein."

Die Barkoniden?

Es war Rhodan, als durchzuckte ihn ein elektrischer Schlag. Die Barkoniden!

Damals, als der Unsterbliche ihn mit auf den Ausflug in die Unendlichkeit genommen hatte, war alles wie ein Traum gewesen. Mit einem Schiff, das milliardenfache Lichtgeschwindigkeit flog, waren sie in den dunklen Raum zwischen den Milchstraßen vorgestoßen und hatten die Barkoniden gefunden und ihren Planeten vor der sicheren Vernichtung bewahrt. Und nun...

„Die Barkoniden sind einer unbekannten Gefahr erlegen?" wiederholte Rhodan die Vermutung des Unsterblichen. „Wie kannst du das wissen, wenn du nicht einmal die Gefahr genau kennst?"

„Frage mich nicht nach meinen Beobachtungsmöglichkeiten, du würdest ihre Natur doch nicht begreifen. Jedenfalls empfange ich keine Gedankenimpulse der Barkoniden mchr. Sie können also kein Bewußtsein mchr besitzen. Lebewesen ohne Bewußtsein aber – sind tot."

Rhodan starrte auf die flimmernde Kugel. „Und ihr wandernder Planet? Barkon? Was ist mir ihm?"

„Von ihm habe ich keine Nachricht, Rhodan. Lebende und denkende Wesen finde ich, wo immer sie auch sein mögen. Aber Planeten..."

„Du hast also auch Barkon verloren! Wie sollen wir Barkon jemals wiederfinden, wenn du ihn verlorst? Ein einzelner Planet, dazu ohne Sonne, in der unermeßlichen Weite des intergalaktischen Raumes..."

„Ihr werdet Barkon finden, denn ich gebe euch ein Schiff, Rhodan. Ein Schiff, wie es noch niemals eines gegeben hat. Es ist so schnell, wie du willst. Und im Bug sitzt ein Suchgerät, das sich erst im Raum zwischen den Milchstraßen einschaltet. Wenn ich also auch nicht weiß, wo Barkon jetzt ist, das Schiff wird ihn finden."

„Und wenn wir uns in der Unendlichkeit verirren?" gab Rhodan zu bedenken.

Aber der Unsterbliche antwortete sofort: „Sagte ich dir eben nicht, daß ich denkende Wesen stets zu finden vermag? Ich würde das Schiff immer wieder entdecken können, solange ihr lebt und denkt. Deine Sorge also, in der Unendlichkeit verlorenzugehen, ist unnötig. Erst wenn ihr tot seid, bleiben eure Gedankenimpulse aus – aber dann dürfte es ja auch gleichgültig sein."

„Allerdings", bestätigte ihm Rhodan gelassen. „Das Schiff wird also ferngesteuert fliegen?"

„Nur bedingt, mein Freund. Ich bringe es auf den ungefähren Kurs, dann lasse ich es frei. Der Sucher schaltet sich ein und korrigiert den Kurs so, daß ihr Barkon anfliegt und dort landet. Dann seid ihr auf euch allein angewiesen. Wenn ihr ausgestiegen seid, wird das Schiff starten und im Raum warten, bis du es zurückbefiehlst. Aber verschwende deinen Befehl nicht – du hast nur einen! Einmal gelandet, muß das Schiff innerhalb zehn Minuten starten, sonst verläßt es Barkon ohne euch. Vergiß das niemals, Perry Rhodan."

Rhodan sah nachdenklich zu der flimmernden Kugel empor. „Und – das ist alles, was du mir sagen kannst? Ich muß selbst herausfinden, was auf Barkon nicht stimmt?"

„Ja. Und wenn es möglich ist, sollst du auch helfen. Ich hoffe, es ist nicht zu spät dazu. Keine Gedankenimpulse mehr – ich bin besorgt. Sie können doch nicht einfach alle tot sein."

„Dann käme jede Hilfe zu spät. Aber – gestatte mir eine Frage. Als wir damals nach Barkon flogen und das Experiment retteten, um so die Barkoniden vor der Vernichtung zu bewahren, fiel mir schon auf, daß du für jenes Volk eine große Sympathie empfindest. Warum ist das so?"

Der Unsterbliche antwortete: „Die Barkoniden sind in jeder Hinsicht ein außergewöhnliches Volk, das allein mit seinem Versuch, einen Planeten durch das Meer der sternenlosen Unendlichkeit zu steuern, unsere Sympathie verdient."

Rhodan nickte. „Du hast mir sehr diplomatisch geantwortet – ich bin so schlau wie zuvor."

„Das ist für gewöhnlich die Aufgabe der Diplomaten." In Rhodans Gehirn war der Eindruck heiterer Ironie, die aber sofort wieder von Sorge abgelöst wurde. „Aber nun wollen wir keine Zeit mehr verlieren, denn ich beherrsche sie in dieser Situation nicht. Sonst wäre es ja einfach, die Barkoniden in der Vergangenheit aufzusuchen und die vielleicht verhängnisvolle Zukunft abzuwenden. Deine Freunde warten auf dich, alter Freund. Und – auch das Schiff."

Die Kugel schien sich zu verfärben. Sie stieg langsam der gewölbten Decke der Halle entgegen, wurde größer und durchsichtiger – und war plötzlich spurlos verschwunden.

Rhodan erhob sich aus dem Sessel und schritt zum Eingang, der sich vor ihm auftat. Bevor er die Halle verließ, drehte er sich noch einmal um.

Der Sessel stand nicht mehr da. Die Stelle, an der er gewesen war, war jetzt leer.

Der Unsterbliche verschwendete keine Energie. Jede Materie, die er mit seinem unsterblichen Geist schuf, war Energie. Um sie zurückzuerhalten, verwandte er die Materie wieder.

Hinter ihm glitt das Tor wieder zu.

Er ging weiter. Im Schein der künstlichen Sonne von Wanderer erkannte er draußen auf dem Feld, wo er von Gucky und Sengu erwartet wurde, einen silbern schimmernden Zylinder. Er war etwa zehn Meter lang und hatte einen Durchmesser von drei Metern. Während der Bug platt abgerundet war und aus durchsichtigem Material bestand, war das Heck spitz zulaufend. Eine kleine Luke, gerade groß genug für einen Mann, stand offen. Dahinter lag eine kleine Schleuse.

Dicht neben dem Schiff erkannte Rhodan die Gestalten von Sengu und Gucky. Die beiden Mutanten schienen unschlüssig, was sie tun sollten.

Als Rhodan sie erreichte, sagte Gucky: „Zuerst setzt ES mir einen Doppelgänger vor die Nase und freut sich über meinen Schrecken, und nun zaubert ES uns ein Schiff daher, so einfach aus dem Nichts. Zuerst glaubte ich ja, ein Teleporter wolle materialisieren, aber dann wurde es doch dieses Schiff. Was sollen wir damit: ein Geschenk?"

„Wie man's nimmt", entgegnete Rhodan und fuhr mit der Hand prüfend über das glatte, kühle Metall. „Jedenfalls werden wir jetzt einsteigen und einen Ausflug unternehmen. Ich erkläre euch alles später, wenn wir unterwegs sind."

Gucky betrachtete ihn mißtrauisch. Er schien Rhodans Gedanken zu ignorieren. „Unterwegs? Wohin?"

„Zu den Barkoniden, Kleiner. Sie sind in Schwierigkeiten, und wir sollen ihnen helfen. Na, was ist? Hast du Angst vor dem Zauberschiff?“

Gucky, der genau wie Rhodan und Sengu den leichten Plastikhelm abgenommen hatte, schüttelte sich.

„Angst?“ piepste er vorwurfsvoll. „Nein, Angst habe ich nicht, höchstens ein ganz kleines bißchen ...“

Sengu stellte keine Fragen. Er wußte, daß er ruhig in das Schiff gehen konnte, wenn Rhodan es auch tat. Und so dauerte es keine zwanzig Sekunden, bis sie alle drei in der Schleuse standen. Noch während die Außenluke langsam zuschwang, öffneten sie die Innenluke, und sie gelangten durch einen schmalen Gang zur Kommandozentrale, dem einzigen zugänglichen Raum des Schiffes. Er nahm mehr als die Hälfte der gesamten Konstruktion ein. Wenn der Rest dem Antrieb diente, so mußte dieser von einer Art sein, wie ihn sich Rhodan nicht vorstellen konnte.

Die vordere Hälfte der Zentrale war durchsichtig. Man konnte gut nach allen Seiten sehen, außer genau in Heckrichtung. Gucky stieß einen erfreuten Pfiff aus, als er neben der Tür zur Zentrale eine breite Couch entdeckte. Sie sah genauso aus wie alle Ruhelager dieser Art, die von ihm bevorzugt wurden. Mit einem Satz schwang er sich auf die weichen Kissen und streckte die Glieder.

„So lasse ich es mir gefallen“, lobte er die Arbeit des Unsterblichen. „Man hat meine Wünsche wieder einmal erraten.“

Rhodan und Sengu fanden zwei bequeme Sessel vor der halbrunden Bugscheibe. Als sie sich darin niederließen, war es ihnen so, als säßen sie direkt im Freien. Woraus das unsichtbare Material bestand, war nicht festzustellen. Es fühlte sich an wie Glas, schien jedoch sehr dünn und fest zu sein.

Ohne daß sie etwas spürten, sackten das Feld und die Stadt plötzlich unter ihnen weg. Es war, als bewege sich nur der Planet Wanderer, aber nicht sie. Der flache Horizont, rund wie ein Kreis, weitete sich. Dann, bevor das ganze Scheibengebilde des Kunstplaneten sichtbar wurde, stießen sie durch die Energieglocke.

Das hügelige Bergland mit den kleinen Flüssen und breiten Tälern verschwand und machte dem Weltraum Platz. Es wurde gerade in diesem Augenblick offensichtlich, daß Wanderer von einem Spiegelfeld umgeben und so unsichtbar für jeden war, der sich von außen her näherte. Statt des Planeten erblickten die drei Besucher nur die kalten, fremden Sternbilder eines unbekannten Teils der Milchstraße.

Rechts eilte ein heller Stern vorbei und versank in der grundlosen Tiefe, die sich an der Stelle aufgetan hatte, an der vorher der Kunstplanet gestanden hatte. Sie sahen ihn nur aus den Augenwinkeln heraus, aber Rhodan hatte ihn erkannt.

„Die DRUSUS! Ein winziger Lichtfleck – mindestens hundert Kilometer entfernt. Wir beschleunigen."

Wuriu Sengu, der bedächtige Japaner, erhob den ersten Einwand. „Wir fliegen ohne Sternkarten, ohne zu wissen, wie dieses Schiff angetrieben wird. Ja, wir wissen nicht einmal, wo unser Ziel liegt. Wir sind völlig von den Launen des Unsterblichen abhängig – und wir wissen doch aus Erfahrung, daß er rauhe Scherze liebt."

„Diesmal, mein lieber Sengu, scherzt ES nicht, weil ihm nicht danach zumute ist. ES hat uns mit einer Mission betraut, die ihm sehr wichtig zu sein scheint. Ich bin davon überzeugt, daß wir in diesem kleinen Schiff so sicher sind wie in der DRUSUS – vielleicht noch sicherer."

„Aber an etwas zu essen und trinken hat ES nicht gedacht", triumphierte Gucky nicht ohne heimliches Bedauern. „Oder glaubst du, daß ES solche Dinge auch aus Gedanken materialisieren kann?"

„Ja, das glaube ich. Und wenn du dich umsiehst, wirst du alles finden, was wir zum Leben benötigen – ich gehe jede Wette darauf ein."

Gucky rutschte prompt von seiner Couch und begann, das Schiff bis in den letzten Winkel hinein zu durchstöbern. Rhodan ließ ihn gewähren und widmete sich erneut der Beobachtung.

Das war in seinem Fall nicht so einfach. Er war es gewohnt, den Kurs und die Geschwindigkeit seiner Schiffe selbst zu bestimmen und sie einem bestimmten Ziel zuzuführen. Jetzt aber saß er im Bug eines winzigen Schiffes, nur durch eine dünne Scheibe von dem tödlichen Vakuum getrennt, und mußte sich auf die Fähigkeiten des Unsterblichen verlassen, von dem er wußte, daß er keineswegs unfehlbar war. Hinzu kam, daß er sich keine Vorstellung von den Sicherheitsmaßnahmen machen konnte, die der Unsterbliche getroffen hatte, sein Leben und das seiner Begleiter zu schützen. Wenn ES auch nur die geringste Kleinigkeit vergessen hatte ...

Es gab keine Funkgeräte an Bord, keine Kontrollen. Sie saßen wie Gefangene in einer fast völlig durchsichtigen Kabine und wurden durch Kräfte getrieben und gesteuert, die selbst Rhodan für immer ein Rätsel bleiben würden.

„Da!“ rief Sengu plötzlich und zeigte nach vorn. „Was ist das? Die Sterne?“

Rhodan hatte aus den Augenwinkeln heraus die Bewegung schon wahrgenommen.

Die Bewegung der Sterne.

„Die Lichtgeschwindigkeit – wir haben sie überschritten“, sagte er mit verhaltener Erregung „In meinem Leben habe ich das erst einmal erlebt. Damals, als ich die Barkoniden besuchte, flog ich auch mit Überlichtgeschwindigkeit, aber der Unsterbliche war bei mir, und es war mehr ein Traumflug. Diesmal aber ...“

„Wenn die Sterne sich bewegen, muß es vielfache Lichtgeschwindigkeit sein“, vermutete Sengu nachdenklich. „Ob Effekte auftreten? Zeitverschiebung? Unendliche Masse?“

„Ich glaube nicht, daß wir uns um solche Dinge Sorgen zu machen brauchen. Dieses Schiff – nun, das scheint nicht der treffende Ausdruck zu sein. Ich glaube vielmehr, daß wir in einem zu Materie gewordenen Gedanken des Unsterblichen sitzen, der auch wiederum von Gedanken vorangetrieben wird. Ein unvorstellbares Phänomen, wenn man es wissenschaftlich zu analysieren versucht. Wir sollten uns nicht mehr den Kopf zerbrechen, sondern das Schauspiel genießen. Nur schade, daß wir keinen Geschwindigkeitsmesser zur Verfügung haben. Es wäre doch interessant zu erfahren, wie schnell wir sind.“

Im Verlauf des kurzen Gesprächs waren die Sterne sichtlich schneller geworden. Die Konstellationen verschoben sich, während man hinsah. Sie veränderten sich und wurden zu fremdartigen Sternbildern, wie man sie noch nie zuvor gesehen hatte. Gleichzeitig fiel den beiden Männern auf, daß der Raum vor ihnen sternenärmer wurde.

In Richtung des Hecks aber drängten die Sonnen sich zusammen und bildeten bald eine weiß schimmernde Wolke, die nur hier und da von dunklen Stellen unterbrochen wurde.

„Es ist wirklich nicht zu fassen!“ piepste Gucky schrill, als er wieder in die „Zentrale“ kam. Aber er meinte nicht das wunderbare Schauspiel, das die beiden Männer schweigend und zutiefst ergriffen betrachteten. Seine nächsten Worte bewiesen das eindeutig. „Sogar an Mohrrüben für mich hat ES gedacht.“

Rhodan drehte sich um.

Gucky stand im Rahmen der Tür und hielt ein Bündel anscheinend frisch geernteter Karotten in der einen und einige Konservendosen in der anderen Hand. Sein Nagezahn blitzte vor Vergnügen. „Fleisch für euch – und eine Dose Bier.“

Rhodan sah Sengu an.

„Hatten Sie an Bier gedacht?“ fragte er belustigt. „Wann?“

„Eben, als wir vom Essen sprachen.“

Rhodan nickte. „Dachte ich es mir doch. Also sind wir doch nicht so allein, wie wir es uns dachten. ES ist bei uns, wenn es sich auch nicht meldet.“

So etwas wie Beruhigung teilte sich Rhodan mit, als er das feststellte. Er mußte sich eingestehen, daß ihm der Gedanke, völlig auf den Zufall angewiesen zu sein, nicht sonderlich behagt hatte.

„Da hast du dein Bier, profaner Mensch“, sagte Gucky und reichte dem Japaner die Dose. „Ich hätte mir ja denken können, daß du es warst, der an so etwas dachte.“

„Du Mohrrüben – ich Bier“, konterte Sengu und nahm die Dose.

Rhodan stellte mit einem Seitenblick fest, daß die Konserven, die Gucky auf die Couch legte, irdischer Herkunft waren – oder zumindest zu sein schienen. Es waren die gleichen Dosen, wie sie in Terrania in jedem Geschäft zu haben und auf den terranischen Raumschiffen üblich waren.

„Herrje!“ japste Gucky plötzlich und sprang wieder hoch. Er ließ dabei sogar das Bündel Mohrrüben fallen. „Was ist denn mit den Sternen los? Fahren wir Karussell?“

Es war in der Tat erstaunlich.

In den letzten Minuten mußte sich ihre Geschwindigkeit derart erhöht haben, daß Lichtjahre keine Rolle mehr spielten. Vielleicht legten sie sogar in jeder Sekunde ein Lichtjahr zurück. Mit normalen technischen Hilfsmitteln war das völlig ausgeschlossen, aber bei diesem Schiff handelte es sich ja auch nicht um eine normale technische Konstruktion.

Rechts und links wurden die Sterne zu vorbeiziehenden Strichen. Aber mit jeder Minute wurden es auch weniger. Genau in Zielrichtung war ein nicht ganz kreisförmiger, dunkler Fleck. Sein Rand war unregelmäßig gestaltet und wurde von Sternen gebildet, die scheinbar noch bewegungslos im Universum standen. Das kam daher, weil das Schiff fast genau auf sie zuflog. Je seitlicher ein Stern stand, desto schneller bewegte er sich. Genau rechts und links wurden sie helle Lichtstriche.

Genau in der Mitte des schwarzen, sternenlosen Loches stand ein weißliches Nebelfleckchen. Rhodan kannte es.

Der Andromedanebel.

Sie waren jetzt am Rand der eigenen Galaxis und näherten sich mit unvorstellbarer Geschwindigkeit dem riesigen Abgrund, der die beiden benachbarten Milchstraßen voneinander trennte.

„Wir fahren nicht Karussell, Gucky", klärte Rhodan den Mausbiber auf. „Wir fliegen im Gegenteil genau geradeaus, etwa wie ein Lichtstrahl, nur viel schneller, sehr viel schneller sogar. Ein Lichtstrahl würde nur langsam hinter uns herkriechen. Ebenso Funkwellen."

„Der Linearantrieb muß so ähnlich funktionieren."

„Nur so ähnlich, das stimmt. Der Raum mit seinen Sternen bleibt für unsere Augen sichtbar, und wir tauchten nicht in den Hyperraum ein. Aber ich weiß nicht, ob wir mit dem Linearantrieb so schnell wie jetzt fliegen werden. Wir werden es wissen, wenn das erste Versuchsschiff fertig ist – aber das kann noch lange dauern."

Gucky hatte Couch und Mohrrüben im Stich gelassen. Vom direkten Anblick der Ewigkeit erschüttert, stand er neben Rhodans Sessel und betrachtete das einmalige Schauspiel der vorbeiziehenden Sterne.

„Als ich Barkon das erstemal besuchte", sagte Rhodan, „war es fast genauso, aber damals hatte ich ein richtiges, kleines Schiff. Dies hier aber – es ist wohl eine Art Energieblase."

„Jetzt sind kaum noch Sterne zu sehen", murmelte Gucky kläglich.

„Es werden immer weniger. Was ist, wenn die letzten da vorn hinter uns liegen?“

„Dann sind wir im intergalaktischen Raum, Kleiner. Ein Staubkorn in der Unendlichkeit zwischen den Milchstraßen, ein winziger Tropfen im Ozean. Es gibt nichts, womit man es vergleichen könnte.“

„Ein Universum ohne Sterne – welcher Anblick!“ Wuriu Sengu verbarg seine Angst nicht. „Wir werden einen Himmel sehen, der ohne Sterne ist. Einen völlig schwarzen Himmel ohne Licht.“

Rhodan sah geradeaus, aber er lächelte ein wenig. „O doch, Sengu, wir werden Licht sehen. Das Licht von Milliarden von Sternen, zusammengeballt zu einem winzigen Stäubchen, das wie ein verwaschener Fleck aussieht – eine fremde Milchstraße. Und wir werden nicht nur eine sehen, sondern viele Hunderte. Ihr Licht benötigt Jahrmillionen, uns zu erreichen, manchmal sogar Jahrmilliarden. Es sind unvorstellbare Entfernungen, die uns von ihnen trennen, und doch sind es Sternansammlungen wie unsere eigene Milchstraße. Auch dort werden intelligente Lebewesen existieren, die vielleicht ihre Instrumente auf unsere Galaxis richten und doch nicht mehr als ein winziges Lichtfleckchen erkennen – bestehend aus Milliarden Sonnen, die Tausende von bewohnten Planeten bescheinen.“

„Das Universum ist groß“, murmelte Sengu ergriffen.

„Es ist schade“, Rhodan nickte zustimmend, „daß wir nur dieses eine Wort besitzen. Es drückt bei weitem nicht das aus, was wir zu sagen beabsichtigen. *Groß* ist auch ein Planet, eine Sonne. Und das Universum ist auch nur *groß*. Was aber ist es wirklich?“

Sie schwiegen und starrten hinaus. Die letzten Sterne begannen nun schon schneller zu wandern und zogen dann seitlich vorbei. Sie versanken hinter dem Schiff im milchigen Meer der weißen Lichtwolke.

Nur der ferne Andromedanebel war geblieben. Er stand unbeweglich und unverändert in der Mitte des schwarzen Loches, das mehr als drei Viertel des gesamten Blickfelds einnahm. Wenn man genauer hinsah, konnte man ein elliptisches Gebilde erkennen, das im Zentrum etwas verdickt war. Trotz der unvorstellbaren Geschwindigkeit des Schiffes vergrößerte sich diese Linse aber nicht.

„Unsere Milchstraße“, flüsterte Sengu plötzlich, der sich umgedreht hatte und nach hinten schaute. „Mein Gott – das ist unsere Milchstraße.“

Rhodan wandte sich ebenfalls um.

Die riesige, weiße Sternenwolke schrumpfte schnell zusammen. Es war, als fiele die Ballung der Millionen Sonnen in einen bodenlosen Abgrund hinein. Man konnte sehen, wie sie kleiner wurde.

„Mehr als ein Lichtjahr in der Sekunde“, murmelte Rhodan. Seine Stimme zitterte unmerklich. Seine rechte Hand ruhte auf der Schulter des Mausbibers, der sich ruhig verhielt und von dem Anblick so erschüttert war, daß er kein Wort mehr hervorbringen konnte. So hatte Rhodan seinen kleinen Freund noch nie gesehen.

„Ich glaube, wir träumen“, meinte Sengu genauso leise wie zuvor. „Das kann doch keine Wirklichkeit sein.“

„Unser Erlebnis bewegt sich auf der Grenze zwischen Traum und Wirklichkeit“, erwiderte Rhodan gepreßt. „Wir werden später nicht mehr sagen können, was Traum und was Wirklichkeit war. Eins aber ist sicher: Wir sind körperlich hier und fliegen durch das Universum. Wir sehen mit unseren Augen das, was wirklich geschieht. Also ein echter Traum ist es nicht, was wir erleben. Aber auf der anderen Seite ...“

Seine Stimme endete in einem Seufzer. Dann schwieg er.

Er hätte nicht gewußt, was es noch zu sagen gab.

Auf ihren Uhren vergingen drei Stunden.

Die eigene Milchstraße war in der Unendlichkeit versunken und zu einem großen milchigen Fleck mit zerfasertem Rand geworden. Deutlich waren die Spiralarme zu erkennen, die hinein in die Schwärze des leeren Raumes griffen. Irgendwo stand auch die Sonne des Planeten Terra.

Der Andromedanebel hatte sich kaum verändert. Er war nur unmerklich näher gerückt.

Sonst war das Universum bis auf winzige und kaum sichtbare Sternnebel leer. Es war dunkel und schwarz, einsam und tot.

Der Anblick legte sich wie ein Alpdruck auf die beiden Männer und den Mausbiber.

„Drei Stunden“, sagte Rhodan einmal. „Dabei haben wir schätzungsweise eine Strecke zurückgelegt, für die das Licht hunderttausend Jahre benötigen würde."

Niemand antwortete ihm. Drei Stunden hatten zwar genügt, die Galaxis zu einem Nebel werden zu lassen, aber sie waren nicht genug gewesen, die Erschütterung Sengus und Guckys abklingen zu lassen.

Die Minuten vergingen schwer und langsam. Zögernd nur tropften sie in das Meer der Zeit, das seine Bedeutung verloren zu haben schien.

Plötzlich war es Rhodan, als ginge ein Zittern durch das kleine Schiff. Der Fleck des Andromedanebels wanderte nach rechts und blieb dann wieder stehen. Eine zweite Erschütterung. Dann nichts mehr.

„Das Schiff hat den Kurs geändert", sagte Sengu.

Rhodan nickte stumm. Also hatten erst jetzt die von dem Unsterblichen erwähnten Spezialinstrumente ihre Tätigkeit aufgenommen. Vor wenigen Sekunden erst hatten sie den wandernden Planeten Barkon entdeckt, jene Welt, die vor Jahrhunderttausenden mit ihrer Sonne aus der Milchstraße gewandert war. Ihre Bewohner, die geheimnisvollen Barkoniden, hatten ein gewagtes Experiment unternommen, als sie ihre Sonne verließen, um mit ihrem Planeten in die Galaxis zurückzukehren.

Das war vor mehr als sechzig Jahren Erdzeit gewesen. Seitdem konnte der wandernde Planet nicht weit gekommen sein, zehn oder zwanzig Lichtjahre – wer weiß.

Und wie weit war er jetzt noch entfernt?

Auch das konnte Rhodan nicht wissen, aber er wußte ja auch nicht genau, wie schnell sie durch das sternenlose Nichts eilten.

Merkwürdig war, daß sie keine Müdigkeit verspürten, obwohl sie schon lange nicht mehr geschlafen hatten. Sengu hatte seine Dose Bier inzwischen geleert und mit Rhodan eine Mahlzeit verzehrt. Guckys Mohrrübenbündel war sichtbar kleiner geworden.

Eine weitere halbe Stunde verging. Der Anblick des Alls blieb gleich, und sie hatten keine Gelegenheit, eine Ortsveränderung zu beobachten. Es schien, als schwebten sie bewegungslos in dem großen Nichts.

Dann sagte Sengu plötzlich: „Da vorn ist etwas."

Rhodan sah genauer hin.

Der Planet schob sich seitlich in ihren Kurs. Er war kaum zu erkennen, da er von keiner Sonne beschienen wurde. Er war dunkel wie seine Umgebung – aber nicht völlig schwarz. Ein ganz matter Grauschimmer kennzeichnete seine Umrisse, und Rhodan erkannte, daß es sich um Schnee handelte. Nur der hohe Reflexionswert ließ Barkon für das menschliche Auge sichtbar werden.

Der Planet kam schnell näher, aber das Schiff legte jetzt in der Sekunde nur noch wenige Kilometer zurück und verlangsamte weiter. Es hielt genau auf Barkon zu.

Ihre Augen gewöhnten sich allmählich an das Dämmerlicht, das in Wirklichkeit nur der Widerschein entfernter Milchstraßen war, ganz besonders aber der eigenen, die immer noch hell und deutlich schräg hinter dem Heck stand.

„Wir landen!" rief Gucky schrill, als das Schiff eine Wendung beschrieb und sich auf die Oberfläche von Barkon hinabsenkte. „Alles ist grau – was ist das?"

„Schnee, Gucky. Barkons ehemalige Atmosphäre hat sich als Schnee niedergeschlagen. Die Barkoniden haben sich unter die Oberfläche ihrer Welt zurückgezogen."

Das Schiff setzte in der Nähe des Äquators zur Landung an. Hier lag der Schnee genauso wie an den Polen. Vielleicht sogar noch dichter. Sanft setzte das Schiff auf. Weiter geschah nichts.

Rhodan starrte auf die weiß schimmernde Landschaft, die ohne jedes Anzeichen von Leben vor ihm lag. Bis zum fernen Horizont erstreckte sich die weiße Wüste, darüber stand der schwarze, sternenlose Himmel. Die milchigen Nebelflecke der Galaxien waren etwas undeutlich zu sehen.

„Ich fürchte, wir müssen hinaus in die Kälte", sagte Rhodan.

Sengu schauderte zusammen.

Gucky klappte den Plastikhelm über den Kopf und murmelte dumpf: „Dann schalte ich aber die Heizung ein. Wie gut, daß wir die Raumanzüge angelegt haben."

Sengu folgte dem Beispiel Guckys. Rhodan zögerte noch. „Packen wir die restlichen Konserven ein. Hier ist ein Beutel. Wie kommt der überhaupt hierher?"

Niemand wußte es. Sie taten die wenigen Dosen hinein, und Sengu nahm ihn an sich. Rhodan griff in die Tasche seines Anzugs, holte den kleinen Nadelstrahler hervor und überprüfte die Ladung. Auch der Japaner und Gucky trugen Energiewaffen und Paralysatoren.

„Gehen wir“, sagte Rhodan und verschloß seinen Helm. Die Lufterzeugungsanlage setzte sich automatisch in Betrieb. Die Temperatur im Anzug wurde nach Bedarf geregelt.

Als letzter sprang Sengu auf die Oberfläche Barkons und versank bis zu den Knöcheln im Schnee.

Rhodan sah sich aufmerksam nach allen Seiten um. So weit er blicken konnte, reichte die Schneewüste. Bis zum fernen Horizont erstreckte sie sich, konturlos und ohne Abwechslung. Die Linie, an der Oberfläche und Himmel zusammenstießen, war kaum zu erkennen.

Die heimatliche Milchstraße stand dicht über dem Horizont. Wenn man sie anstelle der Sonne als Tagesgestirn nahm, mußte es später Nachmittag sein. Die Spiralarme schienen sich langsam zu drehen, aber das war natürlich nur Einbildung. Die anderen Welteninseln waren kalte Lichtflecke, die ohne Bedeutung blieben. Barkon war ein Planet ohne Licht und jetzt anscheinend auch ohne jede Hoffnung.

Rhodan sah hinab zum Boden.

Irgendwo dort unten mußten die Barkoniden sein. Er hatte ihre Vorbereitungen miterlebt, sich in die Tiefe des Planeten zurückzuziehen, weil ihnen das die einzige Möglichkeit zu sein schien, die lange Reise durch das Nichts zu überstehen.

„Das Schiff!“

Guckys erschrockene Stimme war der erste Laut in ihren Helmen, seit sie auf Barkon weilten. Rhodan fuhr herum. Was er sah, ließ ihn erstarren.

Das Schiff war verschwunden.

Zum Glück entsann er sich der Worte des Unsterblichen. Er konnte das Schiff ja jederzeit zurückrufen, allerdings nur einmal. Dann mußten sie einsteigen und Barkon wieder verlassen. Auf keinen Fall aber, so sagte er sich, würde das geschehen, bevor er Gewißheit über das Schicksal der Barkoniden besaß.

„Keine Sorge, Gucky. Wir können das Schiff zurückholen, wenn wir es brauchen. Was ist sonst? Kannst du etwas feststellen?“

„Nichts, Perry. Keine Gedankenimpulse. Wenn du mich fragst, auf dieser Eiswüste lebt niemand.“

„Auch nicht unter der Oberfläche?“

Gucky betrachtete den Schnee zu seinen Füßen. „Da unten? Von da kommen auch keine Impulse.“

In Rhodan sträubte sich alles dagegen, den Tod einer ganzen Planetenbevölkerung einfach zu akzeptieren, ohne einen Beweis dafür erhalten zu haben. War es möglich, daß die Planetenkruste zu dick war, um Gedankenimpulse bis an Guckys empfindliches Gehirn dringen zu lassen?

„Und Sie, Sengu? Was sehen Sie?“

Der Japaner sah ebenfalls in den Schnee, aber Rhodan wußte, daß seine Augen weiter sahen als seine eigenen. Der Blick Sengus drang durch Schnee und Felsgestein in das Innere des Planeten ein, Meter für Meter. Wie weit eigentlich? Rhodan gestand sich ein, die Leistungsgrenze Sengus nicht zu kennen. Schweigend wartete er.

Endlich hob Sengu den Kopf und sah ihn an. „Bis in tausend Meter Tiefe nichts.“

Das besagte noch gar nichts. Der Planetenantrieb, wußte Rhodan, lag in fünftausend Meter Tiefe. Aber bevor er Sengu weitersuchen ließ, wollte er sich die Oberfläche Barkons ansehen. Vom Schiff aus war das nicht möglich gewesen. Außerdem hatten sich ihre Augen auch erst jetzt an das Dämmerlicht gewöhnt.

„Gucky, wir springen. Jeweils Sätze von fünfzig Kilometern. Richtung Ost.“

Gucky seufzte und nahm die beiden Männer bei der Hand. Der körperliche Kontakt bewirkte, daß nicht nur er allein, sondern auch Rhodan und Sengu teleportierten und den Sprung durch den Hyperraum unternahmen. Zwar mußte er erheblich mehr seiner Paraenergie aufwenden, aber eine gewisse Zeit konnte er das durchhalten.

Als sie materialisierten, hatte sich die Landschaft kaum verändert. Nur die Milchstraße war ein kleines Stück weiter abgesunken.

„Hier sieht es nicht viel besser aus“, kommentierte Gucky und sprang erneut.

Hundert Kilometer.

Tausend Kilometer.

Nichts änderte sich. Täler, Berge, Ebenen – alles war mit einer dicken Schicht Schnee überzogen, der niedergeschlagenen Atmosphäre Barkons. Sengu stellte fest, daß diese Schicht an manchen Stellen bis zu fünfzig Meter dick war, an anderen wiederum nur zwei oder drei Meter. Es hatte also früher noch Stürme gegeben, die aber mit dem Dünnerwerden der gasförmigen Lufthülle verschwanden.

Der Schnee war hart gefroren. Nur an der Oberfläche hielt sich eine dünne, lockere Schicht, die sich erst kürzlich niedergeschlagen haben mußte.

Sie hatten etwa den Planeten halb umrundet, und Gucky wollte gerade zu einem neuen Sprung ansetzen, als Sengu hastig rief: „Wellenimpulse! Mechanischer Natur. Ich kann sie ausmachen."

„Was meinen Sie mit mechanischer Natur?"

„Maschinen – aber sie arbeiten nicht mehr. Ich würde sagen, es sind die letzten Ausstrahlungen stillgelegter atomarer Aggregate."

Dann konnte es noch nicht lange her sein, daß Barkons Anlagen aufgehört hatten zu arbeiten. Vielleicht lebten doch noch einige der Barkoniden in den nur langsam abkühlenden unterirdischen Räumen?

Rhodan überlegte.

Da standen sie nun, einsam und verlassen auf einer toten Welt, deren Dörfer und Städte unter dem Schnee begraben worden waren. Hier oben würden sie nichts mehr vorfinden. Wenn es noch Leben gab, dann in den Tiefen des Planeten.

Oder die Hauptstadt?

Rhodan versuchte sich zu erinnern. „Gucky, wir ändern die Richtung und vergrößern die Sprünge. Fast nördlich jetzt – und dreitausend Kilometer."

Wieder nichts. Sengu konnte auch keine Wellenimpulse mehr feststellen. Drei weitere Sprünge. Und dann – die große Stadt.

Rhodan erkannte sie sofort an den Umrissen, die sich deutlich unter dem Schnee abzeichneten. Einige der höchsten Gebäude ragten sogar noch über das weiße Leichentuch hinaus und gaben letzte Gewißheit, daß dies die einstige Hauptstadt der Barkoniden gewesen war.

„Gucky?" fragte Rhodan.

„Nichts, absolut nichts. Hier lebt niemand mehr."

Das schwarze Nichts spannte sich über der toten Stadt. Nicht nur dieser Planet, sondern das ganze Universum schien plötzlich ohne Leben zu sein. Rhodan hatte das Gefühl, nur er, Sengu und Gucky lebten.

„Sengu?"

„Nichts zu entdecken."

Rhodan fühlte Verzweiflung. Vorerst weigerte er sich gegen die Alternative, mit Gucky ins Innere des Planeten zu springen. Ein solches Vorgehen barg unvorstellbare Gefahren in sich. Natürlich rematerialisierten sie nach einem Teleportersprung nur dort, wo keine andere Materie vorhanden war. Aber angenommen, sie kamen an einer Stelle aus dem Hyperraum, wo eine nachgiebige Materie war, wie Wasser oder glutflüssiges Magma?

„Etwa fünfhundert Kilometer westlich von hier ist der Haupteingang zur Unterwelt. Ich war dort. Ein Tunnel führt von dort aus zur Steuerzentrale der Antriebswerke und sonstigen Anlagen. Dort sollten auch die Luft und die Lebensmittel erzeugt werden."

Gucky nahm die Hände der beiden Männer. „Versuchen wir es. Hier haben wir nichts mehr verloren."

Verloren – das war das Wort. Es schien Rhodan, als habe Gucky, ohne es zu wollen, den Nagel auf den Kopf getroffen. Barkon schien verloren zu sein – und mit Barkon auch die Barkoniden.

Der erste Sprung brachte sie wieder in eine Schneewüste ohne Erhebungen oder sonstige hervorstehende Merkmale. Erst beim vierten Sprung zögerte Rhodan. Er betrachtete aufmerksam den schneebedeckten Gipfel eines nahen Berges, der die wieder aufgetauchte Milchstraße zur Hälfte verdeckte.

„Ich glaube, hier war es. Näher zum Berg hin, Gucky."

Sie materialisierten am Fuß des einzelnen Berges.

„Der Tunnel führt schräg in den Berg hinein, bis hinab in fünftausend Meter Tiefe. Keine Gedankenimpulse, Gucky?"

„Nichts. Alles tot."

„Nein – nicht alles."

Das war Sengu. Er blickte hinab auf den Boden und hielt beide Augen weit geöffnet. Es war, als sähe er etwas.

„Impulse?“

„Kaum spürbar, aber vorhanden. Wie eben. Ersterbende Ausstrahlungen. Wenn es dort unten Maschinen gibt, so müssen sie abgestellt worden sein. Aber es dauert lange, bis die letzten atomaren Rückstände verstrahlt sind. Wir wissen, daß die Treibstofferzeugung bis zum letzten Augenblick läuft. Werden die Aggregate abgeschaltet, muß der verbleibende Rest zerstrahlt werden – oder er zerstrahlt von selbst. Diese Impulse sind es, die ich sehen kann.“

„Und – was siehst du sonst?“

„Ich bin noch nicht tief genug“, erinnerte der Mutant an die Tatsache, daß er nur schichtweise in die Tiefe vordrang. „Erst bei zweitausend Meter. Aber ich sehe abgedunkelte Gänge und Tunnels. Es brennt kein Licht, aber die Anlagen sind vorhanden. Ich kann nicht viel erkennen, denn trotz meiner Fähigkeit bin ich auf reflektiertes Licht angewiesen.“

Rhodan erkannte die Schwierigkeiten sofort. Ohne Licht konnte selbst der Späher nichts sehen. „Aber Sie könnten Gucky die notwendigen Sprungdaten geben?“

Sengu nickte, ohne sich ablenken zu lassen. „Das wird möglich sein. Aber ...“

Er sprach den Satz nicht zu Ende.

„Achtung!“ rief Gucky. „Jemand kommt!“

Rhodan fuhr herum und sah in die Richtung, in die Gucky mit ausgestrecktem Arm zeigte. Er sah nichts. Nur die Schneewüste und den fernen Horizont. „Wo?“

Unsicher geworden ließ Gucky den Arm sinken. „Kann ich mich so täuschen? Dort war jemand. Er dachte. Was er dachte, weiß ich nicht, aber er dachte.“

„Als Telepath kannst du Gedanken analysieren“, sagte Rhodan befremdet. „Diesmal nicht?“

„Es waren nur Impulse ohne Bedeutung, aber sie waren nicht freundlich. Das spürte ich, ohne sie zu kennen. Da – jetzt wieder. Stärker und näher. Es kommt auf uns zu.“

Es kam äußerst selten vor, daß Gucky Angst hatte, und wenn, dann bestand größte Gefahr.

Sengu hatte es aufgegeben, mit seinen Blicken die Oberfläche zu durchdringen. Er stand dicht neben Rhodan, bereit, jeden Moment Guckys Hand zu ergreifen, sobald Rhodan das Zeichen gab. Aber vorerst geschah das noch nicht.

Rhodan starrte immer noch in die von Gucky angegebene Richtung. Er sah nichts.

„Es muß jetzt ganz nahe sein", flüsterte Gucky mit belegter Stimme. „Und es denkt..."

Jetzt spürte Rhodan es auch.

Vorsichtig drängte sich etwas in seine Gedanken und übte einen fühlbaren Druck aus. Der Druck wurde allmählich zu Schmerz, erträglich zwar, aber unangenehm, weil man sich seiner nicht erwehren konnte.

Jemand versuchte, von seinem Bewußtsein Besitz zu ergreifen.

Aber wer?

Makellos lag die Schneefläche vor ihm. Und dort, nur wenige Meter entfernt, mußte der Unbekannte stehen. Ein Unsichtbarer.

Aber es waren keine Fußspuren vorhanden. Jeder Unsichtbare hätte in dem weichen Schnee Spuren hinterlassen müssen.

„Versuche es telekinetisch!" rief er Gucky zu.

Der Mausbiber nickte. Er konzentrierte sich auf die nicht sichtbare Materie, die dicht vor ihm sein mußte – und schlug zu.

Sein Schlag führte ins Leere. Der Schmerz blieb.

Rhodan tastete nach dem Energiestrahler, aber dann sah er das Sinnlose seiner Absicht ein. Er konnte nicht auf etwas schießen, das er nicht sah.

„Es geht nicht", sagte Gucky verzweifelt. „Aber ich glaube, ich kann ihn – oder es – telepathisch erreichen. Meine Gedanken stoßen auf Widerstand. Die Entfernung beträgt vielleicht zehn Meter, mehr nicht."

Das war immerhin schon etwas. Die Richtung und Entfernung ließen sich bestimmen. Mehr leider nicht. Vorerst wenigstens nicht.

„Kannst du die Größe feststellen?"

„Ich spüre nur in seinen Gedanken einen Widerstand, sonst nichts. Es ist, als wären die Gedanken des Unbekannten das einzige Materielle an ihm. Sein Körper – er hat keinen Körper in unserem Sinn."

Plötzlich ließ der Schmerz im Gehirn nach.

Gucky blieb unbeweglich stehen. „Er hat seinen mentalen Angriff aufgegeben. Seine Kraftreserven sind gering. Sein Versuch, uns unter seinen Willen zu zwingen, ist fehlgeschlagen."

„Ist es nur einer?"

„Nein, es sind jetzt mehrere. Sie nähern sich uns von allen Seiten."

Immer noch war nichts zu sehen, keine schattenhaften Umrisse und vor allen Dingen keine Fußspuren.

Rhodan nickte Sengu zu und nahm Guckys Hand. Der Japaner ergriff die andere. „Sobald ein neuer Angriff erfolgt, springen wir."

Sie warteten.

Nicht lange.

Aus dem Nichts zuckte plötzlich ein blaßblauer Energiestrahl und fuhr dicht vor ihren Füßen in den Schnee, der sofort schmolz und zu verdampfen begann.

„Los!" rief Rhodan.

Gucky hatte den Sprung so berechnet, daß sie keine zwei Kilometer entfernt wieder materialisierten. Sie standen ein wenig erhöht auf der sanft ansteigenden Flanke des Berges und konnten die Stelle, an der sie eben noch gewesen waren, sehr gut einsehen.

Ein wahres Feuerwerk tobte dort. Aus den verschiedensten Richtungen kamen die tödlichen Strahlen und verwandelten den Schnee in einen kleinen See, der brodelnd zu kochen begann. Der Wasserdampf verflüchtigte sich schnell nach allen Seiten, sofern er sich nicht sofort wieder niederschlug.

„Sie nehmen an, wir hätten uns ebenfalls unsichtbar gemacht", vermutete Rhodan. Er war sich seiner Sache durchaus nicht sicher. „Jetzt versuchen sie, uns zu vernichten."

Im selben Augenblick hörten die Angriffe auf. Die Energiestrahlen erloschen und blieben aus. Der See begann schnell zu erstarren. Er wirkte auf die große Entfernung wie ein gläsernes Auge, das jemand in der Schneewüste verloren hatte.

Gucky lauschte.

„Sie kommen hierher", flüsterte er. „Ich kann es nicht mit Bestimmtheit sagen, aber ich meine, es wären nicht mehr als fünf oder sechs. Ich fürchte, sie haben unsere Gedanken aufgespürt."

„Dann werden sie sich aber auch den Kopf zerbrechen, wie wir so schnell hierhergelangen konnten“, bemerkte Rhodan mit einer Spur von Triumph. „Wie schnell sind sie?“

„Nicht sehr schnell“, gab Gucky zurück. „Ein Mann, der rennt, ist schneller hier.“

Sie starrten in Richtung des Eisbeckens. Von dort mußten sie kommen und in zwei oder drei Minuten hier sein. Nichts bewegte sich aber in der abfallenden Ebene. Kein Schneewölkchen verriet den Ansturm der unsichtbaren Verfolger.

Jetzt spürte auch Rhodan die schmerzenden Gedankenimpulse wieder.

„Was sind das nur für Wesen?“ fragte er. „Sie sind unsichtbar und anscheinend körperlos. Sie sind Telepathen und können unsere Gedanken doch nicht erraten – sonst hätten sie ja vorher von unserem Teleportersprung gewußt. Wir können mit ihren Gedanken ebenfalls nichts anfangen. Sie nehmen keinen Kontakt auf, sondern greifen sofort rücksichtslos an. Sie versuchen, uns zu töten.“

„Wer immer sie auch sind“, murmelte Gucky empört, „sie sind mir höchst unsympathisch. Sollte ich jemals einen von ihnen erwischen – aber wie soll man jemanden erwischen, der nicht existiert?“

„Sie existieren“, betonte Rhodan. „Aber anders, als wir es uns vorzustellen vermögen. Wie weit noch?“

Statt einer Antwort erfolgte der Angriff.

Der erste Energiestrahl verfehlte sie, und bevor der zweite kam, teleportierte Gucky. Diesmal gleich zehn Kilometer und hinauf zum Gipfel des Berges.

Sie standen auf einem kleinen, vereisten Plateau, gut viertausend Meter über der Ebene.

Das Plateau maß etwa zwanzig Meter im Quadrat und war eben. Wenn die unsichtbaren Angreifer ihnen hier zu Fuß folgen wollten, lag eine anstrengende Aufgabe vor ihnen. Oder besaßen sie Fluggeräte und Fernwaffen?

„Kannst du ihre Gedanken noch auffangen, Gucky?“

Rhodan erhielt nicht sofort Antwort. Der Mausbiber bemühte sich, die fremden Impulse zu orten. Dann schüttelte er den Kopf. „Sie haben nur eine geringe Reichweite – wie ist das möglich?“

Dafür allerdings, so mußte sich Rhodan eingestehen, gab es keine Erklärung.

Am Rand des Plateaus lagen einige größere Felsbrocken, die mit einer dicken Eisschicht überzogen waren. Sie bildeten den eigentlichen Gipfel. Einer der Steine sah aus wie eine breite Bank.

Gucky konnte nicht widerstehen. Er ließ die Hände der Männer los und setzte sich vorsichtig auf die Bank.

„Ich hoffe, die Heizung im Anzug funktioniert auch hinten gut genug", sagte er und seufzte zufrieden. „Da sitzen wir nun auf einem Berg und sehen uns die Welt von oben an."

Rhodan ließ in seiner Wachsamkeit nicht nach. Das Auftauchen der Unsichtbaren hatte alle seine Vermutungen über den Haufen geworfen. Zuerst hatte er heimlich mit einer technischen Katastrophe gerechnet, denen die Barkoniden zum Opfer gefallen waren. Die Maschinen konnten versagt haben. Aber nun sah die Sache völlig anders aus. Irgend jemand – irgend etwas – war aus dem All gekommen und hatte von dieser Welt Besitz ergriffen.

Aus dem All? Von wo?

Konnte es Wesen geben, denen es gelungen war, die gewaltige Entfernung von mehr als hunderttausend Lichtjahren zu überwinden? Theoretisch war das möglich. Es gab Hypersprünge bis zu dreißigtausend Lichtjahren, aber bisher hatte Rhodans Wissen nach noch niemand gewagt, in den interkosmischen Raum zwischen den Milchstraßen vorzustoßen.

„Sengu, versuchen Sie weiter, etwas zu finden", bat Rhodan.

Der Japaner sah hinab in die Ebene. Wortlos nickte er.

Der Blick war nach allen Seiten frei, ausgenommen dort, wo sich die Felsbrocken zum Gipfel auftürmten. Der weit entfernte Horizont war eine undeutlich schimmernde Linie, weil der nur schwach angeleuchtete Schnee mit dem Schwarz des Weltraums verschwamm. Dazwischen aber war nichts. Und doch lauerte irgendwo die unheimliche, unsichtbare Gefahr.

Sengu sagte leise: „Die breiten Korridore führen schräg in die Tiefe. Sie sind leer und verlassen. Kein Lebewesen ist zu sehen. Jetzt sehe ich eine Halle mit gewölbter Decke. Nach allen Richtungen führen die Gänge weiter hinab. Welchem soll ich folgen?"

„Dem mit den Schienen“, erwiderte Rhodan aus einer Erinnerung heraus. „Es ist doch einer mit Schienen da?“

„Ja, das stimmt.“ Im Tonfall des Japaners lag Verwunderung.

Wieder trat Schweigen ein. So lange, bis Rhodan wieder den bohrenden Schmerz im Kopf verspürte. Das erste Warnzeichen. Die Unsichtbaren waren wieder auf dem Vormarsch.

Gucky sprang mit einem Satz hoch. Er zeigte in östliche Richtung, aber nicht hinab in die Ebene, sondern schräg hinauf in den schwarzen Himmel. „Sie kommen – sehr schnell!“

Sengu gab seine Spähertätigkeit auf und ergriff die Hand des Mausbibers. Rhodan folgte seinem Beispiel.

„Wo?“

„Von ober her“, erwiderte Gucky erregt. „Können sie fliegen?“

Sie erfuhren nicht, ob die Unsichtbaren von Natur aus fliegen konnten oder ob sie dazu Apparate benutzten. Eines aber erfuhren sie mit Sicherheit: Die Unsichtbaren sahen sie und griffen an.

Über ihnen blitzte im Nichts ein blendender Schein auf. Ein blaßblauer Strahl fuhr herab und zerschnitt das Eis des Plateaus. Rhodan besaß genug Geistesgegenwart, die Spur des Energiestrahls zu verfolgen. Er veränderte seine Richtung nicht, und der Winkel zur Oberfläche blieb gleich, aber er wanderte mit erstaunlicher Schnelligkeit über das Plateau, den Hang hinab – und erlosch.

Gucky flüsterte: „Sie entfernen sich – aber jetzt kehren sie zurück.“

Damit stand fest, daß die Unsichtbaren in einer Maschine saßen, die ebenfalls unsichtbar war. Sie flogen einen Bogen und setzten zum zweiten Angriff an. Vielleicht zielten sie diesmal genauer.

„Weg!“ rief Rhodan.

Gucky war längst darauf vorbereitet. Er sprang.

Diesmal materialisierten sie in einer Entfernung von fast tausend Kilometern mitten in einem Gebirge. Das war reiner Zufall, aber Rhodan erkannte auf den ersten Blick, daß der Platz für ihre Zwecke geeignet war. Wenn die Fremden auch Flugzeuge besaßen, in diesem zerklüfteten Tal konnten sie nur schlecht damit operieren. Vielleicht waren sie für einige Zeit sicher.

„Sengu – an die Arbeit.“ Rhodan wartete, bis der Japaner nickte, dann sagte er zu dem Mausbiber: „Du achtest auf die Unsichtbaren.“

Die beiden Mutanten kannten ihre Aufgabe. Es bedrückte Rhodan ein wenig, daß er im Augenblick so gut wie überflüssig war, da ihm die Fähigkeiten der Mutanten fehlten. Er konnte nichts anderes tun, als das Ergebnis ihrer Bemühungen abwarten.

So etwas wie Hoffnungslosigkeit beschlich ihn. Was nützte das alles, wenn sie ständig auf der Flucht vor den Unbekannten sein mußten, die ihnen zumindest zahlenmäßig überlegen waren? Wie sollten sie den Barkoniden helfen, wenn sie selbst alle Hände voll zu tun hatten, am Leben zu bleiben?

Der bisherige Aufenthalt auf Barkon war nichts als eine ständige Flucht gewesen, rekapitulierte Rhodan, während er einige Schritte abseits ging und geistesabwesend die Steinformationen betrachtete, die eine merkwürdige Regelmäßigkeit aufwiesen. Zuerst fiel ihm das nicht auf, aber dann wurde er stutzig.

Die glatte, senkrechte Wand war schneefrei. Nur eine dünne, durchsichtige Eisschicht bedeckte sie. Rhodans Hand strich langsam darüber hinweg. Die Wand war fugenlos und glatt.

Für einen Naturfelsen jedenfalls zu glatt.

Rhodan sah sich um. Soweit er erkennen konnte, war das Tal durchaus nicht unzugänglich. Es konnte sehr gut sein, daß sich hier ein weiterer Zugang zur Unterwelt Barkons befand.

Seine Vermutung bestätigte sich, als Sengu sagte: „Wieder schwache Ausstrahlungsimpulse. Außerdem ein Tunnel in die Tiefe. Ich verfolge ihn. Tausend Meter, zweitausend ..."

„Achtung!"

Guckys Stimme war schrill und verriet höchste Gefahr.

Rhodan riß mit einer instinktiven Bewegung den Strahler aus der Tasche und entsicherte ihn. Er hatte nicht die Absicht, dauernd zu fliehen. Sie mußten den Angreifern endlich zeigen, daß sie sich auch wehren konnten.

Sengu begriff sofort. Er entsicherte ebenfalls seinen Strahler.

„Es ist nur einer, glaube ich", sagte Gucky zögernd.

„Nimm deine Waffe!" forderte Rhodan ihn auf.

Guckys Gesichtsausdruck verriet nur wenig Zuversicht. Trotzdem befolgte er Rhodans Anweisung und zog den Energiestrahler. Er deutete in Richtung des Talausgangs.

„Ja, es ist nur einer. Er muß schon vorher hier gewesen sein. Seine Gedanken sind in erster Linie neugieriger Natur, mehr kann ich nicht feststellen.“

„Eine Art Wächter“, vermutete Rhodan und sah in die gleiche Richtung, in die auch Gucky blickte. Er verspürte das fragende Bohren im Gehirn, das allmählich schmerzhaft wurde. Sehen konnte er nichts, auch keine Spuren im Schnee. Und doch näherte sich ihm ein Wesen, das intelligent war und dessen Volk Energiewaffen konstruiert hatte. „Wie weit noch?“

„Zwanzig oder dreißig Meter, so genau kann ich das auch nicht...“

Gucky sprach den Satz nie zu Ende.

In etwa fünfundzwanzig Metern Entfernung blitzte es auf.

Der blaue Strahl verfehlte Sengu um ganze zwei Meter. Noch während der Japaner sich in Deckung warf, eröffnete Rhodan das Feuer. Er zielte genau auf den Entstehungspunkt des blauen Strahls, der urplötzlich erlosch. Aber Rhodan stellte das Feuer nicht ein. Er bemerkte, daß der grelle Energiefinger seiner eigenen Waffe von einem Hindernis abfloß, das in seinen Umrissen allmählich sichtbar wurde.

„Los!“ rief Rhodan Gucky zu.

Der Mausbiber las in Rhodans Gedanken und begriff.

Er begann ebenfalls auf das unsichtbare Ziel zu schießen. Sengu blieb am Boden liegen, aber auch er eröffnete nun das Feuer.

Die flammenden Umrisse des unsichtbaren Angreifers wurden deutlicher. Sein Körper war also widerstandsfähig genug, Energiestrahlen zu reflektieren. Konnte er nicht vernichtet werden? Aber dann sah Rhodan etwas, das ihm neue Hoffnung gab.

Der Fremde schwankte und erwiderte das konzentrische Feuer nicht.

Aber es waren nur die Umrisse, die zu sehen waren, nicht der eigentliche Körper des Unsichtbaren. Die abfließenden Energiestrahlen machten das möglich. So ähnlich mußte es sein, wenn man einen Eimer Wasser über einen unsichtbaren Menschen leerte. Am Wasser würde man die Umrisse des Menschen erkennen können.

Doch dann, in wenigen Sekunden, geschah das Unfaßbare.

Vielleicht war es das Zusammentreffen der drei Energiestrahlen, vielleicht auch ein anderer Umstand. Rhodan glaubte seinen Augen nicht zu trauen, als er plötzlich dreißig Meter vor sich den Schnee verschwinden sah – und zwar den Schnee hinter den feurigen Umrissen.

Der Unsichtbare nahm Gestalt an. Er wurde sichtbar. Er wurde zu fester Materie.

„Feuer einstellen!" rief Rhodan und begann zu laufen.

Es waren ein verzweifelter Gedanke und eine genauso verzweifelte Hoffnung, die ihn vorantrieben. Der Fremde hätte längst wieder geschossen, wenn ihm der Gegenangriff nichts ausgemacht hätte. Und wenn er jetzt Formen angenommen hatte und mit seinem Körper sogar den Schnee abdeckte, dann mußte man ihn auch mit den Händen greifen können.

Und genau das war es, was Rhodan vorhatte.

Gucky und Sengu hatten ihre Waffen gesenkt und sahen mit aufgerissenen Augen zu, was Rhodan tat. Der Mausbiber war viel zu verblüfft, um seine telekinetischen Fähigkeiten einzusetzen und den Fremden vielleicht festzuhalten. Er stand nur da und schaute. Der Arm mit der Pistole hing schlaff am Körper herab.

Noch während Rhodan mit einem gewaltigen Satz die letzten trennenden Meter zurücklegte, begannen sich die Formen des Fremden wieder zu verflüchtigen. Der Schnee schimmerte bereits wieder durch.

Da war Rhodan heran.

Seine Hände – nun völlig frei, denn die Waffe hatte er fallen lassen – packten zu und fühlten Widerstand. Die Finger krallten sich in etwas Weiches. Ein Strom haßerfüllter Gedanken traf ihn und ließ ihn unwillkürlich zusammenzucken. Die Schmerzen im Gehirn wurden unerträglich.

Dann entmaterialisierte der Fremde und entglitt Rhodans Händen. Ein zweiter Angriff erfolgte nicht mehr. Die Gedankenimpulse wurden schwächer und erloschen ganz.

Rhodan bückte sich und nahm seine Waffe auf.

Gucky sagte: „Was war das? Keine Teleportation, kein Spiegelfeld? Du hast ihn packen können, aber er verschwand wieder. Ich begreife nichts mehr."

„Sei beruhigt, ich habe auch keine Erklärung“, entgegnete Rhodan verbittert. „Aber immerhin wissen wir nun, daß sie nicht ganz so unempfindlich sind, wie wir befürchteten. Im konzentrischen Feuer unserer Waffen werden sie sichtbar und materiell. Vielleicht empfinden sie sogar Schmerzen. Wer weiß, vielleicht sterben sie sogar und entmaterialisieren dann. Ich möchte nur wissen, wer sie sind, woher sie kommen und was sie hier wollen.“

Die schweigende Landschaft unter dem sternenlosen Himmel gab keine Antwort.

„Dort drüben die Wand“, fuhr Rhodan fort, „sie ist künstlich oder zumindest bearbeitet worden. Vielleicht können Sie feststellen, was dahinter ist, Sengu.“

Das war für den Japaner nicht schwer. „Sie ist nur einen Meter dick, dahinter liegt eine Halle – sieht aus wie ein Bahnhof. Viele Schienen und Fahrzeuge. Dann ein Tunnel schräg in die Tiefe. Zwei Schienenstränge. Kein Licht.“

Rhodan zeigte auf den Beutel, den Sengu trug. „Wir haben eine Lampe mitgenommen. Also gut, Gucky, bringe uns hinter die Wand. Wir werden uns Barkon jetzt von innen ansehen. Ich fürchte, auf der Oberfläche haben wir nichts mehr verloren – wir könnten höchstens das Leben verlieren. Das da eben ...“, er zeigte auf die Stelle, an der er den Fremden gefühlt hatte, „war purer Zufall.“

Gucky kam herbei und nahm die Männer bei der Hand. „Ich fühle mich auch wohler, wenn ich eine Decke über mir sehe und nicht diesen unheimlichen Himmel ohne Sterne. Wie man sich doch an die Sterne gewöhnen kann.“

„Man merkt es erst, wenn man sie nicht mehr sieht.“

Der Mausbiber konzentrierte sich und teleportierte.

Der Sprung überbrückte nicht mehr als zehn Meter, aber er führte durch die Steinmauer, die sie in materiell stabilem Zustand nicht hätten überwinden können.

Es war dunkel. Rhodan schaltete die Lampe ein. Der Schein wurde von glatten Wänden zurückgeworfen, spiegelte sich auf blinkenden Geleisen und wurde von kleinen metallenen Wagen reflektiert, die überall herumstanden. Genauso hatte Sengu es geschildert.

Gucky atmete hörbar auf. „Ehrlich gesagt – draußen habe ich noch schwache Impulse auffangen können, aber hier ist nichts. Ob der Felsen ihre Gedanken aufhalten kann? Dann könnten sie ja auch unsere nicht aufspüren, und wir wären sicher.“

„Wenn sie keinen leichteren Eingang gefunden haben“, schwächte Rhodan den Optimismus des Mausbibers ab. Der Schein der Lampe wanderte durch die Halle. „Wir werden es herausfinden, wenn wir tiefer gehen.“

„Gehen?“ dehnte Gucky und betrachtete seine kurzen Beinchen.

Rhodan zeigte auf die Wagen. „Wir nehmen ein Taxi, Kleiner, dann wirst du nicht müde. Wir könnten auch springen, aber ich will sehen, wohin wir geraten. Der Tunnel ist sicher, Sengu?“

„So weit ich sehen kann – ja.“

„Dann ab! Hoffentlich sind die Antriebe noch in Ordnung. Ich kann mich dunkel entsinnen, wie man diese Karren fährt. Die Kontrollen sind einfach.“

Die Transportwagen besaßen unterschiedliche Größen und waren für verschiedene Zwecke gedacht. Einige von ihnen glichen Mannschaftswagen und hatten zwanzig oder dreißig Sitze, andere wieder waren kleiner und boten nur zwei oder vier Personen Platz.

Sie wählten einen mit zwei hintereinanderliegenden Sitzbänken. Sengu nahm neben Rhodan Platz, während Gucky sich genüßlich auf der hinteren Bank räkelte.

„Da sind zwei Knöpfe, die man ziehen kann“, erklärte Rhodan langsam. „Der eine regelt die Geschwindigkeit, mit dem anderen kann man bremsen. Na, mehr wird bei der Talfahrt wohl auch kaum nötig sein. Es geht sogar ziemlich steil nach unten, wenn ich mich recht erinnere.“

„Ziemlich“, bestätigte Sengu, dem nicht so wohl wie Gucky war.

Der Bremsknopf war herausgezogen. Rhodan schob ihn ein Stück in die Verschalung, und schon begann der Wagen zu rollen, hinein in den schwarzen Schlund des Tunnels. Die Handlampe war viel zu schwach, um den Weg ausreichend zu beleuchten.

„Halten Sie die Lampe“, bat Rhodan und begann, das Armaturenbrett zu untersuchen. Sekunden später flammten zwei starke Scheinwerfer auf. „Na also, dachte ich es mir doch.“

Jetzt ging es besser. Man sah wenigstens fünfzig Meter weit und konnte feststellen, ob die Strecke frei war. Der Wagen hatte inzwischen Geschwindigkeit aufgenommen, und es wäre mehr als unangenehm gewesen, jetzt gegen ein Hindernis zu prallen. Sengu konnte trotz seiner Fähigkeiten nicht viel sehen, da es zu dunkel war. Materie konnten seine Augen durchdringen, aber gegen die völlige Abwesenheit des Lichtes waren auch sie fast machtlos.

„Wellenimpulse deutlich zu spüren", sagte er einmal zögernd. „Aber noch sehr weit weg. Wie weit, kann ich nicht mit Sicherheit feststellen."

Sie fuhren fast eine Stunde. Dann sagte Sengu plötzlich: „Bremsen Sie! Ich glaube, der Tunnel ist zu Ende. Vielleicht noch fünfhundert Meter."

Rhodan zog den Bremsknopf heraus. Der Wagen verringerte seine Geschwindigkeit, worauf Gucky seine ständige Sprungbereitschaft aufgab. Zwar saß es sich bequem auf der hinteren Bank, die weich gepolstert war, aber er traute der Blindfahrt nicht so ganz.

Fünf Minuten später wurde das Licht der Scheinwerfer von einer Wand reflektiert, die das Ende des Tunnels bildete. Der Wagen hielt. Rhodan betrachtete die offensichtlich künstliche Wand, die so dicht abschloß, daß sogar die versenkten Schienen in ihr verschwanden, als führten sie hier nicht weiter.

Gerade dieser Umstand aber verriet Rhodan, worum es sich handelte. „Eine Druckschleuse! Hoffentlich kommen wir so durch, sonst müssen wir uns drüben einen neuen Wagen suchen. Sengu, was sehen Sie?"

„Eine Kammer, dahinter eine zweite Wand, genau wie diese. Sie können recht haben. Vielleicht eine Luftschleuse."

Rhodan kletterte aus dem Wagen, ließ die Scheinwerfer aber eingeschaltet.

„Eigentlich sollte sie automatisch funktionieren, aber wenn die Aggregate stillstehen, kann man das wohl kaum verlangen. Sicher gibt es aber auch Handbedienung. Wenn nicht, muß Gucky es versuchen."

Der Mausbiber seufzte und blieb sitzen. „Wenn ich schon arbeiten muß, dann von hier aus."

Rhodan trat zu der Wand und untersuchte sie gründlich. Er fand in der rechten unteren Ecke ein Stellrad und drehte daran. Zum Glück wurde der Mechanismus der Schleuse durch ein Notaggregat gespeist. Die Wand teilte sich in der Mitte über den Schienen und glitt zur Seite.

Rhodan trat in die Schleuse und entdeckte an der zweiten Wand ein weiteres Stellrad. Er winkte zu den beiden Gefährten zurück. „Alles in Ordnung. Sengu, lassen Sie den Wagen langsam in die Schleuse rollen. Aber passen Sie auf, daß Sie nicht gegen die Wand prallen."

Der Japaner gab keine Antwort. Der Wagen rollte an und hielt wenige Zentimeter vor der zweiten Wand. Gucky grinste anerkennend, gab aber keinen Kommentar dazu.

Bevor Rhodan das zweite Tor öffnete, ging er zu dem ersten Stellrad und drehte es in die alte Stellung zurück. Die erste Wand begann sich wieder zu schließen. Schnell sprang Rhodan in die Schleuse und wartete, bis sich das Tor geschlossen hatte. Unter normalen Umständen hätte er das nicht getan, ohne sich zu vergewissern, daß der zweite Ausgang funktionierte. Aber schließlich hatte er ja Gucky dabei.

Als die zweite Wand auseinanderglitt, verspürte Rhodan einen Luftzug. Er kam aus der Fortsetzung des Tunnels. Die Schleuse füllte sich mit Luft.

Hier unten gab es eine Atmosphäre.

Der Wagen rollte ein Stück weiter, dann schloß Rhodan die Schleuse.

Er stand wohl zehn Sekunden lang unbeweglich, ehe er die Hände hob und mit ruhigen Bewegungen den Verschluß des leichten Raumhelms löste. Gucky rief plötzlich mit schriller Stimme: „Tu es nicht, Perry! Wenn die Luft giftig ist..."

„Die Barkoniden sind Sauerstoffatmer", beruhigte ihn Rhodan und nahm den Helm ab. Es war warm und ein wenig stickig, aber die Luft war sonst gut. Er atmete sie in tiefen Zügen ein und aus, ohne daß er eine nachteilige Wirkung verspürte. „Ihr könnt die Helme abnehmen, damit wir Energie sparen. Wer weiß, wie lange wir die Anzüge noch benötigen."

Er kletterte zu den anderen in den Wagen und löste die Bremse.

Nach zwei Stunden sah Sengu gegen die Decke und sagte: „Ich kann die Oberfläche sehen. Wir befinden uns jetzt ungefähr viertausend Meter tief. Lange kann es nicht mehr dauern."

„Ich komme mir vor wie ein Maulwurf", murmelte Gucky aus dem Hintergrund und rollte sich zusammen, um ein wenig zu schlafen. Sie hatten alle die Heizungen ihrer Anzüge ausgeschaltet, denn hier unten war es angenehm warm. Sengu öffnete eine Dose mit Obst, und sie stillten ihren Hunger. Von dem süßen Saft allerdings wurde der Durst nicht geringer.

„Ich hätte mir mehr als nur eine Dose Bier wünschen sollen", machte Sengu sich Vorwürfe. „Ich glaube, mit Erneuerung der Vorräte können wir nicht mehr rechnen – wenigstens hier nicht."

„Wir kommen noch einen Tag hin, wenn wir uns einschränken. Und wenn der Durst zu schlimm wird, muß Gucky zur Oberfläche und Schnee holen."

„Schnee?" Der Mausbiber schüttelte sich und kramte in der Tasche seines Anzugs. Nach einiger Anstrengung zerrte er eine Mohrrübe daraus hervor. „Lieber verdurste ich."

Rhodan lächelte, gab aber keine Antwort. Er hatte das Gefühl, als würde es wärmer. Sie mußten sich allmählich den eigentlichen Wohnvierteln nähern – wenigstens der Stelle, an der sie geplant gewesen waren.

Er erschrak über die Konsequenz dieses Gedankens. Aber sie brachte ihn gleichzeitig auf eine Idee. „Gucky, was ist mit Gedankenimpulsen? Kannst du keine empfangen?"

Eine Weile lauschte der Mausbiber in sich hinein. „Nichts, gar nichts. Wir scheinen allein auf dieser Welt zu sein, bis auf die Unsichtbaren – und das sind keine normalen Denker. Aber wenn die Barkoniden so sind, wie du sie geschildert hast, Humanoiden und sehr menschlich, dann müßte ich sie finden. Auf der ganzen Welt, die du Barkon nennst."

„Kein Impuls? Nicht ein einziger?"

„Tut mir leid – nein."

Rhodan wehrte sich gegen die Vermutung, daß die unsichtbaren Angreifer ein ganzes Volk ausgelöscht haben könnten. Seit einer Million Jahren existierten die Barkoniden bereits, und sie hatten einen Großteil der Galaxis besiedelt, vielleicht waren sie sogar die Vorfahren der Arkoniden und Terraner. Und nun sollten sie innerhalb eines halben Jahrhunderts ausgestorben sein?

Irgend etwas stimmte da nicht. Aber was?

Der Tunnel führte nun nicht mehr schräg nach unten, sondern verlief waagerecht. Längst schon hatte Rhodan die Bremse ganz abgestellt und auf Fahrt geschaltet. Die Schienen verliefen schnurgerade, und der Wagen schoß mit irrsinniger Geschwindigkeit dahin. Eine Stunde, zwei Stunden.

„Ich sehe Licht", sagte Sengu plötzlich in das Schweigen hinein, das nur von dem leisen Surren des Antriebs unterbrochen wurde. „Zehn Kilometer vor uns ist Licht, aber nur sehr wenig und diffus. Sieht mehr wie eine Notbeleuchtung aus."

„Was können Sie sonst noch erkennen?"

„Maschinen und weite Hallen, Gänge und Korridore, viele Türen. Dahinter weitere Hallen, die mit Maschinen angefüllt sind. Aggregate, Generatoren, einen Saal, dessen Wände aus Bildschirmen bestehen. Aber die Schirme sind außer Betrieb. Auch die Maschinen stehen still. Von ihnen jedoch geht die Reststrahlung aus, die ich auffangen konnte. Glauben Sie, daß wir uns der Steuerzentrale nähern?"

„Mit Sicherheit genau der Zentrale, in der ich vor sechzig Jahren weilte und einen geringfügigen Fehler korrigierte, der die Barkoniden vor der sicheren Vernichtung bewahrte. Wie es scheint, sind meine Bemühungen vergebens gewesen."

Das Tempo des Wagens verringerte sich erheblich. Dann fuhr er in eine weite Halle ein. Der Schienenstrang verzweigte sich und vervielfachte die Möglichkeiten der Weiterfahrt. Aber Rhodan hatte nicht vor, weiterzufahren. Er ließ den Wagen halten.

„Wir sind da. Genau an dieser Stelle hier stieg ich damals auch aus. Aber ich könnte nicht mit Sicherheit sagen, aus welcher Richtung ich kam. Nun, wir werden das später feststellen."

Er kletterte aus dem Wagen und stand einige Sekunden unschlüssig. Dann wandte er sich an Sengu. „Die Maschinenhallen liegen in dieser Richtung?" Er zeigte auf eine Tür. Als Sengu nickte, fuhr er fort: „Ja, jetzt kenne ich mich wieder aus. Gehen wir."

Sengu stand schnell auf und war bald neben Rhodan. Gucky benötigte länger. Mit aufreizender Umständlichkeit kletterte er aus dem Hintersitz und watschelte dann mit seinem unbeholfen wirkenden Gang über den Gehsteig.

„Was willst du im Maschinenraum?" wollte er wissen, obwohl er als Telepath Rhodans Absichten längst erraten hatte. „Den eingeschlafenen Planeten aufmöbeln?"

Rhodan hatte eine scharfe Entgegnung auf der Zunge, aber plötzlich sah er Gucky nachdenklich an. Auf seiner Stirn stand eine steile Falte.

„Kinder und Narren – und manchmal auch Mausbiber – sprechen die Wahrheit", murmelte er dann. „Wir können zumindest versuchen, die stillstehenden Aggregate wieder zu aktivieren. Vielleicht erfahren wir bei der Gelegenheit, was mit den Barkoniden geschehen ist."

Gucky schaute ihm verdutzt nach, als er zu der einzelnen Tür schritt und sie nach kurzem Zögern durch einen Handdruck öffnete. Dann grinste er verlegen und hoppelte hinterher. Sengu folgte ihm. Er hatte nicht viel von dem begriffen, was vor sich gegangen war, denn schließlich konnte er keine Gedanken lesen.

Die Maschinen standen in langen Reihen in der weiten Halle. Sie blitzten vor Sauberkeit und schienen erst gestern installiert worden zu sein. An der Decke entlang zogen sich Leitungen und dicke Kabel, verschwanden in den Wänden und verbanden die Maschinenblöcke mit den Kontrollen der Schaltzentrale. Hinter der Halle, wußte Rhodan und wurde ihm von Sengu bestätigt, lagen weitere Hallen.

Ihre Schritte hallten dumpf von den kahlen Wänden wider.

In der Hauptschaltzentrale machten sie halt. Rhodans Lampe war hell genug, den Saal zu beleuchten.

Es war eine Kontrollanlage, deren Kompliziertheit keineswegs ihrer gigantischen Aufgabe nachstand. Von hier aus war der Planet aus der Kreisbahn seiner Sonne gezwungen und auf die lange, einsame Reise durch den kosmischen Raum gebracht worden. Jener halbrunde Block dort, auf dessen blanker Oberfläche Hunderte von Knöpfen und Skalen saßen, war vielleicht die Steuerung. Oder die riesige Schalttafel drüben über den Tischen? Mit ihr ließ sich vielleicht die Lebensmittelerzeugung oder die Lufterneuerung regeln.

Rhodan drehte sich langsam um seine Achse und betrachtete die komplizierte Anlage mit sinkendem Mut. Wie sollte er jemals diese Anlage kennenlernen, mit der ein ganzer Planet für zweihunderttausend Jahre vom Sonnenlicht unabhängig gemacht werden sollte?

Er trat vor und sah auf die Skalen der Halbkugel. Alle Zeichen waren in Nullstellung. Er lauschte. Nicht das geringste Geräusch war vernehmbar. Alles war still und wie tot.

Auch die Maschinen waren tot. Sengu hatte es vorhergesagt.

Rhodan zeigte auf eine Tür am anderen Ende der Zentrale. „Dort hinten liegt eine Halle, unter der sich die Energieerzeugungsanlage befindet. Die Reststrahlung wird von dort kommen. Können Sie das überprüfen, Sengu?“

Sengu ging zu der Tür und betrat die Nebenhalle. Rhodan und Gucky folgten ihm. In der Mitte der Halle hob sich deutlich ein Runddeckel von fünf Meter Durchmesser ab. Rhodan zeigte darauf.

„Dort unten ist der Reaktor. Er ist größer und leistungsfähiger als alles, was wir uns vorzustellen vermögen. Nun, Sengu? Ist er in Betrieb?“

Sengu sah auf den Deckel – sah durch ihn hindurch. „Die Anlage ist außer Betrieb. Der Reaktor wurde stillgelegt. In den Bleikammern liegen noch Reste strahlender Materie, die übrigblieb. Es ist kein Mensch zu sehen.“

„Versuchen Sie, die Steuerleitungen bis in die nebenan gelegene Zentrale zu verfolgen. Vielleicht entdecken wir die zum Reaktor gehörenden Kontrollen.“

Der Japaner machte sich an die Arbeit – eine für Uneingeweihte unfaßbar wirkende Arbeit. Seine Blicke durchdrangen alle Hindernisse und fanden die Führungskabel, verfolgten sie durch Wände und Mauern bis zu ihrem Ausgangspunkt. Dabei schritt der Japaner langsam durch die Halle, immer auf den Boden sehend, bis er die Zentrale erreichte. Seine Augen suchten, sein Blick wanderte weiter, bis er auf dem halbkugelförmigen Ding hängenblieb. „Das ist die Kontrollanlage des Reaktors.“

Rhodan hatte es geahnt, aber nun war er seiner Sache sicher.

Die einzelnen Knöpfe, Hebel und Skalen trugen keine Bezeichnung, aber sie waren in verschiedenen Farben gehalten, um eine Unterscheidung möglich zu machen. Das Herausfinden ihrer Bedeutung konnte nur nach optischen Mutmaßungen vorgenommen werden.

„Das Hauptkabel endet hier“, sagte Sengu und zeigte auf einen

Komplex mit nur drei Knöpfen. Einer davon war grün, der andere gelb und der dritte rot. „Ich würde es ja für einen verrückten Zufall halten, wenn gerade der grüne Knopf der Startknopf wäre."

„Und der rote bedeutet *Stop*, was?" Gucky grinste.

Rhodan blieb ernst.

„Zufall?" Er dehnte das Wort bedeutungsvoll. „Wer weiß, ob es wirklich nur ein Zufall ist."

Seine Hand näherte sich langsam dem grünen Knopf, blieb über ihm hängen, dann drückte er ihn tief in den Sockel.

In den ersten zehn Sekunden geschah nichts, dann begann die Decke des Raumes zu glühen, wurde langsam heller, bis die Zentrale in grelles Licht getaucht war. Der Reaktor lieferte wieder Energie.

Rhodan schaltete seine eigene Lampe aus und schob sie in die Tasche. Dann hielt er die Hand prüfend in die Luft.

„Nun – merkt ihr etwas?" fragte er.

Ein warmer Luftstrom zog über sie dahin. Er war aber nicht nur warm, sondern brachte auch Frischluft. Erst jetzt fiel ihnen auf, wie abgestanden die bisher in den Hallen und Gängen vorhandene Luft gewesen war.

„Es scheint, als begännen alle Anlagen wieder zu arbeiten", sagte Sengu. „Ich möchte nur wissen, wer den Reaktor abgeschaltet hat."

„Die Unsichtbaren?" Gucky schien sich nicht sicher zu sein. „Wir sind hier unten bisher noch keinem begegnet."

„Das bedeutet noch lange nicht, daß sie nicht hier waren", entgegnete Rhodan und verspürte wachsendes Unbehagen. „Wenn ihr etwas bemerkt, feuert sofort. Wir wissen ja, daß sie das nicht gern haben." Er sah sich um, als suche er etwas, dann meinte er: „Wir sollten nun versuchen, eine Spur der verschwundenen Barkoniden zu finden. Sie müssen doch irgendwo sein. Jetzt, da die Energieversorgung sichergestellt ist, haben wir wenigstens Licht."

„Fahren wir mit dem Wagen weiter?" spekulierte Gucky, obwohl doch gerade er es am einfachsten haben konnte. „Hier sind ja nur Maschinen, sonst nichts."

„Die Wohnstädte liegen auf gleicher Höhe – ja, wir könnten es mit dem Wagen versuchen. Oder können Sie etwas sehen, Sengu?"

„Ehrlich gesagt, ich habe mich bisher nur um die Anlagen

gekümmert, nicht um die Barkoniden. Vielleicht gelingt es mir aber...“

Irgendwo klickte es.

Sie hörten es genau, und es war kein Zweifel möglich. Gleichzeitig hörte das deutlich spürbare Vibrieren unter ihren Füßen auf. Die Decke wurde langsam dunkler und schließlich schwarz. Der erfrischende Luftzug blieb aus.

Jemand hatte den Reaktor wieder ausgeschaltet.

Rhodan riß die Lampe aus der Tasche und ließ den Schein durch die Zentrale gleiten. Sie standen etwa zwanzig Meter von der Halbkugel entfernt und hätten jeden sehen müssen, der sich in ihrer Nähe aufhielt.

Der Raum war leer.

Rhodan hielt in der einen Hand die Lampe, in der anderen seine Energiepistole. Mit einem entschlossenen Ruck setzte er sich in Bewegung und ging zu der Halbkugel. Er traute seinen Augen nicht. Der grüne Knopf war wieder aus dem Sockel herausgesprungen. Jemand mußte auf den roten gedrückt haben.

Ihm war, als stünde der Unsichtbare ihm direkt gegenüber. „Gucky, jemand hier?“

„Niemand. Wir sind die einzigen hier unten, die denken.“

Das war beruhigend, sofern es die Unsichtbaren anging. Wenn Rhodan an die Barkoniden dachte, war diese Auskunft alles andere als beruhigend.

Seine Hand senkte sich auf den grünen Knopf hinab und drückte ihn ein. Sofort flammte das Licht wieder auf. Mehrere der Skalen schlugen an. Zeiger zitterten. Unter ihren Füßen summte es. Die gigantische Maschinerie lief erneut an.

Klack!

Fassungslos starrte Rhodan auf den grünen Knopf, der herausgesprungen war. Das Licht erlosch. Die Maschinen schwiegen.

Er hatte es diesmal genau gesehen. Zuerst war der rote Knopf, wie von unsichtbaren Fingern bewegt, eingedrückt worden, ehe der grüne heraussprang, durch die Relaisschaltung dazu gezwungen.

Er schaltete den Reaktor wieder ein und hielt seine Hand schützend über den roten Knopf, so dicht, daß niemand ihn eindrücken konnte.

Klack!

Es war unbegreiflich. Rhodan fand keine Erklärung für das Phänomen. Vielleicht eine ferngesteuerte Aktion von der Oberfläche des Planeten aus. Niemand wußte, wer die Unsichtbaren waren und über welche Art von Technik sie verfügten. Das Wörtchen „unmöglich“ gab es im Sprachgebrauch der raumfahrenden Terraner nicht mehr, denn die Erfahrung hatte bewiesen, daß alle Rätsel des Universums eine Erklärung fanden.

Sicherlich auch dieses – wenn auch nicht unbedingt sofort.

Rhodan drückte den grünen Knopf abermals ein und behielt den Finger darauf. Mehrmals spürte er, wie der Knopf zurückspringen wollte, dann aber gab der Unbekannte die Versuche auf.

Das Aggregat blieb eingeschaltet und lief an.

Rhodan nahm die Hand weg und atmete auf. „Wir können nicht ewig hier herumstehen und das Ding immer wieder einschalten. Ich weiß auch nicht, wie es mit den anderen Maschinen steht. Wenn die Fremden merken, daß sie hier nicht weiterkommen, werden sie die Zuleitungen unterbrechen. Ich möchte nur wissen, was sie eigentlich bezwecken.“

„Und ich“, sagte Gucky, „möchte wissen, wer sie sind und woher sie kommen.“

Rhodan ignorierte Guckys Wunsch, als er sagte: „Wir werden zusammenbleiben und jetzt mit dem Wagen fahren. Gucky, du merkst dir diesen Ort genau. Falls der Reaktor wieder ausgeschaltet wird, mußt du hierher springen und ihn wieder einschalten. Hast du verstanden?“

„Ich bin ja nicht dumm“, entgegnete Gucky etwas patzig und watschelte dem Ausgang entgegen. „Nur fürchte ich, daß ich dann ganz nett hin- und herspringen muß. Hoffentlich verliere ich euch dabei nicht.“

„Du brauchst uns nur telepathisch anzupeilen, um uns zu finden“, erinnerte Rhodan ihn. „Aber es kann natürlich auch sein, daß der Reaktor nun eingeschaltet bleibt. Gehen wir.“

Auch in der Vorhalle und im Tunnel brannte nun die Deckenbeleuchtung. Die in regelmäßigen Abständen angebrachten Lampen wurden in der Ferne zu einem einzigen Punkt.

Sie stiegen ein und fuhren los. Aber kaum waren sie fünfhundert Meter weit gekommen, da erloschen die Lampen.

„Jetzt bin ich wohl dran?" fragte Gucky, der es sich eben bequem gemacht hatte.

„Erraten." Rhodan nickte, ohne die Geschwindigkeit zu verringern.

Gucky verschwand, zwei Sekunden später wurde es wieder hell, dann war Gucky wieder zurück.

„Wenn ich den erwische, der da immer aufs Knöpfchen drückt, hau' ich ihm die Hucke voll", keuchte er drohend. „Unverschämtheit!"

Als der Wagen eine halbe Stunde später in eine Verbreiterung des Tunnels einfuhr, die schließlich zu einer großen Halle wurde, hatte Gucky ein dutzendmal springen müssen. In den letzten fünf Minuten allerdings war nichts mehr geschehen. Ruhig und stetig brannte das Licht. Die Luft erneuerte sich, und das Vibrieren blieb.

Der Wagen hielt.

Rhodan zeigte auf ein verschlossenes Tor. „Dort ist der Eingang zur nächsten Wohnstadt – wenigstens hat Regoon es mir so erklärt. Regoon war der Chefphysiker von Barkon. Er hat den ganzen Plan ausgearbeitet und in die Tat umgesetzt. Ich möchte wissen, ob er noch lebt."

Er erhielt keine Antwort. Die anderen wußten zu wenig von seinen Erlebnissen auf Barkon vor mehr als einem halben Jahrhundert. Sie kannten weder Regoon noch den Atomspezialisten Laar, den Astronomen Gorat oder gar den Nexialisten Nex. Mit diesen vier Männern hatte er zu tun gehabt. Sie waren die führenden Barkoniden gewesen.

Das Tor widerstand allen Öffnungsversuchen.

Rhodan sagte: „Der Unsterbliche hat schon gewußt, warum er uns drei schickte. Jetzt könnt ihr beweisen, was Teamwork wert ist. Sengu, schildern Sie uns die Beschaffenheit des Schlosses."

Der Japaner sah durch das Metall hindurch und erkannte den Mechanismus des elektronischen Schlosses, das nur mit einem bestimmten Impulsschlüssel geöffnet werden konnte. Er schilderte die technischen Einzelheiten so plastisch, daß sowohl Rhodan als auch Gucky sich die Funktion vorstellen konnten.

Rhodan nickte dem Mausbiber zu. „Jetzt du, Kleiner. Öffne es!"

Gucky setzte seine telekinetische Begabung ein. Ohne das Tor auch nur anzurühren, erfaßten seine Geistesströme die mechanischen Teile des Schlosses, die hinter der Metallwandung lagen, und bewegten sie in der richtigen Reihenfolge. Er tat genau das, was sonst der Energiestrom getan hätte.

Das Tor glitt auf.

Dahinter war Licht, helles, strahlendes Licht. Aber die Luft, die ihnen entgegenschlug, war alles andere als frisch. Sicher, der Luftstrom aus den Ventilationsschächten herab war deutlich spürbar, aber Rhodan wußte sofort, daß er erst vor einer halben Stunde eingesetzt hatte. Ohne Erneuerung würde der Vorrat an Atemluft in den riesigen Hohlräumen sicher für viele Wochen reichen, aber einmal war er zu Ende. Und dieser Zustand schien erreicht worden zu sein.

Ein breiter Korridor führte in endlose Ferne. Rechts und links waren in Abständen gleichaussehende Türen. Auf ihnen standen Nummern.

Rhodan sah Gucky an. „Immer noch keine Gedankenimpulse?"

Der Mausbiber schüttelte den Kopf. Er konnte keine Gedanken auffangen. Wenn hier unten jemand war, dann war er tot – oder konnte nicht denken.

Nachdenklich sah Rhodan auf die erste Tür. Er trat näher und erkannte die flache Vertiefung für die Hand. Ein Körperwärme-Schloß.

Er legte die Hand in die Schale und wartete.

Sekunden später schob sich die Tür seitlich in die Wand.

Sengu und Gucky waren neben Rhodan getreten. Sie wollten ihren Augen zuerst nicht trauen, denn was sie erblickten, war so phantastisch und grauenhaft, daß es nicht wahr sein durfte.

Die längliche Halle, etwa dreißig Meter breit und mindestens dreihundert tief, war bis zur Decke mit Metallpritschen ausgebaut, auf denen in langen Reihen die vermißten Barkoniden ruhten.

Tot?

Ein heftiger Schreck durchzuckte Rhodan, vermischt mit Schmerz über den plötzlichen Tod eines Volkes, das er fast so liebte wie der Unsterbliche. Aber sofort regte sich in ihm die Frage: Warum waren sie gestorben – und warum waren sie in solcher Ruhe gestorben?

Es war ganz offensichtlich, daß sie sich auf ihre Ruhelager zurückgezogen hatten, als wollten sie schlafen. Aber sie konnten nicht nur schlafen, sonst würde Gucky ihre niemals ruhenden Gedankenimpulse empfangen. Sie mußten also tot sein, oder...

Gab es eine andere Alternative?

Es handelte sich auf keinen Fall um eine Konservierung nach der Art des Kälteschlafs, wie er von den alten Arkoniden durchgeführt worden war. Die Barkoniden lagen angezogen auf ihren Plätzen. Keinerlei technische Einrichtung wies darauf hin, daß sie künstlich ernährt wurden oder daß eine elektronisch gesteuerte Automatik sich um sie kümmerte.

Tot?

Rhodan beschloß, sich Gewißheit zu verschaffen, als das Licht erlosch. Gucky stieß einen nicht gerade salonfähigen Fluch aus, den er von Bully gelernt hatte, und entmaterialisierte. Rhodan stellte flüchtig fest, daß der Luftstrom versiegte und die Vibration unter den Füßen aufhörte. Dann war Gucky wieder zurück, und das Licht brannte.

„Diese Knopfdrücker!" murmelte er erbittert.

Rhodan trat zu der nächsten Pritsche und beugte sich zu dem regungslosen Barkoniden hinab. Es handelte sich um einen Mann in der eng anliegenden Tracht der Techniker. Seine Hautfarbe war blaß, aber es sah so aus, als schliefe er. Rhodan legte sein Ohr gegen die Brust, aber er konnte keinen Herzschlag feststellen. Auch keine Atemtätigkeit.

Doch der Körper des Barkoniden war warm.

Wenn er wirklich tot war, dann konnte er erst vor wenigen Minuten gestorben sein.

Rhodan richtete sich auf und sah Sengu fragend an. Der Japaner gab den Blick hilflos zurück. Das Licht flackerte und erlosch. Während Gucky den Ausfall wieder rückgängig machte, untersuchten die beiden Männer einige andere Barkoniden. Alle waren tot, aber ihre Körper hatten die lebendige Wärme noch nicht verloren. Sie atmeten nicht, ihr Herz schlug nicht, aber das Blut war nicht abgekühlt.

Und ihr Gehirn dachte nicht.

Gucky kam zurück. Er gestikulierte heftig mit beiden Armen. „Drüben in der Zentrale – Gedankenimpulse, ganz deutlich."

„Die Unsichtbaren?“ Rhodan erschrak, aber Gucky schüttelte den Kopf.

„Nein, unmöglich. Es sind ganz andere Gedanken – verständliche Gedanken. Jemand wunderte sich, erwacht zu sein.“

Rhodan kniff die Augen zusammen. Er warf einen letzten Blick auf die langen Reihen der reglosen Barkoniden, dann nickte er Sengu zu und ergriff Guckys Hand.

„Bring uns zur Schaltzentrale. Wir sehen uns den Erwachten näher an. Vielleicht erfahren wir dann endlich, was hier geschehen ist.“

Sie materialisierten dicht neben dem bekannten Kugelblock. Gucky neigte den Kopf und lauschte. Die Augen hielt er geschlossen. Dann sah er Rhodan an. „Dort drüben, in der Richtung. Nicht sehr weit. Er ist jetzt völlig wach, aber ich werde aus seinen Gedanken nicht klug. Ja, er denkt richtig, ganz anders als die Unsichtbaren. Aber nur wirres Zeug.“

„Gehen wir.“

Rhodan schritt voran. Gucky wies ihm die Richtung. Sie passierten drei oder vier Türen und gelangten auf einen breiten Korridor, der in endlose Weite zu führen schien. Der Mausbiber steuerte auf eine der ersten Türen zu und blieb stehen.

„Dahinter ist er – jetzt auch noch ein zweiter. Vorher haben sie nicht gedacht, und nun denken sie auf einmal wieder. Komisch ...“

Ja, vielleicht komisch, dachte Rhodan, während ihn eine wilde Freude durchzuckte. Auch die anderen „Toten“ dachten nicht. Diese hier aber waren wieder lebendig geworden.

Er legte seine rechte Hand gegen die vertiefte Wanne und wartete.

Die Tür öffnete sich langsam.

Sie gab den Blick in einen nicht sehr großen Raum frei, der behaglich eingerichtet war und mit den Maschinenhallen nicht das geringste gemein hatte, auch nicht mit den riesigen Schlafkammern der Barkoniden.

Das hier war ein gemütlich eingerichtetes Zimmer, in dem gedämpftes Licht brannte und eine angenehme Wärme herrschte.

Ein Mann in enganliegender Kombination kam ihnen mit unsicheren Schritten entgegen. Er war hochgewachsen und ungewöhnlich schlank. Sein Gesicht verriet große Intelligenz. Im Hintergrund lagen noch drei Männer auf ihren Betten. Einer richtete sich gerade auf und sah den Eintretenden gespannt entgegen.

„Perry Rhodan!“ sagte der Schlanke und streckte seine Hände aus. „Wir haben sehr lange auf Sie warten müssen.“

Rhodan nahm die angebotene Hand. „Sie sind es, Nex? Was ist geschehen?“

Der Nexialist lächelte. Es war ein etwas mutloses Lächeln. Höflich begrüßte er auch Sengu. Dann betrachtete er Gucky skeptisch, beugte sich aber schließlich zu dem Mausbiber hinab und tätschelte wohlwollend seine Schulter. Er mußte erkannt haben, daß er es mit einem intelligenten Wesen zu tun hatte.

„Was geschehen ist? Sie werden es noch erfahren, Rhodan. Ich werde Ihnen alles erzählen. Aber berichten Sie mir bitte zuerst, wie Sie hierhergekommen sind und wie es draußen – auf der Oberfläche – aussieht.“

„Was ist mit Ihren Kontrollgeräten? Haben Sie keine Verbindung mehr zur Oberfläche?“

„Seit Wochen nicht mehr.“

Der zweite Mann hatte sich inzwischen erhoben. Er war von mächtiger Statur und trug einen flammend roten Vollbart. Er streckte seine Glieder und brummte dann: „Mich sollen die Feuergeister holen, wenn das nicht der Fremde mit dem wunderbaren kleinen Raumschiff ist. Sehe ich richtig, Perry Rhodan?“

„Sie sehen richtig, Chefphysiker Regoon. Sie haben lange geschlafen?“

„Mehr als drei Wochen.“ Regoon nickte und begrüßte die Männer. Gucky betrachtete er verwundert. „Nanu? Wer ist denn das?“

„Das ist mein Freund Gucky, ein Mausbiber, Bewohner des Planeten Tramp in der Milchstraße.“

„Ja, rechts vom Kohlensack.“ Gucky nickte ernst und nahm Regoons Hand. „Du kannst mich ja mal besuchen.“

Der Bart des Barkoniden zitterte leicht.

„Er kann sprechen, dazu noch Interkosmo!“ staunte er und begann zu lachen.

„Aber von uns stammt er sicherlich nicht ab?“

„Das würde ich mir auch verbitten!“ protestierte Gucky und

watschelte zu den beiden Betten, in denen sich die Schläfer zu rühren begannen. Regoon sah ihm verwundert nach und schüttelte den Kopf.

Nex hatte Gucky längst vergessen.

„Sie wollten uns noch berichten“, erinnerte er Rhodon.

Rhodan schilderte in kurzen Worten, was sie auf der Oberfläche Barkons vorgefunden hatten, ohne den Auftrag des Unsterblichen zu erwähnen. Er verschwieg aber nicht die Angriffe der Unsichtbaren und das mehrmalige Ausschalten des Hauptreaktors durch die Fremden. Dann sagte er entschieden: „Aber nun möchte ich wissen, was vorgefallen ist. Hat Ihr Plan nicht geklappt?“

Diesmal war es Regoon, der antwortete: „Er hat ausgezeichnet funktioniert. Alle Maschinen arbeiteten so, wie wir es von ihnen erwarteten. Wir lösten uns aus dem Kräftefeld unserer Sonne und traten unsere Reise an – genau in Richtung der Galaxis. Das Leben hier in der Tiefe ging weiter, wie wir es vorgesehen hatten. Ein halbes Jahrhundert verging. Dann erfolgten die ersten Überfälle durch unsichtbare Intelligenzen. Nex, berichten Sie weiter.“

Der Wissenschaftler nickte. „Wir beobachteten merkwürdige Dinge mit Hilfe unserer Fernsehkameras. Die Oberfläche begann sich zu verändern. Die Atmosphäre schlug sich als Schnee nieder, und jedes Leben draußen wurde unmöglich. Unsere Sonne verschwand im Nichts. Die Milchstraße kam unmerklich näher. Das alles war normal und von uns erwartet worden. Aber dann fielen zum erstenmal die Aggregate aus. Sie waren einfach abgeschaltet worden.“

Rhodan nickte, gab aber keinen Kommentar. Sengu war zu Gucky gegangen und half ihm, die beiden noch schlafenden Barkoniden zu wecken.

„Wir konnten die Maschinen wieder einschalten, aber die Vorfälle wiederholten sich. Dann fielen die Kameras zur Oberfläche aus und konnten nicht wieder in Betrieb genommen werden. Wir fanden den Fehler nicht, aber alles wies darauf hin, daß wir angegriffen wurden. Bevor die Bildschirme erloschen, sahen wir einmal einen mächtigen Energiestrahl, der Schnee schmolz und das Wasser verdampfte, wahrscheinlich zu dem Zweck, die Oberflächennatur unseres Planeten zu untersuchen. Aber niemals sahen wir jemanden, obwohl Felsen verschoben wurden. Sie suchten uns. Und dann fanden sie uns. Die

Sichtverbindung wurde unterbrochen, und die Maschinen fielen aus. Wir schalteten den Reaktor wieder ein. Minuten später schaltete er sich selbständig aus."

„Wir kennen das", sagte Rhodan.

Nex ließ sich nicht stören. „Wir überlegten, was wir tun sollten. Vorsorglich gaben wir die Schlaftabletten aus. Sie wurden von unseren besten Medizinern entwickelt und haben eine erstaunliche Wirkung. Wenn man sie nimmt, wird ein Teil des Organismus lahmgelegt. Man stirbt für die Umwelt. Das Herz hört auf zu schlagen, wenn auch das Blut erheblich verlangsamt weiterfließt. Eine Nahrungsaufnahme ist nicht mehr notwendig. Sauerstoff wird in so geringer Menge benötigt, daß ein Mann von einem Kubikmeter jahrelang leben kann. Der Wärmeschlaf – so nennen wir ihn, weil der Körper sich nicht abkühlt – ist das idealste Hilfsmittel, eine böse Situation zu überwinden. Unsere Lebensmittelerzeugung fiel aus, die Luftzufuhr war gefährdet. Also befahlen wir unserem Volk, sich in die Schlafkammern zu begeben und die Tabletten zu nehmen. Wir selbst blieben in der Nähe der Zentrale und nahmen sie auch. Aber wir hatten auch gleichzeitig das Gegenmittel genommen. Sobald die Luftzufuhr wieder einsetzte, würden wir erwachen. Und sie würde erst dann wieder einsetzen, wenn die Unsichtbaren verschwanden."

„Oder wenn jemand den Reaktor in Betrieb setzte?" vergewisserte sich Rhodan.

Nex lächelte. „Nein. Alle vierundzwanzig Stunden schaltet ihn ein Automat ein. Aber das half wenig. Die Unbekannten setzten ihn sofort wieder außer Betrieb. Sie scheinen jetzt ihre Versuche aufgegeben zu haben."

Zwei Sekunden später mußte er erkennen, wie unbegründet diese Zuversicht war. Das Licht erlosch. Im Hintergrund des Zimmers stieß Gucky einen Fluch aus. Dann, wenig später, flammte das Licht wieder auf. Gucky kehrte zurück. Ohne auf die verblüfften Gesichter der beiden Barkoniden zu achten, sagte er: „Sie versuchen es immer wieder. Kann man den Knopf nicht so befestigen, daß er hält?"

„Dann würden sie den Reaktor anders lahmlegen, Kleiner. Vielleicht derart, daß wir ihn nicht mehr reparieren können."

„Wenn sie kommen, erleben sie ihr blaues Wunder", prophezeite

Gucky wütend. „Das mit dem Knopf machen sie mit Fernkontrolle, denn ich kann ihre Gedankenimpulse nicht spüren. Befestigen wir den Knopf, müssen sie selbst her – und wir bereiten ihnen einen heißen Empfang."

Das klang einleuchtend. Vielleicht saßen die Unsichtbaren nur auf der Oberfläche und steuerten den Angriff von dort. Aber wie sollte man den Knopf ...

„Klar! Wir werden den Knopf verschweißen!" rief Regoon aus. „Haben wir nicht Energiestrahler genug hier?"

Nachdem der Entschluß gefaßt war, beruhigte sich Gucky. Er verkündete mit der Miene eines großen Entdeckers: „Die beiden Schlafmützen sind aufgewacht, Perry. Soll ich sie aus dem Bett werfen?"

Rhodan, Sengu, Gucky und die vier Barkoniden näherten sich vorsichtig der Zentrale. Sie trugen jetzt alle Waffen. Rhodan hatte seinen leichten Strahler mit einer schweren Energiepistole der Barkoniden vertauscht.

Als das Licht erlosch, schaltete Gucky sofort den Reaktor wieder ein. Regoon eilte hinter ihm her und stand bald darauf zusammen mit dem Mausbiber neben der Halbkugel.

Er richtete seine Waffe gegen den eingedrückten grünen Knopf. Der feine Strahl purer Energie traf die Ränder und schmolz sie ab. Die zähe Masse bildete, als sie schnell erkaltete, ein unüberwindliches Hindernis für den Knopf. Er konnte nun nicht mehr herausspringen, mochte der rote Stoppknopf auch noch so oft eingedrückt werden.

Rhodan versuchte es. Er preßte den Daumen mit aller Gewalt gegen den roten Knopf. Er versank zwar im Sockel, aber der grüne Knopf blieb. Der Reaktor lief weiter. Das Licht erlosch nicht.

Nex nickte befriedigt. „Nun bin ich gespannt, was sie tun werden."

Rhodan deutete auf den Mausbiber, der zurückgetreten war. „Er wird uns sagen, wenn sie kommen. Er spürt sie."

Nex fragte nicht, wieso Gucky die Unsichtbaren spüren konnte, sondern machte seine Waffe schußbereit. Sie zogen sich von der Reaktorkontrolle zurück und verteilten sich. Sie alle wußten, worum es ging. Rhodan hatte ihnen eingehend den Plan erklärt. Was auf der

Oberfläche drei gebündelte Energiestrahlen fertiggebracht hatten, mußten sieben stärkere Strahlen erst recht möglich machen.

Sie warteten schweigend.

Niemand wußte, ob die Unsichtbaren sie sehen konnten. Vielleicht hatten sie keine normalen Sehorgane, sondern ertasteten sich nur ihre Wege. Niemand konnte es wissen.

Gucky hob die Hand und gab das Zeichen, daß er etwas kommen fühlte. Rhodan verstärkte seine mentale Aufmerksamkeit – und da spürte auch er die verwirrenden und drohenden Impulse, die auf ihn eindrangen. Ihre Intensität bestimmte ihre Entfernung – und sie kamen schnell näher. Sehr schnell sogar. Rhodan überlegte sich, wie die Unsichtbaren Zutritt zur Unterwelt gefunden hatten und wie sie sich fortbewegten. Konnten sie feste Materie durchdringen?

„Sie kommen", flüsterte Gucky und starrte verbissen auf die Halbkugel, die das Ziel der Unsichtbaren sein mußte. Wenn sie nicht direkt in den Reaktor wollten. Aber das war nicht anzunehmen, da sie sich ja gegen Energiestrahlen als nicht immun erwiesen hatten.

Guckys Kopf drehte sich langsam. Seine Augen waren auf etwas gerichtet, das alle anderen nicht sehen konnten. Aber wenn sie auch keine Telepathen wie der Mausbiber waren, so spürten sie doch den Druck im Gehirn. Und Gucky sah genau in die Richtung, aus der dieser Druck kam.

Jetzt sah Gucky auf die Halbkugel. Aber er feuerte noch nicht.

Der rote Knopf sank ein.

Eine unsichtbare Hand drückte ihn in den Sockel. Aber der grüne Knopf blieb, wo er war. Das Licht brannte weiter. Der Reaktor lief.

Gucky sah auf und blickte Rhodan an.

Rhodan nickte.

Das war das Kommando für sie alle.

Aus sieben schweren Waffen zuckten die Energieblitze. Sie kreuzten sich genau an der Stelle, an der jemand stehen mußte, wenn er die Knöpfe drücken wollte. Die Energie floß in Kaskaden von einem unsichtbaren Körper ab, der Gestalt annahm.

Der Unsichtbare wurde sichtbar.

Er besaß entfernt humanoide Formen, wie sie es schon einmal beobachtet hatten. Obwohl kaum mehr als ein Schemen zu sehen war, konnten sie dennoch erkennen, daß der Fremde einen unglaublich dünnen, pfahlförmigen Körper besaß, an dessen oberem Ende ein nur faustgroßer, runder Kopf auf einem langen, einem dünnen Schlauch nicht unähnlichen Hals saß. Mehr konnte man nicht erkennen.

Rhodan gab das Zeichen, gleichzeitig erloschen die sieben Energiestrahler. Der schemenhafte Fremde war zu Boden gesunken.

Rhodan spürte, daß die Gedankenimpulse und der damit verbundene Schmerz in seinem Gehirn nachgelassen hatten. Er sprang vor und lief auf den Gefallenen zu. Zögernd nur folgten ihm die anderen. Gucky blieb stehen und hielt Wache. Er würde das Näherkommen eines weiteren Fremden sofort bemerken und die anderen warnen.

Rhodans Hand packte den sichtbar gewordenen Unsichtbaren. Er fühlte eine Art Stoff und darunter das Fleisch. Mit aller Gewalt riß er den Gegner hoch und stellte ihn auf die Beine. Aber der Fremde mußte von dem konzentrischen Energiefeuer so arg mitgenommen worden sein, daß er zumindest betäubt war. Haltlos sackte er wieder in sich zusammen.

Rhodan bückte sich. Seine Hand ließ den Fremden nicht los. Er versuchte, das Gesicht zu studieren – und rieb sich mit der freien Hand über die Augen.

Das Gesicht des Fremden war wie verschleiert.

„Er wird unsichtbar!" gellte Guckys Stimme. „Seine Gedanken – er stirbt!"

Rhodans Hand griff fester zu, aber sie fand keinen Widerstand mehr. Sie fuhr durch den Stoff des fremdartigen Anzugs hindurch, hinein in den Körper des Unheimlichen. Noch war der Sterbende zu sehen, aber er wurde schnell transparent. Rhodan konnte schon durch den Körper hindurch den glatten Metallboden erkennen.

Angst, Schreck und Schmerz – das waren die Hauptmerkmale der Gedankenimpulse, die noch einmal auf Rhodans Gehirn eindrangen und schnell abklangen. Dann erloschen sie.

In derselben Sekunde war der Fremde verschwunden. Er war nicht nur unsichtbar geworden, sondern auch materielos.

Er war gestorben, und er hatte sich zugleich in Nichts aufgelöst.

Sie saßen im Zimmer der Barkoniden neben der Zentrale.

Seit Stunden schon lief der Reaktor ununterbrochen. Niemand hatte mehr versucht, ihn auszuschalten. Gucky, der in der Zentrale geblieben war und wachte, hatte keinerlei Impulse mehr auffangen können. Wie es schien, hatten die Unsichtbaren ihren Angriff aufgegeben.

Aber die Ruhe konnte auch täuschen.

„Wer mögen sie sein?" sann Rhodan vor sich hin und hegte die stille Hoffnung, wenigstens von Nex eine Erklärung zu erlangen. Aber der Wissenschaftler zuckte nur mit den Schultern.

„Sie kommen aus der großen Leere zwischen den Milchstraßen. Vielleicht haben sie überhaupt keinen Heimatplaneten und irrten ziellos umher. Da fanden sie uns. Scheinbar unbewohnt zieht unsere Welt durchs Universum. Sie glaubten, eine tote Welt gefunden zu haben. Dann entdeckten sie die Wahrheit – und griffen an. Aber sie sind unsichtbar und haben keinen Körper. Und doch – Rhodan, der eine war sichtbar. Er starb."

„Ja, und als er starb, wurde er wieder materielos. Es sieht also aus, als wäre das ihr natürlicher Zustand. Sie leben in der gleichen Dimension wie wir. Sie kennen keine Teleportation, aber sie erzielen einen ähnlichen Effekt. Sie sind nicht nur unsichtbar im üblichen Sinn, sondern überhaupt nicht vorhanden – aber ihr Gehirn ist gegenwärtig. Eine Erklärung gibt es dafür nicht."

„Wir werden eine finden", versicherte der Nexialist, der die Lehre der gesammelten Wissenschaften vertrat und das Spezialistentum ablehnte. „Eines Tages werden wir wissen, von wo sie kommen und wer sie sind."

Rhodan wußte: Das war nur ein schwacher Trost. Solange die Unbekannten sich darauf beschränkten, Barkon anzugreifen, und ihr Betätigungsfeld nicht in die Milchstraße verlegten, konnten sie ihm gleichgültig sein. Wer aber konnte das mit Sicherheit behaupten? Es gab keine Waffen gegen die Unsichtbaren, abgesehen von Energiegeschützen.

Regoon kam herein, hinter ihm der dicke Gorat. Sie warfen dem würdigen Atomwissenschaftler Laar einen belustigten Blick zu. Laar saß auf seinem Bett – mit einem Zylinder auf dem Kopf.

„Wozu die Jammerröhre?“ erkundigte sich Regoon spöttisch. „Es stehen doch keine Staatsgeschäfte bevor, oder doch?“

Laar gab keine Antwort. Regoon vergaß seine Frage. Er wandte sich an Rhodan. „Alle Abteilungen laufen auf Hochtouren. Der Kraftfeldgenerator arbeitet und baut eine Schutzglocke auf. Das war erst geplant, wenn wir in die Nähe der Galaxis kommen, aber wir haben Ihren Rat befolgt. Sie meinen also, die Unsichtbaren haben etwas gegen Energiestrahlen und Kraftfelder?“

„Ich bin fest davon überzeugt.“ Rhodan nickte. „Sobald das Kraftfeld den ganzen Planeten umspannt und stark genug ist, werden wir ja sehen, ob ich recht hatte. Wird die Atmosphäre regeneriert?“

„Sie baut sich auf“, versicherte Regoon lebhaft. „In wenigen Wochen haben wir eine neue Lufthülle auf Barkon. Es wird zwar immer noch kalt sein, aber man kann wieder auf der Oberfläche leben.“

„Zumindest wird es genügen, daß Sie ständige Stützpunkte dort einrichten, die der Beobachtung dienen sollen. Das, was geschehen ist, darf sich niemals mehr wiederholen. Ich kam aus Zufall hierher, das nächste Mal kann ich zu spät kommen. Werden Sie die Bevölkerung nun aufwecken?“

„Noch nicht“, lehnte Nex ab. „Erst wenn wir sicher sind, daß die Unsichtbaren nicht mehr angreifen.“

„Und wann glauben Sie, daß wir sicher sein können?“

Nex hob die Hände in typisch menschlicher Art, um sein Nichtwissen zu bekunden. „Ich weiß es wirklich nicht.“

Sengu sagte: „Wir sollten mit Gucky zur Oberfläche gehen und nachsehen. Wenn die Unsichtbaren uns angreifen, dann wissen wir, daß sie ihren Plan noch nicht aufgegeben haben.“

„Später“, erwiderte Rhodan zögernd. Er wurde das Gefühl an die ungeheure Gefahr nicht los, die der bewohnten Milchstraße von den Unsichtbaren drohte. Es mußte bessere Waffen gegen sie geben als zufällige Energietreffer.

Regoon warf ein: „Es wäre vielleicht doch gut, wir würden einige Techniker aufwecken. Allein können wir die Aufgabe nicht durchführen. Die Aggregate bedürfen der ständigen Überwachung und Pflege.“

„Nur wichtiges Personal", schränkte Nex ein und gab die entsprechende Erlaubnis. „Was macht die Lebensmittelerzeugung?"

„Funktioniert ebenfalls", gab Regoon Auskunft.

Rhodan erhob sich. „Ich wäre Ihnen dankbar, wenn Sie uns einen Raum zur Verfügung stellen könnten. Einer von uns wird immer beim Reaktor wachen. Aber auch wir benötigen Schlaf. Wir haben einen weiten Weg hinter uns."

„Nebenan." Nex stand ebenfalls auf. „Kommen Sie, ich bringe Sie hin."

Sie lagen auf den frisch bezogenen Betten, aber der ersehnte Schlaf stellte sich nicht ein. Rhodan verspürte auch auf einmal keine Müdigkeit mehr. Ihm war, als wäre er gerade aus einem tiefen und langen Schlaf erfrischt erwacht. Konnte denn die Müdigkeit nur Einbildung gewesen sein?

Rhodan begann zu ahnen, daß der Unsterbliche über die unvorstellbare Entfernung hinweg bei ihnen war und ihnen half. Er gab ihnen frische Kräfte – und er tat es nur, um die Rettungsaktion für die Barkoniden zu beschleunigen.

Mit geschlossenen Augen sagte Rhodan: „Können Sie Gucky sehen, Sengu?"

„Er steht vor der Halbkugel und döst vor sich hin. Ah, jetzt sieht er auf – in unsere Richtung. Kann es sein ..."

„Natürlich hat er Ihre Gedanken aufgefangen, Sengu. Gucky, kannst du mich verstehen?"

„Er nickt", sagte Sengu, über die einfache Art der Verständigung sichtlich beglückt. „Er hat verstanden."

„Ausgezeichnet, Gucky. Irgendwelche Anzeichen von den Unsichtbaren?"

Kopfschütteln.

„Gut, dann komm her!"

Der Mausbiber materialisierte in dem Zimmer.

„Die haben die Nase voll – wenn sie eine Nase haben", vermutete er. „Kein Impuls, keine Knopfdrücker, nichts mehr. Reisen wir ab?"

„Nicht so hastig, Kleiner. Die vier Barkoniden glauben, daß wir schlafen. Sengu bleibt hier, du und ich unternehmen einen Ausflug."

„Nach oben?“ piepste Gucky aufgeregt.

Rhodan nickte. „Sengu, ab und zu begeben Sie sich in die Zentrale und schauen nach. Wenn die Barkoniden nach uns fragen, dann sagen Sie ihnen, wo wir sind. Alles klar?“

Der Japaner nickte.

Gucky nahm Rhodans Hand.

In einem kaum merklichen Luftwirbel, der von Energiespiralen gebildet wurde, verschwanden sie vor Sengus Augen.

12.

Drei Tage später hatte sich das Bild der Oberfläche bereits beträchtlich verändert.

Im Gegensatz zu ihrem ersten Besuch waren Rhodan und Gucky diesmal nicht allein. Eine Gruppe von Spezialisten der Barkoniden begleitete sie. Sie trugen hochempfindliche Instrumente für Energiemessungen bei sich. Ohne besondere Vorsicht glitt der Mannschaftswagen nach der langen Auffahrt durch das Tor an die Oberfläche.

Mit Vorbedacht hatte Rhodan die Stelle gewählt, an der der erste Angriff der Unsichtbaren erfolgt war. Der glitzernde Eissee erinnerte noch daran.

Sie alle trugen warme Bekleidung. Die Raumhelme waren geöffnet. Kalte, aber nicht mehr zu dünne Luft drang in ihre Lungen. Rhodan sah hinauf in den schwarzen, sternenlosen Himmel. Ja, der Himmel war immer noch schwarz, wie man ihn von atmosphärelosen Welten her kannte. Aber Barkon besaß wieder eine Atmosphäre. Sie war nur wenige hundert Meter dick und wurde durch ein den ganzen Planeten umspannendes Energiefeld gehalten. Dieses Feld strahlte Wärme aus. Auf den Bergspitzen begann bereits die gefrorene Atmosphäre zu schmelzen und lieferte weitere Atemluft. Denn der Schnee enthielt auch gefrorenen Sauerstoff, der seiner speziellen Verbindung wegen erst bei relativ hohen Temperaturen frei wurde.

Das Energiefeld flimmerte leicht. Man sah es erst, wenn man längere Zeit den Himmel beobachtete.

Nex, der die Spezialisten anführte, sagte: „Es wird. In einer Woche ist der größte Teil der Atmosphäre wieder gasförmig. Dann können wir die Stationen einrichten."

Gucky, der ein wenig abseits gestanden hatte, kam herbei. „Impulse. Noch weit weg, aber sie nähern sich langsam."

Rhodan gab den anderen einen Wink. Die Hälfte von ihnen stellte die Geräte und Instrumente in den Schnee und zog die Waffen. Sie verteilten sich genau nach Plan. Die Entsicherungshebel klickten.

„Nun?" fragte Rhodan, der nur ganz schwache Impulse spürte, die sich nicht mehr verstärkten. „Was ist los?"

Gucky zuckte mit den Schultern. „Sie machten halt. Haben wohl Angst vor uns."

Die zweite Hälfte der Spezialisten hantierte mit ihren Apparaturen herum. Nex gab mit ruhiger Stimme seine Kommandos. Er hatte vollstes Vertrauen zu Rhodan und seinen beiden Helfern. Besonders der kleine Mausbiber hatte es ihm angetan. In den drei Tagen hatten die beiden ungleichen Wesen lange Gespräche geführt, und Rhodan konnte bemerken, daß der Mausbiber recht nachdenklich geworden war. Er nahm sich vor, ihn bei späterer Gelegenheit nach dem Inhalt der Gespräche zu fragen.

„Fertig!" sagte Nex schließlich.

Rhodan spürte ein weiteres Nachlassen der Impulse. Schmerzen erzeugten sie heute nicht. Wie ein vorsichtiges Tasten waren sie, dann zogen sie sich ganz zurück.

Gucky sah erstaunt zu ihm herüber. „Aus! Sie haben wohl das Denken nun endgültig eingestellt. Merkwürdig."

Zwei kleinere Bildschirme leuchteten auf. Wie auf einem Oszillographen liefen grüne Zackenstreifen über sie hinweg. Zwei Barkoniden bedienten sie und ließen eine Art Kamera herumschwenken. Die Streifen veränderten ihre Form, und Nex geriet ein wenig in Erregung.

Rhodan blieb ruhig. „Was stellen Sie fest, Nex?"

„Vor uns, keine zwei Kilometer entfernt, ist ein Hindernis energetischer Form. Es reflektiert unsere Strahlung. Drei weitere Hindernisse in sieben Kilometer Entfernung. Gleicher Art, übrigens."

„Form?"

„Moment."

Es folgte eine kurze Beratung mit den Technikern, dann wandte Nex sich wieder um und sagte zu Rhodan: „Längliche Form, Torpedos. Etwa zwanzig Meter dick und hundert lang. Könnten das vielleicht ..."

Rhodan nickte. „Ja, das sind Raumschiffe. Die Raumschiffe der Unsichtbaren, ebenfalls unsichtbar. Nur die Instrumente nehmen sie wahr."

„Was sollen wir tun?"

„Abwarten", empfahl Rhodan.

Er hatte seine Ahnungen, aber er wollte sie bestätigt sehen. Er sah zu Gucky hinüber, der in Richtung des angegebenen Schiffes blickte. Dann empfing der Mausbiber die stumm gestellte Frage.

Er murmelte: „Keine Impulse mehr. Die Schiffswände müssen sie abschirmen."

Auf den Bildschirmen begannen die grünen Linien wie wild zu rasen. Nex beugte sich zu einem Techniker herab und sprach leise mit ihm. Dann sagte er laut: „Das uns nächste Schiff ist gestartet. Es raste unter Energieverlust für uns durch das Kraftfeld und stößt in den Raum vor." Er wartete wenige Sekunden, in denen er den Schirm nicht aus den Augen ließ. „Nun ist es verschwunden. Die anderen drei Schiffe sind auch gestartet. Das Energiefeld wurde aufgerissen, baut sich aber wieder auf. Nur ein geringer Teil der Atmosphäre konnte entweichen." Er kam zu Rhodan. „Was bedeutet das alles? Sind sie geflohen?"

„Es sieht so aus", gab Rhodan zurück und verspürte Zweifel. „Sie haben einsehen müssen, daß ihr Plan mißlang. Sie zogen die Konsequenzen, wie man es von intelligenten Lebewesen erwarten kann. Ich glaube, Sie können Ihre Reise in Ruhe fortsetzen und die Bevölkerung aufwecken."

„Und Sie meinen, es seien nur diese vier Schiffe gewesen?"

„Ich glaube es. Wahrscheinlich war es nur eine Erkundungsexpedition. Sie landete hier, am Ort der stärksten Ausstrahlung. Der Reaktor liegt genau unter uns. In Zukunft werden Sie vor ihnen sicher sein, wenn Ihre Außenstationen jeden Gegenstand ausmachen."

„Gegenstand?" meinte Nex zweifelnd. „Die vier Schiffe waren keine Gegenstände, sie waren nichts als Energieimpulse."

„Sie verstehen schon, wie ich es meine." Rhodan lächelte und wandte sich zum Gehen. Was ihn anging, so hatte er die Aufgabe gelöst, die der Unsterbliche des Planeten Wanderer ihm gestellt hatte.

Sie warteten, bis die Barkoniden zwei Tage später aufgeweckt wurden. Das Weckmittel wurde der Atemluft zugesetzt und in die Kammern geleitet. Die Barkoniden erwachten, die Erinnerung setzte ein, das unterbrochene Leben nahm seinen Fortgang, als sei in der Zwischenzeit nichts geschehen. Neue Befehle wurden ausgegeben, und Rhodan war sicher, daß den Unsichtbaren ein zweiter Überraschungsangriff nicht gelingen würde.

Da spürte er plötzlich das suchende Tasten im Gehirn. Eine Frage, deutlich zu verstehen und klar formuliert.

Perry Rhodan? Die Barkoniden, sie leben?

Der Unsterbliche. Er konnte wieder die Gedankenimpulse der Barkoniden empfangen, wenn er auch noch zu geschwächt war, um im einzelnen ihre Bedeutung zu erfassen. Noch nie war es Rhodan so klar wie in dieser Sekunde zum Bewußtsein gekommen, daß die Entfernung für ES keine Rolle spielte.

„Sie sind erwacht", sagte Rhodan laut, denn er stand allein auf einer kleinen Anhöhe. Er hatte einen Spaziergang zur Oberfläche unternommen, um sich vom Aufbau der Wachstationen zu überzeugen. Das breite Tor unten im Tal stand weit offen. Nicht weit davon entfernt arbeiteten einige Techniker. Sie installierten ihre Beobachtungsinstrumente unter einer kleinen Plastikkuppel. „Barkon wurde von Unbekannten überfallen und beinahe erobert. Um dem Hungertod zu entgehen, versenkten sich die Barkoniden in einen Tiefschlaf. Auch ihr Gehirn ruhte."

„Daher also das Fehlen der Impulse", kam es lautlos zurück. „Wer waren die Fremden?"

Ja, wer waren sie gewesen? Rhodan hätte viel dafür gegeben, es zu wissen und die Frage des Unsterblichen beantworten zu können. „Sie kamen aus der großen Leere und sind unsichtbar. Es kann sich nur um eine Expedition gehandelt haben, denn mit Spezialinstrumenten konnten wir vier Schiffe orten, als sie Barkon verließen. Und doch wäre es ihnen fast gelungen, Barkon zu erobern. Ihre Technik..."

„Unsichtbare?" wurde er unterbrochen. Eine kurze Pause entstand. Dann die Frage: „Haben sie keinen Körper? Sind sie ohne jede Materie? Werden sie nur sichtbar und materialisieren sie erst dann, wenn sie in ein überstarkes Energiefeld geraten?"

Rhodan verbarg seine Verblüffung. Der Unsterbliche kannte also die Fremden. „Das sind genau die Symptome. Sie materialisieren nur im Zentrum gebündelter Energiestrahlen, verflüchtigen sich aber wieder, sobald die Strahlung nachläßt – oder wenn sie sterben."

Für Minuten kam keine Antwort.

Rhodan stand allein unter dem immer noch schwarzen Himmel Barkons und sah hinüber zu dem verwaschenen Fleck der Milchstraße, der halb vom Horizont verdeckt wurde. Der Schnee auf den Berggipfeln war längst verschwunden. Auch in der Ebene schmolz er. Reißende Flüsse suchten sich ihren Weg zu den tiefer gelegenen Stellen. Seen begannen sich zu bilden. Die Oberfläche von Barkon war dabei, sich zu verändern.

Dann kam die lautlose Stimme des Unsterblichen, und es war, als spräche er zu sich selbst, nicht aber zu Rhodan: „Barkon wird eine Spur sein, die zu unserer Galaxis führt – und *sie* werden dieser Spur folgen..."

„Sie?" fragte Rhodan und versuchte, ruhig zu bleiben und seine Erregung zu dämpfen. „Wer sind *sie*?"

Aber er wurde enttäuscht. Der Unsterbliche reagierte nicht. „Deine Mission ist beendet, Perry Rhodan. Ich werde künftig über die Barkoniden wachen. Bald werde ich stark genug sein, selbst nach dem Rechten zu sehen – falls es erneut notwendig werden sollte. Kehre zurück jetzt. Ich erwarte dich."

Rhodan wußte, daß jeder Einwand zwecklos sein würde. Der Unsterbliche war mächtiger als er, er hatte sich seinen Anordnungen und Wünschen zu fügen. Und zwar bedingungslos.

„Ich werde zurückkehren", versprach er. „Noch heute."

„Dein Schiff landet in zwei Stunden an der Stelle, an der du jetzt stehst. Vergiß es nicht, wenn du nicht auf Barkon bleiben willst. Du hast nur wenig Zeit."

„Ich weiß", entgegnete Rhodan, denn er wußte, daß jede Sekunde nach Plan eingeteilt war. Schon jetzt hatte die geheimnisvolle

Steuerung des Energieschiffs ihre Anweisungen erhalten und würde sich danach richten. Weder Startzeit noch Geschwindigkeit oder Kurs würden geändert werden können. Niemand – außer dem Unsterblichen – hatte Einfluß darauf. „Du kannst mich erwarten."

Keine Antwort mehr. Nicht einmal Anerkennung oder Dank.

Rhodan sah hinab in die Ebene. Die Station war bald fertig. Sie würde die Annäherung auch unsichtbarer und materieloser Schiffe sofort bemerken und weitermelden. Das Energiefeld über Barkon hatte sich inzwischen derart verstärkt, daß diese Schiffe sogar sichtbar werden würden. Die automatischen Energiegeschütze würden sich sofort auf das erkannte Ziel richten und feuern.

Barkon war vorbereitet.

Rhodan machte sich daran, Abschied von den Barkoniden zu nehmen.

Auf die Sekunde genau schlossen sich die Luken. Nex winkte mit beiden Armen. Rhodan gab den Gruß zurück, bis die einsame Gestalt nur noch ein winziges Pünktchen in der weißgefleckten Einöde war, das schließlich verschwand.

Das Schiff stieß durch die Energieglocke und befand sich dann im freien Raum. Es nahm Geschwindigkeit auf. Barkon fiel in einen bodenlosen Abgrund und wurde zur Kugel. Sie war nur schwer zu erkennen, da das wenige Licht nur schwache Reflexionen erzeugte.

Und dann war Barkon verschwunden.

Der Bug des Schiffes richtete sich auf die ferne Milchstraße, die sich als hellstrahlende Wolke gegen die schwarze Umgebung abhob.

Der Rückflug hatte begonnen, der Rückflug nach Wanderer, wo die DRUSUS auf sie wartete, die sie zurück nach Terra bringen würde.

13. Zwischenbericht Atlan

Ich erwachte durch ein starkes Übelkeitsgefühl. Als ich mich abrupt von dem Pneumolager aufrichtete, glaubte ich mich übergeben zu müssen.

Inmitten des Arbeitsraums, dicht vor dem geschwungenen Schalttisch, lag John Marshall. Ein Desintegrator war seiner Hand entfallen. Schlaff und verkrümmt lag der Terraner auf dem pulsierenden Bodenbelag.

Seine Uniform war über dem linken Schultergelenk verbrannt. Der Geruch verschmorter Kunststoffe war trotz der laufenden Klimaanlage spürbar. Verkrustetes Blut bewies, daß John ernsthaft getroffen worden war.

Ich taumelte zu dem Verletzten hinüber, neben dem ich ermattet zu Boden sank.

„John!“ rief ich ihn an. „John, wachen Sie auf!“

Er rührte sich nicht, aber seine Atemzüge hörten sich normal an. Wahrscheinlich würde er bald erwachen.

Ich blieb auf dem angenehm temperierten Boden sitzen, bis meine Sinne wieder einigermaßen klar arbeiteten.

„*Gas*!“ meldete mein Extrasinn mit schmerzhaft spürbar werdenden Impulsen. »*Jemand hat dich betäubt.*“

Ich kämpfte um meine Fassung. Mein Logiksektor hatte sich noch niemals geirrt. Einem von mir nicht beeinflußbaren Gehirnzentrum gehorchend, arbeitete er klarer und wesentlich treffender als der von mir gesteuerte Verstand.

Ich untersuchte Johns Waffe. Die Lademarke stand auf dem Wert „voll“. Das Zählwerk zeigte keine Energieentnahme an. Demnach war der Telepath nicht mehr zum Schuß gekommen.

Ich begann zu überlegen.

Da sich Marshall in meinem Arbeitsraum befand, mußte er im

Gegensatz zu mir etwas gehört haben. Ich war anscheinend im tiefen Schlaf von den eindringenden Gasschwaden überrascht und sofort narkotisiert worden. Woher aber konnten die giftigen Schwaden gekommen sein?

Ich sah mich aufmerksam um, bis sich mein Extrasinn erneut meldete: »*Klimaanlage, Narr! Du hast nach terranischer Sitte auf Außenluftzuführung geschaltet.*“

Ja, das war richtig. Auf der fernen Erde hatte ich mich seit vielen Jahrhunderten daran gewöhnt, bei geöffneten Fenstern zu schlafen. Ein auf Arkon Heimischer wäre nie auf die Idee gekommen, seine Klimaanlage nach der von mir vorgenommenen Art umzuschalten. Die Frischluft wurde zwar von außen angesaugt, aber anschließend von Robotkontrollen gereinigt und auf schädliche Bestandteile analysiert.

Jetzt erkannte ich deutlich, daß ich tatsächlich kein wirklicher Arkonide mehr war. Ich hatte zu sehr die Gewohnheiten der Menschen angenommen.

Ich überlegte weiter. Jemand, der mit meiner Vergangenheit vertraut war und sie folgerichtig auszuwerten wußte, hatte das Gas in die Ansaugöffnungen einströmen lassen und mich damit betäubt.

Das war also klar, auch wenn ich nicht ahnte, wen ich dafür verantwortlich machen konnte. Die primäre Frage war, warum man das getan hatte. Außerdem bewies Marshalls Verletzung eindeutig, daß unwillkommene Besucher in mein Arbeitszimmer eingedrungen waren. Weshalb aber?

Mörder konnten es nicht gewesen sein, sonst wäre ich zu diesen Überlegungen nicht mehr fähig gewesen.

Waren es Diebe gewesen? Ich blickte mich ratlos um. Was gab es hier schon zu stehlen? Außerdem war der Lebensstandard auf der Kristallwelt so hoch, daß es seit vielen Jahrhunderten keine Diebstähle mehr gegeben hatte.

Was hatte man mit meiner Betäubung beabsichtigt? Marshalls Stöhnen weckte mich aus meiner Lethargie. Damit schüttelte ich die letzten Spuren der Gasnarkose von mir ab. Auch das Hämmern in meinem Kopf ließ nach.

Ich riß den versengten Kunststoff über Johns Schultergelenk

auseinander. Die Verletzung war harmloser, als ich angenommen hatte. Anscheinend war die Armkugel von einem haarfeinen Thermo-Nadelschuß nur gestreift worden.

Oberhalb meines Schalttisches entdeckte ich schließlich den Einschlag. Ein wertvoller Wandbehang war verbrannt. In der dahinterliegenden Mauer klaffte ein faustgroßes, glasiert wirkendes Loch.

Ich wartete, bis Marshalls Blick klar wurde. Anschließend richtete er sich ebenso spontan auf, wie ich es vorher getan hatte. Stöhnend sank er zurück.

Ich bettete seinen Kopf in meine Arme und sprach beruhigend auf ihn ein. „John, es ist alles in Ordnung. Können Sie mich verstehen? Wir sind noch einmal mit heiler Haut davongekommen. Ihre Schulterwunde wird in vierundzwanzig Stunden verheilt sein. John, kommen Sie zu sich. Wir sind offenbar durch Gas betäubt worden. Hallo, John…“

Nach einigen Augenblicken begann sein Gehirn zu arbeiten. Ich sah in seine hellen Augen.

Mühevoll stammelte er: „Atlan – ich – ich kam zu spät. Es waren zwei Männer in weiten Umhängen. Ich erwachte durch die Gehirnimpulse der Burschen, aber als ich die Tür aufriß, hatte ich schon zuviel von dem Gas eingeatmet. Ich – Atlan, was war los?“

Ich lächelte ihm beruhigend zu und richtete seinen Oberkörper auf. Dabei kam sein Kopf an meiner Brust zu liegen. Ich trug nur die weiten, faltigen Nachtgewänder nach arkonidischer Sitte.

Ich wurde erst unruhig, als sein Gesichtsausdruck sich änderte. Langsam drehte er den Kopf. Ich blickte in seine aufgerissenen Augen.

„Was ist denn?“ erkundigte ich mich alarmiert.

„Wo – wo ist Ihr Zellaktivator?“

Ich stieß ihn von mir, um an meine Brust greifen zu können. Dort, wo sonst mein eiförmiger Aktivator hing, war nichts mehr zu fühlen. Da wußte ich, weshalb man das Gas in die Ansaugstutzen eingeblasen hatte.

Ich glaubte, in einem Abgrund versinken zu müssen. Plötzlich war wieder die Übelkeit da, und ich brach haltlos zusammen.

Ich lag auf dem leuchtenden Bodenmosaik, als ich Johns Hand auf meiner Schulter fühlte. In mir schien jedes Gefühl erstorben zu sein. Ich wollte nicht begreifen, daß das für mich lebenswichtige Gerät verschwunden war.

„Nicht die Fassung verlieren“, vernahm ich die Stimme des terranischen Freundes. „Beruhigen Sie sich. Wir werden Himmel und Hölle in Bewegung setzen, um den Aktivator wiederzufinden. Weit können die Verbrecher noch nicht sein. Rufen Sie sofort das Robotgehirn an und erkundigen Sie sich, welche Raumschiffe in den letzten Stunden gestartet sind. Wir waren etwa drei Stunden besinnungslos. Ehe ich verwundet wurde, warf ich noch einen Blick auf die Uhr. Demnach kann ich die Zeit des Überfalls genau bestimmen. Fragen Sie den Regenten, welche Schiffe während der letzten drei Stunden den Planeten verlassen haben. Ist keines abgeflogen, muß das Gerät noch hier sein. Verhängen Sie Start- und Landeverbot für alle Raumfahrzeuge, die auf Arkon I landen, oder die Welt verlassen wollen. Damit haben wir die Burschen schon so gut wie sicher.“

John Marshall schien ein ausgezeichneter Psychologe zu sein. Er hatte erfaßt, daß mein Zusammenbruch durch alltägliche Trostworte nicht aufzuheben war. Er hatte zu einem anderen, wesentlich besseren Mittel gegriffen.

Die sofortige Aufgliederung und das einwandfreie Überdenken der Geschehnisse halfen mir mehr, als ich angenommen hatte.

Hoffnung erfüllte mich. Wenn überhaupt noch etwas getan werden konnte, mußte ich sofort die Initiative ergreifen.

Ich richtete mich auf. John schien seine Übelkeit schon überwunden zu haben.

„Danke, John“, sagte ich mit vor Erregung rauher Stimme. „Das ist die Lösung. Wissen Sie auch, daß ich ohne den Zellaktivator nach spätestens sechzig Stunden abrupt altern und bald darauf als Greis sterben werde? John, jemand hat genau gewußt, daß man mich nicht zu ermorden braucht. Der Diebstahl des Geräts genügt völlig, um mich in kürzester Frist auszuschalten.“

Er sah mich nachdenklich an und sagte dann überlegend: „Wer kann gewußt haben, daß Sie ein solches Gerät besitzen? Niemand auf Arkon hatte davon eine Ahnung. Ganz davon abgesehen: Wenn man über die für Sie lebenswichtige Wirkung des Aktivators informiert ist, was der Diebstahl zu beweisen scheint, wird man ihn nicht grundlos entwendet haben. Jemand wird in kürzester Frist Bedingungen stellen. Es geht um das Große Imperium, Atlan."

„Bedingungen?"

„So sicher, wie ich Marshall heiße. Rufen Sie den Robotregenten an."

Fünf Minuten später wußte ich, daß während der fraglichen drei Stunden neun Raumschiffe den Planeten verlassen hatten. Jedes von ihnen konnte den Aktivator transportiert haben. Ich erteilte dem Gehirn den Befehl, unter Anwendung aller Mittel festzustellen, wohin die neun Raumer geflogen waren.

Mehr konnte ich nicht tun. Während wir überlegten und Kombinationen anstellten, behandelte ich Marschalls Schulterwunde. Medikamente waren im Nebenzimmer reichlich vorhanden. Meine medizinischen Kenntnisse reichten völlig aus, um die Wunde säubern und das erforderliche Zellregenerierungsplasma aufsprühen zu können. Eine Hochdruckinjektion befreite ihn von seinen Schmerzen.

Noch ehe die Ermittlungsergebnisse des Regenten einliefen, hatte der Telepath bereits eine frische Uniform angezogen. Auch ich hatte mich angekleidet. Wir verzichteten darauf, Alarm zu geben, da ich genau wußte, daß die lethargischen Offiziere der Palastwache mir ohnehin keine Hilfe sein würden.

Die Arkoniden aus dem Schiff der Ahnen wurden noch für die für sie ungewohnten Verhältnisse auf Arkon geschult und konnten natürlich auch nicht eingesetzt werden.

Drei Minuten später meldete sich der Regent auf der Spezialwelle des Imperators. Auf dem großen Bildschirm erschien das verworrene Linienmuster.

Ich lauschte gefaßt. Fünf der gesteuerten Schiffe waren planmäßige Passagierraumer, die für ferne, außerhalb des Arkonsystems liegende Welten bestimmt waren.

Schnelle Kreuzer der Robotflotte waren bereits in die Transition gegangen, um die Transporter einzuholen.

Vier weitere Raumfahrzeuge befanden sich in Privatbesitz. Alle waren sie auf Arkon II, der Welt des interkosmischen Handels und der privaten Industrie, gelandet.

„Sollen Untersuchungen eingeleitet werden, Euer Erhabenheit?" erkundigte sich die Robotmaschine.

Ich verneinte. Da begann John Marshall zu lächeln. Er schien meine Gedanken zu ahnen.

Ich schaltete ab und drehte mich um. Im Palast war alles still. Es schien, als hätte niemand eine Ahnung von dem Vorgefallenen. Wenn es hier Komplicen der Attentäter gab, mußte sich unter ihnen eine steigende Unruhe bemerkbar machen. Ich war davon überzeugt, daß sie mit meiner typisch terranischen Handlungsweise nicht gerechnet hatten. Jeder normale Arkonide, zumindest aber einer der Jetztzeit, hätte sofort in Panik Alarm geschlagen.

Ich ging zum Regelschalter hinüber und dämpfte das Licht noch mehr. Mein auf Reflexwirkung eingestellter Panoramaschirm ließ ohnehin keinen Schimmer nach außen dringen.

„Man wird irgendwo im Palast sehr beunruhigt auf meinen Hilferuf warten", sagte ich sinnend. „Wir werden den Betreffenden den Gefallen nicht tun. Es wäre absolut sinnlos, die Wachen mit Nachforschungen zu beauftragen. So klug bin ich mittlerweile auch geworden."

„Ganz meine Meinung."

„Hm, was würden Sie demnach vorschlagen, John?"

Ich sah ihn aufmerksam an, bis er begann: „Perry Rhodan, der mich vor dem Abflug zum Planeten Wanderer als Verbindungsmann zu Ihnen geschickt hat, befindet sich seit einigen Tagen wieder auf der Erde. Ich würde Ihnen dringend raten, sofort die Hilfe des Mutantenkorps anzufordern. Nur wir können den Aktivator wiederfinden."

„Sie meinen, ich sollte mich auf das mit Rhodan abgeschlossene Bündnis berufen? Jeder hilft jedem?"

„Nein, nicht darauf. Ich meine, Sie sollten sich an den Freund Rhodan wenden, nicht an den Administrator des Solaren Imperiums."

„Freund, wie das klingt", sagte ich vor mich hin. „John, ich werde es tun. Wenn ich das Gerät innerhalb von sechzig Stunden nicht wiederfinde, wird mein langes Leben zu Ende gehen. Vielleicht sollte ich es darauf ankommen lassen."

„Und das Imperium, Admiral Atlan?"

Die Bemerkung hatte scharf geklungen. Außerdem hatte er mich

„Admiral" genannt. Ich sah ihn ironisch an. „Seien Sie nicht so selbstlos, Marshall. Sie wissen genau, daß die Erde bei meinem Tod verloren wäre. Oder nehmen Sie etwa an, das bei meinem Ableben wieder voll handlungsfähig werdende Robotgehirn ließe eine beachtliche Gefahr, wie sie nun einmal von Terra dargestellt wird, unbeachtet? Wenn ich nicht mehr bin, werden wenige Tage später zehntausend und mehr Schlachtschiffe aus dem Hyperraum auftauchen, um die Menschheit zu unterjochen oder gar zu vernichten. Darüber sind wir uns doch einig, nicht wahr?"

„Völlig", entgegnete er bedrückt.

„Schön, ich schätze Ihre Offenheit, John. Ehrlicherweise möchte ich hinzufügen, daß ich auch nicht gern tot sein möchte. Rufen wir also Rhodan an. Er wird sofort erfassen, daß er in seinem eigenen Interesse mit allen Mutanten erscheinen muß. Noch ist Terra nicht stark genug, um einem Großangriff die Stirn bieten zu können. Dazu möchte ich jedoch bemerken, daß ich nichts gegen eine Weiterentwicklung der Menschheit habe. Wenn ich kann, werde ich ihr weiterhin unter die Arme greifen."

„Das wissen wir."

Ich hatte meinen Schock über den Diebstahl überwunden. Wenig später rief ich die Riesenpositronik an und beauftragte sie, eine Hyperkomverbindung mit der Großfunkstation von Terrania herzustellen.

Seit dem ergebnislos verlaufenen Angriff einer Druufflotte auf das solare System waren der Regent und die bekannten raumfahrenden Zivilisationen der Galaxis darüber informiert, wo die bis dahin so geheimnisumwitterte Erde zu finden war.

Ich wußte, daß nun auf Arkon III, der Welt des Krieges und der Flotte, die gewaltigsten Richtstrahler der Galaxis auf einen bestimmten Raumsektor einschwenkten.

Terra lag etwa 34 000 Lichtjahre entfernt. Trotzdem bereitete die Nachrichtenübermittlung keine Schwierigkeiten.

Schon kurz darauf leuchtete der größte Bildschirm meines Arbeitsraums auf. Das Gesicht eines terranischen Offiziers wurde erkennbar. Er schaltete weiter zum Amtssitz des Ersten Administrators.

Als Perry Rhodans schmales, abgespannt wirkendes Gesicht

auftauchte, begann ich übergangslos zu sprechen. „Hallo, kleiner Barbar. Wie geht es dir und welche Uhrzeit hat man auf der Erde?“

Er lachte. Sein Gesicht entspannte sich. Ich glaubte, direkt in seine grauen, spöttischen Augen sehen zu können. Die überlichtschnelle Funkverbindung gelang einwandfrei. Nur die Bildübertragung litt hier und da unter Verzerrungserscheinungen.

„Danke der Nachfrage, Arkonide. Ich saß gerade beim Mittagessen und dachte über unseren letzten Besuch auf Wanderer nach. Es könnte sein, daß die Galaxis bald von seltsamen Wesen bedroht wird.“

„Tut mir leid, daß ich mich jetzt nicht mit dir darüber unterhalten kann. Eine Frage, Perry: Kannst du dir vorstellen, was geschieht, wenn man mir den Zellaktivator stiehlt?“

Ich beobachtete gespannt seine Reaktion. Sie kam wie erwartet. Sein Gesicht wurde zur ausdruckslosen Maske.

„Ja. Und jetzt sage nur nicht, jemand hätte dir das Gerät...“

„Doch, vor dreieinhalb Stunden. Marshall und ich sind mit Gas betäubt worden. Ich habe hier noch keinen Alarm ausgelöst. Einige Spuren haben wir bereits durch die Ermittlungsarbeit des Regenten entdeckt, aber damit sind wir auch am Ende angelangt. Marshall allein wird den Fall nicht lösen können. Hast du einen guten Vorschlag?“

Perry Rhodan lächelte nur. Er hätte nicht Perry sein dürfen, wenn er jetzt noch Fragen gestellt hätte. Dieser kluge Mann hatte genau erfaßt, was geschehen war und wie die Konsequenzen lauten mußten.

An Stelle langer Erklärungen sagte er knapp: „Ich starte in zwei Stunden mit dem gesamten Mutantenkorps. Behalte bis dahin die Nerven und mache mir den Weg frei. Ich möchte weder von Wachschiffen angehalten noch zur Kontrolle nach Arkon III dirigiert werden. Ich lande mit der DRUSUS und zwei Staatenkreuzern auf dem Raumhafen des Imperators. Sorge dafür, daß mir nicht zu viele der auf der Kristallwelt heimischen Schlafmützen über den Weg laufen und dumme Fragen stellen. Nochmals: Behalte die Nerven. Ende.“

Das war alles, was Perry Rhodan in der für mich lebenswichtigen Angelegenheit erwiderte.

Nachdenklich, schon wieder unruhig werdend, sah ich auf den verblassenden Schirm, auf dem gleich darauf das Symbol des Regenten auftauchte.

„Das Gespräch ist beendet, Euer Erhabenheit", klang es scharf akzentuiert aus den Lautsprechern.

Ich nickte und schaltete ab.

Marshall meinte anerkennend: „Das ging schnell. Er kann in einem Tag hier sein. Haben Sie ihm einmal gesagt, daß Sie ohne den Aktivator nur noch sechzig Stunden leben können?"

„Er weiß es seit unserer zweiten Begegnung. Damals waren wir noch Feinde, wenigstens nahmen wir an, welche zu sein. Zeigen Sie mir noch einmal Ihre Schulter."

Ich kontrollierte den durchsichtigen Bioplastverband. Die heilende Wirkung setzte bereits ein.

„Haben Sie wieder Schmerzen?"

John verneinte und erklärte beherrscht: „Ich melde mich schon, wenn es unerträglich wird. Legen Sie sich jetzt wieder hin. Wir werden für den Rest der Nacht genügend Gesprächsstoff haben."

Ich ging zu meinem Lager hinüber und nahm Platz. Wer konnte gewußt haben, wie unersetzlich der Aktivator für mich war? Vor allem aber: Welcher Eingeweihte hatte seine Kenntnisse an arkonidische Verräter weitergegeben? Mir schien, als wäre diese Frage noch wichtiger.

Noch gelang es mir, meine bohrende Unruhe über den Verlust zu unterdrücken. Überlegend fuhr ich mit den Fingerspitzen über die häßlichen, breiten Narben auf meiner Bauchdecke.

Während meines Aufenthalts auf der Erde war ich mehr als einmal gezwungen gewesen, das kleine Gerät im Gefahrenfall zu verschlukken. Oftmals waren Operationen unter Bedingungen nötig gewesen, an die ich nur schaudernd zurückdachte. Leider hatte es keine andere Möglichkeit gegeben, den Aktivator wieder aus dem Magen zu befördern.

Ich erinnerte mich lebhaft an den Feldarzt der achten römischen Legion. Er hatte mir ohne jede Narkose und mit primitiven, in keiner Weise sterilen Instrumenten zu Leibe rücken wollen. Schließlich hatte ich mich doch noch zu meinem vorsorglich versteckten Fluganzug durchschlagen und im letzten Augenblick meine unterseeische Kugel erreichen können, wo Spezialroboter die Operation vorgenommen hatten.

In anderen Fällen war es mir nicht möglich gewesen, meinen Stützpunkt anzufliegen.

Diesmal aber lag der Fall anders. Man hatte mir den Zellaktivator entwendet.

„Wie sind sie hereingekommen?“

Ich fuhr zusammen. Marshall saß in einem Gliedersessel, dessen Liegeautomatik er abgestellt hatte.

„Wie bitte?“

„Wie die Diebe hereingekommen sind? Sie hatten in meiner Gegenwart alle Zugänge durch Energieschirme abgesperrt.“

Ich lachte bitter auf. „John, Sie kennen Arkon nicht. Dieser Palast ist zu einer Zeit erbaut worden, als Attentate an der Tagesordnung waren. Hier gibt es wahrscheinlich zahlreiche Geheimgänge, die den jeweiligen Imperatoren als Fluchtwege gedient haben mögen. Es ist fast ausgeschlossen, die mit allen Hilfsmitteln modernster Arkontechnik getarnten Zugänge zu entdecken. Da helfen auch keine Hohlraumtaster und sonstigen Ortungsgeräte. Die Diebe müssen über wenigstens einen Gang informiert gewesen sein. Durch die Robot- und Energiesperren wären sie niemals durchgekommen.“

„Hmm, so ist das also. Meine Kollegen werden etwas finden, verlassen Sie sich darauf. Sie sollten sich in der näheren Umgebung ein eigenes Haus bauen lassen.“

Wieder lachte ich. Beinahe mitleidig schaute ich den Terraner an. „Junger Freund, Sie denken zu terranisch. Es ist für einen Imperator undenkbar, den Palast zu verlassen. Allein die hier konzentrierten Schaltanlagen können anderswo nicht installiert werden. Was denken Sie wohl, was bei einem Nachbau der hiesigen Aggregate alles geschehen würde? Geben Sie den Gedanken auf.“

„Ein verteufeltes Leben. Offen gestanden: ich möchte nicht in ihrer Haut stecken.“

„Leider kann ich sie nicht abstreifen. Schlafen Sie nun, John. Ihre Schulterwunde benötigt Ruhe.“

„Woher nahmen Sie die Medikamente?“

„Im Palast gibt es allein drei Operationssäle, die nur dem Imperator vorbehalten sind. Jede Zimmerflucht besitzt eine Verbandsstation für die erste Hilfeleistung. Verdorbene Medikamente werden von Medo-

Robots regelmäßig ersetzt. Sehen Sie nun, wie sehr meine Vorgänger um ihre Sicherheit besorgt waren?“

Marshall schwieg. Kopfschüttelnd schaltete er die Liegeautomatik ein, die den Gliedersessel nach seinen Körperumrissen einschwenkte.

Es wurde still in dem großen Arbeitsraum. Die vielen Bildschirme an den Wänden und auf dem Schalttisch wirkten auf mich wie große tückische Augen voll Spott und Drohung.

Als Marshall eingeschlafen war, begann ich mit einer unruhigen Wanderung quer durch das Zimmer. Was bezweckte man mit dem Diebstahl des Aktivators? Wer hatte die Diebe beauftragt?

Warum hatte man mich nicht ermordet? Eine bessere Gelegenheit, den neuen Imperator loszuwerden, hätte es doch wohl kaum geben können.

Ehe sich mein Logiksektor melden konnte, fand ich die Lösung selbst. Man hatte es nicht riskiert, mich im Schlaf umzubringen. Der Robotregent war von mir programmiert worden, wozu ich mehrere Wochen benötigt hatte.

Im Fall meines plötzlichen Todes hätte er sofort wieder die Macht ergriffen und den Zustand hergestellt, der vor meinem Auftauchen üblich gewesen war.

Anscheinend legten die Drahtzieher keinen Wert darauf, erneut unter der Diktatur einer Maschine leben zu müssen. Jemand wollte die Macht für sich.

Damit wurde Marshalls Vermutung logisch fundiert. Offenbar hielt man mich für einen Mann, der ebenso am Leben hing, wie Millionen andere Leute. Also schien man mich erpressen zu wollen. Nur ich konnte das von undurchdringbaren Energieschirmen abgesicherte Gehirn so umprogrammieren, daß es den Befehlen Außenstehender gehorchen mußte.

Ich begann noch erregter auf und ab zu schreiten. Natürlich – das war die Lösung des Problems. Jemand wollte mich zwingen, etwas zu tun, was fraglos zum Untergang des Reiches führen mußte.

Als ich laut zu mir selbst zu sprechen begann, schlug Marshall die Augen auf.

„Sie sollen doch ruhen“, sagte er vorwurfsvoll. „Es wird sich alles finden. Ihr Arkoniden verliert zu leicht die Nerven.“

„Was ich mir während eines zehntausendjährigen Aufenthalts auf der Erde eigentlich abgewöhnt haben sollte", entgegnete ich sarkastisch. „Ich lege mich hin."

Damit begann die Periode des Wartens auf Perry Rhodan. Es war doch seltsam, wie sehr ich plötzlich auf den terranischen Freund angewiesen war. Unwillkürlich mußte ich lächeln, als ich an unseren Schwertkampf im Erdmuseum der Venus zurückdachte.

Der Raumhafen zur ausschließlichen Benutzung durch den Imperator und durch ihn autorisierte Persönlichkeiten lag wenige Kilometer jenseits der ausgedehnten Hügelgruppe, auf der man die Regierungspaläste erbaut hatte.

Ich hatte das Gelände durch schwerbewaffnete Roboteinheiten und eine Naat-Division absperren lassen.

Die drei Meter hohen, klobig gebauten Zyklopen mit den runden Köpfen und den drei großen Augen waren kampferfahrener, treuer und aktiver als die zahllosen arkonidischen Raumlande-Armeen, die praktisch nur noch auf dem Papier existierten.

John Marshall hatte die Offiziere der Naat-Verbände auf parapsychischer Basis überprüft und den Bewußtseinsinhalt eines jeden Mannes genau erkundet.

Damit stand fest, daß die Naat-Garde des Imperators an dem Diebstahl völlig unbeteiligt war. Die Zyklopen wußten von nichts.

Fünfzehntausend modern ausgerüstete, mit flugfähigen Spezialkombinationen und Individualschutzschirmen versehene Bewohner des fünften Planeten hatten den weiten Raumhafen hermetisch abgeriegelt.

Es war ein gewaltiges Truppenaufgebot, das durch Robotpanzer und fahrbare Energiegeschütze noch verstärkt wurde.

Natürlich hatte es größtes Aufsehen erregt. Ich war von besorgten Höflingen mit Fragen überschüttet worden, aber ich hatte nur gelächelt. Sollten sie denken, was sie wollten. In den Kreisen der Verschwörer mußte größte Unruhe ausgebrochen sein. Marshall vermutete, diese Leute wären wahrscheinlich auf den Gedanken gekommen, ich besäße noch einen zweiten Aktivator. Damit wäre meine Gelassenheit erklärt gewesen.

Die Auswertung des Robotregenten lag mittlerweile vor. Die Maschine hatte in vollem Umfang meine Überlegungen bestätigt. Man hatte es nicht gewagt, mich zu ermorden. Man wollte alles oder nichts. Somit wurde ein Erpressungsversuch immer wahrscheinlicher.

Ich stand neben dem fahrbaren und flugfähigen Divisionsgefechtsstand. Die Naat-Offiziere schienen sich ihre großen Köpfe zu zerbrechen, was das alles zu bedeuten hatte.

Meine Robotleibwache umschloß mich in einem Halbkreis. Die Mündungen der schweren Energiewaffen flimmerten.

Zehn Minuten nach meinem Eintreffen auf dem Raumhafen mehrten sich die Ortungsmeldungen. Über die Geräte des Gefechtsstands stand ich mit dem Gehirn in Verbindung.

Drei fremde Kampfschiffe, zwei Leichte Kreuzer und ein Superschlachtschiff aus der Imperium-Klasse, waren mitten im Arkonsystem aus dem Hyperraum gekommen.

Der elfte Planet war durch eine strukturelle Schockwelle schwer erschüttert worden. Auf seiner Oberfläche sollten tektonische Beben und schwere Orkane toben.

Es war mir gleichgültig. Arkon XI war unbewohnt. Rhodan hatte folgerichtig gehandelt.

Die Distanz zwischen Arkon und Terra war zu groß, um sie mit nur einer Transition überwinden zu können. Er hatte bei schonungsloser Beanspruchung seiner Schiffsmaschinen wenigstens viermal springen müssen, um die Entfernung bewältigen zu können.

Ich beobachtete die Landung des fünfzehnhundert Meter durchmessenden Kugelraumschiffs DRUSUS, des Flaggschiffs der Solaren Flotte.

Der Gigant wurde exakt auf die weit gespreizten Landebeine gesetzt. Kurz darauf landeten noch zwei Schnelle Kreuzer der terranischen Staatenklasse, deren ungeheure Beschleunigungswerte von anderen Schiffstypen bisher noch nicht erreicht worden waren.

Eine Druckwelle aus hocherhitzten Luftmassen fauchte über das Gelände. Dann verstummten die rumorenden Maschinen der DRUSUS. Einem Gebirge aus Stahl gleichend, füllte sie den Blickwinkel so aus, daß man die sichtbare Kugelhälfte nicht auf einmal mit dem Auge erfassen konnte.

Ich wußte zu gut, welche Kampfkraft der Raumer besaß. Dabei dachte ich weniger an die Maschinen, Waffen und elektronischen Einrichtungen, sondern an die Männer, die hinter all diesen Geräten saßen. Auch im Zeitalter der Robotisierung kam es in letzter Konsequenz auf das Können der lebenden Besatzung an.

Verbitterung überkam mich. Ich, der neue Imperator des arkonidischen Sternenreichs, verfügte über mehr als zweitausend solcher Superschlachtschiffe dieser Größenordnung. Ein Befehl genügte, um die Titanen in das All rasen zu lassen.

Dennoch war mir klar, daß eine terranische Flotte von nur fünfhundert Schiffen dieser Art mit meinem Riesenaufgebot sehr schnell aufgeräumt haben würde, denn Arkon besaß nicht die hochqualifizierten Mannschaften, über die Terra verfügte.

Wir flogen mit dem Divisionsgefechtsstand zu dem gelandeten Schlachtraumer hinüber. Als sich die Bodenschotte öffneten und das Schleusen-Wachkommando unter dem Befehl eines jungen Offiziers antrat, wurde mir wohler ums Herz.

Das waren die altvertrauten Gesichter. Das waren die Männer, auf die man sich verlassen konnte. Das waren die fähigen Spezialisten, die ihr Gehirn in eigener Initiative zu gebrauchen wußten; die bei unvorhergesehenen Situationen selbständig entscheiden konnten.

In dem Moment vergaß ich meine neue Würde. Völlig unkonventionell stürmte ich auf die Männer des Kommandos zu und begrüßte sie. Ich bemerkte ihre strahlenden Augen und das Lächeln auf ihren Lippen.

Der Offizier der Wache war Leutnant Fron Wroma, ein drahtiger, hochgewachsener Terraner aus dem Bundesstaat Afrika. Seltsamerweise dachte ich in diesen Augenblicken an seinen wundervollen Bariton. Mit seinem Gesang hatte er mich einmal vor einer schweren Nervenkrise bewahrt.

Erinnerungen über Erinnerungen stürmten auf mich ein. Ich achtete nicht auf die sprachlos staunenden Stabsoffiziere der Naat-Division.

Als ich mich noch mit Wroma unterhielt, begann dicht vor mir die Luft zu flimmern. Ein kleiner, nur meterhoher Körper wurde erst umrißhaft erkennbar, um schließlich stofflich stabil zu werden.

Ich blickte in große, kluge Augen und auf einen weißen Nagezahn von respektablen Ausmaßen. Gucky winkte mit seinen zierlichen Händen und rief dabei mit seinem schrillen, unüberhörbaren Organ: „Hallo, alter Sturkopf, wie geht es denn?“

Mein Haushofmeister, ein stockkonservativer Arkonide, begann zu wanken. Fassungslos, zutiefst entsetzt ob dieser Majestätsbeleidigung, suchte er nach einem Halt, der ihm von einem grinsenden Terraner auch gewährt wurde.

„Schlechte Luft hier, Alterchen, was?“ fragte der Sergeant gemütlich. Liebevoll tätschelte er dem Hofbeamten im Rang eines Ministers den schmalen Rücken.

Gucky, der wieder die für ihn angefertigte Spezialuniform mit dem Loch im Hinterteil trug, watschelte auf mich zu.

Ich nahm den kleinen Kerl, mit dem mich eine eigentümliche, zumeist aus gegenseitigen Sticheleien bestehende Freundschaft verband, zum Entsetzen meiner arkonidischen Begleiter auf die Arme und kraulte ihm das weiche Fell.

„Klasse!“ seufzte Gucky augenverdrehend, und sein Mausgesicht verklärte sich. „Große Klasse! Das sind vielleicht weiche Finger. Nichtstuerfinger, wollte ich eigentlich sagen.“

„Ich soll wohl etwas fester zudrücken, Angeber?“ meinte ich lachend.

„Rohling! Na ja, was ist von so einem Imperator schon zu erwarten. Ich habe in Büchern gelesen, daß solche Leute immer ihre Untertanen umbringen. Hast du einen namens Nero gekannt?“

„Und ob. Ich war sogar in seiner Prätorianer-Garde.“

Gucky wurde nachdenklich. Aufmerksam schaute er mich an. Ich kraulte immer noch sein Nackenfell. Einige Schritte abseits gab sich Fron Wroma alle Mühe, einem Naat-Offizier begreiflich zu machen, daß der Mausbiber weder ein Ungeheuer noch etwas Eßbares sei.

Ich raunte Gucky hastig zu: „Komm nur nicht auf die Idee, irgend jemanden durch die Luft fliegen zu lassen. Ich lege größten Wert darauf, deine übersinnlichen Fähigkeiten nicht bekannt werden zu lassen.“

„Übersinnlich? Welche Ehre“, kicherte die Riesenmaus. „Der Kerl in der protzigen Uniform: Wer ist das?“

Ich sah mich um. Weiter hinten stand ein älterer Mann mit bemerkenswert wachsamen Augen. „Admiral Tara, der Chef der Zweiundzwanzigsten Schlachtkreuzerflotte. Er ist aktiv und ein kluger Mann. Warum?"

„Er haßt dich. Er dachte eben an seine eigene Familie, die ebenfalls Anspruch auf den Job erhebt."

„Job?"

„Klar, deinen Job. Er ist empört über dein Benehmen. Zur Hölle, eben denkt er an mich. Fischäugiger Pinsel, denkt er! Stell dir vor: fischäugiger Pinsel!"

Ehe der zutiefst beleidigte Kleine Dummheiten machen konnte, klang eine bekannte Stimme auf. Der Tonfall war bestimmt.

„Ruhe da drüben! Gucky, mehr Beherrschung."

Ich setzte den strampelnden Mausbiber ab. Es schien ihn größte Überwindung zu kosten, auf seine Rache zu verzichten. Zum Glück hatte er das Ergebnis seiner telepathischen Bewußtseinserforschung in englischer Sprache bekanntgegeben, wonach weder Admiral Tara noch meine arkonidischen Begleiter ein Wort verstanden haben konnten.

Perry Rhodan kam auf mich zu. Sein schmales, kantiges Gesicht mit den grauen unergründlichen Augen wirkte verschlossen.

Der große Mann machte nicht viele Worte. Sein erster Blick galt meiner Spezialuhr.

„Die Begründung erfolgt später, alter Junge", meinte er lächelnd. „Wieviel Zeit haben wir noch?"

Das war typisch für Perry Rhodan. Er verlor nie kostbare Augenblicke. Ich sah auf das Instrument. „Noch genau dreißig Stunden und zwei Minuten. Die Toleranzfrist beträgt etwa plusminus zwei Stunden."

„Das wollte ich wissen. Hast du Unterkünfte für meine Leute bereitstellen lassen?" Ich nickte.

„Gut. Die Kampfbesatzung bleibt unter Bullys Kommando an Bord. Ist es notwendig, all die Höflinge zu begrüßen?"

„Sie wissen, wer du bist. Allerdings wirst du unterschätzt. Man hält dich für einen kleinen Barbarenherrscher, dem es zufällig gelungen ist, ein Schlachtschiff der Imperium-Klasse zu ergattern."

Er lachte gutmütig, und mir wurde noch wohler. Gänzlich ruhig wurde ich, als die Mutanten des Korps in der kleinen Mannschleuse auftauchten. Iwan Iwanowitsch Goratschin, der doppelköpfige Riese, erregte noch größeres Aufsehen als Gucky, der anscheinend immer noch darüber nachdachte, was er mit dem Admiral anfangen könnte.

Die Begrüßung fiel knapp aus. Rhodan machte es sehr kurz. Er bedankte sich für die „Einladung" und gab vor, die arkonidischen Hochschulen besichtigen zu wollen.

Nur Admiral Tara schaute sich den hochgewachsenen Terraner näher an. Er bemühte sich sogar um eine höfliche Anrede, indem er das Wörtchen „Erhabener" gebrauchte.

„Ihr besitzt ein erstklassiges Schiff, Erhabener", meinte Tara verbindlich. „Sicherlich eine arkonidische Konstruktion?"

Rhodan schenkte ihm das unpersönlichste Lächeln, zu dem er fähig war.

„Eine terranische Konstruktion und auf Terra gebaut", berichtigte er. „Die Serienfertigung ist bereits angelaufen."

Der Chef des Zweiundzwanzigsten Schlachtkreuzerverbands sah mich überrascht an.

„Ihr solltet Euch zukünftig eingehender mit arkonidischen Völkern beschäftigen, Admiral", sagte ich tadelnd. „Während Ihr auf Euren früheren Erfolgen auszuruhen beliebt, habe ich mit mächtigen Herrschern Bündnisverträge abgeschlossen. Mir scheint, dies ist im Interesse des Reiches wesentlich wichtiger, als täglich ein prunkvolles Fest zu geben."

Tara beherrschte sich. Er gehörte zu den wenigen aktiv gebliebenen Wissenschaftlern und Offizieren des Großen Rates. Er verneigte sich spöttisch. „Mit mächtigen Herrschern, Euer Erhabenheit?"

Dabei sah er zu Rhodan, der die Anspielung überhörte.

„Mit tatsächlich mächtigen, Admiral", bestätigte ich kühl. „Seht Euch die Besatzungsmitglieder dieses Superschlachtschiffs genau an, und Ihr wißt alles."

„Barbaren, Euer Erhabenheit."

„Irrtum! Hochqualifizierte Techniker und Wissenschaftler, denen es kürzlich gelungen ist, eine überlegene Robotflotte der Druuf zu vernichten. Davon habt Ihr aber nichts gehört, nicht wahr?"

Ich hatte deutlich genug gesprochen, um ihn erblassen zu lassen. Die umstehenden Beamten des Hofes und kommandierenden Offiziere der Flotte zogen sich vorsichtshalber zurück.

Wir bestiegen die bereitstehenden Prunkwagen und flogen auf den fernen Palast zu. Die Mutanten des Korps folgten in einem größeren Mannschaftsgleiter.

Als wir endlich allein waren, atmete Rhodan auf. Sein trockenes Auflachen ließ mich aufmerksam werden. „Wie steht es mit den hunderttausend Schläfern? Kann man sie bereits einsetzen?“

„Die Sachlage ist schwieriger als angenommen. Nur wenige unter ihnen besitzen die entsprechenden Kenntnisse. Ich habe aber bereits mit dem Schulungsprogramm begonnen. Die Hypnostationen auf Arkon III arbeiten Tag und Nacht. Der Regent ist von mir sorgfältig programmiert worden.“

Rhodan nickte überlegend. „Du wirst sie vor einem Jahr nicht gebrauchen können. Versuche, diese Zeitspanne durchzustehen.“

„Wenn ich in einem Jahr noch lebe.“

Er lehnte sich weit in die Polster zurück und musterte mich prüfend. „Reden wir also von dem Unvermeidlichen. Ich wollte nicht sofort damit anfangen. Wie kam es zu dem Überfall?“

Ich berichtete kurz. Als der robotgelenkte Gleiter in steilem Winkel Höhe gewann, um die Oberkante des riesigen Trichterpalasts überfliegen zu können, war der Terraner informiert.

Dem Chef der Naat-Division gab ich über Sprechfunk den Befehl, den Raumhafen weiterhin abzusperren. Als wir auf der weiten, freitragenden Terrasse meiner privaten Räume landeten und der große Mannschaftsgleiter mit den Mutanten dicht hinter uns aufsetzte, lief eine Meldung des Robotregenten ein.

Die Nachricht besagte, daß der interkosmische Handelsverkehr gestoppt worden sei. Arkon II war zum Blockadegebiet erklärt worden.

Es war zu einem kurzen Feuergefecht zwischen einem Schweren Kreuzer des Regenten und einem bewaffneten Frachtraumer der Galaktischen Händler gekommen. Dabei war das Springerschiff manövrierunfähig geschossen worden.

Die Untersuchung lief bereits. Bisher hatte man an Bord des

Handelsschiffs jedoch nichts gefunden, was auf den gestohlenen Aktivator hinwies.

Rhodan wartete auf das Ende der Mitteilungen. Anschließend meinte er anerkennend: „Eine gute Arbeit. Das Gehirn ist in seiner jetzigen Programmschaltung unersetzbar. Ohne den Robot würde hier das Chaos herrschen."

Meine Robotleibwache flankierte den lichtpulsierenden Pfad rings um die Aussichtsterrasse. Tief unter uns waren die Parkanlagen.

Rhodan beugte sich weit über die Brüstung, bis er von dem unsichtbaren Energieschutzgitter sanft zurückgehalten wurde.

„Prächtig", stellte er fest, „einfach prächtig. Eigentlich ist es nicht verwunderlich, daß man dir das nicht gönnt. Über meine Ankunft so kurz nach dem Diebstahl wird man sich Gedanken machen. Der Empfang war etwas zu unkonventionell. Keine Parade, keine langen Reden, einfach nichts. Die Drahtzieher werden einige Überlegungen anstellen. Inwieweit ist man über die Fähigkeiten der Mutanten informiert? Schließlich haben wir hier oft genug gewirkt."

„Der Regent kennt euch genau, aber diese Schlafmützen, die niemals mit dem Gehirn in Verbindung gestanden haben, wissen noch nicht einmal, wie es zu meiner Anerkennung durch die Sicherheitsschaltung kam."

„Gucky und Goratschin fallen aber auf."

Ich winkte ab und schaute zu dem Doppelkopfmutanten hinüber. „Ich habe eine entsprechende Bemerkung gemacht. Man hält den Kleinen für eine Art von Haustier und Iwan..."

„Wie war das?" schrie Gucky aufgebracht.

„Ruhe", sagte Rhodan besänftigend. „Das ist nur Tarnung."

„Eine schöne Tarnung", giftete der Mausbiber. „Ich lasse mich nicht laufend beleidigen."

Empört watschelte der Trampbewohner auf seinen kurzen Beinen davon.

Wir warteten mit den weiteren Erörterungen, bis wir im großen Empfangsraum angekommen waren, wo ich den arkonidischen Chef der Robotdienerschaft wegschickte.

Erst dann kam ich dazu, die Männer des Korps zu begrüßen. Betty Toufry war die einzige Frau, die Rhodan in aller Eile hatte erreichen können. Ich war froh, die fähige Telepathin und Telekinetin auf Arkon I zu wissen.

Nachdem ich die Sicherheitssperren eingeschaltet hatte, begannen wir mit der ersten Lagebesprechung. Ich schilderte nochmals die Ereignisse und bat um Vorschläge, die auch prompt kamen.

Kurz nach dem Essen sah ich schon klarer. Die in der fraglichen Zeit gestarteten Passagierraumschiffe waren von Einheiten der Flotte eingeholt und zurückbeordert worden. Sie waren auf Arkon II gelandet.

Die Piloten der vier kleinen Privatboote waren längst ermittelt worden. Mehr hatte der Regent auf meine Anweisung hin jedoch nicht getan. Alle verdächtigen Personen befanden sich infolge der schnell eingeleiteten Maßnahmen ausnahmslos auf der Welt des Handels und der Industrie.

„Ausgezeichnet", meinte Rhodan einmal. „Es ist mir lieb, daß wir uns nicht zu zersplittern brauchen. Die DRUSUS bleibt vorerst hier. Wir starten mit dem Kreuzer CALIFORNIA. Die TOGO bleibt auf einer weiten Kreisbahn über Arkon II."

Ich sah auf das Zählwerk meiner Uhr. Es waren seit dem Diebstahl 32.06 Stunden vergangen. Die Zeit drängte.

Ein Mann, dessen Name kaum auf der Erde, geschweige denn in der Galaxis bekannt war, hatte die Fäden gezogen: Allan D. Mercant, Chef der berühmten Solaren Abwehr, Halbmutant und Marschall des Imperiums.

Er hatte schweigend gelauscht und unverzüglich gehandelt.

Drei Stunden nach der Landung des terranischen Flottenverbands hatte ich nach Mercants Anweisungen zu schauspielern begonnen.

Zuerst hatte ich den Großen Rat einberufen, doch ehe ich erschien, hatte mir Mercant persönlich eine wundervolle Imitation meines gestohlenen Zellaktivators überreicht und mir den Rat erteilt, das Gerät offen sichtbar über der Uniform zu tragen.

Als ich schließlich im Saal der Weisen ankam, fiel es mir schwer, triumphierend auf die höchsten Beamten und Offiziere herabzuschauen. Für einen Sterbenden – der ich ja zu dieser Zeit bereits war – ist es nicht einfach, Gelassenheit zu zeigen.

Während der Besprechung über Versorgungsfragen hatte ich ganz beiläufig und wiederum nach Mercants Rat eingeworfen, Diebe hätten mir eines meiner lebenswichtigen Geräte gestohlen. Damit konnte ich zugleich die einschneidenden Maßnahmen auf Arkon II begründen.

Nachdem die Sitzung beendet war, hatte Mercant anerkennend genickt.

„Das war der erste Streich", hatte er lächelnd gemeint. „Ich bin sicher, daß sich einige Leute nun gegenseitig Vorwürfe machen werden. Haben Sie Ihre Zellschwingungsfrequenzen genau nachmessen lassen?"

Nochmals eine Stunde später hatte ich erfahren, daß dieser Meister im hintergründigen Spiel der Solaren Abwehr bereits vor dem Start der DRUSUS gehandelt hatte.

Während des Fluges hatten die fähigsten Mikromechaniker der Galaxis, die Gurkenleute von Swoon, zu arbeiten begonnen. Ein Impulstaster zur Anmessung von hyperkurzen Individualschwingungen war umgebaut und schließlich in einem unermeßlich komplizierten Justierungsverfahren auf meine persönlichen Werte eingestellt worden.

Mercants Überlegungen erschienen plötzlich einfach, nur mußte ich eingestehen, daß ich selbst wahrscheinlich nicht auf die Idee gekommen wäre.

Er sagte sich, daß mein gestohlenes Gerät ja ebenfalls genau auf mich abgestimmt war. Somit mußte man es orten können, vorausgesetzt, man besaß einen einwandfrei ausjustierten Peiler, der ebenfalls auf meine Körperschwingungen im hyperkurzen Wellenbereich ansprach.

Das waren die Vorbereitungen gewesen. Nach der Überprüfung waren die Schnellen Staatenkreuzer CALIFORNIA und TOGO gestartet. Die mächtige DRUSUS war unter Reginald Bulls Kommando gefechtsklar auf der Kristallwelt zurückgeblieben.

Ich landete mit der CALIFORNIA auf Arkon II, der prächtigsten Welt der bekannten Milchstraße. Hier war nichts nach dem arkonidischen Schema gebaut worden, das ein dichtes Aufeinanderwohnen vieler Menschen untersagte.

Arkon II war ein Planet der Großstädte und der gigantischen

Industriekonzerne der bekannten Galaxis. Die berühmten Laden- und Silostraßen der Städte wurden seit zehntausend Jahren von allen bekannten Intelligenzwesen durchstreift. Auf Arkon II konnte man alles kaufen, was man jemals im weiten All gefunden, entdeckt oder angebaut hatte.

Milliardengeschäfte waren an der Tagesordnung. Umsätze in Höhe von zweihundert Milliarden Solar üblich und Abschlüsse nahe der Billionengrenze noch nicht besonders erstaunlich.

Die bedeutendste Stadt des Planeten war Torgona, benannt nach dem ersten arkonidischen Handelsmann, der von hier aus mit einem bewaffneten Frachter gestartet war, um auf fremden Welten Waren einzutauschen. Das lag um etwa achtzehntausend Jahre irdischer Zeitrechnung zurück.

Sofort nach der Landung begann Mercant erneut zu handeln. Wieder geschah etwas, womit ich nicht gerechnet hatte.

Ein Spezialroboter terranischer Konstruktion legte meine Uniform mit den Symbolen des Imperators an. Die Maschine war noch während der kurzen Reise zwischen den Planeten auf meine Stimmfrequenzen abgestimmt worden. Der Robot glich mir aufs Haar.

Mercant erklärte dazu sachlich, diese Maschinen würden auf Terra hier und da als Double von wichtigen Männern verwendet werden.

Meine Maske war schnell hergestellt. Mein weißblondes Arkonidenhaar wurde von einer Perücke verdeckt, und einige Gesichtskorrekturen wurden vorgenommen. Dazu hatte Mercant die Maskenspezialisten mitgebracht.

So stieg ich als terranischer Captain aus, und der Robot schritt grüßend an der Front der in aller Eile angetretenen Ehrenwache entlang.

Er sprach wie ich, und er handelte wie ich. Er gab sich betont kühl, reserviert, und gelegentlich ließ er ätzende Bemerkungen fallen. Ich hätte es nicht besser machen können.

Seit der Landung auf Arkon II waren neun Stunden vergangen. Sieben davon hatte ich in einem bleischweren, wenig erfrischenden Schlaf verbracht.

Als ich erwachte, galt mein erster Blick dem Zeitmesser. Das

Zählwerk kannte kein Erbarmen. Nach dem Diebstahl waren bereits dreiundvierzig Stunden und siebenunddreißig Minuten vergangen.

Der Hafenkommandant von Torgona hatte den terranischen Besuchern auf meine Anweisung hin ein ausgezeichnetes Quartier nahe der Platzgrenzen zugewiesen. Wir konnten uns frei bewegen, und niemand belästigte uns mit überflüssigen Fragen.

Nichtarkonidische Besucher waren zu alltäglich, als daß ihnen besondere Aufmerksamkeit gewidmet worden wäre. In den breiten Prachtstraßen der Handelsstadt gaben sich alle Intelligenzwesen der Galaxis ein Stelldichein. Man sah sich noch nicht einmal um, wenn ein methanatmendes Wesen im Schutz eines unförmigen Raumanzugs vorüberschnaufte.

Rhodan war auf Mercants Ratschläge eingegangen. Da er offiziell als Besucher eingetroffen war, hatte er zwangsläufig an einigen Empfängen teilzunehmen.

Mir war es recht gewesen, da er bei der augenblicklichen Situation ohnehin nichts unternehmen konnte.

Wichtig waren nur die Mutanten, die seit der Landung pausenlos tätig waren. Die an den Ermittlungen nicht beteiligten Offiziere und Mannschaften der CALIFORNIA ließen sich dagegen häufig an jenen Orten sehen, die aufsuchen zu wollen Rhodan vorgegeben hatte.

So kam es zu Besuchen in Hochschulen und Industriewerken. Rhodan wurde von den Beamten des arkonidischen Amtes für Fremdvölkerbelehrung seinem Rang entsprechend begrüßt. Schon meine Vorfahren hatten genaue Richtlinien darüber ausgearbeitet, wie dieser oder jener Fremde zu behandeln war.

Rhodan erlebte einen Schablonenempfang nach dem anderen. Man sprach zu ihm jene Worte, die nach den uralten Gesetzen vorgezeichnet waren. Der Häufigkeit der Ehrungen entsprechend, war er demnach in die Stufe VI eingereiht worden, was immerhin schon beachtlich war. Stufe VI galt für die sogenannten „Absolutistischen Nachahmungs-Herrscher mit einem Machtbereich über wenigstens ein Sonnensystem von zumindest acht Planeten“.

Auf Arkon II ahnte man nicht, wie sehr sich Perry Rhodan über diese Einstufung amüsierte. Ich fühlte mich zu geschwächt, um darüber noch witzeln zu können.

Die fehlenden Reizimpulse machten sich bemerkbar. Ich war vorerst nur nervös. Die körperliche Erschlaffung mußte jedoch nach etwa fünfzehn weiteren Stunden fast übergangslos einsetzen.

Ich kannte die Symptome aus bitteren Erfahrungen. Mehr als einmal war ich gezwungen gewesen, bis zum letzten Augenblick zu warten.

Mein Robotdouble funktionierte ausgezeichnet. Da die Maschine mit einem Mikro-Fernbildsender ausgerüstet war, konnten wir in unserem Quartier jeden ihrer Schritte verfolgen.

Zur Zeit hatte sich mein „Vertreter" zum Schlaf zurückgezogen. Er lag im Prunkbett des Imperatorpalasts auf Arkon II und speicherte in seinem positronischen Gehirn die Daten, die ihm über Funk von Dr. Ali el Jagat, dem Chefmathematiker der DRUSUS, durchgegeben wurden. Damit wurden die Handlungen des falschen Imperators für den kommenden Tag festgelegt.

Perry Rhodan war vor einigen Minuten von einer kulturellen Veranstaltung zurückgekommen. Er hatte sich notgedrungen mit dem Programm eines neuentdeckten Simultanspiel-Komponisten abquälen und den Begeisterten heucheln müssen.

Er verzichtete darauf, mir zu erklären, was er dabei ausgestanden hatte. Die ineinander verquirlenden Lichtsymbole waren sogar für mich zu hoch, besonders aber das fürchterliche Jaulen und Schrillen, das von dem unter einem Monosender liegenden Künstler durch Nervenreflexe erzeugt und gesteuert wurde.

Im Nebenraum kamen und gingen die Teleporter des Korps. Als die zweite Morgenstunde anbrach und der Betrieb in den Prachtstraßen etwas nachließ, erschien Allan D. Mercant in unserem komfortabel eingerichteten Wohnraum. Er hatte darum gebeten, die vorläufigen Ermittlungen allein führen zu dürfen. So hatte ich mich zurückgehalten.

Rhodan legte eben die Galauniform ab und schlüpfte in seine Bordmontur. John Marshall betrat hinter Mercant den Raum.

Der zierlich gebaute Abwehrchef des Solaren Imperiums setzte sich umständlich auf einen Gliedersessel. Er schien meine innere Spannung zu spüren.

„Nun reden Sie schon", sagte Rhodan. „Haben Sie eine Spur?"

„Vermutlich", entgegnete Mercant in seiner bedächtigen Art. „Es hat sich als vorteilhaft erwiesen, die zahlreichen Passagiere und Besatzungsmitglieder der fünf Fahrtgastschiffe vorläufig unbeachtet zu lassen. Die Raumer sind mit dem Detektor überprüft worden. Der Aktivator befindet sich auf keinem der Schiffe. Es war zu erwarten."

Er musterte mich sinnend, und ich bekämpfte die wachsende Erregung. Mercant konnte manchmal sehr pedantisch sein.

„Attentäter vom Rang der Unbekannten werden sich nicht darauf einlassen, ein für sie unersetzliches Gerät mit einem normalen Liniendienstschiff transportieren zu lassen. Außerdem liegt kein logisch fundierter Grund vor, warum man den Aktivator aus dem Arkonsystem fortschaffen sollte. Wenn man damit einen Erpressungsversuch unternehmen will, könnte man unter Umständen gezwungen sein, das Gerät dem rechtmäßigen Besitzer vorzuweisen, um die Glaubwürdigkeit der verbrecherischen Forderung unter Beweis zu stellen."

„Er besitzt ein nach dem Zweiersystem rechnendes Robotgehirn, Atlan", sagte Rhodan in dem krampfhaften Versuch, die Stimmung aufzulockern. Ich nickte einfach. Die Bemerkung verpuffte wirkungslos, zumal Mercant ausnahmsweise einmal nicht lächelte.

Ohne im Tonfall zu schwanken, fuhr der Mann mit dem goldblond schimmernden Haarkranz fort: „In der vorläufigen Nichtbeachtung der Passagiere und Raumfahrer lag keine Gefahr für den Erfolg der Ermittlungsarbeiten. Wichtig erschienen mir dagegen jene Personen, die mit den vier Privatraumschiffen zur fraglichen Zeit von Arkon I abgeflogen und auf der zweiten Welt dieses erstaunlichen Systems gelandet sind. Es handelt sich um insgesamt siebzehn Leute, die bereits von dem Regenten erfaßt wurden. Vor einer Minute habe ich eine Meldung erhalten, die mir sozusagen einen Stein vom Herzen fallen ließ."

Ich hörte Rhodan heftig atmen. Wütend sah er zu Mercant hinüber, der in sich versunken in eine Ecke blickte. Ohne auf Rhodans Stimmung Rücksicht zu nehmen, meinte der Abwehrchef sachlich: „Die Gefahr eines Fehlschlags bestand in einer eventuellen Umgehung der Meldungspflicht für startende Raumschiffe. Wenn sich der Aktivator noch auf Arkon I befunden hätte, wäre unser hiesiger

Einsatz pure Zeitverschwendung gewesen und damit tödlich für Atlan."

„Vielen Dank", sagte ich am Ende meiner Geduld. „Wollen Sie nicht endlich zur Sache kommen?"

„Ich bin dabei. Die siebzehn von dem Regenten erfaßten Personen sind unauffällig von den Telepathen überprüft worden. Niemand hat etwas mit dem Diebstahl zu tun, aber der Pilot des Kleinraumschiffs HETER-TON klagt über heftige Kopfschmerzen."

Ich konnte mich kaum noch beherrschen. Erst als ich in John Marshalls kluge Augen sah, ahnte ich, daß etwas Wichtiges geschehen war.

„Kopfschmerzen?" wiederholte Rhodan. „Eine normale Sache?"

„Nein, eben nicht. Zu unserem Glück nicht, möchte ich sagen", behauptete Mercant leise. „Der Pilot, ein gewisser Ikort, leidet unter einem unsachgemäß und mit mechanischen Einrichtungen angelegten Hypnoseblock. Außerdem existiert eine Gedächtnislücke. Dennoch steht es schon fest, daß er von einer hochstehenden Persönlichkeit den Befehl erhielt, zwei arkonidische Flottenoffiziere nach Arkon II zu bringen. Seltsamerweise sind die Offiziere dort nicht angekommen, wenigstens nicht offiziell. Trotzdem sind sie mit dem Boot gestartet, und der Pilot weiß auch, daß er in die hiesige Atmosphäre vorgestoßen ist. Von da an beginnt die Gedächtnislücke. Wir nehmen an, daß die fraglichen Offiziere abgesprungen sind."

Ich hatte mich von meinem Lager erhoben. Aus brennenden Augen sah ich zu dem eigentümlich lächelnden Abwehrchef hinüber.

„Wer ist die hochstehende Persönlichkeit, die dem Piloten den Befehl erteilte?" fragte ich.

Mercant musterte mich eingehend. „Sie selbst. Der Imperator persönlich erteilte die Anweisung."

Ich glaubte, im Boden versinken zu müssen. Unbewußt fühlte ich Rhodans hilfreich zupackende Hände.

„Setz dich", vernahm ich seine Stimme wie im Traum.

Ich wankte zu dem Lager zurück, von wo aus ich stammelte: „Ich selbst? Sind Sie verrückt, Mercant?"

„Ich sagte nur das, was der Pilot nach einwandfreien telepathischen Untersuchungen wirklich weiß. Natürlich handelt es sich um einen

Trick. Der Mann ist tatsächlich der Meinung, von Ihnen persönlich beauftragt worden zu sein. Wir werden den Hypnoblock bald gelöst haben. Gucky und Betty Toufry sind schon bei der Arbeit. Es ist anzunehmen, daß Verräter im Kristallpalast eine entsprechende Anweisung in Ihrem Namen erteilten. Diese Männer werden sich ermitteln lassen, jedoch haben wir augenblicklich dafür keine Zeit. Wichtig ist einzig und allein zu wissen, wer die beiden Unbekannten waren. Der Pilot muß sie gesehen haben."

„Was könnte uns das nützen?" meinte Rhodan überlegend. „Eine Personenbeschreibung dürfte völlig sinnlos sein."

„Vermutlich. Wir können jedoch Anhaltspunkte gewinnen, über welchem Gebiet des Planeten sie das Raumschiff verlassen haben. Der Pilot selbst ist genau nach Anweisung auf dem Raumhafen von Torgona gelandet, wo er bei der Kontrolle angab, allein abgeflogen und auch allein angekommen zu sein. Der Regent hatte bereits nachgeforscht. Die Kontrollstation des Kristallpalasts bestätigte die Aussage."

„Unglaublich", flüsterte ich matt. „Wie kann das möglich sein?"

„Die dortigen Roboter haben von autorisierten Arkoniden die entsprechenden Programmierungen erhalten", erklärte Mercant. „Dies ist ein fein ausgeklügeltes Spiel, das niemals durchschaut worden wäre, wenn Sie die arkonidische Geheimpolizei eingesetzt hätten."

Ich blickte wieder auf meine Uhr. Das Zählwerk lief unbeirrt weiter. Natürlich hatte Mercant recht. Aber aus diesem Grund hatte ich ja Rhodan um Hilfe gebeten. Etwas fiel mir ein. Hatte es Mercant übersehen?

„Meiner Schätzung nach wird man sich bald mit mir in Verbindung setzen", führte ich zögernd an. „Wenn man weiß, daß ich ohne den Aktivator nicht leben kann, wird man auch wissen, daß es nun für einen Erpressungsversuch an der Zeit ist. Warum meldet man sich nicht?"

Perry Rhodan senkte den Blick. Er schien mehr zu wissen als ich. Meine Erregung steigerte sich wieder.

„Mercant!" rief ich den Abwehrchef scharf an.

Er sah auf seine Fingerspitzen nieder. „Damit sollten Sie nicht mehr rechnen. Im Zuge unserer Planung habe ich wissentlich diese Rettungsmöglichkeit ausgeschaltet. Sie sind während der Sitzung mit der Aktivator-Nachahmung erschienen, nicht wahr? Außerdem haben Sie recht zynisch zu verstehen gegeben, Sie besäßen noch einige Reservestücke. Infolge Ihrer erstaunlichen Beherrschung hat man Ihnen fraglos geglaubt. Ihre Bemerkungen waren außerdem logisch fundiert. Niemand kann mit Sicherheit wissen, ob Sie tatsächlich nicht noch wenigstens ein Ersatzgerät besitzen. Ihr ganzes Auftreten sprach dafür. Ein Mann, der durch den Verlust eines unersetzlichen Gegenstands praktisch zum Tode verurteilt ist, wird sich normalerweise bemühen, das besagte Stück wieder zu erlangen. Sie haben nichts dergleichen getan, sondern nur in versteckter Form gehöhnt. Man wird glauben, das Druckmittel gegen Sie verloren zu haben. Nach meiner Auffassung werden sich die Diebe nicht der Gefahr aussetzen, bei einem ohnehin sinnlos erscheinenden Erpressungsversuch entdeckt zu werden. Niemand wird sich an Sie wenden."

Ich ließ mich langsam auf das Pneumolager zurücksinken. In meinem Schädel schienen Feuerräder zu kreisen. Mein Denkprozeß stockte, und mein Extrasinn meldete sich auch nicht, ein Zeichen dafür, wie logisch Mercants Erklärungen waren.

Das Gehirn dieses Mannes glich einer Positronik. Es schien nichts zu übersehen.

Es dauerte Minuten, bis ich mich wieder gefangen hatte. Als ich mich aufrichtete, saß Rhodan am Fußende des Lagers. Er machte einen verzweifelten Eindruck. Übergangslos meinte er: „Wir haben noch nicht darüber gesprochen, Atlan. Dennoch weiß ich, daß du den gleichen Verdacht hegst wie ich, wie wir alle. Die hiesigen Arkoniden können nur von einer ganz bestimmten Person erfahren haben, was der Aktivator für dich bedeutet."

Ich lächelte gequält. Natürlich war ich mir darüber längst klargeworden. Auch ich hatte es nicht für nötig gehalten, darüber zu diskutieren. Das brachte das Gerät nicht zurück.

„Vergiß es", bat ich. „Es ist sinnlos, den Namen auszusprechen."

„Nur einer, der nicht zu meinen Vertrauten gehört, war darüber informiert", beharrte Rhodan bei seinem Thema. „Es war mein Sohn, Atlan. Jener, der die Erde und das Arkonreich verriet und mit den

Galaktischen Händlern ein verräterisches Bündnis schloß. Ich hoffte, ihn hier zu finden. Ich danke unserem Schöpfer, daß es Thora nicht mehr zu erleben braucht."

Perry Rhodan stand auf und schritt zur breiten Fenstergalerie hinüber. Dort blieb er reglos stehen. Marshall hatte den Raum verlassen. Draußen klangen Stimmen auf. Allan D. Mercant erhob sich ebenfalls. Unschlüssig sah er mich an, bis er zögernd meinte: „Sie sollten wissen, daß es nur diese eine Möglichkeit gibt. Niemand von den eingeweihten Mitarbeitern hat über Ihren Aktivator ein Wort verloren."

„Ich glaube, Sie werden draußen benötigt", lenkte ich ab.

Mercant ging. Er lächelte schon wieder.

Rhodans Gesicht glich einer Maske.

„Mußte das sein?" fragte ich ruhig. „Wir werden ihn eines Tages finden, und dann wird es eine Lösung des Problems geben. Du solltest vergessen, daß du einen Sohn hast."

„Vergessen?" wiederholte er bitter. „Wie leicht sich das sagen läßt."

Ich biß mich auf die Lippen. Ich hatte nicht das richtige Wort gefunden.

Sekunden später trat der Suggestor Kitai Ishibashi in das Zimmer. Der hochgewachsene, hagere Mutant aus dem terranischen Bundesstaat Japan sagte einfach: „Wir haben ihn. Der Block ist gelöst. Wollen Sie sich das Simultanbild anschauen? Vielleicht nützt es doch etwas, wenn wir die beiden Verschwundenen genau kennen."

Ich vergaß all meine Sorgen um Thomas Cardif, der sich nicht dazu bereiterklärt hatte, den Namen „Rhodan" zu tragen. Auch Perry riß sich aus seiner trüben Stimmung.

Als er mich ansah, schien er wieder von Energie zu strotzen. Ein gefährlich wirkendes Lächeln ließ mich ahnen, daß er die Sache als seine eigene Angelegenheit ansah. Er schien sich mitverantwortlich zu fühlen.

„Gehen wir, Arkonide. Wieviel Zeit hast du noch?"

Ich blickte auf die Uhr. Das Zählwerk zeigte fünfundvierzig Stunden und achtundfünfzig Minuten an. „Noch zirka fünfzehn Stunden, Barbar."

Wir sahen uns in die Augen. Ishibashi reichte mir den terranischen Waffengürtel mit dem einfach gearbeiteten Impulsstrahler. Es galt zu handeln.

Der Simultanprojektor war ein Gerät, wie es überall auf Arkon zur Erzeugung der Farbenspiele gebraucht wurde.

Es ermöglichte die „Verbildlichung“ von Gefühlsregungen und Geisteseindrücken, indem es die vom Detektorteil aufgenommenen Hirnschwingungen umformte und auf einem Schirm sichtbar werden ließ. Eine genaue Darstellung von Bildern aller Art war möglich. Die Qualität des Bildmaterials schwankte je nach den psychischen Kräften des organischen Senders, der in unserem Fall Ikort hieß.

Der junge Arkonide schien vornehmer Abstammung zu sein. Er trug die Uniform der Flotte und war dem Rang nach ein Leutnant. Das auf dem Brustteil eingestickte Symbol kennzeichnete ihn als Piloten der Garde, wonach er einwandfrei zu meinen engen Mitarbeitern gehörte.

Trotzdem hatte ich das schmale, nun völlig erstarrte Gesicht noch nie gesehen.

Ikort lag flach unter der Detektorhaube. Das Gerät gehörte zur Standardausrüstung unserer Quartiere. Der Bildschirm war in eine Wand eingelassen. Gucky und Betty Toufry, die den Block gelöst hatten, saßen erschöpft neben dem völlig willenlosen Offizier.

Marshall hatte die weitere Befragung übernommen. Nach zehn Minuten zeigte sich der erste Erfolg. Ein von Kitai ausgehender Suggestivstrom zwang den Leutnant zur Preisgabe seines Wissens.

Ich blickte gespannt auf den Schirm, auf dem sich bunte Muster abzeichneten. Ikort hatte anscheinend große Übung im gedanklichen Spiel mit dem Simultangerät, was meine Vermutung über seine Herkunft bestätigte.

Es wäre verwunderlich gewesen, wenn ein junger Mann aus begüterter Familie nicht dem Spieltaumel verfallen wäre.

Marshalls Stimme wurde drängender, und Ishibashi beugte sich noch dichter über den Liegenden.

Die bunten Flächen verschwanden. Ein Raumhafen wurde sichtbar. Es war das Privatfeld des Imperators auf Arkon I.

Zwei Männer erschienen. Es war finster, aber ihre Gesichter wurden beim Einsteigen in das kleine Raumboot im Schleusenlicht erkennbar.

Eine Kamera surrte. Die terranischen Spezialisten hielten die Bilder fest.

Die nächste Szene zeigte den freien Raum zwischen den drei gleichschenklig angeordneten Arkonwelten, die nach dem Willen meiner Väter die weiße Sonne umkreisten.

Kurz darauf erlebten wir das Eintauchmanöver in die Lufthülle von Nummer II.

„Ich bitte um Ihre besondere Aufmerksamkeit", sagte Mercant.

Eine zweite Kamera begann zu surren.

Die Kontrollen des Bootes wurden erkennbar. Eine grüne Linie zeichnete die Route auf eine Reliefkarte.

Plötzlich wurden die Simultanbilder unklarer. Zu dieser Zeit mußte der Hypnoblock wirksam geworden sein. Dennoch erkannten wir zwei Männer, die mit Tornister-Antigravgeräten durch die Kabine schritten und die innere Schleuse öffneten. Diesmal wurden die Gesichter klar erkennbar.

Sie sprangen aus dem vorderen Luk und verschwanden. Die Schleuse schloß sich automatisch. Wenig später beobachteten wir die Landung.

Die nachfolgenden Bilder waren uninteressant. Marshall brach das Simultanverhör ab und begann direkt zu fragen. Der Pilot wußte, wo die Passagiere das Schiff verlassen hatten. Es war kurz vor der Großstadt Torgona gewesen.

Eine halbe Stunde später wurde der junge Offizier von Mercant entlassen. Benommen stand er mitten im Raum. Ishibashi versah ihn mit einem Suggestivblock, der Ikort vergessen ließ, daß er jemals von einem dunkelhäutigen Fremden aus seinem Hotelzimmer abgeholt worden war.

Rhodan schaute auf die Uhr. Ras Tschubai, der schlanke, hochgewachsene Afrikaner, trat näher.

„Ras, haben Sie den Offizier aus seinem Quartier geholt?"

Der Teleporter nickte.

„Bringen Sie ihn dahin, wo Sie ihn aufgelesen haben."

Ras lachte. „Er lag angezogen auf dem Bett. Er hatte Kopfschmerzen."

Rhodan nickte nur. Einsätze dieser Art waren bewundernswert, und doch gehörten sie nach terranischen Begriffen zu den Alltäglichkeiten.

Zwei Männer hoben den wie narkotisiert wirkenden Piloten auf Tschubais Rücken. Ich beobachtete, wie sich der Mutant konzentrierte. Als er sprang, wie man einfach dazu sagte, entstand ein kurzes Flimmern. Anschließend war der Teleporter verschwunden.

Als er zehn Minuten später ebenso plötzlich zurückkehrte, wie er gegangen war, waren die Filme bereits entwickelt. Die Einsatzmutanten erhielten farbige Bilder von den beiden Unbekannten. Ich rief mit meinem Kommandogerät den Robotregenten an und ließ ihn mit Hilfe der Fernsehaufnahme die Abzüge kopieren.

„Erledigt, Euer Erhabenheit", klang es aus dem kleinen Lautsprecher. „Besondere Anweisungen?"

„Ja", sprach ich in das Mikrophon. „Feststellen, ob dir einer der Gesuchten bekannt ist. Wenn ja, sofort Nachricht an mich."

„Verstanden. Ende."

Wir mußten nicht lange auf das Auswertungsergebnis des Robotgehirns warten.

„Regent an Seine Erhabenheit", klang es metallisch hart aus dem Kleinlautsprecher. „Ergebnis zur Fragestellung 122-A, betrifft aus dem Raumschiff HETER-TON abgesprungene Personen. Die von mir kopierten Filmaufnahmen sind dem Speichersektor zugeleitet worden. Einer der Männer konnte identifiziert werden. Bildmaterial und Individualdaten über ihn liegen deshalb vor, weil der Betreffende vor achtzehn Jahren wegen unerlaubter Inbetriebnahme eines biophysikalischen Privatlaboratoriums straffällig wurde. Daten zur Person: Name Segno Kaata, Alter unbekannt, Hoherpriester des hiesigen Baalol-Tempels, Chef des Baalol-Kultes im Bereich des Arkonsystems. Der Baalol-Kult ist die reichste und mächtigste Organisation dieser Art in der bekannten Galaxis. Die Zahl der Anhänger wird allein im Arkonsystem auf zweihundert Millionen Arkoniden, Naats und andere hier heimische Intelligenzen geschätzt. Der Kult verherrlicht keine Gottheit. Die Ziele der Sekte sind fragwürdig. Meine

Daten weisen mit hundertprozentiger Sicherheit aus, daß die verschiedenartigen Hohenpriester des Baalol-Kultes noch nie den Versuch unternommen haben, politische oder militärische Macht zu gewinnen. Dagegen steht es mit ebenfalls hundertprozentiger Sicherheit fest, daß die führenden Männer des Kultes auf wirtschaftlicher Ebene eine entscheidende Rolle spielen. Allem Anschein nach stehen sie mit den Galaktischen Händlern und den Aras in enger Verbindung. Die Lehren der Sekte beinhalten die geistige und körperliche Gesunderhaltung des Individuums auf wissenschaftlich fundierter, jedoch okkultistisch gefärbter Basis. Die Geheimwissenschaften der Sekte sind nur dem Vernehmen nach bekannt, jedoch scheinen sie bedeutend zu sein. Achtung, wichtig: Es kann nicht mehr festgestellt werden, woher die Baalols, wie die Hohenpriester genannt werden, stammen. Es wird angenommen, daß es sich um die Nachfahren frühzeitig ausgewanderter Arkonkolonisten handelt. Die Baalols haben niemals einen Planeten besiedelt. Sie sind auf allen bekannten Welten der Galaxis anzutreffen. Daten über den Aufbau des Kultes: Personen, die nicht aus Ehen zwischen Baalols entsprungen sind, können niemals Sektenpriester werden. Die logische Schlußfolgerung aus dieser Tatsache läßt im Einklang mit weiteren Daten die Vermutung aufkommen, daß bestimmte geistige und körperliche Merkmale verlangt werden. Es ist bekannt, daß die Priester des Kultes die besten und energiereichsten Körperschutzschirme herstellen. Meine Untersuchungen anläßlich der erwähnten Verhaftung des hiesigen Hohenpriester Segno Kaata brachten hinsichtlich der Energieschirme kein positives Ergebnis. Es handelt sich um allgemein übliche Aggregate, die jedoch bei anderen Personen niemals so undurchdringliche Felder erzeugen, wie es bei einem Baalol-Träger der Fall ist. Die Annahme, daß die Baalols infolge einer unbekannten Mutation bestimmte Fähigkeiten besitzen, ist gegeben. Größte Vorsicht wird angeraten. Die Priester gelten als unverletzlich. Ende der Durchsage, Euer Erhabenheit."

Im Lautsprecher knackte es, jedoch blieb der Robot auf Empfang. Rhodan schaute mich fassungslos an. Allan D. Mercant lächelte hintergründig. Die anwesenden Mutanten schienen am ehesten zu erfassen, daß hier etwas nicht stimmte.

„Baalol-Kult?“ sagte John Marshall gedehnt. „Nanu!“

Ich wies den Regenten hastig an, auf weitere Befehle zu warten. Anschließend schaltete ich ab. Der Robot hatte mitgeteilt, was er in seinen Gedächtnisspeichern an Informationen aufbewahrt hatte. Mehr von ihm zu erfahren, erschien mir ausgeschlossen.

„Kennen Sie diese eigentümlichen Priester?“ erkundigte sich der Solare Abwehrchef. Sein sanfter Tonfall ließ mich erblassen. Ja, ich hatte von den Baalols gehört.

„Ich habe den Aussagen des Regenten nichts mehr hinzuzufügen“, bekannte ich. „Der Kult existierte bereits vor zehntausend Jahren. Wenn also eine Mutation vorliegt, so muß sie sehr früh in unserer Geschichte geschehen sein. Seit meinem Amtsantritt als Imperator habe ich nichts mehr vernommen. Die Existenz dieser Sekte habe ich völlig vergessen.“

Mercant nickte. Rhodan stand sinnend vor dem dunkel gewordenen Bildschirm des Simultangeräts. Mir war, als suche er etwas.

„Einige Dinge sind mir nicht ganz klar, Atlan. Wie kann ein normales Schutzschirmgerät bei einem ebenso alltäglichen Arkoniden die übliche Wirkung zeigen, wenn das gleiche Gerät bei einem dieser Priester einen undurchdringlichen Individualschirm aufbaut? Die Mikroprojektoren kommen nicht plötzlich auf die tausendfache Leistung, nur weil sie am Körper eines Baalols befestigt sind. Wenn das aber in der Tat so sein sollte, so liegt es nicht an den Geräten, sondern an einer besonderen Fähigkeit dieser Leute. Wenn wir das als gegeben annehmen, so ist eine frühgeschichtliche Mutation so gut wie sicher. Wieso hat man das noch nicht erkannt?“

Er drehte den Kopf und blickte mich an.

Ich war ratlos.

„Hm“, machte er. Seine grauen Augen funkelten ironisch. „Daran ist wohl wieder einmal die erschreckende Nachlässigkeit der arkonidischen Verwaltungsstellen schuld, wie? Vor zehntausend Jahren aber soll es noch nicht so gewesen sein. Weshalb also hat man zu dieser Zeit nicht eingehender nachgeforscht?“

Diese Frage konnte ich beantworten. „Damals hielten sie sich anscheinend noch zurück. Mir ist nicht bekannt, daß während meiner Dienstzeit als Geschwaderchef der Flotte rätselhafte oder gar beunruhigende Dinge geschehen sind. Wäre dies so gewesen, hätten wir unweigerlich eingegriffen. Die Arkoniden meiner Zeit verstanden schnell und folgerichtig zu handeln."

„Diese Dinge sind jetzt unwesentlich", fiel Mercant höflich, aber bestimmt ein. „Wir wissen, wo wir einzuhaken haben. Verlieren wir keine Zeit. Die durch den Piloten erfolgte Personenschilderung hat sich also doch bewährt. Sehen wir nach, was uns in dem Tempel geboten wird."

Im getarnten Hauptquartier der Terraner schien plötzlich jedermann die Nerven zu verlieren. Die Befehle jagten einander.

Reginald Bull erhielt über Funk Startbefehl. Rhodan wollte die gewaltige DRUSUS in der Nähe haben.

Fünf Minuten später wurde der gesuchte Aktivator von einer Space-Jet geortet, die das Peilgerät an Bord hatte. Er befand sich tatsächlich im Baalol-Tempel von Arkon II. Eine andere Möglichkeit hatte es nach den vorliegenden Unterlagen auch kaum noch geben können.

Eine Stunde später war die DRUSUS da. Die Einsatzkommandos erhielten bestimmte Befehle.

Ich mobilisierte die Roboteinheiten des Regenten. Der Planet wurde von mächtigen Kriegsschiffen abgeriegelt. Schwere Flugpanzer standen abrufbereit auf den Pisten der Magazine.

Als wir mit den Mutanten die Luftgleiter bestiegen, um vorerst zu versuchen, den Tempel ohne ein größeres Truppenaufgebot zu besetzen, waren seit dem Diebstahl einundfünfzig Stunden und drei Minuten vergangen. Meine Frist lief mehr und mehr ab.

Wir wußten nicht, ob die rätselhaften Priester über moderne Ortungsgeräte verfügten. So hatten wir den Plan gefaßt, uns möglichst unauffällig in die Nähe des Tempels zu begeben. Er lag außerhalb der Großstadt Torgona auf einem flachen Hügelrücken, war jedoch über die breiten Hoch- und Fernstraßen gut zu erreichen.

Hinter uns folgten die terranischen Spezialeinheiten, die jederzeit durch Robottruppen verstärkt werden konnten. Die lange Nacht des Planeten Arkon II kam uns zu Hilfe. Dennoch war es fraglich, ob wir das Tempelgelände würden umschließen können, ohne vorzeitig bemerkt zu werden.

Arkon II besaß keinen Mond. Als meine Vorfahren die damaligen Planeten Nummer zwei und vier aus den natürlichen Umlaufbahnen zwangen, um sie in einem langwierigen Prozeß Nummer drei anzugliedern, hatte man darauf verzichtet, zusätzlich noch einige Monde in das kompliziert aufgebaute System einzuordnen.

Dennoch war es nicht ganz finster. Die nächste Regenperiode, gesteuert von dem Robotgehirn, sollte erst in der kommenden Nacht erfolgen. So war der Himmel wolkenlos, und das Licht der zahllosen Sterne konnte ungehindert einfallen.

Es war ein anderes Leuchten und Funkeln als auf der fernen Erde, denn hier befanden wir uns im Zentrum eines Kugelsternhaufens, dessen Sonnenballungen ausreichten, um das Gelände auch bei Nacht aufzuhellen.

Wir konnten gut sehen, ohne die Infra-Geräte in Anspruch nehmen zu müssen.

Die nahen Tempelbauten vermittelten einen bedrückenden Eindruck. Man hatte nicht nach der Trichterarchitektonik der Arkoniden, sondern nach dem Vorbild eines unbekannten Volkes gebaut.

Fast glich der Baalol-Tempel einer Festung mit ringförmigen Außenmauern, weit vorgeschobenen Bastionen und schmalen Zufahrtsstraßen. Die hinter den Mauern erkennbaren Gebäude schienen zumeist kugelförmig zu sein. Die spitzen, anscheinend von edlen Metallen belegten Dächer ragten weit in den Himmel hinauf.

Auf dem höchsten First leuchtete eine blutrot strahlende Lampe, die ihren Schein weit ins umliegende Land schickte.

Die weiten Parkanlagen rings um die Bauwerke waren nach dem genau ausgearbeiteten Plan in Minutenschnelle umstellt worden. Dreitausend Mann einer terranischen Raumlandeeinheit warteten draußen in der Finsternis auf Rhodans Angriffsbefehl.

Spezialroboter waren dabei, einen breiten Landstreifen um den Tempel nach unterirdischen Geheimgängen abzusuchen. Es dauerte nur kurze Zeit, bis die exakt funktionierenden Hohlraumtaster acht Stollen in verschiedenen Tiefen feststellten.

Als Rhodan die Nachricht erhielt, lächelte er grimmig. Dann kamen seine Befehle, aus denen hervorging, daß er keine Risiken einzugehen gedachte.

Schwere Energiepanzer fielen im Schutz ihrer Antigravschirme aus dem Dunkel herab. Sie setzten genau an den Stellen auf, wo die Gänge von den Hohlraumtastern entdeckt worden waren.

Die im steilen Winkel nach unten geschwenkten Impulsgeschütze der Kampfwagen begannen im selben Augenblick zu feuern. Plötzlich schien die Hölle entfesselt zu sein. Wir gingen rücksichtslos und entschlossen vor, nachdem wir diese geheimen Fluchtwege festgestellt hatten. Der Gesuchte durfte unter keinen Umständen entkommen.

Sonnenhelle Energiebahnen fraßen sich in den aufglühenden und anschließend vergasenden Boden hinein. Die Stollen wurden im direkten Durchstich erreicht, teilweise zugeschmolzen und anschließend durch einige in die Schächte eingeschossene Vibrationsbomben völlig zum Einsturz gebracht.

Sie arbeiteten schnell und zuverlässig, diese Männer, von denen jeder wußte, worauf es ankam.

Als im Tempel die Lichter aufflammten, waren die unterirdischen Verbindungen bereits nachhaltig zerstört. Das Donnern der Energieschüsse verlor sich in der Ferne. Nach einem letzten Grollen wurde es still.

Im Tempel rührte sich nichts. Nur die Beleuchtung blieb eingeschaltet. Wir warteten, bis die schwerbewaffneten Robottruppen des Regenten ankamen. Die flugfähigen Kampfroboter bildeten einen zweiten Einschließungsring.

Somit waren wir davon überzeugt, den Hohenpriester in der Falle zu haben.

Rhodan lauschte zum Tempel hinüber. Wir vernahmen aber keinen Laut.

„Für meinen Geschmack ist es da drüben zu still“, sagte Mercant plötzlich. Wir standen neben der gelandeten Space-Jet, in der sich das umgebaute Ortungsgerät befand. Das helle Zirpen bewies, daß sich mein Zellaktivator innerhalb der Tempelmauern befand.

Ich suchte Rhodans Blick und dabei bemerkte ich, daß sich auf seiner Stirn scharfe Falten eingegraben hatten.

„Verteufelte Situation“, meinte er unwirsch. „Wenn wir jetzt mit aller Macht angreifen, was eine Kleinigkeit wäre, was geschieht dann mit deinem Gerät?“

Ich lachte humorlos auf. Das war die Frage, mit der ich mich schon seit einer Stunde beschäftigte.

Ehe ich etwas sagen konnte, entstand weiter links Unruhe. John Marshall und der Mutant Wuriu Sengu kamen auf uns zu. Sengu wurde von John gestützt. Der breitschultrige, untersetzte Japaner machte den Eindruck, als wäre er erschöpft. Er konnte sich kaum noch auf den Beinen halten.

Ein zuspringender Soldat klappte einen Feldstuhl auf. Wuriu setzte sich schwerfällig. Ich ging zu ihm hinüber. Rhodan spurtete an mir vorbei. Unsere Siegesstimmung hatte sich plötzlich gewandelt. Zumindest ich fühlte ein schleichendes Unbehagen in mir aufsteigen. Es war wie eine Vorahnung auf böse Ereignisse.

„Sengu, was ist mit Ihnen los?" fragte Rhodan scharf. Er rüttelte den Mutanten an beiden Schultern.

Wuriu sah auf. Seine Augen glänzten im Licht der Sterne wie glühende Kohlen.

„Da ist etwas, das ich nicht begreifen kann", sagte er lallend.

„Was ist da? Nun reden Sie doch schon!"

„Ich kann nicht durch die Wände blicken. Entweder ist ein unbekannter Schutzschirm aufgebaut worden, oder es geschieht etwas, das ich nicht überwinden kann. Meine Gabe hat mich noch nie verlassen. Hier aber versagt sie."

Ich verspürte ein schmerzhaftes Ziehen in meinem Hinterkopf. Seit vielen Stunden meldete sich wieder mein Extrasinn.

„An Mutationsmöglichkeiten bei den Baalols denken!" gab der Logiksektor durch.

Ich hielt zutiefst überrascht den Atem an. Auch Rhodan schwieg. Nervös sah er auf den wie benommen wirkenden „Späher" nieder. Bisher hatte Sengu noch nie versagt. Er hatte immer genau sagen können, was hinter dieser oder hinter jener Mauer geschah.

Son Okura, der schmächtige, leicht gehbehinderte „Frequenzseher" tauchte aus der Dunkelheit auf. Er besaß die Fähigkeit, die für menschliche Augen nicht mehr sichtbaren Strahlungen bis zu den extremsten Wellenlängen sehen zu können. Er war bei Nacht völlig klarsichtig.

Er blieb neben mir stehen. Auch sein Gesicht wirkte abgespannt.

Rhodan drehte sich auffallend langsam um. Mir war, als scheue er sich, dem Mutanten ins Gesicht zu blicken.

„Son – Sie auch?“ fragte Rhodan stockend.

„Ja. Etwas geschieht, etwas Unheimliches. Ich empfange eine Strahlung, die unseren äußerst kurzwelligen und dimensional übergeordneten Hyperwellen ähnelt. Dennoch ist es anders. Ich habe fürchterliche Kopfschmerzen bekommen.“

„Kopfschmerzen“, wiederholte Rhodan langsam. Etwas Beunruhigendes lag in seinem Blick.

Plötzlich erhielten wir die gewünschte Aufklärung. Betty Toufry meldete sich aus dem Hintergrund.

„Auch ich kann nichts wahrnehmen, keinen einzigen Hirnimpuls, keinen Gedankenfetzen. Ich kann aber genau sagen, daß es sich nicht um einen Schutzschirm handelt. Da drüben läuft kaum eine Maschine.“

„Ist denn hier der Teufel los?“ sagte Rhodan wütend. „Betty, haben Sie noch etwas zu sagen?“

Die junge Frau kam näher. Ihr schmales Gesicht wirkte im Licht der Sterne aschfahl.

Schwankend, mit einem Unterton von Angst und Grauen in der Stimme, sagte sie: „Das – das sind Antis. Intelligenzen, die die Fähigkeit besitzen, unsere eigenen Gaben vollkommen zu neutralisieren. Antimutanten. Ich habe einmal einen auf Velogra VII kennengelernt, jedoch ahnte dieses Wesen nichts von seinen Absorbereigenschaften. Die da drüben, die wissen es ganz genau. Sie triumphieren über uns.“

Mir wurde übel. Plötzlich fühlte ich meine körperliche Schwäche. Die Umrisse der Tempelbauten begannen vor meinen Augen zu verschwimmen.

Als ich wieder zu mir kam, lag ich auf einer Bahre. Der Bordarzt des Kreuzers CALIFORNIA zog eben eine Hochdruck-Injektionsspritze von meinem Nacken zurück.

„Parastimulin, Atlan“, sagte er ruhig. „Sie wissen, was das bedeutet? Das war der erste Schwächeanfall. Ihr wirkliches Alter meldet sich.“

„Wie lange hält die Wirkung an?“ entgegnete ich gefaßt.

„Normalerweise acht bis zehn Stunden. In Ihrem Fall dürfte es etwas weniger sein. Sie sind an die ständigen Reizimpulse Ihres Aktivators gewöhnt. Genaugenommen sind Sie ein durch und durch Süchtiger."

„Vielen Dank", sagte ich leicht beleidigt. „Schließlich kann ich nichts dafür."

Der Arzt lachte. Er schien einen seltsamen Humor zu besitzen.

Ich blickte auf meine Uhr. Seit dem Diebstahl waren zweiundfünfzig Stunden und vierzehn Minuten vergangen.

Rhodan beugte sich zu mir herab. Ich richtete mich auf, setzte mich breitbeinig auf das flache Lager und sah mich um. Meine Körperkräfte schienen wieder in voller Stärke zurückgekehrt zu sein. Dieses Parastimulin hatte es in sich.

„Eben platzt ihm der Kragen", sagte jemand mit heller, zirpender Stimme. Gucky setzte sich neben mich. Für ihn hatte die Bahre die richtige Höhe.

Ich konnte sogar lachen.

„Perry, warten wir nicht mehr lange", sprach ich Rhodan an. „Ich habe nur noch knapp acht Stunden Zeit. Jetzt riskiere ich alles oder nichts."

„Angreifen?" erkundigte er sich knapp.

„Ja. Hiermit ordne ich den Ausnahmezustand für Arkon II an. Die entsprechenden Befehle gehen sofort an den Regenten. Es bleibt sich nun gleich, ob wir hier tatenlos herumsitzen oder etwas unternehmen. Ich habe nichts mehr zu verlieren."

„Dieser Segno Kaata wird jede Kampfhandlung mit der Drohung beantworten, deinen Aktivator zu vernichten. Praktisch können wir überhaupt nichts tun."

„Doch, wir können. Meinetwegen mögen die Leute sogenannte Antis sein, die die Mutantenfähigkeiten neutralisieren. Ich möchte sehen, wie sie auf Robotgeschütze reagieren. Da werden ihnen ihre Supergaben wenig nützen."

Ich hatte mit meinem Leben abgeschlossen. Der Hohepriester hatte mich in der Hand. Vielleicht ließ er sich aber auch täuschen. Wenn es mir gelang, ihn glauben zu machen, ich hätte noch ein zweites Gerät, konnte alles glücken. Wenn er den Trick durchschaute, wozu unser

Vorgehen eigentlich alle logischen Anhaltspunkte bot, war ich so gut wie tot.

Ich hob den linken Arm, um das Gehirn anzurufen. Da stellte sich Gucky vor mir auf. Seine zarten Hände umspannten mein Gelenk.

„Nicht, tue es noch nicht“, sagte der Kleine ungewohnt sanft. Seine großen, treuen Augen, denen er seinen Namen verdankte, glänzten im Licht der vielen Sterne. „Atlan, ich werde es erst versuchen. Ich bin der beste Teleporter des Korps. Warte ab, bis ich gesprungen bin. Wenn ich in den Tempel hineinkomme, dann ist dieser Hohepriester erledigt.“

„Nein, Kleiner, nein“, entgegnete ich leise. „Du hast gehört, was deine Kollegen sagten. Es sind Antis. Du wirst verunglücken. Ich möchte nicht noch einen Freund verlieren, ehe ich gehen muß. Vielleicht ist es gut so. Ich habe entgegen allen Naturgesetzen schon viel zu lange gelebt. Das ist vom Schöpfer nicht vorgesehen. Nun kommt das Ende. Du springst nicht, hörst du!“

Der Mausbiber schmiegte sich kurz an mich.

„Freund? Hast du Freund gesagt?“ zirpte er leise.

„Natürlich“, bestätigte ich etwas verlegen.

Gucky stellte sich in kampfbereiter Stellung vor dem hochgewachsenen Rhodan auf. Es wirkte urkomisch, den kleinen Kerl mit angewinkelten Armen zu sehen. „Ich gehe. Halte mich nur nicht zurück, oder ich verweigere den Befehl. Ich habe eine Chance.“

Rhodan gab seine Zustimmung. „Gut, versuche es. Die neuen Peilergebnisse besagen, daß sich der Aktivator in dem höchsten der Kugelgebäude befindet. Ungefähr im oberen Drittel muß der Raum zu finden sein, in dem der Aktivator ist. Du wirst aufpassen, ja?“

„Soll ich mitspringen?“ fragte Tako Kakuta aus dem Hintergrund.

„Nichts da, ich gehe allein!“ rief der Mausbiber heftig. In seiner kleinen Hand tauchte die für ihn angefertigte Spezialwaffe auf.

Augenblicke später hatte sich der intelligente Trampbewohner konzentriert. Er teleportierte mit solcher Kraft, daß kaum die übliche Leuchterscheinung entstand.

Wir warteten atemlos. Dann fuhren wir bei den fürchterlichen Schreien herum.

Fast hundert Meter abseits, also weit von seinem ursprünglichen

Standort entfernt, war Gucky plötzlich wieder sichtbar geworden, nur war er nicht mehr er selbst.

Ein aufgeblähtes, ums Zehnfache vergrößertes Ungeheuer mit Guckys äußeren Körperformen wankte brüllend auf uns zu. Die Proportionen veränderten sich laufend. Einmal ging der Kopf in die Breite, dann wurden die Arme länger und schließlich schrumpfte der verdickte Unterleib zusammen.

Das Schreien zeugte nicht von Angriffslust, sondern von größter Qual. Hilfesuchend kam der zehn Meter hohe Riese auf uns zugewankt. Sein stachelig gewordener Pelz schien von innen heraus zu leuchten. Hier und da kam es zu einer kleinen Blitzentladung, deren Krachen die Stille unterbrach.

Wir rannten auf ihn zu, als er bereits wieder kleiner wurde. Der unheimliche Effekt schien schnell nachzulassen. Als wir ihn erreicht hatten, war der Mausbiber besinnungslos geworden, aber er war noch immer rund fünf Meter groß. Der Verkleinerungsprozeß erfolgte unter den gleichen Ausdehnungs- und Verformungserscheinungen, die wir schon vorher beobachtet hatten. Auch das Leuchten des Pelzes wurde geringer.

Die Ärzte und die anderen Mutanten kümmerten sich um den Besinnungslosen. Wir standen erschüttert vor dem zuckenden Körper, bis Rhodan mit Hilflosigkeit in der Stimme sagte: „Atlan, was soll jetzt geschehen? Meine Mutanten versagen. Guter Gott: Mit Antis habe ich nicht gerechnet. Wir wußten nicht, daß es solche Intelligenzen überhaupt gibt."

Allan D. Mercant hatte seinen kühlen Kopf bewahrt. Er wartete noch den Bericht von John Marshall ab, der uns mitteilte, bei Guckys Sprung wäre es zu einer sehr heftigen Abweisung der entmaterialisierten Stofflichkeit gekommen, was bei der nachfolgenden Rematerialisierung zu einer nicht korrekten Eingliederung der einzelnen Körperatome und Molekülgruppen geführt hatte. Daher war es zu dem Ausdehnungsprozeß gekommen, der sich jedoch wieder stabilisieren müßte.

Anschließend meinte Mercant in klarer Erfassung der Sachlage: „Das war der letzte Trumpf. Er ist verspielt worden. Lassen Sie angreifen, Atlan."

„Haben Sie Ratschläge?“ erkundigte ich mich seltsam gefaßt.

„Ich bitte Sie vordringlich darum, Ihre Fassung zu bewahren. Wir haben noch eine Möglichkeit. Lassen Sie das Wirkungsfeuer auf die Umfassungsmauern eröffnen, und nehmen Sie auch einige Gebäude unter Beschuß, die den Aktivator nachweislich nicht enthalten. Demonstrieren Sie Ihren Willen, auch wenn er auf andere Leute als Verzweiflungsakt wirken sollte. Ich nehme an, daß dieser Hohepriester trotz all seiner übersinnlichen Fähigkeiten auch nur ein Wesen ist, das an seinem Leben hängt. Zwingen Sie ihn durch den Angriff, sich mit Ihnen in Verbindung zu setzen. Verhandeln Sie. Er kann nicht ganz genau wissen, ob Sie nun ein Duplikat besitzen oder nicht. Wahrscheinlich wird er davon überzeugt sein, Sie würden bluffen. Dennoch wird im Hintergrund seines Unterbewußtseins ein Funke des Zweifels zurückbleiben. Wenn Sie ihn erst einmal am Funksprechgerät haben, ist schon viel gewonnen. Handeln Sie!“

Dieser Mercant schien statt eines organischen Gehirns tatsächlich eine Rechenmaschine zu besitzen. Ob er sich jemals irren konnte?

Fünf Minuten später fuhren meine robotgesteuerten Panzer auf. Es waren die schwersten Einheiten der arkonidischen Raumlandeverbände.

Ich setzte mich noch einmal mit dem Regenten in Verbindung, der mir auf mein Verlangen hin den Direktbefehl übertrug.

Zweiundfünfzig Stunden und achtundvierzig Minuten nach dem erfolgten Diebstahl meines Zellaktivators begannen die Impulskanonen zu donnern. Die Nacht wurde zum Tage. Glühheiße Druckwellen zwangen uns, schleunigst in Deckung zu gehen.

Ich ließ die Kampfwagen noch weiter vorfahren. Die stabilen Umfassungsmauern wurden zerrissen. Die glutflüssigen Überreste wurden kaskadenartig zersprühend in den dunklen Himmel gewirbelt.

Der nächste Feuerschlag vernichtete drei der Tempelbauten bis auf die Grundmauern. Aber erst als das fünfte Bauwerk in sich zusammenfiel und die Luft unerträglich heiß wurde, erhielt ich vom Chef der fliegenden Funkstation das mit Bangen erhoffte Zeichen.

Der junge Offizier riß den Arm nach oben und winkte heftig. Ich ließ das Feuer sofort einstellen und ging zu dem Wagen hinüber.

„Ein gewisser Segno Kaata möchte Sie sprechen!“ rief mir der

Leutnant zu. „Hier bitte, Bildschirm drei. Kaata liegt genau auf unserer Bildsprechfrequenz."

Rhodan klopfte mir auffordernd auf die Schulter. Eigenhändig riß er mir die Bioplastpolster von Nase und Wangen. Ich gewann mein natürliches Gesicht zurück.

Mercant befreite mich von der dunkelhaarigen Perücke. Ich fuhr mit den Fingern durch mein langes, weißblondes Haar und griff nach dem vorsorglich mitgenommenen Schulterumhang des Imperators. Damit wurde die terranische Uniform bis zur Gürtellinie verdeckt.

So trat ich vor die Aufnahmeokulare der Bilderfassung. Auf dem Schirm war das hagere, faltige Gesicht eines weißhaarigen Arkoniden mit rötlich gefärbten Augäpfeln sichtbar.

Er trug die weite, wallende Kleidung der Wissenschaftler, jedoch war sie mit symbolhaften Zeichen versehen, die ich nie erblickt hatte. Ich zwang mich zur Ruhe. Jetzt kam es darauf an.

Der Hohepriester lachte.

„Ich glaube Euch nicht", erklärte er mit tiefer, wohltönender Stimme. „Der Angriff beweist, daß Ihr auf das Gerät angewiesen seid. Nun gut, was sollte ich noch leugnen: Es befindet sich in meinem Besitz."

„Was Ihr wohl auch nicht mehr bestreiten könnt", sagte ich kühl. „Ihr habt übersehen, daß es Ortungsgeräte gibt. Die Verräter auf der Kristallwelt dürften zur Zeit verhaftet werden. Wir haben den Fall klar aufgerollt. Ihr habt dabei nur zwei Fehler begangen, Segno Kaata. Einmal habt Ihr die Aussagen eines nur Halbwissenden geglaubt, und zweitens habt Ihr mich unterschätzt. Oder hattet Ihr angenommen, ich ließe mir eine solche Unverschämtheit bieten? Der Verrat des Terraners Thomas Cardif ist für mich nebensächlich. Meinetwegen kann er jedermann erzählen, welche Bedeutung der Zellaktivator für mich hat. Ich besitze immer ein Reservegerät."

„Tatsächlich?"

Ich mußte mich zusammennehmen, um keinen Fehler zu begehen.

„Euer Glaube oder Euer Unglaube – wen kümmert es?" entgegnete ich.

„Warum greift Ihr dann meinen Tempel an, Euer Erhabenheit?"

„Um Euch zu zwingen, das Gerät auszuliefern. Ich bin nicht daran interessiert, wegen der Beschaffung eines neuen Ersatzgeräts größte Schwierigkeiten auf mich zu nehmen.“

Das waren die verfänglichsten Worte während der makabren Diskussion mit einem Mann, der nicht normal im Sinne des Wortes war. Natürlich mußte ich etwas tun, um auf den Kern der Sache zu kommen. Ich mußte den Aktivator fordern, koste es, was es wolle. Wie erwartet, hakte er sofort ein.

„Oh, der Verlust bringt Euch in Schwierigkeiten?“ meinte der Hohepriester verbindlich. „Nun, dann werdet Ihr es nicht wagen, auch den Hauptbau des Tempels zu zerstören, denn damit vernichtet Ihr das Gerät.“

Ich griff zum letzten Mittel. Es blieb mir keine andere Wahl mehr. Entweder er erklärte sich bereit, den Aktivator gegen Zusicherung einer gewissen Straffreiheit auszuliefern, oder er riskierte die Flucht, um bei dem beginnenden Sturm sein Leben zu retten. Dabei konnte er wahrscheinlich gefaßt werden. Mit der tatsächlichen Vernichtung des Aktivators würde er wohl warten bis zum letzten Augenblick.

Ich lächelte spöttisch und blickte auf die Uhr. „Ihr rechnet mit den bewußten sechzig Stunden?“

„Genau, Euer Erhabenheit“, entgegnete er gelassen. Er schien keine Nerven zu besitzen. Rasch fügte er noch hinzu: „Wenn Ihr nach Ablauf von insgesamt fünfundsechzig Stunden noch fähig seid, weitere Verhandlungen mit mir zu führen, habt Ihr mich vom Vorhandensein eines Ersatzgeräts überzeugt. In diesem Fall werde ich Euch das Original ausliefern, um Euch – wie Ihr behauptet – Schwierigkeiten zu ersparen. Da Euch die Sache etwas wert sein sollte, fordere ich freien Abzug für meine Person.“

„Und Eure Priester?“

„Sie sind schuldlos. Sie waren an der Sache nicht beteiligt.“

Damit war ich am Ende angekommen. Dieser offenbar eiskalte Rechner hatte seine Möglichkeiten erkannt. Mir blieb nun keine andere Wahl mehr, als den Vorschlag abzulehnen. Hätte ich tatsächlich ein Duplikat besessen, wäre er akzeptabel gewesen.

Ich zwang mich zu einem nochmaligen Lächeln. Betont sorgfältig sah ich auf die Uhr. „Ich werde in fünfzehn Minuten das Feuer eröffnen lassen. Selbstverständlich werden dabei auch die unterirdischen Verliese vernichtet, in denen Ihr anscheinend verhältnismäßig sicher zu sein glaubt. Wenn Ihr Euch vorher meldet und Euch bereit erklärt, das gestohlene Gerät auszuliefern, werde ich Euch laufenlassen. Damit rettet Ihr Euer Leben. Falls Ihr Euch nicht meldet, werdet Ihr in der Atomglut vergehen. Das ist alles. Ich gebe Leuten Eurer Art nur einmal eine Chance."

Damit schaltete ich ab. Erschöpft und innerlich ausgelaugt sah ich mich nach Mercant um.

Der kleine Mann nickte anerkennend. „Gut, sehr gut. Warten wir also ab."

Für mich begann die Periode des verzweifelten Wartens. Wie würde sich der Hohepriester verhalten? Konnte er zu der Überzeugung kommen, ich hätte wirklich noch ein Zweitgerät? Würde er es als akzeptabel ansehen, daß ich die erwähnten Schwierigkeiten bei der Neubeschaffung eines notwendigen Duplikats scheute?

Fragen über Fragen türmten sich auf. Ich befand mich zweifellos in der schlechteren Situation.

Rhodan teilte mir mit, das Flottenflaggschiff DRUSUS sei auf dem Raumhafen von Torgona gelandet, um weitere Truppen ausschleusen zu können. Der Kreuzer TOGO stünde jedoch im Raum.

Die Sekunden schienen zu Ewigkeiten zu werden. Der Hohepriester meldete sich nicht.

Allan D. Mercants schmales Gesicht war blaß. Die Sorgen setzten ihm zu. Schließlich trat er neben mich. „Dieser Segno Kaata ist ein kluger Mann. Nun ist mir auch klar, warum er den Diebstahl persönlich ausgeführt, oder ihn wenigstens überwacht hat. Er ist über seine Antifähigkeit informiert. Da aber bekannt ist, daß Sie eine Gehirnaktivierung erfahren haben, lag die Vermutung nahe, Sie könnten telepathische oder sonstige Eigenschaften besitzen. Deshalb sind die Antis bei dem Überfall eingesetzt worden."

„Ich verstehe, Mercant."

„Erstaunlich ist nur, daß John Marshall behauptet, durch empfangene Gehirnimpulse erwacht zu sein. Die Antis kann er unmöglich wahrgenommen haben. Wahrscheinlich waren demnach noch andere Leute an der Sache beteiligt. Ich werde mich darum kümmern."

„Ich werde Ihnen vorsorglich einige Vollmachten erteilen", sagte ich, während mich Schwäche überkam.

„Das ist nicht nötig, Atlan. Der Hohepriester muß sich entscheiden. Es entspräche nicht seinem Intelligenzgrad, wenn er sich dazu hinreißen ließe, den Aktivator grundlos zu zerstören. Er wird wahrscheinlich abwarten wollen, ob Sie sich tatsächlich zur Feuereröffnung entschließen oder nicht. Tun Sie es aber, wird er in seiner ohnehin schwankenden Meinung noch unsicherer werden. Die Behauptung über die Existenz eines Duplikats ist durchaus nicht so unwahrscheinlich. Er wird wohl das Für und Wider abwägen. Ich bin der Auffassung, daß er im letzten Moment die Bedingung stellt, freigelassen zu werden. Dabei kommt es darauf an, ob er Ihr Versprechen für bare Münze nimmt oder nicht."

„Kann er fliehen?"

Rhodan hatte schweigend zugehört. Wortlos deutete er auf die geballte Truppenmacht. „Bei dem Aufgebot? Er sieht uns sicherlich auf seinen Fernbildschirmen. Außerdem dürfte er wissen, daß der Raum von Kampfschiffen aller Art wimmelt. Er muß einen anderen Weg suchen."

„Ich glaubte auch daran, aber dieser Glaube war verkehrt. Wenn wir schon etwas mehr Erfahrung mit den Antis gehabt hätten, wären andere Vorbereitungen getroffen worden."

Ich hätte auf keinen Fall das riskiert, was dieser Unheimliche kurze Zeit später wagte.

Die fünfzehn Minuten waren ergebnislos verstrichen. Segno Kaata hatte sich nicht gemeldet. Da glaubte ich zu ahnen, daß sich auch ein Mann vom Rang des Solaren Abwehrchefs irren konnte.

Seit einigen Minuten wich er meinen fragenden Blicken aus. Mercant schien zu wissen, daß er ausnahmsweise einmal danebengetippt hatte.

Ich dachte daran, die 65-Stunden-Forderung zu akzeptieren, um dem Hohenpriester anschließend mein Robotdouble vorzuführen. Die Spezialmaschine war bereits zurückgerufen worden. Sie befand sich in unserer Nähe.

Zweifellos hätte ich Kaata damit täuschen können, aber was wäre innerhalb der fünf überzähligen Stunden mit mir geschehen? Sechzig Stunden konnte ich ohne Zerfallserscheinung leben, obwohl ich jetzt schon spürte, daß meine Körperzellen in Aufruhr gerieten.

Nein, ich konnte nicht auf das Angebot des Baalols eingehen. Es wäre mein sicheres Ende gewesen.

Vor zehn Minuten hatte ich zusammen mit Perry Rhodan und dem Doppelkopfmutanten Iwan Iwanowitsch Goratschin die enge Zentrale der Space-Jet betreten. Das diskusförmige Kleinraumschiff gehörte zur letzten Typengruppe der terranischen Fabrikation. Es konnte von einem Mann geflogen und beherrscht werden. Außerdem besaß es ein neuartiges Gerät zur genauen Anpeilung von Transitionssprüngen, die von anderen Raumschiffen ausgeführt wurden.

Wir waren allein. Vor uns, am Hufeisen-Schalttisch der Kontrollen befestigt, hing der Zellschwingungsorter. Das helle Zirpen bewies, daß sich mein Aktivator noch im Tempel befand. Die Peilung war einwandfrei.

Die Funksprechgeräte liefen. Ich stand mit allen Kommandostellen in Verbindung. Die Roboteinheiten des Gehirns waren über Kanal 7 zu erreichen.

Allan D. Mercant hatte sich wenige Augenblicke zuvor zurückgezogen. Anscheinend konnte er meine spürbar werdende Verzweiflung nicht mehr ertragen.

Als die von mir gesetzte Frist vorüber war, waren seit dem Diebstahl vierundfünfzig Stunden und elf Minuten vergangen. Ich hatte noch knapp acht Stunden Zeit. Es war eine Galgenfrist, die mich fast zum Irrsinn trieb.

Da hatten wir nun den Dieb und das Gerät in großartiger Ermittlungsarbeit ausfindig gemacht, und doch waren wir relativ hilflos. Was konnte es mir nützen, den Tempel zu atomisieren? Der Zellaktivator hätte es bestimmt nicht heil überstanden.

Die Mutanten, auf die ich mich verlassen hatte, waren zur Untätigkeit verdammt. Die Antis, ihnen voran der Hohepriester, konnten triumphieren.

Natürlich wußte dieser Segno Kaata sehr genau, daß mir die Hände gebunden waren. Eine kleine Schwäche hatte ich schon eingestehen müssen. Nun würde er in aller Ruhe abwarten.

Wenn ich damit noch länger zögerte, würde er Gewißheit darüber erlangen, daß ich kein Ersatzgerät besaß.

„Es wird Zeit", sagte Rhodan bedrückt. Er sah auf die großen Bildschirme, die uns die Überreste der Tempelbauten klar und deutlich zeigten. „Ich schlage vor, noch während des Feuerüberfalls die Robottruppen stürmen zu lassen. Vielleicht erwischen sie den Priester."

Ich hatte längst mit dem Gedanken gespielt, auf die Beschießung überhaupt zu verzichten und nur einen Robotangriff zu starten. Das hätte dem Priester aber ebenfalls bewiesen, daß ich eine Vernichtung nicht riskieren konnte.

Ich entschloß mich zum letzten Risiko. Augenblicke später erteilte ich den Feuerbefehl, und die Impulsgeschütze der aufgefahrenen Panzer begannen wieder zu donnern.

Ich hatte genau erklärt, wo die Ziele lagen. Noch sollte der große Hauptbau verschont bleiben. Außerdem wollte ich das Leben jener Tempelbewohner schonen, die mit dem Diebstahl nichts zu tun hatten.

Rhodan aktivierte die Maschinen der Space-Jet. Ich achtete kaum auf das laute Heulen der Energieumformer. Der Antigravschirm absorbierte die auf uns einwirkende Schwerkraft des Planeten. Ein leichter Schubstoß aus den Bodendüsen des Hilfstriebwerks ließ uns rasch nach oben schweben, von wo aus wir einen besseren Überblick gewannen.

In hundert Meter Höhe hielt Rhodan das Raumschiff an. Unweit vor uns tobten sich die atomaren Gewalten aus. Aufglutend brachen die einzelnen Gebäude in sich zusammen. Mehrere Panzer eröffneten das Wirkungsfeuer auf die unterirdischen Anlagen, indem die sonnenhellen und ebenso heißen Impulsstrahlen nach unten gerichtet wurden.

Tiefe Schluchten gruben sich in den Boden ein. Immer steiler eindringend, erfaßten die Energiebahnen die Fundamente und brachten sie zum Einsturz.

Ich saß verkrampft vor dem Visifon. Ich stand in direkter Verbindung mit dem Funkwagen der Truppen.

„Der Priester meldet sich nicht", gab der diensthabende Offizier durch.

Ich nickte ihm zu. Fragen über das Warum waren sinnlos.

Unter uns lohten die Impulsgeschütze der Kampfwagen. Von oben gesehen, bildeten sie einen feurigen Ring, der weithin die Nacht zum Tage machte.

„Die DRUSUS wäre in einer Sekunde damit fertig", sagte der Mutant Goratschin.

Niemand antwortete ihm. Wir wußten, daß wir schwerere Waffen nicht einsetzen durften. Die Handstrahler der Soldaten hätten es auch getan, nur hätten sie nicht so demonstrativ gewirkt.

Auf die Vortäuschung einer falschen Tatsache kam es aber an. In dem Tempel mußte man glauben, für mich wäre der Verlust des Original-Aktivators kein Todesurteil.

Drei Minuten nach Feuereröffnung glich das riesige Tempelgelände einem eruptierenden Vulkan. Der bisher noch verschonte Hauptbau wankte. Von der scharfen Kegelspitze lösten sich Mauerteile. Breite Risse bildeten sich in dem Gesims. Der endgültige Einsturz war nur noch eine Frage von wenigen Minuten.

Das Visifon sprach an. Es war der leitende Offizier der fahrbaren Ortungsstation. „Energiepeilung. Entweder sind starke Fusionsmaschinen mit hoher Energieabgabe eingeschaltet worden, oder der Beschuß hat einige Kernreaktoren zum Durchgehen angeregt. Die Peilung ist einwandfrei. Da drüben ist etwas geschehen."

Rhodan beugte sich plötzlich nach vorn. Das Pfeifen des Schwingungsmessers war unregelmäßig geworden. Auf dem nur handgroßen Schirm veränderte sich das Oszillogramm.

„Vorsicht!" rief Rhodan mahnend. „Der Standort des Aktivators verändert sich. Atlan, ruft der Priester noch immer nicht an?"

Rhodan hatte kaum ausgesprochen, als sich die erkennbare Spitze des noch erhaltenen Bauwerks plötzlich veränderte. Sie klaffte auseinander, und hervor schoß ein kleiner, tropfenförmiger Körper, der unter Leuchterscheinungen aus dem Lichtkreis der feuernden Panzer hervorstieß, um im Dunkel der Nacht zu verschwinden.

Zutiefst überrascht sahen wir dem leuchtenden Phantom nach. Nur Goratschin handelte schneller als gedacht. Mit einem Handgriff schaltete er den vollautomatischen Hyperorter ein, schwenkte ihn grob auf das Tastgebiet und schlug den roten Knopf nach unten.

Sekunden später hatten wir das soeben gestartete Schiff auf dem Reliefschirm. Der kleine, knapp fünfzehn Meter lange Körper raste senkrecht auf den leeren Raum zu, in dem mehr als tausend Schiffe nur auf einen solchen Fluchtversuch warteten.

„Ist der Bursche wahnsinnig geworden?" schrie Rhodan außer sich. „Hier, der Peiler sagt aus, daß sich der Aktivator an Bord befindet. Um Himmels willen, Atlan – sofort Befehl an alle Robotschiffe, den Fliehenden durchzulassen."

Im selben Augenblick schienen die Lautsprecher zu bersten. Die Diensthabenden der zahlreichen Ortungsstationen teilten uns das mit, was wir aus eigener Anschauung bereits kannten.

Während ich den Regenten anrief und ihm den Befehl erteilte, unter keinen Umständen auf das kleine Raumschiff zu feuern, sondern nur seinen Kurs und jeweiligen Standort zu registrieren, ließ Rhodan die Space-Jet anrucken.

Sie besaß in dieser supermodernen Ausführung die Beschleunigungswerte eines Kreuzers der Staatenklasse. Rhodan hatte sofort erfaßt, daß wir selbst die Verfolgung aufnehmen mußten.

Die DRUSUS und die CALIFORNIA standen auf dem Hafen von Torgona. Die TOGO war weit außerhalb des Systems. Außerdem wäre es sinnlos gewesen, die großen Schiffe zur Jagd anzusetzen. Der Hohepriester war immer noch im Vorteil, denn er hatte den Aktivator mitgenommen.

Auf den Außenbordbildschirmen leuchtete es weißrot auf. Es waren die glühend werdenden Luftmassen, die wir bei dem Gewaltstart stark komprimierten.

Ich achtete kaum auf das Donnern des überstarken Triebwerks. In wenigen Augenblicken hatten wir den freien Raum erreicht. Sekunden später schossen wir aus dem Schatten der Nachthalbkugel von Arkon II heraus und flogen ins Licht der großen Arkonsonne ein. Weit vor uns, schon weit über drei Millionen Kilometer entfernt, jagte das tropfenförmige Boot durch das All.

Unsere Energieortung sprach sofort auf die Triebwerksimpulse des Flüchtenden an, womit wir sicher auf seiner unsichtbaren Spur blieben.

Rhodan hatte das Mikrophon des Telekoms vor die Lippen

gezogen. Während dicht unter unseren Sitzen die Maschinen der Space-Jet unter Vollgas heulten und die Anzeigen des Andruckneutralisators dicht vor der roten Warnmarke pendelten, rief er die drei terranischen Schiffe an.

„Rhodan an Verband. DRUSUS und CALIFORNIA sofort starten. Versuchen, unsere Peilzeichen ausfindig zu machen. Es ist anzunehmen, daß der Flüchtling sofort nach Erreichen der Sprunggeschwindigkeit in die Transition geht, um sein Entkommen zu sichern. Wir bleiben mit Hilfe des neuen Strukturtasters auf der Fährte, egal, wohin es auch geht. Wahrscheinlich wird der Priester keine Zeit zu einwandfreien Sprungberechnungen gefunden haben. Demnach wird er planlos transitieren, um erst einmal aus dem Gefahrengebiet zu kommen. Achtung: Die Einheiten des Robotregenten haben Feuerverbot erhalten. Die Lage hat sich geändert. Solange die sechzig Stunden noch nicht abgelaufen sind, darf unter keinen Umständen ernsthaft geschossen werden. Atlan und Goratschin sind bei mir an Bord. Wir werden versuchen, das Boot einzuholen. Was dann geschieht, ist mir selbst noch nicht klar.“

Die Kommandanten der terranischen Einheiten bestätigten die Durchsage. Zugleich lief über mein Kommandogerät eine Nachricht des Gehirns ein. Die Roboteinheiten hatten den bereits eingeleiteten Angriff eingestellt.

Allan D. Mercant meldete sich wenig später. Er benutzte die Geräte des Funkwagens nahe dem Tempel. „Mercant spricht. Die Kampfroboter haben die Tempelüberreste gestürmt und darin zahlreiche Priester gefunden. Sie hatten sich alle im noch erhaltenen Hauptgebäude zusammengefunden. Es ist wahrscheinlich, daß der Hohepriester allein geflohen ist, obwohl wir keine dementsprechenden Aussagen erhalten. Die Verhaftungsaktion läuft. Frage: Befindet sich der Aktivator an Bord des Bootes?“

„Ganz sicher. Ich vernehme eben die ersten Peilzeichen. Kaatas Schiff ist nicht sehr schnell. Es beschleunigt bestenfalls mit fünfhundert Kilometer pro Sekundenquadrat. Ich schalte um auf Stützmasseneinspritzung. In drei Minuten habe ich die einfache Lichtgeschwindigkeit erreicht. Was halten Sie vom Vorgehen des Hohenpriesters, Mercant?“

Rhodan ließ das Mikrophon sinken. Als der Abwehrchef erneut zu sprechen begann, funktionierte auch plötzlich die Bildverbindung. Sein Gesicht erschien auf dem Schirm des überlichtschnell arbeitenden Hyperkoms.

„Psychologisch interessant. Er handelt anders, als wir angenommen hatten. Jeder Mensch und auch jeder Arkonide hätte vor Beginn einer derart verrückten Flucht erst noch einmal versucht, freien Abzug gegen die Rückgabe des Diebesgutes auszuhandeln. Er verzichtete darauf, woraus sich einige Schlüsse ziehen lassen."

„Lassen wir das", wurde Mercant von Rhodan unterbrochen. „Diese Betrachtungen nützen uns wenig. Wir bleiben dem Mann auf den Fersen. Auf alle Fälle hat er den Aktivator dabei. Da er weiß, daß Atlan die angeblichen Schwierigkeiten bei der Beschaffung eines neuen Zweitgeräts scheut, hat er sich eine Chance ausgerechnet. Zum Teufel, wir hätten das nicht erwähnen sollen."

„Wie hätten Sie sonst auf die Forderung zur Rückgabe kommen wollen?"

„Mit dem Recht des Bestohlenen, ganz einfach."

„Darauf hätte Kaata noch weniger reagiert."

Rhodan schaltete ab. Seine grauen Augen funkelten zornig. Ich saß wie betäubt im Sitz des Zweiten Piloten. Iwan Goratschin hatte die Position des Ortungsfunkers übernommen. Der geschulte Mutant war in der Lage, infolge der beiden selbständig denkenden Köpfe gleichzeitig zwei Funktionen zu erfüllen. Als Pilot war er unnachahmlich.

Das Impulstriebwerk lief auf Höchstleistung. Bei 75 Prozent einfacher LG schaltete Rhodan die Stützmasseneinspritzung ein. Das Donnern wurde noch tiefer und mächtiger.

Wir holten sehr schnell auf, aber die sieben Minuten, die zwischen dem Start des Priesters und unserem eigenen Abflug lagen, machten sich jetzt unangenehm bemerkbar.

Rhodan rechnete. Während er unentwegt auf den grünen Echopunkt der Hyperortung blickte und seinen Kurs danach einrichtete, sagte er plötzlich: „Auf Schußentfernung sind wir schon heran, doch wenn ich jetzt das Feuer eröffne, wird die Nußschale zerspalten wie ein Hühnerei unter dem Tritt eines Elefanten."

Ich schüttelte meine Lethargie ab. Aus brennenden Augen schaute ich auf das Echobild. Schließlich waren wir schon so nahe, daß eine sehr gute Umrißzeichnung möglich wurde.

„Wie willst du ihn überhaupt einfangen?" fragte ich leise. „Wir haben keine Traktorstrahler an Bord."

Statt einer Antwort schaltete Rhodan den Strukturwellentaster ein und koppelte ihn mit der Hypersprung-Automatik. Es war eine neuartige Schaltung, die eine Verfolgung durch den Pararaum erlaubte, ohne den Jäger zu zwingen, erst auf den Eintauchstoß des Flüchtenden zu warten.

„Er wird springen, ehe wir nahe genug heran sind. Er ist schon bei fünf Prozent Unterlicht angekommen. Wir können mit voller Stützmasseneinspritzung noch etwas beschleunigen, aber das ist keine wesentlich höhere Fahrtstufe mehr. Auch werde ich es nicht riskieren, so dicht unterhalb der Lichtmauer ein Punktschießen zu eröffnen. Das müssen wir aber tun, wenn wir nicht das Boot zerfetzen wollen. Ich will einen Treffer in den Heckmaschinenraum erzielen, das ist alles. Dann wird es sich herausstellen, wie sehr der Anti am Leben hängt."

Der Anti. Der Begriff ließ mich erschauern. Goratschins linker Kopf drehte sich uns zu.

Seltsam ruhig sagte Iwan: „Achtung, Ultraortung! Eben leitet er die Transition ein. Ich empfange die ersten Hyperimpulse."

Ich krümmte mich in meinem Sessel zusammen. Rhodan kontrollierte nochmals die Synchronautomatik, die im Augenblick der Transition an Hand der eingegangenen Energiewerte selbständig den Sprung nachahmen würde. Alle terranischen Schiffe sollten mit dieser Einrichtung ausgestattet werden, da es immer wieder zu Verfolgungen durch den übergeordneten Pararaum kam.

Auch die neue Synchronautomatik arbeitete nur dann zuverlässig, wenn das gejagte Schiff nicht weiter als zehn Lichtjahre transitierte. Darüber hinaus wurden die Werte ungenau.

Plötzlich hörten wir das Krachen im eingeschalteten Strukturtaster. Der Anti war aus dem Normalraum verschwunden.

Unsere eigene Transition erfolgte 0,3 Sekunden später. So lange hatte die vollpositronische Automatik benötigt, um mit den georteten Energieechos die eigenen Sprungwerte festzusetzen.

Nur 0,3 Sekunden – und doch erschien es mir wie eine Ewigkeit. Dann kam der Entmaterialisierungsschock. Er war nur kurz, kaum schmerzhaft und leicht erträglich, ein Zeichen dafür, daß der Anti nicht sehr weit transitiert haben konnte.

Rhodans Körperumrisse verflimmerten. Wir lösten uns auf und wurden vorübergehend zu einem energetischen Bestandteil des fünfdimensionalen Raumes, in dem eine vierdimensionale Körperform nicht stofflich stabil bleiben konnte.

Das letzte was ich hörte, war Goratschins Ruf. Ich wußte nicht, was er noch hatte mitteilen wollen.

Als man vor zehntausend Jahren irdischer Zeitrechnung den Beschluß faßte, mein Gehirn zu aktivieren, hatte ich im Zuge dieses Programms ein fotografisches Gedächtnis erhalten. Wenn ich einmal etwas gesehen oder erlebt hatte, vergaß ich es nicht mehr.

Die vor uns liegende Sonne kannte ich. Es war ein kleiner gelber Normalstern, fast eine Zwergsonne, die nur einen Planeten besaß.

Es war ein aufgeblähter Methangas-Riese, der für Sauerstoffatmer unbrauchbar war. Selbst in der Blütezeit des Imperiums hatten wir dort keinen Flottenstützpunkt errichtet.

Die kleine Sonne stand schon etwas außerhalb des Sternhaufenzentrums, und dennoch war der nächste Stern nur knapp 0,5 Lichtjahre entfernt. Innerhalb des Kugelhaufens waren Transitionen mit vielen Schwierigkeiten verbunden. In der Anfangszeit der Überlichtflugtechnik war es immer wieder zu schweren Unfällen gekommen.

Das Zwergsternchen war in arkonidischen Katalogen unter dem Namen Gela eingetragen. Sein einziger Planet hieß Gelal.

Nach dem erfolgten Eintauchmanöver und der Rematerialisation hatten wir uns sofort nach dem Flüchtling umgesehen. Während ich noch in tausend Ängsten schwebte, war das winzige Boot von Goratschin geortet worden.

Wir waren knapp eine halbe Million Kilometer hinter dem tropfenförmigen Raumfahrzeug aus dem Pararaum herausgekommen, jedoch hatten wir im Gegensatz zu dem Verfolgten unsere Absprungfahrt von etwa 98 Prozent der einfachen Lichtgeschwindigkeit beibehalten.

Das Gefährt des Antis war keine arkonidische Konstruktion, was allein aus der äußeren Gestaltung ersichtlich wurde. Die Wissenschaftler meines ehrwürdigen Volkes hatten niemals anders als in Kugelform gebaut.

Es lagen also wesentliche Unterschiede vor, was sich in unserem Fall ganz klar in der plötzlich erkennbar gewordenen Geschwindigkeitsdifferenz bemerkbar machte.

Der Anti war nur noch halb lichtschnell. Nach der erfolgten Ortung sprach auch wieder der Individualpeiler an. Mein Aktivator befand sich nach wie vor an Bord dieses kleinen Schiffes.

Rhodan setzte alles auf eine Karte. Ich wunderte mich über meine Teilnahmslosigkeit. Meine Sinne schienen unvermittelt abgestumpft zu sein. Sogar der Gedanke an mein baldiges Ende konnte mich nicht mehr aufrütteln. Es dauerte lange, bis ich mit dem Rest meiner Kräfte erkannte, wie sehr jede Zelle meines Körpers schon angegriffen war. Aus der Zelle gehen aber in letzter Konsequenz alle Funktionen hervor, seien sie nun geistig oder körperlich bedingt.

Ich war so ausgelaugt und erschlafft, daß ich mich dazu zwingen mußte, auf meine Uhr zu sehen. Seit dem Diebstahl waren sechsundfünfzig Stunden und achtundfünfzig Minuten vergangen, also fast siebenundfünfzig Stunden.

Meine Galgenfrist war beinahe abgelaufen. Mein Interesse am Geschehen war fast erloschen, nachdem ich kurz vor der Transition noch voll aktiv gewesen war.

Ein schwacher Impuls meines Extrasinns sagte mir, daß daran die zweimalige Belastung der Ent- und Wiederverstofflichung schuld war. Bei meinem Gesundheitszustand war die Tortur für meine ohnehin angegriffenen Zellverbindungen pures Gift gewesen.

Ich sah auf meine Hände nieder. Die Haut begann bereits zu schrumpfen. An den Handgelenken zeigten sich tiefe Runzeln und Falten. Ich wollte lachen, aber ich brachte keinen Ton über die Lippen. Ich ahnte nur noch ganz im Hintergrund meines Gehirns, daß der befürchtete Zerfall schneller eintrat als angenommen.

Goratschins mächtige Gestalt tauchte vor mir auf. Teilnahmslos blickte ich zu den beiden Köpfen hinauf. Warum ließ man mich nicht in Ruhe?

Rhodan sagte wieder etwas, das ich nicht klar erfassen konnte. Ich bemerkte nur, daß seine Stimme scharf und drängend klang.

Goratschin holte aus, als wollte er einen Stein werfen. Ich verspürte einen scharfen Schmerz, der aber sofort wieder verging. Ich glotzte auf den sichtbaren Teil der dicken Kanüle, die mir der Mutant in die Brustmuskulatur gestoßen hatte. Ach ja – er hatte vorher die Uniform geöffnet.

Ich fühlte den Druck der eingepreßten Flüssigkeit. Warum nur verwendete Goratschin diese altmodische Spritze?

Schon gab ich es wieder auf, zu protestieren. Es war gleichgültig, ob er mich nun stach oder ob er mit einer automatischen Hochdruckspritze arbeitete.

Ich sah auf seinen Daumen nieder. Weiter und weiter preßte er den Kolben nach vorn. Die Flüssigkeit verschwand in meinem Körper. Als nur noch ein Rest sichtbar war, wurde mir übel. Das Gefühl wurde so übermächtig, daß ich das Bewußtsein verlor.

Als ich wieder erwachte, glaubte ich, Bäume ausreißen zu können. Heftig richtete ich mich in meinem Sessel auf. Ich wußte nicht mehr genau, was vorher gewesen war, aber die Besinnungslosigkeit konnte nur wenige Augenblicke gedauert haben.

„Was war los?“ fragte ich schroffer als beabsichtigt. Kampfbereit, etwas argwöhnisch und beinahe beleidigt sah ich mich um. Ich ahnte, daß ich mich albern benahm.

Goratschins Köpfe grinsten einträchtig. Augenzwinkernd sahen sie sich an. Rhodan sah konzentriert auf den Tasterschirm, auf dem das fremde Boot klar erkennbar war.

„Frage nicht“, sagte er abweisend. „Du hast abgebaut. Iwan hat dir eine erhöhte Dosis Parastimulin gespritzt. Ich hoffe, daß du noch einige Stunden durchhältst. Hier eine Frage: Wie gut kannst du schießen, Arkonide?“

Ich verstand, was er damit sagen wollte. „Besser als du glaubst. Ich habe ein Ziel nie verfehlt.“

„Das wollte ich hören. Ich habe mit den Kontrollen genug zu tun. Das Boot ist noch knapp viertausend Kilometer entfernt, eine Distanz, die bei Raumgefechten nahezu lächerlich ist. Hier wird sie groß, da du das Heck des Schiffes nur streifen darfst. Wir haben noch etwa zwei

Minuten Zeit. Warten wir länger, hat er wieder so viel Fahrt aufgenommen, um in die nächste Transition gehen zu können. Damit könnte er entkommen. Siehst du klar, was getan werden muß?“

Unsere Blicke trafen sich. Ja, ich sah völlig klar. Entweder jetzt oder nie. Ich hatte keine Zeit mehr.

Ich schaltete die Energieversorgung der Impulskanone ein. Es war ein starr eingebautes Buggeschütz von solchen Ausmaßen, daß es an Bord eines 500-Meter-Schlachtkreuzers der Flotte keinen schlechten Eindruck gemacht hätte.

Infolge der konstruktiv bedingten Einbauweise mußte mit dem gesamten Schiff gezielt werden, was beachtliche Vorteile hinsichtlich der Treffgenauigkeit, jedoch auch taktische Nachteile besaß. Ich wußte, wie mit solchen Kanonen zu feuern war.

Der Bildschirm der Zielerfassung leuchtete auf.

Die Bildwiedergabe war trotz der nahen Entfernung nicht sehr gut. Ich konnte kaum das Heck unterscheiden.

Die Kanone war feuerbereit. Die in die Reaktionskammer eingesprühte Katalyse-Fusionsladung bedurfte nur noch des zündenden Lichtbogens, um in den Kernprozeß zu treten.

Die Schirmausgleichsfelder des Laufes zeigten Grünwert. Ich konnte die frei werdenden Gewalten gleichgerichtet abstrahlen, ohne Gefahr zu laufen, die Space-Jet in eine Atombombe zu verwandeln.

Rhodan ging nach meinen Korrekturanweisungen ins Ziel. Es handelte sich um Bruchteile eines Grades in vertikaler und horinzontaler Richtung.

Der grüne Zielstachel wanderte auf das Heck des fremden Bootes zu, von dem wir nicht wußten, von welchem raumfahrenden Volk es gebaut worden war. Auf alle Fälle war es mit arkonidischen und terranischen Konstruktionen dieser Größenklasse nicht vergleichbar, obwohl unbekannte Techniker das Kunststück geschafft hatten, in einem so winzigen Körper ein Hypertriebwerk einzubauen.

Das war wohl auch der Grund gewesen, warum der Hohepriester ein solches Raumfahrzeug gewählt hatte. Dafür hatte er mangelhafte Eintauchwerte in Kauf genommen, was nun – nach meinem festen Willen – zu seinem Verderben werden sollte.

Technisch-wissenschaftliche Erzeugnisse, egal welcher Art, unterlagen immer einer entwicklungsbedingten Gesetzmäßigkeit. Augenfällige und bestrickend wirkende Vorteile konnten immer nur durch Kompromißlösungen erreicht werden.

So war es auch hier. Segno Kaata hatte ein winziges, jedoch überlichtschnelles Schiff, aber er hinkte damit bezüglich der Beschleunigungs- und Transitionswerte ganz beachtlich hinter anderen Konstruktionen her.

Der Zielstachel wanderte ein. Ich hatte die flammende Heckdüse des Antis im Visier. Ich wich noch etwas ab, um dann behutsam auf den Feuerknopf zu drücken.

Vor der Mündung der schweren Impulskanone bildete sich ein gleißender Ring aus sonnenhell leuchtenden Atomgewalten. Wir waren schnell genug, um die feinverteilte Mikromaterie des Raumes zu komprimieren. So kam es zu den Leuchterscheinungen.

Wir konnten den schenkelstarken Energiestrahl knapp hundert Meter weit sehen. Dann verschwand er plötzlich, da in dieser Entfernung die Materieballung nicht mehr vorhanden war.

Es dauerte erschreckend lange, bis der lichtschnelle Strahlschuß bei dem stetig beschleunigenden Boot ankam, doch dann schrie Goratschin auf.

Wir rasten dem Licht entgegen, das von dem Heck des unbekannten Schiffes ausging. Als Goratschin den Energieausbruch ortete, sahen wir auch schon den weißglühenden Fleck.

Das winzige Raumfahrzeug wurde aus dem Kurs gerissen. Da bemerkte ich erst, daß der Methanplanet der Zwergsonne Gela genau in unserem Kurs lag.

Rhodan schob den Stufenschalter des Triebwerks zurück. Die Maschinen liefen plötzlich leer. Im freien Fall jagten wir dem anscheinend steuerlos gewordenen Raumboot nach.

„Gut, ganz ausgezeichnet!“ sagte Rhodan und lächelte spöttisch. „Der Anti dürfte etwas blaß geworden sein. Da, seine Düsenumlenkung funktioniert aber noch.“

Wir bemerkten die aus dem halbrunden Bug hervorzuckenden Impulsbündel, deren bläuliches Leuchten deutlich auf unseren Bildschirmen erschien.

„Er bremst“, bemerkte Iwanowitsch der Jüngere aufgeregt.

Rhodan ging ebenfalls in die Bremsbeschleunigung. Die Fahrt des fremden Bootes verringerte sich rapide. Nun hatte der Anti keine Aussichten mehr, im Hyperraum entkommen zu können. Anscheinend hatte der Treffer wichtige Aggregate zerstört.

Zu unserer Überraschung schwenkte der Priester nach einem sehr harten Bremsmanöver mit noch hoher Fahrt in eine Kreisbahn um den großen Methanplaneten ein.

Wir hatten es nur unseren überstarken Maschinen zu verdanken, daß wir unser wesentlich höheres Tempo noch rechtzeitig aufheben konnten. Mit aller Gewalt zwang Rhodan die in allen Verbänden ächzende Space-Jet in die Umlaufkurve.

Das verfolgte Boot verschwand bereits hinter der Planetenrundung. Bei so schnellen Manövern konnte ich einen zweiten Schuß nicht riskieren.

Wir glaubten den Anti schon entkommen, bis wir einen schmalen Echozacken auf den Tasterschirmen gewahrten. Da wurde uns klar, daß der Hohepriester dabei war, auf dem größten der drei Monde zu landen.

Sein Schiff stürzte mit flammender Bugdüse auf den knapp tausend Kilometer durchmessenden, namenlosen Himmelskörper zu, dessen Schwerkraft nur 0,11 Gravos betrug. Außerdem besaß er keine Lufthülle, dafür aber eine erstaunlich schnelle Eigenrotation von 21 Stunden.

Kaum hatten wir das Boot geortet, verschwand es auch schon wieder hinter dem Horizont des rasend schnell näher kommenden Satelliten. Rhodan strapazierte unser Triebwerk erneut. Mit voller Bremsverzögerung von 750 Kilometer pro Sekundenquadrat schwenkte er in eine weite Ellipsenbahn ein. Die Zentrifugalkräfte waren infolge unserer hohen Fahrt so stark, daß die ohnehin geringfügige Schwerkraft des Mondes kaum ausgleichend wirkte.

So waren wir gezwungen, die Bahn mit Hilfe der Korrekturdüsen zu halten, bis unsere Geschwindigkeit auf Normalwerte abgesunken war.

„Wenn er Glück hat, gelingt sein Plan“, sagte Rhodan mit unheimlich wirkender Ruhe. „Ich an seiner Stelle würde aus dem stürzenden Boot abspringen, den verräterischen Zellaktivator weit von mir werfen und irgendwo nach einem Versteck suchen. Ich würde mir ausrechnen, daß meine Verfolger nur das Gerät, weniger aber mich selbst finden wollen. Ob er so schlau ist?"

Nein, er war es nicht. Wir orteten den Hohenpriester bei unserer dritten Mondumkreisung. Er trug den Aktivator am Körper, wonach er unter allen Umständen entdeckt werden mußte. Da fiel mir etwas ein. Erregt wandte ich mich um.

„Das ist nur eine Idee", sagte ich hastig. „Er weiß, daß wir mit der Space-Jet zum Zeitpunkt seiner Flucht in der Luft waren. Kann er mit einiger Bestimmtheit annehmen, wir hätten bei der sofort eingeleiteten Verfolgung keine Zeit mehr gehabt, das von mir erwähnte Ortungsgerät mitzunehmen? Er kann ja nicht ahnen, daß der Peiler ständig im Schiff stationiert gewesen war."

Rhodan rieb sich mit dem Handrücken über die Nase und sah mich zweifelnd an. „Hm, möglich ist bei diesem Burschen alles. Das haben wir erfahren. Wahrscheinlich weiß er es nicht, oder er hätte den Aktivator aus dem Schiff geworfen. Mir soll es recht sein, wenn er ihn behält."

In diesem Augenblick beobachteten wir auf der derzeitigen Nachtseite des kleinen Mondes eine heftige Atomexplosion. Die sonnenhelle Glutsäule war nicht zu übersehen.

Rhodan meinte bedrückt: „Das war sein Boot. Absturz. Totalschaden. Ob er noch drin war?"

„Er lebt", sagten die Köpfe gleichzeitig. „Er hat das Gerät dabei. Wahrscheinlich ist er mit einem Antigravgleiter abgesprungen, nachdem er feststellte, daß die Schäden am Boot doch größer waren, als er angenommen hatte. Ich bekomme klare Echos. Nein, nicht weiterfliegen. Der Anti ist weit von der Absturzstelle entfernt."

Rhodan brachte die Space-Jet mit einem letzten Schubstoß aus der vorderen Umlenkdüse endgültig zum Stillstand.

Nach Iwans Anweisungen flogen wir langsam auf die Oberfläche zu. Kahle Gebirge, baum- und strauchlos, tauchten unter uns auf. Irgendwo mußte der Anti sein.

Unsere Schwerkraftabsorber hatten sich automatisch auf den hier gültigen Wert eingestellt. Diese Space-Jets waren prächtige Kleinraumschiffe, mit denen man viel riskieren konnte.

Schwerelos trieben wir über der Oberfläche dahin, bis Iwan

meldete, der Aktivator wäre zum Stillstand gekommen. Wenn ihn der Anti am Körper trug, bedeutete das, daß er gelandet sein mußte.

Rhodan lachte nur. Es lag keine Herzlichkeit in dem kurzen, rauhen Ton.

Ich erhob mich wortlos, um nach einem passenden Raumanzug zu suchen. Dabei fiel mir ein, daß der doppelköpfige Mutant an Bord der Space-Jet bestimmt keine Spezialmontur finden würde. Nachdenklich blieb ich vor ihm stehen. „Was machen wir mit dir? Du kannst nicht hinaus. Hier gibt es keinen Sauerstoff."

Goratschin hatte schon eine Idee. „An Bord ist ein kleiner Flugpanzer, ein Shift, wenn Sie wissen, was das ist. Darin finde ich gut Platz. Ich kann Sie mit einer leichten Energiekanone sogar unterstützen."

Rhodan gab seine Zustimmung, als das Kleinraumschiff über einem großflächigen, völlig zerklüfteten Gebirge anhielt. Die Oberfläche des Mondes war trostlos. Wenigstens schienen aber die Temperaturen einigermaßen erträglich zu sein. Die kleine, schwache Sonne war weit entfernt.

Ich schlüpfte in einen Raumanzug terranischer Konstruktion. Er besaß ein Antigravgerät zur Aufhebung der Schwerkraft. Wenn diese Einrichtung auch keine Flugfähigkeit in weiterem Sinn gewährleistete, so waren immerhin sehr weite Sprünge möglich.

Ich schleppte eine Montur für Rhodan nach vorn. Goratschin brachte zwei große, unhandlich wirkende Impulsstrahler aus dem Magazin. Auf einer Welt von der Größe Arkons wären sie zum Gebrauch zu schwer gewesen. Auf dem Kleinmond konnten sie von einem normalgebauten Mann gehandhabt werden.

Ich kontrollierte die kleinen Projektoren zum Aufbau eines Körperschutzschirms. Sie waren dicht unterhalb des Sauerstoffrückentornisters an den Anzügen befestigt.

Die Mikroreaktoren zeigten volle Leistung. Mehr als achtzig Kilowatt leisteten sie nicht. Dementsprechend schwach waren auch die energiefressenden Abwehrschirme. Immerhin konnten Strahlschüsse von normaler Intensität abgewehrt werden.

Als Goratschin mitteilte, die Lautstärke der Peilzeichen hätte nun ihr Maximum erreicht, wußten wir, daß wir uns unmittelbar über jenem Ort befanden, wo der aus dem Raumschiff abgesprungene Priester gelandet war. Wahrscheinlich war er augenblicklich zutiefst überrascht, daß wir ihn so schnell gefunden hatten.

Wenn er seinen scharfen Verstand noch nicht eingebüßt hatte, mußte er jetzt wissen, daß wir entgegen aller Erwartungen das Individualpeilgerät an Bord hatten.

Rhodan setzte zur Landung an. Senkrecht nach unten schwebend und vorsichtshalber die mächtigen Energieschirme des Schiffes aufbauend, fuhren wir die Landebeine aus.

Sanft und ruckfrei setzten wir auf. Das Triebwerk lief aus. Nur der schwere Fusionsreaktor zur Stromversorgung der Aggregate summte nach wie vor.

Rhodan blickte bezeichnend auf meine Uhr. Ich las die seit dem Diebstahl vergangene Zeit ab. Es waren achtundfünfzig Stunden und sechzehn Minuten vergangen.

„Noch eindreiviertel Stunden, Barbar“, sagte ich mit gespielter Heiterkeit. „Ist es nicht seltsam, wie sehr man am Leben hängt?“

Rhodan legte den Raumanzug an. Goratschin verschwand im engen Lagerraum hinter der Kabine.

Draußen fiel das helle Licht der gelben Sonne ungehindert ein. Dort, wo sich Schlagschatten bildeten, herrschte rabenschwarze Nacht. Es war ein unwirtlicher, lebensfeindlicher Himmelskörper, auf dem wir gelandet waren.

Wir warteten, bis Goratschin den Geländepanzer startklar meldete. Rhodan öffnete die Schleusentore und ließ den Mutanten hinausfahren. Als wir das flache, geländegängige Fahrzeug sehen konnten, schalteten wir die Maschinen ab.

Als wir draußen waren und das äußere Schleusenluk zuschwang, fragte mich Rhodan: „Wo versteckt sich dein Logiksektor, Atlan?“

Ich sah den Terraner verwirrt an, bis er trocken hinzufügte: „Wir haben vergessen, einen Hyperfunkspruch an die wartende Flotte abzusetzen. Wie sollen die uns notfalls finden?“

Die Erklärung entlockte mir eine Verwünschung. Als ich die Schleusenpforte wieder öffnen wollte, um das Versäumte schleunigst nachzuholen, sagte Rhodan sarkastisch: „Niemand ist unfehlbar, noch nicht einmal der Anti. Geh in Deckung, Arkonide.“

Ich warf mich instinktiv zu Boden. Die Schleuse war etwa zwanzig Meter entfernt.

Ein blendender Glutstrahl zischte dicht über mich hinweg. Weitere Schüsse ließen rechts und links von mir den Boden aufglühen. Die Schußbahnen kamen im flachen Winkel an, wonach sie weißglühende Furchen in den sandigen Boden pflügten.

Von da an rannten wir nur noch, bis wir die ersten Felsen erreichten. Der Anti hatte uns vom Schiff abgeschnitten, und wir hatten vergessen zu funken. Einfach vergessen, so, als wären wir zum erstenmal in den Raum gestartet.

Es war fürchterlich.

Die sonore Stimme des Hohenpriesters war auch bei einer Funksprechverbindung nicht zu verkennen. Voll und dunkel klang sie aus unseren Helmlautsprechern.

Noch fühlte ich mich frisch und tatendurstig. Das von Goratschin injizierte Parastimulin erzielte zu diesem Zeitpunkt seine volle Wirkung.

Unsere Situation war – rein taktisch gesehen – unhaltbar. Der Anti hatte schon bei unseren ersten Angriffen bewiesen, daß Intelligenzen von seiner Art wirklich die besten Schutzschirme der Galaxis besaßen.

Ich hatte mit meinem überstarken Impulsstrahler einen Volltreffer angebracht, als Segno Kaata die Stellung gewechselt hatte.

Er war heftig zur Seite gewirbelt worden, was aber lediglich die Aufschlagswucht von etwa sechstausend Meterkilogramm bewirkt hatte. Der Energieschirm hatte einwandfrei gehalten und die auftreffenden Atomgewalten reflektiert.

Rhodan hatte ebenfalls geschossen und den Boden rings um den Gestürzten in einen glutflüssigen See verwandelt. Trotzdem war Kaata entkommen. Wir waren fassungslos gewesen.

Goratschin hatte dazu endlich die Lösung gefunden. Er behauptete, die Fähigkeit der Antis bestünde unter anderem darin, ein normales Kraftfeld durch körpereigene, rein individuelle Katalyseimpulse strukturell versteifen und stabilisieren zu können.

Die Erklärung erschien wahrscheinlich. Wir wußten genau, daß Segno Kaatas Projektorgerät um keinen Deut besser war als unsere.

So lagen wir uns gegenüber, beschossen uns ohne jede Wirkung, und für mich verrann die Zeit.

Dann, nach dem letzten Energieaustausch, war plötzlich Kaatas Stimme vernehmbar geworden. Wahrscheinlich hatte er unsere Funksprechverbindung angepeilt. Er benutzte die gleiche Frequenz.

Ich lauschte atemlos und verzweifelt nach einer Lösung suchend auf seine Worte.

„Ich nehme an, Euer Erhabenheit, daß Ihr Euch persönlich auf diesen Mond bemüht habt“, erklärte der Hohepriester sachlich. „Natürlich besitzt Ihr kein Duplikat des Aktivators, wonach ich Euch dringend ersuchen möchte, Euer unsinniges Vorhaben aufzugeben. Ich bin unverwundbar.“

Ich blickte zu Rhodan hinüber. Er lag etwa dreißig Meter entfernt hinter einem massiven Felsblock. Von Segno Kaata war augenblicklich nichts zu sehen. Er schien in einer Bodenvertiefung Deckung gefunden zu haben.

Rhodan winkte heftig ab. Ich sah, daß er unter dem halbkugeligen Druckhelm den Kopf schüttelte.

Ich blickte auf die Uhr. Meine Zeit lief ab. Ich hatte noch eine knappe Stunde. Wie lange würde die aufpeitschende Wirkung des Parastimulins anhalten? Sicherlich war mein totaler Kräftezerfall von diesem Mittel nicht aufzuhalten.

Ich nahm mir vor, fest und sicher zu sprechen. Bedächtig drückte ich die Sendetaste nach unten.

„Atlan an Segno Kaata“, meldete ich mich. „Ihr seid umzingelt. Hinter Eurer Deckung fährt soeben ein schwerbewaffneter Kampfwagen auf, dessen starke Schutzschirme Ihr mit Eurer schwachen Waffe keinesfalls durchdringen könnt. Ihr solltet aufgeben.“

Sein Lachen ließ mich zusammenfahren. Langsam wurde ich nervös. Der Gedanke an die verstreichenden Minuten ließ sich nicht mehr unterdrücken, obwohl ich mir alle Mühe gab. Wenn dieser teuflische Bursche nur nicht so überlegen gelacht hätte.

„Ihr haltet meine Waffe für schwach, Euer Erhabenheit? Es handelt sich um eine Spezialkonstruktion. Wenn ich Euch nur einmal voll treffe, wird Euer Individualschirm zusammenbrechen. Ihr habt noch achtundfünfzig Minuten Zeit, meine Vorschläge zu akzeptieren.“

Ich hielt überrascht den Atem an. Erschreckt sah ich auf das Zählwerk meiner Uhr. Kaata war vortrefflich informiert. Er hatte sich nur um drei Minuten verrechnet, denn meine Frist lief bereits in fünfundfünfzig Minuten ab. Ich hätte schreien mögen. Mein Selbsterhaltungstrieb wurde übermächtig, die klaren Denkvorgänge ließen nach. Trotzdem konnte ich mich noch einmal fangen.

„Ihr kennt mein Angebot", entgegnete ich. „Liefert das Gerät aus, und ich lasse Euch Eurer Wege ziehen."

Er lachte schon wieder. Weit hinten tauchte der von Goratschin gesteuerte Geländepanzer auf. Er besaß ein Desintegratorgeschütz, dessen Wirkung darin bestand, die Molekülverbände der Materie zu zerstören. Nach Treffern aus dieser Waffe löste sich jedes Material in Staub auf.

Es war, als könnte der Hohepriester Gedanken lesen. Er meldete sich erneut. „Ich fordere freien Abzug und Euer Raumschiff. Dafür will ich versprechen, Euer Gerät kurz vor meinem Start auf den Boden zu werfen, wo Ihr es später finden werdet. Selbstverständlich erkläre ich mich nicht bereit, den Aktivator schon vorher auszuliefern."

Alles in mir verlangte danach, auf dieses Angebot einzugehen. Fast hätte ich mich aufgerichtet. Rhodan winkte wieder ab. Abrupt schaltete er sich in das Funkgespräch ein.

„Hier spricht Perry Rhodan, Erster Administrator des Solaren Imperiums", stellte er sich vor. Seine Stimme klang kalt und drohend. „Ihr Angebot ist abgelehnt, Kaata. Verzichten Sie gefälligst darauf, in meiner Gegenwart mit Tricks arbeiten zu wollen. Ich habe Sie entdeckt, und ich werde Sie auch vernichten."

„Oh, der terranische Barbar", sagte der Priester.

Diesmal lachte Rhodan. „Ich gebe Ihnen noch fünf Minuten, Kaata. Wenn Sie bis dahin nicht mit erhobenen Armen aus Ihrem Loch hervorkommen, erleben Sie das, was wir Barbaren die Hölle nennen."

„Ihr mischt Euch in die interne Politik des Reiches ein", meinte Kaata abweisend.

„Für mich sind Sie ein Verbrecher. Los schon, kriechen Sie aus Ihrem Loch. Ich verlange den Aktivator zurück."

„Holt ihn Euch!" rief der Priester. Diesmal klang seine Stimme nicht mehr so gelassen. Er fühlte, daß er bei Rhodan auf Granit biß.

Rhodan ignorierte den Anti. Laut rief er aus: „Iwan, etwas weiter links fahren! Tempo beschleunigen! Er kann deine Schutzschirme nicht zerstören!“

Goratschin antwortete. Es war klar, daß Segno Kaata jedes Wort mithörte, wenigstens so lange, bis Rhodan plötzlich zur englischen Sprache überwechselte.

„Nun hört gut zu. Englisch wird der Bursche nicht verstehen. Ich vermute, daß sein Energieschirm eine schwache Stelle hat. Etwas stimmt da nicht, andernfalls könnte er in aller Ruhe unsere Maßnahmen abwarten. Möglicherweise ist die parapsychisch bedingte Strukturveränderung der normalen Kraftfeldlinien in irgendeiner Form gefährlich. Das herauszufinden, muß unsere Aufgabe sein. Er trachtet danach, das Raumschiff zu bekommen. Wenn Iwan noch näher kommt, wird der Priester versuchen, die Space-Jet zu erreichen. Das muß unter allen Umständen verhindert werden. Wenn wir ihn auch nicht töten können, so dürfte er die hohe Aufschlagwucht der starken Impulsstrahlen nicht schadlos überstehen, bestimmt aber nicht auf die Dauer. Er kann leicht durch Stürze verletzt werden oder gar Knochenbrüche davontragen. Damit rechnet er natürlich. Achtung, Iwan! Auf deinen Desintegrator wird der unbekannte Schutzschirm kaum positiv ansprechen. Halte deshalb immer auf die jeweiligen Deckungen des Priesters, zerstöre sie und verschaffe uns damit freie Sicht. Atlan! Sobald er zu sehen ist, das Feuer immer so einrichten, daß er in die zum Schiff entgegengesetzte Richtung gewirbelt wird. Damit verhindern wir einen Durchbruch. Alles klar? Iwan, fang an. Du bist nahe genug heran.“

Rhodans Plan war klar. Wahrscheinlich hätten wir Kaata auch nach einigen Stunden so geschwächt gehabt, daß er von selbst aufgegeben hätte. Nur standen mir diese Stunden nicht mehr zur Verfügung.

Der Hohepriester hatte verstanden, daß die Lage für ihn gefährlich wurde. Er tauchte plötzlich hinter seiner Deckung auf und begann mit meterweiten Sprüngen auf die knapp hundert Meter entfernte Space-Jet zuzurennen. Die geringe Schwerkraft des Gelal-Mondes erlaubte riesige Sätze, jedoch wurde dieser Vorteil teilweise wieder aufgehoben. Dem Anti gelang es kaum, nach einem solchen Sprung festen Fuß zu fassen. Daran war er nicht gewöhnt.

Rhodan schoß zuerst. Die ultrahelle, fast lichtschnelle Schußbahn erreichte den Priester mitten im Sprung. Infolge des fehlenden, schalleitenden Mediums „Luft“ geschah alles völlig lautlos.

Ich sah, daß sich der fingerstarke Energiestrahl am Individualschirm des Priesters brach, um anschließend schauerartig abgeleitet zu werden.

Der Körper wurde mit enormer Wucht und mitten im Sprung aus der Bahn gerissen, meterweit zur Seite gewirbelt und dort gegen eine Klippe geschleudert.

Natürlich wirkte der Schirm als Pralldämpfer, aber einige Erschütterungen mußten doch auf den Organismus weitergeleitet werden.

In plötzlich aufkommender Wut, in der ich all meine Hilflosigkeit und Verzweiflung abreagierte, ging ich ins Ziel und eröffnete ein wahnwitziges Energiefeuer auf den Priester, der plötzlich einer blitzumlohten Statue glich.

Er lehnte mit dem Rücken an der hohen, stabilen Felskante, aber er konnte sich nicht mehr bewegen. Die unablässig und sehr genau auftreffenden Energiestrahlen aus den schweren Impulswaffen nagelten ihn infolge der hohen Aufschlagkräfte im Sinne des Wortes fest.

Ich schoß, bis die rote Warnlampe zu flackern begann. Der Impulsblaster war überhitzt. Rhodan griff zuerst zu seinem Handstrahler, der naturgemäß eine wesentlich schwächere Energieabgabe besaß als die starken Geräte.

Ich warf meinen großen Blaster in den nachtschwarzen Schlagschatten dicht neben meiner Deckung. Dort konnte er infolge der hohen Wärmeabstrahlung am raschesten abkühlen.

Als wir mit den normalen Handwaffen zu feuern begannen, gelang es Kaata, sich aus der Fessel zu befreien. Taumelnd, immer wieder zu Boden stürzend, zog er sich hinter den vorspringenden Abhang zurück, hinter dem er verschwand.

Rhodan lachte, Kaata mußte es hören. Wahrscheinlich hatte er sein Funkgerät nicht abgeschaltet. „Iwan, siehst du ihn? Er muß auf deiner Seite sein.“

„Ich habe ihn im Visier.“

„Feuer frei. Zerpulvere die Felsnase.“

Die Schüsse aus der Panzerkanone waren unsichtbar. Um so besser konnte man die Wirkung erkennen. Das stabile Felsgebilde löste sich plötzlich auf. Es begann zu bröckeln, um schließlich überraschend schnell in sich zusammenzusinken.

Segno Kaata wurde wieder sichtbar. Er lag flach auf dem entstandenen Berg aus feinstem Staub, der kurz zuvor noch Granit gewesen war. Der Desintegratorstrahl hatte Kaatas Körperschirm aber nicht zerstören können.

Rhodan begann sofort wieder zu schießen. Dabei rief er uns zu: „Nicht nachlassen! Unter Feuer halten!"

Nach wenigen Sekunden zeigte sich ein unverhoffter Erfolg. Der Hohepriester wurde wieder über den Boden gewirbelt. Seine eigenen Schüsse schlugen planlos im Gelände ein.

Ich hatte wieder nach meinem schweren Blaster gegriffen. Die rote Lampe war erloschen, wonach das Gerät betriebsbereit war. Ich hielt auf einen kugelartigen, etwa zwei Meter durchmessenden Felsblock, den Kaata anscheinend zu erreichen versuchte. Unter dem Punktfeuer leuchtete der Fels weißglühend auf, um anschließend zu explodieren.

Dabei geschah etwas, das ich nur vermuten, nicht aber beobachten konnte. Im Helmfunk klang ein schriller Schmerzensschrei auf. Kaata umklammerte mit der rechten Hand seinen linken Oberarm, der schlaff am Körper zu hängen schien.

Ich vergaß zu schießen. Aufgeregt spähte ich zu dem Priester hinüber, der in dem Augenblick in einem tiefen Bodenriß verschwand.

„Was war das?" fragte ich erregt. „Was war mit seinem Arm? Hast du es gesehen? Sind wir mit einem Schuß durchgekommen?"

„Nein", entgegnete Rhodan zögernd. „Nein, nie und nimmer. Es geschah, als der Felsblock explodierte. Es sind dicke Brocken mit beachtlicher Geschwindigkeit umhergeflogen."

„Kann er davon verletzt worden sein?"

Rhodan antwortete nicht. Er schien zu überlegen.

Plötzlich meldete sich der Hohepriester: „Wenn Ihr nicht sofort aufhört, Euer Erhabenheit, werde ich Euren Aktivator vernichten! Ihr habt die Wahl!"

„Liefern Sie das Gerät aus, und wir lassen Sie laufen", erklärte Rhodan eiskalt.

Kaata gebrauchte ein Schimpfwort, worauf Rhodan fortfuhr: „Sie haben mit mir zu verhandeln, ist das klar? Ich werde Sie ausräuchern, verlassen Sie sich darauf. Hier mein letztes Angebot: Sie legen den Aktivator offen sichtbar auf einen Stein und ergeben sich. Ich garantiere für Ihre Sicherheit. Ich werde Sie auf einem Ihnen genehmen Planeten absetzen."

„Ihr seid nicht beschlußberechtigt, Terraner."

„Er ist es", fiel ich hastig ein. Es war mir nun schon völlig gleichgültig geworden, ob dieser Mann am Leben blieb oder nicht. Ich mußte mein Gerät haben. Ich hatte noch einunddreißig Minuten Zeit.

Von da an hatte der Anti die Gewißheit, daß ich kein Duplikat besaß. Sekunden später gab es Rhodan auf, weiterhin zu leugnen.

„Ihr seid dem Tode nahe", sprach mich der Hohepriester an. „Ich wußte, daß Ihr kein Zweitgerät besitzt. Meine Informationen waren zuverlässig. Ich verlange freien Abzug und Mitspracherecht bei der Programmierung des Robotregenten."

„Das zu sagen, fällt Ihnen zu spät ein", bemerkte Rhodan. „Atlan wird ohne den Aktivator sterben müssen. Wenn dies aber durch Ihre Schuld geschehen sollte, Kaata, werde ich ihn rächen. Ins Schiff kommen Sie nicht hinein. Wenn Atlan aktionsunfähig wird, haben Sie immer noch mit mir und meinen Mutanten zu rechnen. Wir jagen Sie über den ganzen Mond hinweg. Ich habe das Modell Ihres Raumanzugs erkannt. Sie haben nur für zehn Stunden Sauerstoff. Unsere terranischen Konstruktionen besitzen wesentlich bessere Regenerator-Geräte. Wir atmen vierundzwanzig Stunden lang. Was haben Sie von Atlans Tod? Gebrauchen Sie gefälligst Ihren Verstand. Ich biete Ihnen freien Abzug an. Was wollen Sie mehr? Sie haben ohnehin verloren."

Der Anti schwieg einige Augenblicke, die wir benutzten, um unsere Waffen auskühlen zu lassen. Wir hätten im Augenblick gar nicht mehr schießen können.

Dann kam Kaatas Antwort durch: „Ich kann mich weder auf Euer Versprechen noch auf das eines Sterbenden verlassen. Ich ziehe es deshalb vor, nach einer reellen Chance zu greifen. Meine Aussichten, Euch zu besiegen, sind besser, als jene, die Ihr mir verheißt. Ich traue weder den Zusagen eines Barbaren noch denen eines durch Betrug emporgekommenen Imperators. Ihr werdet sterben müssen, Atlan."

Bei dem nachfolgenden Gelächter wurde ich bald wahnsinnig. Rhodan kroch auf dem Boden zu mir herüber und preßte mich in die Deckung zurück. Ein Schuß aus Kaatas Waffe brachte dicht über meinem Kopf die Felsen zum Aufglühen. Ich hatte noch sechsundzwanzig Minuten Zeit.

An Rhodans entsetzt aufgerissenen Augen erkannte ich, daß sich mein Gesicht veränderte. Wahrscheinlich wurde die Haut schlaff und faltig. Meine Glieder begannen zu ermüden. Ich fühlte mich als das, was ich nach zehntausendjähriger, künstlich erzeugter Unsterblichkeit war: als uralter, verbrauchter Mann ohne jede natürliche Lebensberechtigung.

In dem Augenblick machte ich mich endgültig mit dem Gedanken an den Tod vertraut, und plötzlich konnte ich auch wieder lächeln.

„Ist es schon so schlimm?“ fragte ich leise in englischer Sprache.

Rhodan schluckte hörbar. Wortlos zerrte er meinen linken Arm zu sich heran und sah auf meine Uhr.

„Noch fünfundzwanzig Minuten. Ich werde etwas unternehmen. Nein, du hast nicht zu widersprechen“, fuhr er mich lauter an. „Hier, nimm deine und auch meine Waffe und tue genau das, was ich dir sage.“

Ich nickte ergeben. Eine seltsam friedliche Stimmung ergriff von mir Besitz. Ich war bereit aufzugeben. Wahrscheinlich besaß ich auch nicht mehr die Kraft, um diesen Anti jagen zu können. Ohne Rhodans Hilfe wäre ich längst verloren gewesen. Nun dauerte es nur etwas länger, denn der Terraner gab nicht auf.

Ich lauschte auf seine Anweisungen, die schnell und überstürzt aus den Funkgeräten klangen.

„Iwan, aufpassen! Ich springe jetzt zum Raumschiff hinüber. Wir decken den Anti mit einem Feuerhagel ein. Du zerstörst seine Stellung, rollst dabei noch näher heran und versuchst, ihn möglichst kopflos zu machen. Atlan nimmt den Burschen unter Dauerfeuer. Wenn ein Strahler heißgeschossen ist, steht der andere zur Verfügung. Keine Sekunde mit dem Beschuß aufhören. Habt ihr genau verstanden?“

Goratschin bestätigte.

Ich sagte mutlos: „Du willst die schweren Waffen des Schiffes einsetzen, nicht wahr? Schön, das wird den Individualschirm des Priesters wahrscheinlich zerstören. Was haben wir aber davon? Der Aktivator wird zusammen mit dem Anti in der Atomglut vergasen."

Er winkte ab. Sekunden später begann die Panzerkanone zu feuern. Ich wartete, bis der Hohepriester hinter der zerstäubenden Deckung sichtbar wurde. Ruhig begann ich zu schießen. Meine Schußbahnen erreichten den Dieb und schleuderten ihn erneut über den rauhen Boden hinweg. Ohne den Prallschirm wäre er längst zerschmettert worden. So fand er immer wieder eine neue Deckung, die der Mutant erst zerpulvern mußte.

Rhodan wartete den richtigen Augenblick ab. Als Segno Kaata in einen besonders schweren Feuerhagel geriet, spurtete Rhodan los. Er verzichtete auf weite Sprünge, die ihn doch nur in die Höhe getragen hätten. Seine Technik bestand darin, die geringe Schwerkraft für riesige Sätze dicht über dem Gelände zu benutzen. Praktisch flog er über das sonnendurchglühte Land hinweg. Oftmals landete er auf allen vieren, doch behielt er seinen durchtrainierten Körper immer unter Kontrolle.

Ehe ich mich's versah, war er bereits unter dem Rumpf der Diskusmaschine verschwunden. Das untere Schott schwang auf.

Von da an wußte ich nicht mehr, was Rhodan unternahm. Ich sah ihn auch nicht aus der Space-Jet hervorkommen. Noch erstaunlicher war die Tatsache, daß er weder damit startete noch einen Feuerüberfall aus dem schweren Geschütz versuchte.

Das Schiff lag ruhig da.

Der Anti hatte eine gute Deckung gefunden. Er lag in einer ringsum von Felsen umgebenen Bodenmulde, die auch mit dem Desintegrator nicht so schnell zu zerstören war. Außerdem waren meine beiden Waffen heißgeschossen. Ich stellte das Feuer ein.

Ein Blick zur Uhr belehrte mich darüber, daß ich noch acht Minuten Zeit hatte. Danach würde der Zerfall ungeheuer schnell einsetzen. Direkt sterben würde ich noch nicht, aber mein Körper würde welken wie eine Blume, die man plötzlich der Hitze eines Ofens aussetzt.

Rhodan blieb verschwunden. Noch sieben Minuten Frist. Mir war, als saugten sich meine Augen an dem unerbittlich weiterlaufenden Zählwerk fest.

Fast glaubte ich zu träumen, als plötzlich Rhodans Stimme in den Helmgeräten vernehmbar wurde. „Achtung, nicht schießen! Ich bin dicht hinter dem Anti.“

Ich fuhr aus meiner liegenden Stellung auf. Direkt hinter dem schroffen Wall, der die Mulde mit dem Verbrecher umschloß, erschien Rhodans Gestalt. Ich konnte ihn deutlich erkennen, nur begriff ich nicht, welches seltsame Gerät er mit sich führte.

Es wirkte wie ein gebogener Stab, den er blitzschnell und mit beiden Händen so spannte, daß ein Halbkreis entstand. Ein blitzender Gegenstand zuckte durch das Sonnenlicht. Er verschwand in der Mulde, und da klang der grausige Schrei auf.

Es war die Stimme des Antis. Wieder machte Rhodan die seltsame Bewegung, und wieder schrie der Hohepriester. Nur klang der Ruf jetzt gurgelnd.

Nach Rhodans dritter Handlung, die ich noch immer nicht verstand, endeten die Schreie in einem tiefen Stöhnen. Dann wurde es still.

Rhodan stand reglos auf dem Felswall. Ich richtete mich langsam auf und taumelte auf ihn zu. Ich ahnte, daß der Anti nicht mehr lebte. Damit mußte sich sein Individualschirm automatisch abgeschaltet haben.

Goratschins Panzer raste heran. Dicht vor der Mulde hielt er an. Rhodan war nicht mehr zu sehen, doch als er wieder erkennbar wurde, rannte er mit weiten Sprüngen auf mich zu. In seiner Rechten trug er meinen eigroßen Zellaktivator.

Er erreichte mich, warf mich zu Boden und preßte mir das Gerät gewaltsam gegen die Brust.

Ich mußte einige Zeit ohnmächtig gewesen sein. Als ich wieder erwachte, fühlte ich den belebenden Impulsstrom meines Aktivators. Ich konnte wieder klar denken, die Schwäche fiel mehr und mehr von mir ab, und plötzlich wußte ich auch, womit Rhodan den Anti getötet hatte.

Goratschin winkte mir hinter der transparenten Panzerkuppel zu. Rhodan wartete, bis ich mich von selbst aufrichtete. Ich fühlte den Aktivator in meiner Hand. Fest preßte ich das Gerät gegen meinen Körper.

Rhodan begann zuerst zu sprechen. Er tat es so, als wenn nichts geschehen wäre. „Als ich dir den Aktivator brachte, hattest du noch eine Minute Zeit. Reicht das aus, um deine Zellregenerierung zu sichern?“

„Wie sehe ich aus? Faltig?“

„Noch etwas, aber die Erscheinungen gehen zurück.“

Aufatmend, tief erlöst, ließ ich mich zurücksinken. Flach auf dem Rücken liegend, sah ich in den sternfunkelnden Raum hinauf, der hier, auf diesem luftleeren Mond, direkt auf der Oberfläche begann.

„Wie hast du ihn getötet?“ fragte ich leise.

„Es war ein Versuch, der ebenso hätte fehlschlagen können. Ich kam auf die Idee, als der Anti von dem Felsbrocken verletzt wurde. Der Stein hatte den Schutzschirm durchschlagen. Ich sagte mir, daß man keine energetische Waffe anwenden dürfte. Desgleichen keine Geschosse mit magnetisch beeinflußbaren Hüllen. Da fiel mir die Sportausrüstung unserer Schiffe ein. Du weißt, daß jedes Raumfahrzeug Sportgeräte mitführt?“

Ich nickte schweigend. Dabei drehte ich den Kopf. Dicht neben mir lag ein großer Sportbogen aus hochelastischem Kunstfaserstoff im Sand. Der Köcher mit den langen Pfeilen hing noch über Rhodans Schulter.

Ich sah ihn voll an, und da lächelte er.

„Ich bin ein sehr guter Bogenschütze, weißt du. Die Pfeilschäfte bestehen aus nichtmagnetischen Kunststoffen, und die scharfen Pfeilspitzen werden aus ebenso antimagnetischen Leichtmetallegierungen hergestellt. Ich kam hinter die Deckung des Antis. Ehe er die Sachlage erfaßte, schoß ich den ersten Pfeil ab. Er durchschlug mühelos den Schutzschirm. Ich habe drei Pfeile benötigt, um ihn unschädlich zu machen. Das war alles.“

„Das war alles“, hatte Rhodan gesagt. Ich lauschte den Worten nach. Wie war dieser unbegreifliche Mann auf die Idee gekommen, einen der besten Energieschirme der Galaxis mit Pfeil und Bogen zu beschießen?

Solche Entschlüsse konnte wohl nur ein Mann fassen, dessen Vorfahren noch wenige hundert Jahre zuvor mit Schwertern und Streitäxten aufeinander eingeschlagen hatten.

Ich konnte es kaum fassen, aber der Erfolg bewies die Richtigkeit von Rhodans Überlegungen.

Seine Stimme riß mich aus meinen Grübeleien. Ich fühlte mich bereits wieder frisch und gekräftigt. Der Aktivator regte jede einzelne Zelle meines Körpers an.

Rhodan sah zu der Mulde hinüber, in der ein Toter lag. In seinem Körper steckten drei Pfeile.

„Weißt du", sagte Rhodan nachdenklich, „er hätte mich nicht so oft ‚Barbar' nennen sollen. Ob du es glaubst oder nicht, das brachte mich auf den Gedanken, ihn mit Pfeil und Bogen zu beschießen."

Er half mir vom Boden auf. Goratschin fuhr mit dem Panzer voran. Den gekrümmten Plastikbogen als Wanderstock benutzend, stapfte Rhodan neben mir her.

Seltsam – auf welche Gedanken diese kleinen Barbaren von Terra kamen.

(Ende von Atlans Zwischenbericht)

14

Niemand sah Atlan an, daß er noch vor wenigen Stunden ein Todgeweihter gewesen war. Der zurückgewonnene Zellaktivator hatte seine Wirkung getan.

Atlan, Perry Rhodan und Reginald Bull hatten sich in eine der unzähligen Kommunikationszentralen des Mammutgehirns auf Arkon III zurückgezogen und waren damit beschäftigt, eine Auswertung der dramatischen Ereignisse vorzunehmen. Dabei ging es in erster Linie um den unbekannten Aufenthaltsort von Thomas Cardif, denn Rhodans Sohn hatte die Informationen über Atlans Zellaktivator zweifellos an den Gegner verraten.

Der Raum, in dem die drei Männer sich aufhielten, war von nüchterner Zweckmäßigkeit. Aber selbst der Technik in ihrer kalten Form hatten jene arkonidischen Spitzenwissenschaftler, die vor Jahrtausenden dieses Mammutgebilde erbaut und programmiert hatten, einen Stil mitgegeben, der gefühlsmäßig erkennen ließ, daß zu der Zeit der Erbauer der Arkonide die Technik beherrschte, nicht aber ihr Sklave gewesen war.

Dieses Empfinden beherrschte auch die Einstellung der drei Männer zu diesem einmaligen Wundergebilde arkonidischer Hochleistung.

Sie hatten sich immer dagegen aufgelehnt, daß eine Positronik ein Sternenreich von der Größe des Arkon-Imperiums regierte.

Daran dachte Atlan, und ein Gefühl der Leere überkam ihn und so etwas wie Angst vor der Zukunft.

Seinen Zellaktivator besaß er wieder. Sein Leben auf weitere Jahrhunderte, vielleicht auf Jahrtausende hinaus, schien gesichert zu sein, doch er hatte zu lange auf der Erde gelebt, um nur an sich zu denken.

Hunderttausend Arkoniden, aktiv, vital, aus der Blütezeit des Arkonvolkes stammend, standen ihm jetzt zur Seite. In zwei oder drei Jahren würde jeder eine Kapazität auf dem Platz sein, wohin er gestellt worden war. Aber was bedeuteten hunderttausend aktive, energiegeladene Arkoniden, wenn die Masse des Volkes nur darauf bedacht war, ein träges Leben zu führen?

In diesem Augenblick, fast unerwartet, ertönte die metallisch klingende Stimme des riesigen Positronengehirns.

Die monotone Stimme erklärte: „Die politischen Erschütterungen, die zur Zeit den Bestand des Großen Imperiums in Frage stellen, sind Ausdruck seiner Existenz."

Bully schaute mit einem abfälligen Blick auf jene Stelle, von der die Stimme der Positronik kam. „Üble Sophistik."

Das Robotgehirn fuhr fort: „Es ist dabei von zweitrangiger Bedeutung, von wem die Unruhen ausgelöst worden sind, wie auch der Einfluß Thomas Cardifs nicht den Wert besitzt, der seinem Wirken zugemessen wird. Solange Arkon nicht in der Lage ist, Kraft an alle Bezirke des Imperiums abzugeben, bleibt jede Aktion gegen die Unruhestifter letztlich ein nutzloser Kräfteverschleiß, weil Druck naturgemäß Gegendruck erzeugt."

Bully murmelte vor sich hin, aber doch so laut, daß Perry Rhodan und Atlan ihn verstehen mußten: „Dunkel ist der Rede Sinn, dagegen sind die Kohlensäcke in der Milchstraße noch hell."

Aber im nächsten Augenblick horchte er auf.

„...Thomas Cardif ist seit dem mißglückten Anschlag gegen Imperator Gonozal VIII. nicht mehr der Spiritus rector bei den Galaktischen Händlern. Die Auswertung behauptet mit 99,5 Prozent Wahrscheinlichkeit, daß Thomas Cardifs Einfluß auf die Umsturzbewegungen bedeutungslos geworden ist. Zur Frage, von welchen Planeten aus der wirtschaftliche Zusammenbruch und die Versuche politischer Umsturzbewegungen immer wieder neue Impulse erhalten haben, gibt es nach Bewertung aller bisher eingelaufenen Nachrichten und unter Zugrundelegung der großen Zahl bewohnter Planeten bisher nur eine Antwort: Planet Archetz im Rusuma-System. Dort hält sich mit großer Wahrscheinlichkeit auch Thomas Cardif auf."

Das große Schaltaggregat schwieg.

„Also doch Archetz", sagte Rhodan.

Sie hatten keinen Augenblick lang daran gezweifelt, daß die Hauptwelt der Springer hinter den Aktionen gegen Terra und Atlan stand. Das Robotgehirn hatte ihre Vermutungen nun bestätigt.

Rhodan war sich darüber im klaren, daß es seine vordringliche Aufgabe war, Cardif zu finden, ehe dieser noch mehr Schaden anrichten konnte. Zwar schien Cardif nach den Aussagen des Robotgehirns bei den Springern in Ungnade gefallen zu sein, aber es war anzunehmen, daß es ihm wieder gelingen würde, sich Einfluß bei den Patriarchen zu verschaffen. Dies galt es zu verhindern.

Rhodan war fest entschlossen, Archetz aufzusuchen.

Das Robotgehirn unterbrach seine Gedanken und fuhr fort: „Im Augenblick droht von den Galaktischen Händlern keine akute Gefahr. Man sollte sie grundsätzlich nicht überschätzen. Sie werden letztlich zur Stabilisierung des Großen Imperiums benötigt. Durch geschicktes Taktieren sollten alle Probleme, die mit den Springern in einem Zusammenhang stehen, gelöst werden können. Allerdings gibt es einen Unsicherheitsfaktor: Thomas Cardif. Diese Person ist schwer auszurechnen."

Atlan wich Rhodans Blicken aus.

„Wir müssen nach Archetz", sagte Rhodan ruhig. „Wir alle wissen, wozu Thomas in der Lage sein kann."

Bully und Atlan schwiegen.

Abermals meldete sich das Robotgehirn. „Ich schlage vor, daß eine Mission vorbereitet wird, um unauffällig nach Archetz zu gelangen."

Bully klatschte in die Hände.

„Das ist genau das, was wir wollen!" rief er begeistert. „Wie ich das Robotgehirn kenne, hat es bereits einen entsprechenden Plan anzubieten."

Atlan forderte die Riesenpositronik auf, ihnen mitzuteilen, wie die Vorbereitungen ablaufen sollten.

„Gewiß, Euer Erhabenheit", erwiderte der Großrechner dienstbeflissen. „Es wird vorteilhaft sein, auf Archetz in der Maske von Wesen aufzutreten, die bei den Springern wenig Aufsehen erregen. Ich habe dabei an die Soltener gedacht. Bei den Soltenern handelt es sich um die Nachkommen arkonidischer Kolonisten. Sie leben auf dem Planeten Solten im Sonnensystem Forit, das zweihundertachtundvierzig Lichtjahre von Arkon entfernt ist. Durchschnittlich ist ein erwachsener Soltener einen Meter siebzig groß. Diese Wesen leiden unter buckelartigen Rückgratverkrümmungen. Die meisten von ihnen haben eine Buckelstirn. Auf Forit gibt es Dämonismus. Noch wichtiger ist jedoch das Matriarchat, das die männlichen Soltener im Lauf der Generationen zu großen Lügnern werden ließ: Überall, wo sie auftreten, gebärden sie sich als große Paschas, die allein zu bestimmen haben. Sie glauben, daß sie sich sonst gegenüber anderen Völkern der Lächerlichkeit preisgeben. Natürlich hat man sie weitgehend durchschaut. Sie werden überall als Lügner verachtet."

Bully warf Rhodan einen skeptischen Blick zu.

„Wie gefällt dir das?" erkundigte er sich. „Möchtest du als Lügner auftreten?"

„Nicht unbedingt", gab Rhodan zurück.

„Laßt uns hören, was die Positronik noch vorschlägt", meinte Atlan und forderte die Mammutanlage auf, ihre Vorschläge zu präzisieren.

„Ich besitze alle wichtigen Daten über die Soltener", verkündete das Riesengehirn. „Was wir brauchen, ist ein echtes Schiff dieses Volkes. Soltenerschiffe fliegen regelmäßig Archetz an und machen Geschäfte mit den Springern. Wir müssen also ein Schiff der Soltener kapern. Die Teilnehmer der geplanten Mission würden die Rolle der Originalbesatzung übernehmen."

Seit längerer Zeit flog wieder einmal ein Lächeln über Rhodans Gesicht. „Das ist nach meinem Geschmack. Wir sollten es versuchen."

„Nun gut", sagte Atlan. „Meine Unterstützung habt ihr. Auch John Marshall soll wieder für euch arbeiten."

15.

Oberst Baldur Sikermann, Kommandant der DRUSUS, flog das Flaggschiff nach der vierten Transition unter massivstem Ortungsschutz in eine Umlaufbahn um die Sonne Forit und bezog dort Warteposition.

Vom gewaltigen Panoramaschirm leuchtete die Sternanhäufung M-13. So groß auch der Sichtschirm war, so reichte er bei dieser Vergrößerung nicht aus, das gesamte System zu zeigen. Doch kein Mann in der Zentrale achtete darauf. Niemand war dieser unwahrscheinlichen Pracht gegenüber abgestumpft, aber jeder wurde von seiner Aufgabe beherrscht, und sie ließ keinem Zeit dazu, ein Bild zu bewundern, das schon so oft von ihnen bestaunt worden war.

248 Lichtjahre von der Zentralwelt dieses Kugelsternhaufens entfernt kreiste das Foritsystem schon in der sternenarmen, dünnen Zone; eine kleine rötliche Sonne – Forit; vier kleine Welten, nur der zweite Planet trug Leben. Auf ihm war das Fünfzig-Millionen-Volk der Soltener zu Hause.

Die fünfte Wartestunde in der DRUSUS begann. Die Männer an der Strukturortung gähnten. Ihre Aufmerksamkeit ließ langsam nach. Plötzlich aber rissen sie sich zusammen. Ihre Ortung hatte angesprochen. Leutnant Brack von der Distanzmessung kam den anderen zuvor.

„Raumschiff! Entfernung 2,4 Millionen Kilometer, Oberst!"

Das Bordgehirn bekam automatisch alle Werte und verarbeitete sie.

In der DRUSUS schalteten die Kraftwerke blitzschnell von Einsatzreserve auf Vollast.

Die DRUSUS ging aus dem freien Fall heraus auf Fahrt. Die Distanz zu dem fremden Raumschiff verringerte sich zusehends. Dank dem neuartigen, von den Swoon entwickelten Ortungsschutz war eine Entdeckung der DRUSUS durch den Fremden so gut wie unmöglich.

„Schiffstyp? Wie lange soll ich noch warten?" drängte der Oberst.

„Es ist soweit, Oberst. Ein Soltener-Typ. Zigarrenform. Einwandfrei."

„Danke!" Baldur Sikermann beugte sich zu den Mikrophonen vor: „Feuerleitzentrale! Nach Order eins, Feuer frei!"

Wie ein Echo kam die Bestätigung: „Nach Order eins, Feuer frei."

Order eins bedeutete, daß man mit Hilfe der Narkosegeschütze die Besatzung des anderen Schiffes schlagartig außer Gefecht setzen würde, so daß sie keine Gelegenheit hatte, um Hilfe zu funken. Als die DRUSUS nahe genug an das Soltenerschiff herangekommen war, begannen die Paralysegeschütze zu feuern. Innerhalb weniger Sekunden war alles vorbei. Dort drüben, so versicherten die Telepathen, war niemand mehr bei Bewußtsein.

Ras Tschubai rematerialisierte in der Zentrale des kaum achtzig Meter langen, zigarrenförmigen Soltenerraumschiffs. Vier gelähmte Soltener, zwei in den Pilotensitzen, zwei auf dem Boden, nahmen von seiner Anwesenheit keine Kenntnis. Flüchtig betrachtete Tschubai diese eigenartig aussehenden Männer mit ihren ungewöhnlich stark entwikkelten Buckelstirnen, unter deren Vorsprung die Augen fast verschwanden. Alle vier waren schwarzhaarig und trugen das Kopfhaar im Ponyschnitt. Aber als Ras Tschubais Blick auf den Bart fiel, zog ein leichtes Lächeln über sein angespanntes Gesicht. Der Bart dieser Männer war in viele sauber geflochtene Zöpfchen gebunden, die, mit Hilfe eines Fixativs steif gemacht, wie Igelstacheln abstanden.

Die geschwulstartige Veränderung ihres Rückgrats ließ die Männer kleiner erscheinen, als sie in Wirklichkeit waren. Schlank, schmal in den Hüften, erreichten sie nur die Durchschnittsgröße der Terraner und wirkten Arkoniden und Springern gegenüber klein.

Ras Tschubai hielt sich nicht länger in der primitiv eingerichteten Zentrale des Fremdraumers auf. Eine Kabine nach der anderen durchforschte er. Fünfzehn Mann hatte er bisher gezählt, aber einer Soltenerfrau war er bisher noch nicht begegnet.

In den vier Lagerhallen, bis zu den Decken mit Duftpelzen gefüllt, die ein betäubendes Aroma ausströmten, fand er niemanden vor. Doch im Triebwerk- und Kraftraum entdeckte er den sechzehnten und den siebzehnten Soltener, ebenfalls vom Paralysestrahl der DRUSUS gelähmt und bewußtlos.

Im schmalen Gang des Raumers schaltete der Teleporter den Telekom seines Spezialanzugs ein. „An DRUSUS: Besatzung siebzehn Mann stark, keine Frau darunter. Ich versuche jetzt den Antrieb abzustellen. Ende."

Während Ras Tschubai erneut die Zentrale des kleinen Handelsschiffs betrat, einen Soltener aus dem Pilotensitz hob und zu Boden legte, um sich mit dem Schaltsystem des Frachters vertraut zu machen, näherte sich die DRUSUS mit stark abgebremster Fahrt dem kleinen Schiff.

Plötzlich brachen in der gigantischen Kraftstation die Traktorstrahlentwickler mit ihrem typischen Wimmern los. Wie von einer unsichtbaren Riesenhand gepackt, wurde das Raumschiff der Soltener schon abgebremst, bevor Ras Tschubai in der Steuerzentrale den Synchronhauptschalter auf Null ziehen konnte.

Eine halbe Stunde später lag das kleine Schiff in einem Hangar der DRUSUS. Zwei Einsatzkommandos der Sanitätsabteilung schafften die gelähmten Soltener ins Schiffshospital. In allen Kabinen der LORCH-ARTO (so hieß das Schiff) herrschte plötzlich eine drangvolle Enge.

Die Spezialisten kümmerten sich um die Unterlagen und die Konstruktion des Schiffes, während sich die DRUSUS mit steigender Beschleunigung aus dem Foritsystem in einen sternarmen, kaum beflogenen Raumsektor absetzte.

Drei Stunden nach der Hypnoschulung war das *Risiko-Kommando Solten* einsatzbereit.

Siebzehn „Soltener" gingen an Bord der LORCH-ARTO. Lediglich Gucky, auf dessen Fähigkeiten man bei diesem Einsatz nicht verzichten wollte, blieb, wie er war. Schließlich war er denkbar ungeeignet dafür, in die Maske eines Solteners zu schlüpfen. Er würde sich also während der ganzen Aktion im Hintergrund halten müssen. An Bord der LORCH-ARTO würde Gucky sich in einem Schacht der

Lufterneuerungsanlage verstecken. Die siebzehn echten Soltener mußten für die Dauer des Einsatzes an Bord der DRUSUS bleiben, wo man sie gut behandeln würde. Sie würden nach Beendigung der Aktion wieder zu ihrer Heimat zurückgebracht werden.

Rhodan und Bully fiel es nicht schwer, sich mit der etwas ungewöhnlichen Konstruktion der LORCH-ARTO vertraut zu machen, denn in der Grundkonzeption ging auch dieser Zigarrentyp aus einer arkonidischen Form hervor. Dennoch benötigten sie mehrere Stunden, bis Rhodan der DRUSUS-Zentrale mitteilte, daß sie den Hangar verlassen wollten.

Wieder griff ein gewaltiger Traktorstrahl nach der kleinen LORCH-ARTO und setzte sie, weit von den Schutzfeldern der DRUSUS entfernt, in den Raum hinein.

Langsam begann die LORCH-ARTO zu beschleunigen. Schweigend verfolgten die Männer in der Zentrale des Superschlachtschiffs das Eintauchen des Zigarrenschiffs in die Schwärze des Weltalls. Es sah aus, als ob es in weitem Bogen den Kugelsternhaufen M-13 umfliegen wollte, aber die unbestechliche Ortung der DRUSUS sagte aus, daß die LORCH-ARTO direkt auf den Springerplaneten Archetz Kurs nahm.

Aber nur wenige Männer an Bord der DRUSUS wußten, warum Rhodan mit den besten Mutanten diesen gefährlichen Einsatz unternahm. Und die wenigen, die darüber unterrichtet waren, fragten sich: Wird er Thomas finden, und wird es dann eine Aussöhnung zwischen Vater und Sohn geben?

Die LORCH-ARTO war nach Lus, dem größten Raumhafen von Archetz, dirigiert worden und vor zwei Stunden auf Platz Nummer 2005 gelandet. Als sie aufsetzte, wurde sie von der Hafenpolizei der Springer schon erwartet.

„Keiner verläßt das Schiff! Papiere, Dokumente bereithalten! Ladeluken auf!“ Die Polizeieskorte der Springer war mit fünf Kampfrobotern an Bord gekommen. Die Maschinen postierten sich vor den Schleusen, während elf Galaktische Händler jeden Winkel der LORCH-ARTO kontrollierten.

„Was soll das?“ protestierte der Soltener-Kommandant.

„Frag deine Frau, wenn du nach Hause kommst, Maixpe", erwiderte der Springer höhnisch. „Vielleicht ist sie gut gelaunt, und du bekommst für deine dumme Frage nur fünf übergezogen und keine zehn."

Drei andere Springer brachen in schallendes Gelächter aus und blickten verächtlich auf die beiden Buckelmenschen in der Zentrale herab.

Die LORCH-ARTO hatte Odd-Pelze geladen, Duftpelze von der Heimatwelt. Jeder gute Pelz war ein Vermögen wert. Jahrhundertelange Bejagung der Odds – anderthalb Meter lange, sechsfüßige Pelztiere mit dem Körper einer Schlange und einem Kopf, der die Terraner an Bulldoggen erinnerte – hatte ihren Bestand so stark reduziert, daß in den letzten fünf Jahrzehnten der Preis für Odd-Pelze um achthundert Prozent gestiegen war.

„Wer bekommt die Pelze? Natürlich – Cokaze. Der Alte hat seine Finger überall im Spiel", stellte der Springer brummig fest, der die Frachtpapiere prüfte.

Der Kommandant des zigarrenförmigen Raumers fragte mit unterwürfigem Tonfall: „Darf ich den großen Patriarchen Cokaze anrufen, ihr Herren?"

„Hier darfst du noch weniger als zu Hause, Buckel!" fuhr ihn der Leiter der Polizeitruppe wütend an. „Halte deinen Mund! Es tut einem ja in den Ohren weh, wenn man dein schlechtes Interkosmo hört. Und jetzt warte, bis wir mit der Kontrolle fertig sind."

„Ja, Herr. Wie der Herr befehlen", sagte der Kommandant und sah darüber hinweg, wie sich die Hände seines Ersten Offiziers, eines kompakt gebauten Mannes, voller Wut ballten.

Zwei Stunden später waren die Kontrollen endlich abgeschlossen. Die Springer hatten nichts gefunden, was ihr Mißtrauen geweckt hätte. Das Schiff und seine Fracht wurden freigegeben.

Der letzte Laderaum der kleinen LORCH-ARTO war schon fast von den kostbaren Odd-Pelzen geräumt, als im Maschinenraum des alten Frachters eine gewaltige Explosion erfolgte.

Der Explosionsdruck riß im Heck ein fünf mal sieben Meter großes Loch, aus dem die Flammen hervorschossen.

Durch die LORCH-ARTO heulte der Alarm.

Die siebzehn Soltener zeigten sich bei dieser Katastrophe von einer erstaunlichen Kaltblütigkeit, aber ohne die Hilfe der benachbarten Raumer und ihrer Löscheinrichtungen wäre die LORCH-ARTO zerschmolzen.

Zehn Minuten dauerte der Kampf mit ausbrechenden Energien, neuen Explosionen und Tausenden von Hitzegraden, dann war die Gefahr für den alten Frachter beseitigt.

Aber er konnte nicht mehr starten. Er mußte in eine Springerwerft und dort ein neues Triebwerk erhalten.

„Wie sage ich das nur dem *Rat der Großen Mütter?*" fragte Maixpe mit weinerlicher Stimme den Ältesten der Cokazesippe, um sich im nächsten Moment in Positur zu setzen und großartig zu erklären: „Ach was! Ich werde dem Rat sagen, daß er von diesem Vorfall nichts versteht und sich gefälligst heraushalten soll."

„Schneide nicht so auf, Maixpe", fuhr ihm der Springer über den Mund. „Zu Hause wirst du kein Wort des Widerspruchs wagen und die Prügel stillschweigend hinnehmen. Ihr Soltener seid doch keine Männer. Aber unsere Ingenieure können immer noch nicht verstehen, wie es zu diesen Explosionen im Triebwerk gekommen ist, Maixpe. Völlig rätselhaft der Fall."

„Ja", echote Maixpe-Rhodan, „rätselhaft ist es uns auch. Ob die Springerpolizei uns den bösen Streich gespielt hat?"

„Du bist verrückt, Soltener!" wies ihn Cokazes Ältester zurecht. „Also wir rechnen ab, wenn meine Sippe für dich die Werft- und Reparaturkosten bezahlt hat, sonst verjubelst du mit deiner Besatzung in den nächsten vierzehn Tagen den gesamten Erlös."

Maixpe-Rhodan grinste verstohlen. Der Springer ahnte nicht, daß die vermeintlichen Soltener die Explosion selbst herbeigeführt hatten, um einen Vorwand für einen längeren Aufenthalt auf Archetz zu besitzen.

„Aber wir brauchen doch Geld", mischte sich Trexca-Bully ein. „Auf Archetz ist doch immer viel los." Er vollführte die bekannte Armbewegung des Becherhebens.

„Säufer", hielt Maixpe ihm vor, um aber gleich darauf ebenfalls nach einem Vorschuß zu fragen.

„Gut. Erst regle ich den Abtransport eures Frachters zu einer Werft", erklärte sich der Springer bereit, „dann leiste ich eine Vorauszahlung."

Das Vergnügungszentrum von Lus lockte die Raumfahrer, ihr sauer verdientes Geld zu verjubeln, denn die geschäftstüchtigen Springer verstanden sich auf die Kunst der Verführung.

Die siebzehn als Soltener maskierten Terraner gingen in diesem wilden Vergnügungsrausch, der ihnen entgegenschlug, unbemerkt unter.

Die Taschen voller Geld, das durch die Inflation nicht mehr allzuviel Wert hatte, stürzten sie sich dieser Fremdenindustrie in die Arme.

„Ho, Lügner, komm und trink einen mit!"

„Na, darf Muttis Liebling heute ein Spielchen riskieren?"

Überall wurden sie angepöbelt, aber auch überall mit einem spöttischen Bedauern gemustert. Halb betrunkene Springer, die jahrelang von einer Welt zur anderen geflogen waren und nun auf Archetz ein paar Tage festen Boden unter den Füßen hatten, luden sie zum Trinken ein.

Es war nicht Rhodans Absicht, hier tatsächlich ihr Geld zu verjubeln. Vielmehr wollten sie sich unauffällig umhören, um vielleicht einen Hinweis auf Cardifs Aufenthaltsort zu erhalten. Auch Gucky war heimlich unterwegs.

Als es Abend wurde und ihre Nachforschungen erfolglos blieben, gingen sie in das Hotel zurück, in das sie sich einquartiert hatten, solange ihr Schiff repariert wurde.

Am nächsten Morgen kehrten sie zu der Reparaturwerft zurück, wo ihr Schiff lag. Gucky gönnte sich als einziger keine Pause. Ununterbrochen suchte er nach Cardif, wobei sich nicht vermeiden ließ, daß er in verschiedenen Situationen seine paranormalen Fähigkeiten einsetzen mußte.

16.

In 27 Kilometern Tiefe unter der Hauptstadt des Planeten hatte sich Patriarch Cokaze durch das Arbeiterviertel fahren lassen, dabei kaum einen Blick nach rechts oder links geworfen und sich nicht einmal darüber gewundert, wie gut seine auf dieser Welt seßhaft gewordenen Artgenossen es verstanden hatten, angenehme Umweltbedingungen zu schaffen.

Das nackte Graugestein der Höhlendecke war nur hier und da zu sehen, an allen anderen Stellen schien ein leicht bewölkter Himmel über den Wohnsiedlungen zu schweben.

Nach einer Blitzfahrt bremste der kleine Schnellbahnwagen plötzlich stark ab, kam zum Stehen und gab dem Patriarchen eine Tür zum Austritt frei.

Ein großer Platz, mit blaugetöntem Plastikmaterial ausgelegt, war der Endpunkt der Fahrt. Nur der nördliche Halbbogen war noch von Häusern eingefaßt. In südlicher Richtung begann das Reich des Patriarchen Gatru, des Königs der Schwerindustrie.

Cokaze mußte drei verschiedene Antigravlifts benutzen, um bis zu Gatrus Verwaltungszentrum zu gelangen. Anschließend wurde er durch eine Anzahl von Kontroll- und Sicherheitsanlagen geschleust.

Endlich stand er vor Gatru.

„Ich muß Thomas Cardif sprechen“, verlangte Cokaze.

Seit dem mißglückten Anschlag auf Atlan war Cardif bei vielen Patriarchen in Ungnade gefallen und wurde nun hier unten gefangengehalten.

„Er ist nicht zu sprechen, Cokaze“, erwiderte Gatru kurz.

Der große Springer blieb ruhig. Stumm hielt er Gatru eine offizielle Genehmigung hin, Cardif sprechen zu dürfen. Die Genehmigung war vom Großen Rat abgezeichnet.

„Ich will dabei sein, wenn du mit dem Terraner sprichst, Cokaze.“

„Du kannst dabei sein, wenn ich Cardif befrage, Gatru. Er soll mir die Frage beantworten, ob sich auf Archetz Terraner herumtreiben."

„Terraner? Bei uns? Bist du von Sinnen, Cokaze?"

Eine halbe Stunde später standen sie vor Thomas Cardif.

„Cokaze?" Überraschung und Verachtung lagen in diesem einzigen Wort. Thomas Cardif, der in den wenigen Tagen seiner Haft Perry Rhodan im Aussehen noch ähnlicher geworden war, erhob sich nicht.

„Cardif..."

„Patriarch Cokaze, du bist ein Verräter!" unterbrach Thomas Cardif ihn scharf, und seine Arkonidenaugen glühten voller Empörung. „Ich bin desertiert. Ich habe meinen Eid gebrochen. Auch das ist Verrat, aber ich beging ihn nicht aus niederträchtigen oder gemeinen Motiven. Du, Cokaze, weißt, warum ich Rhodans Feind bin. Mein Ziel ist es, den Mörder meiner Mutter Thora zur Strecke zu bringen. Um dieses Ziel zu erreichen, ist mir jeder Weg recht. Ihr hättet dabei verdient, ihr habgierigen Springer! Das Solare System wäre euch wie eine reife Frucht in den Schoß gefallen mitsamt dem Arkon-Imperium. Aber ihr habt nicht das Format, auch einmal eine Schlappe einzustecken. Ihr wolltet den Gewinn sofort in euren geldgierigen Händen haben. Patriarch, in dir glaubte ich einen Bundesgenossen zu besitzen. Aber was hast du getan, als für euch und auch für mich die erste Runde verlorenging? Du hast mich an diese Krämerseelen verraten. Du hast zugelassen, daß ich hier eingesperrt sitze. Schutzhaft! Daß ich nicht lache! Auf Eis gelegt, um eines Tages nach Perry Rhodan der Schatten-Administrator des Solaren Imperiums zu werden. Administrator von euren Gnaden. Wie oft soll ich noch erklären, daß ich keine politischen Ambitionen habe? Ich will den Mörder meiner Mutter ausschalten, sonst will ich nichts. Begreift das doch endlich. Ich bin nicht der gleiche Typ von Händlerseele wie du, Cokaze. Was wollt ihr jetzt von mir?"

Weder Cokaze noch Gatru hatten Thomas Cardif unterbrechen können. Wie ein Wasserfall waren die Worte über seine Lippen gesprudelt.

„Cardif", begann Cokaze jetzt, der sich gewaltsam zur Ruhe zwang, „wir unterhalten uns später einmal ausführlich. Dann wirst du einsehen, daß ich dich nicht verraten habe. Doch weswegen wir gekommen sind..." Er schilderte die geheimnisvollen Vorgänge, die sich seit ein paar Tagen auf Archetz ereigneten. Sein Bericht schloß mit der Frage: „Cardif, kannst du uns aufgrund dieser Beobachtungen sagen, ob Terraner auf Archetz sind?"

Das sind terranische Mutanten! hatte Cardif erschrocken gedacht, als Cokaze mit seiner Schilderung begann, aber dann war dieselbe eiskalte Ruhe über ihn gekommen, die auch Perry Rhodan in gefährlichen Lagen immer besaß.

„Ach, Cokaze, jetzt habt ihr mich plötzlich wieder nötig. Jetzt soll ich den kleinen Verräter machen. Nein, mir gefällt es hier unten sehr gut, Cokaze. Besten Dank für den Besuch."

Mit keinem Wort, mit keinem Zeichen ließ er sich anmerken, was er begriffen hatte: Mutanten waren auf Archetz. Sie suchten ihn. Und für Thomas Cardif war es klar, daß sie ihn aufspüren würden.

Für ihn war alles zu Ende – vorläufig.

Gucky war nicht wiederzuerkennen.

Allein auf sich gestellt, von der schweren Verantwortung beherrscht, daß in seinen Händen das Schicksal seiner besten Freunde und des Sonnensystems lag, hatte er alles Koboldhafte abgelegt, und vor jedem Einsatz überlegte er, wie er mit geringsten Mitteln sein Ziel erreichen konnte.

Von Tag zu Tag stieg die Zahl seiner Einsätze: Von Tag zu Tag lernte er den ausgehöhlten Planeten Archetz mit seinen Höhlenlabyrinthen immer besser kennen. Von unschätzbarer Bedeutung war die Übersicht, die er sich über die Sicherheitsvorkehrungen verschaffte. Nur von Thomas Cardif fand er keine Spur, und das bereitete ihm große Sorgen, denn für Rhodan lief die Zeit ab. Der Frachter stand auf der Werft kurz vor der Fertigstellung.

Wie jeden Tag, so erstattete Gucky auch heute Rhodan über John Marshall Bericht. Er bedauerte, daß er noch immer keine Spur von Cardif gefunden hatte.

Rhodan sagte ihm noch einmal, daß die Zeit knapp sei. Die Aufenthaltsgenehmigung für die „Soltener" konnte nicht verlängert werden. Weitere Tricks hätten Mißtrauen erweckt.

Gucky versprach, noch einmal alles zu versuchen. Er teleportierte erneut unter die Oberfläche von Archetz. Als er wieder verstofflichte, befand er sich auf der Zweiundsiebzig-Kilometer-Sohle von Archetz in der Hauptsicherheitszentrale dieses Höhlensystems.

Vier Springer machten hier Dienst. Zwei dösten vor sich hin, die beiden anderen unterhielten sich.

„Verstehst du das, Lonk?" hörte Gucky, der hinter einem Synchronschaltaggregat hockte.

Gucky überprüfte den Gedankeninhalt der beiden Galaktischen Händler und belauschte ihr Gespräch. Um ein Haar hätte er einen Pfiff ausgestoßen.

Sie unterhielten sich über ein Gefängnis, und sie murrten über die verfünffachten Sicherheitsvorkehrungen, die für das Gefängnis getroffen worden waren.

Gespannt hielt Gucky Kontakt zu den beiden Springern, bis er genug zu wissen glaubte.

Er hatte nun eine Spur. Er würde Cardif finden und zu Rhodan bringen.

Die LORCH-ARTO besaß ein neues Triebwerk, und die Schäden an der Außenhülle des alten Frachters waren ebenfalls beseitigt worden. Der Raumer war von Robotern aus der Werft zum Hafen geflogen worden und wurde gerade Kapitän Maixpe übergeben.

Der Start war von der Hafenleitung für 7.50 Uhr Standardzeit festgesetzt worden, ein sehr knapp bemessener Termin, der einen Probeflug mit dem neuen Triebwerk nicht zuließ.

Dem *Risiko-Kommando Solten* war kein Erfolg beschieden gewesen. Sie hatten keine Spur von Thomas Cardif gefunden.

Bully sah den letzten Springer die LORCH-ARTO verlassen. Unter seiner Bioplastik-Buckelstirn blickte er ihnen grimmig nach.

„Ist Gucky schon zurück?" wandte er sich an Rhodan.

„Gucky?" Über Interkom klang in allen Kabinen und Lagerräumen der LORCH-ARTO die Frage nach Gucky auf, vergeblich.

Der Orter Fellmer Lloyd, Marshall und die anderen Mutanten wurden in die Zentrale beordert.

„Versucht Gucky zu finden!" hieß Rhodans Befehl.

Aber wenn Gucky sich nicht finden lassen wollte, dann schirmte er einfach seine Gedankenimpulse ab, und alle Mutanten einschließlich des Orters Lloyd griffen ins Leere.

Dabei mußte die LORCH-ARTO in fünf Minuten Standardzeit starten. Das neue Triebwerk lief schon auf der letzten Vorwärmstufe, die Kraftwerke summten im Leerlauf; die LORCH-ARTO war startbereit.

Bully sah Perry Rhodan vor das kleine Hyperkomgerät treten.

„Was hast du vor?“ fragte er ahnungsvoll.

Ohne sich umzudrehen, erwiderte Rhodan dumpf: „Nach Thomas jetzt auch noch Gucky verlieren, das ist zu viel. Ich setze den vereinbarten Kurzimpuls nach Arkon ab.“

„Und die große Hyperfunkstation auf Archetz wird ihn abhören und wissen, daß wir hier sind“, warnte Bully.

„Die Springer können ebensogut annehmen, daß wir unseren Abflug nach Solten gemeldet haben.“

„Ach, wirklich?“ sagte Bully sarkastisch. Fragend sah er dann den Orter Fellmer Lloyd an.

„Nichts. Keine Spur von Gucky.“

In diesem Moment ging das mit Atlan vereinbarte Funksignal heraus.

„Und was passiert jetzt, Perry?“ wollte Bully wissen.

„Wir starten nicht. Wir melden der Raumhafenleitung einen Schaden am Triebwerk. Dadurch gewinnen wir eine halbe Stunde. Das ist ungefähr die Zeit, die Atlan für eine Transition nach Archetz benötigt, um hier nach dem Rechten zu sehen.“

„Hier Raumhafenkontrolle, warum starten Sie nicht, Kapitän Maixpe?“

Die harte Stimme eines Springers erklang aus dem Lautsprecher.

Perry Rhodan beugte sich zum Mikrophon vor. „Schaden am neuen Triebwerk. Drei Impulsaggregate kommen nur zögernd mit. Soll ich mir vielleicht schon beim Start den Hals brechen, hoher Herr? Was werden unsere Frauen sagen, wenn man uns auf Archetz beerdigt und…“

Dem Galaktischen Händler an der Gegenstation riß der Geduldsfaden.

„Ihr Narren!“ brüllte seine Stimme aus dem Lautsprecher. „Schaltet das Triebwerk ab, wir senden eine ... Was?“ Er mußte in seiner Zentrale unterbrochen worden sein, denn sein Gesicht verschwand vom Schirm.

Bully fühlte das Unheil fast körperlich herankommen. Er dachte ununterbrochen an die große Hyperfunkstation dieser Springerwelt.

Und von dort kam auch das Unheil. Das Gesicht des Galaktischen Händlers erschien wieder auf dem Bildschirm. „Wohin habt ihr vor wenigen Minuten den Hyperfunkspruch gerichtet, ihr Lügner? Ihr habt Startverbot. Wagt nicht zu starten, oder wir machen eine Gaswolke aus eurem Schiff.“

„Hoher Herr“, erwiderte Rhodan unterwürfig, „wir wollen ja auch gar nicht starten, noch weniger sterben. Wir wollen gesund zu unseren lieben Frauen zurückkehren. Wir haben unseren Start von Archetz gemeldet und ...“

„Vielleicht auch nach Arkon, du Lügner?“ tobte der Springer und verschwand vom Bildschirm.

„Und die Solare Flotte, Perry?“ fragte Bully.

„Bleibt im Solsystem. Ich bin mir bewußt, welchen Einsatz ich zusammen mit Atlan wage. Es geht um meinen Sohn und ebenso um Gucky, aber es geht vor allen Dingen darum, daß diesen Springern einmal mit aller Deutlichkeit gezeigt wird, daß Imperator Gonozal VIII. auch mit der wichtigsten Welt der Galaktischen Händler fertig wird und daß der Freundschaftsvertrag zwischen Arkon und Terra kein wertloses Stück Papier ist. Mehr habe ich dazu ...“

Er verstummte jäh, denn Gucky tauchte zwischen ihnen auf. Er war nicht allein.

Perry Rhodan stand seinem Sohn Thomas Cardif gegenüber.

Gucky hatte ihn im Teleportersprung mitgebracht.

Voller Haß glühten Thomas Cardifs Arkonidenaugen den Vater an, die Lippen waren hart aufeinandergepreßt und die Mundwinkel voller Verachtung herabgezogen.

Rhodan hatte ein ungutes Gefühl. Sein Blick fiel auf den Hyperkom und auf die Scheibe des Wellen-Oszillographen. Eine Daueramplitude war darauf zu sehen und so stark abgebildet, als befände sich der Peilsender in der Zentrale der LORCH-ARTO.

Im nächsten Moment betätigte Rhodan den Hyperkom. Er rief Atlan an, offen, ohne Raffer oder Zerhacker, dann drehte er sich um und sagte ruhig: „Thomas Cardif trägt einen Peilsender am oder im Körper. Die Galaktischen Händler werden jetzt schon wissen, wo er sich aufhält. Unsere Rolle als Soltener ist ausgespielt. Wir können zur Demaskierung schreiten."

Gucky blieb keine Zeit, zu berichten, wie er Thomas Cardif gefunden hatte.

„Sie kommen!" stellte Rhodan trocken fest. „Wenn wir uns rühren, machen die Händler von ihren Waffen rücksichtslos Gebrauch. Leutnant Cardif, ich hoffe, daß Sie Ihre Situation zur Zeit richtig einschätzen. Versuchen Sie keine Zwischenfälle zu arrangieren. Gucky wird sie zu verhindern wissen, nicht wahr?" Er sah den Mausbiber an, aber der nickte gar nicht begeistert. Diese Episode mit Thomas Cardif gefiel ihm nicht. Er hatte das Gefühl, daß Rhodan seinen Sohn falsch anfaßte.

Cardif erwiderte Rhodans Warnungen mit Schweigen.

„Zwei Schwere Walzenkreuzer", stellte Rhodan mit einem Blick auf den Bildschirm fest.

In Minutenschnelle hatten die Springer alles aufgeboten, was sie in der Kürze der Zeit aufbieten konnten.

Der Telekom sprach an. „Bedingungslose Übergabe, Perry Rhodan, oder wir vernichten euch!"

Kürzer konnte das Ultimatum nicht gestellt werden.

Jemand lachte. Thomas Cardif.

„Jetzt erreiche ich mein Ziel doch noch. Danke, Mausbiber, daß du mich hierher gebracht hast." Seine Arkonidenaugen glühten Rhodan mit unversöhnlichem Haß an.

Der Vater streifte mit nachdenklichem Blick seinen Sohn. Diese Haßwoge, die ihm entgegenschlug, machte jede Hoffnung, den Weg zum Herzen des Sohnes zu finden, zunichte.

„Wir geben euch nach Standardzeit fünf Minuten, um die LORCH-ARTO zu verlassen! Das ist unsere letzte Aufforderung!" klang es wieder hart aus dem Lautsprecher des Frachters.

Tako Kakuta, der Teleporter, stand neben dem Strukturtaster. Bis auf ein paar schwache Gefügeerschütterungen, die für sie keine Bedeutung hatten, war der Raum im Rusuma-System ruhig. Atlans Flotte – der Strohhalm, an den sich ihre Hoffnungen klammerten – kam wahrscheinlich zu spät.

Zwei Schwere Walzenkreuzer, neunzehn Leichte und ein halbes Hundert schwerbewaffneter Polizeiboote hatten den kleinen Frachter eingekreist.

„Noch vier Minuten", sagte Rhodan gelassen. „Ich zweifle daran, daß Atlan in dieser Frist eintrifft. Also, dann gehen wir in Einsatz. Lassen Sie mich einmal sehen, Kakuta."

Der Teleporter räumte seinen Platz am Strukturtaster, und Rhodan beachtete den dahinter angebrachten Wellen-Oszillographen. Jetzt schaltete er am Telekom herum, brachte ihn auf die gleiche Frequenz des Minikom-Peilsenders, den Thomas Cardif wahrscheinlich im Körper sitzen hatte.

„Zeit, bitte?" fragte er ruhig. Seine Ruhe wirkte ansteckend.

„Drei Minuten zwanzig Sekunden", antwortete John Marshall.

„Teleportereinsatz. Zielpunkt: Funkzentrale der Raumhafenkontrolle. Hypnose für Thomas Cardif, sofort!"

Drei Teleporter standen zur Verfügung: Gucky, Tako Kakuta und Ras Tschubai. Fünfzehn Männer mußten teleportiert werden. Dafür blieben etwas mehr als hundertachtzig Sekunden. Für jeden Doppelsprung nur sechsunddreißig Sekunden. Das war bitter wenig.

„Bully, Cardif und mich zuletzt!" ordnete Rhodan an.

Kitai Ishibashi behandelte mit stärkster Suggestivkraft Rhodans Sohn. Er gab ihm den Befehl, in der nächsten Stunde nichts gegen den Vater zu unternehmen und ihre Aktionen nicht zu behindern.

Thomas Cardif war machtlos gegen diesen Angriff.

„Es wird knapp", sagte Bully, als die drei Teleporter vom ersten Doppelsprung zurück waren und über vierzig Sekunden gebraucht hatten.

„Achtzehn Springer sind in der Funkzentrale", piepste Gucky, zeigte seinen Nagezahn in voller Größe und verschwand wieder mit einer neuen Last.

„In der Funkzentrale ist die Hölle los", hatte Tako Kakuta ausgesagt, bevor er mit Kitai Ishibashi sprang.

„Noch zweiundvierzig Sekunden“, sagte Bully gelassen und verfolgte das Weiterwandern der Sekundenangabe.

„Dicker, halt dich an mir fest“, piepste Gucky neben ihm. Thomas Cardif wurde von Ras Tschubai um die Hüften gepackt, Tako Kakuta griff nach Rhodan.

„Moment, Tako!“ hielt Rhodan ihn auf und setzte mit einem Schaltergriff den Telekom unter Strom. Im selben Moment gab es zwei Peilsender auf Archetz; einen, den Thomas Cardif im Körper trug, und – auf derselben Frequenz mit dem gleichen Dauerimpuls – den Telekom der LORCH-ARTO.

Als Perry Rhodan in der Funkzentrale der Raumhafenkontrolle mit Tako Kakuta rematerialisierte, sah er, wie Bully gerade den letzten Galaktischen Händler außer Gefecht setzte.

Gucky hockte vor dem Sammelschalter und gab mit der linken Pfote Dauer-Raumalarm.

„Gucky!“ wollte Rhodan schreien, aber dann schmunzelte er über den genialen Einfall des Mausbibers.

Der gesamte Planet Archetz wurde alarmiert.

Raum-Alarm. Angriff aus dem Raum.

Dazu zwei Peilsenderimpulse auf derselben Frequenz.

Die Galaktischen Händler, schon durch die Tatsache, daß sich Rhodan mit einer Gruppe Terraner auf ihrer Welt befand, außer Fassung gebracht, mußten jetzt reihenweise durchdrehen, wenn sie nicht über besonders gute Nerven verfügten.

Die Mutanten gingen zum nächsten Angriff vor. Springer kamen aus einer anderen Abteilung der Hafenkontrolle. Sie versuchten die Funkzentrale zu stürmen und liefen in einen Fächerstrahl aus einem halben Dutzend Paralysatoren.

Auf dem Hafen ging die LORCH-ARTO in einer gelbroten Gaswolke unter. Kopflos gewordene Galaktische Händler hatten mit schwersten Waffen auf den kleinen Frachter das Feuer eröffnet.

Dann aber schien Archetz von einem Erdbeben heimgesucht zu werden.

Das große Gebäude der Hafenkontrolle zitterte in seinen Grundfesten.

Bully brüllte los: „Da sind sie ja!“ Sein Arm wies zum Himmel.

Atlan kam.

Kein einziges der Forts, von denen Archetz im Achtzehn-Planetensystem umgeben war, wagte es, einen Schuß auf die Schlachtflotte des Imperators Gonozal VIII. abzugeben.

Mehr als dreihundert Kugelraumer von 1500 Metern Durchmesser rasten mit Höchstwerten an Abbremskräften in die Luftschichten von Archetz hinein.

Sie lösten einen Orkan aus, als sie auf den Planeten herunterstürzten. Der Himmel verdunkelte sich, und über Archetz stand jetzt in dreitausend Metern Höhe Schiff neben Schiff – eine gewaltige Demonstration von Arkons Macht.

„Das werden uns die Galaktischen Händler nie vergessen“, hatte Perry Rhodan zu Bully gesagt, als sie, mit Thomas Cardif in der Mitte, das Gebäude der Hafenkontrolle verließen und unbelästigt auf Atlans Flaggschiff zugingen, das als einziges gelandet war.

In ohnmächtiger Wut sahen Tausende von Springern zu, wie der von ihnen gehaßte Rhodan mit seinen wenigen Männern sich der Polschleuse des Arkonschiffs näherte und darin verschwand.

Cardif wurde eine Einzelkabine zugewiesen. Zwei Kampfroboter standen Wache davor. Rhodan und die Mutanten machten sich daran, die Soltenermasken loszuwerden. Aber noch während Experten ihnen die Masken sorgfältig entfernten, gab Rhodan dem neben ihm liegenden Bully den Auftrag: „Du regelst auf Solten den Ersatz für die LORCH-ARTO und auch die Angelegenheit für die siebzehn Soltener, die sich noch auf der DRUSUS befinden. Ich möchte nicht, daß sie unseretwegen vom *Rat der Großen Mütter* Prügel erhalten oder finanzielle Einbußen erleiden.“

Rhodan stand Rhodan gegenüber – der Vater dem Sohn.

Der Suggestivblock, den Ishibashi Cardif mitgegeben hatte, war von ihm genommen worden. Es war wieder er selbst.

Er war der von unversöhnlichem Haß beseelte Junge, der im eigenen Vater den Mörder seiner Mutter sah.

„Thomas...“, machte Rhodan nun den letzten Versuch, eine Brücke zu schlagen. „John Marshall hat mir vor gar nicht langer Zeit gesagt: *Am Mausoleum auf dem Mond hätte ich Ihnen als Thomas Cardif auch nicht die Hand gegeben!* Und als Begründung für diesen Satz, der mich sehr getroffen hat, sagte er: *Sie haben Cardif als Administrator die Hand gereicht, nicht als Vater, sonst wären Sie sich als Administrator untreu geworden.*"

„Billig!"

Das war Thomas Cardifs Antwort. Rhodan glaubte einen Schlag ins Gesicht erhalten zu haben.

„Thomas, überlege bitte, was du sagst."

„Und wer hat meine Mutter ermordet, Administrator? Wem war sie zu alt, und wer hat sie nach Arkon geschickt, damit sie als Tote nach Terra zurückkam? Du! Das bist du doch gewesen. Du wolltest sie loswerden, die alternde Frau. Du feiger ..."

Eine Hand klatschte.

Thomas Cardifs linke Wange rötete sich.

„Es tut mir leid, daß ich dich geschlagen habe ..." Klanglos kamen diese Worte über Rhodans Lippen. Als er der Tür zuging, schwankte er leicht.

17.

Sie waren mit Atlan nach Arkon geflogen, wo die DRUSUS auf sie wartete.

Atlan und Perry Rhodan standen unter der Riesenkuppel der Positronik auf Arkon III, während Thomas Cardif unter dem Hypnotron lag und zu schlafen schien.

Behutsamer denn je verfuhr das gewaltige Hypno-Aggregat mit diesem Terraner. Schicht um Schicht legte es den Hypnoblock in seinem Gehirn an. Und mehr und mehr vergaß Thomas Cardif, wer er war, woher er kam und wer seine Eltern waren. Doch alles andere blieb unangetastet; seine Intelligenz, sein Wissen, seine Anlagen. Und er bemerkte Stunden später auch nicht, daß er aus einem Nichts herausgetreten war, um von einem bestimmten Moment an mitten im Leben zu stehen.

Seine Gedanken fragten nicht: Woher bin ich gekommen, oder was hat mich zu dem gemacht, was ich jetzt bin?

Wenn er aber nach seiner Vergangenheit gefragt wurde, blieb er immer die Antwort schuldig. Nie erregten ihn Fragen dieser Art. Er schüttelte dann nur den Kopf und lächelte wie ein Träumer.

Thomas Cardif, der lächelnde Träumer.

Er hatte vergessen zu hassen.

Bis zu einem bestimmten Tag...

18.

Sie sahen nicht nur aus wie Ungeheuer, sie waren Ungeheuer.

Ihr Januskopf besaß die ausgeprägte Form eines Tropfens, der in einer zwanzig Zentimeter langen Spitze auslief, die in ihrer Doppelaufgabe als Sende- und Empfangsantenne für ihre Gedankenimpulse diente. Dennoch waren sie ebensowenig Telepathen, wie sie humanoid waren.

Der Tropfenkopf verfügte über vier Sehorgane, die sich paarweise gegenüberlagen. Über einen zweifachen kugelgelenkartigen Wirbel ging er in den zwei Meter langen, wespenartigen Rumpf von brauner Schuppentönung über, der im oberen Drittel vier Arme besaß und auf drei teleskopartigen Beinen Halt fand.

Setzte sich eines der Ungeheuer in Bewegung, dann zeigte es sich, daß die gelenklosen Beine wie plötzlich belastete Stoßdämpfer arbeiteten und den überschlanken, nur dreißig Zentimeter durchmessenden Insektenleib in ruckartigen Sprüngen vorwärts, seitwärts oder rückwärts bewegten.

Sie waren vor Stunden zu Tausenden ihrer Armada entstiegen, und die Urbevölkerung des von diesen Monstern besetzten Planeten – possierliche, knapp einen Meter große Wesen – sah neugierig zu, ohne zu ahnen, daß die Fremden den Tod mitgebracht hatten.

Mit mehr als 500 Raumschiffen waren die Fremden auf dem kalten Ödplaneten gelandet, der von den Menschen Tramp genannt wurde.

Tramp war der einzige Planet einer sterbenden Sonne, die er im

Abstand von 0,78 Astronomischen Einheiten umkreiste. Sein Radius betrug 0,6 Erdradien, seine Schwerkraft 0,53 g.

Tramp besaß keine Meere, kein einziges Gebirge, dafür waren aber drei Viertel seiner Oberfläche eine eisenoxydhaltige, rötliche Wüste.

Am Rand der Wüste, dicht am Äquator von Tramp, waren die Ungeheuer mit ihren eigentümlichen Raumschiffen in Doppelrumpfform gelandet.

Mit der Sicherheit übermächtiger Eroberer strömten sie kurz nach der Landung aus den Schiffen, von denen keines länger als zweihundert Meter war. Jeder schien zu wissen, welche Aufgabe er zu erledigen hatte. Und so ungeheuerlich sie aussahen, so unbegreiflich war auch das, was sie taten...

Plötzlich schwebten, von unsichtbaren Kräften erfaßt und gesteuert, gewaltige Maschinenteile grotesken Aussehens aus den Schiffen.

Die Ungeheuer selbst empfanden nichts Außergewöhnliches bei ihrem Tun. Die Fähigkeit, Gut und Böse zu unterscheiden, besaßen sie nicht. Eine Aufgabe war ein durchzuführendes Pensum; ihr ganzes Leben war ein Pensum. Auch das Leben eines *Shaftgal* oder sogar des *Gal* selbst.

Sie alle lebten in einer Gemeinschaft, in der es den Begriff Zwang nicht gab, auch nicht den der Unterwerfung. Obwohl der eine sich nicht vom anderen unterschied, jeder gewissermaßen des anderen Doppelgänger war, so waren sie doch in der Lage, jeden Bekannten aus der Menge sofort zu erkennen. Noch leichter wurde ihnen das Erkennen gemacht, wenn sie miteinander sprachen – über ihren Organfunk.

Jeder verfügte über eine Subjektwelle; sie war ein Erkennungsmerkmal wie das Daktylogramm des Menschen. Nur sagte sie nichts über den *Shaftgal*-Namen und die Lebensnummer des Ungeheuers aus. Daß jeder sofort nach der Geburt wie eine Sache registriert wurde, erschien ihnen nicht ungewöhnlich. Ein Wesen, dem Mißmut oder Freude fremd sind, das nie ein eigenes Ich entwickelt hat und als Teil einer Herde lebt und stirbt, kennt nichts anderes.

Es war bezeichnend für die Mentalität dieser Ungeheuer, daß das Einzelwesen keinen Namen besaß, sondern nur eine Kennziffer. Diese und den *Shaftgal*-Namen hatte man zu nennen, wenn man mit einem

Angehörigen eines anderen *Shaft* zusammentraf und sich bekannt machte.

Ein *Shaft* überstieg nie die Zahl 317, umfaßte aber auch nie weniger als 109 Einzelwesen. Nummer 1 war immer *Shaftgal*, autarker Chef und nur dem *Gal* verantwortlich. Seine Machtbefugnisse waren durch Gesetze festgelegt, die ihm aber so viel Spielraum ließen, daß er Herr über Leben und Tod war.

Zwei Tage lang dauerte das Entladen der Flotte aus großen Doppelrumpfschiffen. Die Mausbiber, die in der Nähe des Landeplatzes ihre Bauten bewohnten, kamen voll auf ihre Kosten, indem sie mit neugierigen Blicken das lautlose Schweben der schweren, dunkelgrauen Maschinenteile verfolgten und zusahen, wie unsichtbare Kräfte diese in Korkenzieherform zusammenfügten.

Am dritten Tag wurde es den beobachtenden Mausbibern langweilig.

Acht aus einer über fünfzig Köpfe starken Gruppe hatten sich verabredet, das korkenzieherartige Ding, das über hundert Meter Höhe besaß, *fliegen* zu lassen.

Diese acht waren die stärksten Telekineten der Mausbibergruppe.

Auf ein Kommando griffen die acht vom Spieltrieb besessenen Wesen das gigantische Korkenziehergebilde an.

Sprunghaft löste es sich vom Boden, doch es hatte ihn kaum verlassen, als jene acht von einer titanischen Kraft, die mit ihrer eigenen, telekinetischen nichts gemein hatte, erfaßt wurden. Zur selben Zeit wurde der gewaltige Korkenzieher aus seiner senkrechten Stellung herum in die Waagerechte gerissen, um so, einen Meter über dem Boden schwebend, zu verharren.

Ein erschreckendes Bild aber gab die fünfzigköpfige Mausbibergruppe ab. Alte wie junge Wesen wälzten sich schmerzgepeinigt auf dem Boden.

Noch gellten ihre Schreie über den öden Planeten, als eine schwarze Wand lautlos auf die Hügelgruppe heranschoß, in der die Mausbiber ihre Bauten hatten. Wie der Blitz war die Wand da – und auch schon vorbei und verschwunden.

Von den versammelten Mausbibern gab es keine Spur mehr. In den tief in den Boden führenden Höhlengängen und den breit angelegten unterirdischen Wohnräumen war von einem Augenblick zum anderen jedes Leben ausgelöscht.

Die Ungeheuer hatten zugeschlagen.

Wie von der Hand eines Zauberers bewegt, richtete sich das korkenzieherähnliche Teil wieder auf, fand Halt auf dem Boden und ragte nun wieder über hundert Meter empor.

Von dieser Stunde an war das geschäftige Tun und Treiben der Monstren ohne Zeugen.

Der *Gal*, der sich Enn nannte, kontrollierte den *Orgh* seines Schiffes.

In einer ellipsoiden offenen Wanne wallte etwas, das sowohl Plasma als auch flüssige Chitinmasse sein konnte.

In der Mitte der zähen Flüssigkeit begann es grell zu leuchten, als der *Gal* eins seiner Gesichter dem Strahlpunkt zukehrte und sein kugelrundes Auge darauf richtete.

„*Orgh*, werden wir noch einmal belästigt?“ richtete der *Gal* über seinen Organfunk die Frage an den *Orgh*.

Die offene Wanne, die auf einem asymmetrischen Gehäuse stand, gab auf dem gleichen Übermittlungsweg zur Antwort: „*Gal*-Enn, in zweihundert *Couss* Entfernung befinden sich noch drei Siedlungen. Darf ich die Wesen entfernen?“

„Entfernen!“ befahl der *Gal*. „Öffne dich, *Orgh!*“

Der *Gal* trat einen Schritt zurück, senkte den Kopf, und eins seiner vier Augen sah das asymmetrische Gehäuse transparent werden, und ein verwirrendes Gebilde von kleinen, gekapselten dunklen Elementen wurde sichtbar. Winzige Flammenblitze versprühten nach allen Seiten. Der *Gal* hob den Arm, der an jener Stelle seines Wespenkörpers aus der Schulter wuchs, wo bei den Menschen das Brustbein beginnt. Er richtete den Arm auf den Gelbpunkt zwischen den dunklen Kapselelementen, spreizte die zweite und dritte Greifklaue und legte eine winzige Öffnung frei.

Ein hell singender, aber unsichtbarer Strahl mußte diese winzige Öffnung verlassen haben. Denn im Moment des Singens ging mit dem Gelbpunkt eine merkliche Veränderung vor. Er blähte sich auf wie eine transparente Gummihülle, umhüllte die in nächster Nähe befindlichen verkapselten Schaltelemente – und ließ den Blick in sein

Inneres frei werden: ein Organ mit Kammern, Muskeln und Sehnen, aber auch ein Organ mit Wirbelfeldern und dem typischen Bild eines durch Feilspäne sichtbar gemachten Magnetfelds. Organisches und Technisches waren hier eine Einheit, und dieser Einheit wurde durch *Gal*-Enn gerade zusätzliche Kraft übermittelt.

Der Gelbpunkt nahm jetzt schon ein Drittel des Gehäusevolumens ein, als der *Gal* seine Energieabgabe beendete. Das Singen verstummte; das Wachsen des Gelbpunktes hörte auf. Die Transparenz des Gehäuses, auf dem die ellipsoide Wanne stand, ließ nach. Der *Gal* ließ seinen Arm sinken, drehte sich um und verließ den kleinen Raum, dessen Wände ein diffuses Licht abgaben.

Über die Mausbiber kam abermals der Tod in Gestalt der blitzschnell heranjagenden, lautlos sich bewegenden schwarzen Wand.

In diesem Moment des Verderbens, entfesselt und gesteuert von dem *Orgh,* jenem unerklärlichen organisch-technischen Zwitterding aus einer Welt der Ungeheuer, hörten einige hundert Tramp-Bewohner auf zu existieren, und auf tausend Kilometer im Umkreis dieses Landeplatzes war Tramp nun tatsächlich zu einer öden Welt geworden, auf der nicht einmal mehr eine Pflanze lebte.

Am sechsten Tag ihrer Landung kehrten neun Doppelrumpfraumer von einem Flug über den Planeten zurück. Unterwegs hatte jedes Schiff zwei Landungen durchgeführt und dabei jedesmal einen dieser gigantischen, über hundert Meter hohen Korkenzieher mit Hilfe des *Orgh* ausgeladen und dann so weit in den Boden versenkt, daß nur ein unterarmlanges Stück der riesigen Konstruktion noch aus dem Erdreich herausragte.

Bevor die Schiffe der Ungeheuer aber ihren Flug fortsetzten, war abermals die schwarze Wand aufgetaucht, um ein über achtzig Quadratkilometer großes Gebiet zu erfassen.

Kaum lagen die neun Schiffe wieder auf ihrem Landeplatz, als auch das letzte Monstrum den bizarren, für einen Menschen unheimlich anzusehenden Maschinenpark räumte und in seinem Raumer verschwand.

Gal-Enn, assistiert von drei *Shaftgals,* gab in der Schaltzentrale seines Schiffes eine Serie von Funkbefehlen ab. Vor einer dunkelgrauen, leicht konkav gewölbten Tafel, die eine Unzahl von unregelmäßig angebrachten daumennagelgroßen Höckern aufwies, standen die drei *Shaftgals* und manipulierten mit drei von ihren Armen, indem sie diesen oder jenen Höcker berührten.

Als *Gal*-Enn den letzten Befehl abgestrahlt hatte, rührte sich auch kein *Shaftgal* mehr.

Weit über fünfhundert Fremdraumer lagen auf Tramp; jedes Doppelrumpfschiff verfügte über einen *Orgh*. *Gal*-Enn hatte jetzt mit Hilfe von drei assistierenden *Shaftgals* sämtliche *Orgh* zu einer Einheit verbunden.

Durch ihre *Orgh* bauten die Ungeheuer den gewaltigen Maschinenpark in die Tiefe des Planeten Tramp hinein.

Sie manipulierten mit Kräften, die weder den Arkoniden noch den Terranern bekannt waren. Was selbst für arkonidische oder irdische Technik ein schwieriges Problem darstellte, schien von den Monstren mit Leichtigkeit erledigt zu werden.

In zehn Kilometern Tiefe wurde der massive Felsen flüssig. Eine Reihe von flüssigen Felsadern entstand; jede davon führte vom brodelnden Gesteinszentrum in einen der umliegenden natürlichen Hohlräume. Dorthin ergoß sich das in einen anderen Aggregatzustand gebrachte Gestein.

In dem Zeitraum eines halben Tramptages entstand in 10 000 Meter Tiefe ein Höhlendom von fünf Quadratkilometern Größe bei einer durchschnittlichen Höhe von zweihundert Metern.

Kaum hatte *Gal*-Enn durch den *Orgh* seines Schiffes erfahren, daß der Hohlraum seine erforderliche Größe erreicht hatte, als er über seinen Organfunk das Kommando erteilte, mit dem Einbau zu beginnen.

Seine drei vor der konkaven Tafel stehenden *Shaftgals* manipulierten nur ein paarmal mit ihren Greifklauen an den Höckern.

Eine gespenstisch wirkende Szene lief ab.

Ein Aggregatzusatz nach dem anderen verschwand; schien sich in Luft aufgelöst zu haben. Ohne die Hilfe eines Transmitters und einer Gegenstation wurde durch 10 000 Meter Erdreich und Felsen eine gigantische Maschinenanlage von mehr als drei Quadratkilometern

Ausdehnung in einer gerade künstlich geschaffenen Höhle Satz um Satz so wieder zusammengebaut, wie alles im Rund vor den Fremdraumern bereits fertig montiert gestanden hatte.

Der Spuk dauerte keine halbe Trampstunde, dann empfing *Gal*-Enn durch den *Orgh* seines Schiffes, daß er sein Pensum erledigt habe.

Gal-Enn benötigte jetzt nicht mehr die konzentrierte Energie aller *Orgh*. Seine drei *Shaftgals* erhielten den Befehl, die Sammelschaltung wieder aufzuheben, und das Manipulieren mit den Höckern an der konkaven Tafel begann erneut.

Gal-Enn zuckte nicht einmal zusammen, als über seine Alarmfrequenz die Meldung kam: „Unbekanntes Raumschiff im Anflug auf diesen Planeten."

Völlig gelassen funkte *Gal*-Enn mit seinem Organ zurück: „Verdunklung durchführen!"

Danach interessierte ihn das unbekannte Raumschiff nicht mehr. Er wußte aus vielfacher Erfahrung, daß ihr Sichtschutz vollkommen war.

Inzwischen hatten die drei *Shaftgals* die Sammelschaltung abgebaut. *Gal*-Enn gab seinem *Orgh* den Befehl, die in zehn Kilometer Tiefe eingebaute Anlage anlaufen zu lassen. Als er diese Order abgegeben hatte, schaltete er seinen Organempfang auf die Welle des unterirdischen Maschinenparks um.

Damit vergewisserte er sich, daß jedes Aggregat einwandfrei arbeitete.

Drei Schiffe weiter saß ein *Shaftgal* allein in einem mit Geräten angefüllten Raum. Er beobachtete mit seinem Doppelgesicht die Kontrollgeräte vor und hinter ihm, und sämtliche vier Arme wie auch seine vier Augen, die ihm die fast hundertprozentige Möglichkeit einer Rundsicht erlaubten, waren beschäftigt.

Er hatte von *Gal*-Enn erfahren, daß das Werk tief im Felsen dieses Planeten mit seiner Arbeit begonnen hatte. Seine Aufgabe war es, festzustellen, ob die Veränderungen in der Form auftraten, wie ihre Wissenschaftler es vorausberechnet hatten.

Während in einigen tausend Metern Höhe ein terranisches Schiff den Planeten Tramp umflog und kartographische Aufnahmen machte, lagen über fünfhundert fremde Raumschiffe unter einer Tarnkappe und warteten auf die ersten Ergebnisse des Experiments.

Der in seinem Labor beobachtende *Shaftgal* verglich aus seinem Erinnerungsvermögen die Voraussagen der Wissenschaftler mit den Aussagen der Meßgeräte. Aber er zögerte noch, *Gal*-Enn das erfolgreiche Anlaufen mitzuteilen.

Abermals verstrich eine Trampstunde – und immer noch umflog der Leichte Kreuzer der Solaren Flotte den Planeten –, als es für den *Shaftgal* feststand, daß ihr Experiment von Erfolg gekrönt sein würde.

Er gab die Resultate seiner Beobachtungen an *Gal*-Enn weiter.

„Start in zehn Zeitperioden!" befahl *Gal*-Enn.

Das um den Planeten kreuzende Fremdraumschiff interessierte ihn nicht.

Die zehnte Zeitperiode war erreicht.

Über fünfhundert Raumer verließen Tramp, immer noch im Schutz ihrer *Sichtverdunklung.*

Aber sie waren sich ihrer Sache zu sicher.

Der Leichte Kreuzer Terras ortete sie. Doch weil es keine normale Raumschiffsortung war, mißtraute man dem Wellen-Reflektor und seiner Meßwertabgabe, die behauptete, daß sich in 74 Kilometern Grün 45,32:49 ein mehrere Kilometer durchmessender Körper in Richtung Weltraum bewege.

Der Rundsichtschirm wurde auf stärkste Vergrößerung geschaltet; er zeigte nichts. Und damit stand für die Besatzung der Zentrale fest, daß der Wellen-Reflektor ihres Kugelraumers überholungsbedürftig war.

Durch das Zusammentreffen unglücklicher Zufälle konnte es geschehen, daß die Riesenflotte der Ungeheuer unter den Augen eines Terra-Schiffes ungehindert den Planeten Tramp verließ.

19.

Mit Gucky war eine Veränderung vorgegangen.

Nach dem Einsatz auf Archetz und der Rückkehr zur Erde war Gucky immer schweigsamer geworden. Wie viele andere Freunde Perry Rhodans hatte er sich gefragt, ob Rhodan richtig gehandelt hatte, als er Thomas Cardif, mit einem Hypnoblock versehen, wieder auf freien Fuß gesetzt hatte.

Aber *das* war nicht der Grund für Guckys trübe Stimmung.

Bully war der erste, dem das eigenartige Verhalten des Mausbibers auffiel.

„Hallo, Mickymaus!“ hatte der rothaarige Reginald Bull Gucky zugerufen und ihm eine Hand auf die Schulter gelegt. „Was ist mit dir los? Bist du krank, oder gehst du heimlich an meinen Schnaps?“

Gucky hatte sich unter der Berührung geschüttelt und unwirsch gepiepst: „Ach, verschone mich mit deinem Unsinn! Laß mir meine Ruhe.“ Damit war er auch schon teleportiert.

Schulterzuckend war Bully zur Tagesordnung übergegangen, doch wenige Tage später horchte er auf, als Perry Rhodan beiläufig in einem Gespräch sagte: „Gucky gefällt mir nicht recht, Dicker. Dem kleinen Kerl scheint jeder Schwung abhanden gekommen zu sein. Er spielt uns keine Streiche mehr, er geht mir aus dem Weg – dir auch?“

In seiner polternden Art sagte Bully, was er über Gucky dachte: „Wie eine Blindschleiche kriecht er herum. Wie einer, der sich selbst nicht mehr ausstehen kann. Weiß der Kuckuck, was ihm über die Leber gelaufen ist, aber er wird schon wieder normal werden, Perry.“

Das Jahr 2044 näherte sich seinem Ende, die Situation im Arkonidenreich hatte sich leicht beruhigt, und den Menschen auf der Erde wurde eine Verschnaufpause gegönnt – aber einer der wenigen, der von Tag zu Tag eigentümlicher wurde, war Gucky.

Wenn es ihm irgendwie möglich war, hockte er in seinem Bungalow, starrte die Wände an und grübelte vor sich hin.

Er wußte selbst nicht, was ihm fehlte. Krank fühlte er sich nicht, aber eigentümlich bedrückt und beunruhigt.

Perry wollte ihn aufheitern, aber Gucky wollte nicht aufgeheitert werden. Er wollte seine Ruhe haben, keinen Menschen sprechen, keinen Menschen sehen.

Rhodan hatte nach wenigen Sätzen sein Gespräch beendet. Voller Unruhe hatte er danach John Marshall, den Chef der Mutantengruppe, angerufen. „Marshall, wissen Sie, was Gucky fehlt?“

Marshall wußte es auch nicht.

„Er läßt nicht zu, daß man seine Gedanken liest“, erwiderte der

Telepath. „Aber er läßt auch nicht mit sich reden. Vielleicht ist er krank, oder sein Alter macht sich plötzlich bemerkbar. Wie alt ist Gucky eigentlich? Wissen Sie es?“

Rhodan schüttelte den Kopf. „Nein, John. Niemand von uns weiß es. Ich glaube, Bully hat vor einer ganzen Weile versucht, es von ihm zu erfahren, aber Gucky hat sich gesträubt, ihm sein Alter anzugeben. Merkwürdig, wenn man es sich jetzt überlegt, aber auch beunruhigend, wenn man die Möglichkeit einer rapiden Alterung in Betracht zieht. Ob sein Organismus auf eine Zelldusche anspricht?“

Marshalls Bemerkung war mehr ein Selbstgespräch, als an Rhodan gerichtet. „Gucky, und alt? Das kann ich mir schlecht vorstellen, aber noch weniger, daß er krank sein soll. Macht er nicht den Eindruck eines stark Deprimierten?“

Rhodan beugte sich vor, und Marshall entdeckte in den Augen des Ersten Administrators Sorge und Beunruhigung. „John, wollen Sie nicht noch einmal einen Versuch machen? Vielleicht sagt Gucky Ihnen, was er hat.“

„Mir? Wenn er schon Ihnen und Bully aus dem Weg geht und jede Auskunft verweigert, dann läßt er mich schon gar nicht an sich herankommen. Trotzdem will ich es noch einmal versuchen. Nur glaube ich an keinen Erfolg.“

Am 3. Januar 2045 flimmerte vor Rhodans Schreibtisch plötzlich die Luft, und Gucky wurde sichtbar.

„Tag, Boß!“

Das klang wie früher.

Ein Lachen huschte über Perry Rhodans scharfgeschnittenes Gesicht. In seinen Augen glomm Freude auf.

„Na, Gucky? Bist du wieder in Ordnung, alter Freund?“ Bereitwillig war er auf den saloppen Ton des Mausbibers eingegangen. Er hätte noch mehr Zugeständnisse gemacht, wenn es zur Aufmunterung des possierlichen Kerlchens nötig gewesen wäre.

„Was bin ich doch für ein Narr gewesen, Perry.“

„Du, und ein Narr, Gucky? Hast du wieder etwas ausgefressen, und quält dich jetzt das Gewissen? Komm, im voraus ist alles schon verziehen und vergessen, Kleiner.“

Da sah er Guckys Nagezahn in seiner ganzen Größe. Gucky stieß einen Pfiff aus.

„Angenommen", sagte er. „Deine Generalabsolution lege ich fürs nächste Mal auf die hohe Kante, Chef. Ich habe wirklich nichts ausgefressen, nur weiß ich endlich, was mir fehlt. Bitte, Perry, lach mich jetzt nicht aus, ja? Ich bin krank vor Heimweh nach Tramp. Ich könnte heulen, so komisch fühle ich mich. Bitte, Perry, laß mich fliegen. Ich muß unbedingt nach Tramp, das weiß ich jetzt."

Heimweh, dachte Perry Rhodan erschüttert, und er zog Gucky zu sich heran auf seinen Schoß und legte seine Arme um ihn. Aber war es wirklich *nur* Heimweh? Was ging in einem Wesen mit derart ausgeprägten PSI-Fähigkeiten manchmal vor? „Gucky, du armer Kerl."

Das klang so mitfühlend und voller Verständnis.

„Perry, lieber Perry." Die Ärmchen des Mausbibers umschlangen Perry Rhodans Hals, und Gucky preßte seinen Kopf gegen die Brust des Mannes.

Heimweh hat er, dachte Rhodan immer wieder. Dieser kleine Kerl hat Heimweh nach dem öden, kalten Planeten Tramp und nach seinen Artgenossen. Heimweh wie ein Mensch, der plötzlich fühlt, daß er in der Fremde keine Wurzel schlagen kann.

„Du kannst morgen starten, Gucky. Soll dich ein Schiff hinbringen, oder möchtest du allein auf Tramp ankommen?"

Als er den letzten Teil der Frage stellte, entdeckte er wieder den vereinsamten Nagezahn des Mausbibers in seiner ganzen Größe. Dieses Zeichen war eigentlich schon Antwort genug, doch begeistert, innerlich von einer unerträglichen Spannung befreit, sprudelte Gucky hervor: „Allein, Perry. Vertraue mir eine Space-Jet an. Ich schwöre, daß ich dir das Fahrzeug wieder heil zurückbringe."

„Eine Space-Jet verlangt aber wenigstens vier Mann Besatzung, Gucky", gab der Administrator zu bedenken.

Blitzschnell nahm Gucky seine Ärmchen von Perrys Hals, richtete sich auf und erwiderte: „Ich möchte allein auf Tramp ankommen, und was gehört schon dazu, eine Space-Jet für eine Einmann-Besatzung umzumodeln? Ein Befehl von dir, einige Robots angespitzt, und in drei Stunden ist alles hunky dory..."

Damit war die Grenze erreicht. „Halt, Gucky! Bevor wir uns über deinen Wunsch weiter unterhalten, hast du dich ab sofort einer gewählten Ausdrucksweise zu bedienen."

Hastig fiel Gucky ihm in die Rede: „Perry, ich glaube, du ahnst gar nicht, in was für sittlichen Gefahren ich immer schwebe, wenn ich mich mit Bully unterhalten muß, und..."

Ein Blick aus Rhodans Augen genügte, den Mausbiber zum Schweigen zu bringen. Aber Perry konnte nicht umhin zu schmunzeln, und schließlich brach er sogar in schallendes Gelächter aus.

So wie Gucky sich erleichtert fühlte, endlich erkannt zu haben, was ihn bedrückt hatte, so erlöst von Sorge um den Mausbiber war nun Rhodan, und sein herzliches Lachen spiegelte offen seine Gefühle wider.

In diesem Augenblick betrat Reginald Bull Rhodans Arbeitszimmer. Er sah Gucky auf Perrys Schoß sitzen; er sah und hörte den Freund schallend lachen.

„Euch beiden geht es ja ausgezeichnet", bemerkte Bully und ließ sich auf der Schreibtischkante nieder.

„Erstklassig", gab Rhodan zu, „nur ist meine Freude ein wenig gedämpft worden, Dicker. Gucky hat sich gerade über dich beschwert, Bully. Er sagte, du würdest ihn durch deine nicht salonfähigen Redensarten sittlich gefährden..."

„Ist der Kerl auf deinem Schoß wieder gesund, Perry? Ja oder nein?" brauste der temperamentvolle Reginald Bull auf, rutschte vom Schreibtisch und trat dicht vor Rhodan, beugte sich zu Gucky hinunter und wollte ihn packen.

„Gucky ist ein Rekonvaleszent, Bully", warnte Rhodan. „Er ist krank vor Heimweh und fliegt morgen mit einer umgearbeiteten Space-Jet nach Tramp, allein."

„Heimweh?" stutzte Bully und hatte in derselben Sekunde vergessen, daß er mit dem Mausbiber noch ein Hühnchen zu rupfen hatte. „Armer Teufel, du..." Und seine Hände, die gerade hart nach ihm greifen wollten, kraulten jetzt Guckys Fell.

„Dicker", piepste der Mausbiber, „du bist nach Perry der feinste Kerl, nur darfst du mir nur noch halb so viel neue Flüche beibringen wie bisher. Perry meint, du könntest mich dadurch..."

„Ich stelle fest, daß du dich erstaunlich schnell erholt hast, Gucky“, fiel Rhodan ihm ins Wort, und seine Stimme war um eine Nuance schärfer geworden.

„Nur weil ich morgen nach Hause fliegen darf, Perry“, behauptete der Mausbiber. „Ich könnte vor Freude darüber in die Luft gehen. Wieviel Urlaub gibst du mir?“

„Wenn in der Zeit nichts dazwischenkommt, einen ganzen Monat.“

Am Nachmittag dieses 4. Januar 2045 lief in der Fertigungsabteilung für maßgeschneiderte Raumanzüge eine Bestellung über dreißig Stück ein, unterschrieben war die Anforderung von Leutnant Guck.

Die Abteilung war über den Auftrag nicht besonders glücklich, dazu sah sie in der Terminsetzung, alle dreißig Anzüge noch heute an Leutnant Guck zu liefern, eine Unverschämtheit. Aber der Leiter der Fertigung wagte es nicht, sich deswegen bei Perry Rhodan zu beschweren. Seine Beschwerde brachte er bei Reginald Bull vor, der den Gerüchten nach ständig mit diesem Mausbiber in Streit liegen sollte.

„Bitte, was haben Sie denn?“ fragte Bully freundlich, nachdem der Leiter der Fertigung sich vorgestellt hatte.

Der legte los, aber er kam nicht weit mit seiner Beschwerde.

„Was erlauben Sie sich?“ polterte Bully ins Mikrophon und sah auf seinem Bildschirm den Mann zusammenfahren. „Wenn ein Leutnant des Mutantenkorps bei der Fertigung kurzfristig etwas bestellt, dann haben Sie es zu liefern. Und jetzt belästigen Sie mich nicht länger.“

Wütend schaltete er ab, um sich dann den Kopf zu kratzen und die Frage zu stellen: „Was will der Kleine nur mit dreißig Raumanzügen? Drei Reserveanzüge lasse ich mir noch gefallen, aber gleich dreißig. Na, wenn hinter dieser Bestellung nicht wieder ein Sondereinsatz Gucky steckt. Kaum wieder normal, juckt ihn schon wieder das Fell. Ich bin gespannt, was aus seinem Soloflug nach Tramp noch wird.“

Um vier Uhr am nächsten Morgen ließ Leutnant Guck sich zu seiner Space-Jet SJ-09 fahren, die ihn in einigen Transitionen nach Tramp bringen sollte.

Über Terrania ging gerade die Sonne auf, aber die Menschen der

Millionenstadt schliefen noch, soweit sie keine Nachtschicht hatten. Der Verkehr auf dem gigantischen Raumhafen war nicht nennenswert. Auf dem Landefeld 56 liefen soeben die Impulstriebwerke eines Schweren Kreuzers aus. Das letzte Blubbern der kraftvollen Motoren verklang.

Die Space-Jet SJ-09 war gestern in mehrstündiger Arbeit von einem Robotkommando so umgeschaltet worden, daß das diskusförmige Schiff jetzt von einem einzigen Mann gestartet, geflogen und gelandet werden konnte.

Gucky kam sich wie der Kaiser von China vor, als er durch *seine* SJ-09 in die kleine Zentrale ging. Seine Gedanken waren seinem Flug schon vorausgeeilt und malten ihm seine triumphale Ankunft auf Tramp in prachtvollsten Farben aus.

In dieser Stimmung nahm er in dem Pilotensessel Platz, der speziell für seine Figur angefertigt worden war.

Er schnallte sich an. Kurz darauf erhielt er Starterlaubnis.

Der Aufbruch verlief ohne Zwischenfälle, ebenso die Transitionen, die ihn schließlich in die Nähe von Tramp brachten. Er blickte auf die Bildschirme, und plötzlich klopfte sein Herz vor Freude. Dort hinten, der winzige, leicht rötlich strahlende Punkt, das war seine Heimatwelt, und das trübrot funkelnde Auge die sterbende Sonne – auf viele hundert Lichtjahre im Umkreis die einzige, mit einem einzigen, kleinen, kalten Planeten.

Unwillkürlich studierte er die Werte, die über die Bordpositronik hereinkamen.

„Was?“ Nacktes Entsetzen hatte ihn gepackt, als er die Zahlen ablas.

Tramp war achtzig Millionen Kilometer von seiner normalen Kreisbahn abgewichen, hatte sich um dieselbe Strecke der Sonne genähert und würde es so lange tun, bis die Anziehungskräfte der Sonne so stark waren, daß der Planet in sie stürzen mußte. Die Oberflächentemperatur lag zwischen 45 und 57 Grad Celsius. Die Rotationszeit war von 19,8 Stunden auf 16,1 Stunden zurückgegangen.

Diese Hitze! dachte Gucky entsetzt.

Er durfte nicht auf Tramp landen. Er mußte einen Hyperfunkspruch an Perry Rhodan absetzen.

Und Gucky hätte vielleicht auch so gehandelt, wenn nicht gerade jetzt seine telepathischen Sinne Verzweiflung, Todesfurcht, Not und Schrecken aufgenommen hätten.

Jene Wesen, deren Volk er entstammte, schrien in telepathischen Impulsen ihre verzweifelten Nöte aus den Tiefen von Tramp in die Tiefen des Weltraums hinein.

Gucky schaltete das Impulstriebwerk auf Vollast.

Der Generator des Andruckabsorbers heulte auf, zwei Sirenen begannen warnend zu heulen: Überlastung des Generators.

Gucky flog wider jede Vernunft und Schulung. Die SJ-09 raste auf Tramp zu.

Retten – retten – retten!

Dieser einzige Gedanke beherrschte Gucky.

Ich muß sie aus der Gluthölle herausschaffen.

Wer hat sich an meiner Heimatwelt vergriffen? Die Druuf, die Springer oder die Aras?

Oh, Perry, du mußt mir helfen, diese Lumpen zur Strecke zu bringen. Aber auf die Idee, einen Hyperkomspruch an seinen besten Freund abzusetzen, kam er einfach nicht.

Er jagte die Space-Jet dem auf seiner enger gewordenen Kreisbahn davonziehenden Planeten nach.

Die Beschleunigung der SJ-09 erreichte Höchstwerte. Immer noch heulte eine Sirene. Rotlicht flackerte an der Schalttafel. Zwei wichtige Relais waren schon ausgefallen. Beide wurden automatisch durch Reservestücke ersetzt, aber wenn auch sie noch durchbrannten, dann gab es keinen Ersatz mehr.

Gucky ließ die Sirenen heulen. Er ließ die Impulstriebwerke mit Überlast laufen; er fieberte danach, mit knapper Unterlichtfahrt so schnell wie möglich über Tramp zu sein.

Diese Hitze, dachte er verzweifelt. Statt 9 Grad minus jetzt 45 bis 57 Grad plus. Das waren für seine Artgenossen Höllentemperaturen.

Gucky flog auf Sicht, über den Rundsichtschirm.

Er machte alles falsch. Er hätte schon längst zur Landung ansetzen können, wenn er der Bordpositronik eine Transition befohlen hätte.

Die Hitze. Sie sterben zu Tausenden. Mein Gott, wer hat das nur getan?

Er versuchte mit aller Energie, wenigstens mit einem einzigen Mausbiber in telepathische Verbindung zu treten.

Aber es kam keine Verbindung zustande.

Und das entsetzte Gucky noch mehr.

Langsam – so schnell die Space-Jet auch Tramp zuraste – wurde aus dem rötlich funkelnden Planeten eine winzige Scheibe.

Gucky starrte mit brennenden Blicken das Scheibchen auf dem Bildschirm an.

Dreißig Raumanzüge habe ich an Bord. Dieser Gedanke durchfuhr ihn blitzschnell. Warum habe ich mir diese Menge anfertigen lassen? Warum habe ich dieses Heimweh erst so spät als Hilferuf meines Volkes erkannt?

Schon waren diese Gedanken wieder verschwunden.

Distanzangabe: 28 Millionen Kilometer.

Geschwindigkeit: 185 000 pro Sekunde.

Er dachte nicht daran, mit der Fahrt herunterzugehen.

Plötzlich wuchs das Scheibchen – der Planet Tramp – wie ein Ballon, der plötzlich aufgeblasen wird.

Drei Sirenen brüllten. Kollisionsalarm.

Dann mußte die Automatik einspringen, um die Space-Jet vor einem Zusammenstoß mit dem Planeten Tramp zu bewahren.

Die Geschwindigkeit wurde radikal von der Sicherheitsschaltung abgebremst. Jetzt griff sie in den Kurs der SJ-09 ein.

In siebeneinhalbtausend Kilometern Entfernung raste die immer noch viel zu schnelle Space-Jet an Tramp vorbei.

Gucky sah Tramp über den Rundsichtschirm nach Backbord huschen.

Dieses Sirenengeheul – was war das nur?

Als er es begriff, hatte er über eine Zwangsschaltung die letzte Automatik abgeschaltet. Und auch das war ein Verstoß gegen alle Regeln.

Herum mit der Space-Jet!

Die diskusförmige Scheibe gehorchte dem Steuerdruck der Triebwerke. Tramp erschien wieder auf dem Schirm an der alten Stelle.

Gucky schien sinnlos vor Entsetzen und Wut zu sein; dazu der telepathische Empfang ungesteuerter Notimpulse, die alle Schrecken der Welt ausdrückten und den kleinen Kerl in seiner SJ-09 buchstäblich in einen Hypnoserausch gestürzt hatten.

Tramp wurde wieder größer.

Herunter mit der SJ-09. Hinein in die Luftschichten.

Die ersten Luftmassen begannen sich an den Schutzschirmen der SJ-09 zu reiben. Aus dem Reiben wurde ein Singen, aus dem Singen ein Pfeifen und dann ein Orgeln, Heulen, Brüllen.

Der Boden schien Gucky entgegenzuschießen.

Seine Fahrt war immer noch viel zu hoch. Aber keine einzige Sirene warnte ihn mehr. Er hatte ja alles abgeschaltet.

Der Boden...

Krachen, Donnern, hitzedurchglühter Sand. Sand, der vom Hitzeorkan hinweggefegt wurde. Eine Space-Jet, bis zur Hälfte in den Boden eingegraben, zerstört, ein Wrack, ein Haufen Schrott, aber kein Raumfahrzeug mehr. Und in seinem Gurt, den Kopf auf der Brust, bewegungslos, hing Gucky in seinem Spezialsitz. Er hörte weder etwas von dem Orkan um seine SJ-09 noch fühlte er die Hitze in das zerstörte Boot eindringen – die Hitze und den Sand.

Gucky war zu sich gekommen und stand völlig niedergeschlagen in der kleinen Zentrale seiner zerstörten Space-Jet. Tränen rannen aus seinen Augen. Tränen des Zorns, Tränen der Selbstanklage.

„Ich Riesendummkopf!“ klagte er. „Meine schöne SJ-09 – Schrott. Und ich – ich habe die Space-Jet geflogen wie ein blutiger Laie.“

Er wankte zu dem Spezialsessel und ließ sich darin nieder.

Draußen heulte der Hitzeorkan und wühlte die Wüste von Tramp auf. Die Sonne, doppelt so groß wie früher, überschüttete den kleinen Planeten mit ihren Höllengluten, und obwohl die Zentrale der SJ-09 noch dicht war, herrschte auch hier schon eine Temperatur von 42 Grad.

Die Klimaanlage funktionierte nicht mehr. Der Hyperkom war tot, der Maschinenteil der Space-Jet ein wüster Klumpen verbogenen Metalls. Gucky hatte sein schönes Sternenboot eingehend inspiziert und dabei erkennen müssen, daß er wider jede Vernunft gelandet war.

Und gerade das begriff er nicht. Aber was für ihn noch furchtbarer war: Er konnte sich an nichts mehr erinnern.

Nun versuchte er abermals, seine Erinnerung zu wecken.

Es gelang ihm nicht. Kurz nach dem zweiten Hypersprung setzte sein Erinnerungsvermögen aus. Von einem bestimmten Moment an gab es bei Gucky nur noch ein riesengroßes, dunkles Loch, doch was er in dieser Zeit getan, gedacht oder gefühlt hatte – er wußte es nicht.

Die Temperatur in seinem Raumanzug betrug 18 Grad, aber in der Zentrale war sie innerhalb von zehn Minuten von 42 auf 43 Grad geklettert.

Plötzlich zuckte er zusammen.

Er vernahm telepathische Notrufe. Aber jetzt versetzten sie ihn in keinen hypnotischen Rauschzustand. Er peilte den Standort der Hilferufe an, konzentrierte sich und war im nächsten Moment im Teleportersprung verschwunden.

In vollkommener Dunkelheit rematerialisierte er wieder. Der Scheinwerfer seines Raumanzugs flammte auf. Ein Höhlengang, wie er ihn schon über siebzig Jahre nicht mehr gesehen hatte, wurde im breiten Lichtstrahl sichtbar.

Er war zu Hause.

Er war im Bau. In solch einem Bau war er geboren, hatte er mit seinen Eltern und Geschwistern gelebt, gegessen, geschlafen und – gespielt.

Aber vom hinteren Ende dieses tief liegenden Baues kamen die telepathischen Notschreie seiner Artgenossen. Gucky bewegte sich, so schnell er konnte. Der breite Scheinwerferstrahl erhellte ihm den Weg. Jetzt führte der Höhlengang steil bergab. Ununterbrochen erreichten ihn auf seinem Weg die telepathischen Hilferufe.

Was ist mit meiner Heimatwelt passiert? Warum haben sie sich so tief in den Boden vergraben? fragte er sich immer wieder.

Gucky stolperte, fing sich wieder, war im Begriff, das letzte Stück Weg im Teleportersprung zurückzulegen, als der Höhlengang waagerecht weiterführte und in eine Kaverne mündete.

Piepsende Schreie empfingen ihn, als sein Scheinwerferstrahl eine kleine Gruppe Mausbiber beleuchtete.

Mein Gott, das waren ja alles nur Kinder! Wo waren die Eltern?

Vom Licht geblendet, schlossen die kleinen Ilts die Augen und brachen in herzzerreißendes Wimmern aus. Gucky versuchte, ihre Gedanken zu lesen, aber nur bei einigen gelang es ihm. Der größte Teil der rund fünfzig Mausbiberkinder waren Babys, und ihr schwacher Parasinn drückte nur Instinktverlangen aus: trinken, essen, schlafen, Verlangen nach mütterlicher Geborgenheit.

Gucky versuchte erst gar nicht, mit einem von ihnen zu sprechen. Er bediente sich der Telepathie. Doch keiner der jungen Ilts konnte sich genügend konzentrieren, um auf diesem Weg mit dem verzweifelten Gucky eine Unterhaltung zu führen.

Angst, Furcht, Hunger und Durst nahmen den gesamten Parasinn der Jungwesen in Anspruch.

Wasser und Lebensmittel mußten herangeschafft werden.

Gucky zögerte keine Sekunde. Er teleportierte zur SJ-09 zurück. Mit Schrecken entdeckte er, daß der große Kühlraum nicht mehr funktionierte. Das Thermometer zeigte plus neun Grad an. Aber bei neun Grad konnte so schnell noch nichts verderben.

Der Mausbiber riß die Kühlhaustür auf, sprang hinein und warf sie hinter sich wieder zu.

„Kindernahrung! Was können meine kleinen Ilts vertragen und was nicht?“ Gucky begann den Kondensmilchvorrat zu plündern, stapelte vor sich vier Kisten mit Delikateß-Mohrrüben auf, füllte einen 50-Liter-Kanister mit Wasser voll, raffte alles zusammen und sprang.

In mehr als achthundert Metern Tiefe lag die Kaverne mit den verlassenen jungen Ilts. Sie piepsten wieder erschrocken, als Gucky mit seiner Ladung zwischen ihnen rematerialisierte. Er klappte den Raumhelm zurück, fand die Luft in der Höhle gut atembar und ließ jetzt zum erstenmal seine Stimme hören.

Er sprach in seiner Muttersprache. Er sprach auf die Mausbiberbabys ein und auf Heranwachsende, deren Alter etwa dem eines fünfjährigen Erdenkinds entsprach.

Je länger er sprach, um so ruhiger wurden die Kleinen.

Er zog seinen Raumanzug aus, und mit leichtem Herzklopfen nahm Gucky das erste Baby auf und drückte es behutsam an sich.

Tränen der Rührung traten Gucky in die Augen, als die kleinen

Ärmchen sich in seinem Fell festkrallten und das kleine Mausbiber-Wesen sein Köpfchen an ihn drückte und von einem Moment zum anderen einschlief, trotz Hunger und Durst.

„Was mache ich bloß?“ fragte Gucky sich unglücklich.

Hilflos stand er zwischen den kleinen Ilts, die wieder zu wimmern begannen, und hielt zärtlich das Baby in seinen Armen und wagte sich nicht zu bewegen.

„Kleines“, flüsterte er, „armes Kleines, schlafe jetzt schön. Gucky läßt dich und alle anderen nicht im Stich.“

Als Gucky das erstemal wieder auf seine Uhr sah, stellte er mit Erschrecken fest, daß er für die erste Versorgung dieser Babygruppe mehr als sieben Stunden benötigt hatte. In der Zwischenzeit aber hatte er neue telepathische Notschreie aufgenommen. Sie kamen entweder aus der süd- oder nordpolaren Gegend, dort, wo vor siebzig Jahren noch keine einzige Mausbibergruppe gewohnt hatte. Seine Suchrufe über die gesamte Äquatorzone waren unbeantwortet geblieben.

Immer mehr machte er sich mit dem entsetzlichen Gedanken vertraut, daß nur noch ein paar hundert Ilts auf Tramp lebten. Alle anderen, vor allem die Erwachsenen, mußten inzwischen tot sein.

Hastig stieg er wieder in seinen Raumanzug. Seinen Ersatzscheinwerfer mit frisch aufgeladener Batterie ließ er zurück. Der Lichtstrahl beleuchtete jenen Platz in der Höhle, wo der Trinkwasser- und Lebensmittelvorrat lag. Im Gegensatz zu irdischen Babys waren die Ilts schon wenige Tage nach der Geburt in der Lage, selbständig zu essen und zu trinken.

„Ich komme bald wieder“, versprach Gucky, bevor er verschwand.

Er kehrte zur Space-Jet zurück.

Die Temperatur in der Kabine war auf 47 Grad gestiegen.

Ich muß Perry alarmieren, dachte er. Daß der Hyperkom seiner SJ-09 nicht mehr arbeitete, bereitete ihm keinen Kummer. Mit den reihenweise hintereinandergeschalteten Minikomen der Raumanzüge mußte es ihm auf Anhieb möglich sein, die nächste Relaisstation über Hyperfunk zu erreichen.

Gucky eilte zur Depotkammer, wo er dreißig Anzüge einen neben dem anderen hängen sah.

Er holte mit Hilfe von Telekinese den ersten vom Haken, öffnete ihn und – erstarrte.

Als er den zehnten öffnete, begann er vor Wut und Empörung zu heulen.

„Diese Mistkerle!" tobte er. „Mein Gott, wie bekomme ich jetzt nur mit Perry oder einem seiner Schiffe Verbindung? Ich kann doch nicht einfach zusehen, wie hier alles restlos zugrunde geht."

In allen dreißig Raumanzügen fehlte der Minikom.

Und Tramp schob sich mit jeder vollendeten Rotation ein Stück näher an die tödliche Sonne heran.

In die tiefsten Höhlen von Tramp hatten die Mausbiber ihre Babys gebracht, in der verzweifelten Hoffnung, sie wenigstens vor der Vernichtung zu retten. Sie selbst mußten alle bei weiteren Rettungsversuchen umgekommen sein.

Er begrub seine Hoffnung, ein solares Schiff über den Minikom seines Raumanzugs zu erreichen. Das Gerät mit seiner schwachen Sendeleistung kam nicht weit durch den Hyperraum. Aber er wollte es wenigstens versuchen.

Gucky schaltete den Minikom ein. Er rief das Notzeichen durch, nannte seinen Namen, gab seine Position an und wiederholte den Ruf zwanzigmal, um dann zu lauschen.

Der Lautsprecher gab nur das Rauschen des Universums wieder, aber eine Antwort auf seinen Notruf kam nicht.

Acht weit über Tramp verstreute, in tiefsten Tiefen versteckte Iltgruppen hatte er bisher gefunden und mit dem Wichtigsten versorgt. Dabei hatte er die Feststellung machen müssen, daß sein Vorrat an Lebensmitteln und Wasser auch nicht unbeschränkt war. Mohrrüben besaß er keine einzige mehr, Kondensmilch fehlte seit gestern schon. Der Wasservorrat betrug noch 1120 Liter.

Gucky hatte gerade die Bestandsaufnahme beendet, wollte zur Zentrale zurück, als er starken Telepathieempfang bekam.

Endlich ein erwachsener Ilt.

Ich komme! rief Gucky zurück. *Ich bringe zu trinken und zu essen.*

Erstaunt vernahm Gucky, daß er weder Wasser noch Eßbares mitbringen sollte.

Warum das Sterben um Tage hinausschieben, wenn doch in jeder Minute die schwarze Wand wiederkommen kann?

So erstaunt Gucky über die schwarze Wand auch war, er fragte nicht zurück. *Warte, ich komme sofort!* sendete er, eilte in den Kühlraum zurück, der aber diesen Namen längst nicht mehr verdiente, füllte einen Kanister mit Wasser und nahm aus dem Fach eine große Packung Konzentratnahrung. Aus dem Depot holte er einen der dreißig Raumanzüge.

Dann sprang er.

1700 Kilometer nördlich des Äquators traf er am vierten Tag nach seiner Bruchlandung auf Tramp den ersten erwachsenen Ilt.

Guckys Außenthermometer zeigte 61 Grad über Null.

Von dem Ilt keine Spur.

Hier! vernahm Gucky nach langen telepathischen Rufen, aber dieses „Hier" traf so schwach bei ihm ein, daß er die Ausgangsposition nicht ausmachen konnte.

Melde dich deutlicher! verlangte Gucky mit Nachdruck.

Es war unmöglich, drei Schritte weit zu sehen. Um die gesamte Welt heulte ununterbrochen ein Sandorkan, der die durchgeglühten Luftmassen noch schneller zu weiterer Erhitzung brachte.

Da kam der Ruf – aus der Tiefe – aus einem der früher bewohnten Bauten, die die 50-Meter-Grenze nie überschritten.

Gucky sprang. Sein Scheinwerfer leuchtete auf. Er kniete vor einem erwachsenen Ilt, der dem Erstickungstod nahe zu sein schien.

Über Gucky war längst wieder jene eiskalte Beherrschung gekommen, die er sich erworben hatte. Er griff nach dem mitgebrachten Raumanzug, zwang den Ilt hinein, schloß den Helm und hatte jetzt erst Zeit, nach dem Luftdruckmesser zu sehen.

Unmißverständlich sagte das Instrument aus, daß der Planet Tramp sich anschickte, seine Lufthülle abzustoßen. Für Gucky war es der klare Beweis, daß die Stunden seiner Heimatwelt gezählt waren und das Schwerkraftfeld der Sonne seine gierigen Klauen schon nach dem Luftmantel ausstreckte oder …

Gucky überlegte.

… oder sollte Tramp inzwischen so schnell rotieren und dabei jenen Punkt erreicht haben, bei dem automatisch der Luftmantel in den

Weltraum geschleudert wurde? Folgte dann aber nicht auch jenem Prozeß das planetarische Beben, das mehr und mehr das Gefüge erschütterte, um den Planeten schließlich auseinanderbrechen zu lassen?

Unter dem Raumanzug und mit Hilfe der erträglichen Temperatur von plus 18 Grad erholte sich der Ilt, der sich Bikre nannte, schnell. Erstaunt blinzelte er Gucky an. Er fragte weder, woher sein Retter kam, noch wer ihm diesen eigenartigen Anzug übergezogen hatte. Über den grellen Lichtstrahl verlor er auch kein Wort.

Dafür entwickelte Gucky um so mehr Initiative.

Der Ilt mußte erkennen, was sieben Jahrzehnte Leben unter Terranern aus ihm gemacht hatten. Nur unter Anstrengung war er in der Lage, die Gedanken des anderen zu verstehen, dem jede Form der Technik unbekannt war.

Durst – Durst, sagten die Gedanken immer wieder.

Gucky warf einen Blick auf das Luftdruckmanometer. Er nickte zufrieden. Wenn er dem anderen Ilt jetzt den Raumhelm zurückklappte und schnell zu trinken gab, dann bestand trotz des verminderten Luftdrucks keine Erstickungsgefahr für ihn.

Genug, sagte Gucky telepathisch, als der Messer am Kanister auswies, daß der Ilt einen Liter Flüssigkeit in sich aufgenommen hatte. *Und jetzt, Bikre, wiederhole, was du über die schwarze Wand gesagt hast.*

Von der schwarzen Wand kam Bikre darauf zu sprechen, daß viele, viele Ilts plötzlich verschwunden gewesen wären. Und ohne jeden Zusammenhang oder Übergang redete er plötzlich von schwarzen fliegenden Schatten.

Was? Schwarze, fliegende Schatten, Bikre? Wie sahen sie aus? Gucky begann innerlich zu fiebern. Er erinnerte sich noch in aller Deutlichkeit, wie er und seine Brüder und Schwestern, seine Eltern und alle, die zur Familie gehörten, vor mehr als siebzig Erdenjahren Perry Rhodans Kugelraumer, die STARDUST II, bei der Landung auf Tramp genannt hatten: Schwarzer fliegender Schatten.

Er zwang Bikre, die Form der Raumschiffe aufzuzeichnen.

Aus der zweidimensionalen Darstellung wurde er nicht klug. *Versuche, den Schatten so zu zeichnen, wie du ihn gesehen hast.*

Im nächsten Moment stieß Gucky unter seinem Raumhelm einen Pfiff aus. Tropfenform? dachte er. Zwei Tropfenkörper zu einer Einheit verbunden? Dunkelgrau, fast schwarz in der Farbe? Und was haben diese fremden Raumer ausgeladen?

Stell es dir noch einmal vor, Bikre – dieses Lange, Verdrehte! befahl er ihm.

Das sieht aus wie ein überdimensionaler Korkenzieher, stellte Gucky in Gedanken fest. Hundert Meter lang. Aber was denkt Bikre denn da? Dieser Korkenzieher ist in den Boden versenkt worden, und nur ein winziges Stück hat herausgeschaut? Und dann raste plötzlich wieder die schwarze Wand heran, aber Bikre hatte sich noch schneller teleportiert. Als er es wagte, wieder zurückzukommen, gab es im weiten Umkreis um den in den Boden versenkten Korkenzieher keinen einzigen Ilt mehr.

Guckys Gehirn versuchte einer positronischen Rechenanlage Konkurrenz zu machen.

Fremdraumer – hundert Meter lange Korkenzieher-Konstruktion – Versenkung in den Boden – und jetzt stimmt Tramps Abstand zur Sonne nicht mehr...

Er rüttelte Bikre. *Kannst du mir die Stelle zeigen, wo die lange verdrehte Stange in den Boden versenkt worden ist?*

Bevor sie teleportierten, durfte Bikre noch einmal trinken und mußte auch etwas von den energiereichen Nahrungskonzentraten zu sich nehmen.

Im Zentrum eines brüllenden Sandsturms rematerialisierten sie.

Hier in der Nähe ist es in den Boden gesteckt worden, gab Bikre an.

Nach drei kurzen Suchsprüngen stand Gucky vor einem schwarzen, korkenzieherartig verdrehten Gebilde, das über einen Meter Durchmesser im Mittel aufwies und durch den Sturm inzwischen auf mehr als zehn Meter Länge freigelegt worden war.

Antennen, dachte Gucky. Aber zu einer Antenne gehört auch eine Kraftstation – doch zu einer ruhigen Überlegung auch der richtige Platz.

In der nächsten Sekunde sah sich Bikre fassungslos in der Zentrale der SJ-09 um.

Setz sich dorthin und störe mich nicht. Ich habe zu tun.

Gucky schuftete wie ein Berserker.

Bikre, der zum erstenmal in seinem Leben mit der Technik Bekanntschaft machte, sah Gucky fassungslos zu.

Plötzlich stieß Gucky eine Verwünschung aus, als dicht vor seinem Raumhelm ein halbes Dutzend ausgebauter Instrumente sich vom Boden lösten und, sich gegenseitig umkreisend, hochstiegen.

Bikre, stell sofort dein Spielen ein. Wenn du es noch einmal tust, setze ich dich an die frische Luft.

Im nächsten Moment war Gucky drauf und dran, vor Zorn einen Veitstanz aufzuführen.

Bikre hatte alle schwebenden Instrumente aus seinem telekinetischen Zugriff entlassen, und sie krachten zu Boden.

„Zerstört", sagte er niedergeschlagen, als er alles untersucht hatte. „Wieder um eine Hoffnung ärmer. Aber du kannst ja nichts dafür, Bikre."

Dann hatte er das Gefühl, allein zu sein. Ahnungsvoll drehte er den Kopf. Die Stelle, an der Bikre die ganze Zeit über gesessen hatte, war leer.

Bikre?

Immer wieder schickte Gucky seinen telepathischen Ruf aus.

Bikre hatte Guckys verärgerte Gedanken zu wörtlich genommen. Bikre, der einzige erwachsene Ilt, den er bis jetzt getroffen hatte, war teleportiert. *Bikre!* Voller Verzweiflung jagte Gucky seinen Pararuf hinaus, und da erhielt er endlich Antwort.

„Nein!" stöhnte Gucky verzweifelt auf, aber er konnte Bikres Sterben draußen in der Gluthölle auf Tramp nicht mehr aufhalten.

Bikre, ahnungslos, welche Gefahren damit verbunden waren, hatte im spielerischen Treiben draußen, dicht vor der Höhle, wo Gucky ihn gefunden hatte, den Raumhelm seines neuartigen Anzugs geöffnet.

Glühender Sand, dem Siedepunkt des Wassers zujagende Lufttemperaturen hatten ihm die Kraft genommen, den Helm wieder zu schließen. Bikres Ruf an Gucky war auch sein letzter.

Gucky sprang aus seinem Spezialsitz, lief in der kleinen Zentrale hin und her und führte ein langes Selbstgespräch.

Plötzlich machte er einen Sprung.

„Perry!“ schrie er sich selbst zu. „Du holst mich doch noch ’raus und die kleinen Ilts auch! Mit einem Feuerwerk hole ich dich nach Tramp.“ Und dann, aber längst nicht mehr so enthusiastisch: „Aber erst muß ich diese Kraftstation gefunden haben. Außerdem muß ich noch nach den Kleinen sehen.“

Gucky teleportierte in das Depot der Space-Jet, verschnürte die noch verbliebenen 29 Raumanzüge zu einem Bündel und teleportierte in die Höhle, wo sich die rund fünfzig Mausbiberkinder aufhielten und auf seine Rückkehr warteten. Er lud das Paket in einer Ecke ab, sprach den Kleinen beruhigend zu und versprach ihnen, sie bald hier herauszuholen.

Danach kehrte er in die Space-Jet zurück, um sich ganz auf die Suche nach der Kraftstation zu konzentrieren.

Mit Bedacht traf Gucky seine Vorbereitungen. Besonders sorgfältig traf er seine Wahl unter den Handstrahlwaffen. Zwei Impulsblaster und einen Desintegrator steckte er ein. Dann erfolgte die Generalkontrolle seines Raumanzugs. Mit maximal größtem Energie- und Luftvorrat teleportierte er aus der kleinen Zentrale seiner Space-Jet rund 570 Kilometer östlich.

Wie ein welkes Blatt wurde er bei der Rematerialisierung vom Glutorkan erfaßt und durch die aufgewühlten Sandluftmassen gewirbelt. Er mußte seine telekinetischen Kräfte zu Hilfe nehmen, um wieder den Boden zu erreichen. Mit auf Vollast laufenden Generatoren hatte er sämtliche Schutzschirme angeschaltet. Auf die Benutzung seines Scheinwerfers verzichtete er schnell. Weiter als zwanzig Meter drang der scharfgebündelte Strahl ja doch nicht.

Ihm wurde bewußt, unter einem bisher noch nie erlebten seelischen Druck zu stehen. Er erinnerte sich des gefährlichen Abenteuers auf Barkon, das er mit Perry Rhodan und Sengu gut überstanden hatte. Dort, im Kampf mit den Unsichtbaren, war er urplötzlich von einem rasenden Schmerz in seinem Kopf fast überwältigt worden, doch hier war es anders – ganz anders.

Mit seinen telekinetischen Kräften verschaffte er sich trotz des Glutorkans einen festen Stand.

Gucky hatte das Gefühl, von Sekunde zu Sekunde mehr jede Orientierung zu verlieren. Auch seine telepathischen Ortungssinne wollten versagen. Er spürte mentalen Druck aus achtzehn verschiedenen Richtungen. Er war sich seiner Sache sicher, aber er verstand nicht, warum es so war.

Es gab auf Tramp keinen, der wußte, daß korkenzieherförmige, über hundert Meter lange Konstruktionen an achtzehn verschiedenen Stellen in den Boden des Planeten eingelassen worden waren.

Als der Druck für ihn unerträglich wurde, teleportierte Gucky ein Stück weiter in östlicher Richtung.

Hier war der Druck nur noch halb so stark.

„Druck?“ hörte sich Gucky sagen und erkannte, daß er es mit natürlichen Impulsen außergewöhlicher Stärke zu tun hatte, die ihn aber nicht angriffen, sondern ihn vielmehr streiften. „Verdammt“, sagte er sich in seiner saloppen Art, „überall immer etwas anderes. Der Teufel soll es holen!“

Aber er hätte nicht Gucky sein müssen, wenn er sich damit zufriedengegeben hätte. Er versuchte, den mentalen Druck zu ignorieren und die Quellen zu finden.

Er sprang und schrie auf, als er rematerialisierte. Vor Schmerzen warf er sich auf den glühendheißen Boden, wo er im selben Moment von allen Schmerzen befreit war.

„Na, so etwas“, staunte er laut und richtete sich wieder auf. Aber kaum war er halb aus der Hocke heraus, als es ihn abermals überfiel.

Blitzschnell warf er sich wieder nieder und schaltete seinen Scheinwerfer ein. Irgend etwas an diesen Schmerzerscheinungen war ihm nicht geheuer. Aber sein Scheinwerferstrahl reichte in der durcheinandergewirbelten, dichten Sandflut nicht weit. Deshalb begann er zu kriechen, doch er hütete sich, sich dabei aufzurichten.

Robbend zog er Kreise.

Plötzlich entdeckte er etwas Schwarzes vor sich, das sich in einer seltsamen Kurve nach oben wand.

Das hatte er doch schon einmal gesehen. Genau dasselbe hatte ihm doch Bikre gezeigt – eine korkenzieherförmige Antenne.

Wiederum wagte Gucky nicht, sie zu berühren. So weit ging seine unstillbare Neugier nicht. Siebzig Jahre Lehrzeit bei Perry Rhodan hatten ihm beigebracht, zuerst an die Sicherheit zu denken.

Vier Meter hoch ragte die Antenne aus dem Boden. Gucky sah,

wie der Glutorkan mehr und mehr Sand fortriß und den Antennenkörper immer weiter freilegte.

„Welche Sternenbande hat bloß diese Höllendinger eingebaut?" fragte er sich voller Grimm, dabei machte er einen Versuch und streckte den rechten Arm hoch. Mit einem hellen Piepsschrei riß er ihn wieder zurück.

Wie eine Titanenfaust hatte ihn der seelische Druck wieder überfallen.

Er benötigte eine gewisse Zeit, um sich zu erholen. Einen zweiten Versuch machte er nicht mehr. Aber wiederum wollte er den Impulsen nachspüren, doch sein telepathisches Suchen stieß ins Leere.

Ein leichtes warnendes Summen klang in seinem Raumanzug auf. Die Kühlanlage meldete sich.

Tramps restliche Luftmassen begannen zu glühen. Das Außenthermometer zeigte nichts mehr an, dabei reichte es bis achthundert Grad über Null.

„Schöne Milchstraße", stieß Gucky verzweifelt aus, „gleich fängt der Sand unter mir an zu schmelzen."

Er blickte auf die Kontrolle am unteren Rand seines Plastikhelms. Innentemperatur im Anzug plus achtundzwanzig Grad. Schnell schaltete er alle Kleingeneratoren auf die Kühlanlage um und ließ um sich nur noch ein Schutzschirmfeld stehen, das ihm den glühenden Sand fernhielt.

Das warnende Summen im Anzug verstummte Sekunden später. Erneut nahm der Mausbiber sein telepathisches Suchen nach dem Ausgangsort der Impulse auf. Doch wieder glaubte er ins Leere zu stoßen, bis er ganz plötzlich zusammenzuckte.

Da war etwas. Tief unter ihm – ein ganz schwacher Impuls.

Wie sollte er ahnen, daß er einen *Orgh,* einen dieser technisch-organischen Zwitter, angepeilt hatte?

„Warte, Freundchen, gleich erlebst du etwas!"

Gucky sprang das schwache Impulsziel an.

10000 Meter tief unter der glühenden Oberfläche von Tramp landete er in einer gigantischen, dunklen Höhle. Mit Hilfe seines Scheinwerfers verschaffte er sich einen kleinen Überblick und schüttelte sich beim Betrachten der grauenerweckenden Aggregate.

Keine einzige Maschine gab ein Geräusch ab. Jedes Ding stand lautlos und unheilverkündend da.

Gucky fühlte nackte Angst in sich aufsteigen und den Wunsch, durch einen Sprung diesem Unheimlichen zu entfliehen. Seine Neugier jedoch war stärker als die Angst.

Aber wo war das Wesen, dessen Impulse er durch eine zehntausend Meter dicke Gesteins- und Erdschicht aufgefangen hatte?

Gucky stand zwischen zwei haushohen Aggregaten und ließ seinen Scheinwerferstrahl kreisen. Zweihundert Meter über ihm wölbte sich die Felsdecke. Der Lichtkegel glitt daran entlang, bis er sich in der Ferne verlor. Das gab dem Mausbiber einen ersten Eindruck von der Größe der unterirdischen Maschinenhalle. Sein Suchen nach der Impulsquelle war vergeblich.

Er teleportierte so weit, wie sein Scheinwerferstrahl gereicht hatte. Dann hielt er ungewollt den Atem an, als er eine verkleidete Konstruktion anstarrte, die ihn an einen Riesenwurm erinnerte. In einem etwa fünfzig Meter durchmessenden Halbkreis war Gucky von diesem Wurm umgeben, doch eine gedankliche Ausstrahlung nahm er auch hier nicht auf.

Er gestand sich nicht ein, wie sehr ihn dieses Phänomen beunruhigte, und er verbarg diese Unruhe, indem er sich einzureden versuchte, daß der andere, den er oben, neben der Antennenspitze, angepeilt hatte, in der Lage sein mußte, seine Gedankenausstrahlungen abzuschirmen.

Nur glaubte Gucky nicht daran.

Er sprang kreuz und quer, und je länger er vergeblich suchte, um so größer wurde seine Unruhe. Und dann wurde Tramp von einem tektonischen Beben erschüttert.

Gucky vernahm den ersten dröhnenden Donnerschlag, als er sich schon zur Oberfläche teleportiert hatte.

Lieber verglühen, waren seine Gedanken, als unter zehntausend Metern Gestein begraben werden.

Eine halbe Stunde, die ihm wie eine Ewigkeit erschien, verbrachte er auf der überhitzten Oberfläche, auf der der Glutorkan heulte.

So abrupt das Beben begonnen hatte, so plötzlich hörte es auch wieder auf. Gucky teleportierte in die unterirdische Maschinenanlage zurück und war auf jeden Grad der Zerstörung vorbereitet, doch zu seiner Überraschung konnte er keine Schäden feststellen. Erneut begann er mit der intensiven Suche nach dem anderen.

Immer unheimlicher wurde es dem Mausbiber, und er verstand nicht, weshalb man ihn nicht angriff, obwohl er mit seinem grellen Scheinwerferlicht doch das beste Ziel abgab. Sein Vorhaben, diese Anlage in die Luft fliegen zu lassen und Perry Rhodan durch den Energieausbruch nach Tramp zu rufen, hatte er noch nicht aufgegeben, aber je länger er sich zwischen den schweigenden, dunkel verkleideten Maschinen unbekannter Konstruktion aufhielt, um so schwieriger schien es ihm, den Plan mit Erfolg auszuführen.

Weit über hundert Sprünge hatte er schon durchgeführt. Wieviel Zeit inzwischen vergangen war, sagte seine Uhr aus. Daß Tramp innerhalb dieser Spanne sich noch weiter seiner Sonne genähert hatte und der Augenblick des Sturzes in die Sonne nur noch eine Frage der Zeit war, brauchte ihm niemand mehr zu sagen.

Wieder hatte er sich teleportiert, und völlig unerwartet traf ihn ein starker Impuls.

Blitzschnell peilte er die Quelle an, und dann starrte er ein dunkles, asymmetrisches Gehäuse an, vor dem er stand. Gucky versuchte sich zu verständigen.

Keine Antwort, nur der unverständliche Impuls.

Der Mausbiber begann an seinen Sinnen zu zweifeln. Er empfing doch Gedanken, aber warum erhielt er dann keine Antwort? Und warum war er dann nicht in der Lage, den empfangenen Gedanken zu verstehen?

Wieder wurde er an Barkon erinnert, aber dort hatte er klar gefühlt, daß die unverständlichen Gedankenimpulse ihm feindlich gesinnt waren, hier jedoch spürte er nur den reinen Impuls, sonst gar nichts.

Der Strahl des Scheinwerfers stand unbeweglich auf dem asymmetrischen, knapp zwei Meter hohen und fünf Meter langen Gehäuse. Und plötzlich entdeckte Gucky, daß von dieser Anlage nach allen Richtungen Verbindungen führten.

Langsam richtete er den Impulsblaster auf das Zentrum des verkleideten Aggregats, aber er fand nicht den Mut, den Kontakt zu betätigen. Noch einmal sammelte er alle telepathischen Kräfte und strahlte der fremden Gedankenquelle seine Aufforderung zu, sich mit ihm zu verständigen.

Nichts geschah.

Nur der unveränderte Impuls war vorhanden und blieb.

Gucky wartete noch einige Sekunden, dann durchschlug der Impulsstrahl aus seinem Blaster die Verkleidung und drang in das Gerät ein.

Im nächsten Augenblick schnappte Gucky verzweifelt nach Luft. Er traute seinen Augen nicht mehr.

Er schaltete seinen Scheinwerfer aus.

Nur noch der Impulsstrahl stand, aber der Strahl zerfraß nicht die Verkleidung. Er durchdrang sie, ohne sie zu zerstören. Und irgendwo im Zentrum dieses Geräts war etwas, das seinen Impulsstrahl einfach aufhielt.

Ein eigentümlicher Gelbpunkt wurde sichtbar, ein Punkt, tief im Innern des Geräts.

Dieser Punkt wuchs, blähte sich auf, wurde immer größer und größer – und dieser Punkt war es, der auch den Impulsstrahl von Guckys Blaster abstoppte.

Ein dumpfes Grollen schien ein zweites Beben anzukündigen.

Gucky hielt den Kontakt gedrückt. Ununterbrochen zischte der Impulsstrahl auf den jetzt schon ballongroßen Gelbpunkt.

Du oder ich! strahlte er ihm mit der vollen Kraft seiner telepathischen Fähigkeiten zu. *Melde dich doch! Mache dich mir verständlich!*

Aber ein *Orgh* ist kein Telepath. Er kann sich nur über die Organwellen der Ungeheuer mit ihnen verständigen. Der *Orgh* nahm Guckys telepathische Kraftimpulse als Energie auf, aber als eine Verständigungsart erkannte er sie nicht. Und der Impulsstrahl, von dem er getroffen wurde, war für ihn nichts anderes als Energie. Und was er mit seinem Organischen nicht verarbeiten konnte, gab er an das Technische seines Daseins ab.

Aber die Energie aus Guckys Impulswaffe war ihm fremd – und sie war tödlich.

Da erkannte der Mausbiber, woher dieses furchtbare Grollen kam, das zuvor anscheinend ein planetarisches Erdbeben angekündigt hatte: Der *Orgh* brüllte. Seine Energien brüllten, donnerten, rasten.

Während des Teleportierens hatte Gucky noch den Anfang eines ungeheuer gewaltigen Energieblitzes gesehen. Über zweitausend Kilometer weit war der Mausbiber gesprungen. Im Moment der Rematerialisation mußte er vor einer gräßlich gelben Lichtfackel, die auf eine Länge von zehntausenden Kilometern in den Raum hineinschoß und den glühenden Sandorkan auf Tramp zu einem Nichts werden ließ, geblendet die Augen schließen.

Perry, ich rufe dich!

Das war Guckys Gedanke, als er sich im Sprung zu der letzten noch auf Tramp lebenden Iltgruppe flüchtete, während sich der Planet unter der Explosionswelle schüttelte.

Auf der Welt der Ungeheuer aber meldete in diesem Augenblick ein *Gal* an alle *Shaftgals:* „Unser Sternenversuch ist im letzten Augenblick mißglückt. Der beste *Orgh,* den wir jemals entwickelt haben, hat versagt."

20.

In der Nacht vom 8. zum 9. Januar wurde Perry Rhodan von einem Alarmfunkruf aus dem Schlaf gerissen. Der Alarm war von einer Hyperfunkrelaisstation ausgelöst worden.

„Gewaltiger Energieausbruch auf Tramp! Der Planet muß in Flammen stehen und kann stündlich auseinanderfliegen!"

Rhodan erstarrte, und seine Hand zuckte zum Alarmknopf.

Alarm für die Solare Flotte.

Der Bildschirm wurde stabil. Nebenher bestand noch die Verbindung mit der Hyperfunkstation.

„Welches Schiff befindet sich mit Mutanten – mit Teleportern an Bord in der Nähe des Planeten Tramp? Alarmanfrage!"

Die Antwort kam. „Weder ein Schiff mit noch ohne Teleporter hält sich in der Nähe..."

„Welcher Leichte Kreuzer ist dem Planeten am nächsten?" wollte Rhodan wissen.

„Die BURMA unter Joe Pasgin, im Anflug auf..."

„Danke", sagte Rhodan kurz, schaltete diese Verbindung ab und wandte sich dem Bildschirm zu, der die Verbindung zur Hyperfunkstation aufrechterhielt. „Sie haben mitgehört?"

„Ja."

„Alarmorder an die BURMA! Kurs Tramp! Blitzflug! Gucky in größter Lebensgefahr! Rufen Sie auch Arkon III an! Das Robotgehirn soll meinen Befehl an die BURMA ausstrahlen! Sofortige Meldung, wenn mit Pasgin Verbindung aufgenommen worden ist! So schnell wie möglich alle Meßdaten über Tramp an mich! Ende!"

Dann schaltete er auch diese Verbindung ab. Mit geschlossenen Augen lehnte er sich zurück.

Dann stellte er die Verbindung zum Raumhafen Terrania her.

„Alarmstart für die DRUSUS! Bully und ich kommen an Bord! Ende!"

Im Aufstehen schaltete er seinen Armband-Minikom ein. Er garantierte eine störungsfreie Verbindung mit der Hyperfunkstation. Dann weckte er Bully.

Schon elf Minuten später betraten sie die Polschleuse der DRUSUS. Weitere vier Minuten später raste das gewaltige Raumschiff in den Weltraum.

Leutnant Hendrik Olavson schlug die Taste des Interkoms in die Rasterung, während aus dem Lautsprecher des Hyperfunkempfängers gerade das Wort gekommen war: *Alarmorder!*

Alarmorder für die BURMA! Blitzflug nach Tramp! Dort gewaltiger Energieausbruch! Gucky hält sich auf Tramp auf. Muß sich in größter Gefahr befinden. gez. Rhodan.

Die BURMA, ein Leichter Kreuzer der Solaren Flotte, war vor knapp fünfzehn Minuten aus dem Hyperraum gekommen und befand sich im Anflug auf 456 LL-4, einen Planeten des Arkonimperiums, um die dort stationierten Terraner abzulösen.

Joe Pasgin, Kommandant der BURMA, wurde von der Alarmnachricht in seiner Kabine aus dem Schlaf gerissen.

„Olavson!" rief er, als er aus dem Bett sprang.

Olavson saß im Pilotensitz der BURMA. Er unterbrach den

Kommandanten. „BURMA geht auf neuen Kurs! Positronik läuft schon. Transition in etwa fünf Minuten.“

„Gut gemacht!“ lobte Pasgin, während er den letzten Reißverschluß an seiner Uniform hochriß.

Da klang der Lautsprecher des Hyperkoms schon wieder auf. Die unverkennbare Robotstimme des Mammutgehirns auf Arkon III war zu hören. Sie gab die gleiche Alarmnachricht im unveränderten Wortlaut durch.

Mein Gott, dachte Joe Pasgin, als er zur Zentrale raste, wenn Arkon III auch schon den Spruch durchgibt, dann muß von Tramp nicht mehr viel übrig sein.

Leutnant Hendrik Olavson blickte nicht einmal zur Seite, als der Kommandant sich im Kopilotensitz niederließ. Er hatte alle Hände voll zu tun, um die BURMA auf neuen Kurs zu bringen.

Die BURMA jagte auf Tramp zu.

Tramp schien zu einer Sonne geworden zu sein.

Tramps Oberfläche brannte. Protuberanzenartige Gasfontänen wurden in den Raum geschleudert.

Die Männer der BURMA wußten die Wiedergabe auf ihrem Rundsichtschirm zu deuten. Dafür brauchten sie keine Astrophysiker zu sein.

Tramp war im Begriff, die letzten glühenden Luftreste ins Weltall zu stoßen. Es war die Abschlußreaktion vor dem Auseinanderbrechen und dem Absturz in die Sonne.

Hendrik Olavson beschleunigte das Schiff mit allen zur Verfügung stehenden Mitteln. Drei Kraftstationen hatte er zum üblichen Satz dazugeschaltet, um die Schutzschirme um den Kugelraumer zu stabilisieren. Er wußte nicht, was ihn erwartete, wenn die BURMA in einigen tausend Metern Höhe Tramp zu umfliegen begann.

Joe Pasgin gab über Interkom die Anweisung an alle: „Intensiv an Gucky denken!“

Wie bei jedem rasanten Anflug auf eine Welt, so schien auch Tramp jetzt auf die BURMA aus der Tiefe heraus zuzufliegen. Immer größer erschien der zum Tode verdammte Planet, immer furchtbarer war das Bild seines feurigen Untergangs.

„Da soll der Kleine noch leben?“ stieß ein Mann in der Zentrale verzweifelt hervor.

Dann wurde das Bild noch schrecklicher, und Hendrik Olavson hörte, wie der Kommandant laut atmete.

„Energieortung?“ fragte Pasgin schnell.

„Läuft seit Sprungende!“ kam die knappe Antwort.

Fasziniert starrten die Männer, die schon viele Wunder der Galaxis erlebt hatten, einen auf der Spitze stehenden Gelbkegel an, eine energetische Form, mit der sie nichts anfangen konnten.

„Nicht zu nahe kommen!“ empfahl Pasgin. Olavson nickte nur und drückte die BURMA in rasender Fahrt auf Tramp hinunter.

„In die Raumanzüge!“ befahl Pasgin.

Bei 49 000 Metern Höhe fing Hendrik Olavson die BURMA weich ab und ging auf neuen Kurs. Ununterbrochen kamen über die Positronik Daten über Tramp herein – die Daten einer untergehenden Welt.

„Immer noch nichts“, sagte Pasgin.

Immer noch kein Lebenszeichen von Gucky.

Pasgins Frage an den Funk: „Ist Rhodan informiert, daß wir Tramp umfliegen?“

„Rhodan wurde gerade informiert. Achtung, Antwort von der DRUSUS läuft ein!“

Sie war da: „Sucht Gucky! Findet ihn um alles in der Welt!“

Das war Rhodan selbst gewesen, der um das Leben eines seiner Freunde bangte.

„Starke planetarische Beben größter Stärke!“ kam von der Ortung die deprimierende Durchsage. „Wenn sie in dieser Form anhalten, bricht Tramp in den nächsten zehn Stunden Standardzeit auseinander!“

Ein anderer in der Zentrale mischte sich ein: „In zehn Stunden? Früher! Die Rotationsgeschwindigkeit reißt den Planeten in spätestens vier Stunden auseinander!“

Die BURMA umkreiste eine Gluthölle – eine Welt ohne Luftmantel – eine Welt, auf der der sauerstoffhaltige Boden explosionsartig seine Luftbestandteile in Form glühender Gase abstieß. Unvorstellbare Hitze herrschte auf Tramp.

Der Kugelraumer setzte zur fünften Umkreisung an.

Joe Pasgin hörte Olavson verzweifelt sagen: „Immer noch nichts."

Da rief der Kommandant ins Rillenmikrophon der Interkomanlage: „Intensiver an Gucky denken ...", um im selben Moment mit einem Schrei hochzufahren und nach etwas zu greifen, das Gucky ihm zugeworfen hatte.

„Fang, Pasgin, und geh vorsichtig mit meinen Kleinen um!"

Gucky war da.

Gucky war schon wieder verschwunden.

„Abbremsen, Olavson! Schiff zum Stehen bringen!" brüllte Pasgin, der sich vor Freude nicht fassen konnte. Aber was hielt er in den Armen? Etwas, das in einem terranischen Raumanzug steckte, ihn aber nicht ausfüllte.

Neben Pasgin stand Michel Dung, und der bekam den Mund nicht mehr zu. Dung hatte auch etwas in seinen Armen liegen.

Pasgin stieß einen Jubelschrei aus. „Das ist ja ein kleiner Ilt!"

Gucky war schon wieder unterwegs.

„Mein Gott!" Kommandant Pasgin brüllte schon wieder. „Spruch an Rhodan! Gucky ist da!"

In der Zentrale der BURMA gab es ein Bild, wie es die Solare Flotte seit ihrem Bestehen noch nie erlebt hatte: Sechs Offiziere standen da und hielten kleine Wesen auf ihren Armen, während Gucky kam und verschwand.

„Ich könnte heulen!" schrie er einmal, aber warum er es tun wollte, erfuhr niemand. Im Teleportersprung war er auf und davon.

In achthundert Metern Tiefe rematerialisierte Gucky abermals. Um ihn herum war das Todeszucken seiner Heimatwelt.

Plötzlich traf etwas gegen Guckys Plastikhelm und schleuderte den Mausbiber zu Boden. Für jede Bewegung war es zu spät, aber nicht zu spät, sich instinktiv drei Schritte weit zu teleportieren. Als er den Strahl seines Scheinwerfers auf das richtete, was ihn zu Boden geworfen hatte, sah er, wie die Decke der Höhle sich mehr und mehr durchbog und aufriß.

In ein paar Sekunden würden achthundert Meter Erdreich und Gestein über Gucky und die hier noch schlafenden Ilts herunterstürzen. Blindlings, aber nicht kopflos, griff der kleine Mausbiber zu.

Eins, zwei, drei, vier, fünf – und den sechsten klemmte er zwischen seine Hinterbeine, und noch einer hatte dort Platz, und mit sieben teleportierte er zur BURMA, während der letzte Teil der Höhle zusammenbrach und die restlichen Ilts unter sich begrub.

„Wie viele sind es?“ Das war Guckys erste Frage, als er nach Tagen zum erstenmal wieder seinen Raumhelm zurückklappte und sich im Kreis umsah.

„Achtundzwanzig, Leutnant Guck.“ Unwillkürlich hatte Joe Pasgin Guckys Dienstgrad benutzt.

„Achtundzwanzig von einigen Tausend“, erwiderte Gucky müde, und der Glanz aus seinen Augen verschwand. „Achtundzwanzig...“

Unbemerkt von Gucky hatte der Kommandant die Interkomverbindung zum Funkraum hergestellt. Dort wußte man sofort, was Joe Pasgin damit beabsichtigte, und über Hyperfunk wurde Perry Rhodan auf der DRUSUS Augen- und Ohrenzeuge, was Gucky zu berichten hatte.

Aber er sagte nicht viel. Plötzlich stellte er fest, daß die BURMA über Tramp stand. „Sollen wir zum Schluß alle in der Sonne dort landen, Pasgin? Nur fort von hier! Tramp kann jede Minute explodieren.“

Hendrik Olavson hatte Guckys Empfehlung als Befehl betrachtet und ließ die BURMA mit aller Kraft beschleunigen, als eine blendende Lichtflut über den Rundsichtschirm die Zentrale überschwemmte und einige Männer vor Schreck aufschrien.

Olavson hatte jedoch schon den Hauptsynchronschalter eingerastet und die BURMA an die Bordpositronik abgegeben.

Viele Minuten dauerte es, bis alle Männer ihre Sehkraft wiedererlangt hatten.

„Wo ist Tramp?“ fragte Pasgin, und mit ausgestreckten Armen deutete er auf den Bildschirm, der nur die einsame Sonne zeigte.

„In Lichtstrahlung aufgelöst“, piepste jemand. „Ich habe wohl dieses gelbe Auge etwas zu lange am Impulsstrahl knabbern lassen. Aber daß diese Teufelsanlage tief unter der Oberfläche von Tramp den Planeten zur Explosion bringen könnte, das habe ich erst in der letzten Stunde herausgefunden.“

Kein Mensch verstand ihn, noch weniger begriffen sie, wie ein Planet sich in Licht auflösen konnte.

„Wir kommen nicht von der Stelle, Kommandant. Die BURMA beschleunigt nicht mehr", alarmierte Hendrik Olavson plötzlich die Männer in der Zentrale. Doch dem Brüllen nach, das die auf Vollast laufenden Impulsmotoren abgaben, hätte der Kugelraumer mit stärkster Beschleunigung dieses winzige System verlassen müssen.

Mit einem Satz stand Gucky neben der Energieortung und betrachtete das Doppelbild auf dem Oszillographen. Er sah mit einem Blick den teilweise *organischen* Charakter der Energie, die immer noch bestand, obwohl Tramp explodiert und verschwunden war.

„Transition aus dem Stand!" schrie er auf. „Weg von hier!"

21.

Auf halbem Weg zwischen der Trampsonne und Sol kehrte die BURMA in den Normalraum zurück. Wenig später ging die DRUSUS längsseits, und Perry Rhodan kam zusammen mit Bully an Bord. Gucky, der über den fast völligen Untergang seines Volkes verzweifelt war, erstattete Bericht.

„Ich weiß nicht, was das für eine Lebensform war, die Tramp angriff", sagte er. „Aber diese Wesen sind so fremd, daß wir nie Kontakt mit ihnen bekommen werden. Vermutlich war es ein schrecklicher Zufall, daß sie auf Tramp gestoßen sind."

Rhodan wußte, daß Worte im Augenblick nicht ausreichten, um den Mausbiber zu trösten.

„Deine achtundzwanzig kleinen Artgenossen werden auf dem Mars eine neue Heimat finden", versprach er.

„Heimat?" echote Gucky. „Unsere Heimat war Tramp."

Rhodan hob ihn hoch und streichelte ihn.

Das war alles, was er jetzt tun konnte.

22.

Rhodans Schritte knirschten im Kies. Sie hinterließen eine tiefe Spur in dem feuchten Sand. Ein leichter Wind bewegte die Oberfläche des großen Sees und bildete Schaumkronen auf den flachen Wellen. Muscheln und farbenprächtige Steine bedeckten den Strand.

Schräg über Perry Rhodan, auf dem höchsten Punkt des Steilhangs, ruhte die mächtige SOLAR SYSTEM auf ihren Landestützen. Der Schwere Kreuzer der TERRA-Klasse hatte einen Durchmesser von zweihundert Metern.

Selbst dem Administrator, dem sich solche Anblicke immer wieder boten, erschien das Schiff in dieser Lage wie ein vorweltliches Ungeheuer, das drohend dort oben auf der Lauer lag.

Rhodan blieb stehen und atmete tief die klare Luft ein. Die Verladeluke der SOLAR SYSTEM hatte sich geöffnet. Langsam tauchte der Auslegerkran darin auf. Die drahtige Gestalt von Leutnant Chad Tuncher wurde sichtbar. Tuncher gab einem Raumfahrer Anweisungen über die Bedienung der Kontrollen.

Zum erstenmal sah Rhodan den Mann an, der einige Schritte von ihm entfernt am Ufer stand.

„Wo wünschen Sie, daß das Haus errichtet wird, Crest?" fragte er.

Es mußte ein besonderer Klang in seiner Stimme gelegen haben, denn der alte Arkonide kam zu ihm herüber, um ihm die Hand auf die Schulter zu legen.

„Es ist gegen Ihre Überzeugung, mir diesen Platz für meine letzten Tage einzurichten, nicht wahr, Perry?"

„Es ist gegen meine Überzeugung, einen Freund allein zu lassen", erwiderte Rhodan ruhig. Sein hageres Gesicht zeigte keine Gemütsbewegung, aber auch ein weniger aufmerksamer Beobachter als Crest hätte bemerkt, wie sich die Hände des schlanken Raumfahrers zu Fäusten ballten.

„Ich weiß, welche Bedeutung für Sie das Wort Freund besitzt", sagte Crest.

Seine Stimme klang klar, fast ließ sie den alternden Körper vergessen. Doch auch sie mochte nicht darüber hinwegtäuschen, daß das Leben des arkonidischen Wissenschaftlers zu Ende ging. Crest hatte ebensowenig wie Rhodans verstorbene Frau Thora die Zelldusche auf Wanderer erhalten können. Die Kunst der Ärzte und die Errungenschaften der arkonidischen Medizin konnten zwar ein Leben verlängern, aber Wunder waren auf dieser rein biologischen Basis nicht zu erwarten. Crest, der Philosoph genug war, um alle Dinge richtig abzuschätzen, fühlte seinen Tod nahen. Er war zu Rhodan gekommen und hatte darum gebeten, daß man ihn auf diesem Planeten absetzen sollte. Er hatte sich von seiner eigentlichen Heimat, Arkon, seelisch zu sehr entfernt, um noch den Wunsch nach einer Rückkehr in sich zu spüren. Auch auf der Erde wollte er nicht sterben. In grimmiger Ironie hatte er Rhodan erklärt, daß er nicht in einem Bett enden wolle, umgeben von „trauernden Barbaren".

Der Arkonide hatte Rhodan von einem kleinen, den Menschen bisher unbekannten Sonnensystem berichtet, das 6381 Lichtjahre von der Erde entfernt war. Die gelbe Sonne vom Soltyp wurde von fünf Planeten umkreist und war bereits vor einigen Jahrtausenden von dem Arkoniden Ufgar entdeckt worden. Das System trug den Namen des Entdeckers. Der zweite Planet war eine wasserreiche Sauerstoffwelt, etwas größer als der Mars. Die Schwerkraft betrug 0,84 Gravos. Urwälder und Meere bedeckten den Planeten. Intelligente Lebewesen gab es hier nicht.

Diese Welt hatte sich Crest dazu auserwählt, seine letzten Tage zu beschließen. Rhodan hatte dem Drängen des Wissenschaftlers schließlich nachgegeben und war mit der SOLAR SYSTEM von Terrania gestartet.

Vorher hatte er Gucky und die achtundzwanzig jungen Mausbiber auf dem Mars abgesetzt. Gucky war dort geblieben, um seinen Artgenossen die Eingewöhnungszeit zu erleichtern.

Jetzt war Rhodan hier, um Crest einen guten Platz auszusuchen.

„Vorsicht da unten!" brüllte Leutnant Tuncher herunter.

Der Ausleger des Krans schwenkte aus der Luke heraus. Tuncher wedelte mit den Armen, als das kleine Haus an dem Haken zu schwanken begann.

„Wollt ihr eine Ruine hier absetzen?“ schrie er außer sich.

Einige verschüchterte Männer erschienen am Rand der Luke, um den Erfolg ihrer bisherigen Arbeit zu besichtigen. Der Leutnant knurrte sie unzufrieden an.

„Ist der Platz da unten richtig?“ rief er zu Rhodan hinab.

„Ja“, bestätigte Rhodan, „die Männer sollen ablassen.“

Frei an einer Stahltrosse hängend, sank das Fertighaus langsam auf das Ufer hinab. Tuncher begleitete den Vorgang mit Verwünschungen und Drohungen. Schließlich landete alles wohlbehalten im Sand.

„Wie gefällt es Ihnen?“ erkundigte Rhodan sich.

„Wahrscheinlich ist es viel zu komfortabel.“ Crest lächelte. „Ich kann mir vorstellen, daß Sie an nichts gespart haben.“

Etwas bitter sagte Rhodan: „Ein winziges Haus für das, was Sie für unser Volk getan haben – was ist das schon?“

„Alles, was ich getan habe, habe ich gern und aus freiem Willen getan.“ Crest nickte, und seine rötlichen Augen schienen zu schimmern. „Es ist nur wenigen vergönnt, an der Höherentwicklung einer Zivilisation entscheidend mitzuarbeiten. Die Menschen waren für mich immer wie Kinder, die man beschützen und leiten muß. Das ist jetzt vorbei. Die Menschheit ist den Kinderschuhen entwachsen und redet bei den Erwachsenen mit. Ich weiß, daß ihr eine große Zukunft bevorsteht, wenn sie weiter handelt wie bisher. Und es ist mein besonderer Wunsch, daß es immer Männer wie Sie geben möge, Perry.“

„Wir wollen uns Ihr neues Heim ansehen“, lenkte Rhodan ab. „Ich habe Ihnen schon gesagt, daß Sie außerdem eine moderne Space-Jet mit Hyperantrieb und Hyperfunk erhalten. Sie haben also jederzeit die Möglichkeit, zur Erde zurückzukehren oder um Hilfe zu rufen. Denken Sie daran, daß es hier keine Ärzte gibt, die Ihnen helfen können. Auf jeden Fall lasse ich Ihnen zwei Kampfroboter zurück. Die Wahrscheinlichkeit, daß fremde Intelligenzen hier landen, ist zwar gering, aber wir wollen sie in Betracht ziehen. In einem solchen Fall müssen Sie verhindern, daß die Space-Jet in falsche Hände gerät. In dem Kleinstschiff sind elektronische Anlagen und Triebwerke montiert, die auf keinen Fall bei fremden Mächten bekannt werden dürfen, da sie lebenswichtig für die Solare Flotte sind."

„Ich verspreche Ihnen, daß ich den Diskus wie einen Augapfel hüten werde", versicherte Crest. „Machen Sie sich darüber keine Gedanken."

Gemeinsam schritten sie auf das Haus zu. Crest ging etwas gebückt und atmete schwer. Sein ausdrucksvolles Gesicht war von Falten überzogen. Selbst die hohe Stirn war nicht frei von Zeichen des Alters geblieben. Das weiße, wallende Haar fiel Crest fast bis auf die Schultern. Trotz der Last seiner Jahre war der Arkonide noch immer eine beeindruckende Erscheinung.

Sie hatten das Gebäude erreicht.

„Die Tür öffnet sich automatisch, wenn Sie darauf zugehen", erklärte Rhodan und machte eine einladende Handbewegung.

Sie traten ein und wurden sofort von einer behaglichen Wärme umfangen.

„Hier werde ich an den Abenden sitzen und auf den See hinausblicken", sagte Crest leise und trat an das große Fenster. „Meine Augen werden hier, aber meine Gedanken an anderer Stelle sein."

„Gibt es überhaupt einen Gedanken, den Sie noch nicht gedacht haben?" fragte Rhodan ebenso leise.

Crest stützte sich mit den Armen auf die Fensterbank. Obwohl das Glas des Fensters spiegelfrei war, glaubte Rhodan, das Gesicht des Arkoniden darin zu erkennen.

„Ich bin ein alter Mann", sagte Crest. „Das Alter läßt viele Dinge anders erscheinen. Man gewinnt einen gewissen Abstand zu allen Vorgängen um sich her."

„Sie werden einsam sein", unternahm der Administrator einen neuen Versuch. „Die Roboter werden Sie bedienen, Ihr Essen zubereiten und das Haus bewachen. Vielleicht würden Sie sich ab und zu gern mit einem anderen Menschen unterhalten."

Crest wandte sich um und sah Rhodan offen an.

„Ich freue mich auf das Alleinsein", sagte er ruhig. „Sie sehen in mir immer noch den aktiven arkonidischen Wissenschaftler." Er schüttelte den Kopf, und seine langen Haare bewegten sich wellenförmig.

„Betrachten Sie mich als das, was ich in Wirklichkeit bin: ein müder, alter Mann.“

Bevor Rhodan etwas erwidern konnte, stürmte Leutnant Tuncher in den Raum. Sein Gesicht war gerötet.

„Entschuldigen Sie“, keuchte er. „Diese unfähigen Kerle haben das Haus verkehrt abgesetzt – es steht schief.“

„Es steht schief?“ wunderte Crest sich. „Das ist mir bisher entgangen.“

„Ich habe gerade eine Messung vorgenommen“, berichtete Tuncher eifrig. „Der Fußboden, auf dem wir stehen, läuft um ein Grad schräg vom Uferboden hinweg.“

„Ein Grad?“ staunte Rhodan. „Das ist allerhand, Leutnant.“

Tuncher schluckte nervös und sah Rhodan unsicher an. „Was schlagen Sie jetzt vor?“

„Laden Sie mit Ihren Männern die Space-Jet und die Roboter aus“, befahl Rhodan.

Tuncher wollte davoneilen, als ihn die Stimme des Administrators noch einmal zurückholte. „Tuncher!“

„Sir?“

„Achten Sie darauf, daß der Diskus genau abgesetzt wird“, sagte Rhodan. „Ich möchte nicht, daß Sie bei einer Messung feststellen müssen, daß er etwa um zwei Grad schräg steht.“

„Jawohl“, brachte Tuncher verwirrt hervor.

Crest lachte amüsiert. Der Leutnant verschwand.

„Wenn er jetzt noch einem Hornwühler über den Weg läuft, wird seine Verwirrung vollkommen sein“, meinte Crest.

Auf Rhodans Stirn bildeten sich zwei steile Falten. „Diese Tierart scheint gefährlich zu sein. Seien Sie bei Ihren Spaziergängen unbedingt vorsichtig.“

„Natürlich“, der Arkonide nickte. „Ich werde auch darauf achten, daß kein Sprüher in meine Nähe kommt. Ich lege keinen Wert auf einen konzentrierten Säurebeschuß durch einen dieser leicht reizbaren Burschen. Ufgar hat in seinem Bericht über diesen Planeten beide Tierarten ausführlich behandelt.“

Der große, schlanke Mann mit dem beinahe hageren Gesicht sah seinen alten Freund an.

„Wir werden diese Welt als Crests Planet in unsere Sternkarten eintragen", gab er bekannt. Bevor der Arkonide protestieren konnte, fuhr er bereits fort: „Die Space-Jet, die wir Ihnen überlassen, wird durch einen Energieschirm geschützt sein. Wenn Sie das Kleinraumschiff betreten wollen, müssen Sie den Kodesender betätigen, der den Schutzschirm auflöst."

Ohne Bitterkeit bemerkte Crest: „Bei einem alten Mann gehen Sie kein Risiko ein, wie?"

„Nein", sagte Rhodan. „Tuncher wird zusätzlich ein kleines Motorboot ausladen, mit dem Sie zum Fischen auf den See hinausfahren können. Wenn Sie noch einen weiteren Wunsch haben sollten, dann bitte ich Sie, ihn zu äußern."

Sie verließen gemeinsam das Haus. Tuncher und seine Helfer waren gerade dabei, die Space-Jet sicher abzusetzen. Das diskusförmige Raumboot gehörte zu den modernsten Geheimkonstruktionen der Solaren Flotte. An seiner breitesten Stelle maß es 35 Meter. Eine formschöne Kuppel unterbrach die gleichmäßige Oberfläche. Sie bot Platz für die hochwertige Ausrüstung und die Besatzung. Das kleine Schiff war so durchkonstruiert, daß es von einem Mann allein geflogen werden konnte.

Auch Crest, der die Riesenkonstruktionen der Arkoniden kannte, verhehlte seine Bewunderung über die terranische Schiffsbaukunst nicht. Als die Maschine sicher gelandet war, nickte er beifällig.

„Ein weiterer Beweis, daß man mich nicht mehr benötigt", sagte er. „Menschen, die solche Dinge schaffen können, sind in der Lage, selbständig zu handeln. Ihr Volk hat in relativ kurzer Zeit viel erreicht, Perry. Betrachten Sie mich als Symbol einer Epoche, die durch mein Abtreten abgeschlossen wird. Junge Kräfte werden meinen Platz einnehmen und mich vergessen lassen."

„Die Menschheit wird Sie nie vergessen", versicherte Rhodan. „Ihr Abgang wird eine Lücke hinterlassen, die sich nicht so schnell wieder schließen lassen wird. In diesem Sinn haben Sie nur zu recht, wenn Sie von dem Ende einer Epoche sprechen."

Die folgenden Stunden, in denen die Besatzung der SOLAR SYSTEM Crests Aufenthaltsort herrichtete, wanderte Rhodan mit dem Arkoniden am Ufer entlang. In ihren Gesprächen wurden längst vergessene Dinge wieder lebendig. Noch einige Male versuchte Rhodan, den Wissenschaftler zur Umkehr zu bewegen. Aber Crests Entschluß war unumstößlich.

Schließlich tauchte Leutnant Tuncher auf, um zu melden, daß die Arbeiten abgeschlossen waren. Die SOLAR SYSTEM war bereit, wieder in den Raum zu starten.

„Die Besatzung wird sich von Ihnen verabschieden wollen", sagte Rhodan.

Sie befanden sich etwa sechshundert Meter von dem Schweren Kreuzer entfernt.

Crest schüttelte bedächtig den Kopf.

„Grüßen Sie die Männer von mir", sagte er. „Meine besten Wünsche begleiten sie."

Rhodan blieb stehen. Seine Hand umfaßte des Arkoniden Arm.

Und Crest, der Jahre um Jahre mit Rhodan zusammen gewesen war, ahnte, daß dem Terraner keine passenden Worte einfallen wollten.

„Sagen Sie nichts", bat Crest ruhig. „Gehen Sie."

Perry Rhodan ergriff die Hand des alten Mannes. Die Blicke der Männer trafen sich. Für einen Augenblick verstärkte sich der Druck ihrer Hände.

„Danke, Freund", sagte Rhodan rauh. Dann wandte er sich abrupt ab und folgte Leutnant Tuncher.

Crest blieb reglos stehen und sah ihnen nach. Rhodan und Tuncher stiegen den Steilhang hinauf. Keiner drehte sich um. Crest blinzelte in die tiefstehende Sonne hinter der SOLAR SYSTEM. Neben dem gewaltigen Schiff wirkten die Männer wie Ameisen. Dann waren sie ganz verschwunden.

Minuten später erhob sich das Kugelschiff, getragen von seinen mächtigen Triebwerken, donnernd emporgerissen von den Gewalten atomarer Glut. Der Boden begann zu beben. Crests Ohren schmerzten.

In zweitausend Metern Höhe verabschiedete sich die Besatzung doch noch von dem Arkoniden – auf ihre Art. Ein flammender Strahl schoß aus den Geschütztürmen und färbte den Himmel blutig. Ein letzter Salut für einen großen Freund der Menschen.

„Famal Gosner", flüsterte Crest.

Das war ein arkonidischer Ausdruck. Er bedeutete soviel wie: *Lebt wohl!*

Kurz darauf war die SOLAR SYSTEM nicht mehr zu sehen.

Langsam ging Crest auf das kleine Haus am Ufer des Sees zu. Er hatte es nicht eilig. Wozu auch? Er war nun ein Greis, der einsam auf den Tod wartete.

Crest konnte nicht ahnen, daß seine Einsamkeit bald gestört werden sollte.

23.

Golath machte sich ernsthafte Sorgen. Die Luftreinigungsanlage stand kurz vor dem Zusammenbruch. Zwar sollte es an Bord der KASZILL Sauerstofftanks geben, aber weder Golath noch Liszog oder Zerft hatten sie bisher entdecken können.

Die KASZILL war bereits ein Wrack gewesen, als man sie hineingesperrt und in den Raum gejagt hatte. Für Golath war es im höchsten Maß unbegreiflich, warum dieser ächzende, stöhnende Behälter, für den kein Ausdruck unzutreffender war als „Raumschiff“, nicht schon auseinandergebrochen war. Zerft war ständig dabei, immer neu entstehende Lecks abzudichten. Er hatte bei dieser Arbeit bereits eine derartige Routine entwickelt, daß Golath immer noch einen Funken Hoffnung in sich verspürte.

Das einzige, was an Bord einwandfrei funktionierte, war der automatische Rüsselreiniger. So konnten die drei Unither in regelmäßigen Abständen ihre Rüssel von Nahrungsüberresten und sonstigen Ablagerungen säubern lassen. Nach einer solchen Prozedur kam Golath selbst die verpestete Luft ein wenig erträglicher vor.

Liszog, der vor den Ortungsgeräten hockte und düster vor sich hin starrte, langte mit seinem Rüssel herüber und versetzte Golath einen leichten Schubs.

„Es wird Zeit für die Ablösung“, knurrte er.

Golath, der sich als Kapitän fühlte, kam der Aufforderung nur mit Mißvergnügen nach. Außerdem war er davon überzeugt, daß sie noch in Hunderten von Jahren vor den Geräten sitzen und vergeblich beobachten würden. Allerdings war es unmöglich, daß die drei Unither zu diesem Zeitpunkt noch am Leben waren. Ganz zu schweigen von der KASZILL, deren Lebenserwartung selbst bei optimistischster Schätzung gleich Null war.

Die drei Unither waren menschengroß. Ihre Körper waren klobig und plump gebaut. Zusätzlich zu ihren Armen und Beinen verfügten sie über einen armlangen Rüssel, der zugleich als Werkzeug und zur Nahrungsaufnahme diente. Ihre Köpfe waren halbkugelförmig, mit zwei großen Augen ausgestattet. Sie saßen direkt auf den Schultern und waren kaum beweglich. Eine glatte, zähe Haut hellbrauner Färbung bedeckte ihren Körper.

Nachdem Golath Liszogs Platz eingenommen hatte, ließ sich dieser beim Rüsselreiniger nieder. Zerft, der sich seit der Abdichtung des letzten Lecks überhaupt nicht mehr bewegt hatte, erhob sich schwerfällig. Er trat hinter Golath und blickte über dessen Schulter auf die Geräte.

„Glaubst du, daß du mehr siehst als ich?“ erkundigte sich Golath unfreundlich.

Zerft sagte eine ganze Weile gar nichts. Dann meinte er versöhnlich: „Ich glaube, daß ich dasselbe sehe – nämlich nichts.“

Liszog, in dessen Rüssel gerade der Spülarm verschwand und der deshalb nur undeutlich zu verstehen war, sagte: „Wir müssen uns damit abfinden, daß wir nicht mehr nach Unith zurück können. Es ist unmöglich, mit diesem altersschwachen Schiff eine Heldentat zu vollbringen, die uns rehabilitieren würde. Wir sollten uns besser nach einem geeigneten Planeten umsehen, auf dem wir landen können. Noch ist es Zeit.“

„Liszog hat recht“, stimmte Zerft bei. „Unsere Geschichte weiß von keinem Ausgestoßenen zu berichten, der die Bedingungen für eine Heimkehr erfüllt hätte. Selbst wenn wir ein Raumschiff einer anderen Rasse entdeckten – wie sollten wir es erobern?“

Golath strich mit einer Hand über den Bildschirm direkt vor sich. „Ihr wollt also aufgeben?“ fragte er.

„Ja“, sagte Zerft fest. „Sofort.“

Liszog sprudelte seine Zustimmung unter der Massagebürste.

Golath deutete auf eine andere Mattscheibe, auf der mehrere leuchtende Punkte zu erkennen waren.

„Dies ist das nächste Sonnensystem“, erklärte er. „Das könnten wir vielleicht schaffen.“

„Hoffentlich finden wir eine Sauerstoffwelt“, gab Zerft zu bedenken. „Es ist durchaus möglich, daß wir keinen Planeten entdecken, auf dem wir leben können.“

Golath ließ seinen Sessel herumgleiten. Er war der größte der drei Unither, aber Zerft war wesentlich breiter als er. Liszog war jung, sein Körper befand sich noch in der Entwicklung.

„Was für ein Leben wird das sein“, murmelte Golath niedergeschlagen. „Allein werden wir dahinvegetieren. Die Richter wissen genau, daß jeder Unither den Drang nach Gesellschaft und Anerkennung in sich trägt. Wir sind Gemeinschaftslebewesen. Diese Aussperrung ist schlimmer als der Tod.“

Liszog hatte die Reinigung beendet. Er richtete sich auf und kam zu den beiden anderen herüber.

„Das hättest du dir vorher überlegen sollen, Golath“, sagte er. „Du hast uns in diese Sache hineingezogen. Es war von Anfang an Wahnsinn, den Diebstahl zu riskieren.“

Golath ließ seinen Rüssel gegen Liszogs Brust schnellen. Der junge Unither taumelte zurück.

„Der Plan war gut“, fauchte Golath. „Wie konnte ich ahnen, daß hinter dem Lager eine zweite Elektronensperre war, die uns aufgespürt hat?“

Wütend entgegnete Liszog: „Man hat uns in dieses alte Raumschiff geschafft und verjagt. Jetzt können wir nur zurück, wenn wir in unserer Verbannung eine große Tat vollbringen, die unserem ganzen Volk dient. Deine Idee, ein fremdes Raumschiff zu erobern, ist ebenso verrückt wie der Plan des Einbruchs.“

Die KASZILL machte ihrem Streit ein Ende. Eine heftige Vibration durchlief das Schiff. Golath rutschte mit dem Sessel davon. Zerft mußte sich an die Umrandung der Ortungsgeräte klammern.

„Das war die letzte Warnung“, meinte Zerft, nachdem es vorüber war.

Golath kehrte zu den Ortungsgeräten zurück.

„Also gut“, entschied er, „wir werden dieses System anfliegen und uns dort umsehen. Vielleicht entdecken wir etwas, das uns weiterhelfen kann.“

Wie um seine Worte zu bestätigen, zuckte eine rote Zeile über die Mattscheibe vor ihm. Liszog, der gerade zu einer spöttischen Bemerkung ansetzen wollte, verstummte wieder.

Zerft stampfte mit seinen Beinen auf, daß der Boden dröhnte. Irgendwo im Schiff erklang ein metallisches Krachen, das den Unithern den Angstschweiß aus allen Poren trieb.

Leise, als könnte ein lauter Ton die KASZILL auseinanderfallen lassen, erklärte Golath: „Wir haben soeben eine überdimensionale Energieentladung angemessen.“

Liszog rollte erregt seinen Rüssel zusammen. Zerft wischte hastig über den Bildschirm, als könnte er damit eine Wiederholung des Vorgangs erreichen.

„Was mag das gewesen sein?“ fragte er gespannt. In diesem Fall waren sie auf Golath angewiesen. Er war der einzige der Verbannten, der über die notwendige Vorbildung verfügte, um mit den Geräten an Bord der KASZILL etwas anzufangen.

„Eine Unstabilität im Raum-Zeit-Kontinuum“, behauptete Liszog kühn.

Golath lachte. Er stand auf und ging zur Bordrechenmaschine hinüber. Sie unterschied sich kaum von terranischen Elektronengehirnen dieser Größe.

Der Unither programmierte die Positronik mit verschiedenen Daten. Dann blieb er abwartend davor stehen. Er erhielt das Ergebnis auf einer schmalen Metallfolie, in die mehrere Löcher gestanzt waren. Er lachte wieder.

„Was war das?“ fragte Liszog ungeduldig.

Etwas nachlässig schleuderte Golath den Streifen von sich. Er genoß diesen Augenblick. Die beiden Tölpel sollten ruhig wissen, was sie an ihm hatten. Ohne ihn, davon war er überzeugt, hatten sie keine Überlebenschance. Er wartete, bis er sah, wie sich Zerfts Rüssel versteifte.

„Es war ein Raumschiff“, betonte er.

„Wo ist es jetzt?“ erkundigte sich Liszog ängstlich.

„Wie groß ist es?“ fragte Zerft.

Golath rang einen Augenblick mit seiner Eitelkeit, dann entschied er sich, die Wahrheit zu berichten.

„Ich weiß es nicht“, sagte er. „Wir haben das fremde Schiff während einer Transition angepeilt, obwohl es offensichtlich unter Schutzmaßnahmen in den Hyperraum sprang. Glücklicherweise befinden sich an Bord der KASZILL Geräte, die uns erlauben, jede Veränderung im Raum zu orten. Das heißt, wir haben nicht das fremde Schiff direkt angepeilt, sondern lediglich eine räumliche Strukturveränderung. Es ist aber völlig aussichtslos, das Ziel oder die Größe des Fremden bestimmen zu wollen.“

„Wir hätten uns also nicht darüber aufzuregen brauchen“, meinte Liszog enttäuscht. „Wir können nichts mit unserer Entdeckung anfangen.“

„Doch“, sagte Golath. „Ich weiß, von welchem Punkt im Raum das Schiff in die Transition ging.“

Zerfts Rüssel zeigte auf die Mattscheibe mit den vereinzelten, leuchtenden Punkten.

„Von dort“, sagte er.

Etwas verärgert, daß man ihn um den Effekt beraubt hatte, fügte Golath säuerlich hinzu: „Ganz recht. Das Schiff befand sich zum Zeitpunkt des Hypersprungs in der Nähe jenes Systems, das wir uns als Ziel ausgesucht haben.“

„Wahrscheinlich war es ein arkonidisches Schiff“, sagte Liszog skeptisch.

„Als Angehörige eines ehemaligen Kolonialvolks werden uns die Arkoniden nicht gerade mit offenen Armen empfangen.“

„Darüber können wir uns immer noch den Kopf zerbrechen“, sagte Golath.

„Arkoniden“, flüsterte Zerft. In seiner Stimme lag Haß. Seine Augen glänzten, und seine Rückenmuskeln versteiften sich.

Keiner der drei Unither konnte ahnen, daß sie ein terranisches Schiff geortet hatten: Die SOLAR SYSTEM.

Nach 72 Stunden irdischer Zeitrechnung tauchte der stumpfe Bug der KASZILL im Ufgar-System auf. Der Flug war für die drei Unither ein Alptraum aus Angst und Entsetzen gewesen. Als sie die Hälfte der Strecke zurückgelegt hatten, war das Unheil in vollem Ausmaß über sie hereingebrochen. Die KASZILL hatte begonnen, einzelne Teile ihrer Umhüllung in den Raum zu katapultieren. Im hinteren Triebwerksraum war ein großes Leck entstanden, gegen das Zerft machtlos war. Im letzten Augenblick war es Liszog gelungen, das entsprechende Schott zu schließen. Das Leben der Verbannten hing an dem berühmten seidenen Faden, der in diesem Fall von einem Raumschiff repräsentiert wurde, das, abgesehen von einigen funktionsfähigen Ausrüstungsgegenständen, ein Wrack war.

Das Schicksal ließ die drei Unither ihr Ziel doch noch erreichen. Liszog glaubte zwar, daß das Raumschiff im letzten Moment ausfallen würde, aber die Hochstimmung Golaths und Zerfts zerstreute seinen Pessimismus.

„Der zweite Planet ist eine Sauerstoffwelt“, erklärte Golath nach umfangreichen Untersuchungen. „Dort werden wir landen.“

Er bemerkte Liszogs unsicheren Blick.

„Wir werden landen“, wiederholte er, „auch wenn es das letzte ist, was ich mit dem fliegenden Sarg tue.“

Innerlich war er nicht so sicher, wie seine Worte vermuten ließen. Er wußte nur zu gut, daß eine Landung mit der KASZILL einem Selbstmord ziemlich nahe kam. Er scheute sich jedoch, seine Bedenken offen zu zeigen, da er befürchtete, daß Zerft und Liszog ihre Zustimmung für eine Landung zurückziehen würden.

Der Unither war sich über ihre weiteren Pläne nicht im klaren. Nach der erfolgreichen Landung konnten viele Dinge geschehen, die sich jetzt noch nicht einkalkulieren ließen. Außerdem glaubte Golath, daß auf den jungen Liszog wenig Verlaß war. Im Ernstfall würde er sich besser an Zerft halten, der ihm zwar unsympathisch war, aber eine bedeutend größere Hilfe als Liszog sein würde.

„Wir müssen uns alle festschnallen“, befahl er. „Ich werde mich nicht auf den Robotpiloten verlassen. Nachdem wir aufgesetzt haben, müssen wir die KASZILL sofort räumen, da mit einer Explosion gerechnet werden muß.“

Bedächtig steuerte Golath in den nächsten Stunden auf ihr Ziel zu. Er schonte das Schiff, so gut es eben ging. Zerft hatte die Ortungsgeräte übernommen, und Liszog lief unruhig von einem zum anderen.

„Auf welcher Seite wollen wir niedergehen?“ fragte Zerft. „Ich würde die Nachtseite vorschlagen.“

„Wir werden einen derartigen Spektakel machen, daß es völlig gleichgültig ist, wo wir landen“, erklärte Golath. „Wenn dieser Planet von Arkoniden besetzt ist, wird man uns anpeilen. Daran können wir nichts ändern.“

Der Energietaster der KASZILL löste ihr Problem. Nachdem sie in das Gravitationsfeld des Planeten vorgestoßen waren, schlug das empfindliche Gerät aus. Zerft, der zwar das Zucken der Spindel registrierte, es jedoch nicht erklären konnte, rief Golath herbei.

„Da unten ist etwas“, meinte der große Unither.

„Was?“ wollte Liszog wissen, dessen Nervosität ständig stieg.

Golath schlenkerte ratlos mit dem Rüssel. Seine runden Augen starrten unentschlossen auf das Gerät.

„Der Ausschlag der Spindel ist nicht besonders stark“, sagte er. „Es ist möglich, daß sich auf diesem Planeten eine Energiestation befindet. Vielleicht ist es ein automatischer Richtsender. Wir wollen feststellen, wo die Impulse ihren Ursprung haben.“

„Wozu?“ Liszogs Frage stand scharf in dem Raum.

„Ganz einfach“, sagte Golath, „weil wir *dort* landen werden.“

Liszog blickte ihn entgeistert an. Er schnaubte und sah sich hilfesuchend nach Zerft um.

„Wir werden den Besitzern dieser Energiestation genau in die Arme laufen“, sagte Liszog kläglich. „Sie werden uns schon in der Lufthülle vernichten.“

Man sah Golath an, daß ihm die ständigen Einwendungen des jungen Ausgestoßenen zuwider waren. Seine Stimme hatte einen deutlich spürbaren Unterton von Verachtung, als er antwortete: „Das ist unser Risiko. Wenn dort unten Arkoniden sind, werden sie uns aufspüren, ganz gleich, wo wir auftauchen. Wir sollten uns deshalb das Überraschungsmoment nicht entgehen lassen. Handelt es sich jedoch um eine Robotstation, dann ist es unsinnig, einen langen Fußmarsch, der uns vielleicht durch Urwälder führen würde, in Kauf zu nehmen.“

Zerft entschied die Diskussion auf seine unkomplizierte Art. Über seinen breiten Rücken hinweg sahen die beiden anderen, wie sein Rüssel auf die zuckende Spindel deutete.

„Dort“, sagte er.

„Festhalten!“ schrie Golath.

Seine Stimme war von Angst erfüllt, und sein Rüssel schien wie unter starken Schmerzen zusammengerollt. Mehrere Gurte hielten seinen klobigen Körper auf der Pneumoliege. Liszog, der neben ihm lag, zitterte. Er hatte seine Augen fest zusammengekniffen. Seine Hände hatten sich in den Gurten verkrampft. Nur Zerft lag gelassen da. Er machte den Eindruck, als befände er sich in der angenehmen Behandlung des Rüsselreinigers.

Golath betätigte die Bremstriebwerke. Unter heftigen Erschütterungen drang die KASZILL in die obersten Luftschichten des Planeten ein. Der Schiffskörper bebte unter der starken Belastung. Verbindungen rissen auseinander, Nieten wurden abgeschert, Laschen platzten auf. Aber noch hielt die KASZILL. Die drei Unither kauerten hilflos auf ihren Lagern. Golaths feste Hände bedienten die Steuerung. Manchmal glaubte er, daß das Schiff nicht mehr reagieren würde. Im flachen Winkel, beinahe tangential zur Oberfläche, lenkte Golath die KASZILL in die neue Bahn. Als er gerade aufatmen wollte, versagte eines der Triebwerke. Das Schiff wurde herumgerissen, heulte protestierend auf und begann zu trudeln. Stöhnend unter dem plötzlich stärkeren Andruck, versuchte Golath das Gleichgewicht wiederherzustellen. Zerft verlor etwas von seiner Lethargie und warf dem Piloten einen besorgten Blick zu. Auf dem Panoramabildschirm über den drei Unithern huschten helle Wolken vorbei. Liszog wimmerte leise.

Golath entschied sich für ein gewagtes Manöver. Sekundenlang schaltete er alle Triebwerke des Schiffes ab. Von der Wucht der Antriebskraft noch gehalten, schoß die KASZILL voran. Als sie abzusacken begann, ließ Golath die drei noch intakten Hecktriebwerke anspringen. Mit plötzlicher Beschleunigung raste das Schiff dem fernen Boden entgegen. Dann brachte Golath die Bremsaggregate in Gang. Die KASZILL bäumte sich auf.

Jetzt bricht sie auseinander! dachte Golath verzweifelt.

Er schloß die Augen. Als er sie nach Sekunden wieder öffnete, existierte das Schiff immer noch; ein glühender Brocken von Metall, der durch die Hölle jagte. Golath stieß einen heiseren Schrei aus und blickte auf den Höhenmesser. Was er sah, trieb ihm den Schweiß auf die Stirn. Knapp viertausend Meter über der Oberfläche war die KASZILL noch so schnell, daß sie unweigerlich zerschellen mußte. Golath blieb nur die Möglichkeit, irgendwie wieder an Höhe zu gewinnen. Er hatte keine Zeit mehr zu kontrollieren, ob sie sich über ihrem Zielgebiet befanden, oder schon weit darüber hinausgeschossen waren. Es krachte und heulte. Golath wurde übel. Zitternd manipulierte er an der Steueranlage. Widerwillig gehorchte das Schiff. Der Unither trieb es in eine Höhe von etwas über fünftausend Metern.

„Wie lange dauert es noch?“ fragte Zerft mit einer Ruhe, als warte er im Kallasto-Hotel von Unith auf einen Gratis-Drink.

Golath verzichtete auf eine Antwort. Allmählich verlor das Schiff an Geschwindigkeit. Der Pilot wußte, daß er es nicht länger in dieser Höhe halten konnte. Er mußte zur Landung ansetzen. Mit einem Griff schaltete er drei weitere Bildschirme ein. Außer Wolken war jedoch nichts zu erkennen. Nach einiger Zeit schälten sich dunkle Schatten hervor, vermutlich riesige Wälder. Ein blauer Blitz zuckte vorüber. Golath war sicher, daß es ein See gewesen war. Er versuchte, eine Spirale zu fliegen, und wagte nicht daran zu denken, was er tatsächlich flog. Die Wolken verschwanden von den Mattscheiben, als habe sie eine riesige Hand davongewischt. Der Boden war eine graubraune Masse. Golath blickte auf den Höhenmesser. Plötzlich war er ganz ruhig.

„Jetzt“, sagte er tonlos.

Dann erstarb alles Geschehen in einem Blitz von Rauch, Staub, Flammen und aufgewühlter Erde.

Das erste war ein Wundern über die Tatsache, daß er noch am Leben war. Das zweite war ein unangenehmes Gefühl von Unreinlichkeit in seinem Rüssel.

Dann öffnete Golath die Augen.

Auf seiner Brust lag das Glas der zerbrochenen Bildschirme. Staub und Dreck hatten sich damit vermischt. Jetzt erst dachte er an seine

Begleiter. Zerft stand breitbeinig an den Ortungsgeräten und versuchte anscheinend herauszufinden, welche noch intakt waren. Verärgert, daß man sich nicht um ihn gekümmert hatte, löste Golath die Anschnallgurte von seinem Körper. Nun sah er auch Liszog. Der Junge lag unter der Rüsselreinigungsmaschine, die den Absturz anscheinend unbeschadet überstanden hatte.

„Da bist du ja“, sagte Zerft gelassen, als Golath an seiner Seite auftauchte und seinerseits die Geräte zu überprüfen begann. Golath warf ihm einen bösen Blick zu. Seine rechte Schulter schmerzte, und in seinem Rüssel war ein brennendes Gefühl. Ungeduldig blickte er hinüber zu Liszog. Er sagte jedoch nichts, denn das Reinigen des Rüssels war eine Art Ritual, bei dem man den damit Beschäftigten nicht unterbrechen durfte. Es gab keinen Unither, der dieses Tabu durchbrochen hätte. So wandte er sich wieder Zerft zu.

„Es scheint nicht so schlimm zu sein“, bemerkte dieser. „Die meisten Apparate arbeiten noch.“

„Wir müssen die KASZILL trotzdem verlassen“, knurrte Golath unfreundlich. „Noch ist die Gefahr einer Explosion nicht vorüber.“

Zerft lächelte etwas, als er seine Arme verschränkte und den Rüssel darüberhängen ließ.

„Du kannst natürlich ins Freie gehen, wenn du möchtest“, sagte er.

Golath trat einen Schritt zurück.

„Was bedeutet das?“ fragte er.

In der ihm eigenen Gelassenheit eröffnete Zerft: „Das bedeutet, daß ich ab sofort die Führung dieser Gruppe übernommen habe. Die KASZILL ist fast völlig zerstört. Wir brauchen dich nicht mehr, Golath. Ich habe bereits mit Liszog darüber gesprochen, während du noch ohne Bewußtsein warst. Er ist damit einverstanden, daß ich über unsere weiteren Schritte entscheide.“

Golaths Augen glitzerten. Er fühlte einen dumpfen Zorn in sich aufsteigen. Nur die geballte Kraft, die in Zerfts breiter Figur ruhen mußte, hinderte ihn daran, den anderen anzuspringen.

„Also gut“, sagte er frostig, „was hast du jetzt vor?“

Zerft, der durch seinen raschen Sieg etwas verblüfft war, beschäftigte sich eingehend mit den Geräten, bevor er antwortete. „Wir werden die KASZILL zu unserer Operationsbasis machen. Von hier aus können wir Untersuchungen starten. Wenn wir uns etwas erholt haben, gehen wir los. Wir marschieren in die ungefähre Richtung der Energiestation. Der Energietaster ist leider ausgefallen, so daß wir uns bei der Suche auf unser Glück verlassen müssen. Wir werden uns bewaffnen, damit wir eine gewisse Sicherheit haben. Inzwischen habe ich mich bereits außerhalb des Schiffes ein wenig umgesehen. Unweit von hier befindet sich ein großer See. Es ist am besten, wenn wir an seinem Ufer entlang wandern."

Für Zerft war das eine lange Rede gewesen. Liszog hatte die Reinigung seines Rüssels beendet. Golath, der seinen Platz einnehmen wollte, wurde von Zerft zurückgedrängt.

„Ich glaube, daß ich jetzt an der Reihe bin", sagte Zerft ruhig.

„Wir wollen diese Reihenfolge beibehalten", erwiderte Golath tonlos, „auch beim Sterben."

Wenn es jemals zwischen zwei Unithern zu einer Kriegserklärung gekommen war, dann in diesem Augenblick, mit diesen Worten.

Die KASZILL hatte den Boden in einer Länge von fast hundert Metern umgepflügt, bevor sie am Rand eines langgestreckten Waldes zur Ruhe gekommen war. Das Schiff war in zwei Hälften gespalten, wovon der hintere Teil mit den Triebwerken völlig ausgeglüht war.

Für die drei Unither bedeutete das im Moment nichts anderes als eine endgültige Verbannung auf diesen Planeten. Sie konnten sich glücklich schätzen, daß es eine Sauerstoffwelt war, die im großen und ganzen ihren Anforderungen genügte.

Die KASZILL oder das, was von ihr übriggeblieben war, lag etwa in der Mitte zwischen dem Wald und einem See, dessen entferntes Ufer nur als dunkler Strich am Horizont wahrzunehmen war.

Etwas widerwillig hatte Golath nach dem Stand der Sonne errechnet, daß es früher Morgen sein mußte. Als sie die KASZILL verließen, schlug ihnen eine angenehm frische Luft entgegen. Golath reckte seinen wuchtigen Körper der Sonne entgegen und atmete tief ein. Mit nachträglichem Schaudern dachte er an die verbrauchte Luft in der KASZILL zurück. Jetzt konnten sie Frischluft in das Schiff lassen und immer hierher zurückkehren. Von dieser Seite betrachtet, waren Zerfts Vorschläge noch nicht einmal schlecht. In regelmäßigen

Abständen stand der Rüsselreiniger für sie bereit. Golath war froh, daß sie nicht auf die primitive Methode ihrer Vorfahren zurückgreifen mußten, die ihre Rüssel mit blattumwickelten Stöcken gereinigt hatten. Diese Art der Säuberung hatte in den letzten Generationen auf Unith einen anrüchigen Beigeschmack erhalten.

„Wir klettern zum Ufer hinunter", unterbrach Zerfts Stimme seine Gedanken. „Es ist wichtig, daß wir unsere Untersuchungen so einteilen, daß wir bei Anbruch der Dunkelheit zurück sind."

Er rückte den Thermostrahler zurecht und winkte den beiden anderen. Liszog hob seinen Rüssel zum Zeichen seiner Bereitwilligkeit. Golath knurrte nur. Die seltsame Gruppe setzte sich in Bewegung.

Golath erreichte den Steilhang, der sie von dem See trennte, zuerst. Er wollte schon hinabklettern, als Liszog einen Ausruf der Überraschung ausstieß. Der junge Unither zeigte nach vorn.

„Dort vorn ist der Boden verbrannt", sagte er.

Auch Golath erkannte jetzt den dunklen Fleck. Zerft nickte, und sie begannen auf die mysteriöse Erscheinung zuzulaufen. In einem genauen Kreis waren Gras, Büsche und Sträucher abgebrannt und teilweise versengt. Interessant war die Tatsache, daß innerhalb des Kreises unversehrte Stellen zu sehen waren.

„Das war zweifellos kein natürliches Feuer", meinte Zerft. Er bückte sich und riß einige halbverbrannte Büschel mit dem Rüssel aus. „Was hältst du davon, Golath?"

Golath, dessen scharfe Augen bereits weitere Dinge entdeckt hatten, erwiderte mürrisch: „Es war ein Raumschiff. Man kann noch die Eindrücke der Landestützen erkennen. Wahrscheinlich war es ein arkonidisches Schiff."

„Woran erkennst du das?" fragte Liszog unbehaglich.

„An der Anordnung der Landestützen und an der Form des Grasbrandes", erläuterte Golath bereitwillig. Er wollte dem Jungen beweisen, daß er weit mehr als Zerft befähigt war, ihre Geschicke zu leiten.

Zerft, der zum Rand des Hanges gelaufen war, rief ihnen etwas zu. Seine Stimme klang erregt, bei ihm ein seltenes Vorkommnis.

„Seht hinunter", forderte er seine Begleiter auf.

Golath beugte sich vor. Er hörte, wie Liszog einen Schrei ausstieß.

„Ein Haus!“ rief Golath triumphierend. „Und ein kleines Raumschiff.“

Gemeinsam blickten sie hinunter.

„Es scheint niemand dort zu sein“, flüsterte Liszog.

„Doch“, widersprach Zerft. „Auf der anderen Seite des Hauses stehen zwei Kampfroboter. Kommt!“

Er zog Golath und Liszog ein Stück mit sich fort.

„So, von hier könnt ihr sie sehen.“

Für Golath genügte ein Blick. Liszog brauchte etwas länger. Sein Gesicht verfärbte sich.

„Wenn sie uns entdecken, sind wir rettungslos verloren“, jammerte er.

„Das stimmt“, sagte Golath. „Gegen diese Maschinen haben wir keine Chancen. Anscheinend ist es eine Station eines arkonidischen Tierfängers, die er in regelmäßigen Abständen aufsucht, um seine Fallen zu kontrollieren.“

Zerft schleuderte das Grasbüschel, das er immer noch bei sich trug, wütend von sich. „Dort unten ist eine einzigartige Gelegenheit für uns. Nicht nur, daß wir ein Raumschiff übernehmen können, nein, wir haben Gelegenheit, damit nach Unith zurückzukehren. Es ist offensichtlich, daß es sich um eine Sonderkonstruktion handelt, über die unser Volk noch nicht verfügt. Man würde uns mit Ehren überhäufen, wenn es uns gelänge, das Schiff zu entführen.“

„Wieso bist du so sicher, daß es ein Raumschiff ist?“ erkundigte sich Liszog. „Es kann ebenso eine Art Boot sein, das der Tierfänger zum Fischen benutzt.“

Zerft grunzte verächtlich, und Golath fragte sich, warum er sich jemals mit einem solchen Dummkopf wie Liszog eingelassen hatte. Dort unten war das, was sie dringend benötigten. Sie brauchten nur hinzugehen und es sich zu nehmen. Leider würden die Kampfroboter das nicht zulassen.

„Wir müssen die beiden Roboter vernichten“, sagte Zerft schließlich.

Von dem Ausspruch eines solchen Vorschlags bis zu seiner Ausführung war ein weiter Weg. Zerft erkannte, daß sie einmal mehr von Golath abhängig waren. Ohne dessen Kenntnisse wagte er in dieser Situation nichts zu unternehmen.

„Wahrscheinlich besitzen die Roboter einen Schutzschirm", vermutete Golath. „Sie schalten ihn jedoch nur bei Gefahr ein, um ihre Energien nicht vorzeitig zu erschöpfen. Wenn es uns gelingt, die beiden Maschinen zu überrumpeln, bevor sie ihren Schirm errichten können, haben wir das Spiel gewonnen."

„Was wir bisher getan haben, war mehr oder weniger von unserem Glück abhängig", sagte Zerft, ohne Golath dabei anzusehen.

„Es gibt im Leben eines Unithers immer nur zwei Möglichkeiten: Glück zu haben oder nicht", entgegnete Golath philosophisch. „Wenn wir unsere Thermostrahler zusammen auf die Roboter richten und mit stärkster Kraft feuern, können wir sie vernichten."

„Was ist, wenn sie unserem Beschuß standhalten?" Liszogs Stimme war so unsicher, daß sie hoch und gebrochen klang.

„Sie können schneller laufen als wir", sagte Golath zynisch. „Der Rest bleibt deiner Phantasie überlassen."

Liszogs Phantasie schien, im Gegensatz zu anderen Begabungen, sehr gut entwickelt zu sein, denn sein Rüssel krümmte sich in schlecht verborgenem Entsetzen. Zerft nahm jedoch keine Rücksicht auf seinen jungen Gefährten.

„Wir wollen es hinter uns bringen."

Er zog seine Waffe. Golath und Liszog folgten seinem Beispiel. Drei unförmige, braune Arme reckten sich über den Hang. Drei Sicherheitshebel rasteten aus ihrer Automatiklagerung.

„Feuer!" Zerfts Stimme stand klar in der Morgenluft.

Drei bleistiftdünne Strahlen, die sich mit zunehmender Entfernung von der Waffe ausbreiteten, zischten den Robotern entgegen. Den Maschinen blieb keine Zeit zu einer Reaktion. In der entfesselten Gluthölle konzentrierten Beschusses wurden ihre Positronengehirne innerhalb von Sekunden vernichtet.

„Genug!" befahl Zerft.

Liszog sah hinunter zu den zusammengesunkenen Metallgestalten und schluchzte leise. Seine Nerven hatten der Belastung nicht standgehalten. Zerft klopfte ihm beruhigend auf die Schulter.

„Sie sind erledigt", erkannte Golath. „Nichts hält uns mehr auf."

„Es sei denn, der Besitzer dieser schönen Dinge würde unverhofft auftauchen", wandte Zerft ein.

Golath klopfte bezeichnend gegen seine Waffe. „Dies hier – und unsere Entschlossenheit – wird uns schützen."

Noch vor Einbruch der Dunkelheit mußte Golath erkennen, daß es auf diesem Planeten einen alten Arkoniden gab, der in seiner Entschlossenheit den Unithern nicht nachstand.

24.

Zuerst dachte Crest, es sei die SOLAR SYSTEM, die noch einmal zurückkommen würde. Er befand sich mit dem Boot ungefähr in der Mitte des Sees, als die Stille um ihn herum plötzlich zerriß. Ein schrilles Pfeifen, das bald danach zu einem dröhnenden Brausen anschwoll, erfüllte die Luft über dem Wasser. Crest legte das Paddel zur Seite und blickte auf. Es war früh am Morgen. Der Himmel war von Wolken bedeckt. Auf diesem wasserreichen Planeten kam die Sonne nur selten zum Durchbruch.

Crests suchende Blicke fanden einen dunklen, zigarrenförmigen Schatten, der mit wahnwitziger Geschwindigkeit über den See huschte. Das Raumschiff – Crest zweifelte keine Sekunde daran, daß es sich um ein solches handelte – beschrieb eine selbstmörderische Landekurve, die den Piloten in den Augen des Arkoniden zu einem Wahnsinnigen stempelte. Mehrere hundert Meter hinter dem Ufer schlug das Schiff auf. Eine riesige Qualmwolke breitete sich an jener Stelle aus.

Crests erste Reaktion war der Gedanke, den Verunglückten rasche Hilfe zu bringen. Er verwünschte seine Voreiligkeit, den beiden Robotern befohlen zu haben, den Außenbordmotor zu demontieren. Crest legte keinen Wert auf Rasereien über den See. So war er, kaum daß es hell geworden war, langsam hinausgepaddelt. Die Stille tat dem alten Mann gut, und er vergnügte sich damit, den bunten Fischen bei ihren Spielen im klaren Wasser zuzusehen.

Crests zweiter Gedanke war wesentlich realistischer und rettete ihm wahrscheinlich das Leben. Er sagte sich, daß die Bauart des Schiffes darauf hindeutete, daß es sich weder um ein terranisches noch um ein arkonidisches handelte. Die Form des Schiffes kam ihm bekannt vor. Er erinnerte sich daran, daß die Unither diesen Schiffstyp verwendeten. Er wußte, daß dieses Volk – wie viele andere – von den Arkoniden unterdrückt worden war, bis es ihm gelang, die Unabhängigkeit von Arkon zu erhalten – lange Zeit, bevor der Robotregent die Macht übernahm. Er hatte von der Besatzung dieses Schiffes also nichts Gutes zu erwarten. Zu stark mußte den Unithern die Zeit der kolonialen Unterdrückung durch die Arkoniden noch in Erinnerung sein.

Sofort erwachte die Sorge in Crest, weniger um sich selbst, als um die ihm von Rhodan überlassene Space-Jet. Der Wissenschaftler war ein erfahrener Mann. Die Tatsache, daß die Unither ausgerechnet hier niedergegangen waren, war kein Zufall gewesen. Vielmehr konnte Crest annehmen, daß man die Energiestation, die sein kleines Haus versorgte, angepeilt hatte.

Crest erkannte, daß Vorsicht angebracht war. Seine körperliche Verfassung erlaubte es ihm nicht, sich auf gefährliche Abenteuer einzulassen. Er mußte überlegt vorgehen. Er schätzte die Entfernung zu seinem Wohnsitz ab. Selbst wenn er ein scharfes Tempo vorlegte, würde es längere Zeit dauern, bis er das Ufer erreicht hätte. Währenddessen konnten die Unither bereits dort angelangt sein. Crest warf einen bedauernden Blick auf den Handimpulsstrahler, den er mit sich führte. Im Ernstfall war dies eine schwache Waffe. Glücklicherweise war die Space-Jet durch einen Schutzschirm gesichert, der nur durch den Kodesender an Crests Handgelenk abgeschaltet werden konnte.

Der Arkonide entschloß sich, nicht direkt vor seinem Haus anzukommen. Es war viel zu riskant, eventuellen Angreifern ein offenes Ziel zu bieten. Er mußte mehrere hundert Meter von seinem eigentlichen Standort entfernt an Land gehen und sich vorsichtig heranarbeiten. Crest ergriff das Paddel und steuerte das kleine Boot herum. Er blickte sich nach einer geeigneten Stelle um und paddelte darauf los.

Nachdem er ungefähr die Hälfte der Strecke zurückgelegt hatte, legte er eine Ruhepause ein. Die Vorstellung, daß es vielleicht keine Angreifer gab, sondern nur hilflose Verunglückte, quälte sein Gewissen. Er rang mit dem Wunsch, möglichst schnell zu dem Absturzort des Schiffes zu gelangen, um Verletzten beizustehen. So sehr dieses Mitgefühl vielleicht angebracht war, er mußte es für später aufbewahren. Mit Bitterkeit dachte Crest an das Mißtrauen, mit dem viele Völker der Galaxis einander begegneten.

Crest nahm seine unterbrochene Fahrt wieder auf. Seine Arme bewegten das Paddel gleichmäßig. Er hatte keine Uhr bei sich – ein einsamer, alter Mann braucht keine Uhr. Als der Kiel des Bootes knirschend auf dem Ufersand auflief, waren mehrere Stunden verstrichen. Crest kletterte an Land. Er verankerte das Boot, um es später wieder holen zu können. An dieser Stelle war der Steilhang nicht so hoch. Trotzdem geriet der Arkonide außer Atem, bis er ihn erstiegen hatte. Am Strand entlang zu gehen, wäre zu gefährlich gewesen, denn es boten sich kaum Verstecke für eine heimliche Annäherung. Crest raffte seinen Umhang zusammen und marschierte los. Für einen Augenblick erschien die Sonne zwischen den Wolken und badete das Land in warmes, gelbes Licht. Noch einmal blickte Crest zurück. Aus dieser Perspektive erschien ihm das Boot winzig. Es schaukelte unmerklich auf den Wellen. Er überprüfte den Impulsstrahler. Es war schon lange Zeit her, daß er eine Waffe in den Händen getragen hatte – mit dem Vorsatz, sie unter Umständen zu benutzen. Der Arkonide hatte ganze Planeten vergehen sehen, Leid und Tod hatten sein Leben erfüllt, aber er war geistig zu gereift, um in einer Waffe mehr als ein notwendiges Übel zu sehen.

Crest lenkte seine Aufmerksamkeit jetzt ausschließlich auf die Umgebung. Er ging so, daß er jederzeit in eine Bodenmulde in Deckung springen konnte. Er gab sich keinen Illusionen hin, daß es ihm gelingen könnte, unbemerkt in die Space-Jet zu gelangen und den Hyperfunk in Betrieb zu setzen. Der Steilhang machte eine leichte Kurve. Crest verlor das Boot aus den Augen, aber sein Haus würde jetzt bald in das Blickfeld kommen. Er ging schneller.

Er erreichte die Stelle, an der die SOLAR SYSTEM gestanden hatte. Zögernd näherte er sich dem Rand der Anhöhe. Zwei Meter davor duckte er sich und kroch vorsichtig weiter. Fünfzig Meter unterhalb befand sich seine Station. Der Boden roch verbrannt. Crests Herz schlug schneller. Allmählich schob er sich weiter. Er mußte darauf achten, daß er kein Geröll oder Steine in die Tiefe schleuderte. Schließlich war er weit genug gekommen. Er hob seinen Kopf und blickte hinab.

Was er sah, genügte, um ihn entsetzt zusammenfahren zu lassen.

Die beiden Kampfroboter lagen zusammengesunken neben dem Haus. Ihre Metallschädel waren zerschmolzen.

Aber das war nicht so schlimm.

Viel schlimmer waren die drei plumpen Gestalten, die damit beschäftigt waren, in die Space-Jet zu gelangen.

Crest schloß einen Moment die Augen. Seine düsteren Ahnungen wurden von den Tatsachen noch übertroffen. Die drei Unither liefen in sichtbarer Erregung um den Diskus herum. Anscheinend suchten sie nach einem Mittel, um den Schutzschirm, der das Raumschiff umgab, zu durchbrechen. Ein Teil ihrer Versuche bestand in einem großen Loch, das sie mit ihren Strahlern in den Boden gebrannt hatten, um von unten an die Jet heranzukommen. Dieses Vorhaben war ganz offensichtlich gescheitert. Die Rüsselträger schienen jedoch nichts von ihrer anfänglichen Aktivität eingebüßt zu haben. Mit wahrer Besessenheit attackierten sie den Schirm und stellten alle möglichen Experimente an.

Crest beobachtete sie einige Zeit völlig bewegungslos.

Dann griff er zur Waffe.

Es war eine rein automatische Bewegung, hervorgerufen durch den Drang, die Space-Jet unter allen Umständen zu retten. Er brachte den Impulsstrahler in Anschlag.

„Du Narr, willst du die Jet und dein Leben riskieren?“ meldete sich sein Logiksektor.

Die Spannung wich aus seinem Körper, und er begann in später Reaktion ein wenig zu zittern. Er ließ die Waffe sinken. Hastig zog er sich von seinem Beobachtungsposten zurück.

Bestenfalls konnte er einen Unither außer Gefecht setzen, dann war er ihnen und ihren stärkeren Waffen ausgeliefert.

„Du brauchst eine bessere Waffe“, sprach jener seltsame Extrasinn an. *„Du weißt, wo eine zu finden ist.“*

Das war es.

Die plump aussehenden Wesen trugen schwere Thermostrahler bei sich. Der Zustand der Roboter ließ darauf schließen. Das bedeutete, daß in ihrem Schiff wahrscheinlich weitere Waffen dieser Art zu finden waren.

Er mußte zum Raumschiff der Unither. Und zwar schnell.

Noch einmal stockte der Arkonide. Angenommen, die Rüsselträger hatten eine Wache bei ihrem Sternenfahrzeug zurückgelassen? Diese Möglichkeit mußte er in Kauf nehmen.

Crest blickte sich um. Die Stelle, an der das Schiff der Unither gelandet war, mußte sich ungefähr vor dem Wald befinden. Crest kniff seine Augen zusammen, aber er konnte nichts erkennen.

Nun kam es darauf an, daß er, so rasch es ging, seinen Plan ausführte. Er konnte dabei keine Rücksicht auf seinen körperlichen Zustand nehmen. Er hatte Rhodan versprochen, daß die Space-Jet niemals in fremde Hände fallen würde. Nie hätte er geglaubt, daß er sie tatsächlich würde verteidigen müssen.

Während er lief, blickte er sich öfter um. Er mußte damit rechnen, daß die Rüsselwesen jeden Augenblick auf der Anhöhe erschienen, um technische Verstärkung von ihrem Schiff zu holen. Mehr als einmal hatte Crest das unbehagliche Gefühl, daß eine tödliche Thermowaffe auf seinen Rücken zeigte. Er achtete nicht auf die Müdigkeit seiner Beine. Er war ein erschöpfter, alter Mann, aber er mußte handeln wie ein junger.

Er entdeckte das Raumschiff der Angreifer. Es war in zwei Hälften auseinandergebrochen. Der eine Teil war völlig ausgebrannt. Noch einmal sah Crest über seine Schulter zurück. Die Ebene hinter ihm war frei. Die Tatsache, daß das Schiff nur noch ein Wrack war, erhöhte Crests Sorge um die Jet erheblich. Seine Gegner waren gezwungen, das Raumboot in ihre Hände zu bringen, wenn sie nicht auf diesem Planeten festsitzen wollten. Der Wissenschaftler konnte sich vorstellen, daß sie nichts unversucht lassen würden, den schützenden Energieschirm zu zerstören.

Crest widmete seine Aufmerksamkeit dem noch erhaltenen Stück des Raumschiffs. Er konnte von mehreren Seiten eindringen. Durch die offene Luftschleuse und durch jene Stelle, in der durch die

Bruchlandung ein riesiges Loch entstanden war. Außerdem gab es am Bug einen klaffenden Riß, der breit genug war, um einen Menschen hindurchzulassen. Crest entschied sich für den Weg durch die Schleuse. Wiederholt griff er nach dem Impulsstrahler. Aber niemand tauchte auf, um ihn aufzuhalten. Er schwang sich in die Schleuse. Es drang genügend Licht herein, daß er sich orientieren konnte. Crests geschulter Blick erkannte, daß es sich um ein schrottreifes Schiff handelte, das bereits vor dem Absturz in einem katastrophalen Zustand gewesen sein mußte. Über der Schleuse waren einige Schriftzeichen angebracht, deren Bedeutung Crest rätselhaft war. Er drang weiter in das Innere ein. Ein Teil der Gänge war aufgebrochen und zerstört. Zahllose Metall- und Kunststoffbrocken lagen am Boden. Crest kletterte darüber hinweg. Er gelangte in einen größeren Raum, der mit Geräten aller Art angefüllt war. Es blieb ihm keine Zeit, sich über die Bedeutung der verschiedenen Apparate Gedanken zu machen. Fieberhaft setzte er seine Suche nach Waffen fort.

Er stieg über eine Art Pritsche, hinter der an der Wand biegsame Spiralarme herabhingen.

Weiter kam er nicht.

Er spürte, wie er von hinten gepackt und umschlungen wurde. Der Impulsstrahler polterte zu Boden. Crest stieß einen erstickten Schrei aus und blickte sich nach dem Gegner um.

Der Angreifer war mechanischer Natur.

Zwei der seltsamen Spiralarme hatten sich von der Wand abgestreckt und Crest wie eine Schlange umwickelt. Unaufhaltsam wurde er nach unten auf die Pritsche gezogen.

Eine Falle! dachte er verzweifelt. Sie haben eine Falle aufgestellt.

Mit aller Kraft versuchte er, sich aus der Verstrickung zu lösen. Aber er mußte einsehen, daß es sinnlos war. Der Automat hielt ihn in seinen sicheren Stahlfängen.

Crest wurde auf das flache Lager am Boden hinabgezwungen. Er stellte seine Gegenwehr ein. Kurz darauf lag er ausgestreckt da. Zu beiden Seiten der mysteriösen Falle erschienen Spangen, die sich über Crests Körper schoben und ihn hilflos fesselten. Jetzt konnte er nur noch den Kopf bewegen.

Mit starren Augen mußte Crest zusehen, wie sich eine Art

gepolsterter Stempel von oben auf ihn herabsenkte und seine Stirn nach hinten drückte. Er verwünschte seine Unvorsichtigkeit. Aber zu solchen Überlegungen war es jetzt zu spät. Wie in einen Kokon eingesponnen, war er der Maschinerie ausgeliefert.

Bevor Crest einen sinnvollen Gedanken fassen konnte, reckte sich eine Spirale vor sein Gesicht. An ihrem Ende befand sich eine Stange, die mit einem weich aussehenden Material umwickelt war. Eine helle Flüssigkeit tropfte daraus hervor. Crest glaubte zu träumen. Das Ding fuchtelte vor seiner Nase herum. Der Arkonide bemerkte, daß die tropfende Stange langsam rotierte. Dabei stieß der ganze Apparat Geräusche aus, die sich wie ein einschläferndes „Bzzzzzzt!" anhörten.

Zwei hauchdünne, fühlerähnliche Drähte erschienen und schwangen vor Crests Augen, als seien sie auf der Suche nach irgend etwas. Sie berührten Crests Nase. Er zuckte zusammen, obwohl das Metall angenehm warm war. Dann verschwanden die Taster wieder. Die Hoffnung des Arkoniden auf ein Ende des unerklärlichen Geschehens sollte enttäuscht werden.

Dic rotierende Stange tauchte wieder auf und ließ sich zielstrebig auf Crests Gesicht heruntersinken.

„Bzzzzzzt!" machte das Ding.

Golath kletterte aus dem Loch und ließ sich erschöpft zu Boden sinken. Sein Groll war so weit gestiegen, daß er Zerft einen bösartigen Blick zuwarf. Er hatte von Anfang an gewußt, daß es sinnlos war, auf diese Art zu versuchen, in das kleine Schiff zu gelangen. Doch Zerft hatte darauf bestanden, daß sie den Versuch fortsetzten.

„Was ist los?" fragte Zerft gereizt.

„Ich bin müde", erklärte Golath. „So werden wir es nicht schaffen. Vielleicht gelingt es uns, mit einigen Geräten diesen Schirm zu zerstören."

„Es muß doch ganz einfach sein", beharrte Zerft starrsinnig. „Der Besitzer dieses winzigen Dinges kann ebenfalls nicht diese energetische Schutzhülle durchdringen. Also muß er sie ausschalten, bevor er in sein Schiff will. Das muß schnell gehen, also gibt es eine sichere, rasche Methode, um den Schirm zusammenbrechen zu lassen."

„Gewiß“, pflichtete Golath ihm bei. „Für ihn ist es einfach.“

Zerft starrte auf die Space-Jet, als könnte er sie allein mit der Kraft seiner Blicke erobern. „Welche Möglichkeiten haben wir noch?“

Golath zuckte mit dem Rüssel. „Wir können versuchen, bei der KASZILL einige Generatoren auszubauen. Vielleicht können wir die Energie des Schirmes absorbieren, oder an einer Stelle konzentrisch zusammenziehen, so daß eine Lücke entsteht.“

„Das ist klar“, behauptete Zerft. „Wir wollen abwarten, ob Liszog in dem Haus eine Möglichkeit findet, an das Schiff heranzukommen.“

Golaths verächtliches Brummen galt gleichermaßen Zerfts mangelhaftem technischen Verständnis wie Liszogs entdeckerischen Fähigkeiten. Er hatte das dringende Bedürfnis, seinen Rüssel einer ausgedehnten Reinigung zu unterziehen. Früher oder später, darüber war er sich im klaren, würde es zu einer ernsthaften Auseinandersetzung zwischen ihm und Zerft kommen. Er hatte es satt, von dem breitschultrigen Unither Befehle entgegenzunehmen. Zerft war nicht viel intelligenter als Liszog; er war, um es deutlich auszudrücken, ein primitiver Dieb.

Ein Schrei durchbrach seine Gedanken.

„Liszog!“ fauchte Zerft und rannte auf das Haus zu.

Golath sprang auf und folgte ihm. Der junge Narr würde sie noch in Schwierigkeiten bringen. Dicht hinter Zerft stolperte Golath über die Schwelle. Der erste Raum war leer.

„Dort hinein!“ rief Zerft.

Sie stürmten in den nächsten Raum. Blauer Dunst schlug ihnen entgegen. Golath hustete. Seine Augen erkannten verschwommen die Gestalt von Liszog, der mit beinahe tänzerischen Bewegungen umherhüpfte. Dabei jammerte er laut. In einer Hand hielt der junge Unither den Thermostrahler, die zweite Hand hielt er ängstlich unter dem Rüssel verborgen. Golath sah, daß sie blutete.

Zerft hatte Liszog erreicht und zerrte ihn aus dem Qualm hinaus. Golaths Rüssel krümmte sich angewidert in dem brandigen Geruch.

„Auf wen hast du geschossen?“ erkundigte sich Zerft ungnädig.

„Auf eine Maschine“, verkündete Liszog mit weinerlicher Stimme.

Golath erstarrte. „Auf einen Kampfroboter?“

„Nein“, sagte Liszog, „nur auf eine Maschine.“

„Warum?“ wollte Zerft wissen.

„Sie hat mich verletzt“, berichtete Liszog. „Da waren einige Schaltungen. Ich dachte, daß sie vielleicht mit dem Schiff zu tun hätten, und ich habe sie betätigt.“

„Und dann?“

„Ein großes, quadratisches Ding, mit mehrerern Löchern darin, begann zu brummen“, sagte Liszog leise. „Ich sah, daß sich in den Öffnungen etwas bewegte. Ich griff hinein. Meine Hand wurde ergriffen. Bevor ich sie wieder zurückziehen konnte, war sie bereits verletzt.“

„Warum hast du geschossen?“ fragte Golath.

Liszog sah ihn an. In seinen Augen stand Hilflosigkeit. Plötzlich empfand Golath so etwas wie Mitleid mit dem jungen Verbannten.

„Ich weiß es nicht“, sagte Liszog.

„Er hat die Nerven verloren!“ rief Zerft verärgert aus. „Er ist schreckhaft wie ein altes Weib. Mit dieser sinnlosen Herumschießerei wird er uns noch Kummer machen.“

Golath sagte: „Ich werde nachsehen, auf was er da geschossen hat.“

Zerft nickte zustimmend. Er selbst legte keinen Wert darauf, noch einmal in den rauchigen Raum zu gehen. Zusammen mit Liszog verließ er das Haus. Sie hockten sich auf den Boden und warteten.

Nach einer Weile kam Golath.

„Nun?“ fragte Zerft und erhob sich.

Golath blickte ihn ausdruckslos an.

„Es war tatsächlich eine Maschine“, sagte er langsam. „Eine Spezialmaschine sogar.“

Liszog hob den Kopf. Vielleicht war es ihm gelungen, seinen Begleitern einen Dienst zu erweisen.

Zerft warf Golath einen argwöhnischen Blick zu. „Eine Spezialmaschine? Wofür?“

„Zur Zerkleinerung von Speisen“, erklärte Golath.

Liszog sank in sich zusammen. Zerft betrachtete ihn wütend.

„Wir müssen zurück zur KASZILL“, bemerkte Golath ruhig. „Wir brauchen Geräte. Außerdem muß Liszog einen Verband erhalten.“

Ausnahmsweise hatte Zerft nichts einzuwenden. Wortlos ging er voraus. Liszog schlich bedrückt hinterher.

Crest befand sich in der wenig beneidenswerten Lage eines Mannes, der vor seinen Augen ein grandioses Schauspiel abrollen sieht, in dem er zwar die Hauptrolle innehat, aber in keiner Phase in das Geschehen eingreifen kann. Längst hatte der Arkonide herausgefunden, daß es sich bei der Maschine nicht um eine sinnvoll geplante Falle handelte.

Von diesem Standpunkt aus mußte Crest die vielarmige, fremde Maschine betrachten. Ihre Reaktionen wurden durch den informatorischen Befehl hervorgerufen, die Arbeit aufzunehmen. Als Roboter hatte sie nur zwei Alternativen: Zu ruhen oder zu funktionieren. Zwischen diesen beiden gegensätzlichen Polen gab es keinerlei Abstufung.

In welchem Zustand sich der Roboter befand, von dem Crest attackiert wurde, darüber bestanden keine Zweifel. Er funktionierte.

Es gab eine todsichere Methode, dieser teuflischen Einrichtung zu entkommen: Crest mußte sie abschalten. Aber er wußte nicht wie, ja, er war noch nicht einmal in der Lage, festzustellen, auf welche Weise er sie in Gang gebracht hatte.

„Bzzzzzzzt", ließ der Spiralarm sein Gebrumm ertönen.

Für den Arkoniden klang es schon beinahe höhnisch.

Nach einer weiteren Stunde war Crest soweit, daß er die Fremden herbeisehnte. Sein Gesicht und die Haare waren völlig durchnäßt. Er fühlte seine Augen brennen. Die Stellen, an denen sein Körper an die Pritsche gefesselt war, begannen zu schmerzen. Seine Füße, die am unteren Rand des Lagers überhingen, fühlten sich an wie Bleiklumpen.

„Du darfst jetzt nicht aufgeben", warnte sein Extrasinn. *„Du mußt den Fremden geistig frisch entgegentreten."*

„Treten ist gut", murmelte Crest sarkastisch.

Warum hatte er Rhodans Drängen nicht nachgegeben und sich in die Hochgebirge auf der Erde zurückgezogen? Auch auf Arkon hätte er Ruhe finden können. Atlan, der den Robotregenten übernommen hatte, hätte ihm helfen können. Crest wollte den Kopf schütteln, aber der Stempel hinderte ihn an der Ausführung. Arkon war nicht mehr seine Heimat. Er hätte sich dort nicht wohl fühlen können. Im Lauf der Jahre hatte er sich immer mehr dem Großen Imperium entfremdet. Seine Unterstützung hatte den Terranern gegolten. Nachdem Thora,

Rhodans Frau, gestorben war, hatte Crest die letzte Bindung an sein Volk verloren. Und der sich so negativ auswirkende Erbteil in Thomas Cardif, Thoras und Rhodans Sohn, gab den Ausschlag: Der alte Mann hatte sich endgültig von Arkon abgewendet.

Ein Geräusch ließ ihn aufschrecken. Wenn er die Augen verdrehte, konnte er fast bis zu dem geöffneten Schott blicken. Kamen die drei Gegner zurück? Crest vergaß den immer noch arbeitenden Automaten. Jetzt kam es darauf an, eine winzige Chance zu erspähen.

Unverwandt starrte der alte Arkonide in die Richtung, aus der der Feind kommen mußte. Was immer geschehen würde, er wollte sein Bestes geben, um die Space-Jet zu retten.

Scharren und Rascheln drang zu ihm herein. Stampfende Schritte näherten sich. Crest blieb bis in das Innere seines schwachen Körpers eiskalt. Wahrscheinlich war er verloren. Er empfand keine Angst. Lag es daran, daß er mutig war? Oder war es nur sein Alter, dem gegenüber der Tod seinen Schrecken nicht in voller Stärke ausspielen konnte?

Das Poltern war jetzt ganz nahe.

„Bzzzzzzzt“, brummte der Spiralarm lakonisch.

Crest fühlte die Flüssigkeit über seine Wangen laufen. Er mußte niesen. Dabei schloß er die Augen. Als er sie wieder öffnete, waren sie da.

Drei plumpe, rüsselbewehrte Gestalten, ebenso groß wie Crest, aber doppelt so breit.

Sie standen schweigend und bewegungslos im Schott und starrten aus riesigen Augen zu ihm herüber.

„Hallo!“ krächzte Crest.

Als sie durch die Luftschleuse gingen, hatte Golath das merkwürdige Gefühl, beobachtet zu werden. Energisch schüttelte er seinen Rüssel. Zerft blieb stehen. Liszog hielt sich etwas zurück.

„Was ist los?“ fragte Zerft.

Golath musterte ihn mit undurchdringlichem Gesicht. Die ganze Strecke war er hinter dem breitschultrigen Verbannten hergelaufen. Sein Zorn auf Zerft war ständig gewachsen und hatte jetzt den Höhepunkt erreicht.

„Es ist nichts“, sagte er mit deutlicher Ablehnung.

Zerft hob seine Arme. Golath erkannte, wie sich der Rüssel des anderen spannte. Ihre Blicke kreuzten sich. Feindselige Blicke. Liszog kam näher und hielt seine verletzte Hand.

„Warum gehen wir nicht weiter?“ nörgelte er. „Ich habe Schmerzen. Meine Hand muß verbunden werden.“

Die Verkrampfung in Zerft löste sich. Golath ließ seinen Rüssel in stummer Herausforderung kreisen. Doch Zerft wandte sich wortlos ab und ging weiter. Durch den Hauptgang näherten sie sich der Zentrale.

Als sie das Schott erreicht hatten, blieb Zerft plötzlich stehen. Golath und Liszog traten neben ihn.

Im ersten Moment war Golath so verblüfft, daß er vergaß zu atmen.

Auf dem Rüsselreiniger lag ein Fremder.

Kein Unither – ein Arkonide.

Die Maschine bemühte sich vergeblich, den Rüssel des kurznasigen Mannes zu finden. Die drei Unither standen wie erstarrt.

Da sagte der Fremde mit dünner Stimme irgendein Wort.

Für die Verbannten war es wie ein Signal. Golath machte einen Schritt nach vorn, auf den Rüsselreiniger zu. Liszog schnaubte entsetzt. Im selben Moment wurde Golath zur Seite gestoßen.

Zerft drängte sich nach vorn. Er riß den Thermostrahler aus dem Gürtel.

„Ein Arkonide!“ rief er, und seine Stimme war von Haß verzerrt.

Dann richtete er die Waffe auf den wehrlosen Mann zu ihren Füßen.

Die Reaktionsfähigkeit eines Unithers kommt an die eines Menschen nicht heran. Entsprechend ihrem plumpen Körperbau sind die Bewegungen dieser Rüsselwesen langsamer und erscheinen menschlichen Augen schwerfällig.

Die Schnelligkeit, mit der Zerft den Strahler in Anschlag gebracht hatte, schien diese Feststellung zu widerlegen.

Aber Golath war ebenso schnell. Fast im selben Augenblick schnellte sein Rüssel durch die Luft. Das bewegliche Organ ringelte sich um Zerfts Schußhand und riß sie zur Seite. Zerft verlor den festen Stand und taumelte rückwärts. Er begann vor Wut zu trompeten. Gewaltsam wollte er sich losreißen.

„Du darfst ihn nicht erschießen!“ schrie Golath.

Aber der rasende Zerft hörte nicht auf ihn. Mit der ganzen Wucht seines über drei Zentner schweren Körpers warf er sich auf Golath. Um dem Angriff begegnen zu können, mußte der Unither die Waffenhand seines Gegners freigeben. Sie prallten aufeinander; zwei braunfarbene Riesen, die über unwahrscheinliche Kräfte verfügten. Liszog beschwor sie jammernd, dem Streit ein Ende zu machen. Der Gefangene beobachtete die Geschehnisse stumm.

Zerfts Strahler rutschte über den Boden davon. Mit einem Fußtritt brachte ihn Golath außer Reichweite. Zerfts Rüssel schlang sich um seinen Kopf und begann zu drücken. Golath schloß die Augen. Er stöhnte unter dem schmerzenden Druck. Seine Hände umklammerten Zerfts Brust. Der Lärm des Kampfes erfüllte die Zentrale. Der Boden dröhnte. Langsam schnürte Zerft seinen Rüssel zusammen. Golath hatte gewußt, daß der andere über gewaltige Kräfte verfügte. Er hatte sie jedoch bei weitem unterschätzt. In wenigen Augenblicken würde er unfähig sein, noch einen weiteren Atemzug zu tun, wenn es ihm nicht gelang, sich aus der tödlichen Umklammerung zu lösen.

Er machte sich dünn und ließ sich absacken. Sein rechtes Bein kam hinter Zerft und hakte sich in dessen Kniekehlen. Aber Golaths Gegner hatte sich rasch auf diese neue Situation eingestellt. Seine Knie gaben zwar nach, doch dann fühlte sich der nachsetzende Golath zurückgestoßen. Zerft stand wie ein Fels. Verzweiflung überkam Golath. Die Umklammerung seines Rüssels begann die Blutzirkulation zu unterbinden. Ihm wurde schwindlig.

Golath fühlte, wie die beginnende Panik sein klares Denkvermögen zu trüben begann. Verzweifelt versuchte er sich loszureißen. Zerft wirkte den wilden Bemühungen des großen Unithers entgegen, indem er sich nach hinten beugte.

Unverhofft warf sich Golath nach vorn. Zerft mußte einen Schritt zurück machen. Er stolperte. Ohne zu überlegen, drängte Golath nach. Sie stürzten zu Boden. Der Aufprall ließ den Raum erzittern. Beide trompeteten jetzt ihren Zorn hinaus. Der Kampf nahm an Härte zu. Die Vorteile lagen immer noch bei Zerft.

Da führte Liszog die Entscheidung herbei. Die Furcht, daß Golath getötet werden könnte, ließ ihn handeln. Er wußte nur zu gut, daß

Zerft niemals in der Lage sein würde, das fremde Schiff zu starten oder gar nach Unith zu steuern.

Der junge Unither zog seinen Thermostrahler. Einen Augenblick starrte er unschlüssig auf die sich herumwälzenden Kämpfer.

„Hört endlich auf!“ schrie er laut. „Wenn ihr nicht sofort voneinander ablaßt, werde ich schießen.“

Das braune Knäuel zu seinen Füßen kam zur Ruhe. Keuchend erhoben sich die erschöpften Unither.

„Was soll das?“ brachte Zerft drohend hervor. „Weg mit der Waffe!“

Liszogs Hand zitterte. Seine Augen wichen dem Blick des älteren aus. Aber er hielt den Strahler weiterhin auf Zerft und Golath gerichtet.

„Wirf mir deinen Strahler herüber, Golath“, forderte er.

Golath lächelte spöttisch. Er zog seine Waffe heraus und ließ sie vor Liszogs Füße fallen.

„Wir haben wieder einen neuen Anführer“, sagte er höhnisch zu Zerft.

Der junge Verbannte stieß die Waffe mit dem Fuß weg, bevor er antwortete. Seine verletzte Hand hatte zu bluten aufgehört. Der Fremde verfolgte aufmerksam die Vorgänge, ohne etwas zu sagen.

„Ich werde die Befehlsgewalt wieder an Golath übergeben“, sagte Liszog.

Zerft stieß ein Schimpfwort hervor. Nur die drohende Waffe hielt ihn davon ab, sich auf Liszog zu stürzen. Seine Augen funkelten haßerfüllt.

„Sehr gut“, bemerkte Golath befriedigt. „Gib mir eine Waffe, Junge.“

Liszog schüttelte energisch seinen Rüssel.

„Nein“, widersprach er.

Golath sah ihn erstaunt an. In seinem Blick lag beinahe Respekt.

„Ohne Waffe ist es sinnlos“, sagte er. „Was nützt es, wenn ich Befehle gebe. Zerft wird nur gehorchen, wenn alle Anweisungen mit dem Strahler unterstrichen werden.“

„Ich weiß“, gab Liszog zu. „Du wirst das Gewünschte erhalten. Zuvor gibt es jedoch für mich etwas zu erledigen.“

„Was?“ brummte Golath.

Liszog deutete mit dem Rüssel auf den Arkoniden.

„Ich werde ihn töten“, sagte er fest.

Zerft sprang von hinten an Golath heran und umklammerte ihn. Golath fühlte den heißen Atem des anderen über seinen Nacken streichen.

„Nur zu, Junge“, stieß Zerft haßerfüllt hervor. „Golath wird dir nicht in deine Arbeit pfuschen.“

Liszog ging zu dem Rüsselreiniger hinüber. Der unfreiwillige Gefangene beobachtete ihn mit sichtbarer Gelassenheit. Liszog schaltete die Maschine ab. Der Arkonide kam frei.

Golath sagte ruhig: „Erschieße ihn – und wir werden Unith niemals wiedersehen.“

Zerft versetzte ihm einen brutalen Stoß.

„Sei still!“ zischte er.

Der Fremde hatte anscheinend so lange unter dem Reinigungsapparat gelegen, daß er zu schwach war, um sich allein zu erheben. Liszog betrachtete ihn nachdenklich.

„Warte, Liszog“, rief Golath schnell. „Dieser Arkonide ist der Besitzer des kleinen Raumschiffs. Er weiß, wie man den Schutzschirm desaktivieren kann. Wenn du ihn tötest, kann er uns dieses Wissen nicht mehr mitteilen.“

Unsicher blickte Liszog von einem zum anderen. Zerft knurrte leise. Er ließ Golath frei.

„Er wird uns sein Wissen bestimmt nicht freiwillig übermitteln“, sagte Liszog skeptisch. „Du siehst, daß er sehr alt ist. Alte Männer fürchten den Tod nicht. Wir werden ihn kaum dazu zwingen können, daß er uns verrät, wie wir in sein Schiff gelangen.“

Obwohl er es nicht ausgesprochen hatte, war es deutlich zu erkennen, daß Liszog seinen Plan, den Gefangenen zu erschießen, bereits aufgegeben hatte. Golath bückte sich und hob seine Waffe auf. Dann eignete er sich auch die Zerfts an.

„Er wird uns den Weg in sein Schiff freiwillig zeigen“, behauptete Golath. Sein Rüssel pendelte leicht. In seinen Augen erschien ein beinahe fröhlicher Glanz.

„Da siehst du es“, sagte Zerft, „er ist völlig verrückt.“

Golath beachtete ihn nicht.

„Wir werden den Arkoniden einsperren“, sagte er. „Er muß Gelegenheit haben, in dieser Nacht zu fliehen.“

„Was?“ schrie Zerft außer sich. „Du willst ihn entkommen lassen?“

„Allerdings“, bekräftigte Golath. „Für den Gefangenen muß es wie eine schwierige Flucht aussehen. Wir werden ihn nicht daran hindern. Wir werden noch nicht einmal an Bord der KASZILL sein, wenn er verschwindet.“

Liszog blinzelte verwirrt. In seinem Gesicht zeigten sich die ersten Spuren von Reue, daß er Golath in diese Lage gebracht hatte. Doch der Unither sprach bereits weiter.

„Wir werden uns direkt neben dem Schiff des Fremden verstecken. Wenn er kommt, wird er in großer Eile sein, weil er mit einer Verfolgung rechnen muß. Er hat keine Zeit, sich lange umzusehen. Sein einziger Gedanke wird sein, rasch in das Schiff zu gelangen und diesen Planeten zu verlassen. Wenn er den Schutzschirm auflöst, springen wir aus unserem Versteck und übernehmen das Raumboot. Der Arkonide wird so überrascht sein, daß wir ihn überrumpeln können. Wenn wir erst einmal in seinem Schiff sind, werden wir auch alle anderen Probleme lösen.“

„Es wird schiefgehen“, meinte Zerft düster. „Was ist, wenn er den Schirm nur für einen kurzen Moment ausschaltet?“

„Wir müssen uns nur dicht neben dem Schiff verbergen“, erklärte Golath. „Vergiß nicht, daß es dunkel sein wird. Auch Arkonidenaugen können die Nacht nicht durchdringen.“

„Der Plan ist einfach“, bemerkte Liszog, „aber er klingt vernünftig.“

Golath nickte befriedigt. „Wichtig ist nur, daß wir ihm die Flucht so erschweren, daß sie ihm echt erscheint. Er darf nicht bemerken, daß wir ihn mit Absicht laufenlassen.“

„Ich schlage vor, daß ihr euch während dieses Unternehmens nicht streitet“, sagte Liszog zu Golath und Zerft. „Wenn ihr übereinander herfallt, wird unser Vorhaben nur beeinträchtigt.“

„An mir soll es nicht liegen“, meinte Golath versöhnlich. Er streckte Zerft den Rüssel entgegen und krümmte ihn zu dem traditionellen Freundschaftshaken.

„Einverstanden", brummte Zerft zögernd, aber sein Rüssel bewegte sich nicht.

Golaths Gesicht verfärbte sich. Das war eine große Beleidigung gewesen.

„Warum gibst du Golath nicht den Rüssel?" rief Liszog anklagend.

Zerft sah ihn nur düster an. In seinen Augen war der Haß nicht gewichen. Seine Hände ballten sich in unterdrückter Wut. Golath ließ seinen Rüssel sinken. Er sagte nichts.

Liszog ging zu dem Arkoniden und zog ihn von dem Rüsselreiniger hoch. Der Gefangene war alt und schwach. Als Liszog ihn losließ, wäre er beinahe hingefallen.

„Ein prächtiger Plan", fauchte Zerft. „Dieser alte Kerl soll in der Nacht hier verschwinden und bis zu seinem Schiff laufen. Ich vermute, daß er vorher sterben wird – an Schwäche."

„Sprich nicht so verächtlich von ihm", mahnte Liszog. „Wenn er auch nicht jung und stark ist, ein Feigling ist er nicht. Er hat keine Angst gezeigt, als wir hier aufgetaucht sind. Er verdient unsere Achtung, denn er ist ein mutiger Mann."

„Er ist ein Arkonide", erwiderte Zerft vielsagend.

Die Nacht senkte sich über die Welt, die von Perry Rhodan Crests Planet genannt worden war. Innerhalb der Zentrale des Wracks breitete sich ein düsteres Licht aus. Crest fühlte sich müde und abgespannt. Zum erstenmal bedauerte er, daß er so alt war. Was nutzten ihm seine geistigen Waffen, wenn ihm seine Feinde körperlich überlegen waren? Die ewige Auseinandersetzung zwischen Intelligenz und brutaler Gewalt schien diesmal zugunsten der anderen Partei auszugehen.

Der große Rüsselmann, der Crest zweimal gerettet hatte, wandte sich dem Arkoniden zu.

„Ich Golath", sagte er in schwerfälligem Interkosmo.

Crest nickte höflich.

„Meine Name ist Crest", erwiderte er.

„Wir von Unith", erklärte Golath. Dabei deutete er auf sich und seine Rassegenossen. Dann richtete er seinen Rüssel gegen Crest. „Du Arkonide?" brummte er.

Er bringt mir keine großen Sympathien entgegen, dachte Crest. Ich kann es ihm noch nicht einmal verdenken.

Golath betrachtete ihn nachdenklich. Crest hätte gern gewußt, welche Gedanken sich hinter dem runden, unförmigen Schädel abspielten. Es war ein schwieriges Unterfangen, die Gemütsbewegungen eines fremden Wesens in dessen Gesicht zu erkennen.

„Du uns geben Behälter, der durch den Raum der Sterne fliegt", verlangte Golath ohne Umschweife.

Hoffentlich kamen sie nicht auf die Idee, ihn einer näheren Untersuchung zu unterziehen. Besorgt fragte sich Crest, was geschehen würde, wenn sie die Bedeutung des Sendegeräts an seinem Handgelenk erkennen würden.

„Er gehört mir", sagte Crest nachdrücklich. „Ihr könnt ihn nicht haben."

Golath zog seinen Hitzestrahler und richtete ihn auf Crests Brust. Der Arkonide blickte ihn mit rötlichen Augen gelassen an. In seinem faltigen Gesicht zuckte kein Muskel.

„Du uns geben jetzt?" erkundigte sich Golath hoffnungsvoll.

Crests Antwort war ebenso eindeutig wie kurz.

„Nein", sagte er scharf.

Der Unither zog seine Waffe zurück. Sein Rüssel rollte sich zusammen. In seinen großen Augen war nicht zu erkennen, ob er zornig war. Mit der Hand schlug er Crest leicht auf die Schulter.

„Du jetzt Gefangener", gab er bekannt.

Crest verzichtete auf eine Antwort. Es war nur logisch, daß ihn die Kerle nicht laufenließen. Sicher würden sie noch mehrmals versuchen, ihn umzustimmen – mit weniger sanften Mitteln. Doch daran wollte Crest jetzt nicht denken.

Golath winkte den beiden anderen mit dem Rüssel. Gespannt verfolgte Crest, wie sie den Raum verließen. Sie verschlossen das Schott. Crest konnte hören, wie sie es verriegelten.

Nun war er allein.

„Dein Impulsstrahler", meldete sich sein Logiksektor. *„Sie haben ihn nicht gesehen."*

Hastig sprang Crest auf. Die Waffe war unter das Reinigungsgerät geschlittert. Er zog sie hervor und versteckte sie in seinem Umhang.

Dann kehrte er zu dem Sessel zurück. Der Raum besaß einen zweiten Zugang, der ebenfalls verschlossen war. Dieser Eingang führte von der Schleuse weg zum Bug des Schiffes. Der Arkonide erinnerte sich, daß dort ein Spalt in der Hülle war, der einen Menschen bequem durchlassen würde. Wahrscheinlich wußten die Unither von diesem Schaden und hatten beide Öffnungen verriegelt.

Es war jetzt völlig dunkel. Die Stille um ihn herum schien zu leben. Crest hatte sich seine Umgebung genau eingeprägt. Er traute sich zu, in jeder Richtung davonzugehen, ohne einen Gegenstand zu berühren. Vor allem um den Reinigungsautomaten würde er einen großen Bogen schlagen.

Angespannt lauschte er in die Dunkelheit. Außer seinem Atem war nichts zu hören. Er stand auf und lief zu dem zweiten Zugang hinüber. Einmal trat er auf Glas. Das knirschende Geräusch fuhr ihm durch alle Glieder. Er blieb stehen. Sie hatten ihn nicht gefesselt, also mußten sie damit rechnen, daß er sich hier ein wenig umsehen würde.

Vorsichtig schlich er weiter.

Es dauerte einige Zeit, bis er sein Ziel erreicht hatte. Er spürte die metallische Kälte der Tür unter seinen tastenden Händen. Er schluckte. Im Schiff herrschte Ruhe. Suchend fuhr er über die glatte Oberfläche. Er fand den Griff und atmete auf. Der Hebel bewegte sich unter seinem Druck. Etwas überrascht legte sich Crest behutsam gegen das Schott.

Es gab nach.

Er zögerte nicht länger. Hier war seine Chance. Er öffnete es nicht ganz, gerade soviel, daß er sich hindurchzwängen konnte. Sein neuer Standort war ihm nicht bekannt, nur die Richtung, in der er weiterfliehen mußte. Er ging jetzt schneller. Als Orientierung diente ihm eine Wand, die genau zum Bug hinführte.

Crest lächelte verkrampft. Sollte das tatsächlich so leicht sein? Hielten ihn seine Gegner für so schwach, daß sie sich mit seiner Überwachung keine besondere Mühe machten? Doch das war jetzt nicht so wichtig. Vor allem mußte er hier heraus. Wenn er erst bei der Space-Jet war, konnte ihm nichts mehr passieren.

Gleich darauf fand er den Spalt. Er sah ihn schon, bevor er ihn ganz erreicht hatte. Draußen war es noch nicht ganz dunkel. Durch den

Riß fiel schwaches Licht herein. Ohne zu zögern, kletterte Crest in die Freiheit. Sofort zog er den Impulsstrahler. Aber niemand hielt ihn auf. Die Unither schienen irgendwo im Schiff zu schlafen.

„Euer Pech“, murmelte Crest triumphierend.

So schnell es ging, rannte er davon – der Space-Jet entgegen.

Und drei Unithern, die ihn mit grimmiger Entschlossenheit erwarteten.

Zerft schob die Zweige auseinander und richtete sich in dem Erdloch auf. Ungeduldig blickte er den Hang empor. Es war viel zu finster, um etwas sehen zu können. Regen setzte ein.

„Er kann noch nicht hier sein“, bemerkte Golath. „Er ist alt und langsam. Sicher wird er auch einige Zeit gewartet haben, nachdem wir ihn verlassen hatten.“

Sie hockten in dem Loch, das sie einige Stunden zuvor auf Zerfts Befehl hin ausgehoben hatten. Es befand sich direkt neben dem kleinen Schiff. Sollte der Arkonide auftauchen, würden sie über ihn herfallen, sobald er den Schutzschirm beseitigt hatte.

„Ich habe ein ungutes Gefühl“, verkündete Zerft mürrisch. „Etwas wird schiefgehen, davon bin ich überzeugt.“

„Sprich nicht so laut“, zischte Golath. „Willst du, daß er uns hört?“

Zerft ließ sich wieder zurücksinken.

„Warum erhalte ich keine Waffe?“ fragte er ärgerlich. „Ich habe mein Versprechen gegeben, daß ich dieses Unternehmen nicht störe.“

Golath betrachtete den dunklen, breiten Schatten seines Gegenübers. Unschlüssig wog er einen Strahler in der Hand.

„Gib sie ihm“, forderte Liszog. „Das erhöht unsere Sicherheit.“

Widerwillig gehorchte Golath. Zerft nahm die Waffe mit dem Rüssel in Empfang. Er kicherte häßlich. Golath fühlte sich unbehaglich.

„Du darfst erst schießen, wenn er den Schirm aufgelöst hat“, erinnerte er eindringlich.

Doch der alte Arkonide kam nicht. Golaths Plan hatte ihnen Hoffnung gegeben. Aber etwas war fehlgeschlagen. Als es langsam hell wurde, kletterte Zerft aus dem Erdloch. Der Boden war so verschlammt, daß er mehrere Male zurückrutschte.

„Komm herauf!“ schrie er bebend vor Wut.

Golath war zu niedergeschlagen, um Zerft zu antworten. Sie hatten den alten Mann überlisten wollen. Golath verdrängte jeden Gedanken an Unith aus seinem Gehirn.

Zerft hatte seinen Thermostrahler gezogen und schwang ihn wie eine Keule. Er sah verbissen und bösartig aus.

„Es gibt nur eine Möglichkeit, mit einem Arkoniden einig zu werden!“ rief er schrill und hob die Waffe. „Diese hier!“

Dann stürmte er in den Regen; eine dunkle, braune Gestalt, die sich rasch entfernte. Golath blickte ihm über den Rand der Grube nach.

„Was hat er?“ fragte Liszog.

„Er will ihn töten“, sagte Golath ausdruckslos. „Er haßt alles, was arkonidisch ist.“

Seine Hände griffen an den schlüpfrigen Rand und krallten sich fest. Liszog stützte ihn ab. Golath zog sich an die Oberfläche. Er war naß und von Schlamm bespritzt.

„Hilf mir heraus!“ forderte Liszog und streckte seine Arme nach oben.

Golath schüttelte seinen Rüssel.

„Nein“, lehnte er ab. „Einer von uns muß hierbleiben. Es kann sein, daß der Arkonide doch noch kommt. Du darfst auf keinen Fall einschlafen.“

„Ich friere“, sagte Liszog kläglich.

„Besser, jetzt ein wenig Kälte auszuhalten, als für immer auf diesem Planeten zu bleiben, mein Junge“, erinnerte Golath. „Vergiß das nicht.“

Man sah Liszog an, daß er sich elend fühlte. Trotzdem gab er sich Mühe, unter Golaths Blicken eine Art feste Entschlossenheit zu zeigen.

„Wohin gehst du, Golath?“

„Zur KASZILL“, erklärte Golath bereitwillig. „Ich will versuchen, die Generatoren auszubauen. Am Ende brauchen wir sie doch, um in den kleinen Raumer zu gelangen.“

„Beeile dich“, bat Liszog.

Aber der große Unither war bereits verschwunden. Liszog seufzte leise. Um ihn herum war nichts als Regen, Schlamm und Kälte. Angestrengt starrte er in die Morgendämmerung.

Plötzlich kam ihm der Gedanke, daß er bei ihren Bemühungen, nach Unith zurückzukehren, sterben könnte. Die Idee nistete sich in ihm ein, und er wurde sie nicht wieder los.

Wem machte es schon etwas aus, wenn er hier sein Leben beendete? Niemand würde sich darum kümmern. Weder Golath noch Zerft empfanden freundliche Gefühle für ihn. Er war allein. Hier stand er, in einem dreckigen, verschlammten Loch, frierend und hungrig. Tausende von Lichtjahren von seiner Heimat entfernt.

Wenn er wieder nach Unith zurück wollte, mußte er wahrscheinlich einen Mann töten – einen alten Mann. Wer gab ihm das Recht für eine solche Tat? Trotz aller Zweifel wußte Liszog, daß er auf den Gefangenen schießen würde, wenn es nötig sein würde.

Sie mußten das Schiff in ihre Hände bekommen.

Crest glaubte, daß er sich mit großer Geschwindigkeit von dem Schiff entfernte. In Wirklichkeit jedoch ging seine Flucht nur langsam voran.

Als er zu Boden stürzte, war er nicht gestolpert. Seine Knie hatten nachgegeben und waren eingeknickt. Er prallte hart auf und blieb keuchend liegen. Sein Gesicht preßte sich gegen die kühle Erde. Sein übermüdeter Körper war so schlaff, daß Crest nur unter Aufbietung aller Willenskraft wieder aufstehen konnte. Seine größte Sorge war, daß er an Erschöpfung sterben könnte, bevor er die Space-Jet in Sicherheit gebracht hatte.

Er humpelte einige Meter weiter. In seinem Fußgelenk bohrte ein stechender Schmerz. War man bereits auf seine Flucht aufmerksam geworden? Vielleicht waren die Verfolger ihm schon dicht auf den Fersen. Schlichen sie etwa hinter ihm her, bis er den Diskus erreicht hatte, um dann, wenn er den schützenden Energieschirm beseitigt hatte, über ihn herzufallen?

„Das ist es", stimmte sein Logiksektor zu. *„Deine Flucht war zu einfach."*

Crest blieb stehen.

„War ich denn blind?" fragte er halblaut.

Entweder lauerten seine Gegner jetzt dicht bei ihm in der Dunkelheit, oder sie waren bereits bei dem Kleinstraumschiff in einem sicheren Versteck. Um ein Haar wäre er in ihre Falle gelaufen.

Ein Regentropfen traf seine Stirn. Er zuckte zusammen. Wenige Minuten später regnete es in Strömen. Crest fühlte sich erbärmlich. Er fragte sich verwundert, woher er die Kraft nahm, noch weiter gegen seine Feinde zu kämpfen. Kämpfen? Er lächelte ironisch. Bisher war er nur vor ihnen davongelaufen.

Was konnte er jetzt tun? Die Umgebung der Space-Jet war für ihn gefährliches Gebiet, das er besser nicht betreten würde. Es gab nur eine Möglichkeit – und die war nicht gerade vielversprechend. Er mußte in die Wälder fliehen. Für einen jungen Mann wäre das kein Problem gewesen. Für den alten Arkoniden aber bedeutete es unsagbare Anstrengungen, Kampf gegen den Urwald und seine Tiere. Vor allem jedoch die Überwindung der eigenen Schwäche. Wenn er sich jetzt in den Wäldern versteckte, gab es vielleicht nie mehr eine Rückkehr für ihn.

Trotzdem hinkte er davon. Er legte seinen Kopf zurück und öffnete den Mund. Einige Zeit ließ er das Regenwasser in seine ausgedörrte Mundhöhle rinnen. Das tat ihm gut. Eine Erleichterung war auch die geringe Schwerkraft. Zwar war sie nur um ein Sechstel geringer als auf Terra, aber der Unterschied war spürbar.

Als er das unithische Schiff wieder erreichte, war sein Fußgelenk vor Schmerzen fast gefühllos. Er zog seine Sandalen aus und untersuchte die Verletzung. Der Knöchel war stark geschwollen und glühend heiß. In seiner Station gab es genügend Mittel, die ihm sofort helfen würden. Natürlich dachte er nicht daran, dorthin zu gehen. Er riß ein Stück Stoff aus seinem Umhang heraus. Er befeuchtete das Tuch in einer Pfütze und wickelte es stramm um den verletzten Fuß. Das war alles, was er im Moment tun konnte.

Das fremde Raumschiff lag völlig still. Der Regen trommelte auf die Umhüllung. Crest war jetzt überzeugt, daß man ihn bei der Space-Jet mit gezückten Waffen erwartete. So leicht würde er es ihnen aber nicht machen. Er wollte diesen Rüsselträgern beweisen, daß man auch einen alten Arkoniden nicht unterschätzen durfte.

Unbehelligt erreichte Crest den Rand des Waldes. Sein Körper war schwer wie Blei. Seine Kleidung war durchnäßt und klebte auf der Haut. Die Schmerzen im Fuß hatten etwas nachgelassen. Der Boden war durch die häufigen Regenfälle so aufgeweicht, daß Crest bei jedem Schritt einsank. Die schwarzen Schatten der ersten Bäume tauchten auf, dunkler als die Nacht.

Er taumelte darauf zu. Dankbar lehnte er sich gegen einen dicken Stamm. Das dichte Laubwerk schirmte den Regen etwas ab, nur vereinzelte dicke Tropfen drangen hindurch. Crest fühlte die rauhe, zerrissene Oberfläche der Rinde. Sie verströmte einen modrigen Geruch.

Nur einen Augenblick lauschte er auf das Rauschen der Blätter, das Tropfen und Plätschern des Regens, dann fiel er in den tiefen Schlaf der Erschöpfung.

Er erwachte von dem Lärm unzähliger Vögel, die zwitschernd und singend in den Bäumen hockten. Es war heller Tag. Der Regen hatte aufgehört, und die Luft war angenehm warm. Crest rieb sich über sein Gesicht. Wider Erwarten fühlte er sich ausgeruht und erholt. Auch seiner Fußverletzung hatte die Ruhe gutgetan. Er verspürte Hunger. Unweit von ihm klammerte sich ein roter Vogel an einen dünnen Ast und schrie seine Empörung über Crests Anwesenheit in die Morgenluft. Als sich der Arkonide ein wenig bewegte, flog er davon.

Crest blickte sich um.

Er erstarrte. Mit einem Schlag war er hellwach. Seine Glückssträhne schien vorüber zu sein.

Nur wenige Meter von seinem Schlafplatz entfernt stand einer der Rüsselmänner.

Seine Hand umklammerte einen Thermostrahler.

Der Unither hatte ihn noch nicht gesehen. Langsam, ohne ein Geräusch zu verursachen, griff Crest zu dem Impulsblaster. Der Rüsselträger war verwundet. Offensichtlich war er an einen Säuresprüher geraten. In seinem Bericht hatte Ufgar erwähnt, daß diese Tiere nur gegen größere Wesen vorgingen, wenn sie sich bedroht fühlten. Als sich der Rüsselträger herumdrehte, konnte Crest seine Wunde erkennen. Er spielte mit dem Gedanken, dem anderen zu helfen. Doch dann fiel ihm ein, warum der Unither hier war. Es war derselbe, der ihn bereits in dem Schiffswrack hatte töten wollen.

Da sah Crest den Säuresprüher.

Das Tier war zum äußersten gereizt. Der Unither konnte es nicht sehen, da es sich ihm von hinten näherte. Ufgar hatte die teuflische Schlauheit dieser so harmlos aussehenden Wesen ausdrücklich erwähnt.

Crest wurde zwischen seinen Gefühlen hin und her gerissen. Er konnte nicht zusehen, wie ein intelligentes Wesen von dem Sprüher heimtückisch getötet wurde. Wenn er aber den Unither warnte, brachte er sich selbst in Gefahr.

Lautlos kam der Sprüher näher an sein Opfer heran. Nur noch wenige Meter trennten ihn von jenem Punkt, der ein sicheres Zielen gewährleistete. Die Tiere konnten den Säuregehalt ihrer Flüssigkeit nach Bedarf regulieren. Von einer harmlos juckenden Stärke konnten sie ihn auf verletzende Intensität konzentrieren. Man brauchte kein Hellseher zu sein, um zu wissen, welcher Art von Säure den Rüsselträger treffen würde.

Die Menschlichkeit in Crest besiegte die Vernunft. Als der Sprüher den kritischen Platz erreichte, stieß der Arkonide einen Warnruf aus.

Zerft wirbelte herum. Sein Gesicht war verzerrt. Instinktiv löste der Sprüher den Schußvorgang aus. Der Unither warf sich zur Seite. Seine Waffe rollte davon. Crest handelte blitzschnell. Er schoß mit dem Impulsstrahler auf den Sprüher. Getroffen sank das Tier zusammen. Der Fremde lag bewegungslos am Boden.

Crest vermutete, daß er bewußtlos war. Vorsichtig näherte er sich, die Waffe im Anschlag. Als er sich hinabbeugte, schoß der Rüssel des scheinbar Bewußtlosen heran, umklammerte seine Waffenhand und drückte sie nach hinten. Verzweifelt gestand sich Crest ein, daß er einen schweren Fehler begangen hatte. Gegen die rohe Gewalt des Rüssels kam er nicht an. Er fühlte sich von einem starken Arm umfangen und nach unten gezogen. Resigniert erkannte er, daß sein Versuch, die Space-Jet zu retten, endgültig gescheitert war.

Liszog fuhr zusammen. Er hatte geschlafen. Ängstlich richtete er sich in dem Loch auf. Es war jetzt hell und hatte aufgehört zu regnen. Beruhigt sah er, daß das kleine Schiff noch an seinem Platz stand. Er wagte nicht daran zu denken, was Golath und Zerft mit ihm getan hätten, wenn der Arkonide in sein Schiff gelangt wäre. Niemand war zu sehen. Weder der Arkonide, noch Golath, noch Zerft. Liszog fühlte ein widerwärtiges Schmutzbündel in seinem Rüssel. Er sehnte sich danach, unter dem Rüsselreiniger zu liegen. Er lief zum Ufer des Sees und reinigte sich von Schlamm und Dreck. Hier konnte er seinen Durst löschen. Mit seinem Rüssel hob er einige Steine auf und schleuderte sie ins Wasser.

Hoffentlich kam Golath bald zurück. Sein Pessimismus war nicht von ihm gewichen. Er würde erst wieder zur Ruhe kommen, wenn sie auf Unith gelandet waren – falls es jemals soweit kommen sollte. Er ging zurück und hockte sich mißmutig neben das Loch. Eine gewisse Gleichgültigkeit breitete sich in ihm aus.

Da sah er Golaths große Gestalt oben am Hang. Der Unither winkte zu ihm herunter. Er trug einen flachen Kasten und mehrere andere Gegenstände. Zerft war nicht dabei.

Liszog stand auf. Neuer Unternehmungsgeist erfüllte ihn. Er ging Golath entgegen.

Golath sah ihn scharf an.

„Du hast geschlafen", stellte er verärgert fest.

Liszog lächelte verlegen und nahm Golath einen Teil der Last ab.

„Zum Glück scheint inzwischen nichts passiert zu sein", bemerkte Golath ein wenig versöhnlicher. „Paß auf, daß du nichts fallen läßt."

Liszog warf einen mißtrauischen Blick auf die verschiedenen Gegenstände, die Golath mitgebracht hatte. Er verstand von technischen Dingen nicht viel und hatte eine merkwürdige Scheu davor.

„Was willst du damit anfangen?" fragte er.

„Was ich hier habe, genügt noch nicht. Ich habe bei der KASZILL noch verschiedene Dinge zusammengestellt, die du holen wirst." Sie hatten das Ufer erreicht, und Golath fuhr fort zu sprechen. „Vielleicht gelingt es mir, einen Feldschirmgenerator zusammenzubauen, mit dem ich das Energiefeld um das Raumschiff neutralisieren kann. Dadurch würde eine Art Tunnel entstehen, durch den wir in das Schiff gelangen könnten."

Liszog bedachte den gut geschützten Flugkörper mit einem verdrießlichen Blick. „Glaubst du, daß es funktioniert?"

„Das kommt darauf an, wie stark die Energie des Schirmes ist. Es wird letzten Endes davon abhängen, wer mehr energetische Kraft erzeugen kann – mein Generator oder die unsichtbare Quelle, die den Schutzmantel erzeugt."

Liszog schlenkerte nachdenklich mit seinem Rüssel.

„Auf welche Weise mag wohl der Arkonide den Schirm aufheben, wenn er in das Schiff will?" erkundigte er sich. „Ob er das von dem Haus aus erledigen kann?"

„Wohl kaum", verneinte Golath. „Ich vermute, daß er ein Gerät bei sich trägt, mit dessen Hilfe er jederzeit das Raumboot betreten kann." Er schlug mit der Hand gegen seine Stirn und sah Liszog an, als würde er ihn zum erstenmal richtig erblicken. „Ich Narr!" rief er aus. „Warum habe ich nicht daran gedacht, den Arkoniden zu untersuchen? Wir hätten uns diese Arbeit ersparen können."

„Zerft wird ihn wieder gefangennehmen", tröstete Liszog. „Dann können wir immer noch feststellen, ob er einen Apparat bei sich trägt, von dem du gesprochen hast."

Golath erwiderte dumpf: „Wenn Zerft ihn findet, werden wir keine Gelegenheit haben, eine Untersuchung durchzuführen."

Liszog erschauerte. Sie waren bei dem Diskus angekommen und stellten die Geräte ab.

„So", knurrte Golath mit Befriedigung. Er suchte einen trockenen Platz. Liszog sah ihm untätig zu. Er empfand eine schwache Sympathie für den großen Unither. Golath war immerhin bemüht, durch kluges Handeln eine Verbesserung ihrer Situation herbeizuführen. Zerft hingegen war in seinen Reaktionen unüberlegt.

„Es wird besser sein, wenn du jetzt gehst", meinte Golath. „Ich habe alles in der Zentrale bereitgestellt."

Liszog nickte. In Gedanken sah er sich schon unter dem Rüsselreiniger liegen. Er war überzeugt, daß auch Golath die Gelegenheit für eine Säuberung genutzt hatte.

„Halte dich nicht unnötig auf", mahnte Golath. „Sei vor allem wachsam. Wenn Zerft auftauchen sollte, lasse dich nicht von ihm beeinflussen."

„Ich werde tun, was du sagst", stimmte Liszog zu.

Er stieg den Hang hinauf. Als er sich oben noch einmal umblickte, war Golath bereits in seine Arbeit vertieft.

Vielleicht schaffen wir es doch, dachte Liszog hoffnungsvoll.

So sehr sich Crest auch gegen den harten Griff stemmte, er konnte sich nicht daraus befreien. Farbige Punkte erschienen vor seinen Augen. Seine Kehle war fast völlig zugeschnürt. Das Atmen bereitete ihm schmerzhafte Qualen. Sein verletzter Gegner ließ nicht locker. Er zeigte keine Dankbarkeit für seine Rettung. Crests Hände, die sich an dem Unither festkrallten, waren viel zu schwach, um einen Umschwung herbeizuführen. Längst hatte er den Blaster fallen lassen müssen. Alle seine Bemühungen vermochten nur den Zeitpunkt zu verschieben, an dem er sterben würde.

Mit roher Gewalt wälzte sich Zerft herum und kam auf dem alten Mann zu liegen. Crest glaubte, daß er ihm alle Knochen brechen würde. Erschöpft schloß er die Augen. Seine Gegenwehr erlahmte immer mehr.

Da erhielt er unerwartet Hilfe. Der Sprüher, von dem Schuß des Impulsstrahlers tödlich getroffen, raffte sich noch einmal auf. Schwankend kam er auf seine Beine. Er sah seine beiden Feinde in knapper Entfernung am Boden liegen. Er gab einen ungezielten Strahl ab und fiel tot um. Es war eine letzte, beinahe automatische Reaktion des Tieres gewesen. Zerft wurde am Rücken getroffen. Er schrie auf und ließ von Crest ab. Der halb bewußtlose Arkonide benötigte einige Sekunden, um zu begreifen, was geschehen war. Er rollte sich zur Seite und ergriff den fremdartigen Strahler. Der Unither versuchte vergeblich, mit seinen Händen den schmerzenden Rücken zu erreichen. Er sah Crest nach der Waffe greifen. Mit einem heiseren Trompeten warf er sich nach vorn.

Crest sah den Angreifer nur als verschwommenen Schatten. Seine Hände zitterten. Das Unheil kam auf ihn zu. Er schoß auf die schwankende Silhouette vor seinen Augen. Der leichte Rückschlag der Waffe zeigte ihm, daß sie auf seine Bedienung reagierte. Ein flammender Strahl verließ die Mündung. Plötzlich war die drohende Gestalt verschwunden. Crest wollte aufstehen, um nachzusehen, was geschehen war. Eine Welle der Übelkeit lief durch seinen Körper. Es gelang ihm, sich auf die Knie aufzurichten. So kroch er über den Boden. Etwas war ihm im Weg. Er berührte es. Es war weich und nachgiebig. Entsetzt machte Crest sich mit der Tatsache vertraut, daß es die Leiche des Unithers war. Er hatte ihn getötet.

„Er hat dich angegriffen“, meldete sich sein Logiksektor. *„Du hast das Recht, dein Leben zu verteidigen.“*

Sein Leben? War er nicht hierhergekommen, um zu sterben? Warum sollte er etwas verteidigen, mit dessen Verlust er sich bereits abgefunden hatte? Die Space-Jet. Das war es. Rhodan hatte gesagt, daß sie auf keinen Fall in die Hände fremder Raumfahrer fallen dürfe. Die Menschheit mußte jeden Pluspunkt ihrer schwer erkämpften Position halten, wenn sie nicht zurückfallen wollte.

Es scheint mein Schicksal zu sein, für die Menschen zu kämpfen, dachte Crest.

Sein Blick klärte sich. Vor ihm lag bewegungslos die mächtige Gestalt des Rüsselwesens. Es war tot.

Irgendwo in Crests ausgelaugtem Körper schienen noch Reserven zu sein, die ihm die Willenskraft gaben, sich ganz zu erheben. Er hatte jetzt eine Waffe, die ebenso gefährlich war wie die seiner beiden Feinde, die noch am Leben waren. Nun war es an der Zeit, sich in die Nähe des Diskus zu begeben, um nachzusehen, was die Unither unternehmen würden. Vielleicht waren sie bereits dabei, den Schutzschirm zu zerstören. Diese Vorstellung trieb ihn an. Er riß sich zusammen.

Wenn mich ein Unbeteiligter beobachten könnte, würde er sehr schnell seine Meinung über die Dekadenz der Arkoniden ändern, dachte er. Trotz seines Alters hatte er sich ausgezeichnet gehalten. Unwillkürlich straffte sich seine gebeugte Gestalt.

Er war als Arkonide geboren worden.

In einer langen Phase seines Lebens hatte er sein Volk indirekt verleugnet. War er nicht fast zu einem Terraner geworden, in Worten und Taten? Er hatte als Terraner gelebt.

Er würde aber als Arkonide sterben.

Und er war stolz darauf.

In dem Augenblick, als Liszog die Luftschleuse der KASZILL betreten wollte, kam ihm plötzlich die Idee, daß der Arkonide noch an Bord sein könnte. Liszog blieb stehen. Er war es gewohnt, daß andere Unither für ihn Entscheidungen trafen, denen er sich in den meisten Fällen willig anschloß. Hier gab ihm niemand einen Rat.

Golath hatte nur davon gesprochen, daß er in der Zentrale gewesen war. Ihr Gefangener konnte sich irgendwo versteckt haben, bis Golath verschwunden war.

Umständlich zog Liszog seine Waffe. Es war sicher besser, wenn er den Spalt im Bug als Eingang benutzte. Er hüpfte zurück ins Freie. Seine Blicke richteten sich auf den Wald, in der Hoffnung, daß er Zerft sehen würde. Doch die Umgebung war ruhig. Liszog zwängte sich durch den Riß, der bei dem Aufprall der KASZILL entstanden war. In dem Gang, der zur Zentrale führte, herrschte graue Dämmerung. Der junge Unither fühlte sich unbehaglich. Er umklammerte den Hitzestrahler und ging weiter. Das Schott zur Zentrale war halb geöffnet. Er bemühte sich, leise zu sein.

Seine Vorsicht erwies sich als unnötig. Der Raum war leer. Er sah die Geräte, von denen Golath gesprochen hatte, ordentlich zusammengestellt am anderen Eingang. Alles war in Ordnung.

Erleichtert aufatmend, wandte er sich dem Rüsselreiniger zu. Er überzeugte sich, daß das Gerät noch funktionierte. Müde ließ er sich auf dem Lager nieder. Der traditionelle Vorgang der Säuberung begann. So lag er immer noch, als Crest die KASZILL durch die Luftschleuse betrat.

Crests Körper war zu einer Ansammlung von Schmerzen geworden. Die Anstrengungen hatten sein schmales Gesicht gezeichnet. Die Spuren von Übermüdung und Erschöpfung hatten sich eingegraben. Seine Augen lagen tief in den Höhlen. Das Haar, sonst immer sorgfältig gekämmt, hing strähnig herunter. Die Hagerkeit seiner Gestalt wurde von dem zerrissenen Umhang nur schlecht verborgen.

Der Arkonide wurde nur von seiner Willenskraft aufrecht gehalten. Sie trieb ihn an, riß ihn vorwärts und gab ihm die Energie zum Handeln. Die fremde Waffe schien Zentner zu wiegen, aber er durfte sie nicht liegenlassen. Sie war zu dem wichtigsten Faktor bei dem Kampf um die Space-Jet geworden.

Er kam taumelnd aus dem Wald heraus. Die Ebene zwischen den Bäumen und dem See erschien ihm wie eine endlose Wüste. Dazwischen war ein dunkler Punkt, das Schiff der Fremden, gleich einer Oase inmitten der Wildnis.

„Du mußt weitergehen“, sagte Crest.

Die Worte kamen mühselig über aufgesprungene Lippen. Seine Stimme war die eines Fremden. Verwundert lauschte er auf ihren Tonfall.

„Geh bis zu dem Wrack, dort kannst du eine Ruhepause einlegen“, sprach sein Extrasinn an.

Er hörte noch eine Stimme. Sie klang kalt und fest, sie dröhnte in seinen Gedanken, als besitze sie Realität. „Die Space-Jet darf auf keinen Fall in die Hände fremder Intelligenzen fallen.“

Perry Rhodan. Er hörte ihn noch einmal sprechen.

Crest setzte sich in Bewegung. Längst hatte er den Notverband an seinem Fußgelenk verloren. Es war sinnlos, einen neuen anzufertigen. So gut es ging, verlagerte der Arkonide das Gewicht seines Körpers auf das gesunde Bein.

Er kam besser voran, als er am Anfang geglaubt hatte. Die Entfernung zu dem Schiff schmolz rasch zusammen. Er war überzeugt, daß die beiden Unither sich bei der Space-Jet aufhielten.

Crest schleppte sich bis zur KASZILL. Natürlich kannte er den Namen des Schiffes nicht. Er war ihm auch völlig gleichgültig. Sein Kopf glühte wie im Fieber. In der Regennacht hatte er sich erkältet. Er vermochte sich nicht zu erinnern, wann er zum letztenmal gegessen hatte.

Crest zog sich in die Schleuse. Die Kammer war außergewöhnlich groß, entsprechend dem Körperbau der Unither. Die Verfallserscheinungen überall im Schiff ließen darauf schließen, daß es ziemlich alt war und nicht den neuesten Stand der unithischen Raumfahrt repräsentierte. Es war anzunehmen, daß die Fremden durch einen Defekt zu einer Notlandung gezwungen worden waren. Von ihrem Standpunkt aus war ihr Interesse für die Space-Jet nur verständlich. Anscheinend verfügten sie nicht über Funkgeräte, die ihnen erlaubten, Hilfe von Unith anzufordern. Es war auch möglich, daß die Geräte beim Absturz vernichtet worden waren.

Der Wissenschaftler ging weiter, wobei er sich mit einer Hand an der Wand abstützte.

Der Umstand, daß er Liszog einige Sekunden früher sah als der Unither ihn, rettete ihm das Leben.

Liszog schoß von der Pritsche aus, aber der glühende Strahl traf nur das Schott, hinter dem Crest bereits in Deckung gegangen war. Auf allen vieren kroch Crest zur Schleuse zurück. Er war sicher, daß nur einer seiner Gegner in der Zentrale war. Wenn er das Schiff verließ, gab er sich dem Unither deckungslos preis. Das flache Land bot keinen Schutz gegen einen Beschuß aus einer Hitzewaffe.

Was würde sein Feind jetzt unternehmen?

Es war lebenswichtig, daß er die Reaktionen des anderen vorausahnte. Er durfte nicht warten, bis der Schiffbrüchige einen Plan ausgeführt hatte – dann würde es zu spät sein.

Crest versetzte sich in Gedanken in die Lage des Unithers.

Ein Angriff würde nicht von der Zentrale aus kommen.

Der Rüsselmann mußte annehmen, daß Crest das Schott bewachte und auf jede verdächtige Bewegung feuern würde. Also würde er durch den Riß klettern, um Crest in den Rücken zu fallen.

Der alte Mann schlich sich zum Schleusenausgang und blickte vorsichtig hinaus. Er sah den Unither vorn am Bug, geduckt unter der Wölbung des Schiffes.

Crest schoß.

Sein Gegner hatte sich zu Boden geworfen, und das Flammenbündel zischte über ihn hinweg. Crest murmelte eine Verwünschung. Eine solche Gelegenheit würde sich ihm nicht wieder bieten.

Als er zum zweitenmal ins Freie sah, war der Unither bereits wieder durch den Spalt in der KASZILL verschwunden. Crest wußte, daß der andere beweglicher und ausdauernder war als er. Alle Vorteile lagen bei dem jüngeren.

Die Schleusenkammer war zu einer Falle geworden, die er schnell verlassen mußte. Wahrscheinlich war der Feind jetzt wieder in der Zentrale, um sich die weiteren Schritte zu überlegen.

Crest glitt aus der Schleuse ins Freie. Rasch humpelte er auf das ausgeglühte hintere Ende des Schiffes zu. Er verbarg sich hinter einer verbogenen Platte. Es würde nicht lange dauern, bis der Unither feststellen würde, daß die Schleuse leer war. Der Rüsselmann war intelligent genug, um den neuen Standort des Arkoniden vermuten zu können. Doch das Heck der KASZILL war groß und bot in seinem Wirrwarr aus aufgesprengtem, zerrissenem Metall viele Verstecke.

Crest bedauerte, daß er von seinem Platz aus nur die Schleuse, nicht aber die Öffnung im Bug sehen konnte. Das gab seinem Widersacher die Chance, von der anderen Seite heranzukommen. Er mußte nur um das Schiff herumlaufen.

Ein grelles Flammenschwert zuckte vorbei und ließ ihn geblendet die Augen schließen. Fast hätte er das Feuer erwidert. Rechtzeitig fiel ihm ein, daß dieser Schuß nur ein Versuch war, ihn zum Aufgeben seines Verstecks zu veranlassen. Der Unither kannte die genaue Position des Arkoniden nicht.

Crest überlegte, von welcher Seite der Strahl gekommen war. Er blickte vorsichtig um die Ecke. Scheinbar verlassen lag die vordere Hälfte der KASZILL unweit von ihm. Der Feind war nicht zu sehen.

Liszogs nächster Schuß pflügte die Erde auf und färbte sie schwarz. Das Gras verbrannte. Rauch stieg auf. Der Gestank reizte Crests Nase. Er preßte beide Hände ins Gesicht, um nicht niesen zu müssen. Die Furche, die der Schuß geschaffen hatte, war nur einen Meter von Crest entfernt.

Aber er wußte jetzt, wo der Rüsselträger versteckt war. Ein davonfliegendes Teil des Wracks hatte einen Graben in den Boden gebohrt, bis es schließlich steckengeblieben war. Wenn man den Bugteil der KASZILL als Achsenpunkt annahm, dann befand sich Liszog in einem Winkel von etwa 30 Grad von Crest entfernt. Das Loch bot ihm genügend Schutz. Außerdem war es für den Wissenschaftler schwierig, in diese Richtung zu feuern. Er hätte sich dabei aufrichten müssen. Das war mit einem Selbstmord zu vergleichen.

Aus zwei Gründen jedoch mußte Crest den Kampf schnell beenden – so oder so. Einmal bestand die Gefahr, daß der dritte Unither hier auftauchen würde. Damit wäre das Gefecht praktisch entschieden gewesen. Was aber noch schlimmer war – und wahrscheinlich auch den Ausschlag geben würde –, das war die elende Verfassung, in der sich Crest befand.

Es ist ein Wunder, daß ich noch lebe, dachte Crest.

Liszog dachte: Er hat sich irgendwo in diesem Gerümpel verkrochen und regt sich nicht. Glaubt er, daß er mich damit hervorlocken kann? Ich weiß sehr gut, daß er nicht tot sein kann.

Es war nur ein alter Arkonide, aber er machte größere Schwierigkeiten, als es Liszog je für möglich gehalten hätte. Golath wartete bei dem kleinen Schiff auf ihn. Er würde nicht riskieren, seinen Platz zu verlassen, um den Grund für Liszogs Fernbleiben herauszufinden.

Von Golath war keine Unterstützung zu erwarten. An Zerft wagte Liszog nicht zu denken. Allein die Tatsache, daß der Arkonide aus dem Wald gekommen war, sagte genügend über Zerfts Schicksal aus. Liszog krümmte voller Grimm seinen Rüssel. Woher nahm dieser einsame Mann die Kraft für seine Hartnäckigkeit, mit der er sein Schiff verteidigte?

Der junge Unither wagte sich vorsichtig ein wenig aus seiner Deckung, um das Gelände besser überblicken zu können.

Da erspähte er seinen Gegner, der mit angeschlagener Waffe hinter einer breiten Platte auftauchte. Rein instinktiv warf er sich in Deckung. Der Feuerstrahl strich über die Grube. Liszog fühlte die Hitzewelle über seinen Rücken wehen. Sand, Steine und Dreck fielen auf ihn herab. Aber er lebte.

Er robbte einige Meter am Boden des Grabens entlang. Nun kannte er den Standort des Feindes. Er lugte über den Rand seines Verstecks. Der Arkonide war wieder hinter der Platte verschwunden.

Liszog lachte kalt.

Er hob den Strahler und feuerte frontal auf den Schutz des Alten. Das Metall begann zu glühen. Es schmolz, und flüssige weißgelbe Adern tropften daran herunter. Immer noch schießend, sprang Liszog aus der Grube und raste dem Heck der auseinandergebrochenen KASZILL entgegen. In der Platte war jetzt ein faustgroßes Loch. Die Hitze mußte dort so stark sein, daß kein Lebewesen sie ertragen konnte.

Mit triumphierenden Trompetenstößen kam Liszog an seinem Ziel an. Er sprang schußbereit hinter die erhitzte Platte, um seinen Gegner endgültig zu vernichten.

Aber da war niemand.

Kaum, daß er gefeuert hatte, wußte Crest, daß der Unither rechtzeitig in Deckung gegangen war. Der Schuß blitzte harmlos über den Graben. Crest war sicher, daß er gesehen worden war.

Eng an den Boden geschmiegt, kroch der Arkonide von seinem Platz weg. Er kroch tiefer in das verstümmelte Schiff. Hinter ihm begann der Unither mit einem wütenden Beschuß. Crest sah sich nicht um. Ein neues, besseres Versteck zu finden, war jetzt wichtiger.

Verbogene Metallstreben zwangen ihn zum Aufstehen. Er fragte sich, ob er hier nicht durch Radioaktivität gefährdet war. Es kam ganz auf den Antrieb des Schiffes an. Da sich die Unither mit einer gewissen Sorglosigkeit bewegten, konnte die Intensität einer eventuellen Strahlung nicht sehr stark sein.

Crest zwängte sich zwischen den Streben hindurch.

Dann sah er zurück.

Der Unither stand neben der zerschmolzenen Platte. Er wirkte etwas ratlos. Crest wollte seine Waffe heben, aber sein weiter Ärmel blieb an einem Strebenende hängen. Als er sich befreit hatte, bot der Gegner kein Ziel mehr.

Die Aufregung hatte Crest seine Schwäche vergessen lassen. Jetzt griff sie nach ihm. Zitternd mußte er sich zurücklehnen und einen Halt suchen.

Unverhofft tauchte eine weitere Gefahr auf. Zunächst hörte Crest nur ein Scharren und Schaben. Mit brennenden Augen blickte er sich um. Wenige Meter von ihm entfernt kamen walzenförmige Tiere aus dem Innern des Wracks gekrochen.

Hornwühler.

Sie hoben ihre häßlichen Köpfe witternd in die Höhe. Bei Tag waren sie fast blind. Crest vermutete, daß sie sich in der Nacht hier einen ruhigen Platz gesucht hatten. Der Kampflärm hatte sie aufgescheucht. Sie waren gereizt und wild. Ihre Zangen bewegten sich unaufhörlich.

Es waren über ein Dutzend.

Die Hornplatten ihrer Körperhüllen rieben sich am Boden, an den Metallteilen und an den Leibern anderer Wühler. Das erzeugte die scharrenden Geräusche.

Crest wagte nicht, auch nur eine winzige Bewegung zu machen. Wenn er schoß, wurde der Unither auf ihn aufmerksam. Er konnte sich nicht gleichzeitig gegen zwei Feinde wehren.

Die Tiere kamen in der für sie ungewohnten Helligkeit nur langsam voran. Wütend schnappten ihre Zangen nach Teilen, die ihnen den

Weg versperrten. Jetzt, da er sie mit eigenen Augen erblickte, konnte Crest Ufgars Respekt vor diesen Ungeheuern verstehen.

Die drohende Schlange wälzte sich an dem Arkoniden vorüber – hinaus ins Freie.

Kein Mensch – auch kein Arkonide – kann auf die Dauer starken nervlichen und körperlichen Strapazen widerstehen. Einmal kommt zwangsläufig der Zusammenbruch.

Crest fühlte, daß er von diesem Zeitpunkt nicht mehr weit entfernt war.

Für einen Moment stand Liszog wie erstarrt. Er erfaßte, daß er geblufft worden war. Die Enttäuschung über den Fehlschlag war so groß, daß er den Drang in sich verspürte, einfach hier stehenzubleiben.

Doch dann setzte die Reaktionsfähigkeit wieder ein. Mit zwei Sprüngen brachte er sich in Sicherheit und ließ sich niedersinken. Der Arkonide befand sich jetzt tiefer in dieser Masse zerquetschten Metalls. Wenn er dort wieder hinauswollte, gab es nur einen Weg – an Liszog vorüber. Angespannt lauschte der Verbannte.

Dunkle Wolken hatten den Himmel überzogen. Es würde bald wieder regnen. Liszog war Nässe gewohnt, denn auch Unith war ein wasserreicher Planet. Aber in diesem Augenblick besaß das Gewölk eine drohende Ausstrahlung. Wind kam auf. Er fegte vom See heran, verfing sich in den Überresten der KASZILL und sang sein unmelodisches Lied.

Das Totenlied, dachte Liszog erschauernd.

Die ersten Tropfen fielen auf das Wrack. Liszog beobachtete, wie sie beim Aufprall in silbrige Perlen zersprangen, einen Moment haften blieben, dann jedoch wie Tränen herabrannen. Es dauerte nicht lange, und das Metall glänzte vor Nässe.

Ein eigenartiges Geräusch riß Liszog aus seinen Betrachtungen. Seine Hand, die in fünf wulstigen Fingern endete, umschloß den Strahler. Sollte sein Gegner einen Ausfall versuchen?

Aber es war nicht der Arkonide. Mit aufgerissenen Augen sah Liszog einen gespenstischen Zug runder Tierkörper auf sich zukriechen. Sie stellten das Häßlichste dar, was der junge Unither bisher erblickt hatte. Ohne zu überlegen, eröffnete er das Feuer.

Crest sah die Lichtkaskaden über den Boden sprühen. Funken stoben bis zu ihm herein. Der Geruch nach versengtem Fleisch wehte heran. Das Feuerwerk hielt nicht lange an.

Crest hörte einen wilden Aufschrei. Dichte Rauchschwaden stiegen empor. Er hustete angestrengt. Vergeblich bemühte er sich, in dem Qualm etwas zu erkennen. Es begann heftig zu regnen. Ein schwelender Brand verbreitete beißenden Gestank.

Crest ahnte, daß der Unither auf die Hornwühler geschossen hatte. Nach dem verzweifelten Schrei des Rüsselträgers zu schließen, hatten ihn die wütenden Tiere überwältigt. Auch seinem erbitterten Feind wünschte der Arkonide keinen solchen Tod.

Der Wind trieb den Rauch zu ihm herein. Seine Augen tränten. In seiner Lunge breiteten sich stechende Schmerzen aus. Hier konnte er nicht länger bleiben. Dort draußen erwartete ihn vielleicht eine gereizte Schar gefährlicher Hornwühler. Aber im Moment erschienen sie ihm als das kleinere Übel. Hustend und keuchend arbeitete sich Crest ins Freie.

Er stolperte über die Kadaver einiger verbrannter Tiere. Lebende waren nicht zu entdecken. Erleichtert atmete er die frische Luft ein. Der Wind zerrte an seinem zerrissenen Umhang, und der Regen fiel kühl auf ihn herab. Graue Dämmerung tauchte die Umgebung in mattes Licht.

Da sah er den Unither.

Er lag bäuchlings auf einem erhaltenen Ringwulst der KASZILL. Seine Entfernung zu Crest betrug nicht mehr als fünfzehn Meter. Vom Boden war er in dieser Lage kaum zu erkennen.

Mit hängenden Schultern sah ihn Crest an.

Der Unither war lebendiger als je zuvor. Er hatte seine Waffe verloren und war vor den Tieren auf diesen sicheren Platz geflüchtet.

Seine großen Augen waren auf den Arkoniden gerichtet. Es war eine dumpfe Resignation in diesem Blick, die Crest erschütterte.

Lange Zeit stand Crest bewegungslos im Regen; ein hagerer Greis, in dessen rechter Hand die schwere Waffe fast wie Hohn anmutete.

Da begann Liszog allmählich von dem Metallring herabzurutschen. Er zog eine dunkle Spur auf der feuchten Oberfläche. Sicher landete er auf seinen Beinen.

„Stehenbleiben!" warnte Crest auf Interkosmo.

Der Unither kam auf ihn zu. Es war eine stumme Beharrlichkeit in seinen Bewegungen, so, als könnte er in alle Ewigkeit weiterlaufen.

„Halt!" befahl Crest. Er unterstrich seinen Ruf mit einer eindeutigen Geste: Er hob den Strahler.

Sein geschlagener Widersacher schien ihn nicht zu hören. Einem Schlafwandler gleich kam er Crest entgegen. Regen lief über sein Gesicht. Die braune Haut schimmerte schwach. In den Augen war ein eigentümlicher, beinahe fiebriger Glanz.

Die Waffe in Crests Hand schien Tonnen zu wiegen. Der alte Mann machte einen Schritt zurück.

Ich kann ihn doch nicht einfach erschießen, dachte Crest. Warum bleibt dieser Wahnsinnige nicht stehen?

Der Wind wurde immer stürmischer. Er heulte und pfiff in den Trümmern des unithischen Raumers, bewegte lose Blechplatten und stieß sie scheppernd gegeneinander. Die Töne schienen von einer fernen Welt zu kommen.

Liszog hatte Crest fast erreicht. Er änderte sein Tempo nicht. Sein Rüssel krümmte sich. Der Strahler in Crests Hand zitterte.

Der Arkonide vermochte nicht abzudrücken. Da kam sein Gegner hilflos auf ihn zu, und es hätte nur einer kleinen Bewegung am Abzugshahn bedurft, um ihn nach hinten zu werfen. Doch Crest konnte sich nicht überwinden, auf einen Wehrlosen zu schießen.

Er ließ die Waffe sinken.

Der Unither stand zwei Schritte vor ihm – er stand jetzt tatsächlich, obwohl es dem Wissenschaftler schien, als würde sich der Abstand noch weiter verringern.

In den großen Augen erschien ein trauriger Ausdruck. Es war, als verliere der Unither in diesem Augenblick die Hoffnung auf etwas, das er sich schon eine ganze Zeit gewünscht hatte. Crest hörte seinen eigenen, rasselnden Atem.

Da fiel Liszog. Seine breite, plumpe Gestalt sackte in sich zusammen; sank auf den nassen Boden und blieb bewegungslos liegen.

Erst jetzt sah Crest die fürchterlichen Wunden, die die Hornwühler seinem Feind beigebracht hatten. Seine Flucht auf den Ringwulst war zu spät erfolgt.

Liszog war tot.

Crest beglückwünschte sich innerlich, daß er nicht auf den Unither geschossen hatte. Hart und kompromißlos wollte er um die Space-Jet kämpfen, aber nicht mit unwürdigen Mitteln.

Der Sturm war jetzt so heftig, daß Crest sich förmlich dagegen stemmen mußte, um voranzukommen. Solange das Unwetter tobte, war es sinnlos, den Weg zum Diskus zu wagen. Er war viel zu schwach, um ihn durchstehen zu können. Die größte Sicherheit bot jetzt die Zentrale des unithischen Raumschiffs.

Mit zusammengebissenen Zähnen kam Crest bei der Schleuse an. Nach seiner Schätzung neigte sich der Tag allmählich wieder seinem Ende zu. Wie lange war er eigentlich schon unterwegs? Wann hatte er zum letztenmal etwas zu sich genommen?

Er war zu müde, um noch folgerichtig denken zu können. Wie ein Betrunkener taumelte er in das Innere der KASZILL. Draußen wütete der Sturm, peitschte den Regen gegen die vor Nässe glänzende Umhüllung des Schiffes. Crest hörte es kaum. Er sank erschöpft auf den Boden.

Nun gab es noch zwei intelligente Wesen auf Crests Planet.

Beide hatten das gleiche Ziel. Keiner von ihnen würde nachgeben. Darin waren sie sich gleich.

Es gab eigentlich nur einen Unterschied zwischen ihnen.

Der eine war ein arkonidischer Greis.

Der andere ein kraftstrotzender Unither.

Alles andere war bei diesem zähen Ringen nebensächlich. Es war für diesen Kampf bedeutungslos, daß Crest ein Wissenschaftler und Golath ein Dieb war.

Der Stärkere würde gewinnen oder der Schlauere.

Crests Gedanken zerflossen zu einem unklaren Strudel verschiedener Empfindungen. Sein Körper zuckte. Die Nerven begannen sich zu entspannen.

Dann wußte er nichts mehr von sich und seiner Umgebung.

Der alte Mann war eingeschlafen.

Für Golath war zu einem Problem geworden, seine Müdigkeit zu überwinden. Sein Leben konnte davon abhängen, ob er einschlief oder nicht. Er hatte sich einen Schutz gegen den Regen gebaut, doch der Sturm hatte ihn davongeweht. Es regnete die ganze Nacht.

Weder Liszog noch Zerft waren wieder erschienen. Es war sinnlos, sie zu suchen. Was immer mit ihnen geschehen war, er durfte diesen Platz nicht verlassen. Vielleicht lauerte der Arkonide bereits oben am Hang und wartete nur, bis Golath aus der Nähe des kleinen Schiffes verschwand.

Die Nacht wollte kein Ende nehmen. Mehr als einmal dachte Golath, daß der Arkonide gekommen sei, aber es war stets nur der Lärm des Unwetters. Er redete sich ein, daß der alte Mann diesem Sturm unmöglich trotzen konnte. Die geringe Wahrscheinlichkeit, daß der Gegner doch auftauchen würde, ließ ihn nicht zur Ruhe kommen.

Animalische Instinkte wurden in ihm wach. Die Vernunft wurde von seinen Gefühlen niedergerungen. Er spürte nicht länger den Wind und den Regen. Die Müdigkeit fiel von ihm ab. Mit der Gereiztheit eines Raubtiers wartete er auf sein Opfer. Er fühlte die Entscheidung herannahen.

Nur langsam wurde es hell. Der Himmel zeigte keinen wolkenlosen Fleck.

Golath schüttelte sich. Er war auf den Kampf mit dem Arkoniden vorbereitet.

Der alte Mann sollte nur kommen...

Und er kam.

Er schleppte sich aus der Schleuse der KASZILL. Der Sturm war abgeflaut. Nur der endlose Regen strömte auf das Land herab. Überall hatten sich Rinnsale und kleine Bäche gebildet, die dem See zuflossen. Ausgedehnte Pfützen bedeckten den Boden.

Crest bückte sich und massierte sein geschwollenes Fußgelenk. Mit Anbruch der Helligkeit war er erwacht. Er hatte lange gebraucht, um sich aufzuraffen. Sein Körper hatte rebelliert. Crest wußte, daß er krank war. In der Nacht war er mehrmals von Fieberträumen überfallen worden. Er hatte nicht mehr die Kraft, sich gegen die Erkältung aufzulehnen. Seltsamerweise bedrückte ihn sein Zustand kaum. Er wurde von einer Zuversicht getragen, wie er sie nicht für möglich gehalten hätte.

Crests Willenskraft mobilisierte seine spärlichen Reserven. Er trotzte dem Tod. Nicht ein einziges Mal kam ihm die Idee, daß er ein Opfer bringen würde. Er fühlte sich einfach verpflichtet, um die Space-Jet zu kämpfen.

Er entfernte sich von dem unithischen Schiff und watete durch die Wüste aus Wasser und Schlamm. In seinen rötlichen Augen leuchtete ein seltsames Feuer. Vergeblich wartete er darauf, daß sich sein Logiksektor melden würde. War er ein Opfer der Anstrengungen geworden? Ließ das Fieber nicht zu, daß die Stimme der Vernunft an die Oberfläche seines Bewußtseins drang?

Er humpelte weiter. Unter seinen Füßen waren schmatzende, plätschernde Geräusche. Innerhalb von Minuten war er wieder völlig durchnäßt.

An solchen Tagen hatte er in seinem Haus sitzen wollen, hinter dem Fenster, in behaglicher Wärme. Die Tropfen wären gegen das Fenster gespritzt und in glitzernden Fäden herabgelaufen. Er hätte hinaus auf den See geblickt und die Ruhe genossen. Ein Roboter hätte sich still genähert und ein heißes, dampfendes Getränk auf den kleinen Tisch gestellt.

Crest schluckte. Er durfte nicht daran denken.

Er blickte zurück. Die KASZILL war zu einem schwarzen Fleck geworden.

Crest blieb einen Augenblick stehen, um sich auszuruhen. In welcher Verfassung würde er seinen Gegner antreffen? War der Unither dabei, den Schutzschirm zu vernichten? Ein eiskalter Schreck durchzuckte Crest. Am Ende war es dem Rüsselwesen bereits gelungen, in die Jet einzudringen. Er stellte sich vor, wie der Unither mit seinem Rüssel an den Kontrollen hantierte, um festzustellen, welchem Zweck sie dienten.

Der Gedanke ließ Crest weitereilen. Er durfte nicht zu spät kommen. Wider Erwarten waren zwei seiner Widersacher ausgeschaltet worden. Der letzte Feind konnte ihm aber zum Verhängnis werden. Seine Lippen bildeten einen schmalen Strich in dem blassen Gesicht. Die Entscheidung nahte.

Der Unither hatte zwei Nächte hinter sich, die er praktisch im Freien hatte verbringen müssen. Das würde bestimmt nicht spurlos an ihm vorübergegangen sein.

Mit klammen Fingern überprüfte Crest den Strahler.

Der Arkonide blickte hinüber zum See. Das Ufer lag im toten Winkel des Steilhangs und war von hier nicht zu sehen. Crest war bei dem Landeplatz der SOLAR SYSTEM angekommen. Der Regen hatte fast alle Spuren verwischt.

Ohne besondere Vorsicht stolperte Crest an den Rand des Hanges. Die Space-Jet war noch an ihrem Platz.

Der Unither war kein Dummkopf. Er war hinter dem Diskus in Deckung gegangen. Erschreckt erkannte der alte Mann verschiedene fremdartige Geräte, die dort unten aufgestapelt waren. Sicher war das Rüsselwesen bereits am Werk, um den Schirm zu durchdringen.

Hastig eilte er weiter.

Mit einem mächtigen Satz sprang Golath in das Erdloch. Schlamm und Wasser spritzten hoch. Gurgelnd schlossen sich die Löcher über seinen breiten Füßen.

Der Arkonide war da.

Einen Augenblick nur war sein Schatten dort oben am Hang erschienen; eine zerbrechlich wirkende Gestalt, die der Wind davonzuwehen schien. Bevor Golath zur Waffe gegriffen hatte, war der Gegner wieder verschwunden. Konzentriert lauschte der Unither in den Regen. Von welcher Stelle würde der Angriff kommen? Wenn ihn seine Augen nicht getäuscht hatten, hielt der Arkonide eine unithische Thermowaffe in der Hand.

Das bedeutete, daß entweder Zerft oder Liszog tot war. Oder beide. Lauernd spähte Golath aus seiner Deckung. Von hier aus konnte er den gesamten Steilhang überblicken. Das war ein ungeheurer Vorteil. Wenn der Arkonide herabkam – und er mußte herabkommen, wenn er in sein Schiff wollte –, dann fand er keinen Schutz in der glatten Sandwand. Golath hingegen befand sich an einem sicheren Platz.

Der alte Mann würde nicht so verrückt sein und direkt in der Nähe des Raumboots am Ufer hinunterklettern. Der Ausgestoßene rechnete damit, daß sein Feind in sicherer Entfernung den Abstieg riskieren würde. Das würde ihm jedoch nicht weiterhelfen. Der Strand war flach und bot keine Deckung. Es gab nur eine Möglichkeit für den Arkoniden: Er mußte den offenen Kampf wagen und ihm ohne Deckung gegenübertreten.

Golath lachte triumphierend. Um den anderen zu täuschen, würde er das Erdloch verlassen, um wieder hineinzuspringen, wenn ein zielsicherer Schuß abgegeben werden konnte.

Doch der Alte hatte anscheinend seinen Mut verloren. So sehr er seine Augen auch anstrengte, die hagere Silhouette tauchte nirgends auf.

Er glaubt, daß er meine Nerven schwächen kann, dachte Golath. Das wird ihm nicht gelingen.

Er war überzeugt, daß er Sieger bleiben würde. Welchen Trick der Gegner auch versuchen würde, er war gerüstet. Letzten Endes gab es nur einen Weg hierher: über den Hang.

Es gab noch einen anderen. Crest schritt weiter über die Ebene, bis er die Biegung hinter sich gebracht hatte, die ihn vor den Blicken des Unithers schützte.

Er benötigte Hände und Füße, um an das Ufer zu gelangen. Sein Einfall hatte sich gelohnt.

Das Boot war noch da.

Crest humpelte über den morastigen Boden. Das Gelingen seines Planes hing davon ab, ob der Unither, wie er glaubte, nur den Hang beobachten würde. Keiner der Rüsselmänner wußte etwas von Crests Wasserfahrzeug. Er würde sich der Space-Jet vom See her nähern.

Vorerst erlebte er jedoch eine Enttäuschung. Das Boot war mit Wasser gefüllt. Während der stürmischen Nacht waren die Wellen darübergespült worden.

Er besaß nicht die Kraft, es umzukippen und das Wasser auslaufen zu lassen. Die Planken bestanden aus dünner, aber massiger Plastikmasse. Ohne zu zögern, ergriff Crest einen spitzen Stein. Er suchte sich die Stelle am Heck, die am weitesten aus dem See ragte. Dann schlug er zu. Der Stein prellte zurück. So würde er es nicht schaffen.

Er griff zur Waffe. Er hoffte, daß das Material feuerfest war und nicht verbrennen würde.

Der Schuß schmolz ein unregelmäßiges Loch. Das heruntertropfende Plastikmaterial stank elekerregend. Verschmorte Stücke versanken zischend im See. Sprudelnd quoll das Wasser aus der Öffnung. Crest trieb einen Stein unter den Kiel des Bootes, um durch die Schrägstellung ein besseres Auslaufen zu erreichen.

Alles ging rascher, als er gehofft hatte. Er riß ein breites Stück von seinem Umhang ab, der damit kaum noch als solcher zu erkennen war. Mit dem Tuch umwickelte er einen runden Kiesel, den er in dem ausgebrannten Loch verklemmte. Damit war das künstliche Leck ausreichend abgedichtet. Der Wasserdruck würde nicht ausreichen, um den Pfropfen herauszudrücken. Zwar regnete es ununterbrochen in das Boot hinein, aber die Flüssigkeitsmenge war relativ unbedeutend.

Ein Hustenanfall unterbrach seine Arbeit. Er krümmte sich und preßte beide Arme über der Brust zusammen. In seiner Brust brannte es wie Feuer. Stechende Schmerzen peinigten ihn. Er schnappte nach Luft.

War das das Ende? Sollte er kurz vor dem Ziel versagen? Gewaltsam unterdrückte er den Hustenreiz. Noch einmal ging es vorüber. Seine feuchten Augen sahen klarer.

Keuchend schob er das Boot in den See. Es dauerte Minuten, bis er es geschafft hatte, hineinzuklettern. Fast wäre er rückwärts in das Wasser gestürzt. Die Anstrengung nahm ihn so mit, daß er kurze Zeit bewegungslos dalag. Mit übermenschlicher Willenskraft richtete er sich wieder auf.

Seine Rolle kam ihm weder tragisch noch heldenhaft vor. Er tat einfach das, was zu tun war. Er löste ein Versprechen ein. Er legte die Waffe im Bug nieder und griff nach dem Paddel. Das Gewicht des Bootes war gering. Er hatte eigentlich nur seinen Körper abzustoßen. Schweiß brach ihm aus. Die Paddelstange bohrte sich tief in den weichen Untergrund, bis sie auf einen festen Halt stieß. Er drückte. Langsam, beinahe widerwillig, löste sich der winzige Kahn vom Ufer. Im selben Moment verlor Crest auf dem glatten Boden den Stand und rutschte weg. Seine Hände ließen das Paddel los. Er war jetzt mehrere Meter vom Strand entfernt.

Das Gerät, das er zum Vorwärtskommen benötigte, steckte noch im

Sand. Crest wußte, daß er jetzt nicht aufgeben durfte. Er beugte sich hinaus und paddelte mit den Händen. Gemächlich trieb das Boot wieder an Land. Es gelang Crest, die Stange hereinzuziehen.

Den ersten Teil seines Planes auszuführen, hatte ihn beinahe umgebracht.

Und der zweite Teil war um vieles schwieriger.

Die Oberfläche des Sees bot einen eigenartigen Anblick. Vom Grund leuchtete ein fahlgelbes Licht herauf, dessen Ursprung Crest nicht kannte. Tausende von Regentropfen schufen ineinanderlaufende Kreise, von deren Mittelpunkt kleine Spritzer hochsprangen. Es wirkte wie ein riesiges, lebendes Mosaikbild. Der Arkonide konnte sich trotz seiner schlechten Verfassung dem Zauber, der von diesem Anblick ausging, nicht entziehen. Das Leuchten schien noch ein Stück in die Luft hineinzureichen.

Das Boot trieb um die Biegung herum. Crest zog das Paddel herein. Wie durch einen Vorhang sah er die ferne Space-Jet am Ufer. Der Unither war nicht zu erkennen. Er hatte sich wahrscheinlich gut versteckt. Crest paddelte weiter hinaus. Er durfte sich dem Gegner nicht von der Flanke nähern.

Dabei setzte er sich der Gefahr aus, vorzeitig entdeckt zu werden. Wenn er dagegen fast von der Mitte des Sees kam, konnte er vielleicht ungesehen im Rücken des Unithers landen. Glücklicherweise hatte sich das Wasser wieder beruhigt. Das Steuer folgte willig dem Druck der Hand.

Je näher er seiner Station kam, desto größer wurde die Spannung in ihm.

Langsam drang er in die gefährliche Zone ein. Nichts geschah. Eintönig rann der Regen vom wolkenverhangenen Himmel. Das Wasser plätscherte leise, wenn es von dem Paddel tropfte. Gebannt blickte Crest zum Ufer. Es war sinnlos, sich im Boot niederzuwerfen, wenn der Unither plötzlich anfangen würde zu schießen. Die Plastikwand würde wie Wachs zerschmelzen.

Dem alten Mann wurde klar, daß er sich eine regelrechte Mausefalle ausgesucht hatte, aus der es keine Fluchtmöglichkeit gab.

Da sah er den Feind.

Er befand sich in dem Loch, das er zusammen mit seinen Artgenossen dicht neben der Space-Jet in die Erde gebrannt hatte. Sein Gesicht war dem Hang zugewendet. Ab und zu bewegte er ungeduldig den Rüssel. Unwillkürlich hielt Crest den Atem an. Von dieser Entfernung würde ein Treffer aus dem schwankenden Boot nur Zufall sein. Außerdem wußte er nur zu gut, daß er niemanden in den Rücken schießen konnte. Er hörte auf zu paddeln und ließ sich von den Wellen weitertreiben. Er nahm den Strahler auf. Wenn sich der Unither umdrehen würde, wollte er immerhin eine kleine Chance haben. Er sah nur den Kopf des Gegners, manchmal auch den beweglichen Rüssel. Was mochte in seinem Schädel vorgehen?

Der Wissenschaftler strich über seine regennasse Stirn. Allein die Berührung tat ihm weh. Dort drüben war die Space-Jet, greifbar nahe. Zwischen ihr und Crest jedoch wartete der Tod.

Das Boot lief auf und drehte am Heck ab. Alles geschah völlig geräuschlos. Die Spannung fiel von dem Arkoniden ab. Mit der Zunge fuhr er über die geschwollenen Lippen.

Er wird hören, wenn ich herausklettere, dachte Crest. Ich brauche beide Hände zum Aussteigen. Womit soll ich die Waffe auf ihn richten, wenn er sich umdreht?

Das Schicksal schafft zu allen Zeiten ungewöhnliche Situationen. In diesem Augenblick hing das Leben eines Mannes von einer einzigen Kopfbewegung ab.

Golath fuhr herum.

Das Knirschen im Sand traf ihn wie ein elektrischer Schock. Grenzenlose Enttäuschung nahm von ihm Besitz. Es war alles vergeblich gewesen. Der Arkonide hatte ihn überlistet. Er war nicht über den Hang gekommen. Am Ufer schaukelte ein Boot auf den Wellen.

Der alte Mann stand nur zehn Meter vor ihm. Er hatte einen unithischen Strahler auf ihn gerichtet. Golath kannte die verheerende Wirkung einer solchen Waffe.

Der Greis lächelte. In dieser dünnen, zerlumpten Gestalt war noch genügend Kraft, so daß er stolz dastehen konnte – ein Arkonide aus der Herrscherkaste. Die gleiche Haltung hatten die Männer eingenommen, die vor Generationen auf Unith gelandet waren.

„Laß deine Waffe fallen und klettere langsam aus dem Loch!“ befahl Crest auf Interkosmo.

Golath ließ sich einfach fallen. Schlamm spritzte ihm ins Gesicht. Der Alte hatte nicht schnell genug reagiert. Golath hörte, wie er über den glitschigen Boden davonrannte.

Mit einem Ruck kam der Unither hoch. Seine von Dreck verschmierte Gestalt spannte sich. Er blickte über den Rand der Grube und stieß ein Triumphgeheul aus.

Der Arkonide hatte den Schutzschirm um sein Schiff entfernt. Er rannte darauf zu.

Beinahe bedächtig hob Golath den Strahler. Da blickte sein Gegner zurück und ließ sich zu Boden fallen. Golath feuerte und tauchte weg. Ein gleißender Feuerstrom zischte über seine Deckung. Er hatte mit seinem Schuß kein Glück gehabt. Als er wieder aus dem Loch spähte, kroch Crest gerade hinter die Space-Jet. Es war sinnlos, jetzt zu schießen.

Golath sprang heraus und warf sich flach auf die Erde. Er robbte dem Raumboot entgegen. Wenn der Arkonide versuchen sollte, von der anderen Seite in das Innere zu gelangen, mußte er ihn aufhalten. Der Unither fror, als er mit dem Rüssel das kalte Metall des kleinen Schiffes berührte. Nun war es soweit. Er stand an der Schwelle eines einzigartigen Triumphs. Als erster Verbannter würde es ihm gelingen, nach Unith zurückzukehren. Mit allen Ehren würde man ihn wieder in die große Gesellschaft aufnehmen. Achtung und Anerkennung waren ihm sicher.

Da schoß Crest. Direkt neben Golath knickte eine der Landestützen ein. Flüssiges Metall tropfte in den Morast.

Er will sein eigenes Schiff vernichten, dachte Golath entsetzt.

Er mußte das verhindern. Seine Hände umfaßten den Rand des Diskus. Er zog sich auf die flache Rundung hinauf. Das Metall war poliert und glatt vor Nässe. Die gewölbte Kanzel war greifbar nahe. Golath rutschte auf allen vieren voran.

„Sssssssppp!“

Golath sprang auf. Das war der typische Lärm einer sich öffnenden Luftschleuse. Er stürmte um die Kanzel herum. Der Arkonide erwartete ihn mit erhobener Waffe. Sein zerrissenes Gewand hing schlaff an ihm herab. Die kleinen, roten Augen waren zusammengekniffen.

Sie eröffneten gleichzeitig das Feuer. Bevor Golath sich darüber Gedanken machen konnte, daß er bei seinem Schuß ausgerutscht war, riß ihn ein übermächtiger Stoß nach hinten. Er fiel, und es gab einen hohen, dumpfen Laut.

Ich bin getroffen, dachte er verwundert.

Er wollte sich aufrichten, aber seine Beine versagten den Dienst. Er wagte nicht, an sich herabzublicken. Dennoch fühlte er keine Schmerzen.

Er stützte sich auf seine Unterarme. So gelang es ihm, sich abermals um die Kanzel herumzuarbeiten. Der Arkonide lag zusammengesunken in der Schleuse. Er lebte noch, war aber ebenfalls an der Schulter getroffen.

Ein Unither ist zäh, alter Mann, dachte Golath grimmig.

Er verlagerte sein Gewicht auf die linke Schulter. Es war vorüber. Er würde Unith nicht wiedersehen. Seine Verletzung war tödlich. Doch der Arkonide sollte glauben, daß er sein Schiff verloren hatte.

Mit offenen Augen sollte er sterben.

„Arkonide!“ stieß Golath hervor.

Crest öffnete die Augen. Der Unither hatte ihn getroffen. Unter diesen Umständen würde er die Verletzung nicht überleben. Aber das war nicht tragisch. Er hatte die Space-Jet gerettet. Dachte er zurück, so erschien es ihm unwahrscheinlich, daß er den Sieg errungen hatte.

„Ich habe mein Versprechen gehalten“, murmelte er. „Ich habe dieses kleine Schiff gerettet, Rhodan.“

Er wollte lächeln, aber die Schmerzen in seiner Wunde ließen daraus nur eine unglückliche Grimasse werden.

Da kam der Unither um die Kanzel gekrochen.

Ich phantasiere, schoß es Crest durch den Kopf. Das sind Fieberideen eines Todkranken.

„Arkonide!“

Crest fuhr zusammen. Dieses von Schlamm verschmierte Wesen war Realität. Dort lag es und blickte voller Triumph auf den ungedeckten Gegner.

„Arkonide!“ Die Stimme war von Haß durchtränkt. Ihr Besitzer kannte keine Gnade.

Der Regen trommelte rhythmisch gegen die Hülle der Space-Jet. Der Unither sah zu, wie Crest versuchte, seine Waffe noch einmal zu heben. Das halbkugelförmige Gesicht, aus dem der Rüssel hervorstand, war verzerrt.

Er haßt mich, dachte Crest wehmütig. Nicht um meiner selbst willen, sondern weil ich Arkonide bin.

Er richtete die Hitzewaffe schräg von unten auf den Verbannten. Vielleicht war der Unither von der plötzlichen Bewegung überrascht. Sein Schuß ging weit über den alten Mann hinweg. Crest jedoch hatte genau gezielt.

Diesmal gab es keinen Zweifel – der Unither war tot.

„Die Arkoniden haben deinen Planeten ausgebeutet“, flüsterte Crest. „Nun bist du durch einen Arkoniden gestorben.“

Eine ganze Weile lag er bewegungslos da und starrte die Leiche seines Gegners an. Das Blut des Rüsselträgers vermischte sich mit dem Regen.

Das erste, was Crest tat, als er sich wieder bewegen konnte, war, daß er den Strahler von sich schleuderte.

Er wälzte sich herum. Er mußte mit Terrania in Verbindung treten. Es war richtig, daß Rhodan die Space-Jet abholen ließ, bevor sich weitere Interessenten einfanden. Bis zum Hyperkom mußte Crest zehn Meter zurücklegen. Das erschien ihm ein hoffnungsloses Unterfangen. Er schleppte sich ein Stück voran.

Wenn man etwas Schwieriges vollbracht hat und glaubt, daß nun alles getan sei, tauchen erst die Unannehmlichkeiten auf, dachte er.

Mit ungeheurer Willensanstrengung gelang es ihm, ein weiteres Stück Weg zurückzulegen.

Er rutschte mehr als er kroch. Nachdem er die Hälfte der Entfernung hinter sich gebracht hatte, schwand sein Sehvermögen. Er konnte nur noch verschwommene Schattierungen wahrnehmen.

Ich sterbe, dachte er.

Es erschreckte ihn nicht. Er blieb völlig ruhig. Alles ging einmal zu Ende. Er merkte, daß er unbeweglich liegenblieb. Er mußte weiter. Zentimeterweise schob er sich voran.

25.

Leutnant Bowler drehte lässig den Schreibstift zwischen seinen Fingern, die schlank und gepflegt waren. Er befand sich in der Funkzentrale der Solaren Abwehr in Terrania. Über ihm reihten sich die einzelnen Hyperkombildschirme aneinander. Die dazugehörigen Funkanlagen waren direkt vor Bowler angebracht.

Da kam das charakteristische Meldegeräusch des Hyperkoms. Sofort fiel die Lässigkeit von Bowler ab. Der Funkspruch kam über den Dringlichkeitskanal herein. Nur wenigen Männern war der Geheimkode bekannt, der diesen Kanal frei machte.

Bowler schaltete den Bildschirm ein, über dem die Alarmlampe aufgeflackert war. Nach dem üblichen Flattern wurde das Bild klar.

Bowler blickte in das Innere einer Gazelle. Es war die verbesserte Space-Jet, erinnerte er sich. Kein Mensch war zu sehen.

Da erblickte er die Hand.

Seltsam verkrampft ragte sie in die Ecke der Mattscheibe. Bowler konnte nicht verhindern, daß das Entsetzen in ihm hochstieg.

Die Hand bewegte sich – als wollte sie nach etwas greifen.

Dann kam die Stimme. Sie ging Bowler bis ins Mark. Nie in seinem Leben würde er sie wieder vergessen können.

„Crest – spricht...“, kam es krächzend aus dem Lautsprecher.

„Crest!“ rief Bowler erregt. „Crest! Was ist geschehen?“

Die Hand sank langsam zurück.

„Sagen Sie – Rhodan – soll seine – Jet – abholen.“

Zum Schluß war es nur noch ein Flüstern gewesen. Bowler war kreidebleich. Auf seiner Stirn perlten Schweißtropfen.

„Crest!“ rief er zaghaft.

Die Verbindung blieb bestehen. Aber Crest sprach nicht mehr.

Mit flatternden Händen ergriff Bowler die Aufzeichnung.

„Ich muß sofort mit Rhodan in Verbindung treten“, sagte er tonlos.

Crest lag auf dem Rücken. Seine rötlichen Augen waren geöffnet.

So sollte ein Mann sterben, dachte er. Alt und zufrieden, ein ausgefülltes Leben hinter sich. Er hatte sein Versprechen gehalten. Die Space-Jet blieb in irdischen Händen.

„Danke, Freund“, schien jemand zu sagen.

Eine Minute später war Crest tot.

Er starb, wie er gelebt hatte – ruhig, mit einem sanften Lächeln auf den Lippen.

Zum erstenmal in seinem Leben stand Leutnant Bowler dem Administrator von Angesicht zu Angesicht gegenüber. Er freute sich nicht darüber. Er sah die Trauer in diesen grauen Augen.

Rhodan blickte auf. Er drehte den Funkspruch zwischen seinen Fingern.

„Bitte, gehen Sie, Leutnant Bowler“, sagte er ruhig.

Rhodan schaltete das Tischmikrophon ein.

„Rhodan spricht“, sagte er. „Versuchen Sie, Mr. Bull zu finden. Schicken Sie ihn sofort zu mir.“

Er wartete auf die Bestätigung. Dann lehnte er sich zurück. Etwas Unvorhergesehenes war auf Crests Planet geschehen. Der Arkonide hatte die Space-Jet anscheinend retten können, war aber dabei ums Leben gekommen.

Etwas später kam Bull. Er kannte Rhodan gut genug, um sofort zu sehen, daß jetzt keine Zeit für Späße war.

Der Administrator erhob sich. Seine Augen richteten sich auf den alten Freund – einen der letzten, die ihm geblieben waren.

„Komm, Bully“, sagte er leise, „wir wollen Crest heimholen.“

ENDE

MARS PORT